suhrkamp taschenbuch 6

Martin Walser, 1927 in Wasserburg (Bodensee) geboren, lebt heute in Nußdorf (Bodensee). 1957 erhielt er den Hermann-Hesse-Preis, 1962 den Gerhart-Hauptmann-Preis und 1965 den Schiller-Gedächtnis-Förderpreis. Prosa: *Ein Flugzeug über dem Haus und andere Geschichten: Ehen in Philippsburg; Halbzeit; Lügengeschichten; Das Einhorn; Fiction; Aus dem Wortschatz unserer Kämpfe; Die Gallistl'sche Krankheit; Der Sturz; Jenseits der Liebe*. Stücke: *Eiche und Angora; Überlebensgroß Herr Krott; Der Schwarze Schwan; Der Abstecher/Die Zimmerschlacht; Ein Kinderspiel; Das Sauspiel. Szenen aus dem 16. Jahrhundert*. Essays: *Erfahrungen und Leseerfahrungen; Heimatkunde; Wie und wovon handelt Literatur*.

Dieser Band faßt alle Theaterstücke zusammen, die Martin Walser in den letzten zehn Jahren geschrieben hat. Die Stücke, für deren Abdruck die jeweils letzte Textfassung zugrunde gelegt wurde, sind Ausdruck der Auseinandersetzung des Autors mit der dramatischen Tradition und dem Theater der Gegenwart: vom absurden Modell »Der Abstecher« (1961) über die in der Nachfolge Brechts entstandenen Parabelstücke »Eiche und Angora« (1962) und »Überlebensgroß Herr Krott« (1963) bis hin zu den Theaterstücken »Der Schwarze Schwan« (1964), »Die Zimmerschlacht« (1962/67) und »Ein Kinderspiel« (1970/71), in denen Walser seinen Begriff des »Bewußtseinstheaters« realisierte, eines Theaters, das sich den »Kunstzwängen und Abbildungslasten« nicht fügt.

Martin Walser
Gesammelte Stücke

Suhrkamp

suhrkamp taschenbuch 6
Dritte Auflage, 26.–32. Tausend 1976

Suhrkamp Taschenbuch Verlag
Satz: Lichtsatz KG Berlin
Druck: Ebner, Ulm · Printed in Germany
Umschlag nach Entwürfen
von Willy Fleckhaus und Rolf Staudt

Inhalt

Der Abstecher

Geschrieben 1961. Die Uraufführung war am 28. November 1961 in den Kammerspielen München unter der Regie von Günter Gräwert.

Personen

Hubert, *Direktor*
Berthold, *Fahrer*
Erich, *Lokomotivführer*
Frieda, *Erichs Frau*

Erstes Bild

Im Vordergrund der Bühne ein Prospekt, der an Ulm bei Nacht erinnert.

Hubert und Berthold können während des Vorspiels ein- oder auch zweimal um diesen Prospekt herumgehen. Berthold trägt die Tasche, den Mantel, den Schirm.

HUBERT Berthold, schau, die Ulmer schlafen.

BERTHOLD Es geht auf halb elf, Herr Direktor.

HUBERT Oder sie liegen wach in den Betten.

BERTHOLD Da erlaub ich mir kein Urteil, Herr Direktor.

HUBERT Ulm ist nicht Hamburg, Berthold.

BERTHOLD *schweigt.*

HUBERT Passen Sie mal auf, Berthold, wenn Sie nicht einverstanden sind, sagen Sie es! Heraus damit. Wenn einer 's Maul nicht aufmacht und denkt sich sein Teil, das ist nicht fair, Berthold. Das kann ich nicht leiden. Verstehen wir uns da?

BERTHOLD Jawohl, Herr Direktor.

HUBERT Ich sage, Ulm ist nicht Hamburg. Darauf sagen Sie nichts. Schweigen einfach, obwohl wir uns miteinander unterhalten. Finden Sie das richtig, Berthold?

BERTHOLD Ich bin Ihrer Meinung, Herr Direktor.

HUBERT Aber Mensch, dann sagen Sie es doch. Gibt es etwas Schöneres als einer Meinung zu sein, Berthold? Können Sie sich etwas Schöneres vorstellen.

BERTHOLD Im Augenblick nicht, Herr Direktor.

HUBERT Stellen Sie sich vor, alle Menschen wären einer Meinung! Wie fänden Sie das?

BERTHOLD Es wird schwierig sein, Herr Direktor, es hat eben jeder seinen Standpunkt.

HUBERT Wenn Sie alles gleich politisch nehmen, kommen wir nicht weiter. Menschlich gesehen, Berthold, wäre das nicht schön, alle einer Meinung!
Kurze Pause
Sie schweigen?

BERTHOLD Ich bin ganz Ihrer Meinung, Herr Direktor.

HUBERT Jetzt, wo ich in Sie dringe, jetzt geben Sie's zu. Aber als ich feststellte, Ulm ist nicht Hamburg, wie haben Sie da reagiert?

Überhaupt nicht. Kein Wort der Zustimmung. Nur geschaut haben Sie so zweifelhaft. Das nehm' ich Ihnen übel. Warum nicht frei heraus, Berthold! Von Mann zu Mann. Ich vertrag auch Widerspruch, Berthold. Sie sind noch nicht so lang bei mir, darum sage ich Ihnen das. Zuerst Widerspruch und dann die Einigung, das wär eine Basis, da kämen wir aus miteinander. Verstehen Sie mich, Berthold?

BERTHOLD Jawohl, Herr Direktor.

HUBERT Dann geben Sie auch zu, daß es in puncto Offenheit bei Ihnen noch hapert.

BERTHOLD Ich habe bis jetzt nichts verschwiegen, Herr Direktor.

HUBERT Also Berthold: grad hab ich Ihnen bewiesen, daß Sie sich Ihren Teil gedacht haben, als ich konstatierte: Ulm ist nicht Hamburg. Jetzt red ich! Zweitens: wir fahren auf der Autobahn. Ich sage: Berthold, machen wir einen Abstecher nach Ulm. Sie biegen ab, aber Sie sagen nichts. Und vorhin sag ich: so jetzt lassen wir das Auto stehn, ich geh das letzte Stück bis zu meinen Freunden lieber zu Fuß.

BERTHOLD Ich habe gesagt, ich trag Ihnen die Sachen.

HUBERT Das haben Sie gesagt. Aber Sie machen mir nicht weis, daß das alles war, was Sie sich gedacht haben. Sie wären doch lieber durchgefahren bis München.

BERTHOLD Höchstens weil wir die Zimmer schon haben.

HUBERT Sie haben noch mehr gedacht, das geben Sie zu.

BERTHOLD Vielleicht merk ich mir nicht, was ich denke. Wenn es das gibt, dann ist das sicher bei mir so. Ich denke etwas und dann denke ich etwas anderes und denke nicht mehr an das, was ich vorher gedacht hab'. In der Schule war's genau so. Ich schau den Lehrer an, der sagt plötzlich: was hast du gerade gedacht, Berthold. Und wie er mich fragt, hör ich bloß noch seine Frage und vergeß, was ich gedacht hab'. Er sagt, ich verberg ihm was, und gibt mir eine Strafarbeit.

HUBERT Mit Recht, Berthold. Sie haben sowas Heimtückisches. Vielleicht meinen Sie es nicht so, aber es sieht so aus. Man muß Ihnen da helfen. Sie müssen sich merken, was Sie denken, und wenn ich Sie frage, müssen Sie's mir sagen. Dadurch wird es Ihnen bewußt und Sie kriegen sich in die Hand. Das ist nur Ihr Vorteil.

BERTHOLD Das begreif, ich, Herr Direktor. An mir soll's nicht liegen. Ich sag Ihnen alles.

HUBERT Also, wie war es grad vorhin: wir lassen den Wagen stehn, weil ich das letzte Stück zu Fuß gehen will...

BERTHOLD Entschuldigen Sie, das weiß ich. Ich hab gesagt, ich trag' Ihnen die Sachen, und Sie haben gesagt, Sie wollen nicht, daß ich Ihnen die Sachen trage.

HUBERT Ja, aber was haben Sie gedacht dabei?

BERTHOLD Das geht doch nicht, daß ich Sie die Sachen tragen laß, die Tasche ist schwer, hab ich gedacht.

HUBERT Aber warum ist die Tasche schwer?

BERTHOLD Herr Direktor, das geht mich nichts an.

HUBERT Aber Sie können darüber nachdenken.

BERTHOLD Muß ich?

HUBERT Sie können etwas vermuten. Das kann Ihnen niemand verbieten. Das ist Ihr gutes Recht, Berthold. Sie können zum Beispiel vermuten: der hat was Flüssiges in der Tasche.

BERTHOLD Das habe ich nicht vermutet, Herr Direktor.

HUBERT Na, na, ich trau Ihnen noch nicht ganz. Und Sie hätten sogar recht, wenn Sie was Flüssiges vermuten in der Tasche. Ich bring meinen Freunden immer was mit. Wieviel Flaschen schätzen Sie?

BERTHOLD Vier, fünf.

HUBERT Aha, Sie haben also doch darüber nachgedacht?

BERTHOLD Erst jetzt, wo Sie mich direkt fragen.

HUBERT Sie sind schlau, das seh ich. Aber bitte, Sie dürfen ja denken, was Sie wollen. Bloß um Ihretwillen sag ich: Sie kommen weiter, Sie werden eine ganz andere Persönlichkeit, wenn Sie nicht gleich wieder vergessen, was Sie denken, und dazu wäre es gut, wenn Sie alles aussprechen, dadurch wird es Ihnen besser bewußt. Ich helf Ihnen wirklich gern dabei.

BERTHOLD Ich hatte immer den Wunsch, eine Persönlichkeit zu werden, Herr Direktor.

HUBERT Na, sehen Sie. So, Berthold, und wenn ich Ihnen jetzt sage: dort drüben über der Straße, in dem Haus mit dem Erker, da wohnen meine Freunde, geben Sie mir dann meine Sachen?

BERTHOLD Vor der Haustür, Herr Direktor.

HUBERT Dann darf ich also nicht allein über die Straße?

BERTHOLD Das schon, Herr Direktor. Aber wenn Sie drüben sind, komm ich nach mit den Sachen.

HUBERT Wie lang sind Sie jetzt bei mir, Berthold?

BERTHOLD Sieben Monate bald.

HUBERT Dann wird es Zeit, daß Sie nachlässiger werden.

BERTHOLD Ich werd' mir Mühe geben.

HUBERT Weniger Mühe, Berthold. Wo waren Sie gleich wieder, bevor Sie zu mir kamen?

BERTHOLD Bei der Polizei, Herr Direktor.

HUBERT Ach ja. Da haben Sie das her. So, und jetzt geben Sie mir meinen Mantel, die Tasche und den Schirm.

BERTHOLD Aber bloß, weil Sie es wollen. Ich denk jetzt natürlich...

HUBERT Ja, was denken Sie?

BERTHOLD Ich denk: über die Straße hätt' er mich die Sachen wirklich noch tragen lassen können.

HUBERT Das ehrt Sie, Berthold. Aber es ist besser, Sie gehen jetzt zum Wagen. Wenn meine Freunde verreist sind, bin ich in zehn Minuten zurück. Dann sollen Sie Ihren Willen haben, und wir fahren nach München. Bin ich in zehn Minuten nicht zurück, übernacht' ich bei meinen Freunden und Sie suchen sich ein Quartier.

BERTHOLD Die zehn Minuten kann ich auch hier warten. Im Fall, es wird nichts mit Ihren Freunden, dann trag ich die Sachen zurück.

HUBERT Ich will aber nicht, daß Sie zehn Minuten auf der Straße stehn. Sie sind nicht mehr bei der Polizei. *Er stellt seine Tasche auf den Boden.* Passen Sie auf... da, nehmen Sie das. Machen Sie sich einen schönen Abend. Morgen früh will ich nichts mehr davon sehen. Verstanden?

BERTHOLD Als Angestellter, Herr Direktor, sag ich da nicht nein.

HUBERT Wieso als Angestellter?

BERTHOLD Als Mensch würde ich eher Nein sagen.

HUBERT Sie haben was Pedantisches an sich.

Berthold nimmt die Tasche auf.

Jetzt lassen Sie bloß die Tasche stehn.

BERTHOLD Sie haben mir zwanzig Mark geschenkt, Herr Direktor. Jetzt fühl ich mich natürlich verpflichtet.

HUBERT Hiergeblieben, sag ich. Da stellen Sie die Tasche hin. Ein richtiger Dickkopf sind Sie. Also passen Sie auf: Sie gehen jetzt zum Wagen, warten zehn Minuten, keine Minute länger, verstanden?

BERTHOLD Jawohl, Herr Direktor.

HUBERT Hab ich Sie beleidigt, Berthold?

BERTHOLD Das nicht, Herr Direktor.

HUBERT Aber?

BERTHOLD Nichts, Herr Direktor.

HUBERT Wir reden morgen darüber. Also jetzt, wie machen wir's?

Sie machen mich noch ganz konfus. Sie warten im Wagen. Zehn Minuten.

BERTHOLD Jawohl.

HUBERT Dann hauen Sie ab.

BERTHOLD Und such' mir ein Zimmer.

HUBERT Bitte, das überlaß ich Ihnen, Berthold. Sie werden hoffentlich nicht so dumm sein und gleich ins Bett gehen. Moment... da... da haben Sie noch mal zwanzig. Damit können Sie sich was leisten in Ulm.

BERTHOLD Danke schön. Vielen Dank, Herr Direktor!

HUBERT Stellen Se Ulm auf'n Kopf, Donnerwetter.

BERTHOLD Eigentlich tät ich mich ja lieber hinlegen...

HUBERT Da hat der Mensch eine Nacht vor sich!

BERTHOLD In Ulm, Herr Direktor.

HUBERT Ja, in Ulm, Sie junger Spund! Am liebsten ging ich mit. In zwanzig Minuten wüßten Sie nicht mehr, wo Ihnen die Nase im Gesicht steht. Herrgott-Donnerwetter, wie alt sind Sie?

BERTHOLD Dreiundzwanzig, Herr Direktor.

HUBERT Dreiundzwanzig und schämt sich nicht! Ein freier Mensch, es kost' ihn kein' Pfennig, und macht ein Gesicht und will ins Bett. Was soll ich da sagen! Weil's am Weg liegt, weil man sich nichts mehr zutraut, was tut man? Alte Freunde besuchen. Ein Gerede wird's geben. Über die Zeit, als man noch so jung war wie Sie. Bei Ihnen wird es kein Gerede geben. Sie haben was vor sich. Sie können überhaupt nicht wissen, was Ihnen heut' nacht noch blüht. Unsereiner kann sich's ausrechnen. Da blüht nix mehr. Alles wie gehabt.

BERTHOLD Wir können auch gleich weiterfahren, Herr Direktor. Ich bin nicht scharf auf Ulm.

HUBERT Sie kennen Ulm nicht. Man merkt's an jedem Wort. Morgen früh werden Sie anders reden. Also, gute Nacht, Berthold.

BERTHOLD Und wo treff' ich Sie morgen früh?

HUBERT Ach so, ja. Wo treffen wir uns? Hier, würd' ich sagen. Punkt sieben. Dann sind wir um neun in München.

BERTHOLD Um halb neun.

HUBERT Auch recht. Also, sind wir jetzt einig?

BERTHOLD Jawohl, Herr Direktor.

HUBERT Jawohl, jawohl Herr Direktor! Berthold, Sie sind verstockt. Die Finger von der Tasche! Ein anderes Gesicht wär' mir lieber. Eine gewisse Lust möcht' ich sehen an Ihnen, da hätt' ich was davon. Schauen Sie mich an, ich geh alte Mahlzeiten aufwärmen, Sie stürzen sich ins volle Leben! Aber wer uns anschaut, könnte denken, es ist umgekehrt.

BERTHOLD Ich hab nichts vor. Das Kreuzworträtsel mach ich vielleicht noch fertig, aber mehr ist bei mir nicht mehr drin.

HUBERT Und ich tät sagen: nehmen Sie den Wagen, brausen Sie ab! Ich schau nicht auf den Tacho morgen früh! Es ist Juni, Berthold, Juni! Die ganze Nacht lang, Juni! Ich hoff', es regnet noch, dann weiß ich wenigstens, warum ich im Zimmer hock, mitten im Juni.

BERTHOLD Ich begreif jetzt schon, wie Sie's meinen, Herr Direktor, aber so einfach ist das auch nicht. Besonders wenn man keine Lust hat.

HUBERT Mir müssen Sie nichts vormachen. Ich bin ein Mensch, mit dem man reden kann. Von Mensch zu Mensch, und erst recht von Mann zu Mann. Hier stehen wir, die Ulmer schlafen. In Hamburg lägen wir auch im Bett. Das ist der Vorteil davon, daß wir in Ulm sind. Wir sind unterwegs, Berthold. Eigentlich sollten wir singen. Ich weiß, es geht nicht. Aber wenigstens aufrichtig könnten wir sein. Wenn wir schon nicht singen dürfen, Berthold. Ich kann Sie natürlich nicht zwingen. Ich hab es gut gemeint. So und jetzt hauen Sie ab. Zehn Minuten im Wagen, und dann rennen Sie von mir aus in die Donau. Gute Nacht.

BERTHOLD Gute Nacht, Herr Direktor.

HUBERT Los, ab. Ich bleib', bis Sie verschwunden sind. Ich kann auch den Dickkopf aufsetzen.

BERTHOLD Ja, dann, gute Nacht, Herr Direktor.

Berthold geht. Hubert sieht ihm nach, geht dann rasch, aber vorsichtig, in eine ganz andere Richtung.

Zweites Bild

Wohnung des Lokomotivführers Erich. Frieda, Erichs Frau, begleitet den Besuch ins Wohnzimmer.

FRIEDA Es ist was in mir, das rennt nach deiner Tasche, nach Mantel und Schirm und will einen Salto schlagen. Ich erfahre im Augenblick, ich beherberg' eine Analphabetin. Ein dummes Luder. Ein sitzengebliebenes. Eins, das nichts dazu lernen will. Wenn ich es nicht auf der Stelle abwürg, fällt es dir um den Hals. Aber ich bin auch noch da. Und das dumme Luder wird sich nach mir richten müssen. Denn ich bin nicht sitzengeblieben damals. Ich bin durch deine Schule gegangen, Hubert, habe alle Prüfungen hinter mir. Ich nehm dir deine Sachen nicht ab. Ich sag nicht einmal, der Herr soll Platz nehmen. Ich geb nichts auf einen Herrn, der hereinschneit mitten im Juni, weil er denkt, die wird schon zuhause sein. Und wenn sie nicht da ist, auch kein Malheur. Dem Herrn fällt es nicht ein, sich etwa anzumelden. Ich könnte im Dienst sein. Oder mein Mann wär da. Egal. Ja? Ihm egal! Also lassen wir's dabei. Ich bin nicht zuhause. Ich hab nicht aufgemacht.

HUBERT Ach Frieda, so wird man unterschätzt und deshalb auch nicht richtig behandelt. Was wär denn heute für ein Tag, meine Verehrte?

FRIEDA Ich lese keine Zeitung, weil mich das Datum nicht mehr interessiert.

HUBERT Aber der Wochentag, Frieda.

FRIEDA Einer wie der andere. Mich interessiert bloß noch ein Tag.

HUBERT Hoffentlich der gleiche wie mich.

FRIEDA Der jüngste.

HUBERT Das wird sicher ein interessanter Tag, aber du machst dir die Augen kaputt, Frieda, wenn du nach dem Ausschau hältst. Bleib in der Nähe, sag mir den Wochentag.

FRIEDA Glaubst du, ich mach einen Unterschied zwischen Donnerstag und Freitag! Ja, die Analphabetin, die hat den Montag beweint, den Dienstag vertröstet, dem Mittwoch schöne Augen gemacht, eine schwarze Schabracke über den Rest geworfen. Jetzt können die Tage sehen, wie sie ohne mich auskommen.

HUBERT Immerhin, du hast unsern Tag nicht vergessen. Du hast bloß vergessen, daß heut unser Tag ist. Mittwochs bedient

Frieda nicht. Mittwochs ist sie daheim. Ich hab den Mittwoch gehalten, es war mein Fasttag, Frieda. Am Mittwoch ist nichts anzufangen mit dem Chef. Frag meine Angestellten. Mittwochs ist er sauer, heißt es im Betrieb. Mittwochs sitz ich und denke: heute bedient sie nicht.

FRIEDA Das könnte sich geändert haben in vier Jahren.

HUBERT Das hätt' ich gespürt, Frieda.

FRIEDA Sowas hab ich dir früher tatsächlich geglaubt, Hubert.

HUBERT Bitte, ich kann auch sagen: so ohne weiteres verschiebt kein Café seinen Ruhetag, also ist Frieda zuhause.

FRIEDA Und Friedas Mann vielleicht auch!

HUBERT Also das hätt' ich wirklich gespürt.

FRIEDA Und wenn ich dir sage: er ist da, drüben liegt er und schläft!

HUBERT *nach kurzer Verblüffung:* Das wäre bedauerlich. Ich müßte ihn sehr bitten, uns nicht zu stören.

FRIEDA Du hast dich nicht verändert.

HUBERT Du kannst es ruhig Treue nennen.

FRIEDA Die gleiche Routine.

HUBERT Das gleiche Gefühl, meine Liebe. Und wenn du uns noch zwei Gläser bringst, wirst du sehen, daß ich auch für andere Dinge kein schlechtes Gedächtnis habe. *Er packt eine Flasche Sekt aus.* Kennst du die Marke noch? Ja, da staunt man. Vier Jahre, mein Kind, und ich brauchte meinen Kopf wirklich in diesen vier Jahren! Du glaubst nicht, wie es zugeht draußen. Wie sie mit einem umspringen. Fuchs und Has' mußt du sein, sonst bist du erledigt. Der Unternehmer hat es ja nicht bloß mit der Konkurrenz zu tun, sondern auch noch mit seinen Angestellten. Wieso jetzt nur ein Glas, Frieda?

FRIEDA Ich hab keinen Durst.

HUBERT Das gibt es nicht.

FRIEDA Ich trink ganz selten was. Sowas überhaupt nicht mehr.

HUBERT So bist du! Ich komm' hierher, bei mir ist alles wie damals, man könnte wirklich von Treue sprechen. Dir aber fehlt es am simpelsten Durst. Ich nötige dich nicht. Ich habe gelernt, allein zu trinken. Auf dein Wohl, Frieda.

FRIEDA Trink lieber auf das deine.

HUBERT Ich kann's brauchen.

Trinkt

Weißt du was, ich glaub' dir nicht, daß du keinen Durst hast. Ich glaub' dir's einfach nicht, basta.

FRIEDA Du begreifst es nicht.

HUBERT So wenig, wie ich mich selbst begreifen würde, wenn ich jetzt keinen Durst hätte.

FRIEDA Du hast Durst.

HUBERT Wie eh und je.

FRIEDA Ich beneide dich.

HUBERT Du hast dich doch auch nicht geändert, du tust nur so. Warum haben wir einander entdeckt, Frieda? Hunderttausende laufen aneinander vorbei. Mit Recht. Wir wußten doch sofort, was los war. Das liegt an der Wellenlänge. Das läßt sich nicht ändern.

FRIEDA Ich hab immerhin geheiratet.

HUBERT Leider, leider. War eine böse Nachricht für mich, damals. Ich weiß mein Telegramm. Und der Scheck. Du mußt gedacht haben, das ist nicht sehr fein von ihm, aber ob du so schnell hättest heiraten müssen. Ich mach dir keine Vorwürfe. Wenn es nach mir geht, kriegen wir zwei keinen Streit. Du hast geheiratet. Basta. Möglich, daß mir die Scheidung gelungen wäre. Vielleicht auch nicht. Aber ich war gut im Zug damals. Na ja, dann die Nachricht. Lassen wir's. Dein Temperament. Die Situation. Das Telegramm, mein Gott, es gibt Momente, da kannst du keinen Brief mehr schreiben, ich wollte kommen, bis zuletzt, dann blieb eben nur noch das Telegramm. Und Telegramme sind kalt. Der Scheck war gut gemeint. Aber lassen wir das. Vielleicht ist dein Mann wirklich deiner würdig. Das ist ja denkbar.

FRIEDA Der einzig Würdige wärst natürlich du gewesen.

HUBERT Ich bilde mir ein, ich wäre nicht der Unwürdigste gewesen. Das ist nicht mein Verdienst. Wir können einfach was anfangen miteinander. Es wäre sinnlos, das abzustreiten. Das ist die Natur. Wir haben Glück gehabt, daß wir einander begegnet sind. Bedenk', bei der Masse Menschen. Und da treffen wir einander. Daß du dann geheiratet hast, Frieda, heut nehm ich's dir nicht mehr übel. Ein Mensch wird kein anderer bloß dadurch, daß er sich in eine neue Liste einschreiben läßt.

FRIEDA Du nicht.

HUBERT Du auch nicht.

FRIEDA Ich schon.

HUBERT Bitte, beleidige mich nicht. Schließlich hat es dich nicht gestört, daß ich verheiratet war.

FRIEDA Aber es würde mich stören, daß ich verheiratet bin.

HUBERT Du mißt mit zweierlei Maß.

FRIEDA Kann sein.

HUBERT Wenn ich nicht der Vernünftigere wäre, hätten wir jetzt gleich den schönsten Streit. Ich geb' nach. Zum Wohl, Frieda! Auf Damals! Auf Heute.

Trinkt

Wenn man fragen darf, wo ist dein Mann eigentlich?

FRIEDA Weißt du, wo die Menschen nach dem Tod hinkommen?

HUBERT Du willst doch nicht sagen, dein Mann sei tot.

FRIEDA Zumindest lebt er nicht mehr.

HUBERT Aber Frieda, das hättest du mir doch gleich sagen sollen. Du läßt mich reden. Wie pietätlos das jetzt wirken muß auf dich. Jetzt begreife ich auch, warum du keinen Durst hast. Ich geh natürlich sofort wieder. Du hättest das wirklich, schon an der Tür hättest du mir das sagen müssen. Mein Fahrer wartet auf mich. Mehr als ein Abstecher sollte es ja sowieso nicht sein: Ich meine, viel länger hätte ich doch nicht bleiben können, da ich ja dachte, dein Mann sei... das tut mir aber wirklich leid. Aufrichtig, Frieda. So ein Pech. Leider hab ich ihn nie kennengelernt. Vielleicht komm ich auf dem Rückweg vorbei. Du erzählst mir, was du vorhast. Am besten, ich komme gleich ins Café. Ist dir das recht?

Frieda, nun sag doch ein Wort. Du mußt zugeben, ich bin nicht allein schuld an der Peinlichkeit. Du läßt mich reden und reden. Ich konnte das wirklich nicht wissen.

FRIEDA Du spürst doch sonst soviel.

HUBERT Aber das nicht, Frieda. Wenn du noch ein schwarzes Kleid tragen würdest, dann hätt' ich dich doch gefragt. Aber so. Ja, dann geh ich jetzt wohl besser.

FRIEDA *schweigt.*

HUBERT Also, Frieda.

FRIEDA *schweigt.*

HUBERT Ich muß mich entschuldigen. Ich hätt' es doch spüren müssen. Weißt du, ich bin übermüdet. Wir sind sehr früh weggefahren. Überhaupt die letzten Tage. All' die Jahre. Es war zuviel. Ich war ja auch schon mal fast so weit. Man übernimmt sich einfach. Und was hat man davon? Was war es denn bei ihm? Herz?

FRIEDA Erich hatte ein Herz wie ein Bär.

HUBERT Wahrscheinlich Krebs. Lungenkrebs. Das hört man immer wieder. Bei dem Ruß auf den Bahnhöfen. Bloß weil die mit der Elektrifizierung nicht vorwärtskommen. Oder war es Bronchialkrebs? Das gibt so fürchterliche Hustenanfälle, hab ich gehört.

FRIEDA Gehustet hat er nie.

HUBERT Doch hoffentlich kein Unfall!

FRIEDA Einen Unfall kann man es eigentlich nicht nennen.

HUBERT Ich verstehe schon, du willst es mir nicht sagen. Es schmerzt dich. Verzeih, Frieda. Ich mach heute auch einen Fehler nach dem anderen.

FRIEDA Vielleicht hab ich auch einen Fehler gemacht.

HUBERT Nein, nein, du nicht. Ich muß mir Vorwürfe machen. Ich hätte nicht kommen dürfen.

FRIEDA Du konntest es wirklich nicht wissen.

HUBERT Aber spüren, du hast ganz recht, spüren hätt' ich es müssen.

FRIEDA Nein, Hubert, so gut kennst du mich eben doch nicht. Du traust mir das wahrscheinlich nicht zu.

HUBERT Was?

FRIEDA Daß ich schuld bin.

HUBERT Woran solltest du schuld sein?

FRIEDA An Erichs Tod.

HUBERT Frieda, um Gottes Willen, du redest dir was ein. Wie solltest denn du schuld sein an seinem Tod?

FRIEDA Natürlich nur indirekt.

HUBERT Auch nicht indirekt. Wieso denn indirekt?

FRIEDA Nun ja, weil ich ihm das Gift ins Essen gab.

HUBERT Gift?

FRIEDA Zyankali in Pepronada. Kennst du Pepronada?

HUBERT Das serbische Reisgericht, natürlich. Meine Frau hat da ein wunderbares Rezept. Aber...

FRIEDA Ich auch. Zyankali paßt ausgezeichnet dazu. Geschmacklich, verstehst du. Mein Mann sagte, es habe ihm noch nie so gut geschmeckt.

HUBERT Die alte Frieda! Mich so an der Nase rumzuführen. Das sind aber auch Scherze, weißt du. Zyankali, sagt sie, Zyankali.

FRIEDA Aber kaum sagt er, daß es ihm noch nie so gut geschmeckt hat, wird er grün. Dann blau. Dann blaßt er ab. Und fängt auch noch an zu brüllen. Ein Held war er nicht, das wußte ich. Aber gleich so zu brüllen, wie'n richtiger Waschlappen. Das hatte ich nicht erwartet von ihm. Aber in einem Mann täuscht man sich immer. Wie der mich angeschaut hat, bloß weil ich ihm den aufgerissenen Mund mit dem nassen Spüllappen stopfte. Hubert, wie der mich angeschaut hat! Als wie wenn er partout nicht sterben wollte. Wirklich, wenn ich ihn nicht gekannt hätte durch und durch, wenn ich nicht gewußt hätte, was er für ein Lump ist durch und durch, ich glaub', ich hätte ihn für ein Lämmchen gehalten, so einen Blick kriegte er zuletzt noch. Ich kann dir sagen, wenn du einen umbringen willst, mußt du ihn kennen durch und durch, sonst schaffst du es nicht. Rennst noch kurz vor Schluß auf die Straße und rufst einen Arzt. Mir wenigstens geht es so. Ich bin eben zu weich.

HUBERT *hat von Satz zu Satz noch mehr gelacht. Fast bis zum Schluß, dann hört er auf:* Frieda, du übertreibst es.

FRIEDA Erich hat es übertrieben.

HUBERT Du hast ihn doch nicht umgebracht. Er ist auch gar nicht gestorben. Er hat Nachtdienst auf dem Rangierbahnhof. Ja?

FRIEDA Das hab ich mir auch immer gesagt in den ersten Nächten danach. Er kommt ja wieder, hab ich gesagt. Sein Bett hab ich gerichtet für ihn. Essen eingekauft. Einfach weil ich mir nicht geglaubt habe. Aber er ist nicht wieder gekommen. Zyankali, Hubert, da kommt einer nicht so leicht wieder.

HUBERT Um Gottes Willen, Frieda! Wie hast du das bloß tun können!

FRIEDA Um seinetwillen, Hubert. Nur um seinetwillen. Und weil ich schwach bin.
Schau, das ist er. Ein Hochzeitsbild. Es war ein schöner Tag. Erich war auch gar nicht so blaß wie sonst die Bräutigame sind. Auch danach war er noch sehr lustig, ein Jahr, fast zwei Jahre lang. Kam heim, Küßchen, streichelte mich, kam ins Café, paßte auf wie ein Luchs, dann plötzlich gar nicht mehr. Da wußte ich, was los war. Nun waren wir aber verheiratet. Das hatte er beschworen. In der Kirche und auf dem Standesamt. Vor Zeugen. Und dann will er sich drücken. Ich säß wieder auf ei'm Backen in der Welt. Und im ganzen Haus grienen sie. Die feindliche Umwelt, mein' ich, Hubert, die feindliche Umwelt. Das kann er nicht machen. Und wenn er es macht, dann ist er ein Deserteur. Schließlich ist das doch kein Jux, wenn man Leute versammelt und 'n ernstes Gesicht macht und Musik spielt und 'n Pfarrer murmelt und der auf'm Rathaus schaut dich feierlich an, das ist doch soviel wie wenn 'ne Horde auf'm Kasernenplatz irgendwas an so 'ne Fahne hinbrüllt, das ist meine Meinung. Und deshalb ist er 'n Deserteur gewesen, nicht nur einmal! Gelegenheit zur Besserung hätt' er gehabt. Ich hab zugewartet, hab mich geduckt, hab auch was ins Treffen geführt, aber der wurde nicht mal mehr eifersüchtig, da war's aus bei mir, da hab ich ihn ver-

urteilt, hab's noch einmal aufgeschoben, aber er wollte nicht, er hat mich richtig gezwungen, ihm sein verpfuschtes Leben abzunehmen. Da hab ich mich denn nicht länger sträuben können.

HUBERT Ich bewundere dich, Frieda. Diese Konsequenz. Das hat schon was. Wenn es wirklich wahr ist.

FRIEDA Trinkst du noch'n Schluck.

HUBERT Nein, danke, Frieda. Es... es bekommt mir zur Zeit nicht, wenn ich so viel trinke.

FRIEDA Aber irgendwas muß ich dir doch anbieten. Ein Schinkenbrot.

HUBERT Nein, wirklich nicht. Bleib doch sitzen, Frieda, ich rauch 'ne Zigarre, das genügt mir.

FRIEDA Iß ein bißchen Fruchtsalat, das hält den Gaumen frisch.

HUBERT Eigentlich müßte ich ja erschrecken vor dir. Aber wenn ich dich anschau, du bist schon ein Frauenzimmer. Wo der Erich bloß seine Augen gehabt hat. Das muß man doch sehen, was man an dir hat. Und was du gemacht hast, das beweist, was mit dir los ist. Als ich hörte, daß du geheiratet hast, Frieda, hab ich mich ganz schön gegrämt. Das war ein Schlag. Wirklich, das kannst du mir glauben.

FRIEDA Du hast doch vorher schon die Kurve nicht mehr gekriegt.

HUBERT Ulm liegt so ungünstig, du weißt doch, wie das ist. Man hofft, der Fahrer biegt ab, aber nein, der braust vorbei. Und bevor du aus deiner Betäubung aufschreckst, bist du in München.

FRIEDA Hör auf. Ich glaub dir sowieso kein Wort.

HUBERT Das täte mir weh, Frieda. Ich sitze oft im Büro und döse, meine Sekretärin schreckt mich auf, ich merke: jetzt hast du wieder an Frieda gedacht. An Ulm. An die Donau.

FRIEDA An den Ameisenhaufen, in den du mich gelegt hast.

HUBERT Das war doch was. Das war doch noch was. Seitdem, seitdem ist doch einfach nichts mehr.

FRIEDA Wieviel Kinder hast du jetzt?

HUBERT Immer noch vier.

FRIEDA Damals hattest du eins.

HUBERT Ach. Nein, das... das kann nicht sein. Das zweite muß schon unterwegs gewesen sein. Meine Frau besteht darauf. Was willst du machen. Du machst halt mit.

FRIEDA Ja, ja. Und die Filialen mehren sich auch.

HUBERT Was nützt das, Frieda. Du machst dich kaputt und weißt nicht für was. Was hab ich davon? Vorher, ich hab dem Fahrer 50 Mark in die Hand gedrückt, mach dir 'n netten Abend, hab ich gesagt, amüsier dich. Du glaubst nicht, wie ich den beneide. Und dich, Frieda! Jawohl, dich beneide ich. Du hast dich befreit, hast die Ketten abgeschüttelt. Schau mich an, den Herrn Direktor, Herr über siebenunddreißig Filialen, der nicht mal Pieps machen darf, ohne daß es wen stört.

FRIEDA Warum bringst du deine Frau nicht um?

HUBERT Das ist es ja, Frieda. Ich schaff es nicht.

FRIEDA Du hast dich einschüchtern lassen.

HUBERT Leider.

FRIEDA Du hast dich an deine Jämmerlichkeit gewöhnt.

HUBERT Jämmerlich, würde ich nicht sagen. Frieda, darf ich mich 'n Augenblick ausstrecken. Ich bin seit früh unterwegs.

FRIEDA Bitte.

HUBERT Falls du nicht vorhast, mich zu erwürgen, kannst du dich ja in die Nähe setzen.

FRIEDA Wenn du mein Mann wärst, ich hätt' dich längst erledigt.

HUBERT Ich wäre dir treu.

FRIEDA Da hat ja Erich noch besser gelogen.

HUBERT Frieda, beleidige mich nicht. Ich hoff einfach, du spürst, daß wir zwei miteinander könnten.

FRIEDA Was?

HUBERT Leben. Alles.

FRIEDA Zieh deine Schuhe aus, wenn du die Füße auf die Couch stellst.

HUBERT Entschuldige. Ich hab dir nicht mal was mitgebracht.

FRIEDA Hab ich bemerkt.

HUBERT Entschuldige.

FRIEDA Nein.

HUBERT Frieda... gib mir deine Hand... was ist das? Wer kommt da? Frieda!

Erich tritt ein, legt ab, macht sich was zu Essen. Er ist viel größer als Hubert.

ERICH Bleiben Sie, bleiben Sie, mein Herr. Freut mich doch auch, wenn Frieda so'n seriösen Freier hat.

HUBERT Frieda, möchtest du nicht erklären... es handelt sich bloß um einen Abstecher, verstehen Sie.

ERICH Sie sind ja ganz perplex. Frieda, was hast du mit dem netten Herrn gemacht. Jetzt schau doch. Ganz blaß ist er vor Schreck. Das kann ihm schaden. Wirklich. Wir hatten mal einen, als ich noch auf der Strecke war, der lag mit 'ner Bäuerin im Gebüsch, kommt der Bauer dazu, der arme Kerl kriegt 'n Herzschlag vor

Schreck. Nu hatte der Bauer aber ’ne Harke in der Hand und stand so über den Beiden, die lagen da vor ihm, das war natürlich auch ’ne Situation.

HUBERT Frieda!

FRIEDA *antwortet nicht.*

ERICH Manchmal mag sie nich, das kenn ich. Sie gestatten, daß ich ’n bißchen was esse.

HUBERT Aber bitte, Herr...

ERICH Sagen Sie ruhig Erich zu mir. Jetzt erschrecken Sie schon wieder so. Direkt peinlich wird mir das. Frieda-Kind, was haste denn da schon wieder angestellt? Hat sie Ihnen was erzählt?

HUBERT Ja.

ERICH Etwa, daß sie mich...?

HUBERT Ja.

ERICH Hat sie’s gut erzählt?

HUBERT Sehr gut.

ERICH Glaubhaft.

HUBERT Durchaus.

ERICH Und jetzt sind Sie erschrocken, weil Sie dachten, ich bin mein eigener Geist.

HUBERT Ich staune.

ERICH Sehr begreiflich. Ging mir genauso. Und das erzählt sie jedem, der kommt. Meine Kollegen sagen schon: paß auf, die tut’s noch mal. Aber die kennen Frieda nicht. Frieda hat Phantasie, das is es. Und drum erzählt sie gern, was nicht ist. Ich hab auch Phantasie, drum versteh ich das. Haben Sie auch Phantasie?

HUBERT Ich denke schon.

ERICH Dann verstehen Sie’s doch auch. Oder nicht?

HUBERT Natürlich. Ich war nur überrascht. Ein bißchen. Ich muß jetzt auch sagen, daß ich es natürlich nicht geglaubt habe. Ich kenne Frieda von früher. Hubert Meckel, es freut mich aufrichtig, Sie doch noch kennengelernt zu haben.

ERICH Ganz meinerseits. *Erich ißt während des folgenden Dialogs.*

HUBERT *zieht seine Schuhe an:* Frieda hat so Einfälle, das weiß man ja. Verstehen Sie bitte auch, daß ich ihr den Spaß nicht verderben wollte. Sie wird Ihnen bestätigen, daß ich gleich mitgemacht habe. So, so, umgebracht hast du ihn, sagte ich. So, so, Zyankali. Ausgezeichnet, sagte ich. Na ja, wenn er ein Lump war, dein Erich, dann hat er’s nicht besser verdient. Und ich leg mich auch gleich auf die Couch, um Ihren Tod gebührend zu würdigen. Sie begreifen hoffentlich, daß das zur Rolle gehörte. Es war mir klar, daß Sie jetzt auftauchen würden. Verstehen Sie, ich sag das nur, um Ihnen klarzumachen, es war nichts dabei. Ich dachte natürlich nicht einen Augenblick an was anderes.

ERICH An was dachten Sie nicht einen Augenblick?

HUBERT An... wie soll ich Ihnen das erklären... es war von meiner Seite nicht so gemeint, wie Sie es hätten auffassen können, als Sie hereinkamen.

ERICH Deutlicher.

HUBERT Sie verstehen mich doch. Ich hatte nichts vor. Herrgott, das ist doch klar genug. Frieda ist eine alte Freundin von mir. Sie kennen vielleicht den Spruch noch nicht aus dem alten Griechenland. Mit dem Fluß?

ERICH Mit welchem Fluß?

HUBERT Wie er heißt, weiß ich auch nicht. Spielt auch keine Rolle.

ERICH Begreifst du das, Frieda?

HUBERT Verstehen Sie, man kann nicht zweimal im selben Fluß baden, das Wasser ist immer ein anderes, nur der Name ist der gleiche.

ERICH Und den wissen Sie nicht.

HUBERT Der ist auch nicht wichtig. Es kommt auf die Bedeutung an, verstehen Sie das doch bitte. Einmal gebadet, und nie wieder.

ERICH Wieso nie wieder?

HUBERT Auf Frieda übertragen. Auf Ihre Ehe.

ERICH Also, moment mal: der Name ist der gleiche?

HUBERT Ja.

ERICH Also heißt Frieda zwar noch Frieda, ist aber nicht mehr Frieda. Also ist Frieda jetzt eine andere, also ist alles wieder neu, also wollten Sie mir bloß sagen, daß Sie auf die alte Freundin nicht mehr scharf gewesen wären, sondern auf die neue Frieda, die Sie hier trafen.

HUBERT Jetzt haben Sie alles durcheinander gebracht. Gehen wir noch einmal zurück.

ERICH Nein, mein Herr. Gehen wir weiter.

HUBERT Gut, gehen wir weiter. Aber ohne das Beispiel.

ERICH Sie nehmen das Beispiel zurück?

HUBERT Ja, ich nehm es zurück.

ERICH Schön. Also, was wollten Sie sagen?

HUBERT Frieda kann es Ihnen genau so gut sagen wie ich.

ERICH Es wäre besser für Sie, wenn ich es von Ihnen erfahren würde.

HUBERT Von mir können Sie nur erfahren, daß nichts war und daß auch nichts beabsichtigt war und daß es keinen Grund gibt, sich aufzuregen.

ERICH Für wen?

HUBERT Für Sie. Frieda interessiert mich nicht mehr als Frau. Frieda, jetzt sag doch auch ein Wort. Dein Mann mißversteht die Situation.

ERICH Frieda interessiert Sie nicht mehr. Frieda ist keine Frau mehr für Sie.

HUBERT Endlich begreifen Sie. Mein Gott, ich hatte wirklich schon Sorge, weil Sie so ein Gesicht machten, als ob wunder was gewesen wäre.

ERICH Schlimm. Sehr schlimm für Sie. Frieda, er hat dich beleidigt. Er hat dich praktisch umgebracht. Als Frau, verstehst du. Er hat gesagt, dich gibt es nicht mehr. Das ist Mord.

FRIEDA Es ist nicht das erste Mal.

ERICH Ist das eine Entschuldigung?

FRIEDA Für einen Mann schon.

ERICH Nein, Frieda, wir bestrafen ihn.

FRIEDA *begeistert:* Erich!

ERICH Na, jetzt siehst du wieder mal, was du an mir hast.

FRIEDA Ach, Erich! *Sie küßt ihn.*

ERICH Rühren Sie sich nicht von der Stelle! Hast du gesehen, er wollte weglaufen.
Hier, bitte, nehmen Sie Platz. Frieda, hol' die Wäscheleine.

FRIEDA Ja, die neue.

ERICH Und bring ein Frottierhandtuch mit.

FRIEDA Ein frisches?

ERICH Wenn du meinst.

FRIEDA Doch. Er ist sehr hygienisch. Er ekelt sich leicht. Er ist eben doch ein Herr, weißt du.

ERICH Gut, er soll seine Strafe bekommen, aber er soll sich nicht ekeln.

HUBERT Mein Herr, Sie treiben es zu weit.

ERICH Bitte, wenn Sie Ihre Schuhe wieder ausziehen möchten.

HUBERT Ich füge mich der Gewalt. Aber ich protestiere.

ERICH Das dürfen Sie. Jetzt noch die Socken.

HUBERT Was haben Sie vor?

ERICH Frieda, die Spülschüssel bitte.

FRIEDA Sofort.

ERICH Schöne Socken, aus Nylon?

HUBERT Nylon mit Wolle. Können Sie haben, wenn Sie wollen.

ERICH Ich hab sie schon. Danke.

HUBERT Ich hab noch mehr in meinem Wagen.

ERICH Danke, im Augenblick genügen die. So, jetzt stellen wir die Füße schön in die Schüssel. Und Frieda trägt Wasser. Los, Frieda, lauf, lauf, sonst erkältet sich unser Gast.

FRIEDA Heißes Wasser?

ERICH Lauwarm. Wir wollen es ihm möglichst angenehm machen.

HUBERT *Erich bindet ihn mit der Wäscheleine an den Stuhl:* Wollen Sie mir endlich sagen, was Sie vorhaben?

ERICH Wer wird denn gleich so neugierig sein. Es soll doch 'ne Überraschung werden.

HUBERT Ich muß Sie darauf aufmerksam machen, daß mein Chauffeur unten wartet.

ERICH Hab ich nischt von bemerkt.

HUBERT In der Seitenstraße.

ERICH Ich nehme an, der ist das gewöhnt.

HUBERT Er weiß, daß ich hier bin.

ERICH Das bezweifle ich.

HUBERT Er wird heraufkommen. Es wäre mir peinlich.

ERICH Das kann ich Ihnen nachfühlen.

HUBERT Auch für Sie wäre es peinlich. Er hängt an mir. Er würde unter Umständen Gewalt anwenden. Er ist so. Früher war er bei der Polizei. Ich warne Sie, Erich. Ich warne Sie!

FRIEDA *mit Wasser:* Kein Wort wahr. Er hat ihm 20 Mark in die Hand gedrückt und gesagt, amüsier dich.

HUBERT Fünfzig.

ERICH Sehr anständig.

HUBERT Aber er wird zurückkommen.

ERICH 'n Fahrer mit fünfzig Mark kommt nich so schnell zurück. Ich krempel Ihnen Ihre Hosen 'n bißchen um. Es wäre schade um die Bügelfalte. Ach... Frieda, der trägt lange Unterhosen. Im Juni.

HUBERT Ich muß mich vorsehn.

FRIEDA Für lange Unterhosen hab ich was übrig.

HUBERT Sehen Sie.

ERICH Sie hätten Chancen gehabt, das ist mir schon klar.

FRIEDA So, reicht's jetzt?

ERICH Ja, das müßte hinkommen. Jetzt holst du mir noch die Schnur vom Öfchen und die Verlängerungsschnur aus der Schublade.

Nu fangen Sie nicht jetzt schon an zu zappeln.

HUBERT Ich protestiere.

ERICH Wenn Sie das in Zimmerlautstärke können, bitte. Nur nicht laut werden, das hass' ich. Wissen Sie, wenn man den ganzen Tag auf der Rangierlok fährt, hat man es abends lieber ruhig.

HUBERT Wenn Sie mir nicht sagen, was Sie vorhaben, ruf ich um Hilfe.

ERICH Das fänd ich nun doch sehr gemein, besonders von Ihnen. Rundum, das sind alles Arbeitnehmer. Die brauchen ihr bißchen Schlaf. Also wenn Sie einen Funken Gefühl haben für die Sozialpartner, schrecken Sie die nicht aus ihrer Nachtruhe auf. Danke, Frieda. Gib doch mal dies Ende in die Steckdose. So, das wird reichen. Schön die Füßchen im Wasser lassen.

HUBERT Sie glauben doch nicht, daß ich mich stillschweigend von Ihnen umbringen lasse.

ERICH Zwischen Stillschweigen und wie am Spieß brüllen gibt's 'ne Menge Abstufungen. Zimmerlautstärke, darauf könnten wir uns einigen.

HUBERT Ich werde schreien. Ich sehe ja, was Sie vorhaben. Sie wollen mich durch einen elektrischen Schlag töten.

ERICH Erraten. So 'ne Art elektrischer Stuhl. Das muß die humanste Art sein, sonst hätten die Amerikaner das nicht eingeführt. Denen würden doch die Kandidaten vor Angst am Herzschlag sterben, wenn sie nicht wüßten, daß es garantiert nicht weh tut.

HUBERT Und Sie glauben, ich mache da mit?

ERICH Nee! So richtig mitzumachen brauchen Sie gar nicht. Ich kitzel' Sie 'n bißchen mit dem Stecker, das andere macht dann der Strom von allein.

HUBERT Erich, Sie haben jetzt Ihren Spaß gehabt. Sie haben mich mächtig erschreckt. Jetzt genügt es doch wirklich. Bitte, das habe ich einfach nicht verdient. Frieda! Frieda, was meinst du?

FRIEDA Ach weißt du, Hubert, mir ist es gleichgültig, wer von euch beiden auf dem Stuhl sitzt.

ERICH Mir nicht. Und du mußt zugeben, Frieda, im Augenblick ist er dran. Er hat dich aus der Welt gestoßen. Er hat gesagt, dich gibt es nicht mehr.

HUBERT Welch ein Mißverständnis!

ERICH Das haben Sie gesagt.

HUBERT Als Frau, hab ich gesagt.

ERICH Richtig. Als Frau gibt es sie nicht mehr.

HUBERT Aber als Mensch gibt es sie doch noch. Ihre Frau ist doch nach wie vor ein wertvoller, ein liebenswürdiger, ein prächtiger Mensch.

ERICH Bist du damit einverstanden?

FRIEDA Eher zieh ich ihm die Haut mit dem Kartoffelschäler ab.

ERICH Sehen Sie! Sie will nu mal kein Mensch sein.

FRIEDA Ach, Erich, du bist heute ganz ungeheuerlich. Wenn du mir jetzt noch die Schnur gibst, dann heiraten wir noch heute abend. Das war doch nichts damals. Da war noch so'n dummes Luder zwischen uns, von dem gekauft. Eine Verräterin, Erich. Die sind wir los. Du siehst ja, er hat selbst gesagt: er kennt mich nicht wieder. Er hat immer noch die Analphabetin im Kopf. Mit der war was anzufangen. Allez-hopp, und sie sprang aufs Händchen. Das dumme Tierchen hat dann so lange vor sich hingeheult, bis es in dem edlen Naß ersoff. Das fuchst ihn. Er sagt Allez-hopp, aber das Händchen bleibt leer. Also will er mich schnell zum Menschen ernennen. Aber auf meine Kosten. Mit welchem Recht ernennt der mich zum Menschen, frag ich? Und warum? Bloß daß er dann weiß Gott was von einem verlangen kann. Weil ihm das grad so in den Kram paßt. Er selbst bleibt hübsch brav die Sau, die's gut hat, von der man nichts verlangen kann und ich soll auf den Zehenspitzen gehen und mir Mühe geben, einen besonders menschlichen Eindruck zu machen. Erich, wenn du den Fall so ansiehst, ist der Fall klar und du weißt, was du zu tun hast!

ERICH Das Verhör ist noch nicht zu Ende, Frieda. Wir sind immer noch beim ersten Anklagepunkt. Ich hab aber auch noch einen.

FRIEDA Erich, du bist ein Schatz, aber du hast auch was von einem Beamten, das ist schade. Spürst du denn nicht, daß du die große Chance hast, ein Scheusal umzubringen? Die große Chance, Erich, die Welt von einem Exemplar zu befreien, das vom Gesetz nur deswegen nicht verfolgt wird, weil es zu häufig vorkommt? Jeder kennt diese Art. Würde man diese Verbrecher mit der rechten Strafe bedenken, man müßte glattweg die halbe Mannschaft umbringen. Davor kapituliert das Gesetz, Erich. Aber du nicht. Denn du bringst dich selber um, wenn du ihm den Draht an den Hintern hältst. Und doch kommst du davon. Es ist eine Reinigung, Erich. Ist dir das klar? Du tust so gut wie nichts, wenn du ihn erledigst, und trotzdem ist es etwas. Etwas Symbolisches. Ein gutes Beispiel. Du kommst ins Lesebuch dafür. Und ich glaub' wieder, daß du was taugst. Vielleicht solltest du alle vier Wochen so einen erledigen, dann wärst du wieder sauber, für kurze Zeit.

ERICH Frieda, das gibt aber 'n Stromverbrauch.

FRIEDA Du hast die Idee nicht begriffen, das kommt, weil du 'n Mann bist.

HUBERT Das Wasser wird kalt, Erich. Ich erkälte mich. *Er niest.*

ERICH Frieda, schütt warmes nach. Sonst weckt er noch das ganze Haus.

FRIEDA *holt Wasser, spricht dabei:* Du bist ein Mann, du profitierst natürlich davon, daß die Justiz vor euch Deserteuren kapituliert. Ich hab ja auch einmal gedacht, es sei ganz hübsch so wie es ist. Dann hab ich gemerkt: als Frau zahlst du drauf. Es ist ein System zu eurem Vorteil. Und damit mach ich Schluß!

HUBERT Erich, sie hat sich verraten! Man muß eine Frau nur ausreden lassen, dann widerlegt sie sich ganz von selbst. Es dürfte Ihnen klar geworden sein: sie handelt nicht mehr auf ethischer Basis. Sie hat es ja selbst zugegeben! Purer Egoismus steckt dahinter. Verletzte Eitelkeit.

FRIEDA *schüttet Wasser zu.*

HUBERT Au, au! Erich, sie verbrüht mich. Sie können es nicht zulassen, daß sie sich auf diese gemeine Weise an mir rächt.

FRIEDA Er ist einfach verwöhnt. So einem kannst du es nicht recht machen.

ERICH Schön drin bleiben mit den Füßen. Das ist... nein, nein, das hat ja keine fünfzig Grad. Sie sollten mal auf der Lok mitfahren, das sind Temperaturen. Ich bin sicher, 'n Lokführer friert in der Hölle.

FRIEDA Erich, red' nicht von der Zukunft. Hast du jetzt Mumm oder hast du keinen?

ERICH Das Verhör, Frieda, wir kommen gar nicht zu 'nem richtigen Verhör.

FRIEDA Das Verhör ist eine ausgemachte Sache, Erich, und dient zur Entschuldigung des Verbrechers. Wir wollen doch hier nicht in die gleichen Fehler verfallen wie die Justiz.

ERICH Wir sind aber doch die Justiz.

FRIEDA Also, dann schildere ich dir zum letzten Mal, was du da vor dir hast. Der Angeklagte wird mich unterstützen. Ich sage: Hubert ist ein herzensguter Mensch. Ist er das?

HUBERT Man sagt es mir immer wieder.

FRIEDA Hält er sich selbst dafür?

HUBERT Jeder hat seine Schwächen.

FRIEDA Man sieht, er ist ein Wesen von anziehender Bescheidenheit.

HUBERT Ich bilde mir nichts darauf ein.

FRIEDA Was macht er für einen Gebrauch von seinen Schwächen?

HUBERT Ich bekämpfe sie.

FRIEDA Das heißt, er ist nicht einverstanden mit sich selbst. Das heißt, er ist nicht glücklich.

HUBERT Wahrhaftig nicht.

FRIEDA Er frühstückt zwar nicht schlecht, aber der Kaffee schmeckt nicht, wie er schmecken könnte, weil der Angeklagte sich Gedanken macht.

HUBERT Jeder Mensch muß sich Gedanken machen.

FRIEDA Einen so hohen Anspruch stellt der Angeklagte an sich selbst und an andere. Schon beim Frühstück. Und so geht es weiter. Spielen Frauen eine Rolle, wenn der Angeklagte sich Gedanken macht?

HUBERT Natürlich.

FRIEDA Siehst du, Erich, er hat eine Frau, aber er denkt noch an andere. Das ist natürlich. Das verdirbt ihm aber auch das Frühstück und das Mittagessen. Abends geht er dann seinen Gedanken nach. Aber er ist nicht glücklich. Und warum nicht? Er ist jetzt bei anderen Frauen, und was tut er? Er macht sich Gedanken. Woran? An seine eigene Frau. Also ist auch das Abendessen kein reiner Genuß. Und warum?

HUBERT Man ist kein Unmensch.

FRIEDA Richtig. Der Angeklagte ist kein Unmensch. Er läßt die Frauen nicht merken, daß er immer seine Gedanken hat. Das trägt er allein. Das vermehrt sein Unglück. Gibt es da eine Lösung? Na?

HUBERT Man leidet eben weiter.

FRIEDA Man stumpft nicht ab und läßt sich's wohl sein?

HUBERT Wer Charakter hat, stumpft nicht ab.

FRIEDA Das heißt: wer Charakter hat, leidet weiter.

HUBERT Jawohl. Das ist seine Läuterung. Er bezahlt für alles.

FRIEDA Siehst du, Erich: er ist herzensgut, bescheiden, anziehend, Frauen mögen ihn, er mag sie, er trägt es allein, daß er bei der einen an die andere denkt, der Kaffee ist kein Kaffee mehr, wenn der, der ihn trinkt, Charakter hat, und der hat Charakter, darum leidet er, wird unglücklich sein und deshalb Unglück verbreiten und dann, weil er herzensgut ist, noch unglücklicher sein, da er doch partout für alles bezahlen will. Nun frag ich dich, können wir das annehmen? Er zahlt und zahlt und es wird immer schlimmer! Kannst du einem solchen Wesen den Gnadenstoß verweigern? Kannst du so hart sein?

ERICH Nein, wirklich, Frieda, es könnt' einem ganz weh werden ums Herz, wenn man sich vorstellt, der müßte noch weiterleben.

HUBERT Erich, das ist jetzt wieder weibliche Schläue! Frieda, ich geb's zu, du bist eine Frau, noch immer! Noch mehr als je zuvor. Hab ich dir nicht gesagt, daß ich am liebsten mit dir leben würde.

ERICH Das haben Sie dementiert vorhin. Das sei nur Spiel gewesen. Sie hätten bloß mitgemacht, haben Sie da gesagt.

HUBERT Weil ich fürchtete, Sie könnten sonst eifersüchtig werden. Sie schauten mich so an. Die ganze Situation, verstehen Sie doch.

ERICH Entweder lügen Sie jetzt oder...

HUBERT Vorher hab ich gelogen. Natürlich vorher. Aus Angst.

ERICH Vorher wollte Ihnen doch keiner was. Jetzt ist die Lage brenzlig für Sie. Jeder Richter der Welt würde denken, Sie flunkern jetzt.

FRIEDA Ich begreife deine Fisimatenten nicht mehr, Erich. Ich red' mir den Mund fusslig, beweis dir alles, was überhaupt bewiesen werden kann, und du stehst da mit dem Draht in der Hand und imitierst schlechte Justiz.

HUBERT *sehr laut:* Frieda, und wenn ich sage: ich heirate dich.

FRIEDA Erich, da hast du's: der glaubt, wir werben um ihn. Das kommt, weil er sich überschätzt, aber es kommt auch von der flauen Art, die Verhandlung zu führen. Du mußt ihn jetzt kitzeln, sonst kommt der auf die komischsten Einfälle.

HUBERT Frieda!

ERICH Herr Direktor, ich bin ein unabhängiger Richter, aber wenn Sie nochmal so hart an die Grenze kommen, wo die nächtliche Ruhestörung beginnt, dann kann ich für nischt garantieren! Meine Nerven sind nicht mehr die besten. *Den letzten Satz schreit er, um Frieda zu beweisen, daß er begriffen hat.*

HUBERT Ich schrei nicht. Aber geben Sie bitte das Kabel aus der Hand, sonst erleid ich einen Herzinfarkt. Ich bin gesundheitlich nicht auf der Höhe, müssen Sie wissen. Ich bin einfach überarbeitet.

ERICH 'n Infarkt, Frieda, was meinst du? Wär 'ne standesgemäße Lösung. Aber den Draht geb ich deswegen nicht aus der Hand. Jetzt bin nämlich ich dran. Mit Punkt zwei. Sie haben mir mein

Leben versaut. Und da ich nur eins habe, nehm ich Ihnen das krumm.

HUBERT Entschuldigen Sie, ich sehe Sie heute zum ersten Mal.

ERICH Aber Frieda nicht. Stimmt's?

HUBERT Das ist bekannt.

ERICH Sie war'n Verhältnis von Ihnen.

HUBERT Vor Ihrer Ehe hatten wir Beziehungen.

ERICH Sie haben Frieda nicht geheiratet.

HUBERT Ich wollte.

ERICH Sie haben nicht.

HUBERT Es ging nicht.

ERICH Das ist der Punkt. Wenn Sie nämlich Frieda geheiratet hätten, dann... na, was wär dann?

HUBERT Dann wär sie meine Frau.

ERICH Und wenn sie Ihre Frau wär, wär sie nicht... na... na... wär sie nicht...

HUBERT Ihre Frau.

ERICH Aber sie ist meine Frau. Und das ist Ihre Schuld. Mir gegenüber. Wohlverstanden: mir gegenüber.

Das will ich Ihnen gern noch explizieren, bevor ich Ihnen mit dem Kontakt da näher trete. Als ich Frieda von Ihnen erbte, da war sie ganz schön dran. Ich dachte, das gibt sich wieder. Die päppelst du schon wieder hoch, dachte ich. Ich glaub an mich, verstehen Sie. Ich trau mir was zu. Aber die war Ihnen sowas von mißtrauisch, Herr Direktor, die hat mir die Uhrzeit nicht geglaubt. Und ich hab mir da wirklich Mühe gemacht. 'n nettes Stück ist sie ja. Das wissen wir beide. Aber sie hat mich geschafft, das muß ich zugeben. Zwei Jahre lang hab ich mir die Seele aus 'm Leib geredet. Friedachen war taub. Kein Glaube an was Gutes. Ausgebrannt. Da beißen Sie auf Granit. Schließlich geben Sie auf. Ich wenigstens. Ich geb da auf. Obwohl ich mir was zutrau. Ich sag in so 'nem Fall: die nächste bitte. Weil ich mich nicht auf der Welt fühl, wenn ich'n Priester markieren muß oder sonst so'n Innendekorateur. Und dafür sitzen Sie nun hier, das ist Punkt zwei, wenn Sie mich recht verstehen. Denn Sie hätten das nötige Kleingeld gehabt für 'ne Scheidung. Das wird wohl nicht bestritten! Kommen Sie mir jetzt nicht mit sonstwas, das geht mich nischt an. Punkt eins ist die Ermordung Friedas hier im Lokal, weil sie nun mal kein Mensch sein will, sondern'n Frauenzimmer. Punkt zwei: Erzeugung eines bösen Mißtrauens in Frieda, welches meinerseits nicht überwunden werden konnte und schlimme Folgen hatte. Also ich denke, da können Sie jetzt zustimmen.

FRIEDA Hör sich einer diesen Redner an! Anstatt das Scheusal anzuzünden, häkelt er sich rasch noch 'ne Dornenkrone. Bloß weil du zu feig bist.

ERICH Du willst alles übereilen, Frieda. Schließlich sind wir Amateure. Wir brauchen sein Geständnis, sonst machen wir uns nachher Vorwürfe. Und dann ist dies meine erste Vollstreckung. Ich hab so 'ne Art Krampf in der Hand vom Schnurhalten. Willst du ihn kitzeln? Bitte.

HUBERT Nein, bitte. Überlassen Sie das nicht einer Frau.

FRIEDA Der weiß, warum!

HUBERT Das ist Männersache. Wenn es schon sein muß, will ich nicht von einer Frau umgebracht werden.

ERICH Das begreife ich wieder nicht.

FRIEDA Er rechnet mit deiner Feigheit.

ERICH Ich bin nicht feige. Ich bin nur 'n bißchen pedantisch.

HUBERT Das ehrt Sie als Lokomotivführer. Und als Mensch.

ERICH Danke. Danke. Keine Schmeichelei von seiten des Delinquenten! Mit Bestechung ist bei mir nischt zu machen. Die Verhandlung wird fortgesetzt: bekennen Sie sich im Sinne der Anklage für schuldig?

HUBERT Ich weiß nicht, was man mir vorwerfen könnte! Punkt eins: Frieda ist eine Frau, und was für eine! Punkt zwei: ich hätte Frieda geheiratet, wenn ich gekonnt hätte. Vielleicht war ich zu wenig konsequent. Aber das läßt sich doch noch ändern. Ich könnte mich scheiden lassen. Sie könnten sich scheiden lassen. Ich würde Frieda heiraten.

ERICH Frieda, was hältst du davon? Er nähme die Schuld auf sich. Er müßte mich abfinden. Ne Art Rente.

FRIEDA Erich, du bindest dich am besten gleich auch auf einen Stuhl und gibst ihm das Händchen, dann zünd' ich euch miteinander an.

ERICH Man muß alle Möglichkeiten überdenken, Frieda.

FRIEDA Du warst mir schon fast wieder sympathisch heute abend, Erich. Jetzt willst du mich an'n Kerl verschachern, der mich so wenig liebt wie du.

HUBERT Sie irrt.

ERICH Beweisen Sie ihr das Gegenteil.

HUBERT Lösen Sie meine Fesseln.

ERICH Nein, nein, das geht zu weit. Ne Liebeserklärung, das müssen Sie auch so schaffen.

HUBERT Wenigstens die Arme!

ERICH Frieda, soll er mit den Händen zu dir sprechen oder mit dem Herzen?

FRIEDA Ist bei dem völlig egal.

ERICH Also los. Dann nehmen Sie's Herz.

HUBERT So auf Befehl, das ist nicht leicht. Vor Zeugen.

ERICH Wieso! Wenn was da ist, ist was da.

HUBERT Frieda! Schau mich wenigstens an.

FRIEDA Ich schau weg.

HUBERT Erinnere dich an alles, was ich dir sagte.

FRIEDA An nichts.

HUBERT Du weißt, was mir so imponiert an dir. *Pause* Frieda!

ERICH Sehr kümmerlich bis jetzt. Mein Gott, Frieda, da bin ich doch 'n anderer Kerl.

FRIEDA Da dreh ich die Hand nicht um.

ERICH Also so'n Satz, nee du, das hab ich dir noch nicht angeboten.

HUBERT Die Lage ist ungünstig.

ERICH Schön, Frieda, das halten wir ihm zugute. Aber trotzdem, Herr Direktor, es war 'n bißchen wenig. Wollen Sie nicht nochmal 'n Anlauf nehmen. Ich würd's Ihnen gönnen, daß Sie Frieda überzeugen. Ich wüßte ja, auf was sie anspringt.

FRIEDA Einsagen gilt nicht.

ERICH Richtig. Schließlich sind wir Gentlemen. Also wollen Sie nochmal?

HUBERT Legen Sie zuerst das Kabel weg.

ERICH Frieda, er mag die Schnur nicht sehen. Ich halt' sie hinter mich. So. Aber mehr können Sie wirklich nicht mehr von uns verlangen. Jetzt liegt es bloß noch an Ihnen. Das ist schon die reinste Idylle, ich hör direkt die Nachtigallen. Also was is nu?

HUBERT Frieda! Frieda, ich hab dich gekränkt. Ich war einfach ängstlich. Auch deinetwegen. Ich habe versagt. Aber wenn du dich erinnerst, mußt du zugeben, daß wir beide, du und ich, erinnerst du dich denn gar nicht mehr. Die Ameisen an der Donau. Es war auch im Juni.

FRIEDA Mai.

HUBERT Bitte, das spielt doch keine so große Rolle.

FRIEDA Doch, weil du sagtest, im Sommer kämst du wieder, und ich dachte, das ist lang, Mai, Juni, Juli. Und dann bist du im Oktober gekommen.

HUBERT Im September, Frieda.

FRIEDA Am dreißigsten. Das nenn' ich Oktober.

HUBERT Obwohl der dreißigste September durchaus zum September gehört.

FRIEDA Wenn einer sagt, er kommt im September, und er kommt am dreißigsten, dann ist er nicht im September gekommen. Erich, fahr ab. Zünd' ihn an, ich hab es satt.

ERICH Du willst ihn nicht haben.

FRIEDA Da kann ich genau so gut dich behalten. Mach jetzt endlich Schluß mit ihm!

HUBERT Und als... als dein Freund, Frieda, so wie früher...

ERICH Er meint, ob du seine Geliebte werden möchtest, Frieda. Also das ist nun wirklich 'n Vorschlag. Ich mein', wenn er das vorschlägt, dann muß ihm was liegen an dir, Frieda.

FRIEDA Mach Schluß mit ihm, sonst tu' ich es.

ERICH Schade. Aber wenn Frieda nicht will, dann will sie nicht. Das kennen wir doch, Herr Direktor.

HUBERT Frieda! Du bist unmenschlich. Du bist kein Mensch. Du...

ERICH Stopp, stopp, stopp. Jetzt wollen Sie ihr auch das noch abstreiten. Sie sind wirklich 'n Unglücksrabe. Ham Sie denn nicht noch was Nettes auf Lager? Was Versöhnliches!

HUBERT Wenn sie nicht so entsetzlich mißtrauisch wäre. Könnten Sie ihr nicht beweisen, daß ich es ernst meine.

ERICH Sie glaubt mir kein Wort. Das ist es doch.

HUBERT Genau wie mir. Frieda, ich weiß, du verstellst dich jetzt. Erich und ich meinen es gut mit dir. Du bist verbittert. Aber zu unrecht. Eine Kette unseliger Mißverständnisse. Ich verstehe, daß du mich nicht heiraten würdest. Ich würde mich auch nicht heiraten.

ERICH Das war nicht übel, das mußt du zugeben. Jetzt bloß noch was Positives, Herr Direktor.

HUBERT Ich hatte zu tun, Frieda. Ich wollte doch gar nicht so viel Filialen, aber wenn du mal fünf hast, mußt du noch zehn dazu tun, sonst rentieren sich die fünfe nicht mehr. Das ist das Gesetz. Und wenn du zehn hast, mußt du rasch noch zwanzig in die Welt setzen, sonst bist du bankrott. Die Peitsche der Konkurrenz, Frieda, du kennst sie nicht. Da kommt es schon mal vor, daß man an Ulm vorbeifährt. Vorbeigepeitscht wird, müßte ich sagen. Aber das liegt nun hinter mir. Der Markt zeigt Anzeichen einer gewissen Sättigung. Es gibt Grenzen. Frieda, ich werde oft in Süddeutschland sein. Ich weiß, das Telegramm, das hat dich verbittert. Und dann der Scheck. Aber schau, Frieda, das Telegramm war...

FRIEDA Es genügt.

ERICH Jetzt laß ihn doch, wo er endlich 'n bißchen aus sich rausgeht.

FRIEDA Ich kenn die Geschichte.

HUBERT Nein, Frieda, du kennst sie nicht.

ERICH Siehst du. Und ich auch nicht. Wie war das mit dem Telegramm?

FRIEDA Ich will es nicht hören.

ERICH Der Angeklagte hat ein Recht auf so'n Schlußwort. Frieda, du hast wirklich zu wenig Sinn für Justiz.

FRIEDA Aber für Gerechtigkeit.

ERICH Also, wie war das mit dem Telegramm und dem Scheck.

HUBERT Frieda erwartete mich damals. Wir wollten Silvester verbringen. Gemeinsam, verstehen Sie. Es war alles vorbereitet. Frieda stellt sich das bestimmt viel zu einfach vor. An Silvester nicht bei der Familie sein, ich weiß nicht ob Sie wissen, was das heißt. Aber Frieda rief an, am zweiten Weihnachtsfeiertag. Ich begriff durchaus, wie sie dran war. Weihnachten allein, das ist keine Bagatelle. Also wollte ich einen Ausgleich. Ich bin immer für den Ausgleich. Aber leicht ist das nicht, seiner Familie klarzumachen, daß man an Silvester in Süddeutschland sein muß. Frieda hatte für solche Schwierigkeiten einfach kein Verständnis. Ich wiederum, ich verstehe ja, daß sie kein Verständnis hat, ich versetze mich gern in den anderen hinein. Im Beruf hilft das oft. Privat ist es ein Nachteil, wenn man den anderen begreift. Man will es jedem recht machen, verstehen Sie das, Erich.

ERICH Ich verstehe, daß Sie es jedem recht machen wollen. Das meinen Sie doch?

HUBERT Sie verstehen mich. Ein Mann versteht das eben besser. Frauen sind da egoistisch.
Aber es ist schwer, es jedem recht zu machen, das können Sie mir glauben.

ERICH Besonders an Silvester.

HUBERT Sie verstehen mich, ich seh's. Es gibt nur ein Silvester und Sie sollen in Hamburg und in Ulm sein an Silvester. Was tun Sie da?

ERICH Da bin ich überfragt, Herr Direktor.

HUBERT Ich hatte alles organisiert. Ich wußte, Frieda braucht mich. Sie war übel dran. Ich will darauf jetzt nicht näher eingehen.

Frieda könnte das übelnehmen. Aber es waren besondere Umstände, die meine Anwesenheit dringend erforderlich machten. Und dann platzte die ganze Sache. Frieda hatte kein Vertrauen. Obwohl ich zugesagt hatte, was tut sie? Sie schickt mir ein Telegramm ins Haus. Das kommt in falsche Hände und damit war natürlich mein Ausflug nach Süddeutschland erledigt. Und nicht nur das. Was ich für ein Silvester hatte, na, davon will ich lieber nicht reden.

ERICH Ihre Frau?

HUBERT So ist es.

ERICH Sie hatte keine Ahnung.

HUBERT Bis zum achtundzwanzigsten.

ERICH Am achtundzwanzigsten kam das Telegramm?

HUBERT Wir waren gerade bei der Suppe.

ERICH Am hellichten Tag.

HUBERT Der Schnee glitzerte vor den Fenstern. Ein paar Amseln in der Sonne. Da kommt der Bote. Meine Frau geht hinaus.

ERICH Da waren Sie geliefert.

HUBERT Erledigt. Aus. Da helfen keine Argumente.

ERICH Da mußten Sie natürlich bleiben.

HUBERT Daß es mir noch gelang, auf die Post zu kommen und ein Telegramm aufzugeben an Frieda, ist eine organisatorische Leistung, auf die ich stolz sein darf.

ERICH Und der Scheck?

HUBERT Den schickte ich hinterher. Das hing mit den besonderen Umständen zusammen. Der Scheck war einfach ein Vorschlag. Im Falle, daß Frieda sich helfen lassen wollte, bitte, war es meine Pflicht, ihr die Möglichkeit zu geben. Aber sie hat das natürlich ganz falsch verstanden. Ich begreif das ja. In ihrer Situation. Ich habe auch nachher nie versucht, mich zu verteidigen. Ich dachte, du mußt das einfach auf dich nehmen und tragen. Du bist schließlich ein Mann.

ERICH Alle Achtung, Herr Direktor. Wirklich, das imponiert mir. Nicht verteidigen, auf sich nehmen, tragen, da denk' ich ganz genau so. Kommen Sie, Herr Direktor, Sie müssen einen Schluck trinken. *Er löst ihm die Fesseln.* Die Geschichte hat Sie doch ganz schön mitgenommen damals, das spürt man heute noch. Frieda, da siehst du, wie unrecht wir dem Herrn Direktor getan haben. Hättest du das Telegramm nicht geschickt, wär' er Silvester bei dir gewesen, alles wäre anders gekommen. Oder willst du behaupten, es ist seine Schuld, daß es nur ein Silvester im Jahr gibt? Keine Justiz kann ihm dafür die Schuld zuschieben. Und der Scheck war ja nur ein Vorschlag. Du hättest dir auch ein Kleid kaufen können dafür.

HUBERT Einen Pelzmantel.

ERICH Sogar. Für das andere wäre er sicher aufgekommen. Du hättest einen Anspruch gehabt. Und ein Geizhals ist er nicht, das hat sich gezeigt. Es ist das Beste, wir trinken 'ne Flasche zusammen. Schließlich haben wir gerade noch einen Justizmord verhindert. Komm, Frieda, Gläser her. Von dem Verhör hab' ich Durst wie ein Kamel. Bitte, nehmen Sie Platz bei uns, Herr Direktor. 's ist ja alles 'n bißchen einfach hier. Aber so neu ist es ja nicht für Sie. Hauptsache, wir vertragen uns. Hier sin' noch die Socken.

HUBERT Ich hab wirklich genug davon.

ERICH Nein, nein, wir wollen Sie doch nicht berauben.

HUBERT Danke. Aber ich hätt' sie Ihnen gern dagelassen. *Er zieht die Socken an und die Schuhe.*

ERICH Sehr freundlich von Ihnen. Aber mit Socken fühlen Sie sich doch gleich besser.

HUBERT Ich danke Ihnen.

ERICH *bescheiden:* Aber Herr Direktor...

HUBERT Doch, doch Erich, ich habe Ihnen zu danken. Sie sind ein Mensch. Wirklich ein Mensch.

Frieda steht plötzlich auf.

FRIEDA Na bitte. Jetzt hat er dich auch zum Menschen ernannt. Gute Nacht.

HUBERT und ERICH *verstellen ihr den Weg:* Aber Frieda! Frieda, du wirst uns doch jetzt nicht verlassen. Wir trinken doch noch ein Glas zusammen.

FRIEDA Ich habe keinen Durst.

ERICH *zu Hubert, besorgt:* Ich bemerke das schon seit längerem. Sie hat einfach keinen Durst mehr.

HUBERT *herzlich:* Und hatte doch früher einen so herrlichen Durst.

FRIEDA Vielleicht können sich die Herr'n auch ohne mich über meinen Durst unterhalten.

HUBERT Aber nein, Frieda, wenn du jetzt verschwindest, dann... dann... – *er hängt, schaut zu Erich* – nicht wahr, Erich...

ERICH Dann fehlt uns einfach was.

HUBERT Das ist es, dann fehlt uns einfach was.

FRIEDA Wo die Herr'n sich doch so gut verstehen.

HUBERT Das schon. Gott sei Dank, verstehen wir uns. Aber du

kennst mich doch, Frieda, du weißt, es würde mich schmerzen, wenn ich das Gefühl haben müßte, zwischen dir und mir wäre auch nur der Schatten eines Mißverständnisses zurückgeblieben.

FRIEDA Ja, ich weiß, Hubert. Du bist nun einmal so ein feinfühliger Mensch. Wenn ich nicht laut und deutlich sag', daß ich jetzt zufrieden bin, dann fährst du weg und leidest.

HUBERT Ich käm' nicht zur Ruhe.

FRIEDA Du brauchst einfach ein gutes Gewissen, sonst kannst du nicht leben.

HUBERT Du kennst mich, Frieda, ich spür's.

FRIEDA Und weil ich dich kenn', ist kein Mißverständnis mehr möglich, kein Schatten eines Mißverständnisses, alles ist sonnenklar.

ERICH *steht bei der Tasche des Direktors. Die Tasche ist offen; er hat schon gesehen, was sie enthält:* Frieda, entschuldige, bevor du weiterredest, muß ich den Herrn Direktor fragen, ob er was dagegen hat, wenn ich ihn doch noch beraube.

HUBERT Aber Erich, ich bitte Sie, ich habe das alles für Sie mitgebracht. Bitte, bedienen Sie sich.

ERICH *holt zwei Flaschen heraus:* Siehst du, Frieda, das hat der Herr Direktor für uns mitgebracht. Nun sag bloß, daß wir sowas nicht zu schätzen wissen. Sowas wissen wir zu schätzen. Roter Sekt, Herr Direktor, wie ich unsere Frieda kenn', trinkt die uns heute nacht noch allesamt untern Tisch. Frieda, stimmt's?

FRIEDA Ich hab' keinen Durst.

ERICH Ach, Frieda, jetzt verstellst du dich wieder. Ich seh's dir doch an den Augen an. Was da funkelt, ist der pure Durst, 'n Durst... *Erich hat begonnen, eine Flasche zu öffnen. Nachdem es ihm gelungen ist, schenkt er ein, reicht dem Direktor ein Glas. Stellt sich ein Glas hin und versucht, Frieda ein Glas zu geben. Frieda hat aber zu sprechen begonnen.*

FRIEDA Stell die Flasche weg, Erich, weit weg. Mir fällt ein, was man alles tun könnte mit so einer Flasche. Ihr zwei seid wirklich eine anregende Gesellschaft. Und es wäre doch wirklich schad um euch zwei.
Hubert steht, hat sein Glas, herzlich lächelnd, vor der Brust, jeden Augenblick bereit, anzustoßen. Immer wenn Frieda ihn anschaut, verstärkt er das Lächeln, macht eine Bewegung mit dem Glas, aber Frieda läßt sich nicht abbringen. Ohne dich, Hubert, wär' ich als Analphabetin in die Ehe gerutscht, als ein dummes Luder, das an Küßchen glaubt und Händchenhalten, eine patente Kuh,

die glaubt, ein Mann hat zwar eine tiefere Stimme, aber wenn er Ja sagt, dann ist das das gleiche, wie wenn ich Ja sage. Und dir, mein Erich, was hab' ich dir nicht alles zu verdanken! Sogar Huberts Bild hast du wieder zusammengeflickt heute abend. Es lag an mir, jetzt weiß ich es. Das Telegramm, der Scheck, es war die pure Güte. Und daß nur einmal Silvester ist im Jahr, ist wirklich eher mir zur Last zu legen als Hubert. Er ist ein Ehrenmann. Und du wirst schon auch einer sein. Du mußt einer sein, denn du bist wie er. Ob ich dich Hubert nenne oder ihn, ist schon egal. Ihr gleicht euch wie zwei Chinesen. Man sagt, das kommt von der Entfernung. Ich schlage vor, ihr trinkt jetzt auf Du, mir ist sowieso, als hättet ihr euch schon immer geduzt.

HUBERT Frieda, du weißt, wir tun alles, wenn wir damit dir eine Freude machen können.

ERICH Aber sie muß mittrinken, das ist die Bedingung. *Bietet ihr wieder das Glas an:* Komm, Frieda, nimm. So eine Rede macht durstig, das kenn' ich. *Sie steht jetzt vor ihm.*
Friedachen! Alsdann... *Er reicht ihr das Glas mit zwei Fingern und verbeugt sich wie ein feiner Herr. In diesem Augenblick schlägt ihm Frieda das Glas aus der Hand. Nicht besonders heftig. Eher resignierend. Dann geht sie, ohne sich noch einmal umzudrehen. Die Herren sehen ihr nach, können sich vor Verblüffung nicht bewegen, können keinen Versuch machen, Frieda zurückzuholen.*

ERICH *die Peinlichkeit nur dürftig überspielend:* Sie hat tatsächlich keinen Durst mehr. Früher, sag ich Ihnen, also ich kann was vertragen, auf der Lok, is' ja klar, da kommen Sie mit so'm Brand heim, aber Frieda, wenn die mal anfing, ich sag Ihnen, die ist mir aber auch nicht einen einzigen Schluck schuldig geblieben, so einen Zug hatte die. Na ja, wem sag ich das.

HUBERT *sozusagen beunruhigt und voller Sorge:* Erich, ich bin wirklich, ja, ich muß es sagen, ich bin erschüttert. Es ist nicht mehr die alte Frieda. Niemals, niemals hätte die Frieda, die ich kannte, einen guten Schluck in dieser Weise ausgeschlagen.

ERICH Richtiggehend aus der Hand geschlagen, kann man sagen.

HUBERT Ja, das kann man sagen.

ERICH Sie haben es doch selbst gesehen. Ich tret' auf sie zu, sag was Nettes, mach meinen Diener, und sie, was tut sie... Herr Direktor, Sie haben es selbst gesehen...

HUBERT Sie schlägt Ihnen das Glas einfach aus der Hand und geht.

ERICH Ins Bett. Aber nicht, daß sie sich einbildet, ich kehr ihr jetzt die Scherben zusammen. Das soll sie man schön selber tun morgen früh. Strafe muß sein.

HUBERT Sie wird es sicher bereuen morgen früh. Wie ich sie kenne, Erich, wird ihr's morgen leid tun.

ERICH Aber so kann es doch nicht weitergehn. Mir das Glas aus der Hand zu schlagen. Das kann sie nicht machen.

HUBERT Es war Nervosität, Erich, pure Nervosität.

ERICH Nervös ist sie ja, das stimmt schon.

HUBERT Sehen Sie, und der Nervöse hat auch keinen Durst. Verstehen Sie, die Nerven verkrampfen sich, das führt zu einer mangelnden Durchblutung, der Appetit läßt nach, der Durst hört auf, Sie müssen einfach einen Arzt zuziehen.

ERICH Ja, meinen Sie.

HUBERT Ich bin sicher. Sie dürfen das nicht länger hinausschieben. Heute gibt es doch Mittel, Erich.

ERICH Ich bin Ihnen dankbar für Ihren Rat. Ich werde da bald mal was unternehmen.

Sie haben immer noch ihre Gläser in der Hand. Erich bemerkt es.

Ja, und wir... wir haben ja noch so'n kleinen Durst gerettet, hoff' ich.

HUBERT *herzlich:* Das haben wir, mein lieber Erich. Auf Ihr Wohl.

ERICH Auf das Ihre, Herr Direktor.

Sie trinken.

HUBERT Na lassen Sie mal den Direktor weg. Den Direktor gibt es nicht mehr, verstehen Sie. Sonst sag ich Herr Lokführer zu Ihnen. Hubert heiße ich. *Er wird plötzlich leise:* Und wissen Sie was, Erich, da Frieda doch nun ihre Nervosität hat, ich glaube, es wäre zu rücksichtslos, wenn wir hier becherten. Man lacht mal laut, ein Wort gibt das andere, und die arme Frieda zuckt jedes Mal im Bett zusammen. Wollen wir das? Das wollen wir doch nicht. Also tragen wir unsern Durst in die Stadt. Und Sie sind mein Gast. Einverstanden?

ERICH Da sag ich nicht nein.

HUBERT Also gehen wir. Aber leise.

ERICH Ganz leise.

HUBERT Wahrscheinlich ist sie gerade am Einschlafen.

Sie flüstern nur noch. Bewegen sich ganz vorsichtig.

ERICH Oder sie schläft schon.

Sie stehen beide und schauen noch einmal zur Tür, durch die Frieda verschwunden ist.

HUBERT Die Gute.
ERICH Hoffentlich träumt sie was Schönes.
HUBERT Von uns.
ERICH Lassen Sie nur, ich nehm' Ihre Tasche.
HUBERT Danke. Zu freundlich, Erich.
ERICH Ist doch selbstverständlich, Hubert. Bitte, nach Ihnen.
HUBERT Aber bitte.
ERICH Ich bin hier zuhause. Bitte.
HUBERT Danke. *Geht hinaus.*
ERICH Bitte, bitte. *Er löscht das Licht.* Warten Sie, ich mach' gleich Licht im Gang.

Draußen:

HUBERT Danke.
ERICH Bitte, bitte.
HUBERT Danke.
ERICH Bitte.

Drittes Bild

Der gleiche Prospekt wie im Vorspiel, nur ganz andere Lichtverhältnisse: jetzt ist es kurz vor 7 Uhr morgens.
Erich, von Hubert verfolgt, läuft auf die Bühne. Ihr Äußeres verrät sofort, daß die Nacht hinter ihnen liegt und wie sie die Nacht verbracht haben.

HUBERT Erich, jetzt renn' doch nicht davon. Du fliehst ja vor mir. Erich. Bitte flieh nicht.

ERICH Sobald du Ruh gibst mit den Blumen, bleib ich stehen.

HUBERT Wir besprechen das noch einmal. Wart doch.

ERICH Du machst keinen Versuch mehr, mir die Witwentröster anzustecken?

HUBERT Nur wenn du einverstanden bist.

ERICH Schwör's.

HUBERT Bei unserer Liebe zu Frieda, ich schwör's.

ERICH Gut, ich wart'. Komm her.

HUBERT Erich, das wär doch lächerlich, wenn wir uns jetzt noch streiten würden. Nach so einer Nacht, Erich.

ERICH Ich laß mir keine Blumen anstecken.

HUBERT Jetzt hör mal, Erich, paß auf, mein Freund, leg deinen Arm um mich, ich fröstele. Danke Erich. Jetzt fühl ich mich geborgen.

ERICH Aber du läßt die Blumen, sonst hau ich ab.

HUBERT Jetzt hör mal, wir machen eine Sitzung, einverstanden?

ERICH Wieso jetzt eine Sitzung?

HUBERT Laß dir das von mir sagen, Erich. Ich hab einen Betrieb. Wenn es ein Problem gibt, macht man eine Sitzung.

ERICH Und dann?

HUBERT Gibt es das Problem nicht mehr.

ERICH Wo ist das Problem dann?

HUBERT Es ist gelöst. Verstehst du das?

ERICH Ach so meinst du das. Ja, das ist wie bei uns. Wir machen auch öfters eine Sitzung.

HUBERT Ja, aber ihr arbeitet mit Verlust. Eure Sitzungen taugen nichts, Erich, glaub mir. Du kennst das Defizit der Bundesbahn, Erich. Ich will dich nicht beleidigen, aber wir müssen bei der Wahrheit bleiben.
Erich trinkt aus einer Flasche.

Wenn du trinkst, biete mir gefälligst auch einen Schluck an, sonst sprech ich nicht weiter.

ERICH Du redest doch die ganze Zeit.

HUBERT Und das benutzt du und trinkst heimlich. Ich habe das bemerkt, Erich.

ERICH Da, sauf aus, wenn du mir den Schluck nicht gönnst.

HUBERT Nein, ich verzichte. Dir zuliebe verzichte ich, Erich. Ich will nur, daß du mir den Schluck anbietest, verstehst du das? Die Geste hätte mich gefreut von deiner Seite. Du hast es nicht gespürt, bitte, ich bin dir nicht böse, aber du mußt verstehen, daß ich unter diesen Umständen meinerseits auf den Schluck verzichte.

ERICH Wie du willst. Ich zwing keinen zum Saufen. Ich meinerseits hab Durst.

HUBERT Das kommt, weil du Lokführer bist. Ach, Erich, du hast es schön. Du fährst durch die Gegend, jahraus, jahrein, machst Defizit und nochmals Defizit, weil du 'n Monopol hast, Erich, jawohl du bist ein Monopolist, Erich. Unsereins wär erledigt mit so'm Defizit. Also schindet man sich ab. Und für wen? Für den Verbraucher. Für euch, Erich. Ich trage dein Defizit, Erich. Ich schinde mich ab, daß du durch die Gegend fahren kannst.

ERICH Du, jetzt werd' ich gleich kritisch. Wir machen das Defizit doch bloß euch zuliebe. Wenn wir mit den Tarifen anziehen, was is'n dann mit euch. Aus ist's mit euch. Drum halten wir still. Drum trägt bei uns jeder eine Verantwortung und wird nich' bezahlt dafür. Bloß beim Schrankenwärter, da begreift's der Laie, was da auf dem Spiel steht. Aber so ist alles bei uns. Jeder Handgriff muß sitzen. Es fahren doch ununterbrochen Züge.

HUBERT Durch die Nacht.

ERICH Oder über eine Brücke.

HUBERT Da donnert es.

ERICH Richtig. Oder ein Zug schlägt über die Weichen. Was meinst du, was das für eine Verantwortung ist! Das kann uns keiner nich' bezahlen. Das wissen wir. Darum tun wir unsere Pflicht auch so. Weil ihr sonst euren Käs' nich' mehr verkaufen könnt. So hängt das zusammen. Volkswirtschaftlich. Verstehst du das?

HUBERT Du meinst, ich bin auf dich angewiesen?

ERICH Sozusagen ja.

HUBERT Ich hab drei Lastzüge fahren.

ERICH Wenn wir mit dem Preis hinaufgehn, können deine drei Lastzüge nicht mehr fahren.

HUBERT Das möcht' ich sehen!

ERICH Dann fahren nämlich soviel Lastzüge, daß kein Lastzug mehr fahren kann. Darum halten wir still. Bis der Straßenbau soweit ist.

HUBERT Und dann?

ERICH Dann fordern wir gerechte Bezahlung.

HUBERT Dann hauen eure Kunden ab auf die Straße.

ERICH Dann gibt es ja auch genug Straßen.

HUBERT Also hat eure Forderung keine Kraft mehr.

ERICH Das stimmt. Da hast du recht.

HUBERT Erich, ihr müßt sofort mehr fordern. Glaub mir. Jetzt ist eure Stunde.

ERICH Ja, du hast recht. Sofort. Nein, Hubert, es geht nicht. Es wäre eine Katastrophe. Denk an die Straßen. Nein, Hubert, wir müssen still halten.

HUBERT Bis es zu spät ist.

ERICH Du begreifst das nich'. Die Bahn, das ist das Allgemeine.

HUBERT Ich begreif nur, daß ihr Defizit macht.

ERICH Eben. Mehr begreifst du nicht. Du hast keine Beziehung zur Eisenbahn. In England ist das anders, Hubert. Weißt du, was Weichen auf englisch heißt?

HUBERT Ehrlich gesagt, nein.

ERICH Da siehst du es. Es gibt soviel Leute, die das nicht wissen. Neulich war bei uns eine Delegation aus Plymouth.

HUBERT Ah aus Plymouth. Das liegt im Süden. Du sprichst es nicht richtig aus. Plymouth, heißt das. Siehst du meine Zunge, wenn ich Plymouth sage?

ERICH Ja.

HUBERT Aber deine sieht man nicht. Wenn du Plymouth sagst, und man sieht deine Zunge nicht, dann ist es schon falsch.
Berthold kommt und bleibt wartend in der Nähe stehen.

ERICH Du willst mich ablenken, weil du nich' weißt, was Weichen heißt auf englisch. Nicht einmal der Dolmetscher wußte es. Da bückten sich plötzlich die Engländer und zeigten auf die Weichen und riefen: points. Das heißt nämlich points. Und dabei stellte sich heraus, daß es in England eine Redensart gibt, wenn einer was Wichtiges tut, dann sagt man, man switched die points. *Bewegung, als drehe er am Lichtschalter.* Begreifst du?

HUBERT Das ist sehr interessant.

ERICH Du begreifst es nicht, das sehe ich schon. Ich hau jetzt ab.

HUBERT Nein, bleib doch noch, Erich.

ERICH Du begreifst ja nicht einmal, wie in England das Leben mit der Bahn zusammenhängt. Das ist ein Volk. Jeder hat eine Beziehung zur Bahn. Ganz anders als bei uns. Du willst mein Freund sein, aber was tust du: du willst mir Blumen anstecken und schimpfst auf die Bahn. Nein, Hubert, laß nur. Ich weiß, wie ich dran bin.

HUBERT Erich, bleib, bitte bleib. Das mit dem Defizit war nicht so gemeint. Und die Blumen, mein Gott, ich dachte, Frieda freut sich, wenn du ihr was mitbringst.

ERICH Ja, warum sagst du mir das nicht gleich, daß sie für Frieda sind? Hubert, dann habe ich dir Unrecht getan. Komm, gib sie her, schnell, ich steck sie lieber in die Tasche. Komm, steck du sie ganz vorsichtig in meine Tasche, daß ihnen nichts passiert. Du hast recht. Und wie sie sich freuen wird! Für Blumen hat sie was übrig.

HUBERT Vor allem für Nelken.

ERICH Das sind ja Nelken.

HUBERT Ihre Lieblingsblumen.

ERICH Du hast daran gedacht!

HUBERT Einer muß daran denken, Erich.

ERICH Hubert, das vergeß ich dir nicht. Ich sag einen schönen Gruß von dir dazu.

HUBERT Bitte, vergiß das nicht.

ERICH Meinst du, ich soll sie gleich wecken, oder soll ich warten, bis sie aufwacht.

HUBERT Du mußt sie schlafen lassen.

ERICH Du hast recht. Sie braucht jetzt viel Schlaf.

HUBERT Der Schlaf eines Menschen ist etwas Heiliges.

ERICH Du, da beobachtet uns einer schon die ganze Zeit.

HUBERT Du kannst ihr ja sagen, daß ich ihre Lieblingsblumen nicht vergessen habe. Ich glaub, das wird sie freuen.

ERICH Ich sage, da beobachtet uns einer.

HUBERT Du hörst mir nicht zu. Du willst Frieda verschweigen, daß ich ihre Lieblingsblumen...

ERICH Hubert, der will was von uns. He, Sie, was spionieren Sie da herum? Machen Sie, daß Sie weiterkommen.

BERTHOLD Ich möchte bloß...

ERICH Ab sag ich. Und wenn Sie nicht hören, dann...

HUBERT Halt, Erich, tu ihm nichts, das ist doch Berthold.

ERICH Was für ein Berthold?

HUBERT Mein Fahrer. Morgen, Berthold! Warten Sie da drüben,

ich bin gleich soweit. *Leiser zu Erich:* Also, Erich, mach's gut. Gib mir bitte meine Sachen.

ERICH Was für Sachen?

HUBERT Meine Tasche, den Mantel, den Schirm.

ERICH Hubert, die hab ich doch nicht.

HUBERT So. Na ja, macht nichts. Also, mach's gut. Ja!

ERICH Hubert, du auch! Und wenn du wieder mal 'n Abstecher machen kannst, bitte schau herein.

HUBERT Mache ich, Erich. Bitte grüß Frieda. Sag ihr, wir hätten die ganze Nacht von ihr gesprochen, das wird sie freuen.

ERICH Ja, das ist eine gute Idee. Also, lieber Freund, mach's auch gut.

HUBERT Tschüs, Erich.

ERICH Servus, Hubert.

Hubert geht zu Berthold. Erich winkt ihm noch und geht dann.

HUBERT Ein lieber Kerl, der Fahrer von meinem Freund. Na, wie war die Nacht?

BERTHOLD Ich habe gut geschlafen.

HUBERT Die ganze Nacht?

BERTHOLD Jawohl, Herr Direktor.

HUBERT Ohne jeden Zwischenfall?

BERTHOLD Jawohl, Herr Direktor.

HUBERT Das glauben Sie doch selbst nicht, Berthold. Aber bitte, wie Sie wollen, Sie haben das gute Recht, mir alles zu verschweigen.

BERTHOLD Ich habe nichts zu verschweigen, Herr Direktor.

HUBERT Berthold, ein Mensch, der nichts zu verschweigen hat, den gibt es nicht. Gerade Sie, als ehemaliger Polizist, sollten das wissen. Schauen Sie, in meinem Alter, da passiert ja nichts mehr, also hat man auch nichts mehr zu verschweigen. Leider, Berthold, leider. Je jünger der Mensch, desto mehr hat er zu verschweigen. Ich nehm es Ihnen nich' einmal übel.

BERTHOLD Ihre Sachen, Herr Direktor!

HUBERT Ach ja, meine Sachen. Die hab ich jetzt ganz vergessen.

BERTHOLD Ich kann rasch hinüberlaufen, Herr Direktor.

HUBERT Nein, um Gottes Willen, meine Freunde schlafen noch. Der Fahrer war so nett und hat noch ein Glas mit mir getrunken, aber er will jetzt sicher auch noch 'ne Stunde schlafen. Sie wären imstande und würden ihm noch die letzte Stunde kaputt machen. Das spricht nicht für Ihre Kollegialität, Berthold. Sie haben die ganze Nacht geschlafen. Ein Mensch, der die ganze Nacht geschlafen hat, der hat kein Gefühl mehr für seine Mitmenschen. Hat einer nicht die ganze Nacht oder überhaupt nicht geschlafen, Berthold, so einer versteht seine Mitmenschen.

BERTHOLD Ich habe schon verstanden, Herr Direktor.

HUBERT Nein, gar nichts haben Sie verstanden. Nie werden Sie was verstehen. Nie. Verstanden.

BERTHOLD *schweigt.*

HUBERT Was ist jetzt wieder?

BERTHOLD Nichts, Herr Direktor.

HUBERT Warum sagen Sie nichts?

BERTHOLD *schweigt.*

HUBERT Berthold, ich bitte Sie, schweigen Sie nicht immer! Wenn Sie glauben, Sie verdienen zu wenig, dann sagen Sie es doch. Es regt mich auf, wenn einer andauernd schweigt. Auf hundert Mark kommt es mir nicht an, das wissen Sie ganz genau. Bloß muß einer den Mund aufmachen, besonders so früh am Morgen, Berthold, da bin ich empfindlich. Zuletzt krieg ich dann eine Wut und dann ist es ganz aus. Also, Berthold, versprechen Sie mir, daß Sie nicht mehr schweigsam sind.

BERTHOLD *schweigt.*

HUBERT Einverstanden?

BERTHOLD Jawohl, Herr Direktor.

HUBERT Was denken Sie jetzt?

BERTHOLD Daß es höchste Zeit ist, wenn wir um neun in München sein wollen.

HUBERT Das ist meine Sache. Was denken Sie noch?

BERTHOLD Daß... daß...

HUBERT Na... nur heraus damit! Ganz offen, Berthold! Was denken Sie? Von Mann zu Mann, Berthold.

BERTHOLD Daß... ich...

HUBERT Berthold! Haben Sie Vertrauen. Es passiert Ihnen nichts. Egal, was Sie sagen. Mir ist es lieber, Sie sagen es mir ins Gesicht. Also, Berthold, komm!

BERTHOLD Ich denk... daß ich nicht weiß, was ich denken soll, wenn Sie mich immer fragen, was ich denke.

HUBERT Das war mein letzter Versuch, Berthold. Wie Sie wollen. Ich sage Ihnen, was ich über Sie denke. Ich sage Ihnen, daß ich nicht zufrieden bin mit Ihnen, weil es in puncto Ehrlichkeit hapert bei Ihnen. Schade, Berthold. Sehr schade. Mancher Fahrer wäre froh, er hätte einen Chef, dem er alles ins Gesicht sagen kann. Aber bitte, wie Sie wollen.

BERTHOLD Herr Direktor!

HUBERT Gehen wir.

BERTHOLD Noch nicht, Herr Direktor. Sie haben ja recht, es ist dumm von mir. Sie haben es gleich gemerkt. Aber ich hätte es schon noch gesagt. Sicher, Herr Direktor. Ich dachte, ich warte, bis wir auf der Autobahn sind.

HUBERT Endlich nehmen Sie Vernunft an. In letzter Sekunde, Berthold! Also, sagen Sie mir Ihre Meinung. Es interessiert mich wirklich, Berthold.

BERTHOLD Also gleich nachdem Sie fort waren...

HUBERT Haben Sie mir nachspioniert. Das konnt ich mir denken.

BERTHOLD Nein, Herr Direktor, das nicht. Eine Dame war es.

HUBERT Was für eine Dame?

BERTHOLD Ich kannte sie nicht.

HUBERT Was hat die mit mir zu tun?

BERTHOLD Sie hatte eine Panne. Plattfuß. Ganz verzweifelt war sie. Da hab ich ihr eben geholfen.

HUBERT Und dann?

BERTHOLD Hat sie mir zwanzig Mark gegeben.

HUBERT Und dann.

BERTHOLD Hab ich mir ein Zimmer gesucht.

HUBERT Und die Dame?

BERTHOLD Das weiß ich nicht.

HUBERT Aber was wollten Sie mir damit eigentlich sagen?

BERTHOLD Was ich Ihnen verschwiegen hatte, Herr Direktor.

HUBERT Ach, Berthold.

BERTHOLD Herr Direktor?

HUBERT Es ist nicht ganz einfach mit Ihnen.

BERTHOLD Ich weiß, Herr Direktor. Aber ich spür' jetzt schon, wie Sie's haben wollen. Sie wollen eine Persönlichkeit. Und eine Persönlichkeit muß aus sich herausgehen. Sonst merken Sie ja nicht, daß Sie eine Persönlichkeit vor sich haben.

HUBERT Sehr schön gesagt, Berthold. Sehr schön. Und sogar richtig.

BERTHOLD Ich habe es mir heut nacht überlegt. Ich gehe jetzt einfach aus mir heraus, Herr Direktor! Ich verrat' Ihnen alles. Erstens, daß ich dann gleich in mein Zimmer ging, zweitens, daß ich mich gleich auszog und ins Bett legte.

HUBERT Das freut mich, Berthold. Gehen wir.

Hubert geht. Berthold folgt. Sie umkreisen den Prospekt. Das Tempo nimmt zu mit dem Unmut und Zorn des Direktors. Bert-

hold möchte den Direktor immer wieder zum Stehen bringen.

BERTHOLD Ich muß aber zugeben, daß ich nicht im Bett geblieben bin.

HUBERT *bleibt stehen, ist wieder interessierter:* Sie haben das Zimmer noch einmal verlassen?

BERTHOLD Nein, das nicht. Verstehen Sie, Herr Direktor, jeden Abend leg ich mich ins Bett und dann spür ich es sofort an den Füßen: die Decke ist zu kurz.

HUBERT *unmutig im Weitergehen:* Was Sie auf Ihrem Zimmer tun, ist Ihre Sache. Sie haben Recht auf ein Privatleben.

BERTHOLD Aber wenn ich aus mir herausgehe, um eine Persönlichkeit zu werden, dann muß ich doch zugeben, daß ich noch einmal aufgestanden bin, um meine Socken anzuziehen.

HUBERT Das ist Ihr Privatleben, Berthold.

BERTHOLD Das schon. Aber man schläft doch nicht mit Socken, Herr Direktor.

HUBERT Ich kann Sie nicht daran hindern. Ich weigere mich, mich in Ihr Privatleben einzumischen.

BERTHOLD Aber was soll ich tun, wenn in den Hotels die Decken so kurz sind?

HUBERT Sie strapazieren mich, Berthold.

BERTHOLD Aber Herr Direktor, ich gehe jetzt doch wirklich aus mir heraus.

HUBERT Es ist halb-acht, Berthold!

BERTHOLD Ich frage bloß, ob Sie das billigen, daß ich die Socken wieder angezogen habe! Ob Sie das überhaupt billigen können! Ich will eine Persönlichkeit werden, Herr Direktor, darum nehm' ich kein Blatt vor den Mund und frage Sie als eine Persönlichkeit, ob Sie sich auch so unsicher fühlen, wenn Sie die nackten Füße unter der Decke hervor ins Zimmer strecken?

HUBERT Es ist halb-acht vorbei, wir sind im Dienst! Verstanden!

BERTHOLD Ich glaube nicht, daß ich eine Persönlichkeit werden kann, wenn ich Ihnen verschweige, daß ich Angst habe, wenn meine nackten Füße ins Zimmer ragen. Ich habe Angst, es könnte mich einer berühren. Vielleicht sogar kitzeln. Stellen Sie sich das vor! Man ist doch nirgends so empfindlich wie an den Fußsohlen.

HUBERT Ich gehe.

BERTHOLD Ich komme. Ich muß Ihnen noch gestehen, daß ich mir heute nacht geschworen habe, nie wieder in einem fremden Zimmer die Socken auszuziehen.

HUBERT Noch ein Wort über Ihre nackten Füße, und Sie sind entlassen.

BERTHOLD Das hab ich befürchtet. Ich muß das also so verstehen, daß Sie, Herr Direktor, Ihre Socken in jedem x-beliebigen Zimmer ohne Sorge ausziehen können.

HUBERT Sie sind entlassen. Fristlos.

BERTHOLD Jawohl, Herr Direktor.

HUBERT Es sei denn, Sie versprechen mir feierlich, feierlich! Berthold, daß Sie sich nie mehr in meine Angelegenheiten einmischen.

BERTHOLD Ich gehe doch bloß aus mir heraus, Herr Direktor.

HUBERT Und ziehen mich hinein! Was geht es Sie an, ob ich meine Socken ausziehe oder nicht?

BERTHOLD Nichts.

HUBERT Sie werden nie wieder von Socken und nackten Füßen sprechen?

BERTHOLD Nie wieder, Herr Direktor.

HUBERT *milder:* Dann ist es gut. Dann finden wir vielleicht noch eine Basis, Berthold. Warum glauben Sie denn, daß der Mensch Schuhe trägt? Zähes schweigsames blindes Leder, und trägt doch sonst überall sanftes Gewebe, das mitspricht, verrät, ausplaudert! Aber er trägt Schuhe aus Leder. Warum tut er das, Berthold?

BERTHOLD Um die...

HUBERT Nicht das Wort, Berthold. Sie haben es versprochen.

BERTHOLD Aber die Schuhe trägt man doch an den...

HUBERT Berthold!

BERTHOLD Jawohl, Herr Direktor.

HUBERT Der Mensch trägt Schuhe aus Leder, um seine schlecht verhornten fünfendigen Stumpen zu verbergen. Denn der Mensch, Berthold, ist schamhaft.

Berthold schweigt.

Und wenn Sie's nicht lassen können, an die lächerlichen fünfendigen Stumpen zu denken, dann denken Sie eben dran, aber lassen Sie es sich nicht anmerken. Verheimlichen Sie's. Machen Sie ein Gesicht, als dächten Sie an die heilige Cäcilie oder an Cyrruswolken! Ein Mensch ist erst dann eine Persönlichkeit, wenn er nicht immer alles gleich herausposaunt, was er denkt. Verstehen wir uns da, Berthold?

Berthold schweigt.

Was brüten Sie denn jetzt schon wieder!?

Sie stehen.

BERTHOLD Ich denke an die heilige Cäcilie, Herr Direktor.

Hubert wendet sich ruckartig weg von Berthold.

HUBERT *empört, gequält:* Berthold! *Er geht rasch ab.*

BERTHOLD *mild:* Und an Cyrruswolken. *Er folgt langsam.*

Eiche und Angora

Für Peter und Katharina Adler

Geschrieben 1961/62. Die Uraufführung war am 23. September 1962 im Schiller-Theater Berlin unter der Regie von Helmut Käutner.

Personen

Alois Grübel
Anna, *seine Frau*
Gorbach, *Kreisleiter*
Potz, *Oberstudienrat*
Schmidt, *Studienrat*
Dr. Zerlebeck, *Amtsarzt*
Maschnik, *Kellner*
Maria, *Kellnerin*
Jerzy, *ein Pole*
Zenker, *ein Hitlerjunge*
Blab, *vom Gesangverein Bremberg*
Semper, *vom Gesangverein Kretzenberg*

1 April 1945. Mischwald

Alois und Gorbach in steilem Waldgelände. Lichter Baumbestand. Aprilsonne.

Alois kommt leichter voran als der dicke Gorbach. Gorbach in Kreisleiter-Uniform. Den schweren Mantel trägt er in den Händen; er ist ängstlich bemüht, den Mantel nicht auf dem Boden schleifen zu lassen. Ein prall voller Brotbeutel hängt ihm direkt vor dem Bauch und schlägt beim Gehen noch gegen das riesige Fernglas, das der Kreisleiter umgehängt hat. Auch die Kartentasche stört ihn sehr. Alois trägt ein blau-weiß gestreiftes Küferhemd ohne Kragen, darüber einen Arbeitskittel. Auf dem Rücken hat er einen kleinen Rucksack wie ihn Naturfreunde für Wanderungen benutzen. Auffällig ist die weiße Fellmütze, die Alois auf dem Kopf hat. Eine gewöhnliche Schildmütze, auf die Fellstücke genäht sind. Man sieht noch Mützentuch zwischen den Fellstükken.

Mit dem Gelände hat Alois keine Schwierigkeiten. Seinen Wanderstock braucht er fast gar nicht. Er betrachtet Farne, Blätter, pfeift wie ein Vogel, wenn er wartet, bis Gorbach aufgeholt hat.

GORBACH *schwer atmend:* Unsere Heimat, Alois, ist arg zerklüftet.

ALOIS Ja, es ist eine Lust zu wandern, Herr Kreisleiter. Der Wald, Herr Kreisleiter, dieser schöne deutsche Wald. Ich bitte, diesem Wald einen Blick zu gönnen. Mischwald, Herr Kreisleiter.

GORBACH Alois!

ALOIS Beim Wald ist das nicht so schlimm, Herr Kreisleiter. Sind deutsche Bäume, deutsche Stämme allesamt. Ein Sachse neben einer Schwäbin, Herr Kreisleiter, so steht die Buche neben der Tanne, so ist's ein deutscher Mischwald. Ach, Herr Kreisleiter, wenn ich bloß singen dürft.

GORBACH Du ziehst uns den Feind auf den Hals, wenn du singst.

ALOIS Und wenn der Krieg vorbei ist, meinen Sie, ich darf dann singen?

GORBACH Was ich versprochen habe, hab ich versprochen.

ALOIS Sie setzen's durch, daß man mich aufnimmt?

GORBACH Wenn du dich bewährst, Alois. Und wenn der Gesangverein überhaupt noch existiert dann.

ALOIS Ach, Herr Kreisleiter, ein Gesangverein kann doch nicht untergehen.

GORBACH Ich muß mich setzen, Alois. Auf einen Schluck. *Setzt sich.* Daß auch alles so zusammenkommt. *Er trinkt.* Da trink! *Er reicht die Feldflasche Alois.*

ALOIS Daß es ein Sohn wird, Herr Kreisleiter. *Trinkt.*

GORBACH Vor einem Jahr hat alles noch anders ausgesehn.

ALOIS Ich bin sicher, es wird ein Sohn.

GORBACH *schaut nach oben:* Krähen. Meine arme Frau.

ALOIS Meine Anna macht das schon. Wenn Anna dabei ist, geht nicht so schnell was schief.

GORBACH Anna ist aus der Übung. Du hättest nicht zulassen dürfen, daß sie als Bedienung geht. So eine Hebamme.

ALOIS Sie haben leicht reden. Zuerst, wie ich aus dem Lager raus war und sie hat gemerkt, Kinder, das ist bei mir nicht mehr drin, da war sie Feuer und Flamme für die Hebammerei. Ich hab rein gar nichts mehr gegolten. Nur noch die Wöchnerinnen. Bis zu den Zwillingen der Löwenwirtin. Da war's aus bei Anna. Das hat sie nicht verkraftet. Sie hat nicht mehr wegwollen von den Zwillingen. Na ja, und da ist sie eben gleich beim Löwenwirt geblieben.

GORBACH Wenn ich wenigstens telephonieren könnte.

ALOIS Ein Mann, sagt Anna, ist da so übrig wie an Ostern der Schnee. Und die Frau Kreisleiter ist bekannt als tapfer.

GORBACH Wir müssen jetzt zusammenhalten, Alois. Ich hab so eine Ahnung. Du hast doch nichts gegen mich, oder?

ALOIS Aber Herr Kreisleiter…

GORBACH Du weißt, wenn's nach mir gegangen wär, wärst du nicht ins Lager gekommen damals. Aber du hast es einfach zu wild getrieben, das mußt du zugeben.

ALOIS Ich war verhetzt, Herr Kreisleiter. Ist einer erst einmal verhetzt, der schneuzt sich auch mit dem Messer, wenn's verlangt wird von ihm. Und warum? Seine Nase ist ihm egal.

GORBACH Ja, leider, so ist der Mensch. *Gorbach steht auf.*

ALOIS Jetzt geben Sie mir aber den Mantel, Herr Kreisleiter, der wird Ihnen zu schwer. *Scherzt:* Die ganze Autorität steckt da drin, das wiegt.

GORBACH Lieber wär mir, du nimmst einen weniger steilen Weg. Vor lauter Pflichten bin ich nie zum Wandern gekommen.

ALOIS Da sehen Sie, wozu es gut ist, daß der Krieg jetzt in die Nähe kommt.

GORBACH Halt mal den Mantel. *Er öffnet zwei Knöpfe, lockert die Krawatte, öffnet das Hemd.* Marscherleichterung zwei, Alois. Es wird schon keiner kommen, in dieser Wildnis hier.

ALOIS Wir befinden uns im Augenblick auf Kretzenberger Gebiet, Herr Kreisleiter.

Gorbach wirft sich sofort auf den Boden und schaut vorsichtig umher.

GORBACH Runter, Alois, auf den Boden. *Alois folgt weniger hastig. Scharf flüsternd:* Du hast mich reingelegt. Aus meinem Befehlsbereich hast du mich fortgelockt.

ALOIS *verfällt auch ins Flüstern:* Es ist der kürzeste Weg auf den Eichkopf. Ein paar hundert Meter durch Kretzenberger Gebiet, Herr Kreisleiter, das können wir riskieren.

GORBACH Und wenn einer von Weinreichs Leuten uns erwischt. Ach, Alois, ich hab dich aufgenommen, als du aus dem Lager herauswarst. Ein KZ-ler wird Hausmeister in der Kreisleitung! Ein ehemaliger Roter auch noch! Wahrscheinlich wär ich schon lang Gauleiter, wenn ich nicht so dumm gewesen wäre. Jetzt wird Weinreich Gauleiter. Das hab ich dir zu verdanken. Und wenn jetzt noch eine Streife kommt, bin ich ganz erledigt. Ich habe meinen Befehlsbereich verlassen. Der Weinreich lächelt und sagt: Führerbefehl, und hängt mich auf. Jetzt begreif ich, warum du gesagt hast, die Verteidigung muß vom Eichkopf aus geleitet werden.

ALOIS Kehren wir um, Herr Kreisleiter. In einer Stunde kann der Herr Kreisleiter wieder in Brezgenburg sein und heut noch den Franzosen Aug in Aug gegenüberstehen.

GORBACH Daß sie mich abschießen und Brezgenburg dasteht ohne Befehlshaber. Immer mehr seh ich, dir liegt nichts an Brezgenburg.

ALOIS Wer hat denn vorgeschlagen, Brezgenburg vom Eichkopf aus zu verteidigen...

GORBACH Still!... Da... da war was...

ALOIS Eine Krähe.

GORBACH Die zieht uns Weinreichs Leute auf den Hals. Ich schieß sie ab.

ALOIS Besser wir marschieren zurück ins Tal.

GORBACH Du sagst doch, vom Eichkopf aus übersehen wir die Lage am besten.

ALOIS Wir sehen das Teutach-Tal hinab bis Kretzenberg.

GORBACH Diesen Vorteil hab ich klar erkannt, Alois. Der Berg, von dem aus ich die Schlacht um Brezgenburg leiten werde, kann gar nicht hoch genug sein. Das begreifst du, Alois?

ALOIS Also gehen wir doch auf den Eichkopf.

GORBACH Wenn ich dir bloß trauen könnte. Du bist nicht einmal in der Partei.

ALOIS Noch nicht, Herr Kreisleiter. Aber ich habe alles gelernt im Lager, was ein Parteimitglied wissen muß.

GORBACH Denk an Brezgenburg, Alois.

ALOIS Und an meine Hasen.

GORBACH Ein Patriot denkt jetzt nicht an seine Hasen, Alois.

ALOIS Meine Angorahasen sind ein Faktor, Herr Kreisleiter, das haben Sie selber gesagt. Zur Zeit sind es einundneunzig. Bis heute abend können es sechsundneunzig oder hundert sein. Judith gibt keinen Wurf unter fünf. Und wenn der Franzos ein Einsehen hat und Brezgenburg nicht zusammenschießt, sind es morgen schon hundertfünf oder hundertzehn. Ruth und Rahel und Sarah sind auch kurz vor dem Werfen.

GORBACH Alois, hab ich dir nicht verboten, deinen Hasen diese Juden-Namen zu geben. Wenn du so weitermachst, kommst du nie in den Gesangverein.

ALOIS Das ist eben so eine Angewohnheit noch vom Lager. Ich kann mich da auf den Unterscharführer Schöck berufen, der hat uns das befohlen, daß wir die Hasen so nennen sollen. Immer wenn wieder ein Jude weniger da war, sagte der Unterscharführer, der und der Name ist frei. Und wenn die SS einen Braten wollte, kamen sie zu mir, weil ich doch die Hasen unter mir hatte. Gib mir den Benjamin, sagten sie, oder den Moritz.

GORBACH Trotzdem, Alois, du solltest deine Hasen umtaufen. Es könnte Mißverständnisse geben.

ALOIS Wenn ich mich doch auf den Unterscharführer Schöck berufen kann, Herr Kreisleiter.

GORBACH Den kennt doch niemand.

ALOIS Das ist ein Fehler. Den sollten viel mehr Leute kennen. Der Führer hat ihm einmal die Hand gedrückt in Bückeburg. *Er nimmt Haltung an:* Der Führer, Herr Kreisleiter.

GORBACH Ach, Alois, der Führer ist weit. Gehen wir.

ALOIS Hinauf oder hinunter?

GORBACH Hinauf. Und wenn eine Streife kommt, bist du dran. Verstehst du! Ich werde sagen, daß ich dich auf der Flucht verfolgt habe. Los, die Hände hoch, wenigstens eine.

ALOIS Jawohl, Herr Kreisleiter.

GORBACH Und kein Fluchtversuch, verstanden!

ALOIS Jawohl, Herr Kreisleiter.

Sie gehen weiter.

GORBACH Sobald wir wieder auf Brezgenburger Gebiet sind, kannst du deine Hand herunternehmen. Nicht so schnell... Alois... wenn du abhaust, drücke ich ab. Verstanden!

Er entsichert die Pistole.

ALOIS Jawohl, Herr Kreisleiter.

Die Bühne wird dunkel.

2 Waldweg auf den Eichkopf

Von links nach rechts, auf ansteigendem Weg, drei schwer bepackte Volkssturm-Männer und der Hitlerjunge Zenker. Sie schieben Fahrräder, verschwinden nach rechts.
Langsamer folgen als Gefangene der Pole Jerzy und die Bedienung Maria. Sie ziehen einen Fahrradanhänger. Als Zugtiere und Gefangene sind sie an diesen Anhänger gebunden. Auf dem Anhänger werden Lebensmittel, Kochkessel und Getränke transportiert. Maschnik geht hinter dem Anhänger her. Er ist offensichtlich der Wächter der Häftlinge. Maschnik ist an seiner Kleidung als Kellner erkennbar, aber er trägt auch die Armbinde des Volkssturmmannes.

MASCHNIK So, Maschnik, jetzt sag ich: Abteilung halt. Es juckt mich in den Fingern, es muß finf auf zwelf sein. *Zieht eine Uhr.* Na, was sag ich, sechs auf zwelf. Sauber steh ich da jetzt. Weit und breit kein Kreisleiter, dem ich servieren könnt. Macht's es eich kommod. Einen Befehl, eich loszubinden, hab ich nicht. Des weiteren hab ich keinen Befehl, eich ein Essen zu servieren. Ja, wem servier ich denn jetzt? Sakerment-Sakerment, so eine Situation. Seit neinunddreißig Jahr bin ich im Beruf und das is das erste Mal, daß ich um finf auf zwelf dasteh und keinen hab, dem ich was servieren könnt. Der Hunger kommt zwar bei mir erst um viertel nach zwei, aber in so einer Situation. Maschnik: Krieg is Krieg, du mußt dich abfinden mit dir. *Er hat begonnen, Eßwaren vom Anhänger zu nehmen. Auf einem Baumstumpf hat er eine Serviette ausgebreitet, darauf serviert er jetzt einen kleinen Imbiß.* Vielleicht mechtet ihr bissel wegschauen von mir, weil es mir sonst noch weniger schmecken könnt. Maria, heerst du, wegschauen, hab ich gesagt. Das is ein Befehl. *Seufzt:* Is schon ein Kreiz, sich selber servieren. Wie wenn man sich selber einen Kuß geben mißte. *Er ißt widerwillig. Schaut jeden Bissen an. Kommt nicht voran. Jerzy und Maria schauen hungrig zu. Maschnik sieht es nicht.* Is ja ein hibscher Bursch, dein Polack. Wann ihn bissel streicheln willst. Ich schau nicht hin. *Schaut hin:* Wegschauen hab ich gesagt. Kreizsakerment, jetzt schmus doch. Es könnt nämlich sein, es is das letzte Mal. *Maria und Jerzy schmusen nicht.* Is ja nicht meine Schuld, daß man eich derwischt hat. Hättest eben die Tier nicht effnen dirfen, wenn du einen

Polacken bei dir hast.

MARIA Hab ich wissen können, daß die Anna so gemein ist und mich gleich anzeigt. Bloß weil sie's mir nicht gönnt. Weil es mit ihrem Alois nicht mehr funktioniert.

MASCHNIK Es hätt ja nicht gleich ein Polack sein missen.

Anna kommt von links. Ihr leichter Mantel ist offen. Man sieht die Kellnerin-Schürze.

MARIA Da... bitte... da kommt die feine Kollegin. Jetzt will sie sich verlustieren. Zuschauen, wie mir der Kopf geschoren wird vom Kreisleiter.

MASCHNIK Ja, sowas. Die Anna. *Er springt auf.*

ANNA Ich muß mit dir sprechen, Maschnik.

MASCHNIK Fir dich bin ich immer zu sprechen, Anna. Bitte, wenn du Platz nehmen mechtest, ein kleiner Imbiß vielleicht.

ANNA Nein, ich eß nichts. *Sie schaut zu Jerzy.*

Maschnik, könntest du dich so hinflegeln neben einen, den du ins Unglück gebracht hast?

MASCHNIK Ich schlag vor, Anna, daß du dich jetzt ein bissel beruhigst. *Er dreht sie aus der Blickrichtung zu Jerzy weg.*

ANNA Schau mich nicht an, wie wenn du was wissen möchtest. Ich hab es nicht gewollt. Sie hat sich brüsten wollen, mir zeigen, wie er da im Bett liegt bei ihr. Und jetzt schauen sie alle hinter mir her, Maschnik. Ich geh nicht mehr hinunter. Die Frau Kreisleiter soll sich eine andere Hebamme suchen. Das kannst du dem Kreisleiter sagen. Ich bleib im Wald, bis die Franzosen kommen. Vorher bedien ich nicht mehr. Und lieber bedien ich noch Franzosen als daß ich anderer Leute Kinder zur Welt bring. Sag das dem Kreisleiter. Sag ihm, ich hätte unsichere Hände. Gläser hab ich im Griff. Kinder könnt ich fallen lassen. Sag ihm: Anna hat Angst. Sie traut sich nicht mehr.

Leiser: Was passiert denen?

MASCHNIK Ich hab den Befehl, daß ich sie ins Hauptquartier bring, was auf dem Eichkopf eingericht werden soll.

ANNA Und dann?

MASCHNIK Ich denk, sie wird's die Haare kosten und ihn, fircht ich, bissel mehr.

ANNA Dann laß ihn doch laufen.

MASCHNIK Daß der Strick ieber mich kommen mecht.

ANNA Wegen so einem Flittchen umkommen, Maschnik, das hat er nicht verdient.

MASCHNIK Das hättest du dir frieher ieberlegen missen.

ANNA Ich hab ihn nicht angezeigt.

MARIA Aber dem Löwenwirt hast du's gesteckt. Und daß der hundertfünfzigprozentig ist, hast du gewußt. Wenn ihm was passiert, geht's auf dich, das weißt du.

ANNA Mit dir red ich nicht.

MASCHNIK Wann ich dich wär, ich mecht gar nicht erst hinschauen. *Von links herauf schiebt Dr. Zerlebeck ein Motorrad. Er trägt die schwarze SS-Uniform. Am Arm die Armbinde des Roten Kreuzes.*

Jetzt is aber Schluß mit Rasten, ich kenn jetzt kein Pardon mehr. Ein Befehl is ein Befehl, des mecht ich mir ausgebeten haben. *Maria und Jerzy stehen auf.*

Maschnik tut überrascht: Ach, Herr Doktor. Heil Hitler, Herr Doktor. Na sowas. Eine Zindkerze oder was is es? *Maschnik läuft zu Dr. Zerlebeck. Anna steckt das Messer, mit dem Maschnik Brot geschnitten hat, in die Manteltasche.*

DR. ZERLEBECK Morgen, Maschnik. Schweinerei, mir so 'ne Maschine zu geben. Verstehen Sie was davon?

MASCHNIK Mit Verlaub gesagt, nein, Herr Doktor. Aber ich könnt dem Herrn Doktor einen Imbiß servieren.

DR. ZERLEBECK Ich muß auf den Eichkopf, Maschnik.

MASCHNIK Ich heer, der Weg is arg steil.

DR. ZERLEBECK *scharf:* Ich habe auf Alois gewartet. Er weiß doch, daß er sich montags zu melden hat zur Auswertung.

ANNA Er ist mit dem Kreisleiter.

DR. ZERLEBECK Und warum ruft man da nicht an? Entschuldigt sich nicht? Haben Sie wenigstens den Fragebogen ausgefüllt?

ANNA Ihre Fragen sind eine Sauerei. Die beantworten wir nicht.

DR. ZERLEBECK Begreifen Sie doch, Frau Grübel. Ihr Mann war nun mal im Lager. Also ist er ein Fall geworden. Die Versuche sind für die Katz gewesen, wenn wir die Auswertung verschlampen. Sie begreifen das, Maschnik!

MASCHNIK Ich mecht sagen, jawohl.

ANNA Sie glauben, Sie können mit mir umspringen, wie mit meinem Mann.

MASCHNIK Sie ist komplett hinieber, Herr Doktor, das sehen's ja. Heit morgen war sie noch ganz verninftig, hat die Maria angezeigt, weil die den Polacken da bei sich gehabt hat. Pflichtgemäß hat sie's gemeldet. Aber jetzt ist sie einfach hinieber. *Anna hat nur Jerzy angeschaut. Jetzt wendet sie sich Dr. Zerlebeck zu, fällt an seine Schulter. Er ist eher kleiner als sie.*

ANNA *schluchzend:* Herr Doktor... Sie dürfen ihm nichts tun.

DR. ZERLEBECK *hilflos:* Jetzt auf einmal. Typisch Frau. Ganz typisch. Zuerst so. Dann so.

ANNA Das hat er nicht verdient.

DR. ZERLEBECK *mißversteht sie:* Aber Frau Grübel, wir tun ihm gar nichts mehr. Es handelt sich doch bloß noch um die Auswertung der Versuche, denen er sich im Lager unterzogen hat. *Er zieht das Notizbuch.* Wir kriegen einfach zu große Lücken. Hat sich irgend etwas getan?

ANNA *störrisch:* Ich sag nichts.

DR. ZERLEBECK *notiert sich was:* Nervös kommen Sie mir vor, sehr nervös.

Anna schweigt.

DR. ZERLEBECK Frau Grübel, ich muß wissen, wieweit Alois noch Interesse hat an Ihnen. Ich komme sonst einfach nicht weiter.

MASCHNIK *neugierig:* Ob er noch eine Freud hat an dir, Anna.

DR. ZERLEBECK Gibt es Berührungspunkte, zum Beispiel?

MASCHNIK Ob er dich anlangt, Anna?

DR. ZERLEBECK Sein Vokabular.

MASCHNIK Was er sagt zu dir.

DR. ZERLEBECK Frau Grübel, es geht um die Wissenschaft.

MASCHNIK Anna, jetzt red schon, wo's doch der Herr Doktor so neetig braucht fier die Wissenschaft.

ANNA Diese kalte Sau. Pfui Teufel vor sowas. Soll er sich selber zurichten, wie sie den Alois zugerichtet haben, dann braucht er nicht fragen. Pfui Teufel!

Anna ab.

MASCHNIK Anna! Herr Doktor, ich fürchte, sie is schon zu nervös.

DR. ZERLEBECK Das ist jetzt der deutsche Mensch, Maschnik. Es ist zum Verzweifeln. *Steckt das Notizbuch ein.* Manieren wie eine Russin. Wo, frag ich Sie, wo ist jetzt der Unterschied?

MASCHNIK Mit Verlaub, Herr Doktor, da bin ich ieberfragt.

Die Bühne wird dunkel.

3 Eichkopf

Links zieht sich noch Wald herauf. Nach hinten wird das Gelände von einigen Eichen begrenzt. Jenseits dieser Eichen fällt der Berg wahrscheinlich steil ab. Dort muß das Teutachtal liegen. Alois geht mit dem Feldstecher da hinten hin und her und schaut ins Tal hinunter und nach Brezgenburg. Gorbach liegt unter der größten Eiche, die etwas weiter im Vordergrund steht als alle anderen Eichen. Rechts ist eine Waldhütte zum Teil noch sichtbar. An einem Ast hängt der Mantel des Kreisleiters über dem Bügel.

GORBACH Was macht der Feind, Alois?

ALOIS Ach, der Feind, Herr Kreisleiter, nichts macht der. Keine Spur von einem Feind.

GORBACH Und die Unseren, Alois, was machen die? Rücken sie ein in die Stellungen?

ALOIS Frauen. Hitler-Jugend. Und Eisenbahner. Sie liegen herum. Hängen die Füße in die Teutach.

GORBACH *rappelt sich mühsam hoch:* Laß sehen! *Nimmt den Feldstecher:* Was fällt denen ein! Das... das ist doch, dem werd ich Mores lehren, dem werd ich was beibringen, Alois! Der unter der Erle, die Knickerbocker verraten ihn, das ist Schmidt, der Studienrat Schmidt, der die Schanzarbeiten leiten soll. Hören einfach auf. Haben wir eine Leuchtpistole, Alois?

ALOIS Die kommt nach.

GORBACH Das ist eine Schweinerei, Alois. Wie soll ich jetzt dem Schmidt ein Zeichen geben.

ALOIS Bei Tag, Herr Kreisleiter, hätte die Leuchtpistole vielleicht...

GORBACH Red nicht soviel, Alois. Wir müssen handeln. Wenn die Franzosen kommen, ist es zu spät.

ALOIS Dann geht es uns wie in Bremberg.

GORBACH Was war in Bremberg?

ALOIS Da haben sie den Bürgermeister ausgezogen und den nackten Bürgermeister haben sie in den Marktbrunnen geworfen.

GORBACH Ertrunken?

ALOIS Nein, aber er hat sich erkältet. Und den Ortsgruppenleiter, den Gallenberger, den haben sie in den Schweinestall gesperrt.

GORBACH Barbaren.

ALOIS Wenn er Hunger hat, muß er sich was aus'm Trog schöpfen.

GORBACH Und sowas will eine Kultur-Nation sein.

Alois hat begonnen, mit alten Brettern, Zweigen und Steinen zu hantieren. Er sucht zusammen, was er braucht, trägt alles an die vordere Hüttenwand. Offensichtlich will er einen notdürftigen Verschlag bauen. Gorbach atmet die Waldluft ein.

GORBACH Du hast wirklich recht. Alois, unser Wald, das ist schon was.

ALOIS Darum sing ich so gern.

GORBACH Ich sing ja auch gern. Aber nicht soo gern. Dagegen der Wald. *Versonnen schweigt er.*

ALOIS Singen und Wald zusammen, ich glaub das wär's.

GORBACH Weißt du, so eine Eiche.

Pause.

ALOIS Eine deutsche Eiche, Herr Kreisleiter.

GORBACH Alois, eine Eiche ist immer eine deutsche Eiche. Oder kannst du dir vielleicht eine italienische Eiche vorstellen?

ALOIS *versucht es:* Eine... italienische... Eiche...

GORBACH Gib's auf. Du schaffst es nicht.

ALOIS Ja... ich schaff es nicht.

GORBACH Woher das bloß kommt? Ist es das Alter dieser Eiche... die Kraft... daß der Wind so durch den Baum geht... ein Raunen... man spürt es mehr als daß man's hört... und man weiß: Du kannst nur davorstehen und schweigen. Geht es Dir auch so?

Alois bemüht sich schweigend.

Nicht so ganz, kommt mir vor. Ich will dich nicht zwingen, Alois. Jedes Gemüt reagiert da anders, wenn es vor die Natur tritt. Der eine verstummt, der andere redet einfach weiter, pietätlos. Seltsam ist das. Mir ist, als wenn die Eiche einfach zu mir sagte – *behutsam:* sei still. *Ein Flugzeug braust über sie hinweg, sie werfen sich zu Boden.* Siehst du, der Feind will es nicht, daß wir uns der Natur hingeben.

Alois nimmt seine Tätigkeit wieder auf.

Was soll das werden?

ALOIS Im Fall sie eine Beschießung machen, muß ich doch meine Hasen evakuieren, Herr Kreisleiter.

GORBACH Es geht um Brezgenburg, um den Endsieg geht es, und du denkst immer bloß an deine Hasen, Alois! Begreifst du denn überhaupt nicht, was auf dem Spiel steht.

ALOIS *weiter sammelnd und bauend:* Der deutsche Mensch, Herr Kreisleiter, der steht auf dem Spiel. Weil doch die Rasse sonst erledigt ist, wenn die Untermenschen uns überwinden. Der Unterscharführer Schöck hat aber gesagt zu uns: dem Alois seine Angorahasen die sind so hoch über einem normalen Hasen wie der deutsche Mensch über dem Untermenschen. Darum hat er extra angeordnet, daß ich die Zuchtpärchen mitnehmen darf aus dem Lager.

GORBACH Warum aber dann die Juden-Namen, Alois? Das paßt doch nicht.

ALOIS Das paßt schon. Insofern wir die Hasen ja umbringen. Und die Wollen nehmen wir ihnen ab, also dienen sie uns. Für das Pfund Angorahaare bekommen Sie heute mehr als für ein goldenes Parteiabzeichen, Herr Kreisleiter. Es muß einer ja zuerst was zum Anziehen haben, sonst kann er das Abzeichen gar nicht anstecken. In die Haut kann er es nicht stecken, das ist ja ganz klar, oder?

GORBACH Natürlich nicht.

ALOIS Das gäb eine schöne Infektion. Und wenn der Franzos nun eine Beschießung macht und rottet mir die Hasen aus, dann ist die Rasse hin. Ich häng halt an der Rasse, Herr Kreisleiter. Der Unterscharführer hat immer gesagt: schaut den Alois an, ein einfacher Mensch, aber die Idee hat er begriffen.

GORBACH Du bist ein Fanatiker, Alois. Seit du im Lager warst. Ich hab anständige Juden gekannt, früher.

ALOIS Herr Kreisleiter, mit Verlaub, Sie machen da einen Fehler. Das ist doch der Trick des Untermenschen, er zeigt Menschenantlitz. Der Unterscharführer Schöck sagt aber: es ist nicht alles ein Mensch, was Menschenantlitz zeigt. Wehe dem, sagt er, der das vergißt. Wehe dem, Herr Kreisleiter. Es ist nicht alles gleich ein Mensch, was aussieht wie einer.

GORBACH Du bist wirklich ein Fanatiker, Alois. Hast du denn gar keine Angst?

ALOIS Wieso jetzt Angst? Wer die Idee begriffen hat, sagt der Unterscharführer, der kommt durch.

GORBACH Es genügt doch, daß du ein guter Deutscher bist, Alois, für deine Verhältnisse.

ALOIS Ich hab meine Schulung und fall auf nichts mehr rein.

GORBACH Alois, du mußt nicht denken, daß du mir was vormachen mußt. Du kennst mich doch.

ALOIS Sie sind mein Kreisleiter, Herr Kreisleiter.

GORBACH Ja, schon. Aber warum? Schau, wie ich anno Neunzehn heimkam aus dem letzten Krieg, da hab ich einem Rittmeister in Straßburg seinen Mantel abgekauft, ich war da ein mieser Gefreiter. Aber ich hab mir gedacht, mit so einem flotten Mantel heimkommen, das wär was. Kauf ich dem also in Straßburg den Mantel ab, zieh ihn an, und schon in der Nähe von Mannheim verprügeln sie mich. Bolschewisten, verstehst du. Zu sechst waren die.

ALOIS Und der Mantel?

GORBACH War hin.

ALOIS Eine Gemeinheit.

GORBACH Da ist in mir ein Haß gewachsen gegen den Bolschewismus, das kannst du dir denken. Da hab ich mir geschworen, wie ich so in der Rheinebene auf dem Boden lag, das zahl ich denen heim. Und hab ich gedacht, das nächste Mal, wenn sie mich wieder verprügeln, will ich wenigstens vorher ein Rittmeister gewesen sein. Verstehst du. Darum hab ich die Karriere gemacht.
Geräusch tieffliegender Flieger. Alois und der Kreisleiter werfen sich zu Boden, schauen dann vorsichtig auf.

GORBACH Jetzt geht's los.

ALOIS Ich muß hinunter, Herr Kreisleiter. Die Hasen, das gibt eine Panik, wenn die Flieger so einen Krach machen. Angora sind da besonders feinfühlig, die stecken einander an, Herr Kreisleiter. Einundneunzig Hasen, Herr Kreisleiter, wenn einundneunzig Hasen Angst haben, stellen Sie sich das vor.
Motorrad-Gebrumm nähert sich.

GORBACH Still. Ich hör was.

ALOIS Franzosen.

GORBACH Oder Weinreich. Eine Streife. *Er zieht die Pistole.* Wenn es eine Streife von Weinreich ist, nehmen wir sie fest. Sie haben auf Brezgenburger Gebiet nichts zu suchen. *Plötzlich erschrekkend:* Aber wenn es SS ist?

ALOIS SS kommt nicht hier herauf, Herr Kreisleiter. SS ist eine Elitetruppe. Die haben jetzt anderswo zu tun.

GORBACH Sag das nicht. Die sind überall. Mit deiner blöden Abkürzung. Jetzt stehen wir da, ohne Stab. Sie können uns für Deserteure halten. Komm, da in die Hütte. *Rennt zur Hütte. Wirft sich gegen die Tür. Dringt ein.*
Alois, sofort kommst du her.

ALOIS Ich komme ja schon, Herr Kreisleiter.
Gorbach schließt die Tür. Auf dem Rücksitz eines Motorrads fährt Oberstudienrat Potz herein. In SA-Uniform. Er springt vom Sitz. Ein zweites Motorrad mit zwei Begleitern.

POTZ *zum Fahrer:* Warten. Nach hinten sichern. *Potz zieht die Pistole:* Hallo! Ist hier jemand? Kreisleiter? Hallo. Das ist doch Gorbachs Mantel. Ist Gorbachs Mantel hier, muß Gorbach hier gewesen sein.

Gorbach mit Alois aus der Hütte.

GORBACH Sie sind's, Potz. Warum verlassen Sie Ihren Posten?

POTZ Kreisleiter, ich bin empört.

GORBACH Ich bin empört! Wie kommen Sie dazu, Ihren Posten zu verlassen? Wer befehligt den Volkssturm?

POTZ Langsam, Kreisleiter. Wer hat denn die Stadt zuerst verlassen?

GORBACH Nach reiflicher Überlegung habe ich mich entschieden, das Hauptquartier hier herauf zu verlegen. Von hier aus überseh ich die Lage. Erteile Befehle.

POTZ Das hätte uns mitgeteilt werden müssen.

GORBACH Das wäre Ihnen mitgeteilt worden. Wo steht Ihre Kompanie?

POTZ Wir wollten die Stellungen im Teutachtal beziehen zur Abriegelung des Talwegs, aber die Schanzarbeiten sind nicht mit dem nötigen Eifer ausgeführt worden.

GORBACH Studienrat Schmidt?

POTZ Studienrat Schmidt! Jawohl. Er sagt, er ist bei den Schanzarbeiten auf frühgeschichtliche Gräber gestoßen. Wahrscheinlich alemannische Königsgräber. Er sagt, in der Eile, in der jetzt gegraben werden muß, zerstört er die Fundstätten. Er schlägt vor, das geplante Grabensystem einen halben Kilometer weiter zurückzuverlegen.

GORBACH Geht das?

POTZ Das ist unmöglich. Wir haben die beste Stelle des Tals gewählt. Wir liegen an den Hängen, der Feind läuft zwischen unser Grabensystem hinein, wir schießen ihn zusammen, wer sich retten will, rennt in die Teutach und kommt um. Die Teutach führt Hochwasser.

GORBACH Alle Achtung. Der Fluß tut seine Pflicht.

POTZ Aber Herr Schmidt sabotiert. Er nimmt es nicht auf seine Kappe, alemannische Königsgräber zu zerstören. Ich bitte Sie, ihn unverzüglich ablösen zu lassen und mir den Befehl über die Schanzarbeiten zu übergeben.

GORBACH Gemacht, Potz! Brausen Sie ab. Lassen Sie Schmidt verhaften und hierher schaffen. Wir machen selbst Geschichte. Sagen Sie das Herrn Schmidt. Wir sind nicht dazu da, alemannische

Skelette zu schützen, sondern unsere Frauen und Kinder, unser Brezgenburg!

POTZ Jawohl. Schanzen auf Teufel komm raus. Schmidt verhaften. Kompanien Potz, Kreuzler und Greising warten auf Schießbefehl vom Hauptquartier Eichkopf.

GORBACH Ab.

POTZ Ab. *Potz braust mit Begleitung ab.*

GORBACH *befriedigt:* Der spurt. Den hab ich auf Vordermann gebracht. Hätte uns mitgeteilt werden müssen! Was der sich einbildet, Alois. Hätte uns mitgeteilt werden müssen. Denen werd ich schon noch beibringen, wie man militärisch operiert.

ALOIS Aber vom Gesangverein haben Sie nichts gesagt.

GORBACH Wieso vom Gesangverein?

ALOIS Weil doch der Oberstudienrat Potz der Dirigent ist. Ich mein, der hat es doch in der Hand, der könnte mich sofort aufnehmen. Ich mein, wenn man's immer aufschiebt, dann komm ich nie zum Singen.

Flugzeuggeräusch wie vorher. Beide werfen sich zu Boden. Heben die Köpfe wieder vorsichtig.

GORBACH Ach, Alois, das Singen hat noch Zeit.

Die Bühne wird dunkel.

4 Das Hauptquartier

Wieder ein schöner Apriltag. Das Gelände ist zum Hauptquartier geworden. Links ragen noch Zelte in die Szene. Unter der Eiche ein Kartentisch. Neben dem Tisch eine Schultafel, auf der ein Hitlerjunge mit Kreide einen Gefechtsplan zeichnet. Er überträgt ihn von einer Papierskizze. Ältere Männer in Drillichen, SA-Uniformen und Eisenbahn-Uniformen arbeiten langsam: schleppen Holz zur Feuerstelle, Äste aus dem Wald, spannen Tarnnetze gegen Flieger, ziehen Leitungen. Zwei sind als Posten bei den Gefangenen. Die Gefangenen sind an Bäume gebunden: Studienrat Schmidt mit Knickerbockern und Glatze und der Pole Jerzy. Alois ist damit beschäftigt, Maria den Kopf zu scheren. Er tut das zaghaft. Gorbach tritt in die Tür der Hütte, eine Kaffeetasse und ein Butterbrot in der Hand. Neben dem Kartentisch steht ein Hokker, auf diesem das Feldtelefon. Maschnik, noch als Kellner erkennbar, hat sich dort als Telefonist eingerichtet. Wenn Gorbach unter die Hüttentür tritt, springt er auf, reißt die Serviette vom Kartentisch und eilt als Ober auf Gorbach zu.

MASCHNIK Is noch was gefällig, Herr Kreisleiter, soweit es meglich is, werd ich mich bemiehn. Is sowieso ein Jammer, wenn ich denk, was ich dem Herrn Kreisleiter servieren könnt z'haus in Karlsbad. Ein Petit Déjeuner, Herr Kreisleiter, da mechten's nimmer so schnell aufstehn. Jambon de Prague, Herr Kreisleiter.

GORBACH Hör auf, Maschnik, sonst verschluck ich mich.

MASCHNIK Oder: Œuf en cocotte Opéra.

GORBACH Das fressen jetzt die Russen.

MASCHNIK Die wenn mir das Déjeuner-Porzellan zerschmeißen, das gäb eine Vergeltung, Herr Kreisleiter. Aber ich hoff, sie werden sich nicht hineintrauen ins Pupp. Wissen's, so wie das Parkhotel Pupp dasteht, das ieberlegt sich ein Prolet zweimal, eh er da hineingeht. Vorher rauben's eine Kirchen aus, vor's se sich ins Pupp hineinwagen. Sie kennen das Pupp, Herr Kreisleiter!

GORBACH *unsicher:* Das Pupp. Du meinst das Parkhotel Pupp, ja, ja, natürlich. Ein sehr gutes Haus.

MASCHNIK Ein besseres gibt es nicht, Herr Kreisleiter. Wir ham Ihnen ein Bœuf Stephanie gehabt, mein Gott.

GORBACH Maschnik, wenn du nicht aufhörst, krieg ich eine Schwäche und fall um. Du untergräbst die Kampfmoral, Maschnik.

MASCHNIK Sehr wohl, Herr Kreisleiter.

Maschnik verschwindet in der Hütte. Gorbach mustert die Szene, dann geht er auch noch einmal hinein.

ALOIS *halblaut beim Haarschneiden:* Also ich kann's kaum glauben, Maria. Mit der Polizei hat's Anna sonst gar nicht. Sie ist doch überhaupt nicht auf der Höhe in der Politik.

MARIA Der arme Jerzy. Wenn sie dem was tun, dann hat sie ihn auf'm Gewissen, das kannst du ihr sagen.

ALOIS Du hast ihn auf'm Gewissen, du! Und er sich selber. Mit so eim legt man sich doch nicht ins Bett, Maria. Herrgottnochmal, ich laß doch auch keinen iksbeliebigen Stallhasen über meine Angoraweibchen.

MARIA Du kannst da überhaupt nicht mitreden. Au! Du bist gemein.

ALOIS Nicht frech werden! Sonst hol ich den Scherapparat, daß du gleich dahockst mit einem Glatzkopf.

MARIA Nicht, bitte, Alois, tu' langsam.

ALOIS Dann halt gefälligst dein freches Maul.

MARIA Ich sag ja schon nichts. Bei dir weiß man überhaupt nicht, wie man sich einschmeicheln soll.

Gorbach ist aus der Hütte getreten. Ein Hitlerjunge reicht ihm den Feldstecher. Er schaut ins Tal. Dann postiert er sich hinter dem Kartentisch unter der Eiche. Nimmt Platz. Zieht eine Zigarre heraus. Maschnik ist schon da und gibt Feuer. Danach macht er sich wieder ans Telefon.

GORBACH *hat wieder den Feldstecher vor den Augen:* Man begreift es nicht.

ALOIS Kein Franzose weit und breit.

GORBACH Mein Gott, sind das Soldaten. Die könnten doch wirklich schon hier sein. Wenn die so lahm sind, kommt der Jagdverband von der SS noch vor denen. Dann können sie aber was erleben!

ALOIS Dann wird ihnen heimgeleuchtet, Herr Kreisleiter.

GORBACH Die Krähen machen mich noch ganz nervös. War es je so warm im April, Alois? Und keine Nachricht von meiner Frau. Mein Gott, und morgen ist Führers Geburtstag.

ALOIS Meine Hasen kriegen frischen Löwenzahn, morgen. Ich darf doch rasch mal runter?

GORBACH Zuerst wird jetzt das Mensch geschoren.

ALOIS Mit Verlaub gesagt, Herr Kreisleiter, ich hab keinen Spaß an dieser Haarschneiderei. Ich hab doch diesen Saft trinken dürfen im Lager, vom Schweigrohr, und dann noch die Strahlen, der Doktor Moser hat gesagt, ich tät das für die ganze Menschheit, das ist ein schönes Gefühl, Herr Kreisleiter, wenn man etwas für die ganze Menschheit tut, bloß, jetzt macht es mir gar keinen Spaß mehr an so einem Weibsbild herumzumachen.

GORBACH Befehl ist Befehl, Alois.

ALOIS Jawohl, Herr Kreisleiter.

MARIA Feigling!

ALOIS Gleich hol ich den Apparat!

GORBACH *zu den Gefangenen:* Und dann kommt ihr dran!

ALOIS Ich tät sagen, zuerst der Pole. Was der sich mit dem Mensch da erlaubt hat, ist Rassenschande. Kreisleiter Weinreich hat gestern im Kretzenberger Wald zwei Polen aufhängen lassen.

GORBACH So, gleich zwei.

ALOIS Auch wegen Rassenschande.

GORBACH Das ist typisch Weinreich. Sicher hat er gehört, daß wir einen solchen Fall haben und da hat er gleich beweisen müssen, daß er doppelt soviel Polen aufhängen kann wie ich. Wie... wie hat er denn das gemacht... das Aufhängen?

ALOIS Auf'n Leiterwagen gestellt, Strick um'n Hals, Leiterwagen weg, aus.

GORBACH *als kenne er diese Methode:* Ja, ja... die alte Methode. Haben wir einen Leiterwagen?

ALOIS Nein.

GORBACH Na bitte. Wie soll ich da Urteile sprechen, wenn es am Nötigsten fehlt. Laß sofort einen Leiterwagen herschaffen. Auch der Fall Schmidt muß erledigt werden. Und daneben soll man noch die Operationen leiten. Alles hängt an mir. Der Weinreich hat eben andere Kerle in seinem Stab. *Motorrad-Geräusch.* Hörst du was?

ALOIS Motorräder.

GORBACH Los, an die Arbeit, das ist sicher die SS, schneid dem Mensch da die Haare. *Ruft:* Zenker! Zenker, sofort zu mir.

Man sieht, daß Alois mit Maria wieder Schwierigkeiten hat. Ein Hitlerjunge rennt von links herauf.

ZENKER Hier, Herr Kreisleiter.

GORBACH *zu Zenker:* Ist die Skizze fertig?

ZENKER Noch nicht ganz.

GORBACH Fertigmachen!

ZENKER Fertigmachen!

Gorbach geht zu Schmidt.

GORBACH Es tut mir leid, Schmidt, aber Oberstudienrat Potz hat mir gemeldet, daß Sie sich geweigert haben, weiterzuschanzen. Das ist Befehlsverweigerung. *Wird lauter:* Da kann ich mich nicht blind stellen. *Noch lauter:* Befehlsverweigerung, Herr Studienrat. Sie wissen, was das heißt!

Schmidt sagt nichts.

Oder waren Sie sich darüber nicht im klaren?

Schmidt sagt nichts.

Brüllt: Antworten Sie, das bitt ich mir aus, wenn ich mit Ihnen rede.

SCHMIDT Herr Kreisleiter, ich verstehe, daß Sie die Tatsache eines solchen Fundes nicht in ihrer ganzen Tragweite beurteilen können. Von meinem Kollegen Potz dagegen wäre, obgleich er Musiklehrer ist, eine andere Einstellung zu verlangen. Er müßte zumindest ahnen, was es bedeutet, wenn wir in unserer Gegend auf alemannische Königsgräber stoßen. Aus einer Zeit, in der man rein keltische Besiedlung annahm.

Potz und Dr. Zerlebeck, jeder auf dem Sozius eines Motorrads, von links unten. Dazu noch ein Begleitmotorrad.

POTZ Heil Hitler.

GORBACH Ah, Potz, endlich. Und der Herr Amtsarzt! Heil Hitler, Herr Doktor.

DR. ZERLEBECK Heil Hitler, Kreisleiter. Hübsche Idylle hier!

GORBACH *eifrig:* Der Überblick ist das Wichtigste. Von hier aus entgeht uns nichts. Das ist unser Vorteil, verstehen Sie, wir kennen unsere Heimat. Keine Bewegung des Feindes bleibt uns verborgen von hier aus.

DR. ZERLEBECK *hat nicht zugehört, ist nach hinten gegangen, schaut ins Tal:* Ein Panorama ist das... und weit genug vom Schuß.

GORBACH Germanien wurde immer in den Wäldern verteidigt, Herr Doktor.

DR. ZERLEBECK Schöne Bäume.

GORBACH Eichen, Herr Doktor. Es gibt keinen besseren Befehlsstand, um Brezgenburg zu verteidigen.

POTZ Kreisleiter, die Franzosen sind an Kretzenberg vorbei.

GORBACH Aha, Weinreich hat kapituliert!

POTZ Nein. Die Franzosen kümmern sich gar nicht um Kretzenberg.

GORBACH Das ist... das ist ja allerhand! Ja, warum kümmern sich denn die Franzosen nicht um Kretzenberg? Das geht doch nicht!

POTZ Sie marschieren auf uns zu. Unsere Stellungen sind nicht fertig. Das Hochwasser hat die Sprengladungen an der Torgelbrücke weggerissen.

GORBACH Das Hochwasser, das ist eine Gemeinheit! Und keine Stellungen! *Er geht zur Tafel, der Hitlerjunge tritt zurück.*

DR. ZERLEBECK Ja, meine Herren, ich bin überrascht. Sehr überrascht. Das muß ich schon sagen.

SCHMIDT Die Stellungen hätten an die engste Stelle des Tals gehört.

POTZ Das ist lächerlich. Sie versuchen, Ihr haarsträubendes Versagen zu entschuldigen, Herr Kollege.

SCHMIDT Sie mögen ein guter Musikpädagoge sein, Herr Potz. Aber daß das Teutach-Tal nur am Kapellenfelsen verteidigt werden kann, muß jedem klar sein, der in der Kriegsgeschichte einigermaßen zu Hause ist. Durch die vorhersehbare Überlegenheit des Feindes ergibt sich für uns eine reine Thermopylä-Situation.

POTZ *wütend:* Thermopylä ist schief gegangen.

SCHMIDT *mit unterdrückter Heftigkeit:* Ich bedaure, daß Sie mich zwingen, Sie in Gegenwart eines Schülers – *weist auf Zenker* – darüber zu belehren, daß Leonidas bei Thermopylä nur unterlag, weil der Verräter Ephialtes die Perser über das Gebirge führte. Heimlich. In der Nacht. Leonidas in den Rücken. Andernfalls wäre Leonidas unüberwindlich gewesen.

DR. ZERLEBECK Haben wir einen Leonidas? Schauen Sie sich dieses Volk an! Von Sparta keine Spur.

POTZ Leonidas hin oder her, der Kapellenfelsen ist zu nahe an der Stadt, wir müssen ein Vorfeld schaffen, Rückzugsmöglichkeiten, bis die SS da ist.

SCHMIDT Man hat zu spät daran gedacht, daß der Feind überhaupt das Teutach-Tal zum Aufmarsch benützen könnte. Da liegt der erste Fehler.

POTZ Wenn wir Stellungen hätten...

GORBACH Aber wir haben keine...

POTZ Meine Schuld ist es nicht.

SCHMIDT *erregt:* Sie hätten die Königsgräber geopfert.

POTZ Mit Vergnügen!

SCHMIDT Und hätten ein für alle Male die Möglichkeit vernichtet, alemannische Siedlungen in frühkeltischer Zeit zu beweisen.

POTZ Wem wollen Sie denn noch was beweisen, wenn wir den Krieg verlieren.

SCHMIDT Der Nachwelt, Herr Kollege.

DR. ZERLEBECK Meine Herrn, vielleicht könnten Sie sich etwas mehr mit der Gegenwart beschäftigen!

GORBACH Durch die entsprechenden Umstände gezwungen, befehle ich den Rückzug auf den Kapellenfelsen.

SCHMIDT Sehr richtig. Die verfügbaren Kräfte links und rechts auf die Höhen am Kapellenfelsen. Und wenn der Feind heran ist...

GORBACH Ein Feuerüberfall.

SCHMIDT Eine vernichtende Salve. Ich könnte Ihnen an der Tafel die Lage... wenn Sie mir diese lächerlichen Stricke abnehmen ließen...

GORBACH Maschnik, sofort befreien Sie den Herrn Studienrat.

GORBACH *zu Dr. Zerlebeck, der wieder das Tal überblickt:* Herr Doktor, Sie stimmen mir doch zu? Herr Studienrat Schmidt kann uns jetzt von Nutzen sein. Er ist doch schließlich ein Fachmann im Kriegführen.

DR. ZERLEBECK Machen Sie, was Sie wollen. Sie tragen die Verantwortung.

POTZ Es ist unverantwortlich.

GORBACH Sie... Sie... – *es fällt ihm nichts ein* – haben zu gehorchen. Verstanden. So... Herr Studienrat... jetzt geht es gleich wieder besser... ein bißchen Bewegung und schon fühlt man sich wieder ganz anders. Kommen Sie.

SCHMIDT Gestatten Sie, daß ich Ihnen an der Tafel expliziere, wie ich es meine. Sehen Sie, hier der Kapellenfelsen, hier die Straße...

GORBACH Ja, aber schauen wir uns doch das gleich in Natura an... kommen Sie... wozu haben wir ein Hauptquartier mit einem so prächtigen Überblick! Herr Potz, darf ich bitten, ja?!
Er führt Potz und Schmidt energisch in den Hintergrund. Dort steht Dr. Zerlebeck und besieht sich das Panorama. Er geht zur Seite, wenn die Strategen kommen. Er zeigt deutlich, daß er mit Gorbachs Amtswaltung nichts zu tun haben will. Die Herren können den Abhang etwas hinuntergehen, daß man sie nicht mehr sieht. Dr. Zerlebeck kommt an Maschnik vorbei.

MASCHNIK Verehrung, Herr Doktor! Eine scheene Aussicht heite.

DR. ZERLEBECK Nicht frech werden! Wir sind immer noch am Drücker.

MASCHNIK Sehr wohl, Herr Doktor. *Maschnik zum Telefon. Dr. Zerlebeck hat Alois entdeckt. Alois hat sich, sobald der Doktor auf dem Eichkopf erschien, immer so gedreht, daß er dem Doktor den Rücken zeigte. Er hat sich eifrig mit Maria beschäftigt.*

DR. ZERLEBECK Sieh mal einer an: Alois ist unter die Damenfriseure gegangen.

ALOIS *dreht sich zu Dr. Zerlebeck, spricht hastig, ängstlich:* Ich hätte mich entschuldigt, Herr Doktor, aber der Herr Kreisleiter hat gesagt, jetzt muß zuerst einmal die Stadt verteidigt werden.

DR. ZERLEBECK Und sonst. *Er zieht sein Notizbuch.*

ALOIS *schnell.* Alles in Ordnung, Herr Doktor.

DR. ZERLEBECK Genauer, Alois.

ALOIS Der Herr Doktor fragt wegen der Regeneration, aber ich kann ehrlich melden: es rührt sich nichts.

MARIA Das kann ich bestätigen, Herr Doktor.

DR. ZERLEBECK Wie ist das, wenn du so mit langen Haaren zu tun hast?

ALOIS *eifrig:* Ich könnt genau so gut Holz acken. Das wär mir sogar lieber, wenn ich Holz hacken dürft, anstatt an so eim Mensch herumschnipfeln, das nichts auf sich hält.

DR. ZERLEBECK Wenn du aber was spürst, so Anwandlungen, wenn sich was rührt...

ALOIS *heftig:* Aber Herr Doktor, ich schwör's, es rührt sich nichts.

DR. ZERLEBECK Ich sag bloß, wenn! Alois, im Falle, daß sich was rührt. Wenn du mir etwas verschweigst, dann wäre die ganze Behandlung, die Unkosten, alles wäre für die Katz gewesen, wenn wir die Auswertung verschlampen!

ALOIS Das möcht ich nicht. Der Doktor Moser hat ja gesagt, es ist für die ganze Menschheit, daß eine Rasse immer besser wird.

DR. ZERLEBECK Und das Kopfweh?

ALOIS Ja... das plagt mich schon noch, grad jetzt wieder, wo ich an dem Mensch herummachen muß.

DR. ZERLEBECK Aha. *Er notiert was.* Kommt das öfter, wenn du mit Frauen zu tun hast?

ALOIS Überhaupt bei Menschen. Bei meinen Hasen merk ich nichts.

DR. ZERLEBECK *notiert:* Und das Wasserlassen?

ALOIS Prima. Wie ein junger Hund.

Die anderen kommen zurück. Hitlerjunge Zenker bezieht den Ausguck auf der Eiche.

POTZ Und ich sage Ihnen, das ist Rückzug.

SCHMIDT Aber dadurch zwingen wir dem Feind einen Schlachtort auf, der ihn an der Entfaltung seiner Übermacht hindert. Genau wie Leonidas.

POTZ Ich pfeif auf Ihren Leonidas. Ich weigere mich, diese halbe Kapitulation mitzumachen.

Dr. Zerlebeck wendet sich wieder zu den Strategen.

GORBACH *scharf, Dr. Zerlebeck zuliebe:* Meine Herrn, Schluß jetzt mit dem Disput. *Zu Potz:* Sie begeben sich sofort hinunter und beziehen mit Kreuzler und Greising die neuen Stellungen.

POTZ Jawohl.

Er geht zum Motorrad. Wartet auf Dr. Zerlebeck.

GORBACH *zu Dr. Zerlebeck:* So ein schöner Tag.

DR. ZERLEBECK *zu Schmidt:* Wie heißt das so schön. Ich wollte es wäre Nacht oder die Preußen kämen.

SCHMIDT Und die Preußen kämen.

DR. ZERLEBECK Eins wäre genug. Die SS oder die Nacht, und uns wäre geholfen. Machen Sie's gut!

GORBACH Heil Hitler!

Dr. Zerlebeck und Potz fahren ab. Gorbach geht zu Schmidt zurück, der an der Tafel den Schlachtplan skizziert.

Das ist ein eigensinniger Kerl, dieser Potz.

ALOIS Wenn's jetzt bald losgeht, Herr Kreisleiter, darf ich dann noch schnell in die Stadt. Sie wissen schon.

GORBACH Hau ab, alter Schurke. Und paß auf, daß du nicht den Franzosen in die Hände läufst, sonst halten sie dich für'n Parlamentär mit deiner komischen Mütze!

ALOIS Zu Befehl, Herr Kreisleiter.

GORBACH Und nimm das Mensch da mit. Wir können keine Weiber brauchen im Hauptquartier.

ALOIS Zu Befehl, Herr Kreisleiter. *Zu Maria:* Komm, du Polenmensch.

Sie gehen ab. Alois hat noch seinen Rucksack mitgenommen.

GORBACH Also, Herr Studienrat, was haben Sie da Hübsches aufgemalt. Gehen wir die Schlacht einmal sorgfältig durch.

SCHMIDT Da die Natur und das Verhältnis unserer Stärke zu der des Feindes eine Situation schaffen, die der von Thermopylä gleicht, spreche ich von einer Thermopylä-Situation.

ZENKER *vom Ausguck:* Herr Kreisleiter.

GORBACH Red jetzt nicht drein.

SCHMIDT Die Perser...

ZENKER *erregt:* Die Franzosen...

GORBACH Was sagst du da?

SCHMIDT Die Perser nähern sich von... *Bricht ab.*

GORBACH *mit dem Fernglas nach hinten:* Unsinn, das sind doch im

Leben keine Franzosen. Schau gefälligst genauer hin, bevor du was meldest. *Kommt zurück.* Entschuldigen Sie bitte, Herr Studienrat.

SCHMIDT Die Perser nähern sich…

GORBACH Die Franzosen, meinen Sie.

SCHMIDT Um im Bilde zu bleiben, die Perser.

GORBACH Gut, aber Sie meinen natürlich die Franzosen.

SCHMIDT Ich meine die Perser.

GORBACH Herr Studienrat, es geht Ihnen aber doch auch um heute.

SCHMIDT Um Thermopylä, Herr Kreisleiter.

GORBACH Insofern als wir eine Thermopylä-Situation haben.

SCHMIDT Insofern geht es mir auch um heute.

GORBACH Das mein' ich.

SCHMIDT Die Perser nähern sich also von…

ZENKER *vom Ausguck:* Die Franzosen!

GORBACH Red kein Blech, Junge.

ZENKER Doch, ganz drüben, das sind die Franzosen.

SCHMIDT *nervös:* Die Perser!

ZENKER *lauter:* Die Franzosen!

GORBACH *schaut wieder hinunter:* Eisenbahner! *Kommt zurück, ruhiger:* Eisenbahner.

SCHMIDT *als sei er bestätigt worden:* Die Perser nähern sich von Thessalien.

Die Bühne wird dunkel.

5 Alois hat seinen ersten Rückfall

Nach der Kapitulation von Brezgenburg. Im Hauptquartier auf dem Eichkopf sind noch: Gorbach, Schmidt, Potz, Dr. Zerlebeck und der Telephonist Maschnik. Potz gibt die Pistole nicht mehr aus der Hand. Wütend stapft er auf dem Gelände herum. Dr. Zerlebeck sitzt zwar, aber er raucht nervös. Gorbach sitzt düster brütend im Gras. Er beobachtet Potz mit Sorge.

POTZ *jäh vor Gorbach anhaltend:* Wer sonst denn, wenn nicht Sie, hat das vermasselt? War der vielleicht unschuldig im KZ? Läßt man so einen herumlaufen, in diesem Augenblick? *Er stapft weiter:* Den berüchtigten Alois, den Erzterroristen, den läßt der Herr Kreisleiter in die Stadt, in die bedrohte Stadt. Begreift man das? Man begreift es nicht. Ich begreif es nicht. Ich nicht.

GORBACH *weinerlich:* Alois ist kein Roter mehr. Er hat eine Wandlung...

POTZ *höhnisch:* Eine Wandlung!

GORBACH Ja, eine Wandlung hat der durchgemacht. Wie ein Lamm ist er zurückgekommen aus dem Lager, umgänglich, hilfsbereit und ein tief gläubiger Nationalsozialist.

POTZ Und dann geht er hin und liefert die Stadt dem Feind aus, der tief gläubige Nationalsozialist.

GORBACH Es ist ein Rätsel.

POTZ Und der Herr Kreisleiter beobachtet den Verrat durchs Fernglas. Das wird den SS-Jagdverband 504 interessieren. Warum kam kein Schießbefehl von Kreisleiter Gorbach?

GORBACH Es war doch schon zu spät. Gibt es nicht ein Völkerrecht? Herr Studienrat Schmidt, Sie sind Zeuge. Gerade will ich sagen: so, jetzt aber, da seh ich die Angorafelle in den Fenstern, sogar an Fahnenstangen steigen sie hoch, flattern weiß, unübersehbar, da waren mir doch die Hände gebunden. Die Franzosen sind ja dann auch gleich ohne Deckung auf die Stadt zumarschiert.

POTZ Und das wäre der Augenblick gewesen!

SCHMIDT Ich bin empört, Herr Kollege! Das wäre ein glatter Rechtsbruch!

POTZ Sie werden ja sehen, was die SS mit Ihnen machen wird!

GORBACH Ja, was soll ich denn jetzt tun? Ich bitte Sie, sagen Sie's, wenn Sie noch eine Idee haben.

POTZ Das Hauptquartier auflösen, Vernichtung allen kriegswichtigen Materials. Die Exekution des Polen...

GORBACH Der ist fort.

POTZ Was sagen Sie?

GORBACH Ja, soll ich mich vielleicht die ganze Nacht hinstellen! Was verlangen Sie eigentlich von mir!

POTZ Ihr Konto steigt, Herr Kreisleiter!

GORBACH Ich werde beweisen, daß eine Frau im Spiel war.

DR. ZERLEBECK *interessiert:* Wieso eine Frau?

GORBACH Sie hat die Stricke mit einem Küchenmesser durchschnitten. Und das Küchenmesser gleich dagelassen.

DR. ZERLEBECK Soweit sind wir. Offensichtlich haben die Weiber jetzt alles in der Hand. Das war der Fehler. Die Frauen sind keine Volksgenossen. Das hab ich immer gesagt. Der deutsche Mensch wird an der Frau zugrundegehen.

Alois ist von links unten heraufgekommen.

DR. ZERLEBECK *sieht ihn als erster:* Alois...!

GORBACH Alois!

Potz dreht sich blitzschnell um, hebt die Pistole.

POTZ Hände hoch! Aber dalli, sonst knallt's.

ALOIS *hebt die Hände:* Psst. Nicht schießen. Die Franzosen streifen herum. Ich hab mich richtig durchschlängeln müssen.

POTZ Maul halten! Maschnik, fesseln Sie den Kerl.

MASCHNIK Sehr wohl. Herr Oberstudienrat,

ALOIS Wieso jetzt mich fesseln?

Maschnik beginnt damit.

GORBACH Weil du Brezgenburg verraten hast.

ALOIS So... verraten! Wie wär denn das zugegangen, daß ich Brezgenburg verraten hätte?

POTZ Von wem sind die Angorafelle?

ALOIS Solche Felle, diese Qualität, Herr Oberstudienrat, wer was von Angora versteht, der sagt Ihnen sofort, das ist Rasse aus Alois seinem Stall.

POTZ Und wer hat Sie beauftragt die Felle zu verteilen?

ALOIS Ich darf sagen, es war eine Idee von mir. Die Zeiten sind unruhig momentan, denk ich, es ist besser, du löst dein Lager auf. Machst einen Ausverkauf. Also biet ich die Felle an. Sie glauben nicht, was da plötzlich für eine Nachfrage war. Die Kleiderkarten haben auf sich warten lassen, denk ich, irgend eine Sabotage im Spiel, oder die Bevölkerung hat sich wieder einmal mit den Punkten verrechnet, das ist ja schon vorgekommen, daß die Leute einfach alle Punkte für Socken ausgeben und denken nicht an den Hals.

GORBACH Daß die Stadt verraten wurde mit deinen Fellen, das weißt du.

ALOIS Ich hab nur gesehen, daß die Leute die Felle zum Trocknen in die Fenster hängten.

POTZ Und an Fahnenstangen hißten!

ALOIS Ja, richtig, das hat mich auch gewundert. Wo wir doch heut Führers Geburtstag haben. Wie ich das seh, denk ich mir noch: wenn das bloß keinen Ärger gibt. Und wie mißtrauisch die Leute sind, denk ich, ich verkauf ihnen erstklassige Felle und die hängen sie gleich überall zum Trocknen auf. Grad, als hätt ich ihnen einen schimmligen Katzenbalg angedreht.

GORBACH Alois, was ist jetzt wahr? Kannst du was beweisen?

ALOIS Herr Kreisleiter, wenn ich was angerichtet hab mit den Fellen, dann will ich meine Strafe. Es war mir nichts Böses bewußt, aber der Mensch ist unzuverlässig solang er lebt. Ich hab meine Schulung, das wissen Sie, aber wenn ich da einen Rückfall gehabt habe, dann nur weg mit mir. Ich bringe ja sonst bloß Gefahr über die Volksgenossen.

POTZ Es scheint, der Lump macht sich lustig über uns.

ALOIS *ernst:* Herr Oberstudienrat: ich sag, wenn es ein Rückfall war, dann nur weg mit mir. Für mich ist das gar nicht lustig.

POTZ Er will uns hinhalten, Kreisleiter! Das Urteil!

GORBACH Das Urteil ist rasch gefällt. Ich schlage vor, wir setzen uns zuerst einmal richtig.

POTZ *setzt sich auf den Feldstuhl neben Gorbach:* Jetzt lassen Sie doch endlich den Angeklagten vorführen.

GORBACH Das will ich ja gerade veranlassen. Maschnik, los, führ den Kerl vor.

MASCHNIK Sehr wohl, Herr Kreisleiter. Gleich führ ich ihn vor.

GORBACH Dann soll die SS kommen! Man wird sehen, daß wir unsere Pflicht getan haben. Los... los... rascher... und eine anständige Haltung bitt ich mir aus. Einen Schritt vor, Alois. Und jetzt gibst du rasch zu, was du getan hast, damit wir weiter kommen. Denk daran, jeden Augenblick kann dieser SS-Jagdverband eintreffen.

ALOIS Oder die Franzosen.

POTZ Das ist eine Frechheit.

GORBACH Hast du den Franzosen verraten, wo wir sind?

POTZ Das Urteil, jetzt, Kreisleiter. Hochverrat und basta.

GORBACH Hochverrat, gibst du das zu, Alois?

ALOIS Ich seh schon, daß Sie's eilig haben, Sie werden mir's übel nehmen, wenn ich Sie aufhalt, also sag ich lieber nichts mehr.
Schüsse in der Ferne

GORBACH Also, du gibst es zu.

ALOIS Ich hab mein Fell-Lager aufgelöst, das geb ich zu. Es muß ein Rückfall gewesen sein.
Schüsse

POTZ So kommen wir nicht weiter, Herr Kreisleiter. Der Kerl ist doch überführt.

GORBACH Sie meinen, ich kann jetzt einfach sagen...

POTZ Im Namen des Volkes.

GORBACH Ja, richtig. *Steht auf:* Also im Namen des Volkes... *Schüsse näher* – im Namen des Volkes... ob das schon die SS ist... *Er horcht.*

POTZ Nun machen Sie schon.

GORBACH Im Namen des... des Volkes... oder heißt es: des deutschen Volkes?

POTZ Nun halten Sie uns nicht mit solchen Bagatellen auf.

GORBACH Herr Oberstudienrat, Volk oder deutsches Volk, das ist keine Bagatelle.

POTZ Sagen Sie, was Sie wollen, aber rasch.

GORBACH Also, im Namen des... des deutschen Volkes verurteile ich dich, Alois Grübel, wegen eines Rückfalles... in den Hochverrat zum Tode. *Er schaut Potz an.*

POTZ *ungeduldig soufflierend:* Durch den Strang.

GORBACH *zaghaft:* Durch den... den Strang. *Zu Potz:* Einverstanden?

POTZ Und jetzt gleich die Vollstreckung. Dr. Zerlebeck, da können Sie behilflich sein.

DR. ZERLEBECK Meine Herren, – *er ist aufgestanden* – ich fechte dieses Urteil an. Alois Grübel ist mein Fall. Im Namen der Wissenschaft fordere ich Sie auf, das Urteil zu kassieren.

POTZ Herr Doktor, wir haben wirklich keine Zeit...

DR. ZERLEBECK Lieber Potz, Sie können nicht einen Mann umbringen, in den wir soviel investiert haben. Wir sind mitten in der Auswertung. Bitte bedenken Sie, wieviel Zweibeiner heute in unseren Lagern leben. Wenn es uns nicht gelingt, durch psychagogische Steuerung aus minderwertigem Menschenmaterial einwandfrei funktionierende Arbeitswesen zu machen, dann werden die in den Lagern zu einem parasitären Ballast, an dem wir zugrunde gehen. Schauen Sie Alois an. Aus einem roten Terroristen ist ein braver Zweibeiner geworden. Arbeitsam. Brauchbar. Jetzt dieser Rückfall. Wie war das möglich? Was haben wir falsch gemacht? Der Fehler liegt auf unserer Seite, Herr Oberstudienrat. Im Erziehungssystem. Der Fehler muß gefunden werden. Sonst kommen wir nicht weiter. Dazu aber brauchen wir Alois. Abgesehen davon hat der Delinquent Lagererfahrungen, die noch lange nicht ausgewertet sind. Er hat unter Untermenschen gelebt. Alois, gib den Herrn ein Beispiel. Wovon sprechen Kommunisten und Juden am liebsten im Lager, wenn sie unter sich sind.

ALOIS Immer bloß vom Essen, Herr Doktor.

DR. ZERLEBECK Wovon träumen sie?

ALOIS Von Zigaretten, warmen Bädern und von Bratkartoffeln.

DR. ZERLEBECK Diskutieren sie? Etwa über kulturelle Probleme?

ALOIS Überhaupt nicht. Stundenlang reden sie über ein Wiener Schnitzel. Wie man es am besten zubereitet.

DR. ZERLEBECK Und die wollten bei uns kulturell führend sein! Verstehen Sie nun, Herr Potz, daß Alois uns den Schlüssel liefert zur Psyche der Häftlinge. Ihm verdanken wir die Kenntnis dieses Phänomens der Magenonanie, der sich der Minderwertige hingibt.

POTZ Herr Doktor, Sie sind wissenschaftlich befangen. Für solche Randprobleme ist jetzt nicht die Stunde.

DR. ZERLEBECK Ich protestiere gegen den Ausdruck »Randprobleme«. Ein Jahrhundertproblem ist das. Über kurz oder lang kann die halbe Menschheit in unseren Lagern leben, und wir stehen, medizinisch-anthropologisch gesprochen, mit leeren Händen da.

POTZ Maschnik, legen Sie die Schlinge an.

MASCHNIK Das is eine diffizile Aufgab, Herr Oberstudienrat.

DR. ZERLEBECK Ich protestiere.

POTZ Abgelehnt. Vorwärts, Maschnik. Ein Kriegsschauplatz ist kein Labor, Herr Doktor. Brezgenburg ging verloren, weil ein Herr Schmidt Angst um historische Gräber hatte! Wir gehen noch an unserer deutschen Gründlichkeit zugrunde. Los, auf den Tisch mit ihm. Maschnik, Sie stoßen den Tisch um.

Schüsse in der Ferne

MASCHNIK Ich deck Ihnen jeden Tisch, Herr Oberstudienrat, bloß für's Umstoßen mecht mir die Routin' abgehn, weil ich hab doch neinunddreißig Jahr auf das g'lernt, daß ich nix umstoß.

Schüsse

POTZ Quatschen Sie nicht. Sie stoßen. Das ist ein Befehl.

GORBACH Moment, Herr Oberstudienrat. Ich meine, bei allem was Recht ist, das ist doch so, in so einem Fall... jeder Verurteilte hat noch einen letzten Wunsch.

Schüsse

Dr. Zerlebeck geht auf und ab, horcht.

Davon geh ich nicht ab. Bitte, auch wenn jetzt gleich die SS kommt. Wir müssen ordnungsgemäß vorgehen. *Zu Alois, der die Schlinge um den Hals hat:* Alois, hast du noch einen Wunsch?

ALOIS Sie haben mir was versprochen, Herr Kreisleiter.

GORBACH Ich... dir?

POTZ Aha!

ALOIS Daß Sie sich einsetzen beim Herrn Oberstudienrat für mich wegen des Gesangvereins.

GORBACH Ja, das stimmt. Herr Potz, ich glaube, diesen Wunsch könnten Sie Alois erfüllen... Sie nehmen ihn noch rasch in den Liederkranz auf.

POTZ Einen Hochverräter. Um die Annalen des Liederkranzes für immer zu besudeln.

GORBACH Hm. Ja... dann... Alois, du siehst, ich kann da nichts machen... vielleicht hast du noch einen anderen Wunsch... die Hasen vielleicht, kann ich da was tun?

ALOIS Die sind versorgt.

GORBACH Und sonst? Angehörige... mein Gott, sag, Alois, was ist mit meiner Frau?

ALOIS Ein Sohn, Herr Kreisleiter.

GORBACH Ein Sohn... heute an Führers Geburtstag! Alois!

ALOIS Nein, gestern.

GORBACH Macht nichts, Hauptsache ein Widder. Hat alles geklappt?

ALOIS Der Sohn ist da, die Mutter ist glücklich. Es fehlt bloß der Vater.

POTZ Wir haben keine Zeit jetzt für sowas.

GORBACH Jawohl, Herr Oberstudienrat. Sofort. Alois, du begreifst, wenn ich dich jetzt nicht hängen lasse, und nachher kommt die SS, dann hängen wir beide. Damit ist dir auch nicht geholfen.

ALOIS Jawohl, Herr Kreisleiter.

GORBACH Das kannst du nicht verlangen, Alois.

ALOIS Nein, Herr Kreisleiter.

GORBACH Ich hab einen Sohn, Alois. Du hast keinen Sohn.

ALOIS Überhaupt keine Kinder.

GORBACH Na, siehst du.

Schüsse

POTZ Die Vollstreckung jetzt.

GORBACH Du weißt, ich tu's nicht gern.

Alois schweigt.

Krieg ist Krieg.

Alois schweigt.

Also Alois. *Er will ihm die Hand geben.*

POTZ Herr Kreisleiter, wird's bald.

GORBACH Aber von dem letzten Wunsch geh ich nicht ab. Herrgottsakrament! Besinn dich doch. Du wirst doch noch irgendeinen Wunsch haben.

ALOIS Wenn der Herr Oberstudienrat mich nicht aufnimmt in den Liederkranz wegen dem Mißverständnis mit den Fellen, dann könnte er mich wenigstens anhören, daß er weiß, ob ich eine Stimme hätt für seinen Verein. Es kann ja sein, ich komm gar nicht in Frage.

GORBACH Er möchte singen, verstehen Sie.

POTZ *die Pistole wieder in der Hand:* Von mir aus. Aufnehmen tu' ich ihn sowieso nicht.

GORBACH Also Alois, bitte.

Alois singt »Über allen Gipfeln ist Ruh«. Potz hört zu, ist sichtlich erstaunt, weil Alois eine gute Stimme hat. Alois soll aber nicht eine brillante Stimme haben wie ein ausgebildeter Tenor, es genügt eine zarte Kopfstimme.

GORBACH *nachdem Alois fertig ist:* Und... weiter...

ALOIS Es geht nicht weiter.

GORBACH Die zweite Strophe?

ALOIS Gibt es nicht.

GORBACH Also Alois, dann kann ich dir auch nicht helfen, wenn du dir so ein kurzes Lied aussuchst. Dann, dann muß ich jetzt die Vollstreckung befehlen.

POTZ Ihre Stimme... ich bin überrascht. So ein Material. *Zu Schmidt:* Herr Kollege, Sie wissen, daß ich Ihren Tenor schätze, trotz politischer Meinungsverschiedenheiten. Aber jetzt... so ein Tenor, in unserer Stadt.

SCHMIDT Die Stimme hat Qualitäten, zweifellos. Ich fürchte nur, sie trägt nicht.

Schüsse. Nur Gorbach zuckt zusammen.

POTZ Das Material, Herr Kollege, es kommt doch auf das Material an. Seit ich Laienchöre dirigiere, ist mir ein so reines Material noch nicht vorgekommen. Sie hätten Sänger werden müssen, Alois.

ALOIS Ja, schon, Herr Oberstudienrat. Bloß früher hab ich die Stimme nicht gehabt. Erst im Lager ist das gekommen. Vom Schweigrohr.

DR. ZERLEBECK Meine Herrn, was er meint, ist der sogenannte Caladium-Extrakt, ganz harmlos...

ALOIS Oder waren's die Strahlen, das kann...

DR. ZERLEBECK Alois, red keinen Unsinn!

SCHMIDT Jetzt lassen Sie ihn doch.

ALOIS Der Unterscharführer Schöck hat doch immer gesagt, wenn ich aus dem Lazarett zurückgekommen bin: da kommt ja unsere Nachtigall, jetzt mach mal Ti-ri-li. Das war so seine Ausdrucksweise, weil er ein lustiger Mensch war. Und nachher, wie sie mit der Bestrahlung angefangen haben...

DR. ZERLEBECK Alois!

ALOIS Herr Doktor?

DR. ZERLEBECK Du blamierst dich, wenn du so über Sachen redest, die du nicht verstehst.

SCHMIDT Das ist doch sehr interessant.

DR. ZERLEBECK Aber ein Mißverständnis seinerseits. Die Ligamenta vocalia sind ontogenetisch...

ALOIS Ja, so hat der Dr. Moser auch gesagt.

DR. ZERLEBECK Meine Herrn, ich glaube es hat einfach keinen Sinn, auf diesem Niveau weiterzusprechen. Die hier vorliegende Problematik eignet sich nicht für Laiendiskussionen.

ALOIS Jetzt ist der Herr Doktor beleidigt. Das tut mir leid, Herr Doktor. Ich sag bestimmt nichts mehr. Es war auch nicht so gemeint. Ich red eben gern über's Singen, weil ich doch für' s Leben gern sing. Wie wär denn ich sonst zu den Kommunisten gekommen! Damals hab ich geglaubt, die hätten die schönsten Lieder. Jetzt weiß ich natürlich auch, wer die besseren Lieder hat.

POTZ Und wo die besseren Lieder sind, da sind die besseren Menschen, Alois. Sie hätten mir früher vorsingen müssen.

ALOIS Ich wollte ja immer. Aber man traut sich nicht.

POTZ *zu Schmidt:* So ist uns eine schöne Stimme entgangen.

SCHMIDT Als Vorstandsmitglied des Liederkranzes würde ich immer gegen die Aufnahme einer solchen Stimme... *er scheut die Wiederholung* – stimmen. Schließlich sind wir laut Statuten ein Männergesangverein. *Nachfügend:* So tragisch das auch sein mag.

POTZ Ach, wissen Sie, Herr Kollege, wenn er kein Verräter wäre! Welch ein Gewinn wär diese Stimme, welch eine Bereicherung! Es ist wirklich ein Jammer.

Schüsse näher

GORBACH Das war die SS.

ALOIS Die Franzosen, Herr Kreisleiter.

GORBACH Alois, sag die Wahrheit!

ALOIS Sie durchkämmen den Wald.

GORBACH Sie werden uns finden.

Schüsse

ALOIS Es klingt, als seien sie schon am Bacheck.

GORBACH Dann kommen wir gar nicht mehr durch, Herr Potz. Ausgeschlossen. Wir sind abgeschnitten.

POTZ Wir müssen uns durchschlagen.

GORBACH Dazu sind wir zu schwach.

Schüsse sehr nah

Meine Herrn, ich glaube, wir müssen die Vollstreckung des Urteils verschieben. Herr Schmidt, Herr Dr. Zerlebeck, was schlagen Sie vor? Was können wir tun?

DR. ZERLEBECK Wir müssen weg.

GORBACH Herr Studienrat Schmidt?!

SCHMIDT *mit Würde:* Keiner ist freiwillig ein Deutscher.

Zum aufbegehrenden Potz: Warten Sie ab, Herr Kollege. Ich sage: keiner ist freiwillig ein Deutscher. Das heißt, man ist ein Deutscher, ob man es will oder nicht. Daraus ergibt sich, daß man nicht das Recht hat, sich diesem Schicksal mutwillig zu entziehen, etwa durch einen leichtfertig gewählten Tod. Ein Toter hat keine Nationalität mehr, also ist ein Toter kein Deutscher mehr. Wer also jetzt dafür stimmt, daß wir uns leichtfertig in Gefahr begeben, der sagt damit, daß er kein Deutscher mehr sein will.

POTZ Ich höre nur, daß Kollege Schmidt darauf spekuliert, die Franzosen werden ihm einen Orden anhängen, weil er die Schanzarbeiten sabotiert hat.

Schüsse

GORBACH Aber wenn die SS nicht kommt? Wir sind doch einfach zu schwach.

ALOIS Wenn ich einen Vorschlag machen dürft, Herr Kreisleiter?

GORBACH Bitte, Alois, sag was du meinst.

ALOIS Man müßte mir aber zuerst die Stricke abnehmen. Ich versprech', ich lauf nicht weg.

GORBACH Maschnik, los, die Stricke weg.

MASCHNIK Sehr wohl, Herr Kreisleiter.

Alois wird befreit.

POTZ Ich protestiere.

DR. ZERLEBECK *mit Genuß:* Abgelehnt.

GORBACH Er kann uns vielleicht einen Weg zeigen.

Alois kommt näher.

ALOIS *zu Potz:* Schauen Sie, Herr Oberstudienrat, dort liegt Brezgenburg, und erst dahinter kommt vielleicht die SS das obere Teutach-Tal herab. *Potz folgt seiner Erklärung.* Wir wissen nicht, wer zuerst hier herauf kommt. *Mit einem raschen Griff nimmt er Potz die Pistole aus der Hand:* Bleiben Sie... bleiben Sie... ich schieß wirklich nur, wenn Sie mich dazu zwingen.

POTZ Meine Herrn, schießen Sie diesen Kerl nieder. Jetzt sehen Sie doch, was er will.

ALOIS Moment, man muß mich bloß ausreden lassen. Maschnik, komm, sei so gut und leg dem Herrn Oberstudienrat was um die Hände.

MASCHNIK Mit Vergniegen, Alois. Jetzt hab ich doch schon hübsch Praxis im Fesseln.

DR. ZERLEBECK Bravo, Alois, bravo. Diese Aggressionstendenz direkt auf die Apathie, das ist interessant. *Er notiert sich etwas.*

POTZ Das ist offener Verrat! Herr Kreisleiter, ich warne Sie.

ALOIS *gibt Gorbach die Pistole:* Wenn man mir bloß zuhören würde. Ich meine nämlich, weil alles so unsicher ist, man weiß nicht, wer kommt zuerst herauf, da mein ich, es wäre am besten, wenn wir uns alle fesseln, hier an die Bäume. Kommt die SS, sagen wir, die Franzosen waren's, kommen die Franzosen, war's die SS. Das war mein Vorschlag.

SCHMIDT Eine klassische Lösung.

GORBACH Herr Potz, was sagen Sie jetzt? Sie müssen doch zugeben, der Vorschlag hat viel für sich. Dr. Zerlebeck!

DR. ZERLEBECK *zieht seine Jacke aus und seine Hose, es zeigt sich, daß er einen leichten Zivilanzug unter der schwarzen Uniform getragen hat:* Ich, meine Herren, werde sozusagen vorbereitete Stellungen beziehen. Ich hoffe, auch Sie haben daran gedacht, Ihre Kraft dem Vaterland zu erhalten. Fahrlässig, wer sich auf diesen Tag nicht vorbereitet hat. Mein Material ist in Sicherheit. Also hab ich die Pflicht, mich zu meinem Material zu begeben. Die Auswertung, meine Herrn, die Auswertung!

Nimmt noch eine handliche Pistole aus der Uniform.

POTZ Das ist Fahnenflucht, Zerlebeck.

DR. ZERLEBECK Aber zuerst ist die Fahne geflohen, lieber Potz. *Er steht in Zivil da. Er geht nach links hinten ab.*

GORBACH Auf Wiedersehen, Doktor!

Alois winkt treuherzig.

ALOIS Auf Wiedersehen, Herr Doktor.

SCHMIDT Ja, Alois, verlieren wir keine Zeit. Fangen Sie an mit mir.

ALOIS Gern, Herr Studienrat. *Er fesselt ihn an einen Baum.*

GORBACH *geht zur Hütte:* Ein Tag wird jetzt heißer als der andere. Ich glaub, ich zieh mir was Leichteres an.

ALOIS *ruft ihm nach:* Nur nicht zu leicht, Herr Kreisleiter, auf den April ist kein Verlaß. Auf einmal schneit es noch.

SCHMIDT So... ich glaube, das hält. Ein schönes Gefühl, Gefangener zu sein. Und dazu noch sua sponte.

GORBACH *aus der Hütte:* Jetzt komm aber ich dran, Alois!

ALOIS Bloß noch zuerst der Herr Oberstudienrat. *Zu Potz:* Verstehen Sie mich, Herr Oberstudienrat. Egal was passiert, die Stadt braucht Sie, braucht den Herrn Kreisleiter, ohne eine Elite geht es doch nicht. Der Unterscharführer Schöck hat gesagt: das Volk braucht eine Elite, sonst kann es kein Elitevolk werden.

POTZ Ich trau Ihnen nicht.

ALOIS Ich muß jetzt den Herrn Kreisleiter anbinden, Herr Oberstudienrat, Sie entschuldigen.

Gorbach kommt in einer Art Reiterkostüm, halb Zivil, halb Uniform, aus der Hütte.

Schüsse

GORBACH Komm, Alois, mach, sonst bin ich der einzige, der noch herumläuft.

Alois bindet ihn.

ALOIS Gut sehen Sie aus, Herr Kreisleiter.

GORBACH Nicht so fest, Alois, da sterben mir ja die Hände ab.

ALOIS Besser die Hände als der ganze Mann, Herr Kreisleiter.

GORBACH Ein Gutes hat das, man fühlt sich... so... entlastet.

ALOIS Maschnik, schaffst du's allein.

MASCHNIK Wann du mir noch den Knopf machen mechtest. Und bissel anziehn.

ALOIS *bei Maschnik:* So. Wenn's weh tut, sagst du's.

MASCHNIK Net mich jetzt schonen, Alois, bissel Grausamkeit schaugt gleich nach was her.

Alois holt einen Strick, fesselt seine Hände, geht unter den Ast, an dem immer noch die Schlinge hängt. Er schlüpft hinein, zerrt, bis sie dicht um den Hals sitzt.

GORBACH Na... Herr Potz... so schlimm ist es doch nicht, oder?

POTZ Warten Sie nur, bis der Jagdverband kommt!

GORBACH Ich werde denen zu melden haben, daß Sie sich widersetzten, eine befohlene Kriegslist durchzuführen.

ALOIS Anstatt zu streiten, sollte man vielleicht daran denken, wie man unsere Situation auf französisch expliziert.

GORBACH Herr Potz, Sie können doch französisch.

POTZ Ich weigere mich!

GORBACH Ich hab wirklich alles vergessen. Herr Studienrat, was heißt jetzt wieder »fesseln«.

SCHMIDT Je nachdem. Enchaîner, ligoter.

GORBACH Wir sind gefesselt worden.

SCHMIDT Das gehört ja eigentlich nicht in mein Fach. Sozusagen ohne Gewähr würde ich sagen, im Französischen, nein, so muß ich sagen, es kommt darauf an, ob Sie eine Handlung bezeichnen wollen, die in der Vergangenheit begann und deren Folgen bis in die Gegenwart reichen.

GORBACH Mein Gott, was machen wir denn da?

SCHMIDT Wenn ich nun den Satz mit avoir bilde und richtig wäre être...

GORBACH Dann nehmen Sie doch être!

SCHMIDT Ich blamiere die deutsche Schule, wenn mir schon im ersten Satz ein Fehler unterläuft.

MASCHNIK Herr Kreisleiter, mit Verlaub, ich hab gearbeitet in Paris, im »Ambassador«, mir mecht das weniger Schwierigkeiten machen, wenn ich mich bissel besinn.

GORBACH Tu das, Maschnik, aber schnell. Leg dir's zurecht.

MASCHNIK Ich mecht sagen zu die Herrn Franzosen – *er wendet den Kopf in die Richtung, aus der die Franzosen erwartet werden:* Messieurs, ... verstehen's eine hefliche Anred muß schon sein, mit Poltern gewinnen wir jetzt nix mehr... Messieurs, on nous a ligoté.

GORBACH *probiert:* On nous a ligoté. Doch, das geht. On nous a ligoté. Also, Alois, wenn das noch einmal gut geht... ich stifte eine Kapelle für den Eichkopf.

ALOIS Herr Kreisleiter!

GORBACH Ach, Alois, sag ruhig wieder Gorbach zu mir. Immer diese Titel. Letzten Endes, Alois, sind wir doch alle bloß Menschen.

Die Bühne wird dunkel.

6 April 1950. Änderungen auf dem Eichkopf Alois hat seinen zweiten Rückfall

Eine Würstchenbude und ein bescheidener Triumphbogen mit Girlanden zeigen an, daß ein Fest bevorsteht. Potz und Alois hinter einem Notenpult. Potz weist Alois in seinen Solo-Auftritt ein. Maschnik befestigt eine Tafel an der ältesten Eiche. Er hält ein purpurrotes Tuch bereit, mit dem er nachher die Eiche verhängt. Das Wetter ist wüst. Anna kommt von links.

ANNA Kommt Alois vor auf der Tafel?

MASCHNIK Anna, wozu wär ich ein Amtsdiener geworden, wenn ich jetzt ausplaudern wirde, was von Amts wegen nicht ausgeplaudert werden darf.

ANNA Komm ich vor auf der Tafel?

MASCHNIK Mein Gott, Anna, was du dir einbildst.

ANNA Ich hab den Jerzy befreit.

MASCHNIK Das nimmt dir heite keiner mehr iebel. Aber wegen dem reicht das noch nicht fir eine Tafel. Das effentliche Interesse ist maßgebend.

ANNA Alois.

ALOIS Ja, Anna.

ANNA Alois, komm. *Alois schaut Potz an.*

POTZ Aber Frau Grübel, was haben wir denn jetzt wieder für Einfälle. Sind wir ein bißchen aufgeregt. Lampenfieber. Das lob ich mir. *Will ihr die Hand geben. Sie dreht sich weg.* Grüß Gott, Frau Grübel. Aber keine Sorge, das Solo wird ein Erfolg für Alois. Und für Sie. Die Stimme hat jetzt eine Festigkeit. Und sie hat nichts verloren. Was Alois! Wir haben aber auch gearbeitet. Die Leute werden nur noch von Alois reden.

ANNA Sie reden jetzt schon von Alois. Wo er doch endlich seinen großen Auftritt hat, sagen sie. Und eine Stimme soll er haben. Eine Stimme wie eine Nachtigall, Herr Oberstudienrat.

POTZ Studienrat, wenn ich bitten darf. Verstehen Sie, ich beklage mich nicht.

ANNA Wie eine Nachtigall, Herr... Herr...

POTZ Studienrat, wenn ich bitten darf.

ANNA Möchten Sie mit einer Nachtigall verheiratet sein?

POTZ Ich frage mich, ob man so eine populäre Floskel so wörtlich nehmen darf.

ANNA Wie kann man das noch nehmen.

POTZ Allgemeiner, in übertragener Bedeutung, sozusagen.

ANNA Alois komm.

ALOIS Ja, Anna.

POTZ Alois.

ALOIS Wenn es Anna nicht will, Herr Studienrat.

POTZ Anna hat Lampenfieber. Nicht wahr, Frau Grübel.

ANNA Wir zwei verstehn uns, denk ich.

POTZ Ich hoff es, Frau Grübel.

ANNA Zuerst macht man mir den Alois zum Hasenzüchter. Dann richtet man ihn zum Singen ab. Wie's den Herren grad paßt.

POTZ Die Stimme, Frau Grübel...

ANNA Ich möcht auch so ein Sieb haben im Kopf. Und nicht so ein Gewölbe, aus dem nichts mehr hinaus kann.

POTZ Die Stimme, Frau Grübel...

ANNA Daß ja jeder hört, was los ist, darum muß er jetzt ein Solo singen, ich weiß.

POTZ Frau Grübel, das ist doch gerade das Wunder einer solchen Stimme, daß sie uns alles vergessen läßt. Alle irdische Unzulänglichkeit. Nicht wahr, Alois?

ALOIS Ich versteh Sie schon, Herr Studienrat.

POTZ Haben Sie denn gar kein Vertrauen in die Macht der Musik.

ANNA Ich pfeif auf die Musik.

POTZ Frau Grübel, es tut mir leid, ich muß es Ihnen jetzt einfach sagen: es ist möglich, daß Sie unmusikalisch sind. Oder... *schnell:* Sie haben wieder getrunken.

ANNA Alois, kommst du jetzt.

POTZ Frau Grübel, die Feier, alles ist vorbereitet, das Solo ist der Höhepunkt...

MASCHNIK *von hinten meldend:* Der Landrat kommt.

POTZ Der Landrat, Frau Grübel.

ANNA Alois.

MASCHNIK Der Herr Bürgermeister.

POTZ Der Herr Bürgermeister.

ALOIS Denk, Anna, es ist ein großes Fest.

MASCHNIK Der Liederkranz.

POTZ Alois wird endlich aufgenommen. Es ist sein größter Tag. Können Sie das einfach kaputt machen. Das können Sie nicht. *Fahnen, Gäste und Regenschirme tauchen ringsum auf. Anna sieht sich umstellt. Sie rennt zum Triumphbogen, reißt eine Girlande herunter.*

POTZ Maschnik.

MASCHNIK Anna. *Er hängt die Girlande wieder auf.*

ALOIS *führt Anna sanft nach links hinaus:* Anna, das darfst du nicht. Ich sing eben gern. Das weißt du doch. Gönn' mir's halt, Anna.

ANNA Die Leute, Alois. Es ist eine Gemeinheit.

ALOIS Sie wollen mich hören. Sie haben eine Freude am Gesang.

Inzwischen haben sich alle aufgestellt. Potz hat Gorbach informiert. Gorbach steht in der Mitte, bereit zur Rede.

GORBACH Alois.

Anna hält Alois fest.

ALOIS Jawohl.

ANNA Alois.

ALOIS Geh jetzt, Anna. Ich komm gleich heim nachher.

GORBACH Alois.

ALOIS Jawohl.

Er schiebt Anna hinaus und rennt zu Gorbach. Der Liederkranz Brezgenburg, ein Offizier der französischen Armee, der Landrat, der Bürgermeister und die Gäste sind versammelt.

Gorbach spricht. Bedient sich zuweilen eines kleinen Stichwortzettels.

GORBACH Das Wetter war besser damals, aber das war auch das Einzige, was besser war. Es war ein böser April, bei Gott, das wissen wir alle. Und daß wir heute, genau fünf Jahre später so gesund und friedlich hier versammelt sind, verdanken wir nicht zuletzt der Beherztheit unseres Alois Grübel. Doch, doch, Alois. Dir und den Bürgern, die begriffen haben, was auf dem Spiel stand. Als ich damals spürte, was du vorhast, da lag eine schwere Verantwortung auf meinen Schultern. Durfte ich, mußte ich... Ich wußte, ich durfte und mußte. Darum ließ ich dich ziehen, zu deinen Hasen, zu deinen Fellen, die nicht ohne tiefen Grund die Namen unserer jüdischen Mitbürger trugen. Ein Zwinkern mußte damals genügen zur geheimen Verständigung, eine kleine Handbewegung. Wußte man denn, wem man trauen durfte in diesen unmenschlichen Jahren? Man hat es nicht gewußt. Eher hätte man sich damals diesen Krähen anvertraut. *Weist nach oben.* So lagen die menschlichen Beziehungen im Argen. *Er ist durch die Krähen, die er jetzt bemerkt hat, irritiert.* Ja, diese Krähen, damals über uns... die sind... offenbar sind die immer... ich will sagen... ich bin glücklich, daß die Krähen... ich meine, daß kein Schuß gefallen ist zur Verteidigung Brezgenburgs. Die

Tafel, die Sie, Herr Bürgermeister, gleich der Öffentlichkeit übergeben werden... Wir werden unsere Kinder zu dieser Tafel führen und sie werden hier den schönen Satz lesen: wer die Heimat mit Waffen verteidigt, zerstört sie. Inmitten der Fährnisse jenes bösen Aprils beschloß ich, falls es mir vergönnt sein würde, zu überleben, hier auf dem Eichkopf ein Bauwerk zu errichten. Eine Kapelle. Nun liegt eine tiefe Vernunft in der Regel: bau, was du finanzieren kannst. Die Kapelle wird gebaut werden eines Tages, das ist sicher. Um diesem schönen Ziel einen Schritt näher zu kommen, wird jetzt zuerst ein anderes Bauwerk hier entstehen. *Er winkt Alois, der sofort die Schaufel reicht.* In Ihrem Beisein darf ich den ersten Spatenstich tun – *er tut ihn, vereinzelt Beifall* – und darf Sie jetzt schon einladen, im nächsten Jahr meine Gäste zu sein im Höhen-Restaurant Teutach-Blick. *Großer Beifall.* Danke. Ja und nun habe ich noch die allerschönste Pflicht, ein Versprechen einzulösen, das ich unserem Alois in eben jenen Apriltagen gab. Du hast lang warten müssen. Wir alle haben lang warten müssen. Aber jetzt, da unser Liederkranz wieder erstanden ist, Alois, gehörst du natürlich dazu. Ich sag bloß: komm und bleib, bleib recht lange bei uns!

Sie schütteln einander herzlich die Hände. Ergriffener Beifall.

ALOIS *heiter, ohne Sentimentalität:* Ich freu mich. Ich hab ja gewußt, ein Gesangverein kann nicht untergehn. Das hab ich gewußt, weil ich gern sing. Auch wenn Anna dagegen ist. *Er schaut sich um. Heiterkeit.* Eine Frau begreift nicht alles. Insbesondere nicht einen Gesangverein. *Heiterkeit. Bravo, bravo.* Mir fällt ein der Unterscharführer Schöck, der gesagt hat: Alois, Männersachen sind Männersachen. *Leichtes Befremden.* Ich freu mich, daß ich jetzt ein Mitglied bin. Natürlich häng ich an meinen Hasen. Ich häng ja auch an Anna. Aber mit Anna kann ich genau so wenig singen wie mit den Hasen, das ist der Nachteil. *Heiterkeit.* Jetzt gehör ich zum Liederkranz, hab Anna, hab meine Hasen, mehr kann ein Mensch nicht verlangen. Entschuldigen Sie, daß ich aufgeregt bin vor Freude. Ich seh alles doppelt und dreifach, so gut geht es mir. Daß wir überhaupt durchgekommen sind und jetzt dastehen, wieder an Führers Geburtstag! *Befremden.* Es ist schon gut, wenn man nicht immer alles weiß. Verfolgt sind wir worden, jetzt ist es herausgekommen. Ich bin schön erschrocken, wie ich neulich auf der Gemeinde gehört hab, wie ich verfolgt worden bin damals. *Heiterkeit.* Aber weil man nie weiß, wann eine Verfolgung aufhört und eine andere anfängt, muß man froh sein, solange man überhaupt noch lebt. Darum singt man, wenn man plötzlich drandenkt, daß man ja noch lebt. *Beifall.* Der Unterscharführer Schöck hat gesagt: Alois, wer die Idee begriffen hat, der kommt durch. Und dann hat er zu den anderen gesagt: schaut den Alois an, ein einfacher Mensch, aber die Idee hat er begriffen. *Befremden.* Nicht, daß ich mir jetzt was einbilden will, mich überheben will. Der Unterscharführer war ein lustiger Mensch und ich hab, wie man so sagt, ein Stein im Brett gehabt bei ihm. *Gorbach gibt Potz immer wieder ein Zeichen, daß er endlich den Einsatz zum Gesang geben soll. Ein Polizist nähert sich. Wartet noch ab. Dr. Zerbeck zieht sein Notizbuch.* Genau wie beim Herrn Kreisleiter. Jetzt ist er keiner mehr. Wir sind alle heilfroh, daß wir eine Ruhe haben im Land wie noch nie. Was hat unser lieber Dirigent für einen Kummer gehabt mit mir, wie er noch die verhaßte Uniform hat tragen müssen. Jetzt mag er mich. Das kommt vom Singen. Also kann man sagen, der Gesang hat eine Kraft. Mehr als ein Ochs. Die Krähen da, die immer dabei sind an Führers Geburtstag, die treuen Krähen, die haben's auch gehört damals, wie ich meinen schlimmen Rückfall gehabt hab ins Bolschewistische, daß ich glatt die Stadt verraten hab, was andererseits ja ein Vorteil war, wie sich herausgestellt hat durch die Tafel da. Ich denk mir, vor den Krähen muß man sich nicht genieren. Immer schauen sie zu und begreifen doch nicht, daß der Mensch unzuverlässig ist, solang er lebt. Es sei denn, er ist ein Mitglied und hat die Idee begriffen. Jetzt bin ich ein Mitglied! Euer Mitglied! Ich hab das Gefühl, mir kann nichts mehr passieren...

Potz hat endlich den Einsatz gegeben. Der Liederkranz singt: »Wer hat dich, du schöner Wald...« Gorbach hat Alois während der letzten Sätze an der Hand genommen und führt ihn mit sanftem Zwang nach links ab. Alois sträubt sich. Gorbach überläßt das Abführen Maschnik und dem Polizisten. Alois stimmt ein in den Gesang, man hört, wie er mit seiner hellen Stimme das »Lebewohl, lebewohl« singt. Er begreift nicht, warum er abgeführt wird. Er singt, solange er als Gefangener widerwillig die Bühne verlassen muß.

Die Bühne wird dunkel.

7 Gute zehn Jahre später auf dem Eichkopf
Bedingungen für ein Sängerfest an Pfingsten

Nur noch die Eiche mit der Tafel erinnert an die alte Szenerie. Das Höhenrestaurant Teutach-Blick ragt mit seiner Gartenterrasse herein. Die Szene ist festlich. Fahnenstangen. Girlanden. Der Tag des Sängerfestes ist da. Anna wischt noch Stühle ab. Sie ist die einzige, die nicht festlich gekleidet ist. Sie wirkt ein bißchen verschlampt. Gorbach kommt in hellem Tuchanzug mit grünen Verzierungen und Hornknöpfen.

GORBACH Ein Pfingstsonntag, bei Gott, die reine Seide. Ich spür den heiligen Geist direkt auf der Zunge. Das ist ein Tag für ein Sängerfest, was. Es könnt ja auch regnen. Aber nein. Das Wetter macht mit.

ANNA Was bleibt einem schon anderes übrig.

GORBACH Ich sag, das Wetter macht mit, Anna.

ANNA Ja, das auch.

GORBACH Wenn bloß der Wind nicht noch dreht.

ANNA Sie meinen, wegen der Hasen.

GORBACH Bei Westwind ist es schier nicht auszuhalten.

ANNA Solang Alois fort war, in der Anstalt, hätten Sie aufräumen müssen mit den Viechern und sagen eine Hasenseuche war's. Denken muß man, Herr Direktor, nicht warten, bis man was riecht.

GORBACH Ich will doch, daß er es einsieht.

ANNA Dann rat ich zum heiligen Geist. Vielleicht fällt dem noch was ein, was den Alois überzeugt.

GORBACH Ja, Engelszungen, das wär's.

ANNA Die Hasen, sagt er zu mir, sind seine Kinder. Das sagt er zu mir, Herr Direktor.

Alois kommt in festtäglicher Kleidung von rechts. Er trägt eine Hacke. Scharf auf den Boden spähend geht er hin und her.

GORBACH Was ist Alois, hast du was verloren?

ALOIS Ob Unkraut aufgeschossen ist über Nacht, schau ich. In St. Fazzen haben wir so eine Giftbrühe gespritzt. Die putzt das Zeug weg wie nichts.

GORBACH Was die Anstalt kann, können wir auch.

ALOIS Nein, nein, das kostet bloß wieder. *Reißt was aus.* Kamille, riechen Sie mal. Trocknen und verkaufen, das wär ein Geschäft.

GORBACH Sowas werden wir bald brauchen, wenn niemand mehr heraufkommt.

ALOIS Wieso niemand mehr heraufkommt.

GORBACH Die Hasen, Alois. Wenn es so riecht. Das ist nicht jedermanns Sache.

ALOIS Schönere Hasen als meine Angoras gibt es nicht.

GORBACH Man sieht sie ja nicht. Und riechen tun sie wie alle Hasen.

ALOIS Sie meinen, wir sollten die Ställe vor das Haus...

GORBACH Um Gottes Willen. Ich meine, wenn niemand mehr herkommt, weil es so riecht, dann machen wir bankrott.

ALOIS Bankrott. Mein Gott, das wär schlimm.

GORBACH Heute, zum Beispiel, so ein Pfingstsonntag, das Sängerfest, die Fahnen werden wehen, die Chöre wetteifern, die Seele tut sich auf, und dann dreht plötzlich der Wind. Was dann?
Alois schaut beunruhigt.

GORBACH Immer riecht es einer zuerst. Der flüstert es weiter. Du siehst, wie es sich fortpflanzt. Zuerst ein Kichern. Dann ein Gelächter. Und schließlich sagt einer laut und brutal: hier stinkt's.

ALOIS In den Gesang hinein?

GORBACH Oder in eine Pause. Und was ist dann mit dem Sängerfest? Aus ist es dann mit dem Sängerfest. Daß wir dann endgültig bankrott sind, ist dir wohl klar.

ALOIS Da, da seh ich bloß eine Lösung.

GORBACH Ich seh keine.

ALOIS Doch, Herr Direktor, es gibt eine. Die Hasen müssen weg.

ANNA UND GORBACH Alois!

ALOIS Weg, sag ich. Weg.

GORBACH Ja, wärst du denn damit einverstanden?

ALOIS Ich hab's nie so angeschaut, Herr Direktor, so von der Wirtschaft her. Aber wenn wir bankrott machen, wenn das Sängerfest in Gefahr ist, das Sängerfest, Herr Direktor, und ich wär schuld mit den Hasen.

GORBACH Genau genommen wär der Westwind schuld.

ALOIS Der Wind dreht sich wie es sich gibt. Der Mensch, Herr Direktor, muß sich entscheiden. Das Sängerfest oder die Hasen. Ich bin ein Mitglied, Herr Direktor. Die Hasen müssen weg. Ich seh es ein. Jetzt seh ich es ein.

ANNA Alois, sag, daß du's auch mir zulieb tust.

ALOIS Sei froh, Anna, daß es nicht deinetwegen geschieht.

ANNA Komm, Alois, komm gleich.

ALOIS Du hast sie immer gehaßt, meine...

ANNA Nicht, Alois. Sag es nicht.

ALOIS Ja, ich sag es nicht mehr. Komm, Anna.

ANNA Ja, Alois.

Sie gehen. Gorbach sieht ihnen nach. Er kann seine Befriedigung nicht ganz verbergen. Maschnik kommt von links.

MASCHNIK Grüß Gott, Herr Direktor.

GORBACH Der Maschnik. Du bist der Erste.

MASCHNIK Grad hetzen tun's mich. Hätten's vielleicht ein Werkzeig fir mich.

GORBACH Die Tafel?

MASCHNIK So ist es. Ein einstimmiger Beschluß. Vielleicht hat der Alois ein Werkzeig.

GORBACH Der ist beschäftigt, mit den Hasen.

Macht Gebärde des Halsumdrehens.

MASCHNIK Ja, wie jetzt das?

GORBACH Er hat es eingesehen.

MASCHNIK So verninftig is er worden.

GORBACH Muß eine sehr gute Anstalt sein, dieses St. Fazzen. Kein Wort mehr von diesem Unterscharführer, oder was das war. Jetzt kann er gar nicht oft genug in die Kirche kommen.

MASCHNIK Weil er so auf's Singen gekommen is.

GORBACH Das ist doch das Merkwürdige, Maschnik, er geht in Andachten, in denen nicht gesungen wird.

Alois von rechts.

MASCHNIK Da is er ja. Alois, ich brauch ein Werkzeig. Heerst du.

ALOIS *zu Gorbach:* Entschuldigen Sie, Herr Direktor, daß ich... Ich hab es probiert. Die Anna tut es. *Er hält sich plötzlich die Ohren zu.*

GORBACH Hörst du was?

MASCHNIK Nicht einen Piepser.

GORBACH Ich auch nicht.

MASCHNIK Alois, geh, ich brauch ein Werkzeig. Die Tafel muß weg, bevor die Sänger kommen. Heerst du.

ALOIS Die Tafel, sagst du. Die Schandtafel. *Er rennt nach rechts hinaus.*

MASCHNIK Na, Herr Direktor, ich weiß nicht, so ganz verninftig kommt er mir noch nicht vor.

Alois mit Zange und Stemmeisen, Maschnik will ihm das Werkzeug abnehmen.

ALOIS Laß mich nur machen, Maschnik. Eiche ist zäh.

MASCHNIK Tafeln nicht so. Ich hab dieser Tage efter mit so Tafeln zu tun. *Sie arbeiten an der Tafel. Gorbach geht neugierig nach rechts.*

ALOIS Höchste Zeit, daß die Schandtafel wegkommt. Wo doch soviel Leute raufkommen zum Fest. Vielleicht sogar Ausländer. Jetzt stell dir vor, die lesen das. Der politische Eindruck, Maschnik!

MASCHNIK Direkt Stadtrat kenntest du werden, so begreifst du alles.

ALOIS Oder zum Beispiel, was soll ein junger Mensch denken, der nach Pfingsten einrückt und vorher liest er auf der Tafel: er zerstört seine Heimat, falls er sie verteidigt.

MASCHNIK So angeschaut missen wir zugeb'n, wir war'n allesamt die reinsten Kommunisten nach dem Krieg.

ALOIS Margarine und Sacharin, Maschnik, das zermürbt den Menschen. Er glaubt an nichts mehr.

Alois reißt die Tafel vollends weg.

So, die Gefahr wenigstens wär beseitigt.

MASCHNIK Herr Direktor! Herr Direktor, melde gehorsamst, die Schandtafel is weg.

Gorbach kommt von rechts.

GORBACH Das sieht jetzt aber dumm aus.

ALOIS Jeder sieht gleich, hier war die Tafel.

Das Holz ist heller an der Stelle.

MASCHNIK Diesbezieglich ist mir nix gesagt worden. Bloß die Tafel heißt es, mecht ich vernichten.

ALOIS Das mußt du, sowas muß vom Erdboden verschwinden, verstehst du. Der Kaplan Böhringer in St. Fazzen sagt, der Osten spekuliert darauf, daß wir uns nicht wehren. *Holt einen Zettel aus der Tasche.* Da lies das, da steht alles drauf. Und dann täglich ein Rosenkranz zu Ehren des kostbaren Blutes Christi und seiner heiligen fünf Wunden nur auf die Meinung für die Bekehrung der Sünder – *er liest es Maschnik vor und zeigt mit dem Finger auf die Zeilen* – besonders Rußlands. Da siehst du selber, wie es steht.

MASCHNIK Aber wozu ham wir die teiren Flugzeig, wenn wir uns jetzt sollen aufs Beten verlegen.

ALOIS So wenn du daherredest, kommst nicht mehr nach Karlsbad.

MASCHNIK Was jetzt Karlovy Vary heißt, Alois. Wann ich daran denk, was ich da müßte Tafeln auswechseln, da mechte mir jetzt schon der Schweiß ausbrechen. Und das Pupp, Herr Direktor, wissen's das schon, Moskwa ham se das genannt.

GORBACH Moskwa. Das ist ja allerhand.

MASCHNIK Das is schon aus. Da geht nix mehr. Die Kinder wollen eh nicht mehr weg hier. Is einmal eine Veranstaltung von die Landsleite, hinpriegeln missen's die Kinder. Alsdann, ich geh die Tafel vergraben.

GORBACH Aber merk dir den Platz, Maschnik.

MASCHNIK Ein Vergißmeinnicht werd ich pflanzen darauf.

Maschnik geht nach links.

Gorbach und Alois stehen verlegen voreinander. Gorbach schaut rasch mal nach rechts, in Richtung der Hasenställe.

GORBACH Die Festabzeichen hast du nachgezählt, Alois.

ALOIS Nein, noch nicht.

GORBACH *froh darüber:* Komm, ich helf dir. Nimm du die Schachtel und ich die.

Setzt sich und beginnt zu zählen.

ALOIS Das geht nicht, Herr Direktor. Wenn jemand kommt.

GORBACH Alle Menschen sind gleich.

ALOIS Nur vor Gott, Herr Direktor. Und vor den kommt einer erst nach dem Tod. Frühestens.

GORBACH Du glaubst also, daß das Beten was hilft, Alois. Politisch, mein ich.

Alois zählt auch Abzeichen.

ALOIS Das Dumme ist doch, weil der Kommunist an keinen Gott glaubt, ist er verblendet, also schätzt er alles falsch ein, auf einmal glaubt er, er sei der Stärkere, und schon greift er an. Also muß gebetet werden, daß er einsieht, er ist der Schwächere.

GORBACH Daran glaubst du. *Sie zählen Abzeichen.*

GORBACH Sag mal, spürst du jetzt einen Haß gegen mich?

ALOIS Das würd ich mir nie erlauben, Herr Direktor.

GORBACH Ich mein, wegen der Hasen.

ALOIS Was ist wichtiger, die Hasen oder das Geschäft?

GORBACH Ich hab eben einen Sohn, Alois. Das ist es.

ALOIS Der Kaplan Böhringer in St. Fazzen sagt, das Eigentum ist überhaupt die Basis.

GORBACH Alois, Alois. Jetzt sag einmal ganz offen: zweimal in der Woche verschwindest du gegen Abend. Anna sagt, du gehst in die Kirche.

ALOIS Das stimmt.

GORBACH Alois, mir kannst du es doch sagen, wenn du Leute von früher triffst.

ALOIS Was für Leute, Herr Direktor?

GORBACH Na, die von ganz früher. Es könnte ja sein, du bist wieder für die Arbeiter. Das hat sich ja durchgesetzt in der Welt, zum Teil. Wahrscheinlich eine ganz gute Sache. Ich meine, es geht ja nicht immer so weiter, daß die einen mehr haben als die anderen. Ihr seid zwar wieder verboten momentan. Aber was kommt, das kommt. Die Geschichte ist einfach größer als der Mensch. Als du und ich zum Beispiel, das gibst du zu.

ALOIS Unbedingt, Herr Direktor.

GORBACH Es müßten bloß immer alle leicht mitmachen, wenn es sich zeigt, daß die Geschichte wieder Lust hat auf einen Schritt vorwärts. Leuchtet dir das auch ein?

ALOIS Ja, doch.

GORBACH Aber was erlebt man? Immer diese Widerspenstigkeit gegen das, was kommen will. Und dann wundern sich die Leute, wenn es Tote gibt.

ALOIS *lächelt:* Ich merk schon, der Herr Direktor will mich in Versuchung führen.

GORBACH *jovial lachend:* Zweimal abends in die Kirche, Alois, das kannst du Anna erzählen.

ALOIS Genau genommen ist es so: mittwochs helf ich dem Mesner von St. Wendelin. So eine Kirche gibt Arbeit, man glaubt es nicht. Und sonntags nach der Andacht sitzen wir dann noch beim Mesner. Da wird eben geredet.

GORBACH Gut, gut, Alois, ich versteh schon, daß du nichts sagen darfst. Aber merk dir: wenn du mit deinen Freunden einen Platz suchst, einen ungestörten, das Nebenzimmer ist unter der Woche immer frei für euch. Ein Verzehr wär nicht nötig. Den Profit sollen die Reichen bringen. Verstehen wir uns da?

ALOIS Das ist sehr christlich gedacht, Herr Direktor.

GORBACH Schlaumeier du.

Ganz vorne treten gleichzeitig auf: Potz und Schmidt von links, Semper und Blab von rechts.

GORBACH Alois zähl's noch einmal nach. Und dann pinselst du noch was über die Stelle, daß nicht jeder gleich sieht, wo die Tafel hing.

ALOIS Jawohl, Herr Direktor.

SEMPER Halt Blab, weiter kommen wir den Brezgenburgern nicht entgegen.

POTZ Halt, Herr Kollege. Wir drängen uns auch nicht auf.

GORBACH Darf der Wirt was spendieren, zur Versöhnung.

BLAB Da ich unbestechlich bin, sag ich ja.

Gorbach ab.

SEMPER Nicht setzen, Blab! Nicht, bevor die strittigen Punkte geklärt sind, so oder so, nicht wahr.

POTZ Also, liebe Sangesfreunde, aus Kretzenberg und Bremberg. Bedingungen hör ich, in letzter Sekunde noch Bedingungen.

SEMPER Der erste Punkt, betreffend die Teilnahme des Dr. Toni Zerlebeck, es ist mir peinlich, so oder so, nicht wahr, aber unser Verein ist nun einmal Herrn Direktor Hartstern zu großem Dank verpflichtet. Die Hartstern-Werke überhaupt sind mit uns sehr... sehr liiert, so oder so, nicht wahr.

Potz drehte sich gleich nach der Nennung Zerlebecks unwillig weg. Semper folgt ihm. Schmidt und Blab rücken als Zuschauer zusammen. Sobald die Debattanten herschauen, rücken sie auseinander.

POTZ Das sind doch Ladenhüter, Herr Semper.

SEMPER Für mich, für Sie, Potz. Aber Sie kennen vielleicht selbst die Empfindlichkeit. Die Leute mußten fort. Jetzt sind sie wieder da. Man kann nicht verlangen, daß sie alles begreifen, so oder so, nicht wahr.

POTZ Dann klären Sie die Leute endlich auf.

SEMPER So oder so, Potz, Herr Direktor Hartstern wird es sich nicht nehmen lassen, selber heraufzukommen zum Fest, und wenn nun Dr. Toni Zerlebeck mitsingt, es könnte zu einem Affront kommen, so oder so, nicht wahr, das dürfen wir nicht riskieren, deshalb ist es für uns Kretzenberger eine Bedingung, so oder so, nicht wahr.

POTZ Kollege Schmidt, was sagen Sie dazu?

SCHMIDT *nachdem er sich zu Potz gestellt hat:* Es ist ein Problem, daran ist nicht zu zweifeln.

Gorbach kommt mit gefüllten Gläsern, einer Flasche und einer Platte mit Gabelbissen.

GORBACH Meine Herrn, auf das Pfingstwunder.

SCHMIDT Das für uns Sänger gar kein Wunder ist.

GORBACH Weil wir sowieso eine einzige Sprache haben.

BLAB Auf den Gesang.

Potz und Semper sagen frostig »Prost«.

SEMPER Ich betone, es handelt sich lediglich um seine Vergangenheit.

POTZ Meine Herrn, Sangesbrüder sind wir, wir reden frank und frei. Frank und frei heraus, Sie wissen's: ja, ich war so ein dummer, blinder, armer Mitläufer. Aber ich habe gebüßt. Fünf Jahre keinen Chor mehr. Dafür Stallarbeit. Sogar Holz hab ich gefällt. Mit diesen Händen.

GORBACH Noch ein Schlückchen, Herr Oberstudienrat?

Zwischenhinein bietet Gorbach unermüdlich seine Gabelbissen an.

POTZ *gereizt:* Für einen Deutschen gibt es manchmal etwas, was ihm wichtiger ist als ein Schlückchen.

BLAB Leider.

POTZ Zum Beispiel die Ehre eines Vereinskameraden.

SEMPER Die wir nicht antasten.

POTZ So! Und was passiert, wenn Dr. Zerlebeck nicht mitsingen darf? Herr Kollege Schmidt, was passiert?

Gorbach gelingt es, ihm einen Schluck einzuschenken.

SCHMIDT Tja, ein Problem ist es schon.

POTZ Er ist diffamiert. Sein Pech, können Sie sagen. Nehmen wir's also so politisch, wie es Herr Direktor Hartstern meint. Die Verbrechen, wird er sagen, die unmenschlichen Jahre. Jawohl, wir kennen sie.

SEMPER Wir auch.

POTZ Wir beschönigen sie nicht.

SEMPER Wir doch auch nicht.

POTZ Aber welche Wahl hatte ein Mann wie Zerlebeck. Rot oder braun, Herr Hartstern, das war unsere Wahl. Ihr Glück, unser Glück, Herr Hartstern, daß wir heute einen Staat haben, der sich zu helfen weiß gegen die rote Drohung. Der Nationalsozialismus ist überflüssig geworden. Ein Anachronismus. Aber wer ist geblieben, frage ich.

SEMPER Der Feind.

POTZ Der gleiche Feind, der Feind des Dr. Toni Zerlebeck, mein Feind, Ihr Feind, Herr Direktor Hartstern: die rote Faust.

SEMPER Über dem Abendland.

POTZ Jawohl. *Jetzt läßt er sich geduldig einschenken.*

SEMPER Was Sie da vortragen, hat jeder von uns schon einmal vorgetragen, so oder so, nicht wahr. Aber Hartstern ist eben fast krankhaft empfindlich in diesem Punkt.

BLAB Daß wir nicht ewig in alten Feindschaften wühlen sollten, stimmt schon.

POTZ Wo es doch gerade diese Feindschaften waren, die Asien an die Elbe geführt haben. *Zu Gorbach, der anbietet:* Das mit Käse, bitte. *Potz holt jetzt Essen und Trinken nach.*

SEMPER Sie haben leicht reden.

BLAB Mein Gott, wo soviele Leute sind, wird der Zerlebeck dem Hartstern doch aus dem Weg gehen können.

SCHMIDT Eine klassische Lösung. Prost, Herr Blab.

SEMPER Gut, wenn Zerlebeck verspricht, daß er sich abseits hält. Aber das sag ich gleich, im zweiten strittigen Punkt gibt es keinen Kompromiß. *Sie stellen sich wieder in Fronten auf.* Los Blab, jetzt reden Sie mal.

BLAB Wie bekannt, habt ihr da so'n Tenor, der ist nicht ganz hasenrein. Den laßt ihr weg beim Preissingen und schon sind wir einig. Prost.

SEMPER So oder so, nicht wahr.

Alois ist mit Farbe und Pinsel an der Eiche beschäftigt. Darauf wird Rücksicht genommen.

BLAB Bei uns in Bremberg heißt es: Bringen die die Nachtigall zum Preissingen, dann kommen wir mit ner Amsel vom Kirchenchor.

SEMPER Es geht einfach gegen das natürliche Gefühl.

POTZ *vor Erregung wieder aus der Reihe tanzend:* Meine Herrn, meine Herrn! Wie lange arbeite ich jetzt? Dreißig Jahre. Meine schönste Stimme. Die einzige Stimme, die mir gelang. Armer, armer Alois. Und sein Gesundheitszustand ist nicht der stabilste. Die Folgen. Nein, meine Herrn. Ich weigere mich. Bitte, Kollege Schmidt, übernehmen Sie meine Funktionen. Ich trete zurück.

BLAB Sie machen ihn zum Ehrenmitglied, das ist immer das Beste.

SEMPER Und die goldene Nadel.

POTZ Nein. Nein. Nein. Ich weigere mich.

SEMPER Jetzt setzen wir uns mal. Bitte, meine Herrn.

Er setzt sich. Gorbach kommt mit neuen Gabelbissen.
Alle setzen sich außer Potz.

Stellen wir uns einfach vor, in einer Stunde, die Chöre setzen ein, die Menschen geben sich der Musik hin, so oder so, nicht wahr, und dann ertönt die gewiß beachtliche Stimme des...

POTZ *auf Alois weisend:* Des Herrn X, wenn ich bitten darf.

SEMPER Des Herrn X. Woran denken unsere Zuhörer dann? Das frag ich Sie jetzt, Herr Potz. Nach allem, was man so weiß über die Nachtigall von Brezgenburg. Da denkt doch jeder an KZ, an die unmenschlichen Jahre. So oder so, nicht wahr. *Er schiebt einen Bissen in den Mund:* Wir dürfen die unmenschlichen Jahre nicht vergessen. Ich bin der Letzte, der dem Vergessen das Wort redet. Aber ein Sängerfest, an so einem Pfingsttag, und wir stehen da und singen: »Wie ein stolzer Adler schwingt sich auf das Lied, daß es froh die Seele auf zum Himmel zieht.« Und wohin zieht es die Seele, wenn jene bekannte Stimme erklingt? Auf zum Himmel etwa? Sie wissen, Herr Potz, wohin es die Seele da zieht. In den Stacheldraht der unmenschlichen Jahre. Wollen Sie das?

POTZ Nein. Natürlich nicht. Ich begreif es ja. Aber es ist tragisch. Tragisch ist das.

SEMPER Wir müssen Opfer bringen. Um der größeren Harmonie willen.

POTZ Wer sagt es ihm? Wer wagt es, ihm das zu sagen.

BLAB Seine Frau.

SEMPER Sie. Gorbach. Alle zusammen.

POTZ *erschrickt:* Er kommt.

SEMPER Sie brauchen es ihm ja nicht gleich zu sagen.

Schweigen.

ALOIS So, hat man einen guten Rat gehabt.

DIE HERRN Doch, doch. Ja, ja.

ALOIS Ich hab bemerkt, die Herren machen eine Pause. Drum wag ich es, zu fragen, wegen der Farbe, finden Sie, daß man noch an die Schandtafel denkt... oder paßt die Farbe.

POTZ *hat ihm nicht zugehört:* Alois, wir sprechen gerade über Sie.

ALOIS Über mich. Zu Anna sag ich immer: ich erschreck schon, wenn ich hör, man spricht über mich.

POTZ Herr Semper und Herr Blab, oder vielleicht Kollege Schmidt, wem darf ich das Wort erteilen?

SCHMIDT Ich enthalte mich.

Verlegene Pause.

POTZ Niemand? Gut, dann ist nichts gewesen, Alois, danke.

ALOIS *verwirrt:* Bitte. *Er will gehen.*

SEMPER Halt. Herr Grübel, es ist mir peinlich, so oder so, nicht wahr, daß gerade ich es bin, aber bitte, um der größeren Harmonie willen, der Sänger darf nicht bloß an sich denken, das wissen Sie.

ALOIS Auf den Chor kommt es an.

SEMPER So ist es. Man muß sich fügen. Und wenn Sie nun mitsingen, heute, so oder so, nicht wahr, Herr Grübel, jeder weiß, woher die schöne Stimme kommt, wollen wir die Menschen daran erinnern, an die Folterstätten der unmenschlichen Jahre, heute am Pfingstsonntag, wollen wir das?

Alois schweigt.

Wollen Sie das?

Alois schüttelt langsam den Kopf.

Ich wußte es, Herr Grübel. Dann sind wir ja einig. So oder so, nicht wahr. Ich danke Ihnen.

Er will ihm die Hand geben.

ALOIS *überlaut:* Anna.

Rennt nach rechts. Es wird dunkel. Man sieht noch wie die Fahnen rasch ringsum aufmarschieren. Gleichzeitig setzt ein wildes Durcheinander von Volksliedern ein. Montage, sehr bewegt.

8 Sängerfest. Alois hat seinen dritten Rückfall

Abend. Aus dem Restaurant gedämpfter Gesang. Allein im Freien sitzt Dr. Zerlebeck. Alois kommt langsam und vorsichtig von rechts. Bei sich hat er ein Bündel Angora-Felle und einen Hammer.

DR. ZERLEBECK Alois.

Alois läßt sofort die Felle fallen und stellt sich davor.

ALOIS Der Herr Doktor.

DR. ZERLEBECK Alois, komm her zu mir. Komm. Wir zwei. Wir müssen herhalten. Wir beklagen uns nicht, Alois. Was haben wir getan, Alois? Unsere Pflicht. Und wir tun sie auch weiterhin. *Zieht das Notizbuch:* Alois, wie steht's.

ALOIS Ich darf Ihnen nichts mehr sagen.

DR. ZERLEBECK Ich kann dich nicht zwingen. Aber die Wissenschaft, Alois.

ALOIS Anna sagt, sie will nicht, daß ich in ein Buch komm.

DR. ZERLEBECK Trinkt sie immer noch.

ALOIS Immer noch mehr.

DR. ZERLEBECK Sie gehört in eine Kur.

ALOIS Genau das denk ich auch manchmal. Das Wilde, das sie hat. Ich kenn das doch. Erst in der Anstalt kommt der Mensch ganz zu sich.

Anna von hinten. Sie scheucht Krähen fort.

ANNA Gsch... Gsch... verfressenes Pack.

ALOIS Anna.

ANNA Die Krähen, Alois. Ah, der Herr Doktor. Wieder mal ein bißchen spionieren, was. Alois, komm.

DR. ZERLEBECK Frau Grübel...

ANNA Im Zoo gibt's Nachtigallen. Auf dem Eichkopf gibt's bloß noch Krähen. *Sie reißt Alois den Hammer aus der Hand und bedroht Dr. Zerlebeck.* Krähen, Herr Doktor.

DR. ZERLEBECK Sie hat sich entlarvt. Tätliche Bedrohung. Das ist sehr gut. Tätliche Bedrohung. Auf bald. *Will gehen.*

Potz und Schmidt, schon angeheitert aus dem Restaurant. Alois und Anna beobachten, was folgt, eng aneinandergeschmiegt.

POTZ Doktor! Wo bleiben Sie denn. Alles ruft nach Dr. Zerlebeck.

SCHMIDT Die Stimmung ist ganz außerordentlich...

POTZ Los, Doktor, kommen Sie. Es gibt nun mal Pedanten.

Schwamm drüber. Und rein.

SCHMIDT Die Stimmung ist ganz außerordentlich günstig für Sie.

DR. ZERLEBECK Ich geh mit, vorausgesetzt, Semper entschuldigt sich bei mir.

POTZ Das wird er, Doktor, kommen Sie. Alle werden sich bei Ihnen entschuldigen. Schließlich sind wir Sangesbrüder.

Sie führen Dr. Zerlebeck mit hinein und stimmen dabei das Lied an: »Wie ein stolzer Adler...«

ALOIS Anna, jetzt haben sie's wieder eingesehen.

ANNA Alois, geh, hol das Gewehr vom Herrn Direktor. Die Krähen sind hinter mir her. Sie wollen Hasenfleisch. *Zu den Krähen hinauf:* Ich hab doch keins mehr. Gsch. Gsch.

ALOIS Anna, wo siehst du Krähen?

ANNA Du hast recht, Alois. Ich schau einfach nicht mehr hin. Ich hätt es ihnen nicht erlauben dürfen, daß sie zuschauen, wie ich die Hasen umgebracht hab. Jetzt wollen sie immer mehr.

ALOIS Gib mir den Hammer.

ANNA Alles verdank ich diesem Hammer, Alois. Der Doktor ist fort. Die Hasen sind im Himmel. Und mein lieber Alois singt nicht mehr. Es ist ein Glück wie noch nie. Alois, sag mir einmal, daß du auch für Kinder gewesen wärst.

ALOIS Ja, Anna.

ANNA Obwohl man was mitmacht mit Kindern?

ALOIS Ja, Anna.

ANNA Wenn aber Heribert einen Lastwagen umgekippt hätte?

ALOIS Ich hätt ihn wieder aufgerichtet.

ANNA Oder Karl bricht beim Zahnarzt ein.

ALOIS Und stiehlt ihm die Kronen.

ANNA Umbringen dürft er ihn, von mir aus.

ALOIS Wenigstens verletzen am Oberarm.

ANNA Und dann heimkommen, fluchen und sagen, dem Fräulein nebenan hab ich ins Bett gespuckt, jetzt, Mama, hau mir eine runter. Ach Alois, ich würd ihm eine kleben, so ins Gesicht, daß ihm die Backe singt und bitten würd ich ihn, daß er zurückschlägt. Soll er mich schlagen. Mich. Seine Mutter. Haben einen doch andere auch geschlagen. Von dem man's möchte, das ist er, der Sohn. Der Sohn, Alois.

ALOIS Ja, Anna.

ANNA Jetzt hol ich das Gewehr.

ALOIS Aber gib mir den Hammer.

ANNA Krieg ich ihn wieder, gleich nachher?

ALOIS Du kriegst ihn wieder, gleich nachher.

Sie gibt ihm den Hammer.

ANNA Ach, lieber Alois.

ALOIS Geh, hol das Gewehr.

ANNA Ich hol's. Gsch. Gsch. Gsch. Verfressenes Pack.

Sie scheucht Krähen aus dem Weg und rennt weg. Alois nimmt seine Felle wieder auf, nähert sich den Fahnen. Da kommt Gorbach im Festanzug, ein Glas in der Hand. Er ist ganz leicht angetrunken.

GORBACH Alois, komm. Ich brauch jetzt einen Menschen. Einen, der nicht singt.

Alois wendet sich ab.

Ich sing ja auch nicht. Dir zulieb, Alois.

Alois wendet sich ihm wieder zu.

Opfern, Alois, das gibt ein gutes Gefühl.

ALOIS Ach, Herr Direktor, daß ich einverstanden war mit dem Hasenmord. Das begreif ich nicht mehr. Und zur Strafe darf ich jetzt nicht mitsingen.

GORBACH Nein, nein, Alois...

ALOIS Doch, doch, es ist die Strafe dafür. Ich kenn mich aus. Ich hätt' es nicht einsehen dürfen, daß die Hasen wegmüssen. Es ist ein Unglück, wenn man immer alles einsieht.

GORBACH Du hast wenigstens keinen Sohn, Alois. Nächstes Jahr Ostern will er ins Priesterseminar. Ein Widder. Jetzt, was rat ich ihm.

ALOIS Bei Westwind haben die Gäste geklagt. Und Sie haben gesagt, wir machen bankrott. Darum hab ich's eingesehen.

GORBACH Unsereiner hat den Buckel voller Schläge. Was richtig ist, sagt dir keiner. Aber dich prügeln für einen falschen Schritt, dazu ist jeder bereit.

ALOIS Kaum hat man so eine wirtschaftliche Einsicht, wird man schon ganz rabiat. Direkt einen Rückfall könnt ich kriegen, wenn ich daran denk, was ich noch alles einsehen werde.

GORBACH Die Zukunft, Alois, das ist das Schlimme. Besonders, wenn du einen Sohn hast. Schließlich ist der Mensch doch kein Geschichtsprofessor. Alois, du weißt was und sagst es nicht. Du könntest mir raten.

ALOIS Einmal muß Schluß sein, Herr Direktor. Ich nehm mir vor, daß ich nichts mehr einseh.

GORBACH *erschrickt:* Ist da wer? Ob da wer ist?

ALOIS Krähen. Die haben zugeschaut, wie Anna die Hasen abgemurkst hat. Riechen Sie's, Herr Direktor.

GORBACH Was?

ALOIS Der Wind hat gedreht. Der Westwind riecht jetzt nach Hasenblut.

GORBACH Auch du, Alois, jetzt seh ich's, auch du denkst bloß an dich. *Geht.* Ich bedaure das, Alois.

Gorbach geht hinein.

ALOIS Daß ich alles eingesehen hab, daran denk ich.

Alois schleicht mit Hammer und Fellen zu den Traditionsfahnen. Er befestigt an jeder Fahne ein Angorafell: das heißt, er hängt das Fell an einem Fleischhaken an die Spitze des Fahnenschafts, dahin, wo die Bänder befestigt sind.

ALOIS Moritz zeugte Jossi.

Hängt ein Fell an eine Fahne.

Jossi zeugte Eli.

Hängt ein weiteres Fell an eine Fahne.

Eli zeugte Tsipora und Benjamin.

Hängt zwei Felle an eine Fahne.

Benjamin zeugte Hilda und Fritz.

Wieder zwei Felle.

Fritz zeugte Lamech.

Ein Fell an eine Fahne.

Lamech zeugte Esra, Ruth und Alois.

Hängt drei Felle an die Fahne.

Alois zeugte Alois.

Er beginnt die letzten Felle an die Eiche zu nageln; er bedeckt damit die Stelle, an der die Erinnerungstafel hing.

Zeugte Alois zeugte Alois zeugte Alois…

Ein großes Forte vom Restaurant. Alois wird gleichermaßen lauter. Die Fahnen und Felle flattern im Wind. Die Bühne wird dunkel.

9 Aufbruch zu verschiedenen Anstalten

Ein Mann vom Roten Kreuz trägt Annas Gepäck nach links. Alois hilft. Drei verschnürte Pappschachteln, ein Koffer. Gorbach steht auf der Terrasse und schaut zu. Anna sitzt unbeteiligt.

ALOIS So, Anna, es wär soweit.

Anna steht auf, will an Alois vorbei.

Mach's gut, Anna. Ich bin gespannt, wer von uns zuerst wieder heroben ist.

Anna steht und schaut ihn teilnahmslos an.

Alles Gute, Anna. Hörst du. Auf Wiedersehn.

Anna geht ohne Gruß. Man hört ein Auto abfahren. Alois schaut nach, setzt zum Winken an, sieht ein, daß das sinnlos ist, dann geht er zum Direktor auf die Terrasse. Dort steht sein Gepäck. Ein Koffer, ein Pappkarton und der Rucksack. Auf dem Rucksack liegt seine Fellmütze.

GORBACH Sie ist wie nicht bei sich.

ALOIS Das Schlimme ist, sie spricht nicht. Nie sagt sie was.

Beide schauen in die Richtung, in die Anna fuhr.

GORBACH Du kennst doch den Mühlenwirt. Als dem die Frau in die Teutach lief, da hat er auch so getrunken. Dann war er wie Anna. Hat sich um nichts mehr gekümmert. Bei dem war's so schlimm, seinen großen Zehen hat er für einen Korken gehalten, hat ihn ziehen wollen, mit dem Korkenzieher, immer reingeschraubt und dann ging's doch nicht. Du wirst sehen, Alois, die kriegen Anna schon wieder hin. *Pause.* Momentan ist es schwer für dich, das ist klar.

ALOIS Seit sie die Hasen herausgezogen hat, ist es aus mit ihr. Moritz, zack auf den Kopf, her mit dir, Daniel, zack und in die Kiste, und kein Wort, als wäre sie beim Bohnenputzen. Da hab ich gewußt, das hält sie nicht aus. Vorher war sie noch manchmal da, hat gesagt: zieh noch nicht die dünnen Socken an, hat mich gefragt, ob es zieht, aber dann rein gar nichts mehr.

GORBACH Du glaubst nicht, was die heute für Mittel haben. *Er nimmt die Hausmeister-Mütze vom Tisch:* Die Mütze, Alois, nicht daß du die vergißt.

ALOIS Nein, Herr Direktor. In St. Fazzen dürft ich die sowieso nicht tragen.

GORBACH Wenn's nach mir ging, müßtest du diesmal überhaupt

nicht nach St. Fazzen. Der Gemeinderat hätte mit sich reden lassen und der Liederkranz auch.

ALOIS Nein, nein, um Gottes willen. Schließlich hab ich Felle an die Fahnen gehängt, Felle an die Eiche genagelt. Das hätt mir nicht passieren dürfen. Ein radikaler Rückfall.

GORBACH Weißt du denn wirklich nicht, warum du das getan hast, Alois?

ALOIS Es ist einfach passiert mit mir. Das ist doch das Schlimme bei so einem Rückfall. Es überfällt einen.

GORBACH Wir hätten eine Erklärung finden müssen, Alois. Das könnten wir immer noch. Potz spricht für dich, sagt er, wenn er weiß, wie du das gemeint hast mit den Fellen. Ob du's gegen die Juden gemeint hast oder gegen die Gesangvereine. Du müßtest dich bloß entscheiden und dich dann entsprechend entschuldigen, dann kriegst du einen kleinen Verweis, und die Sache schwimmt die Teutach hinab.

ALOIS Damit ist mir nicht geholfen, Herr Direktor. Irgendwas stimmt da bei mir noch nicht. Da ist noch was faul. Vielleicht noch ein Splitter vom alten Kommunisten, den man im Lager übersehen hat. Oder ist es ein Rest aus den unmenschlichen Jahren, den der Professor das letzte Mal nicht bemerkt hat. Ich muß wissen, warum mir sowas passiert ist, sonst bin ich doch keinen Augenblick mehr sicher, daß ich wieder sowas anstell, oder noch was Schlimmeres.

Gorbach ist auf die Eiche zugegangen.

GORBACH Du willst mir also nicht sagen, wie du's gemeint hast.

ALOIS Herr Direktor, ich schwör...

GORBACH Es könnte ja sein, du hast einen Auftrag gehabt.

ALOIS Es war ein Rückfall.

GORBACH Alois, ich möcht wissen, was du denkst.

ALOIS Ich auch, Herr Direktor. Darum will ich doch nach St. Fazzen. Das Unbewußte, sagt der Professor, ist ein Eichkätzchen, man muß ganz ruhig in der Sonne sitzen, dann kommt es, beim Kragen hier schlüpft es heraus, läuft am Ärmel runter, bleibt sitzen auf dem Knie und frißt dem Professor aus der Hand. *Deutet schräg ins Tal:* Der Omnibus hält schon am Bacheck. *Er geht zum Gepäck. Den Rucksack prüft er zuerst, schaut hinein.*

GORBACH Da bewegt sich doch was, Alois.

ALOIS Ja, Herr Direktor, ich hab's verheimlicht, aber der war elf Tage alt, wie Anna mit dem Hammer kam, er ist aus Daniels Stamm. Sie können schauen, es ist nur einer. Eine Zucht gibt's nicht. Der wär auch zu schwach. Jetzt nehm ich ihn eben mit. Er kennt sich gar nicht aus, der miekrige Daniel. Auf eine Weise, kann sein, geht einem das nach, wenn man der Letzte ist. Sie nehmen's mir übel, Herr Direktor?

GORBACH Du könntest ihn hierlassen, Alois. Er hätt es gut bei mir.

ALOIS Jetzt bin ich aber froh, Herr Direktor. Bloß, ich muß ihn trotzdem mitnehmen. Er ist an mich gewöhnt. Ich hab ihn auf dem Dachboden gehabt. *Er nimmt den Rucksack vorsichtig auf.* Sie vergessen nicht die Kleinigkeit für Anna, dann und wann, zum Sonntag. Die Verpflegung ist ja gut in den Anstalten, aber am Sonntag nach dem Mittagessen, da wird es so still im Bau. Wenn man dann was zum Auspacken hat, daß es ein bißchen raschelt.

GORBACH Laß dir's gut gehen, Alois.

Sie schütteln einander die Hände. Alois setzt die Mütze auf.

ALOIS *nimmt Koffer und Pappschachtel auf:* Sie wissen, ich bin ein Glückspilz. Es ist fast schon eine Schande, daß es mir immer so gut geht und der Welt geht's immer schlechter. Überall die Spannung, und ich hab mein schönes Leben in St. Fazzen. *Horcht.* Der Omnibus. Also. Adieu, Herr Direktor. *Alois geht nach links. Hält noch einmal an.* Und wenn Sie der Anna was schikken, vielleicht immer was dabei mit Silberpapier. Das mag sie. Vielleicht mal ein Fleckchen Moos. Besonders im Herbst. Im Herbst ist sie ganz wild auf Moos. Ich sag es bloß, weil ich ihr sowas nicht schicken kann. In einer Anstalt, Herr Direktor, wächst ja kein Moos.

Er winkt, geht ab, Gorbach winkt mit der Hausmeister-Mütze nach.

Vorhang

Die Zimmerschlacht

Übungsstück für ein Ehepaar

Für Fritz Kortner

Geschrieben 1962/63. Die Uraufführung war am 7. Dezember 1967 in den Kammerspielen München unter der Regie von Fritz Kortner.

Personen

Felix
Trude

Das Wohnzimmer der Familie Fürst liegt im Parterre. Nach hinten führt eine zweiflügelige Tür in den Garten. Nach links eine Tür in das Schlafzimmer, nach rechts eine Tür in den Flur. Im Wohnzimmer: Schreibtisch, Regale mit Fachbüchern, Sitzecke, ein Klavier. Das Zimmer macht einen überfüllten Eindruck, die Möbel sind mindestens 15 Jahre alt, es hat sich zuviel angesammelt, was man nur deswegen nicht weggeworfen hat, weil man nicht umgezogen ist. In der Nähe des Schreibtischs eine Vitrine, die Gesteinsproben zeigt. Das Bühnenbild muß nicht die ganze Bühne ausfüllen.

Felix nimmt den Hörer ab und wählt eine fünfstellige Nummer. Er spricht halblaut, schaut während des Sprechens zur Tür, durch die Trude verschwunden ist. Offensichtlich soll sie nicht hören, was er sagt.

FELIX Herr Neumerkel? Ja, hier Fürst. Es bleibt dabei, wir gehen nicht hin. Auch wenn er anruft, Er wird das Äußerste versuchen. Bitten, drohen, uns gegeneinander ausspielen. Darauf muß man gefaßt sein. Gott sei Dank kennt man Bennos Rhetorik. Mengel sagt, bei ihm beißt Benno auf Granit. Ich gestatte mir hinzuzufügen: bei mir beißt er auf Diamant. Natürlich um seinetwillen! Völlig Ihrer Meinung, Herr Neumerkel. Man muß ihm endlich zeigen, was geht und was nicht geht.

Trude von links. Sie bringt ein frisches Hemd.

Also, Herr Kollege, es wird sicher ein denkwürdiger Abend für uns alle. Danke. Bitte, das gleiche für die Ihre.

Er legt auf.

TRUDE Wer war das?

FELIX Ach, nur Neumerkel.

TRUDE Brechen die schon auf?

FELIX Du trägst das Hemd wie einen Täufling, Trude.

TRUDE Daß du siehst, wie man dir alles nachtragen muß.

Als Felix sieht, daß sie gleich bei ihm sein wird, dreht er sich um, geht rasch, tut, als suche er etwas. Trude hinter ihm her. Felix würde am liebsten davonrennen vor dem Hemd, aber er beherrscht sich. Er sucht nach Ausflüchten.

FELIX Das hat was Apokalyptisches, Trude, hier hab ich die Manschettenknöpfe hingelegt...

TRUDE Zieh das Hemd an, Felix.

Felix dreht sich ganz rasch um zu Trude, greift dabei nach der Krawatte, die über einer Stuhllehne hängt und stopft sie in die Tasche, ohne daß Trude es sieht.

FELIX Und die Krawatte, Trude. Was sich diese Kleinigkeiten erlauben. Über diesen Stuhl hab ich sie gehängt, die ochsenblutrote, weil du befohlen hast, heut geht nur die ochsenblutrote, also häng ich die ochsenblutrote über den Stuhl, bewache sie, weil ich doch weiß, die Kleinigkeiten nützen es aus, wenn du in Eile bist, und wie ich mich nach den Knöpfen umschau, schon ist die ochsenblutrote weg. Trude, das hat was Apokalyptisches.

TRUDE Felix, du Redner. Da, was ist denn das? *Zieht ihm die Krawatte, die ein Stück aus der Tasche hängt, heraus.*

FELIX Ach. Das ist besonders schlau von der ochsenblutroten. Mir in die Tasche zu schlüpfen, weil sie denkt: da sucht sie keiner. Na warte.

TRUDE Da, das Hemd zieh an und Schluß.

FELIX Ohne die Manschettenknöpfe...

TRUDE Zuerst das Hemd jetzt...

FELIX *gibt den gespielten, lustig-verzweifelten Ton dessen, der beim Ankleiden nichts mehr findet, auf, läßt sich in einen Sessel fallen:* Nein.

TRUDE Wir kommen zu spät.

FELIX Ach, Trude. *Springt auf. Versucht wieder den jungen Ehemann zu spielen; leicht und erregt:* Warum verlassen wir dieses Zimmer? Unsere selige Wohnung, Trude! Haben wir nicht geschnauft wie verrückt vor Aufregung, bis wir endlich sowas hatten, was man radikal zuschließen kann. Ich hab das Gefühl noch im Hals und in den Knieen, wie ich zum ersten Mal den Schlüssel umdreh und draußen war draußen und hier waren wir. Du und ich: Und jetzt ein paar Jahre später...

TRUDE Ein paar Jahrzehnte.

FELIX Zwei Jahrzehntchen später hältst du es nicht mehr aus mit mir. Einen einzigen Abend.

TRUDE Das paßt zu dir. Wenn wir eingeladen sind, kommst du mit sowas. Sag ich aber morgen abend, so, jetzt, Felix, die Tür ist verriegelt, draußen ist draußen, wir sind allein, dann mußt du noch eine Gesteinsprobe beschriften. Und vierzehn Hefte korrigieren.

FELIX Heut wär ich frei, Trude.

TRUDE Zugesagt ist zugesagt, Felix. Jetzt warten sie. Morgen machen wir einen großen Abend. Wenn du willst.

FELIX *gibt sich gedrängt, zärtlich:* Trude, fühl meinen Puls. Mein Herz, wenn du kannst. Darf man sowas verschieben.

Er umarmt sie.

TRUDE Nicht, Felix, die Haare.

FELIX *tut enttäuscht:* Die Haare, natürlich. Die Haare.

TRUDE Wir können doch nicht einfach wegbleiben, Felix. Bloß weil du gerade so eine Stimmung hast. Um dreiviertelneun ist deine Stimmung vorbei, dann gehen wir doch, kommen aber zu spät. Keinem kannst du erklären, warum. Also bleibt es wieder an mir hängen. Sie lachen über mich. Und du lachst mit, weil du weißt, ich sag schon nicht, wie es zu der Verspätung kam. Bitte, Felix, zieh jetzt das Hemd an.

FELIX Ich werde sagen: Liebe Freunde, es hat mich überwältigt. Ich kann ihr einfach nicht zusehen, wie sie sich ankleidet. Das schiere seidene Weiberzeug auf Stöckelschuhen. Freunde, da verlier ich einfach mein Zeitgefühl.

TRUDE Felix, fehlt dir was?

FELIX Du. *Er nähert sich wieder.*

TRUDE Nicht. Felix.

FELIX Die Haare!

TRUDE Dein Hemd. Bitte. Felix. Wenn wir mit den anderen kommen, fallen wir am wenigsten auf.

FELIX Und wenn wir überhaupt nicht kommen.

TRUDE Felix. *Sie legt das Hemd weg. Er zieht die Schuhe aus.* Nicht die Schuhe ausziehen, Felix. Nachher ziehst du sie ja doch wieder an.

FELIX Wohl kaum.

TRUDE Wo willst du hin?

FELIX Die Schuhe versorgen.

TRUDE Bevor du die Schuhe versorgst, rufst du an und entschuldigst uns. *Trude beginnt, ihre Nägel zu richten.*

FELIX Lächerlich, Trude. Überleg doch mal, wie komme ich dazu, mich zu entschuldigen. So einen Begriff hast du von mir. Das erste, was dir einfällt: ich soll mich entschuldigen. Ich entschuldige mich nicht. *Er will mit den Schuhen ins Schlafzimmer.*

TRUDE Felix, nachher, wenn wir wirklich bleiben, versorg ich die Schuhe schon. Stell sie einfach hin. Da, wo du jetzt stehst, lieber Felix. Ja, sei lieb. Schön stell sie hin und zieh das Hemd an.

FELIX *zögert.*

TRUDE Weil du mir besser gefällst in so einem frischen Hemd, bitte.

Felix zieht das Hemd an.

TRUDE Und dann rufst du an und sagst, daß wir nicht kommen.

FELIX Hab ich dir nicht gesagt, daß ich nicht daran denke, mich zu entschuldigen.

TRUDE Wer sagt denn was von entschuldigen, Felix. Nur mitteilen, daß Benno weiß: Herr und Frau Dr. Fürst kommen nicht. Das gehört sich einfach, Liebling.

FELIX *hat seine Hausschuhe geholt:* Dann laß mich doch bitte auch mal etwas tun, was sich nicht gehört. Trude, das gibt die richtige Basis für unseren Abend. Wir tun heute alles, was sich nicht gehört. Soll doch Benno endlich mal erfahren, die ganze Clique soll es spüren, daß ich auch einmal etwas tun kann, was sich nicht gehört. Ich mach mich doch lächerlich mit meiner Korrektheit. Doch, doch. Ich bin jetzt in dem Alter, in dem sich die komischen Züge einschleichen wollen. Da heißt es aufpassen, Trude. Dem Neumerkel haben sie in der Sechsten einen Hamster auf die Tafel gemalt, der ihm wirklich ungeheuer ähnlich sah. Neumerkel hat aber auch etwas von einem Hamster. Und er nimmt sich nicht zusammen. Also merkt man's.

TRUDE Soll ich anrufen, Felix.

FELIX Trude! Soll sich der schöne Benno doch auch einmal den Kopf zerbrechen über mich. Wo bleibt denn der Felix? Und Trude? Ja, sowas. Die sind doch zuverlässig wie die Quarzuhr. *Scharf:* Hat er gesagt, Trude, wörtlich.

TRUDE Das ist doch nichts Schlimmes?

FELIX Sein Ton. Du mußt seinen Ton mithören. Jetzt soll der feine Benno mal sehen, daß ich nicht immer auf dem Stühlchen steh und warte, bis es ihm paßt. Vielleicht kommt er dann drauf, daß er mich nicht einfach beleidigen kann, so immer wieder einmal, im Lauf der Jahre, andauernd bloß auf mir herumhacken. Ich bin doch nicht dem seine Witzfigur. Verstehst du das, Trude?

TRUDE *hat aufgehört, ihre Nägel zu bearbeiten:* Wir sind befreundet mit Benno, denk ich.

FELIX Daran seh ich, wie ich gestellt bin mit dir. Du würdest hinrennen, bloß daß der seine Statisten hat.

TRUDE Felix! Was ist passiert zwischen euch? Er war doch wirklich dein Freund, Felix.

FELIX Mein Freund! Und wenn wir hingehen und er stellt mich seiner Dingsda, dieser Neuerwerbung vor, ich hör ihn schon, wie er sagt: darf ich dich bekannt machen, das ist unser Felix, Herr Doktor Felix Fürst, Erdkunde und Geschichte, aber Geschichte will er abstoßen, unser Felix, ist so ne fixe Idee von ihm, Erdkunde soll Hauptfach werden, ach bitte, Felix, fang erst in einer halben Stunde davon an, meine junge Frau muß sich zuerst an alles gewöhnen. Und wenn er das gesagt hat, kassiert er euer Grinsen und du grinst mit, weil du für diesen Kampf zu naiv bist, du spürst nicht die Beleidigung. Überhaupt ist es von dir als Frau schon eine erschütternde Geschmacklosigkeit, heute dabei sein zu wollen. Denk an Regina, die jetzt draußen im Reihenhäuschen sitzt. Was meinst du, was Regina sagt, wenn sie hört, wir sind hingegangen, haben gleich Freundschaft gemacht mit der Neuen, wo doch die schuld ist, daß er Regina hinausgeworfen hat, einfach hinaus, ab ins Reihenhäuschen, ausbezahlt, wie eine Köchin. Und wir gehen hin, rufen Vivat! Die Gattin ist tot. Es lebe die Gattin. Was! Dabei warst du mit Regina enger als ich. Leider muß i c h sagen: wir können da nicht hin! Leider. Ich hätte es lieber von dir gehört. Das wäre ein Beweis gewesen von Solidarität. Treue. Oder einfach Würde. Ein bißchen Würde, Trude.

TRUDE Felix, du hast Streit gehabt mit Benno? Immer frißt du alles in dich hinein. Also erfahr ich nichts, reagier falsch, und das verletzt dich. Mein armer, armer Felix. Aber du bist auch wie die Maus, bevor es nicht ganz schlimm wird, gibst du keinen Ton.

FELIX Ich geh da nicht mehr hin, Trude. Begreifst du das. Nie mehr. Unser guter Felix! Diese... diese seidenen Sätze, die er dir um den Hals wirft, daß du erst ganz zuletzt merkst, wenn du schon keine Luft mehr kriegst, es war wieder eine Schlinge. Da nimmt er sie aber schon wieder zurück und sagt allen Zuhörern: da schaut, ich bring ihn ja gar nicht um, ich laß ihn doch leben, unseren guten Felix. Trude, ich brauch dich jetzt.

TRUDE *genießerisch:* Mhmmm. Das duftet. Felix. Das duftet nach Gelegenheit. Mein Felix braucht mich. Das müßte man ausnützen. Schließlich mußt du mir heute was bieten, wenn du verlangst, daß wir hierbleiben, Felix!

FELIX *dachte an etwas anderes:* Mengel sagt, dem hat er sie natürlich gleich vorstellen müssen, der sagt, diese Neue sei eine ganz gut aussehende, eine enorm gut aussehende Person. Du weißt ja, wie Mengel sich ausdrückt. Und damit will Benno jetzt natürlich triumphieren über uns. Darauf hat er's abgesehen.

TRUDE Ach Gott, er ist Architekt, ich weiß nicht, was du da verlangen willst, Felix. Er ist nun einmal aufs Äußerliche.

FELIX Aber mich soll er in Ruhe lassen, Trude. Für immer. Soll er dieses Ding, das enorme Weibsbild, soll er doch machen mit ihr, was er will. Was er will! Aber mich soll er verschonen. Und dich auch. Wir machen ihm nicht die Gaffer, bloß daß er triumphieren kann. Zuerst vor uns triumphieren und dann noch über uns. So hat er das geplant. Einen zweifachen Triumph will er feiern.

TRUDE Wieso jetzt zweifach?

FELIX Trude, schau: erster Triumph, wir sollen ihn bewundern, weil die Neue so... so enorm ist, und daß sie so enorm ist, das spürt er ja erst, wenn wir dabei sind und Wirkung zeigen. Zittrige Hände bekommen und Keksbrösel ins Weinglas fallen lassen und jeder wild stotternd eine Rede halten will. Das ist sein Triumph Nummer eins. Nummer zwei: er zeigt der enormen Neuen, daß er über uns steht, Witze machen kann über uns, und wir lachen noch dazu, das heißt, er zeigt ihr, daß er selber auch enorm ist, daß sich also zwei Enorme gefunden haben. Dazu braucht er uns. Nur dazu. Hast du mich jetzt?

TRUDE Sowas könnte sich der schlimmste Feind nicht ausdenken, Felix.

FELIX Könnte er auch nicht. Ein Feind kennt dich ja viel zu wenig. Der Freund dagegen, verstehst du, der kennt die Stellen. Die diesbezüglichen Stellen. Der weiß, wo ansetzen. Einfach, weil er sich auskennt. Aber Gott sei Dank ist unser enormer Benno auch enorm blind. Er unterschätzt uns. Ich hoffe das, Trude. Er glaubt, er hat uns in der Hand. Er glaubt, wir sind auf ihn angewiesen. Das ist sein Fehler. Wie ich dir doch ganz klar bewiesen habe, braucht er uns! Also ist er in unserer Hand! Und das wird er spüren. Wenn du mitmachst. Neumerkel und Mengel habe ich informiert. Sie machen mit.

TRUDE Das ist ja eine richtige Verschwörung, Felix.

FELIX Gerechtigkeit ist das, Trude, endlich ein Ausgleich.

TRUDE Aber warum so hinten herum, das gefällt mir nicht.

FELIX Es ist jetzt nicht der Augenblick, über Methoden zu diskutieren. Du spürst einfach nicht, was auf dem Spiel steht. Du willst nicht mitmachen, du, meine Frau! Neumerkel und Mengel und Frau Neumerkel und Frau Mengel, die machen mit, aber meine Frau krittelt an Äußerlichkeiten herum! Trude, weißt du denn, wie dieser Herr über dich spricht? Das habe ich immer in mich hineingefressen. Ich habe gedacht, es belastet unser Verhältnis zu ihm, wenn du es weißt. Immer, wenn ich wieder was hörte, hab ich es dir einfach verschwiegen.

TRUDE Was hat er gesagt?

FELIX Mehr als ich wiederholen mag.

TRUDE Ich will wissen, was er gesagt hat!

FELIX Ach, alles Mögliche. Daß du eben doch eine Hausfrau seist. Einmal hat er zu Mengel gesagt: sie soll ja auch mal in Hals-Nasen-Ohren praktiziert haben, aber dann hat sie es offensichtlich vorgezogen zu heiraten.

TRUDE So hat er das nicht gesagt.

FELIX Trude, ich schwör dir...

TRUDE Ich weiß doch, er hat gesagt....

FELIX Es ist doch auch ganz egal, was er gesagt hat, der Ton, Trude, du hast kein Gehör für seinen Ton, darum trennst du dich in dieser Lage von mir. Das gibt ihm seine Macht über uns! Wenn du mir hilfst und wir bleiben zu Hause, dann ist er erledigt. Das haben wir in der Hand, Trude. *Er geht dicht zu ihr hin.* Wenn du mich jetzt nicht hängen läßt.

TRUDE Ich begreife. Ja, allmählich begreife ich.

FELIX *verfrüht:* Trude!

TRUDE Wie ich mit dir dran bin. Das begreife ich. Ganz hübsch, was da herauskommt, wenn du mal so ein bißchen aus dir herausgehst. *Sie ist aufgestanden und weggegangen, er folgt ihr.* Rühr mich nicht an. Wirklich ganz hübsch. Du hast dich nämlich ganz schön verplappert. Oder kannst du mir erklären, warum wir nicht einfach hingehen und deinem Benno zeigen, daß er das mit uns nicht machen kann? Warum gehen wir nicht hin und versauen ihm seinen Triumph an Ort und Stelle. Ich sag dir warum! Weil du eine ganz kleine Nummer bist. Du weißt schon, bevor du dieses Weibsbild gesehen hast, daß du's nicht aushältst, daß dir vor Neid das Maul abstirbt und du gelb und grün wirst im Gesicht. Das heißt also: ich bin überhaupt nichts. Diese Person, die Enorme, die schlägt mich aus dem Feld, bevor sie überhaupt auf der Bildfläche erscheint! Das heißt es doch!

FELIX Trude...

TRUDE Und daß du's weißt, ich geh hin.

FELIX Und machst dich lächerlich vor dieser Person.

TRUDE Die halt ich aus.

FELIX Mengel sagt, sie sei vierundzwanzig.

TRUDE Na und?

FELIX Das wollte ich dir ersparen.

TRUDE Es gibt noch mehr Vierundzwanzigjährige.

FELIX Aber nicht so nah. Bei uns. In unserem Kreis. Das ist doch ein Unterschied. Jetzt auf einmal, den ganzen Abend, zwischen uns eine... eine so junge Person.

TRUDE Die möcht ich erst einmal sehen. Reden möcht ich mit der. Darum geh ich hin.

FELIX Und blamierst dich und mich.

TRUDE Du blamierst dich. Jetzt schon. Hier. Vor mir. Aber das ist dir egal. Wie du dastehst vor mir. Hat die Neue noch nicht gesehen und hat schon weiche Knie. Flattert vor Angst. Das sollte ich Benno erzählen, wie du hier herumzitterst.

FELIX Bitte. Bitte geh. Ich tat es um deinetwillen. Aber bitte, geh hin, schildere denen so richtig, wie ich hier herumflattere, das gibt Stimmung. Viel Vergnügen.
Das Telephon klingelt.
Felix geht langsam hin.
Fürst. Ach, Benno. *Er spricht überlegen, man merkt, was er jetzt sagt, hat er lange vorher bedacht.* Du wartest! Das kann ich mir vorstellen. Das hoff ich sogar, daß Du wartest. Es wäre denn doch nicht sehr liebenswürdig, wenn du dir Gäste einlädst und dann würdest du nicht einmal warten auf sie. Ja, wir sind noch zu Hause. Du kannst dir denken, wie es zugeht hier. Ich renn nach dem Hemd und merk nicht, daß Trude hinter mir herrennt, das Hemd in der Hand. Sicher seid ihr schon in guter Stimmung, Neumerkel, Mengel und..., aach, ach nein, hörst du, Trude, wir können noch die ersten sein, Trude. Jetzt aber vorwärts. Also Benno, nicht zuviel Vergnügen, bevor wir nicht bei euch sind.
Er legt auf.

TRUDE *rafft Tasche und Stola:* Dann aber schnell, Felix. Wenn wir vor den anderen eintreffen, sind wir im Vorteil für den ganzen Abend.

FELIX *wählt eine Nummer:* Ja, Mengel. Hier Fürst. Es bleibt doch dabei. Und wie. Man muß nur zu Hause bleiben und schon blüht der Abend auf. Na bitte. Meine Frau ist sozusagen ganz... ganz... Na sehen Sie. Alsdann, weiterhin viel Vergnügen. Bitte, das gleiche für die Ihre. *Legt auf.*

TRUDE Das heißt, wir gehen doch nicht.

FELIX Ich kann dich nicht hindern, Trude. Dann sieht jeder, wir sind die einzigen, die es nicht aushalten einen Abend lang allein miteinander in ihrer Wohnung zu sein. So ist es ja auch. Du hältst es einfach nicht aus. Also bitte, geh schon. Du kannst mich ja entschuldigen dort. Mit... Unpäßlichkeit. Kopfweh. Oder Masern. Falls dir das die Pointe liefert, die du brauchst.

TRUDE Felix, laß mich doch zuerst... Ich muß doch zuerst umdenken. Weil ich mich freute. Mit dir. Dort. Unter Leuten, die ich für Freunde hielt. Und du kauftest mir plötzlich diese schrecklich teuren Ohrringe. Ohne daß Geburtstag ist oder wenigstens Weihnachten. Ich dachte, es soll ein ganz besonderer Abend werden. Schließlich hast du noch nie so viel Geld ausgegeben einfach für Schmuck. Jetzt will man ihn zeigen, und plötzlich darf man nicht.

FELIX Bin's bloß ich, der hinschaut, hängt dir gleich Blech am Ohr, nicht wahr.

TRUDE Du sagst ja nichts. Als ich reinkam, ich hab aufgepaßt, nicht einmal hingeschaut hast du.

FELIX Ich hab den Schmuck gekauft. Soll ich jetzt dauernd prächtig, prächtig sagen und: siehst du Trude, mein Geschmack!

TRUDE Du könntest sagen: tatsächlich Trude, an dir ist er noch schöner als im Geschäft.

FELIX Geh, Trude. Ich seh's ein. Der Ohrringe wegen mußt du gehen. Es wäre wirklich schade um die prächtigen Ohrringe.

TRUDE Sag, ich soll bleiben.

FELIX Du bist sozusagen frei.

TRUDE Wenn du mir schon den Abend verdirbst, könntest du mich wenigstens bitten, daß ich bleibe.

FELIX Bitten?

TRUDE Ja, bitten.

FELIX Also, liebe Trude, entweder du siehst ein, was dir dort bevorsteht oder du siehst es nicht ein. Entweder du verbringst freiwillig einen Abend mit deinem Mann oder du läßt es sein. Wenn ich dich erst darum bitten muß, verzicht ich.

TRUDE Bitte-bitte, sollst du sagen. Mit Liebe. *Auf einen Blick von ihm.* Ja, mit Liebe.

FELIX Gut. Dann aber so. Ich schließe einfach ab. *Tut es.* Jetzt kannst du nicht mehr hinaus.

TRUDE Ich will gar nicht.

FELIX Wir sind allein. Du und ich. Ein Mann und eine Frau. Wir dürfen, was wir wollen. Ich wünschte, du spürtest das so ungeheuer wie ich. Wir können auf den Zehenspitzen gehen. Die Arme durch die Luft schleudern, verrückt gewordene Windmühlen spielen, oder einfach alle Tische, Stühle, Sessel umwerfen.

TRUDE Nein, bitte nicht.

FELIX Wir müssen doch irgendetwas tun, Trude. Daß wir spüren, wie frei wir sind.

TRUDE Ja, dann laß dir etwas einfallen. Aber etwas Schönes. Armeschleudern und sowas, ich weiß nicht.

FELIX Gut. Leg dich auf den Boden.

TRUDE Wieso auf den Boden?

FELIX Wenn du immer dazwischen fragst, kann sich nichts entfalten. Also los. Leg dich schon.

TRUDE Bitte, Felix, es wär doch schöner, wenn ich wüßte, was du...

FELIX *brüllt:* Auf den Boden, sag ich.

TRUDE Also so kannst du nicht umgehen mit mir. Ich leg mich jetzt auf den Boden, Felix, aber nur weil es mir Spaß macht, zu sehen, was daraus wird. *Sie legt sich auf den Boden.*

FELIX Prima, Trude. Hauptsache. es macht dir Spaß. Dreh dich auf den Bauch.

Sie tut es.

So.

Felix denkt nach. Steigt über Trude weg. Steigt wieder zurück.

TRUDE Und jetzt?

FELIX Ssst. Trude. Jetzt dreh dich wieder um. Ja. Das ist es. Genau so mußt du liegen. Du solltest dich sehen. Abenteuerlich wie du da liegst. Die Arme lockerer, Trude. Laß sie ruhig fallen, wie sie wollen. Wirf sie weg. Ausschweifend. Lockerer, Trude. Solang Du an Deine Arme denkst, sind sie aus Gips. Sobald du sie vergißt, sind es Lianen. Neunzehn Jahre sind wir verheiratet, Trude, und zum ersten Mal liegst du auf dem Teppich. Siehst du jetzt ein, daß es richtig war, zu Hause zu bleiben.

TRUDE Ich bin irre gespannt, was du jetzt mit mir machst.

FELIX Gleich, Trude, gleich. Ich will nichts falsch machen. Alles muß geschehen wie von selbst. Ein Entschluß, und schon ist alles verpfuscht. Vielleicht sollte man einen Ventilator haben, Trude.

TRUDE Wozu denn jetzt einen Ventilator?

FELIX Allein schon das Geräusch, die Wucht, der Wirbel mit Wäsche und Haaren, Trude, bedenk. Oder so ein großer Kippspiegel, das wär auch was. Nein. Jetzt hab ich es, ein Ventilator und ein Kippspiegel, natürlich, Menschenskind, Trude, bedenk, der toll rasende Ventilator, der alles zerschleudert und der unverschämt erhabene Kippspiegel, der uns einfängt und verewigt, Trude, das wär's. Ach, Trude, bei uns fehlt es einfach an allem.

TRUDE Woher hast du das eigentlich, Felix?

FELIX Was?

TRUDE Bitte, Felix, sag mir wenigstens, mit wem hast du das probiert. Bitte, sag, wer es war?

FELIX Wer was war, Trude?

TRUDE Wer hat dir das gezeigt? Das auf dem Boden. Mit Kippspiegel und Ventilator.

FELIX Trude! Das ergibt sich. In diesem Augenblick ergibt es sich.

TRUDE Gib zu, du hast es von dieser blonden Spanierin.

FELIX Trude, du machst alles kaputt. Wie soll sich da etwas entwickeln, wenn du mich andauernd verhörst. Steh auf.

TRUDE Zuerst sagst du, woher du das hast.

FELIX *zieht sie hoch zu sich:* Trude, ich schwör dir, es kam einfach so von selbst, es fiel mir ein, schien mir richtig, begeisterte mich einen Augenblick lang. Aber du mit deinen Fragen. Du mußt mitmachen.

TRUDE Ja, verzeih, Felix. Wir könnten es ja noch einmal probieren. Wenn du meinst.

FELIX *überwindet sich:* Ja, das können wir. Gott sei Dank, Trude, Gott sei Dank können wir tun, was wir wollen. Das ist doch das Ungeheure. Wir tun einfach, was uns Spaß macht.

TRUDE Ja, Felix. Also... *zögernd* leg ich mich gleich noch einmal... *sie bricht ab, schaut fragend.*

FELIX Um ja nichts falsch zu machen, würde ich sagen, wir warten noch ein bißchen zu. Was möglich ist, ergibt sich ganz von selbst. Erst wenn du sozusagen von selbst zu Boden fällst, erst dann ist es soweit.

TRUDE *holt rasch das Buch Kamasutram aus ihrem Regal:* Das stimmt, Felix. Das hab ich gelesen. Genau so ist es. Da: »Suvarnanabha sagt: Wenn das Rad der Liebeslust ins Rollen gekommen ist, dann kennt man Stätte oder Nichtstätte nicht.« Aber man kann auch etwas dazu tun, Felix. Hier heißt es: »Kein anderes geeigneteres Mittel, die Leidenschaft wachsen zu machen, als die Ausführungen der Taten, die mit Nägeln und Zähnen vollbracht werden.«

FELIX Von der Frau, Trude, da siehst du es.

TRUDE Nein, Felix. Da steht doch: »Am Halse und an der Wölbung der Brüste ein krummes Eintreiben der Nägelspur ergibt den Halbmond.« Es gibt dann noch die Tigerkralle, den Pfauenfuß, den Hasensprung und das Lotusblatt. Komm, Felix, probier einmal, ob du den Halbmond fertigbringst.

FELIX *schaut seine Nägel an:* Ich weiß nicht, Trude, meine Nägel sind einfach zu kurz dazu.

TRUDE Nimm die Zähne. *Liest:* »Zangenartiges Erfassen eines kleinen Stückchens Haut vermittelst zweier Zähne.« Bitte, Felix, probier das einmal.

FELIX Wo?

TRUDE *reckt sich ihm hin:* Hier. Überall.

FELIX *beugt sich vor, richtet sich wieder auf:* Nein, Trude, ich spür's, das ist alles verfrüht. Soweit sind wir noch nicht. *Trude legt das Buch weg. Beide sind vorerst ratlos.*

TRUDE Vielleicht sollten wir... wenn du auch der Ansicht bist... also ich hätte Lust auf einen Schluck Cognac. Was meinst du? Das würde sicher nichts schaden. *Sie holt aus dem Getränkefach Flasche und Gläser.*

FELIX Ach Gott, ja. Warum eigentlich nicht. Ich brauch zwar keinen Alkohol jetzt. Du bist da. Wenn ich dich anschaue, Trude. Die Ohrringe, dein Kleid. Deine Figur, Trude. Ein Hellseher, wer dir zwei Kinder ansieht. Prost, Trudchen. Auf unseren Abend.

TRUDE Zum Wohl, Felix.

FELIX Stell dir vor, Mengel sagt, die Neue, diese Neuerwerbung von Benno, die Dummheit soll ihr bloß so aus den Augen leuchten, sagt Mengel.

TRUDE Und Mengel ist Maler!

FELIX Ja, es muß schon ziemlich arg sein. Prost, Trude.

TRUDE Zum Wohl, Felix.

FELIX Nun stell dir vor, Benno sitzt mit ihr in seiner geschleckten Wohnung, jahrelang, Abend für Abend. Das Leben findet ja abends statt. Oder kann er etwa jeden Abend ins Kino? Nein. Jeden Abend Gäste? Auch nicht. Also sitzt er viele viele Abende mit ihr, vor ihr, sie vor ihm, von mir aus sollen sie nebeneinander sitzen, Trude, bitte, sollen sie doch, aber können sie einander ununterbrochen streicheln? Das halte ich für ausgeschlossen. Soviel gibt keine Haut her. Die Hand wird ihm einschlafen, früher oder später. Also, was müssen sie tun? Mit einander sprechen. Irgendwann geht es nicht mehr ohne Gespräch. Und siehe da, es klappt nicht. Er kann ja nicht reden mit ihr. Mengel sagt, reden, das ist nicht ihr Fall. Mit Regina konnte er doch reden. Die hatte eine wetterfeste Bildung. Und jetzt sitzt er neben dieser Person und sie sitzt neben ihm. Ja, glotzt einander nur an. Fisch bei Fisch. So ist das, wenn man nichts anfangen kann miteinander. Mein Gott, Trude, ich kann wirklich froh sein an dir.

TRUDE Prost, Felix.

FELIX Auf dein Wohl, Trude.

TRUDE Auf unseren Abend.

FELIX Auf unseren tollen Abend.

Sie trinken, beobachten einander.

FELIX Ex, Trude, ex!

Beide strengen sich an, trinken aus, Trude schüttelt sich. Felix beherrscht sich.

FELIX Hat der ein Glück, daß wir nicht gekommen sind. Was meinst du, wie ich dem sein hohles Glück zerstäubt hätte. Jawohl zerstäubt.

TRUDE Ich glaube, mir hätte sie bloß leid getan. Stell dir vor, so im Gespräch, du erklärst was, und so am Schluß sagst du: das ist eben der archimedische Punkt. Und sie fragt: was für ein Punkt bitte.

FELIX *lacht künstlich:* Sehr gut, was für ein Punkt, bitte, das ist sehr gut.

TRUDE Oder du sagst nolens volens...

FELIX Um Gottes Willen, das wär schon wieder eine Peinlichkeit.

TRUDE Nein, ich meine, nolens volens gebrauchst du an so einem Abend doch Ausdrücke wie nouveau roman...

FELIX Und sie hält's für Parfum. *Lacht noch mehr.*

TRUDE Und wenn du nicht auskommst ohne Metamorphosen...

FELIX Wird sie rot, denn sie hält's für obszön.

Die Heiterkeit schwillt hoch, flaut aber rasch ab.

TRUDE Falls wir je auf sie treffen, Felix, laß uns nachsichtig sein. Sie kann ja nichts dafür.

FELIX Aber er.

TRUDE Ich fürchte, du hast Benno immer überschätzt.

FELIX Prost, Trude. Ex.

Sie trinken aus.

TRUDE *schüttelt sich:* Wwww. Der hat es in sich.

FELIX Der glüht.

TRUDE Das reinste Feuer.

FELIX Der geht ins Blut.

TRUDE Gleich noch einen, Felix.

FELIX Mhm. Bitte. Obwohl, es kommt mir vor, als müßtest du dich über etwas hinwegtrösten, wenn du plötzlich so wild bist auf Cognac.

TRUDE Bitte, Felix, trink und denk nicht. Prost, Felix.

Sie trinken die Gläser mit viel Kraft aus.

TRUDE Findest du, daß er ins Blut geht?

FELIX Ja, doch. Natürlich geht der ins Blut. Nach und nach.

TRUDE Dann werden wir betrunken.

FELIX Ja. Das schon. Sobald der Alkohol im Blut einen gewissen Sättigungsgrad...

TRUDE Auf unseren Abend.

FELIX Auf dich Trude.

Sie trinken, Trude hustet. Felix klopft ihr den Rücken.

TRUDE Ich bin es nicht gewöhnt. Das kommt, weil du zu selten richtig trinkst mit mir.

FELIX Ach, wir trinken eigentlich doch immer wieder einmal. So ab und zu. Findest du nicht.

TRUDE Ja, immer wenn du... wenn du...

FELIX Nein, Trude, das ist nicht wahr. Man hat eben manchmal Lust auf einen guten Schluck.

TRUDE Und auf was noch?

FELIX Verhör mich nicht gleich wieder, du schlimmes Frauenzimmer.

TRUDE Ich möchte mich wirklich einmal betrinken, mit dir, Felix.

FELIX Das klingt, als hätten wir uns noch nie zusammen betrunken.

TRUDE Hoffentlich gelingt es.

Sie hat wieder vollgeschenkt.

FELIX Du tust gerade, als wär das weiß Gott was für eine Leistung.

TRUDE Meistens, wenn wir zu zweit was trinken, Felix, bitte sei nicht böse, ich muß dir das doch einmal sagen, aber nur, wenn du mir versprichst, daß du nicht gleich verärgert bist...

FELIX Meistens, wenn du mit mir zusammen was trinkst, was ist dann, los, nur heraus damit, Trude.

TRUDE Versprich, daß du dich nicht gleich aufregst.

FELIX Nun sag schon, heute sollst du alles sagen, was du sonst verschweigst. Also los, was ist dann.

TRUDE Ich merk nichts.

FELIX Wenn du mit mir trinkst?

TRUDE Ja.

FELIX Was meinst du damit?

TRUDE Noch ein Glas, Felix. Vielleicht wird es dann besser. Prost, Felix.

FELIX Prost, Trude.

Sie trinken die Gläser leer.

Wenn du mit mir trinkst, was merkst du dann nicht. Komm, sag doch, Trude, bitte, was merkst du nicht?

TRUDE Den Alkohol. Daß ich trinke. Ich habe das Gefühl, ich bleib nüchtern.

FELIX Und wenn wir bei Benno trinken ist das anders?

TRUDE Überhaupt, wenn wir unter Leuten sind.

FELIX Also jetzt, nach all dem Cognac, jetzt merkst du nichts?

TRUDE Merkst du was?

FELIX Ach weißt du, ich vertrag eben doch ziemlich was. Aber bitte, wenn, wenn... wenn es darauf ankommt, dann merk ich schon was.

TRUDE Aber man merkt es dir nicht an, daß du was merkst.

FELIX Willst du mich beleidigen.

TRUDE Nein, nein, Felix. Ich dachte bloß, wir könnten einmal sprechen darüber. Aber wenn du nicht willst.

FELIX Doch, natürlich. Wir können über alles sprechen. Dazu sind wir doch verheiratet. Wenn wir nicht miteinander sprechen können, Trude, inmitten dieser Welt, die bloß darauf wartet, daß du dir eine Blöße gibst, also Trude, wir zwei, wir müssen sogar miteinander sprechen. Und der eine muß den anderen verstehen, sonst ist es einfach aus.

TRUDE Eben, Felix. Darum sag ich dir das doch. Es fällt mir auf. Wir trinken und trinken und es... es... führt nicht weiter.

FELIX *spielt sich hinein:* Ich werde dir schon zeigen, wozu es führt. Du bist in die Hände eines Betrunkenen gefallen, liebes Kind. Und der Betrunkene, mein Lämmchen, der kennt nichts, der hat keinen Namen, ein Benehmen gibt's nicht mehr und kein Pardon. Zittert meine rosige Unschuld schon vor dem besoffenen Vieh, oder zittert sie mir gar schon entgegen. Na? Wofür entscheiden wir uns? *Er hat beide Hände auf ihren Schultern, nah an ihrem Hals.*

TRUDE Jetzt spielst du, Felix. Das gilt nicht. Was passiert, soll doch notwendig sein. Wenn jeder spielt, was er denkt. Das klappt nie. Bitte, Felix.

FELIX *versucht durchzuhalten:* Red nicht so klug, Mädchen. Red lieber dumm. Oder sing. Tu was, was den Rahmen sprengt. Ach, Trudekind, laß uns den Rahmen sprengen. Schau, da, dieser Rahmen, um uns herum, spürst du's nicht, daß wir eingezwängt sind in einen Rahmen, Tag und Nacht, kotzt dich der immer noch nicht an, der macht uns zum Stilleben. Bitte, gib mir die Hand, ich zähl eins zwei drei und Achtung fertig los, dann machen wir einen Mordssprung, hoch und weit in die Luft und lassen uns fallen. Also, eins, zwei, drei, Achtung, fertig...
Pause
Er hat Trudes Hand ergriffen, schaut Trude an, Trude schaut ihn

an. Trude zuckt die Achseln.

TRUDE Verzeih, Felix. Ich möchte ja. Wirklich. Aber du bist nicht wie du bist. Ich spür's doch.

FELIX *So nüchtern wie er ist:* Trude, so geht es nicht. So kommen wir nie nie nie in Fahrt. Du paßt auf wie ein Thermometer. Anstatt daß du dich ein bißchen verlierst. Von mir aus an den Cognac. Jawohl, auch dem Cognac muß man sich hingeben. Aber dazu gehört natürlich eine gewisse Neigung. Inklination, Trude, das fehlt dir. Wie der Fels, der sich löst, ach Trude. Und wenn ich dir helfen will, sträubst du dich.

TRUDE Nein, nein, Felix. Ich warte doch so darauf.

FELIX Das ist der Fehler. Schau, Trude, der Rausch, was ist denn das? Die Schwere kommt ins Schwingen. Du, immer noch gefangen im Gefäß der Person, schwappst dahin und dorthin. Gleich läufst du über, über den Rand deiner Person hinaus, und dann fällst du, gehörst endlich nur noch der Erde, der Schwere, wirst wild vor lauter Niederfall und Absturz, weil du endlich dem Gleichgewichtswächter in dir entkommen bist, keine Persönlichkeit mehr, die von der Apothekerwaage frißt, sondern ein wilder Fall. Und das zu zweit, Trude.

TRUDE Das wäre schön.

FELIX Das ist schön, Trude.

TRUDE Hast du schon dieses… dieses Gefühl?

FELIX Solang ich dir Vorträge halten muß, stellt es sich natürlich nicht ein.

TRUDE Dann halt mir eben keine Vorträge.

FELIX Gut, dann halt ich dir eben keine Vorträge mehr.

TRUDE Trink lieber.

FELIX Ja, trinken wir lieber.

TRUDE Auf die Betrunkenheit.

FELIX Auf den Rausch. *Sie trinken.*

TRUDE Und gleich noch einmal.

FELIX Jetzt willst du es erzwingen, scheint mir.

TRUDE Ja, und ich erzwing es, prost!
Trinkt allein.

FELIX Es läßt sich nicht erzwingen. Bereit sein, Hingabe.

TRUDE Das ganze Niltal kann nicht bereiter sein als ich. Und was ist? Nichts. Ich habe das Gefühl, in mir ist alles aus Löschpapier. Das müßtest du zuerst rausreißen aus mir. Aber du reißt nicht, du erklärst, Felix. Und ich schluck dieses scharfe Gesöff, daß es mich schüttelt, und merk nichts.

FELIX Du bist schon ganz schön betrunken. Wir sind beide schon ganz schön betrunken. Sonst würden wir gar nicht so reden. Glaub mir. Bitte, steh einmal auf, bitte, Trude, schließ die Augen, geh ein paar Schritte, na, spürst du, wie du das Gleichgewicht verlierst, du taumelst, jawohl, mein Trudchen taumelt, herrlich wie du taumelst, und wenn ich mein Trudchen nicht gleich auffange, fällt sie mir steinschwer ins Paradies voraus.

Er hat sie ein paar Mal angestoßen; als sie immer noch zu wenig Wirkung zeigt, schließt er sie in die Arme. Die Gebärde mißlingt. Er läßt ab von ihr. Sie gehen auseinander. Setzen sich.

Schweigen.

Das Telephon läutet.

FELIX *spricht unterdrückt, weil er nicht will, daß Trude alles versteht:* Ja. Am Apparat. Ja, Herr Mengel, hat er, und wollte uns zur Eile mahnen. Ich hatte den Eindruck, er war schon ganz schön am Zappeln. Ich und einlenken. Lieber Mengel! Dann rufen Sie also an, weil Sie dachten... Wissen Sie, daß mir das richtig weh tut. Doch, doch, in dieser Lage ist Mißtrauen eine Beleidigung. Ein Mann, Herr Mengel, wie selten zeigt sich das noch, daß einer ein Mann ist. Und heute abend, wo es bewiesen werden kann, das erste Mal seit wir uns kennen, da zweifeln Sie... das hoff ich lieber Mengel. Und falls es Ihnen zu Hause zu... zu ruhig werden sollte, oder Sie haben gerade nicht den richtigen Tropfen im Haus, bitte, Sie wissen, bei mir... ja, ja, ja, bei uns auch, meine Frau ist ganz... so ist es. Danke. Danke gleichfalls. Und falls Ihnen doch noch Zweifel kommen, rufen Sie mich an, ja! Alles hängt jetzt ab von unserer Solidarität. Verstehen wir uns da? Danke. Und, bitte, dasselbe für die Ihre. Danke.

TRUDE Mein Felix kommandiert heute ganz schön herum.

FELIX Ach, Trude.

TRUDE Gib mir auch Befehle.

FELIX Immer, wenn ich einen Befehl geben soll, hab ich das Gefühl, jetzt versprech ich mich gleich.

TRUDE Du warst doch Offizier.

FELIX Wetterdienst.

TRUDE Aber geflogen bist du doch auch.

FELIX Ja. Das schon. So ab und zu mal.

TRUDE Gegen den Feind.

FELIX Ach, nicht direkt.

TRUDE Aber es war doch gefährlich.

FELIX Na ja, Krieg ist Krieg, Trudchen.

TRUDE Sag doch wie es war.

FELIX Was will denn mein Trudchen hören.

TRUDE Wie es war, wenn mein Felix in die Maschine stieg. Zum Feindflug.

FELIX *spielt sich in die Rolle des Helden hinein, weil er sieht, es ist nötig:* Ach der Feindflug, weißt du. Viel Routine. In Frankreich, zum Beispiel.

TRUDE Oh ja, was war in Frankreich?

FELIX *deutlich als Vortrag:* Aus den Falten der Ardennen huschten abends Jäger her. Potez. Französisch klopfen sie, fackeln sie hinab auf unsere Vormarschstraßen. Unternehmen Abendsegen hieß das bei uns. Wir verlegen nach Charleville und ich im letzten Büchsenlicht gleich los mit meinem Rottenflieger. Der Himmel schon ein violetter Helm, ein Glutstrich der Horizont. Mach auch gleich einen aus. Der unter mir. Ich über ihm. Schulmäßig fall ich ihn an. Da drückt er weg. Ich nach. Her hinter ihm.

TRUDE *weil Felix aufhört, aus der Rolle fällt:* Und dann?

FELIX Los geht die Jagd. Kaum noch überm schattigen Boden. Der, ein Meister im Geländesprung, jede Bodenfalte, jede Hecke nützt er, und von unten prasselt, was wir aufwirbeln, Dreck, Staub, Geäst, gegen die Kiste. So hinter ihm, mehr Gelände als Luft, krieg ich ihn nicht, das ist klar. Schon säuft das Licht weg. Da vor uns plötzlich ein Dorf, wir darauf zu, zum Abdrehn zu spät, die Kirche, der Turm, das Dach, da muß er drüber, denk ich, vor mir muß er drüber, da springt er schon, hoch, hoch in den Glutstrich, ein großes Kreuz, ich verpaß ihm den Segen, er bäumt sich noch und bricht und rasselt drüben ins Grüne.

TRUDE Tot!

FELIX Anzunehmen.

TRUDE Du hast die Stichflamme gesehen?

FELIX Aufschlagbrand.

TRUDE Mein Gott.

FELIX Zufrieden?

TRUDE Hast du das öfter gemacht?

FELIX Was?

TRUDE So... so einen gejagt?

FELIX Ach nein, eigentlich nicht.

TRUDE Und wenn Benno von seinen Abschüssen erzählt, dann schweigst du. Er gibt an mit seinen Rat... Rat...

FELIX Ratas.

TRUDE Ratas oder wie die Dinger heißen. Du sagst kein Wort. Dabei war es doch wahrscheinlich viel schwieriger so einen flinken Franzosen abzuschießen als diese ungelenken Russen. Oder?

FELIX Möglich.

TRUDE Und nie sprichst du davon. Du jagst den in der Dämmerung. Und weißt, er muß über die Kirche und da kriegst du ihn. Schrecklich.

FELIX Ja.

TRUDE Krieg ist eben Krieg. Bitte erzähl noch mehr.

FELIX Nein.

TRUDE Bitte.

FELIX Nie wieder. Bitte, Trude, versprich mir, daß du mich nie, nie wieder danach fragst.

TRUDE War es so schrecklich für meinen Felix, einen anderen abzu... abzuknallen?

FELIX Nein, nein,... aber... aber ich will einfach nichts mehr wissen davon. Basta. Verstehst du. In Wirklichkeit war es vielleicht doch etwas anders, man faßt zusammen, übertreibt ein bißchen und noch ein bißchen, möglich, die ganze Geschichte ist mir erst im Augenblick eingefallen oder ich hab sie gehört, damals, am Radio, im Kasino, ich träumte davon, ich träume ja oft davon, von damals, fliegeruntauglich, also Wetterdienst, Herrgott, das weißt du doch, und dann verlangst du von mir solche Geschichten.

TRUDE Ja, wie jetzt, dann hast du den gar nicht abgeschossen.

FELIX Ich fürchte nein.

TRUDE *lacht grell auf:* Und... und warum erzählst du mir dann sowas?

FELIX Du zwingst mich dazu.

TRUDE Ach.

FELIX Ich spür doch, daß es dir recht wär, ich hätte damals einen abgeschossen. Was einen, neunundvierzig, neunundneunzig. Im fairen Duell, in der Luft, Mann gegen Mann, aber doch abgeschossen, umgebracht, Stichflamme! Ein Sieger. Ein Töter. Ein Held!

TRUDE Das hätte ich von dir verlangt! Felix, du phantasierst.

FELIX Möglich, Trude. Hoffen wir's. Ich glaub es zwar nicht. Du bist eine Frau, Trude. Und Grausamkeit duftet. Das riecht gleich nach Mann. Gib es doch wenigstens zu, daß du dieses Parfum vermißt an mir.

TRUDE Wenn ich etwas vermisse, dann ist es Ehrlichkeit, Felix. Du lügst was zusammen, angeblich für mich, und dann stellt sich heraus, kein Wort ist wahr. Das ist das Enttäuschende, daß du immer glaubst, du mußt dich ausstaffieren. Und dann hältst du's doch nicht durch. Dieses Hin und Her. Das ist das Schlimme. So wie du bist, glaubst du, reicht es nicht. Soll ich jetzt auch anfangen, Geschichten zu erfinden und zu widerrufen? Das ist doch das Irrenhaus, Felix.

FELIX Gut, Trude, ausgezeichnet. Ich stimme zu. Ich erfinde nichts mehr. Wir werden den ganzen Abend lang nur noch ehrlich sein. Herrlich, wenn wir das gesund überleben.

Trude legt den Finger an den Mund.

TRUDE Schschscht. Sie ist wieder da.

FELIX Wer?

TRUDE Die Ratte.

FELIX *absichtlich laut:* Ach, unsere Maus, unser...

TRUDE *hält ihm den Mund zu:* Schschscht. Weil du Angst hast, brüllst du, daß sie verschwindet. Bitte, Felix, vertreib sie nicht. Bring sie jetzt endlich um.

FELIX Mein Gott, unser liebes kleines Mäuschen...

TRUDE Felix, es ist eine Ratte. Bitte, rasch, bring sie um.

FELIX Da hätten wir einmal einen Abend für uns...

TRUDE Schschscht. *Sie greift rasch nach einem Kissen, schleicht schnell, aber geräuschlos im Bogen zurück in die Ecke und stopft das Kissen auf das Loch, aus dem die Maus gekommen sein muß.*

TRUDE *jetzt ganz laut:* So. Der Rückweg ist verbaut, jetzt Felix, bitte.

FELIX *von jetzt an spricht er leise und schaut immer wieder einmal seitlich auf den Boden.* Trude, die lächerliche Spitzmaus...

TRUDE Es ist eine Ratte, ich hab ihre Zähne gesehen.

FELIX Ein kleines, schüchternes Nagetier.

TRUDE Da, siehst du sie, da. Immer unverschämter. Sie weiß, du traust dich nicht. Mach jetzt, Felix. Zeig ihr, daß wir uns das nicht gefallen lassen.

FELIX Ja, ja. Aber wie? Womit erschlag ich jetzt so ein armes Mäuschen? Womit bloß, Trude?

TRUDE Herrgott, muß ich, eine Frau, dir, dem Mann, noch zeigen, wie man eine dreckige Ratte erledigt.

FELIX Bitte, ich lern immer gern was dazu.

TRUDE Entweder du bist ein Mann oder du bist keiner.

FELIX *sucht nach einem Gegenstand:* Einfacher läßt es sich fast nicht mehr formulieren. Aber wie dir das Blutopfer darbringen? Keine Pistole im Haus, keinen Bumerang, Pfeil und Bogen fehlen, also auf Mord sind wir wirklich schlecht gerüstet, das gibst du zu. Übrigens, daß Rattenblut Flecken gibt, im Teppich, auf Tapeten, Sesseln, Couch, wo es grad hinspritzt, daß Rattenblutfecken kaum mehr zu entfernen sind, das weißt du? Ich sag es bloß, daß du mir nachher nicht Vorwürfe machst und sagst, du hättest es in aller fiebrigen Unschuld und Jagdeinfalt vergessen, ich aber, der Mann, hätte dir sagen müssen, wie unauslöschlich Rattenblutflecken sind.

TRUDE Da, da ist sie. Rasch, Felix, die Cognacflasche, rasch.

Sie gibt ihm die Cognacflasche.

FELIX Schschscht. Schrei nicht so. Gleich kriegt sie Angst, will zurück, kann nicht, kriegt die Panik und fängt an zu springen. Ratten machen bis zu zwei Meter im senkrechten Steilsprung. Natürlich nur, wenn sie in Not sind. Dann wird die Schlächterei ziemlich ekelhaft, das kann ich dir sagen. Wir müssen jetzt ganz leise sein, daß sie sich wieder beruhigt.

TRUDE Da. Unter der Couch. Jetzt hinterm, Achtung, Felix, bleib, ja, da am Klavier muß sie jetzt gleich, sie hat's gemerkt, daß du, jetzt Felix, jetzt aber, Herrgott, schlag doch, schnell, schnell, schlag, schlag doch zu jetzt.

Felix war zwar hinter der Maus her, kommt aber erfolglos aus Trudes Ecke zurück.

FELIX Leider hast du den Rückweg schlecht gesperrt. Unten durch. Ab. Zurück ins Heimatland. Leider Trude. Du hättest das Kissen mit einem Stein beschweren müssen.

TRUDE So, ich. Und warum denn ich? Und warum nicht du?

FELIX Du warst verantwortlich für die Sperrung des Fluchtwegs.

TRUDE Jämmerlich.

FELIX Das nächste Mal ist sie dran. Hauptsache sie ist fort jetzt. Wir sind wieder allein, Trude.

TRUDE Du wolltest ja gar nicht. Wie ein blinder Hund tappst du durch die Gegend, fuchtelst mit der Flasche durch die Luft wie ein Südfranzose, geleitest das Vieh feierlich zurück ins Loch und anstatt zu schlagen, winkst du, winkst und winkst und schlägst nicht. Das bist du.

FELIX Trude, sei froh, daß wir sie los sind. Und so schnell kommt die nicht wieder. Und wenn du wirklich Angst hast vor dem kleinen Pelz, dann stellen wir einfach eine Falle und schwupps ist sie erledigt, ohne alle Quälerei. Ja?

TRUDE Das ist deine Methode. Fallen stellen. Still heimlich. Hinten herum. Eine Intrige spinnen. Immer so erbärmlich als möglich. Weil du nicht fähig bist zu einem Schlag. Und mit sowas muß man den Abend verbringen. Das Leben. Rühr mich nicht an. Du bist nicht besonders appetitlich. Da, da, du zitterst ja, die Hand, sie zittert. Die Lippen! Zittern. Das Mäuschen ist fort, aber der Jäger zittert, zittert, zittert, daß ihm die Schuppen vom Kopf bloß so herunterregnen.

Felix fährt sich nervös über die Schultern, um Schuppen wegzustreifen.

Du solltest dich sehen, wie du dastehst jetzt, zitternd, nichts als ein Schuppenregen! Von Kopf bis Fuß ein... ein... ein Erdkundelehrer!

FELIX Trude!

TRUDE Nur zu. Schrei nur. Schrei mich an. Das paßt sehr gut zu dir. Schwächlinge schreien. Das ist bekannt.

FELIX *sehr leise und scharf, aber immer wieder stotternd; sobald er sich stottern hört, erschrickt er, stottert noch mehr; aber nur an den bezeichneten Stellen; erst allmählich überwindet er dieses offenbar überwunden geglaubte Übel wieder:* Ich kann es dir auch leise sagen. Sehr leise sogar. Du hast deinen Auftritt nicht gehabt heut abend. Warst keine Augenweide. Ein Mensch wirst du erst, wenn du angeschaut wirst. Jetzt betäubt dich der Zorn. Du schmetterst auf mich ein, weil ich dich... weil ich dich... sch... sch... schütze. Ja, ich hab dich gesch... ge... geschützt. Vor dieser jungen Person. Die über dich triumphiert hätte. Weil sie zwanzig Jahre jünger ist als du. Du glaubst an dich und deine Ohrringe, Trude. Weil ich dich an dich glauben machte. Aber daß deine Ohrringe überhaupt nicht in F... Ff... Frage kommen, wenn diese junge P... Pp... Person auftritt und zwar mit nackten Ohren, überhaupt keinen Schmuck wird sie tragen, sagt Benno, sie kommt wie sie ist, das kann sie, aber wie du dann dastehst unge... ge... gesch... geschützt, das siehst du nicht. Jämmerlich durchgefallen wärst du, gerade mit deinen Ohrringen, jeder hätte hingeschaut auf die Rubine und hätte gedacht: die hat's allmählich nötig, die ist so weit. Aber weil du nicht weißt, wie die anderen über dich denken, merkst du nicht, daß ich dich bloß sch... sch... schützen wollte. Glaubst du vielleicht, dieses junge Weibsbild kennt irgend eine Gnade. Das hat sie nicht nötig. Die steht da, vierundzwanzig Jahre alt, rücksichtslos. Meinetwegen, mir fallen Sch... Sch... Schuppen vom Kopf.

Aber Benno hat auch Schuppen. Und doch hat er diese...

TRUDE Er hat Haare dazu. Hattest du je Haare. Ich kann mich nicht erinnern. Seit ich dich kenne, droht die Glatze. Schau deine Hände an, die Brust, die Beine, wo sind denn da die Haare, also red mir bloß du nicht von Haaren.

FELIX Ich sprach von Schuppen, Trude.

TRUDE Wer von Schuppen spricht, spricht auch von Haaren.

FELIX Ich sagte lediglich: Benno hat auch Schuppen, und doch...

TRUDE Aber von seinen Haaren sagst du nichts.

FELIX Eben. Du redest von seinen Haaren. Und mir wirfst du vor, ich redete von Haaren.

TRUDE Nein. Ich sag, du unterschlägst seine Haare.

FELIX Vor zwei Sekunden wirfst du mir vor, wer von Schuppen spricht, spricht auch von Haaren. Und jetzt sagst du, ich unterschlage seine Haare. Das ist die Hölle. Das ist nichts als die pure, aufgelegte, in eine Vierzimmerwohnung installierte Hölle. Ein Gedächtnis, das nur noch von deiner Logik unterboten werden kann. Es ist besser, wir werfen die Stühle zu verschiedenen Fenstern hinaus, da können wir uns ungleich genauer ausdrücken als mit Wörtern.

TRUDE Spitzfindigkeit, das liegt dir. In der Logik, da hast du was los, aber einen Mundgeruch, daß man sich die Nase an den Hinterkopf wünscht.

FELIX So. Ich hätte also einen Mundgeruch.

TRUDE Den du natürlich selber längst nicht mehr bemerkst.

FELIX Und du? Siehst du, Trude, das hab ich davon, daß ich alles in mich hineinschlucke. Deine Mängel absorbier ich schweigend wie der Filter den Schmutz. Dir biet ich immer in Verehrung ein makelloses Bildnis von dir an, spreche nur aus, was dir gut tut, und das Resultat: Du hältst dich für so makellos wie ich dich dir zuliebe mache. Den Filter siehst du nicht.

TRUDE Den reinigst du bei deinen Frauenzimmern, mit denen der Herr Märtyrer mich regelmäßig betrügt.

FELIX Ich dich? Wo, wann, mit wem? Bitte?

TRUDE Mit der Baltin in München. Mit der blonden Spanierin in Chur.

FELIX Nur der Ordnung halber: weder blond, noch Spanierin, sondern braunhaarig und gebürtig aus St. Gallen.

TRUDE Und Spanien, das hab ich einfach so dazuerfunden, ja?

FELIX Sie hatte einen Onkel in Madrid.

TRUDE Na bitte.

FELIX Also ist jemand, der einen Onkel in Madrid hat, ein Spanier.

TRUDE Du willst mich kurz und klein schlagen, das spür ich schon. Daß ich windelweich werde und keinen Piepser mehr riskier vor dir, dem Herrn. Mein Gedächtnis madig machen. Und die Denkfähigkeit. Ich soll zweifeln an mir, daß du dann ein Leben lang behaupten kannst, was du willst und ich trau mich nicht mehr zu widersprechen. Das hat System bei dir. Haben wir vielleicht nicht Jahre lang von diesem blonden Frauenzimmer gesprochen, hieß sie da etwa nicht die blonde Spanierin.

FELIX Du nennst sie so.

TRUDE Du hast nicht widersprochen.

FELIX Es kam nicht darauf an.

TRUDE Aha, du bestimmst also, wann es darauf ankommt und wann nicht. Dann hieß sie wohl auch nicht Berenice.

FELIX Leider nein.

TRUDE Wir sprachen aber immer von Berenice.

FELIX Du.

TRUDE Du hast nicht widersprochen.

FELIX Anfangs schon.

TRUDE Also hätte ich Berenice einfach erfunden.

FELIX Erdacht.

TRUDE Und wie hieß sie?

FELIX Hannelore.

TRUDE Dann sag mir, wie wir auf Berenice kamen, wenn sie Hannelore hieß.

FELIX Dein Gedächtnis, Trude.

TRUDE Und daß du mich betrogen hast, das hab ich mir also auch bloß eingebildet.

FELIX Ich war vielleicht ein bißchen angetan. Vielleicht sogar mehr als ein bißchen. Ich hab ein paar Gläser Rotwein getrunken mit Berenice.

TRUDE Aha, Berenice.

FELIX Mit... mit Hannelore. In Chur. Wir hatten uns kennengelernt in der Mineraliensammlung dieses Barons von... von...

TRUDE Na, jetzt, wo bleibt dein überlegenes Gedächtnis.

FELIX Von... von...

TRUDE Von Schlugen.

FELIX Richtig, von Schlugen, bei dem war's. Bere... Hannelore interessierte sich auch für Mineralogie.

TRUDE Sie war Assistentin in Innsbruck.

FELIX Kann sein.

TRUDE Ihr habt Veltliner getrunken.

FELIX Möglich. Aber mehr war nicht.

TRUDE Felix.

FELIX Ach Gott, ja, wir plauderten. Seufzten vielleicht ein bißchen aneinander vorbei. In der Dämmerung dieser Bünder-Stuben.

TRUDE Und sie umfaßte ihre eigenen Knie.

FELIX Tat sie das?

TRUDE Hast du gesagt. Und in welcher Lage tut das eine Frau? Wenn sie schon liegt. Und wozu tut sie's? Vielleicht, um sich von der Sonne bescheinen zu lassen, was!

FELIX Trude.

TRUDE Hast du etwa nicht gesagt, sie umfaßte ihre Knie.

FELIX Aber doch nur im Lokal. Und mit beiden Händen beide Knie und die Knie blieben geschlossen.

TRUDE Das hör ich zum ersten Mal.

FELIX Ich habe nie was anderes gemeint.

TRUDE Und warum wird dann bei uns seit Jahren im Bett immer von dieser blonden Spanierin gesprochen?

FELIX Du sprichst von ihr.

TRUDE Und du nicht?

FELIX Weil du es willst. Immer tust du so, als müßtest du mich von ihr zurückerobern. Na ja, und da laß ich mich eben zurückerobern. Das ist ja ganz angenehm.

TRUDE *schrill verächtlich:* Das ist... das ist ungeheuer.

FELIX *versteht sie noch nicht:* Ich schwör es...

TRUDE Hör auf, hör auf. Es reicht. Und mit sowas war ich verheiratet. Gibt an. Spielt den tollen Mann von Graubünden. Notzucht zwischen Mineralien. Und ich verzeih ihm. Er ist eben ein Mann. Und dann ist er gar keiner. Dann war alles bloß ein Witz. Nichts als ein Witz. Felix, das kann dir niemand verzeihen. Du bist ein Monstrum. Ein ganz komisches, winziges Monstrum. Ich sehe dich nicht mehr. Aus.

FELIX *sachlich:* Die Baltin in München hab ich geküßt.

TRUDE *lacht laut und grell:* Die Baltin in München hat er geküßt. So ganz unverschämt und brutal auf die Stirn, was?

FELIX *kalt:* Auf den Mund, Trude.

TRUDE Das ist allerhand.

Pause

FELIX *ruhig:* Verzeih. Ich hätte wissen müssen, daß du die Wahrheit nicht erträgst.

TRUDE Ob ich dich noch ertrage, mein Lieber, das ist die Frage.

Daran hättest du denken sollen. Angst vor Benno, Angst vor Mäusen.

FELIX Vor Ratten.

TRUDE Vor Mäusen! Und einmal in Chur in der Dämmerung geseufzt. Und einmal in München auf die Stirn geküßt.

FELIX Auf den Mund.

TRUDE Und warum nicht mehr? Warum hast du sie nicht gepackt und genommen? Weil du kein Mann bist. Und ich habe gelitten unter der Baltin und wie im Fieber geflucht auf die Spanierin. Seitdem kann ich Leute nicht leiden, die nach Spanien in Urlaub fahren. Und das Baltikum gönn ich den Russen. Weil ich dich teilen mußte mit denen. Ich stellte mir vor, wie es war mit denen, und ich hab mich allmählich stärker gefühlt als die, mit meinen Zähnen hab ich dich herausgebissen aus deren Fleisch, und wenn ich mit dir sprach von ihnen, hab ich dich beobachtet, ob es vorbei ist, ob sie noch Macht haben, und als sie keine Macht mehr hatten, da hab ich dir verziehen. Das war schön, dir verzeihen zu können. Wie ein Gewürz war das. Es hat mich dir ganz unterworfen. Und jetzt war's also nichts. Nichts als ein Witz. Es gibt überhaupt nichts, was du nicht kaputt machen kannst. Und ich kann mich wehren wie ich will. Alles ist jetzt lächerlich. Du. Ich. Ich bin verheiratet mit einer komischen kleinen spießigen Nummer. Auf Lebenszeit. Felix, wie krieg ich dich jetzt wieder zusammen. Daß du was bist. Zum Beispiel ein Mann.

FELIX Falls dich das interessiert: ich hab dich zwar nie betrogen, aber ich habe dir immer viel verschwiegen. Gesagt hab ich nur, was dir gut tun sollte. Das war falsch, ich seh es jetzt. Ein Mann schluckt nicht und schweigt und schont und schont. Ein Mann packt aus. Gut, liebe Trude, ich befrei dich vom Krankenwärter und liefere dir endlich was du brauchst, das bißchen Mann. Wie muß es dich freuen zu hören, daß ich die Intrige nicht anzettelte, um dich zu schonen, sondern mich. Weil ich nämlich, falls dich das interessiert, die Vierundzwanzigjährige selber gesehen habe. Vorgestern. Ich komm gerade raus vom Juwelier Schrandolf, hatte die Rubine gekauft für dich, da stehen sie vor Schrandolfs Laden, vor seinem Fenster und verlachen die Juwelen, Gold und Brillanten. Die Vierundzwanzigjährige und er. Benno stellte sie mir vor. Wie muß es dich freuen, liebe Trude, dein kleiner spießiger Erdkundelehrer, der doch nur noch darunter leidet, daß Erdkunde kein Versetzungsfach ist, dem die Haare schwinden, der in der Schule Quarzwecker heißt, der dem Tag entgegensieht, da er keinen komischen Zug mehr unterdrücken kann, dieser fast schon endgültig karikierte und durch und durch komische Erdkundelehrer empfand die Vierundzwanzigjährige als einen Schlag, dem er nichts entgegenzusetzen hatte als eine Intrige. Nicht dich wollte ich schützen vor ihr. Nur mich, liebe Trude. So hat die Vierundzwanzigjährige deinem Felix zugesetzt. Und Felix fühlte sich fast als Mann. Benno hat Haare, sagst du, gut, er hat Haare. Benno ist ein Mann. Also ist er kein Krankenwärter. Also wirft er Regina hinaus. Rennt auf den Tennisplatz. Läßt sich massieren. Heiratet die Vierundzwanzigjährige. Die größer ist als du, falls dich das interessiert. Wie muß es dich freuen zu hören, daß ich, seit ich die Vierundzwanzigjährige sah, nichts mehr möchte als sie. Schultern hat sie, wie Flußbasalt, der seit achtundachtzigtausend Jahren vom Gebirgswasser gerundet und gehätschelt wird, falls dich das interessiert. Alles an ihr ist vierundzwanzig, Trude. Jedes Haar, jeder Zahn und Fingernagel, die Ohrläppchen, die sie nackt zeigt, wie sie sind, fast ein bißchen geschwollen, so blühend rund nach unten hin. Und ich hatte gerade die Rubine gekauft. Jetzt waren's Kieselsteine. Benno sieht natürlich sofort, daß mich die Vierundzwanzigjährige sozusagen verbrennt. Er sieht, daß ich es verheimlichen will, daß ich heuchle, daß ich rasch was ganz Unerschüttertes sage, was total Verlogenes. Ich kann ja nicht, wie er sie hinstellt vor mich, als sein prächtiges Eigentum auf höchsten Beinen, mit einer Brust, zu der man hinaufbellen möchte, da kann ich ja nicht einfach aufschreien. Benno zeigt mir auch sofort und unverschämt, daß er mich durchschaut, klopft mir auf die Schulter, der junge General dem alten Invaliden, und sagt, wir sähen uns ja heute abend wieder, sagt es, als sagte er: da darfst du sie ja wieder ein paar hundert Sekunden lang anstarren und dir abzwacken, soviel du mit den Augen abzwacken kannst. Zwischen uns aber steht sie, sein Eigentum, und entblößt plötzlich alle Zähne, falls dich das interessiert. Ich rede rasch was, daß sie noch nicht gehen. Ich bin achtundvierzig und schon achtundfünfzig, und gleich achtundsechzig, laßt mich jetzt nicht stehen und geht weg, einander an den Hüften reibend, sagt mir ruhig ins Gesicht, es ist spießig, achtundvierzig zu sein und sich weiden wollen, zittern vor Begierde, aber nichts zugeben. Ich komm mir trotzdem ganz menschlich vor in dem Augenblick, das menschlichste Wesen, das ich kenne, weil ich soviel verbergen muß und nicht weiß wie. Aber da lachen schon beide und gehen einfach weg von mir. Solang ich sie sehen kann, reiben sie mit den Hüften aneinander. Falls dich das interessiert. Wie muß dich das freuen, liebe Trude, dein komischer Felix entdeckt plötzlich, rundherum wimmelt es von Vierundzwanzigjährigen. Und Felix fühlt sich fast als Mann. Falls überhaupt noch, denkt er, dann mit denen. Hier gilt, was bewußtlos macht. Und das bist nicht du. Das sind sie. Die jungen Geschöpfe. Vollkommen wie ein guter Industrieartikel. Die qualifizierte erotische Norm. Was darunter bleibt, kommt nicht in Frage. Für einen Mann. Und fühlt sich dein Felix als der Mann, den du verlangst, dann sagt er sich: für zu Hause bleibt nichts als Hygiene. Das wär natürlich noch möglich, liebe Trude. Wir verrichten das als was Hygienisches. Wie Fingernägelschneiden. Als einen Akt der Körperpflege. Du schweigst Trude, ich mache dich darauf aufmerksam, daß du schweigst. Bitte, falls dich das noch interessiert: die Fliegergeschichte aus den Ardennen, der Abschuß über dem Kirchdach, das war vorbereitet für den Fall, daß die Intrige nicht gelänge. Felix, der sich nun doch fast als Mann fühlte, wollte gewappnet sein. Das ist übrigens sehr klug, zu schweigen. Aber falls du jetzt noch ein bißchen herumhampeln willst auf der spießigen kleinen Nummer, die ich bin, bitte. Die Fenster klirren, so schweigst du. Du willst mich kaputtschweigen. Kurz und klein schweigen willst du mich. Bin ich nun ein Mann oder bin ich keiner? Ich bin keiner. Es ist wahr. Es fehlt der Betrug. Die Scheidung. Das schaff ich nicht. Dich verlassen. Als wärst bloß du bald fünfzig. Als wär's deine persönliche Schuld. Die Kinder sind aus dem Haus, also was bindet uns noch? Komisch, sobald ich denk, du bleibst allein zurück, da sträubt sich was. Ich will es nicht gleich Liebe nennen. Zaghaftigkeit, das wird es sein. Ich bin eben kein Mann. Schweig nur weiter. Nicht einmal eine Maus schaff ich, nicht wahr? Ein Jämmerling. Oder wie du das sagst: ein Erdkundelehrer. Du willst mich also kaputtschweigen, gib's zu. Oder bist du einfach zerschmettert. Bitte, du hast mich ja auch zerschmettert. Also mußte ich beweisen: ich kann dich auch zerschmettern. Sonst sagst du gleich wieder, ich bin kein Mann. Die Ehe ist nun mal eine seriöse Schlacht. Nein, nein, eine Operation. Zwei Chirurgen operieren einander andauernd. Ohne Narkose. Aber andauernd. Und lernen immer besser, was weh tut. So, jetzt ruf ich das Nervenkrankenhaus an und frage, was man mit einer stummen Frau macht. Oder ich ruf Regina an. Die sitzt auch allein. Komm, Trude, laß uns ganz scheinheilig was Gutes tun. Wir sagen: schau uns an, Regina, wir sind nicht hingegangen. Wir haben der Neuen die diplomatische Anerkennung verweigert. Ach sieh an, es schüttelt dich vor Verachtung. Sag es doch, was du denkst. Was dein Benno sagt: Dein Mann ist ein Spießer. Sag es doch, Trude. Du ziehst es vor, mich kaputt zu schweigen. Es wird dir nicht gelingen. Der Spießer ist zäh. Aber er ist nicht grausam, Trude. Leider, das ist er nicht. Gut, ich rede mal so hin an dich. Aber es tut mir doch genauso weh wie dir. Trude, hört du? Hörst du! Unter dem Vorwand, die Wahrheit zu sagen, gestatten wir uns jede Gemeinheit. Wenn das die Wahrheit ist, Trude, dann laß uns wieder lügen.

Trude hat während seiner Rede andauernd reagiert; gegen Ende der Rede hören die Reaktionen völlig auf; was Trude jetzt denkt, sieht man ihr nicht mehr an. Nach seinem letzten Wort ist es noch eine Zeitlang still. Dann fängt Trude an. Ganz und gar ruhig, ohne jede Aggressivität; aber auch ohne gefährlich wirkende Milde. Sie wirkt tatsächlich wie die pure Vernunft. Sie will ihrem Mann überhaupt nicht widersprechen. Sie muß lediglich dem, was er sagte, etwas hinzufügen. Nicht gegen ihn, nicht um ihretwillen, sondern um einer allgemeinen Wahrheit willen. Deshalb kann sie so ruhig und fast wie unbeteiligt sprechen.

TRUDE Nein. Das tut uns gut. So ein bißchen Wahrheit. Nicht gleich wieder die Hände heben und beschwichtigen, Felix. Du hast mir doch geholfen. Wirklich. Schau nicht so... so ängstlich. Es kommt kein Schlag. Ich danke dir, weil du endlich etwas gesagt hast. Ich hätte es nicht gewagt. Du kannst dir denken, daß ich auch etwas zu sagen hätte. Seit langem... Aber andauernd ist man besorgt... daß ja nichts passiert... richtig gelähmt... vor lauter Beschwichtigungssucht... es kommt mir vor, wir oder du oder unsere Ehe, alles ist allmählich aus Porzellan, hauchdünn, jeden Tag muß man noch mehr aufpassen. Eine unvorsichtige, das heißt: eine unwillkürliche, das heißt: eine natürliche Bewegung, und alles bricht auseinander. Also bewegen wir uns umeinander herum, Glockenspielfiguren, das Zeremoniell klappt, wir werden einander nie nie nie mehr berühren. So recht ehelich. Andererseits... ich weiß nicht... besonders lebendig komme ich mir nicht mehr vor. Deshalb, verstehst du jetzt, deshalb bin ich dir so dankbar, daß du endlich einmal etwas gesagt hast, was klingt, als sei es wirklich das, was du denkst. Zum ersten Mal, Felix. Bitte, nimm es nicht gleich wieder zurück. Sonst habe ich nicht den Mut, dir zu sagen, was ich dir jeden Tag sagen müßte, ich weiß nicht, wie lange schon, wahrscheinlich von Anfang an hätte ich dir sagen müssen, wie das ist, einen Mann zu haben. Einen. Anstatt zwei oder fünf oder siebenundneunzig. Felix, glaub mir, das ist eine unheimlich komische Erfahrung, gleich beim ersten Mal und dann immer wieder. Ein Mann, Felix, das ist nichts. Ich sag das nicht einfach so heraus. Ich habe diesen Satz zwanzig Jahre lang gekaut, Felix. Lange wollte ich es einfach nicht glauben, daß diese... na ja, diese Schöpfung oder das, was daraus geworden ist, daß das ein solcher Pfusch ist, so dilettantisch, auf eine so gemeine Weise unvollkommen, auf eine so entwürdigende Weise mißlungen, für eine Frau, verstehst du, eine Frau müßte eigentlich ablehnen. Sobald sie sieht, daß ihre Erfahrungen endgültig sind, müßte sie sagen: nein, danke! Anstatt sich abzufinden. Aber nein, sie legt sich immer wieder hin unter diesen einen, unzureichenden, überhaupt nicht in Frage kommenden Mann. Immer wieder erwartet sie mehr als ihn. War das auf Kreta, wo diese Königstochter sich eine Kuhattrappe bauen ließ, hineinschlüpfte, um den Stier zu erwarten? Du weißt natürlich nicht, wie das ist, du hast nicht diese weiche Gegend, wie das zieht, Felix, das saugt an, man glaubt, New York bleibt nicht an seinem Fleck, das saugst du einfach weg von dort und her zu dir und in dich hinein, das ganze aufragende Manhattan... aber dann... Manhattan spürt nichts von meiner Anziehungskraft... du kommst... aber auch nur aus Gewohnheit... von dem Sog spürst du nichts... ich kann dir nicht einmal verständlich machen, wie enttäuschend das ist, wenn du kommst anstatt... anstatt Manhattan oder sonstwas... du zählst nicht, hast noch nie gezählt... verstehst du das? Ich weiß nicht, wieviele ich bräuchte von deiner Sorte. Auf jeden Fall eine Mehrzahl. Daß einmal genug davon da wäre, genügend Mann. Ich liege herum, mache den Himmel mit aufgestellten Knien auf mich aufmerksam. Kein Blitz erbarmt sich. Also beneid ich den Flugplatz, auf den diese riesigen Düsenenteriche niedergehen. Aber das begreifst du nicht. Wie man geschlagen ist mit dieser Sauggewalt, mit dieser weichen Stelle. Und das Schlimmste, Felix: ich darf dich nicht einmal merken lassen, wie wenig du zählst. Ich muß so tun, als wärst du ganz toll und mir verginge unter dir Hören und Sehen. Dann hast du deinen... deinen kleinen Aderlaß. Dann wirst du höflich wie ein Irrenarzt. Ich bleib liegen. Im Feuer. Verrecke ganz langsam. Du schenkst dir Sprudel ein. Ich schau dich an. Bettelnd. Ich genier mich.

Aber ich bettle. Nein, ich genier mich nicht. Ich bettle. Du trinkst langsam deinen Sprudel aus und sagst: entschuldige, sonst krieg ich Sodbrennen...

Das Telephon läutet. Trude rührt sich nicht. Also geht Felix und nimmt ab.

FELIX Hier Felix Fürst. Ach Benno, du. *konzentriert sich sofort scharf.* Wir sind leider noch nicht ganz... bitte... ach. Und Neumerkel? Auch. So, so. Und warum sind sie erst so spät gekommen? Haben sie gesagt. Ja. Das stimmt. Ach nein, verrückt nicht. Zum Verrücktsein reicht es nicht bei mir. Es war so ein Einfall. Vielleicht kein sehr guter Einfall. Ich dachte, jetzt bist du schon achtundvierzig Jahre alt, aber so eine richtige Intrige ist dir noch nie gelungen. Und wie du siehst, ist es auch dieses Mal nichts geworden. Zu freundlich von dir, Benno. Zu großmütig auch. Vielleicht sogar ein bißchen überheblich. Ein bißchen. Ohnehin, ich müßte es zuerst mit Trude besprechen, die ja nichts weiß von meiner Intrige. Ich sagte ihr, du, du hättest plötzlich wegfahren müssen. Nein, sicher ist es ganz und gar nicht. Mal sehen. Danke. Das gleiche für die Deine. Und besonders herzliche Grüße an die Herren Neumerkel und Mengel. *Er legt den Hörer auf.*

FELIX *nach einer spürbaren Pause:* So, Trude. Jetzt. Bitte. Verrat. Ringsum Verrat. Alle sind umgefallen. Benno macht kusch, schon fressen sie ihm wieder aus der Hand. Liefern Begeisterung. Die Konversation lodert. Es leuchtet der Sekt. Wer wächst jetzt nicht über sich selbst hinaus! Selbst die Käserinde schafft noch einen krachenden Witz auf Felix Fürst. Los, Trude, mach weiter. Mach kaputt, was noch nicht kaputt ist. Du findest sicher noch was. *Pause.* Alle tanzen, Trude. N-e-u-m-e-r-k-e-l tanzt. Nach neuester Façon. Meine junge Frau hat ihn herumgekriegt! Und Mengel singt. Benno, die Großmut selbst lädt uns ein. Schwamm drüber, sagt er. Also was ist, Trude. Willst du hin? Bitte, sag es mir, sobald als möglich.

Er setzt sich, stützt den Kopf in die Hände.

TRUDE *nach einer Pause:* Felix.

FELIX Mir jetzt noch sowas anzubieten: hier seid ihr immer herzlich gern gesehen. Mir das anzubieten. Meine junge Frau... In Zachau draußen, an der Omnibushaltestelle hat er sie mitgenommen. Da stand sie! Er hält! Einander nie gesehen! Und sie steigt ein! So ging das! Das mußt du dir einmal vorstellen. Nie gesehen. Und steigt einfach ein.

Pause

TRUDE Felix.

FELIX Ja, Trude.

TRUDE Wir bleiben hier.

FELIX Wenn es noch möglich ist. Nach allem.

TRUDE Ist es möglich, dorthin zu gehen?

FELIX Nein.

TRUDE Na also.

Pause

FELIX Was ich alles sagte, so im Laufe des... des Abends.

TRUDE Ich doch auch.

FELIX Wie zwei Hochverräter haben wir uns benommen.

TRUDE Wir können uns das einfach nicht leisten.

FELIX So weit ich sehe, haben wir jetzt keine Freunde mehr.

TRUDE Die Kinder.

FELIX Sind keine Kinder mehr.

TRUDE Ich könnte Regina anrufen.

FELIX *überlegt:* Nnnein. Lieber Musik, Trude. Wir haben doch auch Schallplatten.

TRUDE *springt auf und schaut nach:* Da, Felix, der Tango, weißt du noch? *Sie läßt die Tangoplatte laufen. Mit Gesang. Überlaut. »Im Hafen von Adano« oder sowas. Auf jeden Fall eine Platte aus den Fünfzigerjahren. Trude wirbelt ihre Haare auf, holt eine Sonnenbrille, gibt sich jung und frivol. Felix holt aus einer Schublade eine Schachtel, in der Karnevalsrequisiten aufbewahrt werden. Sie versuchen, ausschweifend kühn zu tanzen, aber es gelingt nur mühsam.*

FELIX Nein. *Er stellt die Platte ab. Sie legen Bärtchen und Sonnenbrille weg.*

FELIX Nein, Trude, das ist vorbei. Der Tango. Wir müssen wirklich was Neueres haben. Schade.

TRUDE Weißt du was, Felix, ich würde gern, falls du es nicht falsch verstehst...

FELIX Raus damit, Trudchen. Ich bin schon einverstanden.

TRUDE Wir könnten, ich dachte schon den ganzen Abend daran, wirklich Felix, eigentlich wär ich deshalb sowieso fast lieber daheim geblieben...

FELIX Trudchen, jetzt sag's doch schon.

TRUDE Fernsehen. Es kommt was von Goethe. Iphigenie.

FELIX Ach richtig, Iphigenie. Aber ja, Trudchen, schnell.

Trude schaltet ein. Felix bringt die Sessel in Fernseh-Stellung.

Und das hätten wir versäumt. Nun stell dir vor, du hast die Wahl zwischen Bennos Geschwätz und Goethe. Also ohne jeden Snobismus, Trude, da muß man Goethe einfach vorziehen.

Der Iphigenietext kommt überlaut.

ARKAS Dies ist der Tag, da Tauris seiner Göttin
Für wunderbare neue Siege dankt.
Ich eile vor dem König und dem Heer,
Zu melden, daß er kommt und daß es naht.

IPHIGENIE Wir sind bereit, sie würdig zu empfangen,
Und unsere Göttin sieht willkommnem Opfer
Von Thoas' Hand mit Gnadenblick entgegen.

ARKAS O fänd ich auch den Blick der Priesterin,
Der werten, vielgeehrten, deinen Blick,
O heilge Jungfrau, heller, leuchtender,
Uns allen gutes Zeichen! Noch bedeckt
Der Gram geheimnisvoll dein Innerstes;
Vergebens harren wir schon Jahre lang
Auf ein vertraulich Wort aus deiner Brust.
So lang ich dich an dieser Stätte kenne,
Ist dies der Blick, vor dem ich immer schaudre;
Und wie mit Eisenbanden bleibt die Seele
Ins Innerste des Busens dir geschmiedet.

IPHIGENIE Wie's der Vertriebnen, der Verwaisten ziemt.

. . . .

ARKAS Wenn du dich so unglücklich nennen willst,
So darf ich dich auch wohl undankbar nennen.

IPHIGENIE Dank habt ihr stets.

ARKAS Doch nicht den reinen Dank,
Um dessentwillen man die Wohltat tut;
Den frohen Blick, der ein zufriednes Leben
Und ein geneigtes Herz dem Wirte zeigt.
Als dich ein tief geheimnisvolles Schicksal
Vor so viel Jahren diesem Tempel brachte,
Kam Thoas, dir als einer Gottgegebnen
Mit Ehrfurcht und mit Neigung zu begegnen.
Und dieses Ufer ward dir hold und freundlich,
Das jedem Fremden sonst voll Grausens war,
Weil niemand unser Reich vor dir betrat,
Der an Dianens heilgen Stufen nicht
Nach altem Brauch, ein blutges Opfer, fiel.

FELIX *ist endlich aufgesprungen und hat abgedreht:* Entschuldige,

Trude. Ich schau hin; aber ich höre nicht zu.

TRUDE Ja, merkwürdig. Ich auch.

FELIX Dauernd denk ich daran, daß wir uns damit bloß ablenken wollen. Dabei lenkt es einen gar nicht ab.

TRUDE Ach, schön ist es schon.

FELIX Ja, schön schon. Aber wir brauchen doch keine Ablenkung, oder? Weißt du was, ich ruf jetzt doch Regina an. Du hast ganz recht, die Ärmste sitzt allein zuhause, kein Mensch kümmert sich. Das muß doch nicht sein, daß jeder allein in seiner Wohnung vermodert, schon bei Lebzeiten. *Er wählt.* Ja, Regina. Ja, ich bin's. Ob du noch einen Schluck trinken möchtest mit uns. Ach so, ja richtig, die Iphigenie. Na ja. Falls du aber Menschen vorziehen solltest, wir würden uns freuen. Wunderbar. Bis gleich. *Legt auf.* Haben wir Sekt? Nein. Na ja. Wir schaffen es auch ohne Sekt.

TRUDE Wir haben noch Likör.

FELIX Likör. Warum nicht. Dann eben Likör.

Trude ist nach hinten gegangen, ans Getränkefach.

TRUDE Schschsch... da, Felix, hörst du's, sie ist wieder da. Die Ratte, Felix. Sollen wir in die Küche?

Felix rennt zu seiner Vitrine, holt zwei Steine heraus.

FELIX Lächerlich. Diesmal ist sie dran. Blauschiefer, den leg aufs Kissen. Unter diesem Granit stirbt sie. *Er hat die Schuhe abgestreift. Lauert. Hebt den Stein. Schmettert ihn plötzlich hinterm Sessel hinab.* Und getroffen. *Holt den Stein und klopft noch nach.* Komm, Trude. Schau, Trude. Schau es dir an. Das Biest. Das üble Biest. Das dreckige Biest. Das Biest. Das Biest. Das Biest.

TRUDE *wendet sich ab:* Nein, Felix, nein. Ich kann es nicht sehen. Bitte, hinaus, wirf es hinaus. Über den Zaun. Bitte, weit über den Zaun.

FELIX *holt Papier, wickelt die Maus ein:* Schade. N' ganz hübsches, wüstes Exemplar. Hat sich gemästet bei uns. War wirklich Zeit, daß wir da tätig wurden. Die tat schon ganz vertraulich. Ganz freches Vertrauen zeigte die. Sitzt da, sieht mich. Daß ich sie umbringen könnte, auf die Idee kommt die gar nicht mehr. Na jetzt hat sie's dafür. *Durch die Hintertür wirft er sie hinaus. Kommt herein, säubert den Stein, trägt die Steine zurück in die Sammlung.*

So und jetzt lob mich mal. Was hast du dir ausgedacht als Lohn für diese blutige Tat?

TRUDE Ich würde sagen...

FELIX Du würdest sagen...?

TRUDE Erdkunde wird Versetzungsfach.

FELIX Trude, ich liebe dich.

Er umarmt sie. Zeigt auf die Schlafzimmertür.

FELIX Sollen wir jetzt, Trude, hinüber?

TRUDE Wenn du willst.

FELIX Oder willst du lieber hierbleiben?

TRUDE Es hängt doch nicht bloß von mir ab. Hoff ich.

FELIX Von mir und von dir, liebe Trude.

TRUDE Ich sage: von dir.

FELIX Herrgott, Trude... Nein. Also, schau, vielleicht können wir uns verständigen. Vielleicht gelingt es uns, herauszufinden, was beide wollen. Also was willst du?

TRUDE Sag du zuerst, was du willst.

FELIX Ruhig, Trude, nicht gleich so laut. Wir müssen jetzt wirklich vorsichtig sein.

TRUDE Dann tu bitte nicht so, als wollte ich dich gegen deinen Willen ins Schlafzimmer zerren.

FELIX Bitte, das wär mir ganz angenehm.

TRUDE Aber mir nicht.

FELIX Darum frag ich ja, was dir angenehm wäre.

TRUDE Daß du mich.

FELIX Was?

TRUDE Zerrst, von mir aus.

FELIX Na wunderbar. Jetzt weiß ich es doch. Also los, dann zerr ich dich eben. Komm.

TRUDE Nein. Zu spät. Von dir aus hättest du es tun sollen. Von selbst. Einfach so. Ohne Erkundigung.

FELIX Gut, dann bleiben wir eben vorerst hier.

TRUDE Ach Felix, jetzt hast du die letzte Chance verpaßt. Ich setz mich hin und sag: nein, so will ich nicht, und du, anstatt mich einfach mitzunehmen, gegen meinen Willen, du setzt dich auch hin. Das bist du, mit dem ich leben soll... mein...

FELIX Nicht, Trude, nicht, wir dürfen nicht, nicht jetzt...

TRUDE Verbiet doch, statt zu betteln, mach eine Faust...

FELIX Wo das hinführt, der blanke Haß, ich sag dir voraus...

TRUDE Du warst beim Wetterdienst. Du sagst voraus. Das ist bekannt.

FELIX Bevor in diesem Strudel. Trude, beide nur noch Trümmer...

TRUDE Endlich, Felix, ein Bild, sei stolz, du hast es formuliert und damit...

FELIX Wie lang, glaubst du, mach ich das mit.

TRUDE Ewig. Solang ich will.

Felix ist aufgesprungen, steht reglos vor ihr.

Felix, pump dich nicht auf... dein Grimm ist gespielt... du meinst es nicht so... mach mir nicht Angst... du bist nicht zum Fürchten... das wissen wir doch... Felix... glaub mir, du bringst mich nicht um. Auch wenn du jetzt so Augen machst. Du schaffst es nicht.

FELIX *setzt sich wieder:* Und weil du das weißt, erlaubst du dir alles. Es fehlt die Angst. Das ist der Grund von allem.

TRUDE *nach einer Pause:* Was sollen wir tun?

FELIX Das Maul halten. *Pause*

TRUDE Ich wüßte schon... *Pause.* Es ist nur ein Vorschlag. *Pause.* Wenn du versprichst. *Pause.* Sag mir zuerst, daß du nicht gleich schreist. *Pause.* Felix. *Pause.* Felix, schweig nicht so. Felix, bitte. Dein Schweigen... ich geb doch zu... ich hab Angst, wenn du so schweigst.

FELIX Kein Grund, Trude. Es bedeutet weiter nichts. Ich verzichte lediglich darauf, mich dir noch verständlich zu machen.

TRUDE Felix, bitte. Ich hätte doch wirklich einen Vorschlag.

FELIX Bitte.

TRUDE Wir könnten hingehen.

FELIX Wohin?

TRUDE Nur ein Vorschlag, Felix. Hin, zu den anderen. Ganz frech. Und ganz einig. Wir treten auf. Geschlossen. Das würde uns helfen. Ich halte dich. Du hältst mich. Untrennbar. Wir lachen. Zeigen denen, daß wir ganz irrsinnig zusammengehören. Eine richtige Demonstration, verstehst du. Daß Benno sieht, er prallt ab. Alle prallen ab. Natürlich nur, wenn du glaubst, du kannst es. Wenn es dir möglich ist, trotz der Vierundzwanzigjährigen.

FELIX Ach, Kind, die halt ich wirklich aus.

TRUDE Ich möchte mir diese Person doch einmal genauer ansehen. Und wenn Benno wieder von seinen Abschüssen anfängt, dann haust du ihm deine Ardennengeschichte hin. Bitte, Felix, versprich es mir. Und nachher lachst du und sagst: kein Wort wahr. Sowas kann doch jeder erzählen. Und ich schau dieser Person mal unters make up. Wenn ich darf.

FELIX Du darfst.

TRUDE Bist du dafür?

FELIX Für alles.

TRUDE Felix. Ich möchte mich doch mit dir zeigen. Und hier müssen wir sowieso raus. Findest du nicht?

FELIX Ja, Trude. Ich finde es auch.

TRUDE Verzeih mir. Ein allerletztes Mal.

FELIX Mein Gott, Trude, wir haben einander doch nichts zu verzeihen. Wir sind ein Fleisch. Also innig verwandt. Es gibt zwischen uns keinen Unterschied. Wo ist die Jacke, deine Tasche, mein Hut. Heraus aus der Etappe. Wenn uns der Feind nicht heilt, können wir immer noch daheim verfaulen. *Sie richten sich her. Werden immer aufgeregter.*

TRUDE Jedes Wort muß sitzen, Felix. Bitte, überleg dir was.

FELIX Das Bärtchen, was meinst du?

TRUDE Ja und ich komm mit Sonnenbrille. Daß sie sehen, wir machen uns lustig.

FELIX Die ochsenblutrote, Trude, wo ist jetzt bloß die ochsenblutrote?

TRUDE Nimm die blaue.

FELIX Nein, du hast gesagt, heut geht nur die ochsenblutrote. Daß das klar ist, ganz kalt stehen wir zu unserem Versuch, den Abend zu sprengen. Da wird nichts zurückgenommen. Falls Benno davon anfängt.

TRUDE Das wird er schön bleiben lassen.

FELIX Dann werde ich davon anfangen. Am besten in einem Nebensatz.

TRUDE Ich werde dieser Person..., wie heißt die eigentlich?

FELIX Rosa.

TRUDE *lacht künstlich hoch:* Nein, Felix, bitte, im Ernst, wie heißt sie.

FELIX Rosa, ich schwör's. Er nennt sie allerdings Rose.

TRUDE Das wird ihm wenig nützen.

FELIX Na also, da schau, Trude, bitte, die ochsenblutrote, hier, das ist doch...

TRUDE Felix, du selber hast sie da hinge...

FELIX Aber Trudchen, ich mach dir doch keinen Vorwurf. Natürlich hab ich sie selber... ich sag doch bloß... Bitte, Trudchen, paß auf, daß wir nicht plump werden. Man muß das fein, fein dosieren. Mit Finesse. Mit spröder Ironie. Verstehst du. Einfach so hintändeln, aber eigentlich ist es ein Schlag.

TRUDE Mein Gott, Regina.

FELIX Wir können schließlich nicht unser ganzes Leben nach ihr... soweit kommt es noch, daß wir uns opfern für jede, die Benno sitzen läßt.

TRUDE Die arme Regina.

FELIX Bist du soweit, Trudchen.

TRUDE Was soll ich zuerst sagen, Felix, beim Eintritt? Vielleicht einfach so lächeln. Was meinst du.

FELIX Ja, das ist nicht schlecht. Je souveräner, desto besser. Ganz beiläufig mal so'n Satz. Du, das Bärtchen, ich weiß nicht.

TRUDE Tu's weg. Die haben doch keinen Humor. Die Sonnenbrille stört mich auch. Ich seh ja sonst gar nicht, wie Rose reagiert, wenn ich lächle. Also, Rose, weißt du. Da komm ich nicht drüber weg.

Beide sind jetzt ganz zivil.

FELIX Und je freundlicher, desto tiefer trifft es, denk daran, Trude.

TRUDE Aber du gehst nicht weg von mir. Bleibst immer ganz eng.

FELIX Mit Herz und Hand, mein Schatz.

TRUDE Also, Felix.

FELIX Jetzt wird es ernst. Komm Trude.

TRUDE Ja, Felix.

Sie gehen nach hinten ab.

Überlebensgroß Herr Krott

Requiem für einen Unsterblichen

Geschrieben 1962/63. Die Uraufführung war am 30. November 1963 im Württembergischen Staatstheater Stuttgart unter der Regie von Peter Palitzsch.

Personen

Fritz Krott
Elfchen, *Krotts Frau*
Mafalda, *Krotts Schwägerin*
Ludwig Grübel
Rosa, *Ludwigs Frau*
Hansi, *Rosas Sohn*
Selzhammer
Strick *(gespielt von Selzhammer)*
Sepp
Jias *(gepielt von Sepp)*
Erni *(gespielt von Rosa)*
Frederik *(gespielt von Ludwig)*
Arzt *(gespielt von Ludwig)*

Szenenfolge

1 Krotts Morgengebet
2 Soll Ludwigs Sohn auch Kellner werden?
3 Hansi wird in die Praxis eingeführt
4 Das Frühstück der Herrschaften
5 Hansi macht einen Fehler
6 Elfchen muß überlistet werden
7 Folge eines Fehlers
8 Selzhammer kommt jetzt zu Krott
9 Szene mit Kindern
Pause
10 Krott schießt
11 Pedikür
12 Hansi übt und Strick übt
13 Krotts letzte Gelegenheit.
Anschließend das ewige Leben

Die Bühne
Ganz vorne links in ca. zwei Meter Höhe ein enger, käfigartiger Hotelbalkon mit einer Zimmertür, die für die beiden Personen, die dort nacheinander auftreten werden, ebenso zu klein ist wie der Balkon selber. Vom Balkon hinter das Bühnenportal eine Treppe, über die man auf die Bühne herunter kann. Der Balkon ist von vorne zu sehen. Es soll deutlich sein, daß es sich um einen Ausschnitt aus der Fassade des Hochgebirgshotels Exzelsior handelt. Dieser Ausschnitt ist erkennbar losgelöst von seiner natürlichen Einbettung in die alte Grandhotel-Fassade. Er ist zum Zweck dieses Spiels vorne links aufgebaut. Keine Sichtmöglichkeit vom Balkon zur Bühnenmitte, wo Krotts Terrasse liegt.
Rechts vorne, wenn möglich unter dem Niveau der Bühnenrampe, Ludwigs Bereich. Ein enges Dienstbotenzimmer, in dem nur das sichtbar ist, was zum Dienst gebraucht wird. In Wirklichkeit befindet sich dieses Zimmer im Souterrain des Hotels. Der Vordergrund der Mittelbühne ist frei.
Krotts Terrasse ist kühn gebaut und läßt die exponierte Lage im Hochgebirge erkennen. Telegraphendrähte führen steil herauf. Der Stil des alten Grandhotels Exzelsior und Andeutungen von menschenfeindlicher Hochgebirgswelt ergeben einen fast grotesken Kontrast. Ausgestattet ist die Terrasse mit allem technischen Komfort unserer Zeit. Die Heizsonnen und Ventilatoren sollen aber über ihre normalen Dimensionen hinaus bizarr sein. Krott, Elfchen und Mafalda liegen in fahrbahren Rollstühlen. Hinter ihnen türmen sich sargartige Truhen. Man sieht, daß hier Tote aufbewahrt werden.
Prächtige Hochgebirgsvögel und ein paar Tierfelle verraten gleich, daß Krott ein Jäger ist. Dazu ein Gestell mit Jagdwaffen. Auch Pistolen mit langen Läufen.
Des weiteren: ein fahrbares Instrumententischchen, wie es in ärztlichen Sprechzimmern vorkommt. Ein Eßtisch.
Die ganze Ausstattung zeigt, daß Krott und die zwei Frauen nicht bloß bei schönem Wetter hier liegen, sondern daß sie sich endgültig hier niedergelassen haben.

1 Krotts Morgengebet

Krott, Elfchen, Mafalda.
Krott vergewissert sich mit Hilfe eines Federflaums, ob Elfchen und Mafalda noch leben. Dann nimmt er eine demütige Gebetshaltung ein. Allerdings faltet er seine Hände nie ganz.
Choralhafte Musik begleitet ihn. Mit verschiedenen Instrumenten soll eine Art Orgelklang erreicht werden, ohne daß eine Orgel benutzt wird.

KROTT Die Welt war, wie sie ist, aber Krott war groß. Für Krott krepierten singend viel Soldaten. Viel Lämmer starben für Krott im Mutterschoß. Im Schacht verreckten die Männer auf Raten für Krott. Aber so dumm ist die Welt nicht. Keiner bringt sich um, es rentierte sich denn. Also hat Krott die Steine berührt, daß sie sich fortan rentierten. Die Staaten zinkten die Karten für Krott, sogar der liebe Gott nahm auf den Himmel eine Hypothek für Krott. Das tat der liebe Gott für Krott, denn Krott war groß und sagte dann: ich beweg die Erde, aber mich bewegt der liebe Gott. So gut stand Krott mit Gott. Also verbesserte Krott überall das menschliche Wissen und vor allem die Kanalisation. Zwar, sagte Krott voll frommen Muts, zwar ist die Erde ein Jammertal, aber Hygiene tut ihr bitter not, denn überlebt der Mensch die Läuse nicht, dann überlebt sie auch nicht Gott. Jetzt sagt Krott: Ich lobe meine Zeit, aber meine Zeit ist um. Das Blut, der Flaum, das ganze Potpourri mit Kran und Kreuz und Aluminium, vorbei. Mir wächst in meiner Achselhöhle jetzt ein schwarzes Kraut, wächst mir aus tiefster Seele empor bis durch die Haut. Ich wär jetzt soweit, das sag ich Ihnen, jetzt wär ich soweit wie ein Pfund Apfelsinen im Februar. Meine Finger zählend lieg ich jetzt im harten Licht und frage: warum wird Krott nicht abserviert, wo er doch an seinen Fingern abzählen kann, er rentiert sich nicht mehr. Ich hab immer drauf bestanden, daß das, was ist, sich auch rentiert. Und jetzt, was ist, wo bleibt der, der abrechnet mit mir? Ich warte. Aber er kommt nicht. Und das ist ein Jammer.

ELFCHEN Du versündigst dich, Fritz. Abgesehen davon, die Rendite ist stürmisch. Ich weiß nicht, was du willst.

KROTT In den Nil spucken, Elfchen. Wo spuck ich jetzt hin? Ins Taschentuch.

ELFCHEN Wir könnten Nilwasser kommen lassen.

KROTT Es rentiert sich nicht mehr. Laßt mich doch sterben.

ELFCHEN Es geht mir ans Herz, Fritz.

MAFALDA Ich hör ihn gern. Jeden Morgen freu ich mich, wie nett er das sagt. Jetzt aber das Frühstück, Fritz.

Krott schweigt.

Fritz, wie soll denn da der Tag beginnen, wenn du das Frühstück nicht auftragen läßt.

KROTT Ja, Mafalda, gleich. Es ist eine Überwindung, weißt du. Jeden Morgen. Wenn ich nicht läute, vielleicht käme Ludwig nicht, wir würden schwächer, glücklicher, verlöschten endlich ganz, schwach und selig. Wie richtige Heilige.

MAFALDA Läut jetzt, Fritz.

ELFCHEN Ja, Fritz, du solltest jetzt läuten.

KROTT Ja, gleich. Gleich läute ich.

MAFALDA Sofort, Fritz.

KROTT Ihr kreischt, ihr keift, kein Zweifel, der Tag hat begonnen.

MAFALDA Wenn du nicht läutest, erzähl ich Elfchen was über dich.

KROTT *zieht rasch einen großen Handspiegel unter der Decke hervor.* Dann halt ich dir den Spiegel vor.

MAFALDA *verbirgt sich in höchster Angst.* Nicht, Fritz.

KROTT Oder dir. Daß ihr wieder wißt, wie ihr ausseht!

ELFCHEN *verbirgt sich ebenfalls unter der Decke.* Fritz, du hast versprochen, du zerschlägst den Spiegel.

KROTT *lacht schallend über die Frauen und schaut selbstgefällig in den Spiegel.* Das ist der Vorteil, wenn man häßlich ist. Das Alter zerstört die Häßlichkeit. Was wüst war, wird würdig. Ein fast überirdischer Schimmel mildert alles. So werde ich täglich ein bißchen schöner.

Die Frauen tauchen wieder auf und lachen.

Lichtwechsel

2 Soll Ludwigs Sohn auch Kellner werden?

Ludwig läßt sich von Rosa die Nägel pflegen. Hansi liest. Ein Speisewagen, auf dem ein großes Frühstück zum Transport fertig ist. Auf dem Speisewagen fällt auf ein präparierter Steinadler. Sepp, in Bergsteiger-Ausrüstung, tritt ein.

LUDWIG Morgen, lieber Sepp, hock dich, das kost nix. Die Herrschaften pflegen noch des Schlafs. Himmelsakra, wenn du nicht aufpassen kannst, Rosa, beiß ich mir die Haut wieder selber von den Nägeln. Sepp, du bist fein heraus in deinem Beruf. Wie ich heut früh in die Bratzenwand schau, kein Fetzen Nebel, die Wand leuchtete bloß so, denk ich, der Sepp hat's gut. Dem schaut bloß der Himmel auf die Fingernägel. Kein Manikür und Pedikür und Eau de Cologne. Was heute verlangt wird im Hotelfach, Sepp. Ein Haar wenn dir aus dem Nasenloch schaut, bist du blamiert. Ein Pickel, und du bist erledigt. Deine menschliche Natur mußt du glattweg umbringen, sonst bist du nicht möglich, verstehst du.

ROSA Sepp, du bist Zeuge. Einerseits redet er so über den Beruf. Andererseits soll unser Hansi Kellner werden. Eine Logik zum Fürchten.

LUDWIG Weil du nicht begreifst, daß der Kellner gerade durch den Kampf gegen seine Natur ein Niveau erwirbt, von dem er herunterschauen könnte auf manchen anderen. Was liest denn der schon wieder?

ROSA Hansi, tu's weg.

Ludwig ist schon bei Hansi. Reißt ihm das Buch weg. Hansi überläßt es ihm gern. Liest.

LUDWIG Vögel in der Polarwelt.

ROSA Das gibt ein anderes Niveau als dein Frack.

LUDWIG Beschlagnahmt. Biographien soll er lesen. Hansi, Bub, Sohn, glaub deinem Vater.

ROSA Glaub ihm nicht.

LUDWIG Glaub ihm, glaub ihm, Bub. Lies Lebensläufe, Memoiren, wie dein Vater. Da siehst du, welche Mühe es macht, ein großer Mann zu sein. Nicht sowas, wo die Gefahr verschwiegen wird. Plötzlich fällt dir ein, du willst Naturforscher werden. Und schon bist du am Nordpol und erfrierst dir die Zehen. Das heißt, sie müssen dir wegoperiert werden. Hab ich dir die Physikbücher zerrissen, die Chemiebücher verbrannt, daß du mir umkommst im ewigen Eis. Hansi, wer kennt die Welt? Du oder ich?

HANSI Natürlich du, Papa.

LUDWIG Na also. Schau, wie ist das mit dem Kellner? Auf Teppichen geht der Kellner. Wo der Kellner geht, zieht es nicht. Da explodiert keine Bombe. Warum kommen sie denn herauf ins Exzelsior? Chirurgen, Direktoren, Fachspezialisten, sobald sie sich's leisten können? In einem Berghotel, da gibt es kein Schlamassel. Egal was drunten passiert. Also das Buch da, wirf es selber hinaus. Du bist alt genug.

Er gibt ihm das Buch zurück.

ROSA Gib's mir.

LUDWIG Rosa!

HANSI Wir legen's einfach weg, bis wir wissen, ob es mir schadet oder nicht. Ja?

ROSA Dein Vater will nicht, daß du's weiter bringst als er.

LUDWIG Jawohl. Aber warum!

ROSA Er müßte dann zugeben, daß du das von mir hast, was dich weiterbringt.

LUDWIG Ins Verderben.

ROSA Die Hand her, Ludwig, mit so einer Pratze servierst du mir nicht. Und du, Hansi, beschäftigst dich jetzt mit Mathematik. Die Hand gib her, jeden Augenblick können die Herrschaften läuten.

LUDWIG Sie ruiniert mir den Buben. Sepp, sag doch auch was. Sie ruiniert mir den Buben, das siehst du doch.

SEPP Ich möchte sagen, der eine macht Bändel, der andere schneidet sie ab.

LUDWIG Hörst du, Rosa, was der Sepp sagt.

SEPP Andererseits heißt es: ein Keil treibt den anderen. *Lacht einfach und laut.*

LUDWIG Gut, Sepp. So mußt du nachher reden vor den Herrschaften. Ich hab schon gesagt, der Sepp, den ich Ihnen als nächsten bringe, das ist noch ein Mensch.

SEPP Da sag ich: der Ruf macht die Sau fetter als sie ist. *Sepp lacht wieder selbstgefällig. Ludwig lacht mit, weniger laut.*

LUDWIG Und wir sind einig mit hundertfünfzig.

SEPP Dem Lötzen-Xaver waren zweihundert versprochen. Der Landerer hätt Zweifuffzig gekriegt.

LUDWIG Und was hat es genützt, Sepp. Eingegangen sind sie. Abgeschüttelt hat sie die Wand. Also haben sie nichts gekriegt.

SEPP Zweihundert, Wiggerl.

LUDWIG Dir fehlen einfach die politischen Kenntnisse, Sepp. Die Herrschaften leben von Papieren. Von früher, verstehst du. Du blamierst dich, wenn du zweihundert sagst. Es käme uns unmenschlich vor.

SEPP Die Bratzenwand hat noch keiner geschafft.

LUDWIG Sepp, ich kenn dich. Du schaffst sie für hundertfünfzig. Es wird Zeit für die Herrschaften. Hansi komm. Sepp, ich ruf dich.

ROSA Hansi!

LUDWIG Hansi!

ROSA Hansi, ein Kellner ist kein Mann.

LUDWIG Hansi, der Mächtigste ist doch der Kellner. Oben ist immer da, wo der Kellner ist. Schau Hansi, draußen auf der Straß machen sie eine Revolution. Du schaust vom Fenster aus zu. Die gewinnen, hauen den andern den Schädel ein und dann kommen sie herein zu dir und sagen: So, jetzt wird serviert: Kaviar und Champagner. Verstehst du, weil sie gewonnen haben. Und dir geben sie ein Mordstrinkgeld, daß du ihnen nicht so genau auf die Finger schaust. Erstens, weil da noch so Flecken dran sind, und zweitens, weil sie noch nicht genau wissen, welche Gabel sie zuerst nehmen sollen. Dann verschwinden sie und es sind wieder andere dran. Am Anfang verwechselt jeder das Messer, das übersieht der Kellner, und schon hagelt's Trinkgeld.

ROSA Und der Kellner macht seinen Bückling.

LUDWIG Er will sein Lächeln verbergen, liebe Rosa.

ROSA Und hält die Hand hin.

LUDWIG Daß der andere glaubt, zu seiner Beruhigung, er kann uns kaufen.

ROSA Und redet jedem nach dem Mund.

LUDWIG Fremdsprachen machen ihm Spaß.

ROSA Und hat keine Meinung.

LUDWIG Deshalb muß er sie nie wechseln.

ROSA Wofür lebt er denn überhaupt?

LUDWIG Für sich. Komm Hansi, die Herrschaften warten.

ROSA Hansi!

LUDWIG Hansi!

HANSI Ich hör, ich hör. Aber solang ihr euch nicht einig seid, nagelt ihr mich glatt auf den Punkt, auf dem ich steh. Weggelockt werden muß ich. Das ist klar. Aber von wem? Auf die Dauer wird es mir nämlich zu anstrengend, dir und dir zu folgen. Also bitte, einigt euch, wer meine Unschuld kriegt. Am liebsten wär mir sowieso, ich rührte weiter im Kakao herum und zählte die Fliegen. Winzig sein, das wär's. Mal in Muttis Tränen schwimmen, mal turnen in Papas großem Schuh. Aber bitte. Die Winzigkeit ist schon beim Teufel. Also, was darf es sein?

ROSA UND LUDWIG *zärtlich:* Hansi!

Rosa ergreift eine Hand, Ludwig ergreift eine Hand.

Es wird dunkel.

3 Hansi wird in die Praxis eingeführt

Ludwig schiebt den Wagen von rechts nach links über die Bühne. Hansi trägt den Steinadler. Als sie gerade nach hinten zur Terrasse abbiegen wollen, rennt links Selzhammer auf seinen engen Balkon heraus. Da der Balkon so klein ist, daß Selzhammer sich kaum richtig bewegen kann, sieht es fast aus, als sei Selzhammer in einem Käfig gefangen.

SELZHAMMER Einen recht guten Morgen. Hätten Sie, Herr Grübel, die ungemeine Güte, heute wieder eine Botschaft, für meinen Herrn Direktor, für die beschämend gnädige Frau, mit Verlaub … *Selzhammer hat unter Aufbietung aller Kräfte einen servil bittenden Ton angeschlagen, aber dann bricht plötzlich der nervöse Zorn dessen durch, der sich ungeheuer ungerecht behandelt glaubt. Selzhammer brüllt sozusagen:* Es drängt jetzt. Daß ich nicht vorgelassen werde, ist ganz unbegreiflich. Das schreit zum Himmel. Nach acht Jahren Südamerika. Südamerika ist ein erschütterndes Geschäft geworden. Ich frage, wird das Herrn Krott verheimlicht?

LUDWIG Heißt das, der Herr Selzhammer zweifelt an mir?

SELZHAMMER *mehr Kraft aufbringend als er hat, er zittert fast, so strengt ihn der demütige Ton an, zu dem er wieder letzte Zuflucht nimmt.* Oh, nein. Da sei Gott vor, Herr Grübel. Was hätt ich noch, wenn ich an Ihnen zweifeln müßte. Nur, ich sage, es drängt jetzt. Es geht nicht um mich. Der nächste Coup muß landen. Wer den Markt erobert hat, darf nicht auf dem Markt einschlafen. Ich muß zum Chef.

LUDWIG Hansi.

HANSI Ja, Papa.

LUDWIG Deine erste Aufgabe. Ab heute übernimmst du den Dienst bei Herrn Selzhammer.

HANSI Wenn du meinst, Papa, daß mir das liegt. Und wenn wir das entscheiden dürfen ohne Mutti.

LUDWIG Du übernimmst und basta. Herr Selzhammer, wegen Überlastung meines Gedächtnisses, meines Gemütes auch, wird mein sehr begabter Sohn Ihnen zur Verfügung stehn.

SELZHAMMER O schön, o welch eine Hoffnung.

HANSI *zum Balkon:* Ganz meinerseits.

Ludwig erlaubt Selzhammer, vom Balkon herabzusteigen.

LUDWIG Bitte, Herr Selzhammer.

SELZHAMMER Vielen Dank. Hier die Briefe, Hansi.

HANSI Der in Rosa für die überaus gnädige Frau. Der weiße für den Herrn Direktor.

SELZHAMMER Sie werden eine große Karriere machen, Hansi.

LUDWIG *von der Bühnenmitte besorgt:* Nicht gleich schmeicheln und betören, Herr Selzhammer. Der Bub ist noch so jung. *Selzhammer entschuldigt sich durch ergebenstes Kopfnicken.*

SELZHAMMER *aufgeregt:* Sollten Sie die Briefe verlieren, oder nicht gleich finden, möglich auch, der Herr Direktor will momentan nichts lesen, ein Stichwort genügt: Südamerika. Selzhammer ist zurück und meldet: wie eine Williamsbirne hängt der Kontinent an unserem Baum, wir können pflücken. Der Kampf war hart. Ausgaben pro Kopf sind dort gering, aber viel Köpfe, also wer kriegt sie. Zuerst jault die Konkurrenz auf, grölt: Staubsauger fürs Lumpenproletariat, haben ja in ihren Hütten nicht mal nen Boden. Ich aber jeden Morgen Schlag sechs zum Stab: wer hat die bessere Nase, Krott oder Springsons! Wir haben geglaubt an Krott. Wir haben experimentiert. Staubsauger verschenkt an Versuchspersonen. Fußböden fehlen noch. Aber wer ist, was Findigkeit angeht, vergleichbar mit den Armen. Und schon bauen sie in die Staubsauger Sirenen ein und Bambuspfeifen. Wer dort Lärm macht, gilt was. Das ist die Psychologie des Südens. Aber auch: Lärm lockt Politik. Eine gewisse am Elend interessierte Partei verschreit uns als Amerikaner, fürchtet, wir ködern ihr Gefolge weg.
Gerät ins Sprechsingen:

In Caracas dort in der Gegend
dringen Haufen Maskierter ins Tageslicht
schießen Haufen Maskierter auf unschuldige Werte
unschuldige Werte schießen zurück
dadurch gelingt der Ordnung das Überleben.
Haufen gefallen: neunundsiebzig. Krott gestiegen: neunundneunzig. Wir stoßen nach. Liefern ohne Aufpreis Sirenen mit. Der Boom blüht hoch. Die Konkurrenz geniert sich nicht, bedient sich jener Elendspartei.

In Bogota dort in der Gegend
rotteten Rotten sich, griffen Rotten Gewehre
schossen Rotten auf den guten Ruf

der dortigen Gegend, der gute Ruf schoß zurück
dadurch gelang der Ordnung das Überleben.

Rotten gefallen achtundneunzig. Krott gestiegen einhundertacht.
Das meldet Selzhammer, der zurück ist aus Südamerika.

LUDWIG *mahnend:* Hansi!

HANSI Am besten, Sie setzen sich erst gar nicht mehr. Ich bin gleich zurück und hol Sie. *Hansi kommt zu Ludwig.*

LUDWIG Gut. Wie du ihm Hoffnung machst. Sehr gut. Wieviel?

HANSI Wieviel was?

LUDWIG Hansi. Du blamierst mich bis auf die Knochen. So ein Scheißkerl von einem Sohn. Herr Selzhammer, schämen Sie sich nicht, ein unschuldiges Kind zu verderben! Sie wissen, er hat es nicht nötig, um Trinkgelder zu betteln. Er ist mein Sohn. Aber was wird aus ihm, wenn Sie ihn verführen, daß er arbeitet für nichts und wieder nichts. Abends will er nachzählen, und da ist nichts, was zählt. Sein Selbstvertrauen, Herr Selzhammer, bedenken Sie!

SELZHAMMER Ein Versehen. Herr Hansi, ich bitte Sie, kommen Sie zurück und nehmen Sie diese Kleinigkeit.

HANSI Kann ich das, Papa?

LUDWIG Du darfst Herrn Selzhammer einen so dringenden Wunsch nicht abschlagen.
Hansi holt das Geld. Selzhammer hastet die Leiter hoch und verschwindet. Hansi kommt mit dem Geld.

HANSI Zwanzig, Papa, zwanzig Mark.

LUDWIG Atmen, Hansi, ruhig durchatmen. Zwanzig Mark sind zwanzig Mark, aber auch nicht einen Pfennig mehr. Später stirbt der Mensch, jetzt vergleich damit zwanzig Mark. Wie kommen dir da zwanzig Mark vor?

HANSI Nicht so besonders.

LUDWIG Und was machst du mit den Briefen?

HANSI Die übergeb ich.

LUDWIG Hansi schau: Daß der Herr Selzhammer wartet, weiß Herr Krott. Aber einen Brief lesen, Selzhammers aufgeregte Kritzelei, das macht Krott nervös, ihn packt die Wut, also stirbt er uns, also verlieren wir den Gast. Und wenn er nicht stirbt, verflucht er den Selzhammer und damit verlieren wir Selzhammer. Das menschliche Gefühl sagt dir also: verhindere, daß Krott den Selzhammer verflucht. Andererseits darfst du Selzhammer die Hoffnung nicht nehmen. Ein Mensch braucht so-was.

HANSI Papa, das ist aber ein problematischer Beruf. Siehst du noch eine Lösung?

LUDWIG Wir erwähnen Selzhammer. Wenn Krott will, dann hört er es.

HANSI Aber die zwanzig Mark?

LUDWIG Was weiß denn der Auftraggeber, Hansi? Nichts. Nur der Kellner weiß, womit dem Gast gedient ist.

HANSI Aber der Herr Selzhammer meint doch...

LUDWIG Der hat jetzt mehr Hoffnung, als sich unsereiner kaufen kann für zwanzig Mark. *Er nimmt Hansi die Briefe ab.* Zum letzten Mal tu ich das für dich. Morgen zerreißt du sie selber. *Er zerreißt die Briefe.*

Lichtwechsel

4 Das Frühstück der Herrschaften

Ludwig und Hansi schieben den Frühstückswagen auf die Terrasse. Hansi holt ein Tischchen von der Seite und einen Stuhl.

LUDWIG Guten Morgen. Guten Morgen. Guten Morgen.

KROTT Schlingel, Ludwig, ich hab noch nicht geläutet.

LUDWIG Ein Wetter am Himmel, Herr Direktor, wenn man's bezahlen müßte, das wär teuer.

KROTT Die Sonne geht auf, aber sie geht nicht mehr unter. Ein Morgenrot, ein Abendrot, ein Morgenrot. Ludwig, ich habe dich im Verdacht, du machst da einen Schwindel mit der Beleuchtung. Das dauert Jahre, bis ein Tag vergeht.

LUDWIG Die hellen Nächte im Gebirg, Herr Direktor. Ich war die Nacht mehr am Fenster als im Bett. Wie die letzte Wolke weg war, denk ich, so, jetzt kannst du schlafen. Der Herr Direktor wird Sonne haben zu seinem Fest.

MAFALDA Was für ein Fest?

ELFCHEN Sie tut, als wüßte sie's nicht. Sie hat gehofft, wir vergessen das Fest. Sag ihr's, Fritz. Bitte sag ihr's ins Gesicht, was wir heute feiern, du und ich.

KROTT Alle paar Minuten ein neuer Festtag, Elfchen, du übertreibst es einfach.

ELFCHEN Du wärst im Stand, unseren Hochzeitstag zu vergessen.

KROTT Hörst du, Mafalda, liebe Schwägerin, schon wieder Hochzeitstag heute.

ELFCHEN Das Fest unserer silbernen Hochzeit.

KROTT Nicht übertreiben, Elfchen.

ELFCHEN Unserer goldenen Hochzeit.

MAFALDA Meine Sonnenbrille, Ludwig!

Hansi reicht sie ihr.

ELFCHEN Sie gönnt es mir nicht. All die glücklichen Jahre mit dir. Das piekt sie. Ach, das piekt sie ja so.

KROTT Nun lad sie schon ein. Sie ist immerhin deine Schwester.

ELFCHEN Verdient hat sie's nicht. Vierzig Jahre, Fritz. Sie hat sich's bequem gemacht. Wie du mich behandelt hast, fünfzig schreckliche Jahre lang. Und jetzt will sie mitfeiern.

MAFALDA Ich danke.

ELFCHEN Obwohl sie nichts mitgemacht hat.

KROTT Nu sei doch nicht so, Elfchen.

ELFCHEN Ich sage, verdient hat sie's nicht. Aber bitte. Ich hab sechzig Jahre lang nachgegeben. Bitte, Mafalda, du bist herzlichst eingeladen.

KROTT So, Ludwig, das wär's. Wir sind wieder soweit. Das Frühstück.

MAFALDA Nein.

KROTT Mafalda, halte dich bitte an die Regeln.

MAFALDA Ihr habt euch nie geliebt.

ELFCHEN Fritz.

KROTT Mafalda, das kommt doch erst nach dem Frühstück.

MAFALDA Ich sag, ihr habt euch nie, nie, nie...

KROTT Mafalda.

ELFCHEN Fritz, jetzt sagst du es ihr. Sag ihr, was du mir sechzig Jahre lang gesagt hast.

KROTT Elfchen, dazu brauche ich noch einmal sechzig...

ELFCHEN Immer wenn ich mich vergiften wollte, hast du gesagt, du liebst mich.

KROTT Ludwig, das Frühstück.

MAFALDA Er weicht aus.

ELFCHEN Fritz, weichst du aus? Hast du mich nie geliebt?

KROTT Gleich leg ich mein Elfchen über's Knie. Und was gibt es dann?

ELFCHEN Bitsche-Batsche hintendrauf.

KROTT Bis mein Elfchen heult und lacht.

ELFCHEN Und dem Fritzchen Küßchen gibt.

Beide lachen hell auf.

MAFALDA Das ist die Ehe. Das Resultat: Verblödung. Bitsche-Batsche hinten drauf. Ludwig, mein Wolf. Wo bleibt mein Wolf?

Hansi rollt einen riesigen ausgestopften Wolfshund neben sie, den sie sofort streichelt.

Mein Wolfi. Soviel Verstand wie du hast, hatten die nie zu verlieren. Und dann schauen sie herab auf dich, weil sie nicht lesen können in deinen Augen. In deinen Augen lebt die Tundra. In ihren Augen Plüsch. Nichts als Plüsch.

KROTT Dein Zorn, Mafalda, ist immer wieder ein Erlebnis für mich.

ELFCHEN Aber Humor hat sie nicht, hast du gesagt.

KROTT Ludwig, das Frühstück!

ELFCHEN Ach, es waren doch schöne Jahre. Mafalda, liebes Schwesterchen, verzeih mir. Ich muß mich einfach mehr in dich hineinversetzen. Du warst nie mit einem Mann verheiratet. Ich darf das keinen Augenblick vergessen, sonst behandle ich dich falsch, und das verletzt dich. Verzeih.

MAFALDA Meine Hunde haben mich nie betrogen.

ELFCHEN Fritz. Dieser schamlose Vergleich. Das darf sie nicht.

KROTT Zum Deubel jetzt. Das Frühstück, sag ich.
Ludwig, fang an.

LUDWIG Wie gewünscht, Herr Krott: Prager Schinken, Boursault. Rührei auf Lachstoast. Brombeer-Konfitür. Tee aus Assam.
Hansi stellt alles auf den Tisch.
Leider fehlt... – *er zögert* – Meine Schuld ist es nicht, Herr Direktor.

KROTT Was fehlt jetzt schon wieder, Ludwig.

LUDWIG Der... der kurdische Honig.

KROTT Der kurdische Honig, Elfchen.

LUDWIG Die Kurden liefern keinen Honig mehr.

KROTT Wenn auf die Kurden kein Verlaß mehr ist, Leute, dann ist es weit gekommen. Darf ich jetzt sterben, Elfchen?

ELFCHEN Immer denkst du bloß an dich.

KROTT Jetzt kommt die Zeit ohne Honig aus Kurdistan, Elfchen, bedenk.

LUDWIG Möglich, sie geht vorüber, Herr Direktor.

KROTT Was schlimm ist, bleibt. Das ist ein Gesetz, Ludwig. Ein historisches. Und was bleibt, ist schlimm. Mach weiter!

LUDWIG Für Sie Bittersaft vom Spinat, Karottensaft für die Damen.
Hansi serviert den Herrschaften die Säfte in Bechern und auf einem Tablett die Strohhalme.

KROTT *rafft sich aus seiner Niedergeschlagenheit auf.*
Jetzt Ludwig, zeig uns, wie der Mensch aufblüht bloß durch den Appetit.
Ludwig setzt sich und beginnt exemplarisch zu frühstücken. Hansi bedient ihn. Schenkt Tee ein.
Ein Gesicht bitt ich mir aus, daß ich seh, was du ißt. Den Schinken hoch, hochheben. Saftig ist er. Bißchen dünn geschnitten. Prager darf nicht so dünn geschnitten sein. Das ist ein alter Fehler. Weißt du noch, Elfchen. In Wien.

ELFCHEN Es regnete.

KROTT Draußen. Aber wir warm am Tisch. Wir hatten uns versöhnt.

ELFCHEN Ich hätte lieber auf dem Zimmer gefrühstückt.

KROTT Wir waren wieder wie'n ganz junges Paar. Ich gurrte. Du gurrtest.

ELFCHEN Du schautest immer zum Nebentisch.

KROTT Der Regen, Elfchen. Der peitschte gegen die Scheiben. Kann man doch sagen. Er peitschte. Pitsche-Patsche peitschte der. Und wir gurrten.

ELFCHEN Ich dachte, gleich steht er auf und setzt sich zu der.

KROTT So'n brutaler Oktoberregen war das. Ich glaube sagen zu dürfen, den gibt es nur in Wien.

ELFCHEN Ich hab mich geniert, weil wir so stumm frühstückten.

KROTT Beim Frühstück redet man nicht. Schau den Ludwig an. Was, Ludwig, das is'n Schinken.

ELFCHEN An anderen Tischen wurde sogar gelacht.

KROTT Das mag ich gar nicht, wenn sie so kichern im Frühstücksraum. Da sollen se doch gleich auf'm Zimmer bleiben. Der Boursault, Ludwig, schön locker, was?

LUDWIG *kauend:* Ungeheuer, Herr Direktor.

KROTT Ludwig! Lügner! Jetzt hab ich dich. Noch keinen Bissen probiert und sagt: ungeheuer! Ludwig, Ludwig, bitte bleib ehrlich. Sonst kann ich dich nicht mehr essen lassen. Ich muß mich doch verlassen können auf dich. Und ein bißchen mehr Äußerung, einen lebhafteren Ausdruck, Ludwig. Herrgott, nun gönn mir doch mal ein Aah und Ooh, mal einen Seufzer des Genusses, sonst hab ich ja rein gar nichts vom Frühstück. Mein Gott, du hättest mich frühstücken sehen sollen. Zu meiner Zeit. Elfchen, du weißt es. Zu meiner Zeit.

ELFCHEN Wo bloß Erni bleibt.

KROTT Eine Last ist mir dieses Leben.

HANSI *rasch:* Die Staubsauger in Südamerika sind ein heftiger Erfolg, Herr Direktor! Womit ich hier an Herrn Selzhammer erinnern möchte.

LUDWIG Hansi!

KROTT Laß ihn. Er ist so entsetzlich jung. Die Kaiserlich-ottomanische Anleihe Bagdad-Bahn, Elfchen, weißt du noch! Die 50000 Kosakenpistolen. Das war noch was. Das waren noch wilde Erfolge, damals. Da brauchte man noch Nase! Heute da rutschen die Erfolge so brav daher, bitsch-batsch auf Schmierseife rutschen sie her. Das ist doch ekelhaft. Alles ist ein Erfolg. Alles! Also nichts mehr. Dagegen die Emission der Naphta Productionsgesellschaft, Gebrüder Nobel, überhaupt das ganze haarige Russenkonsortium, mit Wyschnegradskij, die widerborstigen transkaukasischen Obligationen, da ham wir gezittert! Krott hat gezittert, jawohl. Aber Wyschnegradskij auch. *Er lacht.* Vorbei. Ob da 'n Krieg ne falsche Wendung nahm, Ludwig?

LUDWIG Ich bezweifle, ob ein Krieg eine falsche Wendung nehmen kann, Herr Direktor. Da wär noch der Steinadler, den der Herr Direktor neulich geschossen hat.

KROTT Erschossen, Ludwig. Erschossen hab ich ihn. So ein schönes Exemplar. *Zum Steinadler:* Verzeih mir, du mächtiger Kerl. *Schluchzend:* Ich bin dein Mörder. Ja! Ja! Ich bin's. Aber ist es nicht besser, du wirst von Krott erschossen, als daß du elend krepierst. Und krepiert wärst du bald. Deine Zeit ist um. Du bist zu groß. *Plötzlich hart und heiter:* Weißt du noch, Elfchen, die Tiger, die Panther, die überirdischen Vögel am Amazonas. Da hat Krott gezittert. Aber die Tiger auch. Weiß vor Erregung sind wir durch den Dschungel gekrochen. Das war noch blankes Risiko. Du oder ich. Nicht alles war gleich ein Erfolg. Und jetzt erschieß ich meine letzten Brüder, bloß weil ich für den Fortschritt bin. Kleinzeug will leben. Solche Exemplare wie der und ich sind überholt. Wir machen das Kleinzeug nervös. Er hat seinen Krott gefunden. Ich aber... Ein guter Schuß war das.

LUDWIG Ein trefflicher Schuß, Herr Direktor.

KROTT Lieber Gott, gib, daß mein Vollstrecker schießen kann. *Gibt den Vogel zurück:* Gib ihm einen guten Platz. Dann die Überraschung, Ludwig, ich brauch jetzt eine Ablenkung.

LUDWIG Sepp sagt, er will zweihundert. Weil doch der letzte, sagt er, und der vorletzte und alle anderen, weil die doch draufgegangen sind in der Bratzenwand, also riskiert er was, also muß es sich rentieren. Also zweihundert.

KROTT Mein Gott, so gib ihm tausend.

LUDWIG Zweihundert ist wirklich genug. Hansi.

HANSI Jawohl, Papa.

Hansi klingelt.

Und Herr Selzhammer, Papa.

LUDWIG Ja, ja, bloß nichts überstürzen.

HANSI Wie machen wir das?

LUDWIG Wir erwähnen ihn. *Tut es.* Ja, da ist immer noch der Herr Selzhammer. Zurück aus Südamerika.

KROTT Wer ist das?

LUDWIG Er behauptet, er ist Ihr Filialchef in Südamerika.

ELFCHEN Selzhammer, mir ist, ich hätt den Namen schon gehört.

HANSI Er hat, sagt er, stürmische Erfolge zu melden.

KROTT *höhnisch:* Ach was nicht gar. Erfolge. So, so. Und dafür soll ich ihm wohl die Hand küssen, was? Er sollte sich zuerst einen anderen Namen aussuchen, wenn er sich einschmeicheln will bei uns, das ist meine Meinung.

ELFCHEN Laß ihn kommen Fritz. Vielleicht kann er singen.

MAFALDA Oder er hat ein neues Feuerzeug.

KROTT Warten laß ich ihn. Selzhammer, das ist doch der, der schon eine ganze Zeit wartet.

LUDWIG Ja, schon eine ganze Zeit.

KROTT Vielleicht regt er sich auf. Sprengt uns in die Luft. Obwohl, viel Hoffnung hab ich nicht. Die Offiziere, weißt du noch, Ludwig, mit ihren Wechseln. Keiner hatte den Mumm. Es war eine Pleite.

MAFALDA Immer ganz plötzlich wieder ein Schuß.

ELFCHEN Wie leicht die sich umbrachten. So blühende Männer. Es war erschreckend.

MAFALDA Unsere schönste Zeit.

KROTT Was haben die Leute bloß, daß sie zuletzt dann doch immer sich selber umbringen, anstatt... anstatt mich.

MAFALDA Du mußt dich eben auch selber umbringen, wenn sich keiner findet.

KROTT Gott hin oder her, Mafalda. Aber aufhören mit einer Sünde, die du nicht mehr bereuen kannst. Das liegt mir einfach nicht. Das ist nicht mein Stil. Wie trägt er denn das Warten, der Selzhammer? Wird er nervös?

LUDWIG Er sagt, es drängt.

KROTT Merkt man ihm was an, beim Sprechen?

LUDWIG Sozusagen, er fiebert.

KROTT Sehr gut. Sehr gut, Ludwig. Laß ihm sagen, mit so einem Namen findet er keine Gnade, kein Gehör. Er soll sich mal was einfallen lassen. Erfolg hab ich selber! Verstanden!

LUDWIG Sehr wohl, Herr Direktor!
Sepp tritt auf.
Der Sepp, Herr Direktor.

KROTT Guten Morgen, lieber Sepp. Elfchen, Mafalda, nun seid nett zu einem Menschen, der euch zulieb seinen Hals riskiert. Sie wollen es also tatsächlich packen, lieber Sepp?

SEPP Aufschieb ist ein Tagdieb, Herr Direktor.

KROTT Kräftig ist er ja.

MAFALDA Kräftiger als der letzte, der Franzl.

LUDWIG Franzl war der vorletzte.

MAFALDA Als der... der...

LUDWIG Xaver.
ELFCHEN Viel kräftiger als der Xaver.
MAFALDA Darf man sich einmal überzeugen, lieber Sepp.
SEPP Ich sag: wer nicht zeigt, was er hat, hat auch nicht, was er zeigt. Bittschön, gnädige Frau. *Er läßt seine Muskeln betasten.*
MAFALDA Wenn ich ein Berg wär, ich hätte Angst vor dem.
ELFCHEN Das ist eben ein Mann, Mafalda, verstehst du.
SEPP Es heißt: wenn der Pflug arbeitet, blinkt er.
KROTT Denken Se dran, die Damen schauen zu durchs Fernglas, dann wird's schon klappen.
SEPP Wer's Glück hat, heißt es, dem legt sein Hahn.
Die Damen lachen.
KROTT Ein prächtiges Exemplar, rundum.
SEPP Da heißt es: Sowie man den Topf lobt, zerbricht er.
KROTT Aus Ihnen wird noch was, Sepp.
SEPP Hohe Steiger fallen tief, Herr Direktor. Aber Gott sei Dank heißt es auch: je höher die Glocke hängt, je heller sie klingt.
KROTT Alsdann, lieber Sepp, Hals- und Beinbruch.
SEPP Ja, dann wollen wir, sagt der Bauer, wenn er muß.
ELFCHEN Schafft er's, Mafalda, oder schafft er's nicht?
MAFALDA Ich habe mir alle Nägel abgebrochen an seiner Muskulatur, so eine Muskulatur hat der.
LUDWIG Mach's gut, Sepp.
SEPP Abgeschlossene Händel gelten. Zweihu…
LUDWIG Gut, gut, Sepp. *Laut:* Viel Glück. *Leise:* Vor Herrschaften erwähnt man keine Zahlen. *Er schiebt ihn hinaus.* Hansi, die Ferngläser.
Hansi ab.
Elfchen sinkt mit einem Seufzer zurück und schläft ein.
MAFALDA Deine Frau, Fritz. Kaum sieht sie einen Kerl, fällt sie in Ohnmacht. Dein Händchen, Fritz. Bittebittebitte.
KROTT Und wenn sie aufwacht. Dann zankt ihr euch wieder.
MAFALDA Weil sie mir nichts gönnt. Nicht den kleinen Finger deiner Hand gönnt sie mir. Ach Wolfi, schau mich nicht so an. Die Menschen sind ein Pack. Du hast recht. Wer ist denn das Tier? Doch nicht der Hund. Der lebt wie ein Mönch. Die sexuelle Not der Tiere in der Großstadt schreit zum Himmel. Wissen Sie das, Ludwig?
LUDWIG Ich kann's mir vorstellen, gnädige Frau.
MAFALDA Die Menschen denken nur an sich.
LUDWIG Ich habe davon gehört.

KROTT Klipp und klar jetzt, Ludwig: kommt Rosa zur Pedikür, oder kommt sie nicht?

Hansi kommt mit den Ferngläsern.

LUDWIG Das kostet alles, Herr Direktor.

KROTT Das wird bezahlt, Ludwig. Täglich Pedikür, täglich zwanzig extra.

LUDWIG Täglich, Herr Direktor?

KROTT In meinem Alter wachsen die Nägel, du glaubst es nicht. Entweder Rosa kommt, oder ich reise heute noch ab, nach Madeira oder nach Tschölo.

LUDWIG Täglich zwanzig extra, sehr wohl, Herr Direktor.

KROTT Bravo. Rosa kommt... oh... – *er röchelt* – mein Herz... das Abendrot... Doktor...

Ludwig ist sofort zum Instrumententischchen gerannt, hat den weißen Mantel angezogen.

Ein Schlag. Eine Lähmung. Schnell, Doktor, schnell!

LUDWIG Also so eine Sensibilität. Fällt in London das Kupfer um einen Strich, er spürt's. So ein Herz hat er für alles. Das grenzt ans Wunderbare. *Bei Krott.* Die Kurse ziehen schon wieder an, Herr Krott. Der Puls erholt sich. Keine Spur von einer Aphasie, Herr Krott. *Ludwig zieht den Mantel aus.*

KROTT Ludwig, wie oft soll ich es noch sagen: ich will keinen Doktor mehr sehen.

LUDWIG Sie haben Doktor, Doktor gerufen.

KROTT Ich? Ach. Das war ein Versehen. Eine Schwäche. Ein niederträchtiger Reflex. Ludwig, verstanden, keinen Doktor mehr.

LUDWIG Es ist meine menschliche Pflicht.

KROTT Du willst dir den Gast erhalten, Schlawiner.

LUDWIG Das Leben des Gastes, Herr Direktor.

KROTT Ich mach dich zu meinem Teilhaber. Vielleicht läßt du mich dann abkratzen. Willst du mein Nachfolger werden?

LUDWIG Mit Verlaub, Herr Direktor, nein.

KROTT Du hast einen Sohn, Ludwig.

LUDWIG Eben, Herr Direktor. Bitte, verderben Sie uns nicht.

KROTT Vielleicht möchte Hansi.

HANSI Ihre Meinung schmeichelt mir, Herr Direktor, aber...

LUDWIG *rasch:* Wenn Sie meinem Sohn so Fallen hinstellen, kündige ich hier.

KROTT Hansi, ich sorg dafür, daß du das Exzelsior kaufen kannst.

LUDWIG *wie in Not:* Und wenn's verbrennt!

KROTT Nun laß doch mal den Buben reden.

LUDWIG Hansi, geh jetzt.

KROTT Hansi, bleib. Willst du das Exzelsior oder nicht? Still, Ludwig. Kein Wort. Los, Hansi, raus damit.

LUDWIG Hansi.

HANSI *den Vater imitierend:* Und wenn's verbrennt, Herr Direktor.

KROTT Dann war's versichert, Mensch.

LUDWIG Aber man hängt doch dran. Andauernd ist ein Sturm und ein Knistern, ein Datum jagt das nächste fort, es ist was los in der Welt, ich spür schon ein Wetter, Herr Direktor, alles hat auf einmal so eine Tendenz, lassen's einen Löffel fallen, der fällt Ihnen eher ins Gesicht als auf den Boden, der kurdische Honig bleibt aus, man sitzt wie im Schnellzug, so verändert sich alles, und wer eine Hand in der Schublade hat, der bringt sie nicht mehr heraus. Was einer hat, daran hängt er. Daran hängt er, Herr Direktor, zuletzt.
Zu Hansi: Daß du's weißt.

KROTT Und ich kauf ihm das Exzelsior!

LUDWIG Hansi geh. Keine Sekunde länger atmest du diese gefährliche Luft.

HANSI Keine Sorge, Papa, ich wäge doch ganz ruhig ab.

LUDWIG Hansi, mich schaudert. Du und abwägen. Herr Direktor, wie er noch klein war, hab ich ihn immer wieder vom Fensterbrett reißen müssen. Stand da, flatterte so und wollte schon starten. Was die Vögel können, glaubt er, kann er auch, Hansi, stimmt's.

HANSI Du hast es mir erzählt, Papa.

LUDWIG Daß der Mensch fällt, sobald er sich losläßt, das weiß einer sonst von selbst. Ihn hab ich's mühsam lehren müssen. Hansi, stimmt's.

HANSI Seitdem bin ich nicht mehr so sicher, das stimmt.

LUDWIG Darum, Bub: halt dich zurück.

HANSI Nichts lieber als das, Papa.

LUDWIG Darum geh jetzt.

HANSI Jawohl, Papa. *Hansi geht.*

KROTT Wie er dir gehorcht, Ludwig, alle alle Achtung!

LUDWIG Ich hab ihn schreien gehört, ein Bündel Schmerz mit Krämpfen. Das war ein Vorwurf gegen mich, der ihn gemacht hat, glatt so aus Unverstand und Weltvergessenheit. Ich will ihn nicht noch einmal schreien hören in irgend einem Schlamassel der Zukunft. Er soll was Sicheres haben. Herrschaften, die bedient werden müssen, wird's immer geben. Sonst ist nichts sicher, Herr Direktor.

KROTT Ihr könnt ja bedienen. Aber das Exzelsior wär euer Eigentum, Ludwig, stell dir vor, es gehört dir.

LUDWIG Sie kennen die Memoiren des Seifenkönigs nicht.

KROTT Nein.

LUDWIG Zuletzt hat er sich nicht mehr gewaschen.

KROTT Warum?

LUDWIG Es war ihm zuwider. Die Seife. Seine eigene Seife. Das Produkt. Da ist er sich begegnet. Wie schön sind die Sachen, die ein anderer gemacht hat. Da hat man seine Freude dran. Aber was eigenes. Das stinkt doch nach einem selbst. Sogar Seife stinkt dann bloß noch. Bewegungen, damit füllt der Kellner die Zeit. Dagegen Hab und Gut und Produkte. Ich bin nicht fromm. Aber davor graust mir. Wenn die Sachen mir meine Fratze zeigen, da müßt ich glatt weglaufen, Herr Direktor.

KROTT Ludwig, ich habe Indien zwei Ambulanzen geschenkt. Und als ich in die Lüderitzbucht einfuhr mit Kanonen, wußte ich, das nächste Mal bringst du Tabletten mit. Ich hab ein Flugzeug gebaut zur Rettung aus Seenot. Und die Bagdad-Bahn. Und die Gasmaske, Ludwig, die Gasmaske.

LUDWIG Und das Gas?

KROTT Ist nicht von mir. Also, Ludwig, nicht so spitzfindig jetzt, ja! Du sprichst mit dem Generalkonsul des Freistaats Oranje. Es gibt schon noch Leistungen. Den Göring hab ich glatt ausgelacht. Zum Beispiel. Die ham mir doch die Devisen aus der Hand gefressen. Also dein Seifenkönig zieht nicht bei mir. Gott verdirbt die Seinen nicht. *Er winkt freundschaftlich hinauf.* Wer ein gutes Gewissen hat, muß ihn nicht fürchten. Zu mir war er immer besonders nett. *Er winkt wieder.* Er liebt die Unternehmenden, Ludwig, denn schließlich ist er der größte Unternehmer überhaupt. Er hat doch dies alles aufgezogen. Wer seiner Erde Wert vermehrt, ist ihm angenehm. Hoffe ich.

LUDWIG Wenn Sie meinen. Ich sag ja nur, ich bin mehr für die Bewegungen. Tasse hierhin. Gläschen dorthin. Tasse dort weg. Gläschen hierhin. Dann Tasse und Gläschen...

KROTT Ludwig, Ludwig, du bist ein... ein Nihi...

LUDWIG Ein Kellner, Herr Direktor.

KROTT Schade.

LUDWIG Um jeden, Herr Direktor.

KROTT Ich beneide dich! Oh, wie ich dich beneide, Mensch! Ich möchte doch auch gern aussteigen, aber wie, Ludwig, wie? Du

willst nicht mein Nachfolger werden! Du willst mich nicht abkratzen lassen!
Ludwig schüttelt den Kopf.
Also los, notier: ein Saunahotel am Roten Meer. Sofort zu erbauen.

LUDWIG Das wird aber ein Verlust, Herr Direktor, Sauna am Roten Meer.

KROTT Ihr zwingt mich ja, daß ich mich selber ruinier. Ich werde Grönland mit Eisbärs bedecken. Notier's. Eine Werft in der Sahara bauen. Notier's. Wart nur, ich zeig's euch schon, wie man Krott erledigt.

LUDWIG Und noch täglich zwanzig extra für die Pediküre!

KROTT Fünfzig. Schick Rosa her. Das Frühstück heut war sowieso recht unbefriedigend. Du hast gemogelt. Und da sind noch drei Brötchen. Ludwig, schlechte Arbeit ist das. Ich zieh dir für jedes Brötchen eine Mark ab.

LUDWIG Nein, bitte nicht. Die eß ich noch. Ich hab bloß eine Pause gemacht. Der Magen wehrt sich jetzt öfter. Gestern hab ich zweimal speien müssen. Die Natur, Herr Direktor. Aber ich werd schon Herr über die Natur. Sie brauchen mir nichts abzuziehen. *Er kaut heftig.*

KROTT *lachend:* Ich schenk dir den Rest. Ludwig, geh und hol Rosa.

LUDWIG *kauend:* O nein, Herr Direktor. Ich laß mir nichts schenken. Das ist der Irrtum, die Leute glauben, der Kellner nimmt geschenktes Geld. Er arbeitet. Und Arbeit schändet nicht, Herr Direktor. *Kaut heftig.*

KROTT Guten Appetit.

LUDWIG *kauend:* Danke, Herr Direktor, danke. *Er preßt eine Hand auf den Magen, kämpft gegen Brechreiz. Krott lacht dröhnend.*
Es wird dunkel.

5 Hansi macht einen Fehler

HANSI Herr Selzhammer!

SELZHAMMER Ja, Herr Hansi! Ach ich wußte es, Sie bringen mir Glück. Aber Glück, Herr Hansi, ist nur der schönste Name für Gerechtigkeit. Im Krieg, sechs Jahre lang schlug es links und rechts ein, und es traf den Kameraden, der am Abend vorher seine Frau betrog. Ich blieb verschont, Hansi. Ich war damals zwar nicht verheiratet, das stimmt, aber was sagen Sie dazu: der mir am Morgen die Margarine stibitzte, das war einer, den am Mittag schon die Granate beim Plündern erwischt. Am nächsten Morgen war meine Margarine nicht mehr in Gefahr. Ich verabscheute Margarine schon damals, Hansi, aber Sie erkennen das Prinzip. So eine Gewißheit muß man haben, sonst bringt man sich einfach um. Die letzten Wochen prüften mich durch und durch, meine Überzeugung keuchte schon, um ein Haar und ich hätte gezweifelt an allem. Hätte Schluß gemacht. Aber ich wußte, Hansi, Herr Krott wird mich rufen lassen, weil ich doch sein Mann bin. Also wie machen wir's? Soll ich gleich mit?

HANSI Es ist so, Herr Selzhammer: man muß Ihren Namen dort nebenbei erwähnen. Herr Krott muß sich zuerst besinnen.

SELZHAMMER Oh, Hansi, ich möchte noch fünfzig Jahre leben, bloß um zu sehen, wie weit Sie es noch bringen mit Ihrer menschlichen Begabung. Also Sie erwähnten meinen Namen nebenbei, und Krott horcht auf, die gnädige Frau lächelt und sagt: ach ja, unser guter Selzhammer. Hansi, weiter, erzählen Sie.

HANSI Die Herrschaften liegen schon länger. Ich habe den Eindruck, sie liegen seit hundertzehn Jahren. Jetzt das Gedächtnis, begreifen Sie doch, es schwindet.

SELZHAMMER Also muß es aufgefrischt werden. Wie haben Sie das nun angestellt, mein lieber Hansi? Erzählen Sie.

HANSI Von Erfolgen mag er nichts mehr hören. Das muß man auch bedenken. Da ist er einfach drüber raus. Es kommt jetzt wohl sehr auf den Namen an, den einer hat. Also Sie zum Beispiel, sagt er, sollten sich mal gefälligst einen anderen Namen einfallen lassen. Ihr jetziger Name ist ganz schlecht ausgesucht, falls Sie Wert legen auf Gehör und Gnade bei ihm. Ich sag Ihnen das, weil ich Ihnen dienen möchte. Nun hab ich mal diesen Beruf. *Hart:* Jetzt üb ich ihn auch aus. *Freundlich:* Also suchen Sie sich rasch einen neuen Namen, dann schaffen wir's schon. Vielleicht einen Namen der schmeichelhaft wirkt. Blumenputzer… oder …Engelhuber…

Selzhammer verbirgt sein Gesicht in seinen Händen.

Haben wir uns verstanden, Herr Selzhammer? Hallo, Herr Selzhammer. Wenn Sie jetzt heulen… ich bitte Sie, heulen Sie nicht. So ist das, kaum hat man einen Beruf, bringt man gleich einen zum Heulen. Herr Selzhammer, ich bitte Sie!

Es wird dunkel.

6 Elfchen muß überlistet werden

Elfchen schläft noch.

MAFALDA Fritz.

KROTT Ja.

MAFALDA Wo bleibt deine Hand.

KROTT Da, liebe Schwägerin. Aber friß sie nicht gleich auf.

MAFALDA Welk. Fritz, deine Hand ist welk.

KROTT Darauf fall ich nicht mehr herein.

MAFALDA Ich könnte deine Hand kneten, so welk und schlaff ist sie. Ist mein Fritzchen erledigt. Aha, sie spannt sich, mein Fritzchen lebt. Lebt auf. Weil ich es will.

Krott zieht seine Hand zurück.

Nicht, Fritz, gib die Hand wieder her. Elfchen hat alles gehabt, ein Leben lang, jetzt kannst du mir wenigstens eine Hand gönnen. Fritz, du Unmensch, die Hand.

KROTT Psst. Sie schläft.

MAFALDA Ich schrei, wenn du mir nicht sofort die Hand...

KROTT Bitte.

MAFALDA Danke, Liebster.

KROTT Bin nicht dein Liebster.

MAFALDA Und wenn sie tot ist?

KROTT Sie schläft.

MAFALDA Na, na, na. Soll ich mal nachsehen.

KROTT Untersteh dich. Sie hat ihren Schlaf verdient, Mafalda. Wirklich. Das war kein Zuckerschlecken mit mir. Kreuz und quer bin ich durch's Unterholz. Ein Wilderer wie nur einer. Mein Gott, war ich ein Kerl. Da fliegen die Späne, Mafalda. Ich soll es bedauern. Kann aber nicht. Es war zu enorm. Unter Sonne und Mond, Mafalda.

MAFALDA Ach bist du unanständig, Fritz.

KROTT Das Leben, Mafalda. Die große Balgerei. Ich bitte dich, sei nett zu Elfchen. Ich hab das Gefühl, ich muß die ganze Welt in Samt verwandeln, daß sie noch ein paar milde Tage hat. Sie hat es so verdient. Ach so verdient.

MAFALDA Wenn sie tot ist, fahren wir nach Sizilien. Legen uns auf heiße Steine, bis wir Eidechsen sind.

Krott zieht seine Hand zurück.

Fritz, bitte, großer, starker Fritz, bitte, gib die Hand, ich möchte mit deinen Fingern einen Pullover für einen Walfisch stricken. Fritz! Ich hetz Wolf auf dich. Wolf, geh, faß, reiß ihm die Nase aus dem Gesicht. Wolf, hörst du. Geh. Faß! Wolf!

Elfchen schreckt hoch.

ELFCHEN Was? Was ist? Fritz!

KROTT Nichts Elfchen. Schlaf. Schlaf ruhig weiter. Schlaf, mein Klein-Elfchen, schlaf. Dein Fritz wacht an deiner Seite, schau, mit meinen Händen behüt ich deinen Schlaf.

ELFCHEN Für so dumm hältst du mich. Schlaf, mein Klein-Elfchen, daß ich mit der da meinen Spaß treiben kann. Schlaf Klein-Elfchen, daß wir dich betrügen können. Was? Das würde euch so passen. Elfchen schläft nicht. Nie mehr. Elfchen bleibt hellwach.

KROTT Elfchen, wenn du dich so hineinsteigerst, das kostet Kräfte. Elfchen, du zerfällst mir unter der Hand, die Leidenschaft reibt dich glatt auf.

ELFCHEN Was habt ihr besprochen?

KROTT Nichts besprochen, Elfchen.

ELFCHEN Ihr habt was besprochen. Was ausgemacht.

KROTT Mafalda, bitte, haben wir was ausgemacht.

ELFCHEN Der glaub ich kein Wort. Die schnappt doch bloß nach dir.

MAFALDA Du tust mir leid.

ELFCHEN Ich tu euch leid, so, so. Das arme dumme Elfchen, das man einwickeln kann.

MAFALDA Bitte, schrei mich nicht so an. Was geht das mich an, wenn du deinem Mann nicht trauen kannst.

ELFCHEN Weil du nach ihm schnappst.

MAFALDA Wolfi, hörst du das Gekeife. Die Menschen, Wolfi, das sind die Menschen. Ein Pack.

ELFCHEN *klingelt heftig.* Ich werd euch das Tätscheln und Flüstern geben. Wartet nur. Bitte, Fritz, ich halte dich nicht. Bitte, laß dich ein mit ihr, heut, an unserem diamantenen Hochzeitstag. Zwischen uns ist ein Vorhang aus Schmutz. Aber ich bin auch noch da. Bis zum letzten Schnaufer werde ich dich bewachen. Schonen werde ich mich, um euch bewachen zu können.

Ludwig in Eile.

Ludwig, sofort stellen Sie mich zwischen die zwei. Sonst reise ich heute noch ab. In Nizza werde ich erzählen, wie es zugeht in diesem Hotel. Begünstigung ist das, Ludwig. Ich hab auch noch mein Erspartes. Sie werden einer Dame diesen Wunsch nicht abschlagen, liebster Ludwig.

KROTT Nicht diese Leidenschaft, Elfchen. Will mein Elfchen was von mir, was sagt mein Elfchen dann?

ELFCHEN Miau-Miau-Miau.

KROTT Und Fritzchen ist schon da und macht?

ELFCHEN Wau-Wau-Wau.

Beide lachen herzlich. Ludwig stellt um.

MAFALDA Fritz, laß es nicht zu.

KROTT Aber Mafalda, wenn deine Schwester es will.

ELFCHEN Ich, wieso ich. Fritzchen, nicht mich beleidigen. Vor der da hab ich keine Angst. Dein Wunsch war es doch. Ihre Belästigungen machten dich nervös.

MAFALDA Fritz. Feigling. Fritz, auf Wiedersehn. Fritz, lach sie aus.

ELFCHEN Aha, jetzt gibt sie sich, wie sie ist. Da muß ja ganz schön was los gewesen sein zwischen euch. Vielen Dank, Ludwig. So kann Elfchen schlafen. Klein-Elfchen braucht ja soviel Schlaf, nicht wahr, liebes Fritzchen.

MAFALDA Nur zu die Augen. Schlafen laß ich dich nicht. Singen werde ich, schreien, bis Fritz wieder neben mir liegt.

ELFCHEN Ach, liebe Mafalda, Lärm, du weißt doch. Wenn nur mein Fritzchen in Sicherheit ist. Alsdann. Und Ludwig soll endlich Erni bringen und Frederik. Wird Erni glücklich sein mit Frederik, ich hab es schon wieder vergessen. Eine Mutter bangt sich eben um ihr Kind, Mafalda, verstehst du das? Nein, das verstehst du nicht. *Sie sinkt zufrieden aufseufzend zurück.*

MAFALDA *singt wild:* Schlaf, Schwesterlein, schlaf!

KROTT Ssst. Mafalda. Leise. Leise. Ludwig, bitte.

Ludwig fährt Krott wieder zwischen die Frauen.

Nur keinen Lärm jetzt. Mein Elfchen braucht ihren Schlaf.

MAFALDA Ach Fritz, endlich bist du zurück. All die Jahre hab ich deinen Namen mit dem Zeigefinger in die Bettdecke gekratzt. Und das Ausmaß deiner Nase. Die Fliegen hab ich auseinandergejagt, weil ich ihnen ihr Glück nicht gönnte. Die Geliebte ist schlimmer dran als der Gefangene. Sie kann mit nichts rechnen. Belohne mich ein bißchen. Deine Hand, Fritz.

KROTT Laß uns zuerst für Elfchen sorgen. Elfchen hat neuerdings so ein krankhaftes Mißtrauen. Ich halte es für meine Pflicht, alles zu tun für ihre Beruhigung. Ludwig, sei so gut und murmle ihr ein wenig ums Ohr herum, dann träumt sie was Schönes von mir. Hast du meinen Ton? *Er gibt seinen Ton an.*

Ludwig nimmt den Ton auf.

Etwas tiefer, Ludwig. Je tiefer der Ton, desto glücklicher der Schlaf.
Ludwig nimmt den tieferen Ton auf.
Ja, ja, der ist es. Und immer so um's Ohr herum. *Er zeigt, wie Ludwig den Kopf kreisen lassen soll. Ludwig tut es.* So, Mafaldchen. Hier meine Hand. Um des lieben Friedens willen. Aber bitte treibe keinen Mißbrauch damit. *Er überläßt ihr die Hand und stöhnt vor Genuß, wenn sie die Hand stürmisch empfängt. Dabei verfällt er in den Ton, den er Ludwig angab.*
Es wird dunkel.

7 Folge eines Fehlers

Ludwig kommt nach vorne, sieht Selzhammer unter seinem Balkon liegen.

LUDWIG Na, na, Herr Selzhammer. Das sind mir aber Mittelchen. Stellen wir uns ein wenig tot, was. Bitte, keine Erpressung, Herr Selzhammer. Hansi! *Er stellt fest, daß Selzhammer tot ist. Erschrickt.* Herr Selzhammer, Herr Selzhammer. Ja wie denn bloß. Jetzt auf einmal. Hab ich Sie nicht immer gut bedient? Wenn Ihnen was nicht recht war, warum haben Sie sich nicht beschwert. Es gibt doch Mittel und Wege. Herrgottsakra, Herr Selzhammer. Das ist nicht fair. Hansi! Hansi!
Hansi von rechts.
Er muß vom Balkon gefallen sein. Was sag ich, Hansi! Bleibt einer nicht, wo er ist, ist es schon aus mit ihm. Das kommt von Südamerika. Da hat er den Halt verloren. Also liegt er jetzt hier.

HANSI Mein Gott, das hab ich nicht gewollt.

LUDWIG Immer hast du's mit Gott, Hansi, das hör ich nicht gern. Da ich meine Menschenkenntnis auf höchster Ebene erworben habe, versteh ich, was diese Leute meinen, wenn sie was tun. Der beschwert sich zum Beispiel dadurch, daß er vom Balkon runter fällt. Auch über dich, Hansi.

HANSI Um Gottes willen, Papa, dann ist das kein Beruf für mich.

LUDWIG Hansi, jetzt laß endlich Gott aus dem Spiel, immer hast du's mit Gott. Das wäre eine schöne Hypothek auf deinem Kopf, wenn du auf Gott vertraust. Ich schaudere, denk ich, du gehst über die Straße und vertraust auf Gott. Eine ganze Polizei, eine Leibwache, eine Armee, wenn du hast, bitte, dann vertrau von mir aus auf Gott. Wenn dich alle fürchten, kannst du dir's leisten, niemanden zu fürchten als Gott. Aber weil dich keiner fürchtet, mußt du alle fürchten, außer Gott. Schau, worauf wartet denn jeder Dachziegel, Bub? Daß er dir beim nächsten Sturm den Schädel einschlagen kann, das ist klar. Also was brauchst du? Gottvertrauen oder einen Filzhut? Nicht mehr schlafen könnt ich, wenn ich denken müßte, du gehst mit Menschen um und vertraust auf Gott. Das macht unvorsichtig, Hansi. Du breitest die Arme aus und schon landet der Schlag, der dich umwirft. Hansi, wer kennt denn die Welt, du oder ich?

HANSI Ich nicht, Papa.

LUDWIG Ich wette, der Selzhammer hat auch so ein entsetzliches Vertrauen gehabt. Und jetzt? Da schau, wie er da liegt. Weil du ihm gesagt hast, Krott will ihn nicht sehen.

HANSI Man hat es ihm doch sagen müssen, daß er einen neuen Namen braucht.

LUDWIG Man hätte es ihm nie sagen dürfen.

HANSI Papa, das halt ich für eine Gemeinheit.

LUDWIG Aber was für eine! Eine die wärmt, daß die Hoffnungen grad bloß so wachsen. Ein Mairegen von einer Gemeinheit ist das. Schau, lieber Bub, es ängstigt mich einfach, wie dumm du alles einteilst. Du mußt die Gemeinheit beherrschen durch und durch. Du brauchst sie. Beherrschst du sie nicht, ist es, wie wenn du Treppen steigen möchtest ohne Beine. Den Selzhammer hast du geliefert, weil du nicht fähig warst zu einer einfachen Gemeinheit. Sowas darf einem nicht zweimal passieren, Hansi, hörst du.

HANSI Ja, Papa.

LUDWIG Jetzt hilf mir, ihn aufrichten. Im Fall, es kommt jemand, müssen wir plaudern mit ihm. Ein Toter in einem Hotel, Hansi, das ist fast so schlimm wie ein Haar in der Suppe, merk dir das.

HANSI Ja, Papa.
Und jetzt?

LUDWIG Zu Krott. Der Herr Direktor verläßt sich darauf, daß ich ihm jeden bring, der ihn sprechen will.
Lichtwechsel.

8 Selzhammer kommt zu Krott

Ludwig und Hansi stellen einen Sarg vor Krott. Krott und die Damen erheben sich.

LUDWIG Selzhammer, Herr Direktor.

KROTT Also auch Selzhammer. Ich bin erschüttert. Hab ich ihn nicht warten lassen, Ludwig? Hast du nicht gesagt, er fiebert? Und das Resultat? Er rennt nicht herauf, was natürlich wäre, richtet die Pistole auf mich, schreit Freiheit oder sowas und ab. Nein, auch Herr Selzhammer zieht es vor, sich selber umzubringen. Am Schluß muß ich noch einen Chinesen kommen lassen.

ELFCHEN Er war einer unserer Besten, Fritz.

MAFALDA *gelangweilt:* Wir werden ihm ein treues Andenken bewahren.

KROTT Das werden wir. Ludwig, ich hab das Gefühl, wir müssen wieder mal was tun für die Welt.

LUDWIG Vielleicht Wasch-Schüsseln für das Altersheim.

KROTT Lächerlich. Einen Kindergarten richten wir ein. Und zwar in?

LUDWIG Bochum.

KROTT Gut. Und einen in?

LUDWIG Braunschweig.

KROTT Von mir aus. Und einen in?

LUDWIG In Berlin, Herr Direktor.

KROTT Na endlich.

LUDWIG Das sind jetzt aber drei Kindergärten, Herr Direktor.

KROTT Geizhals. Ich werd dich lehren, mit meinem Geld zu knausern. Sofort notierst du noch Freiplätze für zwanzig Asiaten. *Ludwig gleichzeitig mit Krott:* Asiaten.

KROTT Ein Selzhammer-Stipendium. Es war sein letzter Wille, notier das.

ELFCHEN Das wird ihm ein gutes Andenken sichern.

KROTT Elfchen, ich bin sehr unzufrieden mit mir. Auch Selzhammer, sicher kochend vor Haß, aber kein Versuch, es mir heimzuzahlen. Man verweigert mir den Gnadenstoß. Ist es denn meine Schuld, daß ich nicht der Prokurist von Selzhammer war? Wer macht denn die Unterschiede? Doch die Natur.

MAFALDA Es geht dir wie meinem Wolfi. Du bist einzig.

KROTT Die Kindergärten, die Freiplätze, gestrichen. Die Wohltäterei macht mich unzufrieden. Das paßt nicht zu mir. Ich durchschaue mich. Das ist das Schlimme. Ludwig.

LUDWIG Möglicherweise, Herr Direktor, sind Sie für einen reichen Menschen dann doch zu sensibel.

KROTT Einerseits bin ich sensibel, andererseits leb ich noch, Ludwig. Das paßt doch überhaupt nicht zusammen, Mensch!

LUDWIG Das ist eben das Wunderbare bei Ihnen.

KROTT Stellt ihn jetzt hinüber zu den anderen. Behutsam, Ludwig, behutsam. *Hansi und Ludwig stellen den Sarg nach hinten.* Nicht zu den Offizieren. Da paßt er nicht hin. Nein, auch nicht zu den Konkurrenten, Ludwig. Dort hinüber, wo mehr Sonne hinkommt, zu den Angestellten. Schließlich war Selzhammer einer meiner Besten. *Krott lehnt sich wieder in den Stuhl zurück.*

ELFCHEN Das war er.

KROTT Er wird viel Sonne haben. Aber ich, Elfchen, ich bin sehr unzufrieden mit mir.

ELFCHEN Schau das Abendrot.

KROTT Ich bin selber eins.

ELFCHEN So eine Stille jetzt.

KROTT Ich höre meine Zehennägel wachsen.

Es wird dunkel.

9 Szene mit Kindern

Rosa und Ludwig kommen als Erni und Frederik. Rosa hat ihre Schürze abgenommen. Ludwig trägt keinen Frack mehr. Rosa löst im Auftreten noch die Haare. Sie zitieren mehr als daß sie spielen.

ELFCHEN Fritz schau, wer kommt denn da? Die lieben Kinder. Schwesterchen, rasch die Augen zu, sonst wirst du noch ganz lila vor Japsen und Traurigkeit. Ich mag nicht, daß du leidest, wenn mich die Freude selber besucht. Ach Erni, endlich. Endlich seid ihr da.

ERNI Ja, Mutti. Endlich. Das ist Frederik. Wir wollten immer schon mal, aber die Termine.

FREDERIK Und das Wetter. Will man in die Alpen, muß man mit dem Wetter rechnen.

ERNI Ja, das Wetter. Und die Termine.

ELFCHEN Das ist also dein lieber Bräutigam.

ERNI Ja, Mutti. Mein lieber Bräutigam.

ELFCHEN *zu Fritz:* Hörst du. Ihr lieber Bräutigam.

KROTT Wir alle freuen uns, ich möchte sagen, von ganzem Herzen.

FREDERIK Ganz unsererseits. *Frederiks freie Hand läßt den Zündschlüssel wirbeln.*

ELFCHEN Ich hab mich so gebangt nach dir, Erni. Komm, ganz schnell, sag deiner Mutter, ob du glücklich bist.

ERNI Ich bin glücklich, Mutti.

ELFCHEN Sehr glücklich oder bloß glücklich?

ERNI Sehr glücklich.

ELFCHEN Liebt er dich wirklich?

ERNI Ob du mich wirklich liebst, Frederik.

FREDERIK Zugegeben, ich spreche nicht gern über Gefühle.

KROTT Genau wie ich. Genau wie ich.

ERNI Er ist ein Mann, Mutti.

ELFCHEN Ein richtiger Mann, Frederik?

FREDERIK Aber doch. Doch, doch. Was meinst du, Erni?

KROTT Genau wie ich.

ELFCHEN Gib Erni einen Kuß, dann seh ich gleich, ob du sie liebst.

FREDERIK So auf Befehl, Erni, was meinst du. Ein Kuß, grad so, als wenn man mit dem Finger schnippst. Ist ein Kuß nicht etwas mehr?

KROTT So eine Ähnlichkeit. Bravo, Frederik.

ELFCHEN Sonst irgendwas, Frederik. Sag was. Tu was. Was dir liegt. Ich muß doch wissen, ob du sie liebst. Eine Mutter kann nicht mehr atmen sonst. Dein Vater, Erni, kam zweimal die Woche. Drei Stunden, hin und zurück.

KROTT Das stimmt. Und das Wetter hat keine Rolle gespielt.

ELFCHEN Tut das dein Frederik auch?

ERNI Er hat einen Wagen, Mutti.

ELFCHEN Ja, natürlich. Er hat einen Wagen, Fritz.

Sie überlegt.

Wie ist es mit Blumen?

ERNI Jede Woche zweimal.

ELFCHEN Montag und Freitag?

ERNI Dienstag und Samstag.

ELFCHEN *nachdenklich:* Dienstag und Samstag.

Sie schaut Krott an. Hilfesuchend.

KROTT Nelken?

FREDERIK Zu jeder Jahreszeit.

KROTT Wir können ihr gratulieren.

ELFCHEN Armes Kind. Wo ist jetzt die Kette, die mir Fritz mitgebracht hat. Ich wollte dir doch diese Kette geben. Zur Verlobung.

Sie kramt.

KROTT Aus Kairo, Frederik. Die hab ich einer abgekauft. Kleopatra. Schnauf doch nicht gleich so, Elfchen. Das is nu wirklich aus und verblichen. War so ne helle Nubierin, Frederik, sie sang ziemlich heftig in der kurzen Dämmerung. Am Nil. Richtig am Nil. Und verkaufte auch noch so Ketten. Na ja, eben Kleopatra. Wie der Name schon sagt.

ELFCHEN Fritz.

KROTT Das sag ich doch. So ne orientalische Schlampe. Verstehst du, Frederik. Also das laß dir gesagt sein, da will ich nichts Ungutes hören. Mein armes Erni-Kind, wenn ich mir das vorstellen müßte, du heulst so in die Vorhänge, stehst da mit so'm aufgeweichten Gesicht und würgst. Frederik, Frederik, das sag ich dir. Das laß dir gesagt sein. Verstehen wir uns da, Frederik.

FREDERIK Denke schon. Bloß jetzt, wir sind verabredet, Erni. Es is jetzt schon – *schaut auf die Uhr.* Wir ham uns aber ganz schön verplaudert, Erni.

ERNI Ja. Also, Mutti. Wir kommen bald wieder mal vorbei. Macht es gut. Bleibt gesund.

ELFCHEN Die Kette, Erni. So eine schöne Kette. Aus Kairo. Ich trenn mich ungern von ihr. *Sie kramt die Kette hervor.* Da, nimm du sie, Erni. Möge sie dir mehr Glück bringen. *Sie schluchzt.*

ERNI *erschrickt:* Die ... die hab ich doch schon.

ELFCHEN Du. Woher?

ERNI Von Frederik. Aus ... aus ...

KROTT Aus Kairo?

FREDERIK So ein Zufall.

ERNI Mutti. *Sie schluchzt.*

FREDERIK Erni. Wir müssen jetzt wirklich. Alles Gute dann. Alles, alles Gute. Bis bald. Und bitte, bleibt gesund. *Er geht. Erni geht hinter ihm, zögernd, aber sie muß folgen.*

ERNI Mutti. Mutti.

ELFCHEN Erni. Mein Kind. *Erni und Frederik ab.*

KROTT Ich finde ja, sie passen prächtig zusammen. Findest du nicht auch, Elfchen? Ich finde, wir können wirklich zufrieden sein, Elfchen. Elfchen? Sag doch, was du findest. Mafalda, jetzt sag doch, findest du nicht auch, daß sie ein prächtiges Paar sind. Also ich finde, sie sind ein prächtiges Paar.
Mafalda lacht schrill laut auf. Elfchen liegt bewegungslos. Nie wird Elfchen ruhig schlafen, wenn du dich so aufführst. Nie.

MAFALDA Schläft viel, mein Schwesterlein, in letzter Zeit.

KROTT Seit sie weiß, Erni ist versorgt. Jetzt kann sie schlafen.

MAFALDA Du hältst das für Schlaf?

KROTT Ich hör sie atmen.

MAFALDA Ich nicht. Schau, sie hat die Augen offen.

KROTT Sie traut dir nicht.

MAFALDA Drück ihr mal die Augen zu.

KROTT Mein Elfchen darf mit offenen Augen schlafen, ganz wie sie will. Gleich kommt Rosa. Elfchen, das ist dir doch recht, daß Rosa uns ein bißchen unterhält? Elfchen? Sie schläft sehr tief.

MAFALDA Fritzchen, ich hab nichts dagegen, wenn Rosa tanzt.

KROTT Das ist sehr vernünftig.

MAFALDA Gut gebaut ist sie ja.

KROTT Gut gebildet, Mafalda.

MAFALDA Der Busen vor allem.

KROTT Schäm dich.

MAFALDA Sag einen Vergleich für diesen Busen.

KROTT Ich weigere mich.

MAFALDA Fritzchen, wenn ich deine Hand nicht hab, muß ich wenigstens sprechen mit dir. Es ist ein Mann zu wenig auf der Welt.

Das ist der Pfusch der Schöpfung. Gott hat sich verrechnet. Er ist mir was schuldig. Jawohl Wolfi. Du warst lieb, ein treues Wesen warst du. Aber Wolfi, du kannst nicht lachen. Fritz, das ist das Schlimmste, ein ganzes Leben neben einem, der nicht lachen kann. Fritz, berühre mich jetzt mit Wörtern, du kannst doch so Wörter.

KROTT Was für Wörter, Mafalda?

MAFALDA Sag Kniekehle.

KROTT Kniekehle.

MAFALDA Achselhöhle.

KROTT Achselhöhle.

MAFALDA Jetzt mach weiter.

KROTT Nein.

MAFALDA Fritz, bitte. Sag zu mir: Die Haut zwischen deinen Zehen blüht im Morgenrot. Allerlei Vögel halten genau über uns. Schütz mich, Fritz. Laß mich nicht verdursten. Zerreiß die Gardinen, verfluch mit mir diesen Pfuscher, der sich verrechnet hat auf meine Kosten.

KROTT Mafalda. Wenn Elfchen dich hört. Elfchen denkt da ganz anders. Sie wäre sehr beunruhigt. Elfchen, seit Tagen bist du so still. Was ist denn?

Elfchen schweigt.

Kann ich was für dich tun?

Elfchen schweigt.

Rosa kommt gleich. Bist du dagegen?

Elfchen schweigt.

Bist du dafür?

ELFCHEN Wer drin sitzt am Tisch, hab ich gedacht, der muß sich darauf verlassen können, in der Küche die Tassen werden nicht mit Spucke gespült.

MAFALDA Sie phantasiert.

ELFCHEN Gott, hieß es, für Frauen gibt's den noch. Was hab ich Zeit verplempert mit sowas.

KROTT Elfchen, du wirst mir entschieden zu radikal.

ELFCHEN Anstand und all so'n Kram. Jetzt aber ran, Mafalda, gras mein Fritzchen ab, daß er ne Gänsehaut kriegt. Ist doch alles Schießbude hier. Nun schau schon, daß du was ins Knopfloch kriegst. Steck dir diese Figur da an. Adieu.

KROTT Wenn Klein-Elfchen nicht schön artig ist, gibt es...

Elfchen schweigt.

Gibt es...

Elfchen schweigt.

Gibt es Bitsche-Batsche... Elfchen! Elfchen! *Krott springt auf und sinkt langsam nieder.* Doktor, bleiben Sie ja draußen. Elfchen, wo du hingehst, da will ich auch. Mafalda grins nicht. Das Licht nimmt ab. Endlich. Ganz schön duster hier.

Mafalda ist auch aufgesprungen.

Mafalda, rühr mich nicht an. Nicht kitzeln jetzt. Das wär nicht fein. Endlich spür ich es. Die Funzel flackert. Kein Öl mehr. Es riecht nach Essig. Das ist das Zeichen. Essig konnt ich nie ausstehn. Die kalte Mamsel, natürlich. Da ist sie ja. Die kalte Mamsel mit ihrem Essig. *Krott liegt am Boden.*

Mafalda beugt sich über ihn.

MAFALDA Jetzt gehörst du mir, mein Lieber. Mein Geliebter.

ELFCHEN *fährt hoch, steht auch auf:* Laß die Finger von ihm.

MAFALDA Er hat immer mir gehört.

ELFCHEN Er hat dich verachtet.

MAFALDA Er hat mich geliebt.

ELFCHEN Er hat sich geekelt vor dir.

MAFALDA Ich hab ihn gehabt.

ELFCHEN Was sagst du?

MAFALDA Mein Gott, da drück ich mich mal auf deine Art aus, und schon verstehst du's nicht. Gehabt hab ich ihn.

KROTT *fährt hoch.* Mafalda! Warum laßt ihr mich nicht sterben?

ELFCHEN Nicht bevor das geklärt ist.

MAFALDA Gut. Fangen wir an.

KROTT Nein, nein.

ELFCHEN Du bringst ihn um.

MAFALDA Du bringst ihn um.

ELFCHEN Ich schone ihn.

MAFALDA Ich schone ihn auch.

ELFCHEN Wir müssen ihn schonen.

MAFALDA Wir schonen ihn, Elfchen.

KROTT *der auf dem Boden liegt, richtet sich auf, streckt die Arme aus.* Ach Elfchen. Ach Mafalda.

Es wird dunkel.

Pause

10 Krott schießt

Ludwig mit der Flinte. Hansi teilt Jagdhüte aus an die Damen. Krott bekommt eine Sportmütze.

LUDWIG Der Herr Direktor haben heut noch nicht geschossen.

KROTT Ja, laß mich schießen, der Zielende löscht sich aus, also vergißt er sich. Die Flinte, Ludwig.

Da drüben seh ich was, Ludwig. Wenn das ein Vogel ist, ist es ein außerordentliches Exemplar. Siehst du's auch? Da drüben. Sowas ist mir hier noch nicht vor den Lauf gekommen. Dort auf dem Plateau.

LUDWIG Auf der Wäscheterrasse meinen Sie?

KROTT Kräftiger Kopf, Kopf und Hals grau, unterseits weiß, Flügel und Oberbrust schwarz, mein Gott, besucht mich da vom Amazonas die Harpyie, um durch meine Hand zu sterben? Ihr hochgeschätztes Gefieder mir zu schenken! Mafalda, Achtung, jetzt schießt Krott.

LUDWIG Herr Direktor, jetzt seh' ich's, ist das nicht...

KROTT *fanatisch:* Still!

Der Schuß kracht.

Und fällt. Hast du den Schrei gehört, das war ein ganz besonderer Vogel.

LUDWIG Mein Gott. *Schlägt die Hände vors Gesicht.*

KROTT Ludwig, wo bleibt die Gratulation. Das Exemplar ist unser. Was ist denn?

ELFCHEN Sag ich nicht immer: gib das Schießen auf.

MAFALDA Ludwig, was war es denn diesmal?

LUDWIG Es war...

KROTT Was war es?

LUDWIG Ich bin nicht sicher.

KROTT Du glaubst, es war keine Harpyie.

LUDWIG Möglich. Mir sind Harpyien unbekannt.

KROTT Unterseits weiß, Flügel und Oberbrust schwarz. Allerdings schwarze Schaftstriche und dunkle Querbinden. Du denkst an einen Habichtsadler? Möglich, Ludwig. Vielleicht ist es wirklich ein Habichtsadler.

LUDWIG *zögernd:* Wir wollen es hoffen, Herr Direktor.

Es wird dunkel.

11 Pedikür

MAFALDA *schaut mit dem Fernglas auf seine Zehen.* Ungeheuer durchs Fernglas, deine Zehen, Fritz. Besonders der große. Die Sonne geht auf über Gottes eigenem Daumen. Ein unschuldiger Riese schaut nackt über die Welt. Er grüßt mich. Fritz, er grüßt mich.

KROTT Schaut gefälligst unserm Helden auf die Finger. Wozu klettert der in die tödliche Wand, wenn ihr nicht hinschaut. Direkt peinlich, wie ihr mir auf die Zehen starrt. Schließlich, die Zehen sind etwas sehr Persönliches. Und Frau Grübel kriegt schon klamme Finger, wenn ihr immer zuschaut.

ROSA Mir macht das nichts, Herr Direktor.

KROTT Aber mir, zum Deubel. Mafalda, Elfchen, ich laß euch gleich von der Terrasse rollen. Ich bezahl 'n Bergsteiger und ihr schaut nicht hin.

ELFCHEN Mafalda, der Sepp. Jetzt zieht er sich über den Spalt. Sein Mund vor Anstrengung offen, die Augen schon ganz klein. Er schwitzt.

MAFALDA Die Schere, Fritz, paß auf. Grausam, wie die Schere, ein blitzender Vogel, sich hermacht über deinen mächtigen Zehen.

KROTT Schluß, Frau Grübel. Bevor sie nicht wegschaut, arbeiten wir nicht weiter.

ELFCHEN Jetzt sucht die Hand nach einem Halt. Er schaut zurück. Schaut her. Direkt zu mir.

MAFALDA Zu mir schaut er.

ELFCHEN Zu mir und zu dir, Mafalda.

MAFALDA Zu uns, Elfchen. Jetzt greift er nach.

KROTT Jetzt, Rosa, bitte. Sie haben Phantasie in den Händen, Rosa. Ich schäme mich, Rosa, wenn ich denk, Ihre Hände, die sich anfühlen wie mit Rosenblättern überzogen, und müssen sich mit meinen wüsten Zehen beschäftigen. Ihre Hände verdienen eine andere Beschäftigung, Rosa.

ROSA Sie haben sehr schöne Zehen, Herr Direktor.

KROTT Ja? Finden Sie?

ROSA Ich kann mir da ein Urteil erlauben. Das sind nicht so verkrüppelte Dinger. An den Zehen sieht man sofort das Niveau. Sie hatten von Anfang an gute Schuhe. Aber so Leute, wissen Sie, die später rasch reich werden, denen seh ich's gleich an den

Zehen an, daß es nicht weit her ist mit ihrem Reichtum. Die Zehen verraten den Menschen.

KROTT Meine Zehen sind Ihnen also nicht zuwider.

ROSA Ganz und gar nicht, Herr Direktor.

KROTT Das freut mich. Ich finde, das ist das Diffizilste, die Zehen! Mag man die, mag man den ganzen Menschen. Es gibt sehr abstoßende Zehen.

ROSA Fürchterliche Zehen gibt es.
So. Jetzt können Sie sich wieder sehen lassen.

KROTT Noch ein bißchen, Rosa. Vielleicht noch was kürzen. Die Nägel. Es ist so warm. Wer weiß, ob es noch einmal so warm sein wird.

ROSA Mit Verlaub, Herr Direktor, das Geld krieg ich, nicht Ludwig.

KROTT Aber ja, Rosa.

ROSA Ich hab einen Musiklehrer gefunden für Hansi. Klavier, Flöte und Gesang. Ludwig darf es nicht wissen. Wir täuschen ihn mit Büchern über die Polarwelt, die zerreißt er und beruhigt sich.

KROTT Sie sind eine Frau, Mann Gottes, gleich spring ich auf und wirble Sie durch die Luft.

ELFCHEN Was tut er denn da?

MAFALDA Er schlägt einen Nagel in den Fels.

ELFCHEN In den Fels, mein Gott. Einen Nagel in den Fels.

ROSA Der Musiklehrer sagt, je größer die Begabung, desto teurer die Ausbildung. Daß man nichts verdirbt.

KROTT Vielleicht noch ein bißchen Puder, Rosa.

ROSA Es wär schad um den Puder. Ihr Fuß ist schön trocken.

KROTT Das freut mich. Trotzdem. Pudern Sie ruhig. Das Geld kriegen Sie, Hansi wird ein großer Künstler. Warum tanzen Sie eigentlich nicht, Rosa. Wenn der Tag sinkt, das Licht wechselt. Hier muß bald was passieren, sonst fahren wir nämlich nach Madeira oder nach Tschölo, die Abende werden immer länger.

MAFALDA Der hält. Daran kann er sich aufhängen.

ELFCHEN Das wird er doch nicht tun, Mafalda.

MAFALDA Gänschen. Er sichert sich.

ELFCHEN Mein Gott, jetzt schau nur, er schwebt.

MAFALDA Jetzt greift er gleich zu. Siehst du, was hab ich gesagt. Jetzt aber. Jetzt aber.

KROTT Sowas wie Sie bringt die Natur mit wilder Absicht auf die Welt. Daß Sie nämlich einspringen für hundert andere, bei denen die Natur geschlampt hat. Sie sind nun einmal nicht für den Küchenfußboden geboren. Es ist eine Schande, daß Sie nicht tanzen.

ROSA Sie meinen, ich allein.

KROTT Ne richtige Darbietung. Sie legen was ab. Sie können nämlich was ablegen beim Tanz. Die Beleuchtung wäre natürlich entsprechend gedämpft. Mir schwebt eine richtige Darbietung vor.

ROSA Herr Direktor, ich hoff, Sie haben einkalkuliert, daß eine Frau ein Schamgefühl hat.

ELFCHEN Mein Gott, was tut er jetzt?

MAFALDA Er ist am Überhang. Da ist der Andres abgestürzt neulich.

ELFCHEN Der hat den Halt verloren.

MAFALDA Und der Xaver ist da runter.

ELFCHEN Sepp, ich halt dir den Daumen. Mafalda, bitte, halt dem Sepp doch auch den Daumen.

MAFALDA Nun wart erst mal.

ELFCHEN Den Überhang hat noch keiner geschafft.

MAFALDA Jetzt.

KROTT Ein Mensch kann jeden Tag sterben, das wissen Sie doch auch, Rosa. Und dann hat man so einen Wunsch. Jeder Wunsch kann der letzte Wunsch sein. Jetzt frag ich Sie: könnten Sie einem den letzten Wunsch abschlagen, Rosa?

ROSA Man lernt viel, Herr Direktor.

KROTT Ich leb doch bloß noch für nichts. Sie könnten meinem Leben einen Inhalt geben, Rosa.

ROSA Man muß das gut überlegen. Es könnte ja sein, ich genier mich. Und schon ist es aus.

ELFCHEN Er ist drüber weg. Bravo. Bravo.

MAFALDA Wie ein Affe geht der den Kamin hoch. Wie ein Affe, immer hoch, hoch, hoch.

ELFCHEN Ob ihm die Finger schon bluten. Die anderen bluteten schon viel früher.

MAFALDA Der Sepp blutet nicht, Elfchen. Der und bluten.

KROTT Jede Wette, Rosa, das spür ich, Sie genieren sich nicht. Sie sind nämlich eine Begabung, Rosa.

ROSA Ach Herr Direktor, der Ton ist mir bekannt. Unter uns: ich hab Umgang gehabt mit Ihresgleichen. Dadurch hab ich dann auch den Hansi gekriegt. So oft mir jetzt einfällt, der Hansi ist Fleisch und Blut aus Ihren Kreisen, kann ich kaum mehr schnaufen, so drückt mich die Verantwortung. Mir fehlen doch einfach die Kenntnisse für eine feinere Laufbahn. Ich weiß nur, der Vater war durch und durch musikalisch. Eines Tages schneit der herein und sagt: ihr habt das Niveau verfehlt. Und dann hagelt's Vorwürfe. Sie sind doch auch für Musik.

KROTT Musik ist überhaupt das Höchste. Darum will ich doch, daß Sie tanzen.

ROSA Der Bub muß wieder hinauf. Dahin, wo er herkommt. Aber nichts zu Ludwig. Der bringt mich um, wenn er's erfährt. Er ist ja durch und durch unmusikalisch und möchte den Buben herabziehen auf sein Niveau.

KROTT Hauptsache, Sie tanzen jetzt bald mal.

ELFCHEN Das soll er nicht, mein Gott, Mafalda, er...

MAFALDA hat sich schon wieder. Du hast kein Vertrauen zu ihm, Elfchen. Zu so einem Mann muß man Vertrauen haben.

ROSA Also billig wäre es nicht, das Tanzen.

KROTT Bin ich ein solcher Geizkragen, daß Sie immer vom Geld reden mit mir.

ROSA Ich fürcht halt, daß ich mich genier.

KROTT Rosa, machen Sie mal einen Versuch. Kitzeln Sie mich.

ROSA Ich muß eben bei allem an Hansi denken.

KROTT Ich übernehm seine Ausbildung. Aber machen Sie einen Versuch, bitte Rosa.

ROSA Ich tu ja schon.

KROTT Ich spüre nichts.

ROSA Vielleicht sind Sie nicht mehr kitzlig. Das gibt's.

KROTT Fester, Rosa.

ROSA Ich reiß Ihnen ja schon die Haut auf.

KROTT Fester, Rosa, die dreifache Gage.

ROSA Geld hat so was Betäubendes, Herr Direktor. Und wenn man so ein starkes Schamgefühl hat, ist es schon gut, wenn man was zum Betäuben hat.

Krott ist allmählich ins Kichern verfallen.

ELFCHEN Er rutscht...

MAFALDA Er schlägt...

ELFCHEN Überschlägt sich...

MAFALDA Steine...

ELFCHEN Sein Kopf...

MAFALDA Das Seil...

ELFCHEN Er hängt...

MAFALDA Ganz ruhig.

ELFCHEN Rührt sich nicht mehr.

MAFALDA Tot, Elfchen. Er hat es nicht geschafft. Siehst du, Elfchen, an seinem Hals, an der Schläfe, das ist Blut.

ELFCHEN So ein blühendes Leben. Ich kann nicht hinschauen.

MAFALDA Ich kann hinschauen. Er ist für mich gestorben. Fritz, laß ihn bringen. Er gehört mir.

KROTT *immer noch kichernd:* Rosa... oh... mein Herz... Doktor! Doktor!

Ludwig mit dem Instrumententischchen. Den weißen Mantel hat er schon an.

MAFALDA Immer wenn Frau Grübel da ist, kriegt er den Anfall.

ELFCHEN Er erträgt einfach nicht ihre Gegenwart.

LUDWIG Nein, nein, meine Damen, ein Börsengewitter wahrscheinlich. Er ist eben viel zu sensibel.

Spricht auf Krott hinab.

Das Saunahotel am Roten Meer wird ein stürmisches Geschäft. Die Eisbars in Grönland, ein stürmisches Geschäft. Die Werft in der Sahara lähmt die Konkurrenz, Herr Krott, hören Sie.

Krott sieht sich traurig um.

KROTT Doktor, Sie? Sie Lump.

LUDWIG Ich wurde gerufen.

KROTT Und jetzt soll ich wohl danken.

LUDWIG Gott, nicht mir.

KROTT Richtig. Danken wir also Gott. Zwei Kindergärten. Drei.

LUDWIG Ich sehe, Herr Krott erholt sich.

KROTT Ich finde, Kindergärten sind das Wichtigste. Solang die Welt nicht besser wird, müssen wir dafür sorgen, daß der Mensch wenigstens in seiner Jugend glücklich ist. Ich halte das für meine Pflicht.

Ludwig hat den Mantel ausgezogen.

LUDWIG Der Herr Direktor hat sich ganz und gar erholt.

KROTT Rosa, bitte meine Socken, mich fröstelt.

ROSA Sehr wohl, Herr Direktor. *Sie zieht ihm die Socken an. Es wird dunkel.*

12 Hansi übt und Strick übt

Rosa in Mantelschürze und Kopftuch. In der Hand das Fensterleder. Hansi mit Flöte.

ROSA Du musizierst, Hansi, das macht dir keiner nach. Bei dir ist jeder Ton was Besonderes. Ach, Hansi, da, meine Fingernägel, schartig, schau, schrundig die Haut, egal, du musizierst. Gelogen hab ich, daß mir oft ganz kalt wurde hinter den Augen, egal, die ganze Mißhandlung egal. Du musizierst. Jeder, der zu dir hinaufschauen wird, wird sich an mich heranpirschen und sagen: Gnädige Frau, Sie sind seine Mutter, gestatten Sie, daß ich mich samt meiner Verehrung zu Ihren Füßen lege und weine. Und ich laß ihn und sag: Hansi, komm. Während sie noch klatschen, küß ich dich und führ dich einfach hinaus. Hören sollen sie dich, anschauen, bewundern, aber sie kriegen dich nicht. Üb weiter, rasch, Hansi, üb, üb, bloß leise, Papa darf dich erst hören, wenn wir bereit sind. *Rückwärtsgehend ab.*

HANSI Arme Mama. Möglich, sie ist noch unmusikalischer als ich. Nicht schlecht: will die Mutter den Sohn als Musiker, hat sie gleich so eine Orgel im Ohr. Die Zukunft schmeckt sie ab wie eine Sauce und mit den Kohlen für den nächsten Winter bestellt sie gleich den ewigsten Ruhm. Ich muß sie bremsen. Allerhöchste Zeit, daß ich mir Papa auf den Hals hetz, sonst bleib ich am Ende auf der Flöte sitzen. *Er bläst ein paar Töne. Laut von unten nach oben. Dann horcht er. Er bläst die Töne ein zweites Mal lauter.*

ROSA *wie unter Hypnose:* Es reißt mir einfach die Hände von der Arbeit. Durch und durch geht mir das. Soll ich diplomatisch sein, daß du nicht überschnappst vor Stolz. Ach Hansi, warum lügen, du wirst bald genug erfahren, was für ein verrückter Zauberer du bist. Schnappt mein Hansi-Paganini jetzt über?

HANSI Nein, Mama.

Rascher Lichtwechsel auf Stricks Balkon.

Strick auf dem Balkon links. Er hat einen Zettel in der Hand.

STRICK *übt seine Rede:* Herr Krott, mein Name ist Strick. Jawohl. Erschrecken Sie nur. Zwar sag ich, Wunder bewirkt der Mensch in der Natur, den schwachen Hering beschützt er gegen seine Feinde, dadurch vermehrt er den Hering und macht ihn groß. Und hat einer von uns das Zeug zum Rechtsaußen, so hat er ausgesorgt. Ein schöner Zug, diese Güte. Aber sag ich: geht ein Arbeiter durchs Villenviertel, was sieht er: die Gardinen werden zugezogen. Das ist vorgekommen, Herr Krott, jawohl. Wir tasten das Eigentum nicht an, bei Gott nicht. Eine Villa ist eine Villa, bei Gott. Aber so geht es auch nicht. Unser Selbstbewußtsein, Herr Krott. Zwar, sag ich, wie scharf geht der Mensch doch vor gegen die Ungerechtigkeit in der Natur, die schlechten Böcke schießt er ab, sorgsam befreit er aus dem Anlagensee die eingefrorenen Schwäne, Mädchen einfacher Herkunft besteigen in Nizza alle möglichen Jachten. Ein schöner Zug diese Güte. Aber, sag ich, beim letzten Betriebsausflug stiftete die Firma zur Erzeugung einer leichten Laune elfhundert Luftballons. Jedem Angestellten einen blauen Luftballon, jedem Arbeiter aber einen roten. Ich bin beauftragt zu fragen: warum? Warum diese Brandmarkung? Womit haben wir das verdient? Bitte, wir tasten die Ordnung nicht an, bei Gott nicht. Ein Angestellter ist ein Angestellter, bei Gott. Aber so geht es auch nicht. Unser Selbstbewußtsein, Herr Krott. Zuletzt platzt uns der Kragen, jawohl. Zuletzt passiert noch was, jawohl. Jawohl.

Strick drückt während der letzten Worte auf eine Klingel. Hansi, noch die Flöte in der Hand, rennt von rechts herein.

Entschuldigen Sie bitte.

HANSI Es ist Ihr gutes Recht, Herr Strick.

STRICK Ich war außer mir, verstehen Sie das doch bitte.

HANSI Sie warten schon zu lange.

STRICK Das is es doch. Junge, Junge, da beißt die Maus kein Faden ab, ich komm zum Alten. Und der erlebt was mit mir. Sowas hat euer feiner Kasten noch nicht erlebt, was dann losgeht. So is es ja nich mehr. Das kann er nicht machen. Nicht mit mir. Herr Krott, werd ich sagen, mein lieber Herr Krott, in welchem Jahrhundert befinden wir uns denn im Augenblick.

HANSI Kommen Sie.

STRICK Ja, is das denn erlaubt?

HANSI Ich will nicht, daß Sie sich herunterstürzen.

STRICK So eilig hab ich's nich, Junge.

HANSI Es drängt Sie doch. Ich seh's. Mein Gott, muß das schön sein, so eine Wut in einer einzigen Richtung. Kommen Sie.

STRICK Danke. Danke. Aber auf Ihre Verantwortung. Ich werde sagen, Sie haben es mir erlaubt. *Kommt herab.* Eins merk dir, Junge, wer eine Mission hat, muß im Stand sein, dem eigenen Vater in die Nieren zu schießen. Und dem besten Freund muß er den puren Hohn auf den Rücken tätowieren. Merk dir das, Junge. Es sind schon Leute erstickt vor lauter Loyalität. Verstanden!

HANSI Sehr wohl, Herr Strick.

STRICK Also, wo ist Krott? *Schreit:* Wo Krott ist, frag ich. *Mild:* Junge, es is doch so, ich versaure einfach hierheroben. *Fast heulend:* Ich kann doch nicht den ganzen Tag turnen.

HANSI Nein, das geht nicht.

STRICK *brüllt:* Also.

Ludwig von rechts. Hansi führt die Flöte in großem Bogen hinter seinen Rücken. Er tut nur so, als wolle er sie verbergen.

LUDWIG Sofort gibst du das Ding her.

HANSI Es ist nur eine Flöte, Papa.

LUDWIG Ihr glaubt wohl, ich weiß nicht, was eine Flöte ist. Gib das Ding her, sag ich.

HANSI Mutti sagt, ich soll mich auf die Musik werfen. Aber ich soll es dir verheimlichen, meint sie.

LUDWIG Hat sie dich jetzt glücklich zur Musik verführt. Das ist das Allerschlimmste, Hansi. Glaub mir, Hansi, ich habe Musiker kennengelernt. Dreizehn Musiker kannte ich, Hansi. Deine Mutter kennt keinen einzigen Musiker. Fünf Musiker von den dreizehn Musikern sind umgekommen, unterwegs. Mit dem Flugzeug. Abgestürzt. Auf dem Boden aufgeschlagen. In Flammen aufgegangen. Also verbrannt. Lebendigen Leibes. Vier Musiker habe ich sterben sehen im blühendsten Alter. Herztod, Hansi. Vor allem Bläser. Der Rest verfiel dem Alkohol. Du triffst keinen glücklichen Musiker in dieser Welt. Weil der Musiker einerseits die Musik empfindet und andererseits die Welt wie sie ist. Das ist der fürchterlichste Unterschied, den es gibt, Hansi. Daran muß der Musiker zerbrechen. Er ist das Opfer. Bitte, Hansi, mein Bub, für den ich Verantwortung tragen muß, alles, alles, bloß das nicht. Lieber noch Polarforscher. Aber nicht Musiker.

HANSI Ich begreif das schon, Papa. Aber Mutti sagt, ich sei musikalisch. Es wäre ein Verbrechen, wenn ich nicht studier, sagt sie. In einer Großstadt, zum Beispiel.

LUDWIG *aufheulend:* In einer Großstadt. Überhaupt, du und musikalisch! Woher denn. Sowas kann dir nur eine Mutter einreden, die nicht weiß, wie es zugeht in der Welt.

HANSI Später, sagt sie, lieb ich die Musik.

LUDWIG *erschüttert:* Hansi! *Er reißt ihm die Flöte aus der Hand und zerbricht sie. Hansi nimmt die Stücke vom Boden auf und rennt nach rechts hinaus.*

HANSI Das ist sehr gut. Mutti. Die Flöte ist kaputt. Mutti.

LUDWIG Hansi. Hansi. *Er will ihm nach.*

STRICK Halt.

LUDWIG Was wollen Sie.

STRICK Zu Herrn Krott, jawohl.

LUDWIG Bitte. Von mir aus. Ich kündige. *Er rennt Hansi nach, nachdem er vorher mit einer Handbewegung für Strick den Weg zu Krott freigab.*

STRICK Ja, wie denn?

13 Krotts letzte Gelegenheit. Anschließend das ewige Leben

Krotts Terrasse wird hell. Strick tritt zögernd auf.

KROTT *als Strick zögert:* Na endlich. Nur näher, junger Mann. Das freut mich. Der erste, der Mut hat. Adieu Elfchen, Adieu Mafalda. Es ist soweit. Seht nur, wie er bebt vor Wut, weil ich ihn warten ließ. Ich hab ihn zum Kochen gebracht. Jetzt paßt auf, gleich stürzt er sich auf mich. Eine Generation wird kommen, das wußte ich. Ein Kerl wie der. Na, Herr Strick, tun Sie, was Sie tun müssen. Erfüllen Sie Ihre Mission. Ich bin es. Krott, den Sie suchen. *Als Strick in den Taschen zu suchen beginnt:* Jetzt hat er die Pistole vergessen. Moment. *Krott klingelt.* Ludwig! Ludwig!

Ludwig rennt herein.

LUDWIG Herr Direktor, ich bitte um Verzeihung, ich hätte ihn nicht eingelassen, aber...

KROTT Quatsch nicht. Eine Pistole für Herrn Strick. Er hat seine Pistole vergessen.

LUDWIG Sehr wohl. *Holt eine Pistole vom Waffengestell, lädt sie.*

KROTT Zur Erzeugung eines sauberen Zorns rasch ein paar Wahrheiten, Herr Strick. Was sagte denn der Ochse, als er auf Kosten des Bauern lesen gelernt hatte? Er sagte: Ich werde dafür sorgen, daß kein zweiter Ochse lesen lernt. Warum denn das, fragte der Bauer? Wo kämen wir da hin, sagte der Ochse. *Krott kommt ins Lachen.* Wir, sagte er, der Ochs zum Bauern. Wo kämen wir da hin. *Krott lacht.* Nehmen Sie es mir bitte übel, aber wenn ich an euern... euern... Sozialismus denke, kann ich einfach nicht ernst bleiben. Sagte doch der Ochse glatt: Wo kämen wir da hin.
Ludwig bringt die Pistole.
Herrn Strick, bitte. Dem Genossen Strick.
Ludwig gibt Strick die Pistole, Strick ist sehr verlegen.

STRICK Herr Direktor, ich... ich... weigere mich. Ich bring mich nicht um. Das geht zu weit, Herr Direktor. Das können Sie nicht verlangen von mir. *Strick wirft die Pistole weg.* Mein Auftrag, die Beschwerde. *Er sucht wieder in seinen Taschen.* Jawohl. Zwar, sag ich, Wunder bewirkt der Mensch in der Natur, den schwachen Hering beschützt er und hat einer das Zeug zum Rechtsaußen, so hat er ausgesorgt, aber sag ich. *Er zögert.*

KROTT Aber?

STRICK Zwar, sag ich, scharf geht der Mensch vor gegen die Ungerechtigkeit in der Natur, die schlechten Böcke schießt er ab, und einfache Mädchen besteigen die Jachten, aber, sag ich, aber... *er bricht ab.*

KROTT Aber die Ungerechtigkeit... so fahren Sie doch fort, Herr Strick. Ich bin sehr interessiert. Aber...

STRICK Aber... *bricht ab.*

MAFALDA Süß, diese Verlegenheit. Bezaubernd. Ludwig, einen bequemen Stuhl für Herrn Strick.

LUDWIG Sehr wohl. *Ludwig bringt einen bequemen Stuhl.*

MAFALDA Bitte, Herr Strick. Nehmen Sie Platz.

STRICK Nur zu gern. Es ist mir ein Vergnügen. *Er nimmt unbequem Platz.*

MAFALDA Rauchen Sie?

STRICK Nur zu gern. Auch der Stuhl ist sehr bequem.

KROTT *springt auf von seinem Stuhl.* Ich protestiere. Sie haben eine Mission, Herr Strick. Die Echsen durften sterben, als es Zeit war. Den Lurchen wurde gesagt: eure Zeit ist um. Herr Strick, Sie waren bestimmt für mich. Die Luft, ich atme Ihre Luft, Herr Strick, das ist Ihre Luft, die ich, die ich atme, die ich Ihnen wegatme, Ihre Luft.

Strick hat Krotts Rede mit zustimmendem und ergebenem Kopfnicken begleitet und mit Lächeln. Krott sinkt allmählich in seinen Stuhl zurück und liegt wie in den letzten Zügen.

ELFCHEN Mafalda, schnell, Ludwig, er stirbt uns, Mafalda schau, wie ihm die Augen flattern.

MAFALDA *springt aus ihrem Stuhl.* Ludwig, Sie rühren sich nicht vom Fleck! Elfchen, läßt du wohl die Finger von ihm. Herr Strick, auf, auf, schreien Sie rasch was, laut, ihm ins Gesicht, Revolution oder sowas, Herrgott, nun schnappen Sie nicht wie ein Fisch, schreien Sie, irgend so'n Satz von Ungerechtigkeit, schlechter Lüftung, Kindergeld und Menschenwürde, zeigen Sie ihm Ihre Faust, daß er weiß, die Ablösung ist da, er kann gehen. Ich hab gewartet auf Sie, Herr Strick. An dem verlier ich nicht viel. Sie aber werden aufräumen mit dem Hochmut der Ehefrau, die herabblickt auf unsereinen aus ihrem schmutzigen Nest. Wer ist denn die, die ausgehalten wird? Doch die Ehefrau. Geliebt werden w i r! Und doch verweigert man uns Legalität und Tageslicht. Ich red nicht von Versorgung, Herr Strick. Die Ehe-rentnerin soll ihr Sicheres haben. Ich verlange lediglich die öffentliche Demütigung der Ehefrau, ihre Herabsetzung auf die zweite Stelle; das ist nämlich der Kurs, zu dem sie gehandelt wird, und der Kurs muß endlich in die Zeitung. Mehr verlang ich nicht von Ihnen, lieber Herr Strick. Und jetzt, geben Sie dem armen Krott den Rest, er war ein lieber Kerl, aber Frauen hat er nie begriffen, immer nur Ehefrauen. Los jetzt, Herr Strick.

Sie hat Strick hochgezerrt von seinem Stuhl, hat auf den höflich verständnislosen Strick eingeredet, hat den Sträubenden bis zu Krott hingeschleppt.

STRICK Nur zu gern wär ich Ihnen behilflich, nur zu gern, gnädige Frau, aber mein Auftrag ist ganz streng begrenzt auf die Beschwerde betreffs der Gardinen in Villenvierteln und der brandmarkenden Luftballons, verstehen Sie bitte, ich bin gehalten.

MAFALDA Elfchen, du kannst dich freuen, es bleibt alles beim alten.

ELFCHEN Ich werde meinem Mann erzählen, wie du dich aufführst, vor Fremden.

Strick verneigt sich, will gehen.

MAFALDA *traurig:* Ach, Herr Strick, warum bleiben Sie nicht bei uns.

STRICK Nur zu gern, aber ich muß dem Ausschuß melden, daß der Herr Direktor im Augenblick nicht in der Lage ist, unsere Beschwerde betreffs der Gardinen, der Luftballons entgegenzunehmen.

MAFALDA Sie haben es auf dem Gewissen, daß er weiterleben muß.

STRICK Es bleibt uns immer noch der schriftliche Weg.

MAFALDA Und wenn ich Ihnen gleich eine Platte servieren lasse? Mit Wurst drauf, drei Koteletts, jede Menge Steaks. Sie könnten's zusammenhauen mit blitzenden Zähnen.

STRICK Gnädige Frau, Sie denken sehr nieder von uns.

MAFALDA Oder Kaviar, Nüsse, Gänseleber.

STRICK Ich werde mir gestatten, Ihnen eine Broschüre zugehen zu lassen.

MAFALDA Sie haben mich enttäuscht, Herr Strick.

STRICK Wenn ich etwas tun kann für Sie? Nur zu gern.

MAFALDA Sie tun's ja doch nicht. Keiner tut es. Er hat euch eben viel zu gut behandelt. Das war der Fehler. Schikanieren hätte er euch sollen. Bis aufs Blut.

STRICK Ja, dann wäre die Lage vielleicht eine andere. Das ließen wir uns wahrscheinlich nicht bieten...

MAFALDA Sein Großvater hat es doch getan. Der hat euch doch... und ihr?! Sechsundzwanzigmal Ehrenmitglied war er in euren

Vereinen, als er starb.

STRICK Ich wünsche den Herrschaften eine gute Zeit.

Ludwig geleitet Strick hinaus.

MAFALDA Da geht er.

KROTT Er kriecht, Mafalda, er kriecht. Schenkt ihnen Krawatten, pflegte mein Onkel zu sagen, zweiundfünfzig Krawatten für jeden, ein besseres Halsband gibt es nicht.

ELFCHEN Dein Onkel war ein Zyniker.

KROTT Bergassessor war er, Elfchen, das weißt du doch.

Ludwig und Hias bringen Sepp im Sarg.

Ludwig, sag jetzt endlich Du zu mir.

LUDWIG *streng:* Der Sepp, Herr Direktor.

MAFALDA Zu mir. Der Sepp gehört mir. Da, zu Andres und Xaver.

Sie stellen ihn hin.

LUDWIG Hias ist bereit, Herr Direktor.

HIAS Was der August nicht kocht, läßt der September ungebraten.

MAFALDA Toll muß das sein, so mit der kochenden Kraft hinein in die geduldige Wand. Das macht Spaß, lieber Hias, was!

HIAS Wir sagen: Wer das Geld gibt, blast die Pfeife, gnädige Frau.

KROTT Alsdann: Hals- und Beinbruch, lieber Hias.

HIAS Da heißt es bei uns: Jedes Gras wird einmal Stroh, Herr Direktor.

LUDWIG Gut, gut, Hias. Du kannst gehen. *Er schiebt Hias hinaus.*

KROTT Ach Ludwig, das war wieder ein schrecklicher Tag.

LUDWIG Ich hab mich dreimal übergeben, Herr Direktor.

KROTT Schau, die Sonne stolpert schon über die Gipfel. Es wird Zeit für die Beschimpfung. Elfchen, Mafalda, ein Abendgesicht, bitte. Seid aufgeschlossen und gebildet. Bringt den Augen das gewisse kluge Blitzen bei, wenn ein Wort fällt, das ihr besonders begreift. Unser Akteur steht schon ganz scharf. Der Vorhang hebt sich. Die Beschimpfung. *Ludwig wirft sich einen härenen Sack um. Die Beleuchtung ändert sich. Niederes Licht von rechts. Nur die Krott-Gruppe, als glitzernde Zuschauer, und Ludwig sind noch zu sehen. Elfchen und Mafalda betrachten Ludwig durch kleineFerngläser.*

LUDWIG Herr Direktor, ich melde: obwohl sie jetzt immer schwerer zu kriegen sind, hab ich ein Achtel Heuschrecken aufgetrieben und verspeist zur Erzeugung einer gewissen Mitleidlosigkeit mit Ihnen.

KROTT Bravo, Ludwig. So und jetzt beschimpf uns mal, aber nicht zu knapp, mein Lieber.

LUDWIG Sehr wohl, Herr Direktor. Was Prometheus, Paracelsus, was Einstein, was Rousseau! Wissenschaftliche Diebe! Pest bleibt Pest, die feinste Formel Papier, Genie ist Quark, fehlt seinem Blitz die Finanzierung. Den Prometheus ham's behandelt wie den letzten Dreck, weil er doch dem Himmel was gestohlen hat. Krott hat in diesem Vorgang ein Gesetz entdeckt: willst du was Himmlisches herunterholen, biet eine Finanzierung an. Also finanziert Krott. Und im Handumdrehen gibt Gott nach, erlaubt Gott den Fortschritt. Also hat Krott seinem Gott die Welt nach und nach abgekauft. Den Sonntag hat er ihm gelassen. Da darfst Du, sagte Krott zum lieben Gott und lächelte dialektisch. Jetzt gehört die Welt also Krott, hier herrscht jetzt sein Ton. Dieses ist gut, kann er sagen, jenes kotzt mich an. Nicht Paracelsus sitzt am Drücker, Einstein mischt nicht mit, Rousseau taugt aufgespießt als Schmetterling, was wirklich ist, ist finanziert.
So exemplarisch hat die Goldene Sau sich ausstaffiert, daß sie jetzt sagt: ich bin die Bedingung und das Maß, ohne mich ist alles ein Unding.
So ist Krott aller Undinge Maß.
Und wir richten uns nach ihm.
Krott und die Damen klatschen.

KROTT Bravo, Ludwig, bravo! Jetzt aber noch etwas Ernstes bitte, etwas Tiefes, Aufbauendes.

LUDWIG Da hilft mir gern der heilige Salomo, der gesagt hat, es kann ja keiner was dafür, alles liegt bloß an Zeit und Glück.

KROTT Siehst du, Ludwig, da siehst du es.

LUDWIG So über die Unschuld belehrt, laß ich also das Verneinende, das uns auch nicht weiter gebracht hat als wir sind, und geh über zum Gutdaherreden, zu Lob und Preis, denn es dunkelt ohnehin schon, und ich bin doch auch nicht mehr als ich geworden bin durch meine eigene Vorsicht. Also stimm ich an das Hohe Lied auf Krotts Nase.

Ach Krott, dein fein geschnitztes Ohr
war immer drauf und dran der Musik
zu verfallen oder sonst welchem Geräusch
menschlichen Elends,
dem Hungergebrabbel etwa exotischer Faulenzer
aber die Nase, deine überlebensgroße Nase
        ließ das nicht zu.

Selbst deine ledernen Augen hätten gern Tränen
ausgeschüttet, um den Funken zu löschen,
der immer auf der Zündschnur eilt zur nächsten
größeren Explosion,
aber die Nase, deine überlebensgroße Nase
lieẞ es nicht zu.

Die wittert, was zu machen ist aus Hungergebrabbel
und eilenden Funken, deine delphische Nase,
die den Wind einzieht und Nutzen schnaubt,
die dir so fromm im Antlitz himmelwärts steht,
direkt ein religiöses Organ, deinen Gebeten
ein elfenbeinerner Turm, deinen Frauen
eine verheißende Wucherung, deinen Schiffen
ein Leuchtturm, deinen Interessen
ein Erzengel, deinen Anfechtungen
ein archimedischer Punkt.
Dein guter Riecher für die beste Gelegenheit.
Oh delphische Nase, oh sinnliche und fromme
und ökonomische Nase, oh überlebensgroße Nase Krotts,
um ihre Länge bist du uns allen voraus
und näher zu Gott.

Krott niest zweimal heftig.

ALLE Gesundheit. Gesundheit.

LUDWIG Nunc et semper.
Beleuchtung normal.
In saecula saecul...

KROTT Nein, nein, Ludwig, bitte nicht. Alter Schlingel.
Zu den Damen: Das mit der Nase finde ich ja ganz gelungen.

MAFALDA Deine Nase ist aber auch ein Exemplar. Ich möchte deiner Nase ein Höschen stricken.

ELFCHEN Mit so einer Schwester ist man einfach blamiert. Es ist schrecklich, Fritz. Daß die Nase bloß symbolisch war, hat sie...

MAFALDA Fritz! Sofort sagst du ihr, daß deine Nase nicht symbolisch, sondern echt ist.

KROTT Ihr begreift es nicht. Ludwig, glaub mir, Lotse wollte ich werden, auf der Brücke stehend das Schiff durch den Kanal dirigieren, abends plaudern mit der Frau. Aber meine Nase führte mich andere Wege. Brutal hat sie ihre Spur gehalten. Ich hab

oft geweint über die schrecklichen Folgen. Geschluchzt hab ich. Durch meine Nase. Tränen ließ ich hinrinnen über sie. Aber sie hat sich nicht erweichen lassen. Sie war mir immer voraus. Wie oft hatte ich die Sehnsucht, diese Welt zu verlassen wie ein Stockwerk, mit einem Lift oder über eine sanfte Treppe. Aber immer bietet jemand noch rasch Süßigkeiten an, oder es riecht plötzlich nach Gelegenheit, die Nase folgt und zieht mich mit. O ich hasse sie. Ich hasse sie ja so.
Zu den Damen: Ihr... ihr liebt sie. Das trennt uns. Ach Ludwig, sag jetzt endlich Du zu mir. Ich heiße Fritz.

Ludwig läutet andauernd.

LUDWIG *ruft Rosa, die eilig kommt, entgegen:* Rosa, komm, komm. Der Herr Direktor will dich tanzen sehen.
Rosa mit Hansi.

ROSA Herr Direktor, ich tanz, aber nicht solang der da ist. Und wenn ich das Geld zusammen hab, hau ich ab mit Hansi. Nach München. Da studiert er Musik. Und der wird ihm nicht mehr die Instrumente zerschlagen.

LUDWIG Wenn du mich verlassen willst, ich weiß, du liebst meinen Beruf nicht, das kann ich nicht ändern, aber Hansi, für den ich verantwortlich bin, Hansi bleibt hier.

ROSA So, bleibt er. Und wenn er nicht von dir ist?

LUDWIG Wer?

ROSA Hansi.

LUDWIG Wieso nicht von mir?

ROSA Weil ich einmal überwältigt worden bin. Von so einem Herrn. Der war musikalisch. Das war nämlich ein Musiker. Hansis Vater, ein großer Musiker war das.

HANSI Ach.

ROSA So. Jetzt sagst du nichts mehr, was!

LUDWIG Dann hab ich gar keinen Sohn?

KROTT Ludwig, keine Raserei jetzt, ja!

LUDWIG Rosa, ich frag dich: dann hab ich also keinen Sohn?

ROSA Nie gehabt.

LUDWIG Hansi.

HANSI Papa.

LUDWIG Nicht, nicht. Mein Gott, Herr Direktor, dann können Sie ihn von mir aus zum Teilhaber machen. Dann soll er Musik studieren oder sich die Zehen am Nordpol erfrieren. Das ist ja eine großartige Nachricht. Ein Tablett bitte. Hansi, gib mir die, entschuldigen Sie, Herr... Herr... Hansi, die Serviette bitte, jetzt wird serviert. Jetzt bin ich frei, kugelt nur hinunter den Berg oder sprengt euch mit Flugzeugen in die Sonne, Ludwig serviert. Herr Direktor, wenn Sie je unzufrieden waren mit mir, weil ich in der Bewegung noch sowas Schweres hatte, was der Kellner nicht haben soll, es war die Sorge, die mich drückte, ich hatte einen Sohn, verstehen Sie, das war ein schlimmes Gefühl, man kennt die Welt und hat einen Sohn. Hat einen Sohn. Und hat gar keinen Sohn. *Er bricht in ein schrilles Lachen aus, beendet es schluchzend.* Verzeihung. Verzeihung. Der Keller soll nicht schluchzen. Das soll er wirklich nicht. Aber es schüttelt mich. Und ist doch ein Glück, Herr Direktor, das geben Sie zu. Welch ein Glück, kein Kind zu haben. Sobald ich mich gewöhnt hab an dieses Glück, krieg ich einen Schwung wie noch nie, dann servier ich Ihnen den Mond im Teeglas, so leicht, daß Sie glauben, es ist Eierflaum. Herr... Herr... *schüchtern:* Herr... Hansi... hätten Sie etwa Lust auf was?

ROSA Hansi, komm. Wir gehen. Weg von hier. Du studierst.

HANSI Was?

ROSA Musik... was du willst, Hansi.

LUDWIG *hart:* Physik. Den Nordpol. Die Vogelwelt.

HANSI Wenn ich schon was werden soll, was ich nicht bin, warum dann nicht Kellner.

ROSA Du bist der Sohn eines Musikers, Hansi. Komm jetzt.

HANSI Du hast dir leider was ausgemalt, Mama. Zu einem Beruf gehört aber eine bestimmte Sorte Gemeinheiten. Was vom Kellner in der Hinsicht verlangt wird, weiß ich jetzt. Und dabei bleib ich.

LUDWIG Rosa, er wär sicher vor der Zukunft, bedenk. An deiner Stelle würd ich mich freuen.

HANSI Also, servieren wir jetzt?

LUDWIG Ich schon.

HANSI Ich auch.

Beide ab.

KROTT Rosa, da es Abend ist, säh ich Sie gern tanzen.

ELFCHEN Fritz, daß du dich nicht schämst. Was muß Rosa von uns denken.

MAFALDA Da siehst du wieder, wie du gestellt bist mit deiner Frau. Angst hat sie. Vor der Konkurrenz. Von mir aus kann Rosa tanzen, Fritz. Die halt ich aus.

ROSA *zu den Damen:* Ich tu's doch nur wegen Hansi. Daß er studieren kann.

ELFCHEN Der wird doch Kellner, denk ich.

ROSA Das wird er nicht.

Musik setzt ein, Rosa reißt die Schürze von sich, nimmt Tanzpose ein, da kommen Ludwig und Hansi mit der präparierten Wäschefrau. Hansi perfekt im Kellnerfrack.

Hansi!

HANSI *kellnerhaft:* Ja, Mama?

ROSA Hansi.

Sie rennt hinaus.

LUDWIG Es war die Wäscherin, nicht die Harpyie, Herr Direktor.

KROTT *nach oben:* Mein Gott, warum hast du meine Augen so getrübt.

LUDWIG Ein Unglücksfall.

KROTT Ein schreckliches Versagen.

LUDWIG Ein Unglücksfall, Herr Direktor. So ist es deklariert.

KROTT Gibt es Angehörige?

LUDWIG Angehörige gibt es immer, Herr Direktor.

KROTT Die werden versorgt, Ludwig. Die sollen alles haben, verstanden, im Überfluß, Ludwig. Vielleicht hingen sie sehr an ihr.

LUDWIG Sie war sehr scheu.

KROTT Einsam?

LUDWIG Ich möchte sagen, wie ein Steinadler.

KROTT Eben, eben, so kam sie mir vor.

LUDWIG Ich hab ganz den Eindruck, sie sprach nicht viel, nistete so unterm Dach, kratzte wahrscheinlich nachts am Gebälk. Offenbar hat sie nie so recht Glück gehabt.

KROTT Vegetierte dahin. Ja, ja. Mein Gott, was du alles zuläßt, das wundert mich wirklich. *Er schüttelt den Kopf nach oben.* Man lernt nie aus, was Dich betrifft. Aber für mich ist das keine Entschuldigung. Ach, Ludwig, sie hängte Wäsche auf und stürzte blutig ins Laken. So geht es zu in der Welt, die ich verlassen möchte, weil es so zugeht in ihr. Gib dem Wesen den allerbesten Platz, Hansi.

HANSI Sehr wohl, Herr Direktor.

KROTT Ludwig, sag jetzt endlich Du zu mir. Ich heiße Fritz.

LUDWIG *hart:* Das Morgenrot, Herr Direktor.

Morgenrot von links.

KROTT *traurig:* Ja, Ludwig. Dann also das Frühstück.

LUDWIG *fest:* Und dann die Überraschung.

ELFCHEN Aber zuerst die Kinder.

MAFALDA Laß doch die Kinder ein einziges Mal ausfallen. Bitte.

ELFCHEN Fritz, dann sterb ich.

KROTT Überraschung, Pedikür, Kinder. Das ist nun einmal so.

ELFCHEN UND MAFALDA *flehend:* Fritz.

KROTT Schluß jetzt, oder ich halt euch den Spiegel vor.
Er holt ihn unter der Decke hervor. Die Frauen verschwinden kreischend unter ihren Decken, schieben sich dann erst langsam wieder heraus und liegen ruhig.
Und wer wartet darauf, daß er vorgelassen wird?

LUDWIG Vom Tierschutzverein, der Oberste.

KROTT Ach.

LUDWIG Er sagt, er hat eine Sammlung gemacht, jetzt will er Ihnen das Jagdrecht abkaufen, daß die Vögel, sagt er, nicht mehr sterben müssen.

KROTT Und? Wie trägt er das Warten?

LUDWIG Jedesmal, wenn er einen Schuß hört, kriegt er einen Anfall.

KROTT *eifrig:* Laß in allen Tierschutzvereinen verkünden: Krott schießt, bis ihm das Auge bricht. Ludwig bedenk, Tierschutzler sind radikal. Das duftet nach Attentat! Oder essen die kein Fleisch? Ein Vegetarier gibt keinen guten Mörder. Was meinst du? Soweit ist es gekommen, Ludwig, daß man seinen Mörder unter Tierschutzlern suchen muß. *Sieht, daß Ludwig verlegen ist.* Was ist, Ludwig? Noch was Schlimmes?

LUDWIG *zögernd:* Ja, das Projekt Untergrundbahn in Tibet läßt sich leider prächtig an.

KROTT *ingrimmig:* So. So, so. *Nach oben:* Na warte. Dann lassen wir jetzt Pläne machen, sofort bauen wir den Turm in Dingsda. *Nach oben:* Jawohl, in Babel!

LUDWIG Den haben wir doch schon gebaut, Herr Direktor.

KROTT Und? Steht er noch?

LUDWIG Jeder will rauf. Ein heftiger Andrang. Ein stürmisches Geschäft.

KROTT Um Gottes willen, Ludwig, heimlich sofort laß Dynamit legen, spreng unten was weg, daß er einstürzt der Turm. *Nach oben:* Herr, verzeih mir dies Gebäude. Aber wenn es jetzt einstürzt, bedenk, das ist doch ein Triumph für alle Gläubigen. Endlich wieder einmal ein Triumph. Verzeih auch, wenn ich da einfach einspringe für dich. Du wirkst eben oft schrecklich verreist. Und Dein Himmel... Dein Himmel... mein Gott ist da auf einmal Platz... bloß Luft oder bloß leer oder bloß nichts oder bloß bloß... *heftig:* Ludwig, sag jetzt Du zu mir. Und eine Markise verlang ich. Wird einem ja ganz schwindlig vom Hinaufschauen da. Ich heiße Fritz. Daß ich einen Freund hätte, Ludwig.

LUDWIG Mit Verlaub, Herr Krott, was nicht geht, das geht nicht.

KROTT *bedeckt seine Augen mit den Händen:* So, dann... dann...

LUDWIG Der Herr Direktor meinen?

KROTT *lauter als man erwartet:* Nichts. Nichts. Nichts.

LUDWIG *wie zur Bestätigung:* Sehr wohl, Herr Direktor, das Frühstück.

Ende

Der Schwarze Schwan

Für Klaus Kammer

Geschrieben 1961/64. Die Uraufführung war am 16. Oktober 1964 im Württembergischen Staatstheater Stuttgart unter der Regie von Peter Palitzsch.

Personen

Rudi Goothein
Professor Liberé
Irm, Liberés Tochter
Frau Liberé
Professor Goothein, Rudis Vater
Dr. Harald von Trutz
Tinchen, Adoptiv-Tochter Liberés
Gerold
Figilister
Seelschopp
Bruno

Bühnenbild

Der Rundhorizont zeigt die vollkommen realistische Ansicht einer Nervenheilanstalt in Waldumgebung. Gebaut um die Jahrhundertwende und seitdem nicht verändert. Vor diesem Hintergrund werden so sparsam wie möglich die einzelnen Schauplätze angedeutet: Liberés Arbeitszimmer. Anstaltsgarten. Wohnzimmer und Terrasse der Familie Liberés. Wäscheplatz. Zimmer 104.

Erster Akt

1

Professor Liberés Arbeitszimmer. Ein Schreibtisch. Zwei Stühle. Professor Goothein, Rudi, Liberé.
Liberé im weißen Mantel. Goothein und Rudi im Straßenanzug. Rudi ist elegant, aber fast zu formbeflissen angezogen. Abituranzug. Er sieht ein bißchen eingesperrt aus in diesem Anzug. Der Kragen reicht weit am Hals hinauf und ist sehr gestärkt. Auf dem Boden spielt Tinchen. Während der ganzen Szene ist Liberé damit beschäftigt, Sahnebesen zusammenzubiegen. Er hat fertige Griffe neben sich liegen. Goothein reagiert zuweilen mit ärgerlichen Blicken auf Liberés Arbeit. Liberés Beschäftigung macht ihn nervös.

GOOTHEIN Was Rudi braucht, ist nicht Sizilien. Hier in Karwang wird er sich erholen. Sie braucht er, Liberé, und schon ist er gesund.

RUDI Das heißt, Herr Professor, mein Vater glaubt, ich sei krank.

GOOTHEIN Nein, nein, nein. Krank nicht. Entschuldige. Aber die Nerven, Liberé, zuerst das aufreibende Abitur, und dann mach ich noch den Fehler und sage, da feiern wir doch die Verlobung gleich mit. Doch, doch, Rudi, das war ein Fehler. Ich will bei Gott nicht den Unfehlbaren spielen. Ist doch denkbar, Du wolltest gar nicht mehr. Da hast Du endlich Dein Maturum, wärst ein freier Mann. Nu hängt Dir aber die Verlobung am Hals. Weil Du vorher was versprochen hast. In all dem Druck. Wie'n Gelübde. Wenn ich's Maturum schaffe, verloben wir uns. Das hatt' ich nicht bedacht. Also arrangier ich die Feier zu früh und da geht ihm der Gaul durch. Ist doch nur zu verständlich, Junge. Nur, wie er das dann abmacht, Liberé, daran seh ich, er braucht Erholung. Weigert er sich doch öffentlich, sein Reifezeugnis entgegenzunehmen. Öffentlich, Liberé, weist er sein Maturum glatt zurück. Wie mir das peinlich war, Liberé, ich sitz da unten, festtäglich, und er geht rauf und sagt Nein. Verstehen Sie, weil er glaubt, daß die Verlobung jetzt...

RUDI Laß doch die Verlobung aus dem Spiel, Papa. Es geht um den Prozeß, Herr Professor, zuerst will ich meinen Prozeß hinter mir haben...

GOOTHEIN So redet er seitdem. Hält Reden, Liberé, Reden!

RUDI Zuerst in den Gerichtssaal, Papa, dann nehm ich das Zeugnis.

GOOTHEIN Schon gut, Junge. Das erzählst Du alles dem Herrn Professor und dabei erholst Du Dich.

RUDI Ich bin nicht besonders mutig, Herr Professor. Ich brauch ein günstiges Klima für den Prozeß, eine Nachricht über mich, die die Richter betört, eine Nachricht, die die Richter mit geschlossenen Augen einatmen, so schön ist sie. Ich könnte, zum Beispiel, das Volkswagenwerk belagern.

GOOTHEIN Hören Sie, Liberé, das Volkswagenwerk!

RUDI Ich könnte verlangen, daß das Werk dem Staat Israel übereignet wird. Daß das nicht geht, weiß ich auch. Aber ist es nicht rührend, ein Zeichen der Einsicht, der Umkehr? Der Angeklagte will das große Werk dem Staat Israel vermachen. Verstehen Sie, ich will mich gut stellen mit allen Verwandten meiner Opfer. Dann, meine Herren Richter, bin ich bereit.

GOOTHEIN Rudi, mein Junge, nu laß Dir doch Zeit. Liberé, Herrgott, es könnte doch jemand kommen jetzt, und Rudi den Garten zeigen. Mein Freund Liberé ist ein großer Gärtner, Rudi. Und Du hast doch was übrig, Rudi, für Blumen. Das hat er von meiner Frau, Liberé. Sie kannten sie ja. Das war auch eine große Gärtnerin.

LIBERÉ Ich hab mich spezialisiert, Goothein. Auf Thujen.

GOOTHEIN Auf Thujen, Rudi, hörst Du. Thujen.

LIBERÉ Vielleicht mag er Thujen nicht.

GOOTHEIN Ach, das glaub ich nicht. Er muß sich das alles zuerst einmal ansehen. Nicht wahr, Rudi.

RUDI Herr Professor, mein Vater will mich los sein. Aber bedenken Sie, wem Sie Unterschlupf gewähren, wenn Sie mich aufnehmen.

GOOTHEIN Rudi, Dr. von Trutz wird Dir die Thujen zeigen.

GOOTHEIN Ja, Papa. Ich gehe schon. Zu den Thujen.

Rudi geht.

TINCHEN Onkel?

LIBERÉ Ja, Tinchen?

TINCHEN Die Thuja heißt auch Lebensbaum.

LIBERÉ Obwohl sie... *er bietet zur Fortsetzung an.*

TINCHEN ... vor allem auf Friedhöfen vorkommt.

LIBERÉ Sehr gut, Tinchen. Wissen Sie, Goothein, wie meine schönste Thuja gewachsen ist?

GOOTHEIN Nu hören Se doch endlich mit Ihren Thujen auf, Liberé.

Un' daß Se da andauernd wie'n Sträfling so Zeug flechten, find ich, entschuldigen Se schon, das find ich nicht gerade sehr taktvoll.

LIBERÉ Das hab ich angefangen, als ich nach Karwang kam, Goothein. Es beruhigt.

GOOTHEIN Mich erinnert es. Gerade Sie hätten keinen Grund. Jetzt hören Sie doch endlich auf damit.

LIBERÉ Entschuldigen Sie. Das ist wahr. *Hört auf.*

Rudi rasch von rechts.

RUDI Schlimmstenfalls, Herr Professor, könnten Sie, die Kapazität, mir ein Gutachten austüfteln, wenn Sie das vor Ihrem Gewissen, ich meine nicht aus Mitleid sollen Sie, das nicht, aber wenn Sie's verantworten könnten, zu schreiben: dem Rudolph Goothein ist kein Prozeß zu machen, der kommt nicht in Frage wegen unvollständiger Zurechnungsfähigkeit. Und gegen Juden hat er sowieso nichts. Er bringt um, wie es sich grad gibt. Bitte, Herr Professor, sagen Sie nichts. Was Sie denken, weiß ich auch so. Ich sehe es doch selber ein, jetzt, daß Ihnen das nicht zugemutet werden kann, bloß weil ich vor Feigheit im Kreis herum denk. Kein Gutachten, ich habe Sie um nichts gebeten, Herr Professor. Um nichts und wieder nichts. Entschuldigen Sie, bitte.

Er geht rasch ab.

GOOTHEIN So redet er, Liberé. So schrecklich durcheinander. Liberé, jetzt fangen Sie schon wieder an mit dieser Drahtflechterei. Das ist eine ganz gemeine Taktlosigkeit. Sie ham sich entzogen damals. Ich hab meine vier Jahre abgemacht. Sozusagen auch für Sie. Jawohl. Ich bin nicht nachtragend. Ich hab ja meinen Vorteil davon. Erst in der Haft ist es mir nämlich aufgegangen, daß ich kein Nervenarzt bin. So von sieben bis zwölf operieren, da wissen Se dann eben, was Se getan haben. Na ja, vier Jahre Gelegenheit zum Nägelkauen, wer da nicht draufkommt, was los is mit ihm. Aber daß jetzt ausgerechnet Sie, Leibniz... *Liberé schaut auf. Nicht heftig. Eher erstaunt.* Entschuldigen Sie, Liberé, alter Freund. Jetzt werd ich auch noch taktlos. War nicht meine Absicht. Ne Fehlleistung, Liberé. Für mich heißen Se nu wirklich Liberé. Ich trag Ihnen nischt nach. Ich bin froh, daß ich meine vier Jährchen gleich abgemacht habe. War ja außerhalb auch nischt los. Keine Kohlen. Nischt zum Beißen. Dafür die blühendste Hexenverfolgung. Das war nicht die schlechteste Zeit für'n Happen Sühne. War einfach ne Art Kriegsverlängerung. Aber Sie waren ja immer schon 'n bißchen introvertiert. Jede Wette, Sie ham sich mehr aufgebrummt als vier Jahre. Un die machen Se jetzt brav hier ab. Das Dumme ist bloß, so ne selbstgebastelte Verurteilung, das kauft Ihnen draußen keiner ab. Wenn Se mal wieder raus wollen aus dem finsteren Karwang, das stell ich mir herb vor, Liberé, etwa noch nachträglich in'n Knast, so direkt weg von Tisch und Bett.

LIBERÉ Das Zuchthaus fürcht ich nicht, Goothein. Ich habe trainiert. Fragen Sie meine Frau. Meine Schlafzimmertür hat Beschläge wie eine Zellentür. Ich esse aus Blechgeschirr. Ich flechte soviel wie kaum ein Gefangener. Und ich weiß, das alles gilt nicht. Die Richter und die Zuschauer wollen sich mästen an Dir. Mit jedem Geständnis werden sie fetter. Vor lauter Anständigkeit. Die Richter, abends zuhause, und vormittags stellen sie sich hin, von Schuld keine Ahnung. Das ist es, Goothein, daß sie von der Schuld keine Ahnung haben, dafür ein Kostüm und ein auswendig gelerntes Gesicht. Und das ist die Strafe. Der ausgeliehene Ernst, mit dem sie Dich behandeln. Vor Zuschauern, die sich gütlich tun. Am liebsten wär ihnen der Galgen. Auf jeden Fall wollen sie sich sauber vorkommen. Dazu soll ich ihnen dienen. Das vermag ich nicht. Obwohl ich weiß, ohne diese Demütigung, ohne Zuschauer ist alles, was ich hier tu, keine Bestrafung.

GOOTHEIN Sie rackern sich ja ganz schön ab, mein Lieber. Aber von mir ist nichts zu befürchten. Wenn ich schon mal einen von früher treff und der fragt mich nach'm Leibniz, da sag ich sofort: der ist in Südamerika, bei den andern, kuriert Kastrationskomplexe von Rindermillionären. *Lacht.* Aber jetzt sagen Se bloß, was machen wir mit dem Jungen.

LIBERÉ Es wär besser, Sie nähmen ihn wieder mit.

GOOTHEIN So wie er jetzt ist. Unmöglich. Rennt herum, spielt ne fürchterliche SS-Charge. Wie mir das peinlich ist, Liberé! Jetzt wo die Leute allmählich vergessen. Wenn jetzt der Junge solchen Tinneff macht, werden die alten Geschichten wieder aufgewärmt. Und der arme Junge, Liberé. Der hat sich da was aufgeladen, und ich kann ihm nicht helfen. Ich bin heraus aus der Praxis.

LIBERÉ Ich hab eine Tochter, Goothein. Für die hab ich eine Vergangenheit erfunden. Ein Kind frägt viel. Jahr für Jahr hab ich aufgebaut. Ein ganzes Indien. Tage in Madras erfunden. Reisen nach Bangalore. Kleine Abenteuer am Ozean. Den Strand bevölkert mit Erinnerungen. In jedem Augenblick bin ich gefaßt auf neue Fragen. Rudi ist eine Gefahr für Irm. Was, wenn er sich an Irm erinnert? An Hedi, ihren früheren Namen, den ich ausradierte aus ihrem Gedächtnis? Wenn alles plötzlich aufbricht und sie Rosenwang vor sich sieht. Das ist in Indien nicht unterzubringen.

GOOTHEIN Das ist doch abgesackt und weg. Wissen Sie noch, mit wem Sie spielten als Se drei waren? Nee, Liberé, nee, nee, das laß ich nicht gelten.

LIBERÉ Goothein, nehmen Sie ihn wieder mit. Ich bitte Sie. Um seinetwillen. Ich bin nicht der Richtige für seinen Fall.

Liberé nimmt hastig seine Drahtarbeit auf.

GOOTHEIN Sie sind der Richtige, Leibniz. Sie ham doch eine Kraft, das weiß ich doch, Sie brauchen bloß hinzuschauen, da schmelzen ei'm doch glatt die Fingernägel von der Hand. *Sieht Liberés Arbeit.* Liberé, nu fangen Se nicht schon wieder damit an, ja!

LIBERÉ Ach. Entschuldigen Sie, bitte.

GOOTHEIN Wenn Sie's wenigstens könnten. Das kann man ja nicht mitansehen. *Er greift zu.* Allein geht das eben nicht. Sehen Sie, der Nebenmann hat die Drähte gebogen. Aber nicht freihändig, mein Lieber, sondern am Dorn, den er vor sich hat, so, übers Kreuz, das hält. *Er führt das an seinem Spazierstock vor.* Und erst wenn alle sechs Drähte gebogen sind, die Einführung ins Lochblatt. Jeder Draht führt genau seinem Ausgangspunkt gegenüber zurück in das Lochblatt. Jetzt die Fixierung. Das untere Ende des längsten Drahtes, des sogenannten Kuppeldrahtes, wird zurückgebogen in die Öffnung des Griffs. Sie sind einfach ein Dilettant, Liberé. Ein ganz rosiger Dilettant sind Sie. Als Häftling.

LIBERÉ Ja, ich weiß.

Es wird dunkel.

2

Liberé im Anstaltsgarten: Im Hintergrund Anstaltsfassaden. Vorne links eine vielstämmige Thuja. Man kann die Stämme nicht gleich zählen. Sie sind keinesfalls so ebenmäßig gewachsen, wie Liberé sie sieht. Vor der Thuja eine Bank.

Auftritt Dr. von Trutz und Rudi von rechts: Liberé geht auf Rudi und Trutz zu.

RUDI Herr Professor, der Doktor hört und hört nicht auf, mich mit Maturum und Verlobung zu traktieren. Ich denke, ich soll mich erholen hier.

DR. V. TRUTZ Herr Goothein meint, ich…

RUDI Nicht diesen Namen, bitte. Mein armer Vater kann nichts dafür. Jetzt allerdings, da er mich, anstatt mich anzuzeigen, hier verbirgt, macht er sich mitschuldig. Jetzt läuft der Prozeß ohne mich.

DR. V. TRUTZ Welcher Prozeß.

RUDI Lieber Doktor von Trutz, jeden Tag, in jeder Zeitung können Sie's lesen.

DR. V. TRUTZ Hier gibt's keine Zeitung.

RUDI Eine Maßnahme meines Vaters. Er hat Angst, ich lese, daß meine Kameraden verurteilt werden, und les ich das, fürchtet er, dann stell ich mich doch noch.

DR. V. TRUTZ Herr Goothein…

RUDI Herr Doktor!

DR. V. TRUTZ Rudi, gehen wir noch einmal zurück. Nach der Abiturfeier…

RUDI Herr Professor!

LIBERÉ Danke, von Trutz. Wir sehen uns nachher beim Essen.

Dr. von Trutz verbeugt sich knapp und geht.

LIBERÉ Gefällt Dir mein Garten?

RUDI Sie wollten den Brief. Hier ist er.

LIBERÉ *geht auf seine Thuja zu:* Eigentlich unsinnig, die Bank so zu stellen, daß man die schöne Thuja im Rücken hat, findest Du nicht.

Rudi zuckt mit den Schultern.

Du zählst die Stämme? Gib zu, Du hast die Stämme gezählt. Da, die Stämme dieser Thuja. Eins, zwei, drei, vier, fünf, sechs, sieben. Ausgerechnet sieben Stämme. Ohne daß ich was tat an dem Baum.

RUDI Der Brief, Herr Professor.

LIBERÉ Lies ihn vor.

RUDI Ich soll den Brief laut vorlesen.

LIBERÉ Du hast ihn doch geschrieben, sagst Du.

RUDI Ich sag, ich muß ihn geschrieben haben.

LIBERÉ Dann mußt Du ihn auch vorlesen können.

RUDI Ich kann ihn auswendig, so ist es nicht. Bloß, laut hab ich ihn noch nicht gelesen. Verzeihen Sie also, wenn der Vortrag noch Mängel hat.

LIBERÉ Bitte.

RUDI Rosenwang, zweiter März, zweiundvierzig. Bitte nicht unterbrechen, Herr Professor. Rosenwang, zweiter März, zweiundvierzig. Betreff Aktion 14 f 13 in den Konzentrationslagern, Bezug Verfügung Amtsgruppenchef Dora, Strich Dora-Ida, Strich eins, Strich a-zet, Punkt, Doppelpunkt, 14 f 13, Strich, O, te, Strich S, Strich Geheim...

LIBERE Bitte, Rudi, laß das doch weg.

RUDI Tagesbefehl-Nummer Drei-vier-Strich-vier-drei. An die Lagerkommandantur Groß-Rosen. Uns erscheint der 24. März 1942 als Ankunftstag der geeignetste, da wir in der Zwischenzeit von anderen Konzentrationslagern beliefert werden und für uns arbeitstechnisch ein Zwischenraum notwendig ist. Sollte es Ihnen möglich sein, die Häftlinge in Omnibussen anzuliefern, so schlagen wir Ihnen die Anlieferung in zwei Transporten zu je 107 Häftlingen und zwar am Dienstag, den 24. März und Donnerstag, den 26. März vor. Die Gemeinnützige Krankentransportgesellschaft wäre Ihrerseits termingerecht zu verständigen. Wir bitten Sie, zu unseren Vorschlägen Stellung zu nehmen und uns den endgültigen Bescheid zukommen zu lassen, damit wir dementsprechend weiter disponieren können. Gezeichnet Rudolf Goothein. *Gibt ihm den Brief.* So. Jetzt. Der Herr Professor schweigt.

LIBERÉ Wie alt bist Du?

RUDI Das ist schon meinem Vater eingefallen, mich danach zu fragen.

LIBERÉ Du hast ihm den Brief gezeigt?

RUDI Nein.

LIBERE Warum nicht?

RUDI Ich weiß nicht. Ich traute mich nicht. Mein Vater ist, verstehen Sie, er ist sehr gütig. Aber nachdem ich den Brief gefunden hatte, als alles wieder auftauchte, plötzlich wimmelte es mir im Kopf, das Gedächtnis liefert mir, was ich nicht will, läßt aufmarschieren Figur um Figur, ich könnte jetzt schon einen Film danach drehen, so genau seh ich wieder, wie es war, das wirkte sich wohl aus, Papa jedenfalls sorgte sich. Was ist, fragt er, hast Du Pilze gegessen. Nein, sag ich, ich bilde mir bloß was ein, mein Gedächtnis wird auf einmal so hell, sag ich, und ich such zuhause nach dem Koppel, das muß doch noch da sein, sag ich, aber da greift Papa ein, kommt wie der Lehrer mit dem Schwamm, der die Sauerei wegwischen will von der Tafel, und er schafft es nicht. Der Brief, da hilft kein Schwamm, auch nicht der Geburtsschein, den er mir vorhält, der Brief trägt meinen Namen und der Brief ist echt.

LIBERÉ Der Geburtsschein wohl auch.

RUDI Gefälscht um mich zu decken. Mein Vater liebt mich, verhätschelt mich, verstehen Sie.

LIBERÉ Du mußt ihm den Brief zeigen.

RUDI Nein. Niemals. Herr Professor, bitte. Mein Vater und ich, wir sind nicht so gegen einander, wie man das oft hört. Vielleicht weil ich von meiner Mutter nicht mehr kenne als ein paar Photos, die nicht zusammenpassen. Auf jedem Photo eine andere Person. Einen solchen Brief, Herr Professor, den meinem Vater zeigen, ich könnte nie mehr sprechen mit ihm.

LIBERÉ Also hast Du ihn geschrieben.

RUDI Zuerst hab ich mich natürlich gewehrt. Vorsicht, sagte ich mir, Vorsicht, Rudi. Du hättest diesen Brief geschrieben. Und vergessen. Das Koppel getragen, und vergessen. Sowas einfach vergessen. Mein Gott, Vorsicht, dann kann jetzt jeder kommen, mir in die Schuhe schieben, was er will. Ich kann es vergessen haben. Aus Kellern, Dachböden, Hunde können kommen, solche Briefe in der Schnauze. Kinder Schiffchen falten aus dem Papier, das den Mord mit meinem Namen besiegelt. Also Vorsicht, sagte ich. Es ist auch Papas Name. Da ist die Schuld, Herr Professor, ein ungeheurer Kittel. Jetzt, wem paßt er? Also frag ich Papa. Womit, Papa, hast Du Dein Leben so verbracht? *Imitiert:* Ach Ach Junge, was tut ein Chirurg von einem Schlamassel zum anderen. Ein Chirurg operiert eben. Daneben hat er noch seinen Goldfisch. Und sein Klavier. *Wieder als Rudi:* Plötzlich wußte ich: es ist ein Glück, einen schrulligen Vater zu haben. Lächelnd seh ich, daß er älter wird. Und ich weiß, er muß schon immer ein bißchen so gewesen sein. Besorgt um den Goldfisch. Und in der Klinik immer pünktlich. Du warst also immer Chirurg, Papa? *Imitierend:* Aber ja, Junge. Schon in früher Jugend hab ich immer gern was zerlegt. *Als Rudi:* Und dann hat er's eilig, Herr Professor. *Imitierend:* Junge, ich hab heut vier Mägen und ein Herz. Erhol Dich, Junge, Dein Vater muß in die Klinik. *Rudi schlägt nach einer Schnake auf seinem Handrücken.*

LIBERÉ Was... was tust Du da.

RUDI Eine Schnake.

LIBERÉ Du tötest Schnaken?

RUDI Sie wollen mich ablenken, Herr Professor. Schnaken! Bitte, sagen Sie meinem Vater nichts von dem Brief.

LIBERÉ Du mußt es ihm sagen.

RUDI Schonen wir den armen Mann vor dem Detail. Mörder, das ist schön allgemein. Daß sein Sohn ein Mörder ist, daran wird er sich gewöhnen.

LIBERÉ Du spielst Dich auf, Rudi.

RUDI Stimmt.

LIBERÉ Spielst den Täter.

RUDI Ich üb die Rolle wieder, die ich früher spielte, dann vergaß.

LIBERÉ Das prickelt angenehm, solang man weiß, man hat sich das selber ausgedacht. Hat man aber wirklich was getan, Rudi, dann hat man Blei im Nacken. Der Kopf dreht sich nicht mehr. Du kannst nicht mehr nach hinten schauen. Du aber mischst Dich einfach ein. Päppelst Dir Erinnyen auf. Stopfst sie aus mit Stroh. Damit Du was zum Gruseln hast. Hochmut ist das. Du spielst mit der Schuld. Lädst Dir Morde auf, die Dich nichts angehen. Und dabei schaust Du Dir zu.

RUDI Muß ich doch, Herr Professor. War ich's, war ich's nicht. Könnte ich's gewesen sein? Sie waren damals in Indien, sagt Papa. Ich weiß nicht, wie ich mit Ihnen reden soll. Wer nicht hier war zu der Zeit, weiß nicht, wozu er im Stand gewesen wäre.

LIBERÉ Ich weiß es, Rudi.

RUDI Möglich, Sie haben mal ein Krokodil gequält, Mosquitos vergiftet, was! Bitte, Herr Professor, zündet einer vor Ihnen eine Zigarette an und beim ersten Zug qualmt ihm der Rauch so blaugelb dick aus dem Mund, woran denken Sie da? An Nikotin, Teerprodukt, Kranzgefäße oder Verbrennung indischer Witwen? Ja? Ich seh sofort Kamine, besonders plump-breit-rechteckige Kamine. Und es riecht so.

LIBERE Rudi, ich hab das Rauchen verboten in Karwang.

RUDI Oh, schön. Also doch eine passable Anstalt für mich.

LIBERÉ Eine solche Thuja, zum Beispiel, findest Du nicht so schnell wieder. Es wundert mich, daß Du nicht siehst, wie eigenartig sie gewachsen ist. Falls Du bemerkt hast, wie sie aussieht mit ihren sieben Stämmen, sag es ruhig. Mich erschreckst Du nicht damit. Von hier Rudi, vielleicht siehst Du's von hier aus.

Er führt ihn so, daß Rudi die Thuja von der Seite sieht.

RUDI Besser, Sie sagen gleich, was Sie damit auskundschaften wollen. Ich bin nicht aufgelegt, über Gewächse zu plaudern.

LIBERÉ Merkwürdig, Rudi, manchmal friere ich unter Deiner Verachtung, aber manchmal tut es mir richtig wohl, daß Du mich so scharf verachtest.

RUDI Ich, Sie verachten, Herr Professor! Ich mache mir höchstens Sorgen um Sie. Es könnte ja sein, Sie ruinieren an mir, wenn Sie mich nicht gradekriegen, Ihren guten Namen.

LIBERÉ Ein guter Name, Rudi, ist ein Pseudonym.

RUDI Also ist der Name meines Vaters mein Pseudonym. Also brauch ich endlich meinen wahren Namen. Sagen Sie's meinem Vater, sein Name bleibt unversehrt, ich bin getauft durch mein Handwerk von damals. Sagen Sie's meinem Vater: ich habe gestanden. Sagen Sie ihm, es ist so: sein Sohn ist der Schwarze Schwan. Und wenn es ihn tröstet: einmal hatte ich sogar einen Augenblick der Schwäche, wie ein Mensch. Das war im Spätherbst. Ich vor dem Block, die Wolken schon mit kalten Rändern, messerscharf, vom Wind geschliffen, ich schon mit wärmerer Unterwäsche, wohlig eingefaßt fühlt man sich da, und vom Tor her die Omnibusse der Gemeinnützigen Krankentransportgesellschaft Berlin. Das war ne Firma, Herr Professor, haftete unbeschränkt dafür, daß aus Groß-Rosen und sonst woher das Material gesund ankam, auf mich zu, und ich stand in wärmerer Unterwäsche als die, schwenkte den Daumen links, den Daumen rechts, grad wie der Daumen Lust hatte, bis die Kleine kam, da sag ich: Halt, der Daumen bleibt stehen, sie schaut so, ich sag: wie heißt Du? Hedi, sagt sie. So, sag ich, Hedi.

LIBERÉ Was sagst du?

RUDI Hedi heißt sie.

LIBERÉ Hedi?

RUDI Hedi. Und ich frage: wer bin ich? Der Schwarze Schwan, sagt sie. Da gibt's nichts zu grinsen, schrei ich, ich heiß Rudi, schrei ich und schwenk den Daumen nach rechts, weil ich sie, so grad aus Laune, leben lassen will, sie aber geht nach links, nach links, ihren Alten nach, läßt mir zwei Namen zurück, Hedi. Und ich nicht mehr Rudi. Ich der Schwarze Schwan. Getauft von der. Und tatsächlich, der Name paßte. Ein Name, der nicht paßt, bröckelt ab, hält sich keine vierzehn Tage. Der Schwarze Schwan, das paßte so gut wie meine wärmere Unterwäsche, faßte mich ein, eine Silhouette mit dem Dolch gezogen, ich sah mich gehn in diesem Namen, konnte ihn lesen in den Augen, die auf mich zukamen den Herbst und den Winter, all die Jahre.

LIBERÉ Setz Dich, Rudi. Setz Dich hierher.

RUDI Das ist der Unterschied, Herr Professor. Ich kann mich nicht mehr setzen. In mir ist ein Lärm. Schüsse, Güterzüge, Gebell, und immer die durchdringende Tischglocke des Vorsitzenden. Ein Lärm ist das, Herr Professor, daß man taub werden möchte.

LIBERÉ Du dekorierst Dich mit Gewissen. Aber du spürst nichts. Was Du daher erzählst, berührt Dich nicht.

RUDI Oh Herr Professor, Sie sind wirklich ein Kenner.

LIBERÉ Von Schuld hast Du nicht mehr Ahnung als ein Richter. Du prahlst.

RUDI Das ist doch das Schlimme. Ich spür's, daß ich prahle. Ich weiß, was geschah, ich seh mich alles tun, was ich tat, und es tut mir nicht leid. So helfen Sie mir doch.

LIBERE Da schau diese Thuja an. Die sieben Stämme. Siehst Du denn nicht den Leuchter, Mensch! Siebenarmig, diesen Leuchter.

RUDI Also ein Leuchter. Ach so, ja, natürlich, so ein Leuchter soll das sein.

LIBERÉ Du willst ein Mörder sein, man schüttet Dir einen Kübel Blut hin und Du sagst, was soll die rote Farbe. Gib's auf, Rudi.

RUDI Ich frage nur, wie übt man das, Reue, Herr Professor, so, daß es einen brennt.

LIBERÉ Geh, Rudi, geh. Vor diesem Baum, so zu prahlen, so unbeschwert, so harmlos, bitte, geh jetzt.

RUDI Entschuldigen Sie bitte, Herr Professor, in punkto Pietät hapert's bei mir. Schon in der Schule an jedem Feiertag fehlte mir das Talent, meinem Gefühl zu übersetzen, was das Ehrenmal meint. Entschuldigen Sie mich also bitte bei Ihrem botanischen Souvenir, dem siebenarmig leuchtenden Gewissensrequisit. Und sehen Sie bitte, wie ich mir jetzt Mühe gebe. Sofort wird jetzt ins Taschentuch der Knoten gemacht. So. Jetzt hab ich auch mein Mahnmal. Portabile. Immer griffbereit. Oder müssen es sieben Knoten sein? Oder sieben Millionen Knoten? Das will ich fleißig überlegen, Herr Professor. Adieu.

Er geht. Liberé bleibt vor seiner Thuja.

3

Wohnzimmer, offen zur Terrasse.
Es fallen auf einzelne indische Souvenirs; ein Buschmesser; ein Schachtisch, dessen Platte von einem Elefanten getragen wird. Professor Liberé, Frau Liberé, Irm, Dr. von Trutz. Irm sitzt un-

bequem. Die anderen stehen, schauen aneinander vorbei. Dr. von Trutz steht neben Irm, wirft einen Blick in ihr Buch. Irm blättert. Zum Lesen ist sie nicht aufgelegt, aber sie weiß nicht, was sie sonst tun soll. Frau Liberé, im übertrieben ausgeschnittenen Kleid, an der offenen Terrassentür.

FRAU LIBERÉ Eine Luft ist das. Man tappt von einem nassen Lappen in den anderen. Feuchtes Spinnweb ist das, keine Luft. Schwaden, Schlieren und keine Luft. Warum wird die Partie nicht aufgebaut? Was ist, ihr Herrn, heute seid ihr dran. Ich habe frei heute, Irm. Kein Mensch kann heute abend von Deiner Mutter eine Schachpartie verlangen. Das Buschmesser müßte man nehmen, die triefenden Schwaden kreuz und quer zerfetzen, bis Luft einströmt von irgendwoher. Es muß doch noch irgendwo Luft geben, die man atmen kann, die man spürt, die ausgibt. Harald?

DR. V. TRUTZ Liebe Schwiegermama?
Irm schaut unwillig auf.

FRAU LIBERÉ Weißt Du, warum Schlangen so nackt sind?

DR. V. TRUTZ *zögernd, schaut zuerst zu Irm:* Wenn man bedenkt, aus welcher Zeit die Reptilien...

FRAU LIBERÉ Harald, da unterm Schulterblatt, bitte, kratz mich. Die Schnaken haben sich eingestellt auf uns. Sie kennen genau die Stellen, wo wir nicht hinkommen mit der Hand. Tiefer, Harald, noch ein bißchen, ja, da, jaaa.

DR. V. TRUTZ Sie ziehen Dich vor.

FRAU LIBERÉ *zu Harald, aber gegen ihren Mann gemeint:* Das ist alles, was ich jetzt habe von meinem süßen Blut, daß mich die Schnaken vorziehen. Mein Gott, Irm, früher, wir hatten Gäste, ein Haus, jedes Fest mußte dreimal gefeiert werden, soviel Freunde hatten wir. Leute waren das! Wo Du hinhörtest: ein Bonmot. Ob Hindenburg starb, oder ob so ein Zeppelin verbrannte... im Parterre nur Seidentapeten... und jetzt wird man schief angeschaut, wenn man eine Schnake umbringt, die einen eine Stunde lang gepiesackt hat. Da nicht, Harald, das kitzelt, zuletzt lach ich noch. Lachen und Rauchen verboten, die Anstaltsleitung. Danke, Harald.
Dr. von Trutz tritt zurück, verbeugt sich, geht wieder zu Irm. Er will seine Hand auf ihre Schulter legen. Sie entzieht sich ein wenig. Er bemerkt das und greift verlegen mit der rechten Hand an sein linkes Ohrläppchen.

FRAU LIBERE Wenn ihr weg seid, wer kratzt mich dann?

LIBERÉ Ich, liebe Hille.

FRAU LIBERÉ Du! Du züchtest sie ja, die Biester.

LIBERÉ Nur die Thujen.

FRAU LIBERÉ Eben, daß das Ungeziefer besser gedeiht. Ein Glück, Irm, daß wenigstens Du herauskommst aus diesem Dschungel.

DR. V. TRUTZ In Indien, könnt ich mir denken, war es noch feuchter als hier in Karwang.

Frau Liberé lacht kurz und grell auf.

Ich war nie in Indien, entschuldige. Ich dachte bloß... *bricht verlegen ab.*

LIBERÉ Lassen Sie sich nicht einschüchtern. Sie haben vollkommen recht, von Trutz. *Schlägt nach einer Schnake.*

FRAU LIBERÉ Wie, Hermann, Du schlägst nach Schnaken. Harald, hast Du das gesehen, der Professor hat eine Schnake erledigt. Wie erklären wir uns das.

LIBERÉ Ganz einfach, liebe Hille. Die Schonzeit ist vorbei.

FRAU LIBERÉ Das will ich mir merken. Harald, hilf mir. Das Monstrum, ich kann es nicht mehr sehen. *Sie geht rasch zu dem niederen Tisch, dessen Platte von einem Elefanten getragen wird. Harald kommt sofort und greift zu.*

DR. V. TRUTZ Aber wohin? Wir haben so ziemlich alle Möglichkeiten durch.

FRAU LIBERÉ Hermann, wieso verbietest Du mir nicht, den Schachtisch zu verschleppen? Wieso wird heute niemand gezwungen, mit dir Schach zu spielen? Bist Du krank?

LIBERÉ Nein.

Pause

IRM Warum hast Du eigentlich Rudi nicht mitgebracht, Papa?

LIBERÉ Weil er Ruhe braucht.

FRAU LIBERÉ Hinter meinen Sessel damit, dann ist er mir aus den Augen.

Sie tragen den Tisch hinter Frau Liberés Sessel.

IRM Wenn Du den Tisch los sein willst, wir nehmen ihn mit.

FRAU LIBERÉ Da es sich um ein indisches Souvenir handelt, mußt Du Deinen Vater fragen.

LIBERÉ Der Tisch ist eine Erinnerung, Irm...

FRAU LIBERÉ Woran?

LIBERÉ Das weißt Du so gut wie ich.

FRAU LIBERÉ Für Indien hab ich, scheint es, kein Gedächtnis. Mir ist, wir wären nachts durchgereist. Ein Reiseführer hat ein paar komische Namen geleiert. Morgens waren wir wieder hier.

LIBERÉ Das ist das unerforschliche Gedächtnis der Frauen, von Trutz.

FRAU LIBERÉ Nein, Harald, das halt ich nicht aus. Sobald ich die Hand über die Sessellehne streck, hab ich Angst, ich berühr den Elefanten.

Harald kommt zu Hilfe.

Zurück, wo er war und eine Decke drüber. *Zu ihrem Mann:* Falls Du nichts dagegen hast.

LIBERÉ Aber Hille, Du sollst Dich wohlfühlen hier. *Erschrickt.* Mein Gott, wo ist Tinchen?

FRAU LIBERÉ Das wissen wir doch nicht.

IRM Mit mir spricht sie ja nicht. Sag ich was, rennt sie weg.

LIBERÉ Sie ist ein Kind.

FRAU LIBERÉ Ein dreißigjähriges.

LIBERÉ Aber ein Kind.

FRAU LIBERÉ Da hat man einmal Glück gehabt, das eigene Kind normal, dann muß er eins adoptieren, das für immer von der Gehirnhautentzündung geschlagen bleibt.

Sie wirft eine Decke über den Schachtisch.

IRM So ein armes Wesen sollte einfach sterben können, das wäre das Beste, findest Du nicht, Papa.

LIBERÉ *laut:* Irm!

FRAU LIBERÉ *rasch:* Du bist sie los in ein paar Tagen. Ihr heiratet und ich... verkomm mit Tinchen im Geschlappere dieser grünen Finsternis. Wenn ich mal besonders übermütig bin, leg ich die Hand auf die Türschwelle und stelle mir vor, ein Zug fährt darüber. Das große Lokomotivengeräusch. Eine Sekunde ohne Froschgequak. Ach Irm, ich in der Stadt, als erstes würd ich Schaufenster einwerfen, Leute beschimpfen, Polizisten beleidigen, bis sie gemein werden, einkaufen links und rechts, mir Paketchen nachtragen lassen wie eine Negerkönigin. Anzünden sollte man diesen Wald. Petroleum in jeden Tümpel. Nichts als eine einzige nasse Schweinerei die sogenannte Natur. Ein Turnlehrer bist Du gerade nicht, Harald, aber Irm wird Dich ein Leben lang lieben dafür, daß du sie hier rausgeholt hast. Und gleich in ein Hochhaus. Wievielte Etage, Irm?

IRM *zuckt mit den Schultern.*

DR. V. TRUTZ *rasch:* Siebzehnte.

FRAU LIBERÉ Irm! Siebzehnte Etage. Rundherum Dächer. Straßen. Eine Stadt aus Stein, trocken und kühl.

DR. V. TRUTZ Manchmal kommt mir vor, sie freut sich gar nicht.

IRM Wie oft willst Du's eigentlich hören pro Tag, daß ich mich freue? Nimm mich mit oder nimm mich nicht mit, aber spiel nicht andauernd den Weihnachtsmann.

DR. V. TRUTZ Irm, in der Stadt, bei mir, Du wirst die Tür immer offen finden. Ob Du hinaus willst oder herein.

FRAU LIBERÉ Er ist einfach zu nachsichtig mir Dir, das ist sein Fehler.

IRM Dabei weiß er, was der Hauslehrer gemacht hat mit mir.

LIBERÉ Von wem?

IRM Von mir.

FRAU LIBERÉ Das wäre nicht nötig gewesen.

DR. V. TRUTZ Ich begreife nur nicht, warum man dieses Scheusal nicht der Polizei übergeben hat.

FRAU LIBERÉ Mit der Polizei haben wir's nun mal nicht. Jeder sein eigener Richter. Das müßtest Du eigentlich gelernt haben in den drei Jahren. Gedächtnis genügt.

LIBERÉ Wenn man eins hat.

DR. V. TRUTZ Zum Vergeben haben wir keine Macht, Herr Professor. Wir sind trotz allem keine Pfarrer.

FRAU LIBERÉ Verglichen mit uns bist Du einer.

IRM Ach Mama, jetzt redest Du wieder, als wären wir weiß Gott was für eine Familie.

FRAU LIBERÉ Ich schweige.

LIBERÉ Irm hat recht. Du redest.

FRAU LIBERÉ Ich schweige.

LIBERÉ Du redest! Also, von Trutz, Sie täuschen sich. Da Sie fast so wenig Gedächtnis haben wie meine Frau, wissen Sie nicht, was es heißt, einen Menschen seinem Gedächtnis zu überlassen.

DR. V. TRUTZ Oh ich könnte Ihnen heute noch wörtlich wiederholen, was unser Kompaniechef immer vor dem Angriff sagte. Ich weiß leider noch sehr genau, daß ich zwei Kilometer vor Kiew einen Platten hatte. In Minsk ging mir das Kölnisch Wasser aus. Und als aus dem Dunst der Elbrus auftauchte, hatte ich den Schnupfen. Und...

LIBERÉ Das sag ich doch. Sie merken sich alles Mögliche, aber Sie haben kein Gedächtnis.

FRAU LIBERÉ Wie meine Frau.

LIBERÉ Ähnlich, liebe Hille.

FRAU LIBERÉ Weil ich Dein... Dein heiliges Indien nicht auswendig kann. Frag doch Irm einmal aus über Indien.

LIBERÉ *rasch:* Sie war zu jung. Irm, bitte, schau jetzt endlich, wo

Tinchen so lange bleibt.
Irm ab.

FRAU LIBERÉ Woher haben wir also den entsetzlichen Elefantentisch, lieber Hermann?

LIBERÉ Ich weiß es. Du weißt es auch.

FRAU LIBERÉ Also, paß auf, Harald. Strandfest, am Ozean, dreißig, vierzig riesige Zelte, der Maharadscha von Sowieso-Pur, dreihundert Gäste beim Eis, beim Tee, beim Eistee, plötzlich die Elefantenherde...

LIBERÉ Hör auf.

FRAU LIBERÉ Zelte, Gäste, Gedecke wirbeln durch die Luft...

LIBERÉ Hille!

FRAU LIBERÉ Du rettest die Maharani, er schenkt Dir dafür den Elefantentisch.
Liberé lacht gezwungen, Dr. v. Trutz lacht ebenfalls.

LIBERÉ Es ist Ihnen klar, sie will mich parodieren.

DR. V. TRUTZ Ich kenne die Szene, Professor. Indisches Grabmal.

FRAU LIBERÉ War es nicht Tiger von Eschnapur.

DR. V. TRUTZ Jetzt werd ich unsicher.
Man hört Tinchen singen. Dann kommt sie, hinter ihr Irm. Tinchen ist halbwegs wie ein Jungmädel angezogen. Schwarzer Rock, weiße Bluse, ein Dreieckstuch. Sie ist zirka dreißig Jahre alt, aber schwer von Gestalt. In der Hand hält sie einen Aluminiumtopf, schüttelt ihn wie eine Sammelbüchse. Münzen scheppern.

TINCHEN Wildgänse rauschen durch die Nacht
mit schrillem Schrei nach Norden
Unstete Fahrt habt Acht habt Acht
die Welt ist voller Morden.

FRAU LIBERÉ Aufhören. Sie soll endlich aufhören.

IRM *nach dem Lied:* Ich kann sagen, was ich will, Papa, sie tut, als höre sie nicht.

TINCHEN Keiner soll hungern und frieren. Für das Winterhilfswerk, eine Spende bitte.

LIBERÉ Komm, Tinchen, komm zu mir.
Er holt Münzen aus der Tasche, wirft sie hinein.

FRAU LIBERÉ Hab ich Dir nicht verboten, Du ungezogenes Kind...

TINCHEN Tante, die Scharführerin hat gesagt: die Älteren verstehen uns nicht. Keine ist zu vornehm für die Sammelbüchse. Wir betteln nicht. Wir dienen. Keine ist zu vornehm zum Dienen.

FRAU LIBERÉ Gib mir den Topf.

TINCHEN Und wenn dann gezählt wird bei der Sonnwendfeier...

FRAU LIBERÉ Gib her. *Sie entreißt ihr den Topf.*

LIBERÉ Hille.

FRAU LIBERÉ Ekelhaft. Ein Zahn. Rasierklingen. Knöpfe.

TINCHEN Nichts ist so klein, es kann doch nützlich sein. Der Vierjahresplan sagt Dir, laß nie Papier…

FRAU LIBERÉ Aufhören! Woher ist das Zeug?

TINCHEN Die von Zimmer 104 geben immer am meisten. Und der Groschen ist von Rudi.

Frau Liberé zieht ihr die Bluse aus.

Nicht, Tante, die Uniform. Zur Sonnwendfeier…

FRAU LIBERÉ *zu Irm:* Hol ihr die Jacke.

IRM Harald, hörst Du, die Jacke.

DR. V. TRUTZ Begleite mich wenigstens.

IRM Dann hol ich sie eben allein.

DR. V. TRUTZ Nein, bitte bleib, ich hol sie schon.

von Trutz ab.

FRAU LIBERÉ Dir darf man gratulieren, Irm. Man wünscht sich zwar immer einen Mann, der einen Nagel gerade in die Wand schlagen kann, weißt Du, so mit klingenden Schlägen, *sie begeistert sich:* die dann immer fester und dumpfer werden. Aber wozu auch! Hast Du gesehen, Hermann, wenn er Irm einen Stuhl hinstellt und sie setzt sich, dann berührt er sie zuletzt noch an der Schulter. So lieb ist er.

IRM Mach nur einen Trottel aus ihm. Nur weiter so.

FRAU LIBERÉ Ich! Du behandelst ihn, wie er es nicht verdient. Nur Du.

TINCHEN Im Wald, Tante, hat er ihr die Tasche nachgetragen. Mit dem Mund.

IRM Das ist nicht wahr, Du lügst. Du… Du…

LIBERÉ Irm, bitte, sie meint es doch nicht so.

Harald kommt mit der Jacke. Frau Liberé zieht Tinchen die Jacke an, knöpft sie falsch.

FRAU LIBERÉ Danke, Harald. *Zu Tinchen:* Wenn Du noch einmal so ungezogen bist, mußt Du sofort auf Dein Zimmer.

LIBERÉ Komm, Tinchen, setz Dich hier her.

Er knöpft ihr die Jacke richtig.

FRAU LIBERÉ Harald, zum letzten Mal, hilf mir, so sieht es aus wie ein Altar, wie ein Sarg.

Sie reißt die Decke vom Tisch, die den Tisch bis zum Fußboden hin verbarg.

LIBERÉ Hille, Du tyrannisierst uns ganz schön mit diesem Tisch.

FRAU LIBERÉ Der tyrannisiert mich.

LIBERÉ Mein Gott, so schau halt nicht hin.

FRAU LIBERÉ Ich muß.

LIBERÉ Von Trutz, Sie sehen, das ist ein Fall. Wir müssen meine Frau behandeln. Was schlagen Sie vor. Zwanghafte Fixierung auf ein harmloses Möbelstück.

DR. V. TRUTZ Enttabuisieren.

LIBERÉ Also, liebe Hille, jetzt wollen wir's endlich wissen. Woher haben wir diesen Tisch. *Scharf:* Woher?

FRAU LIBERÉ Aus... aus... Sag es doch selber.

LIBERÉ Woher?

FRAU LIBERÉ Na ja, dann eben aus Benares.

LIBERÉ Richtig, aus Benares. Und von wem?

FRAU LIBERÉ *sagt auf:* Benares ist berühmt durch die Totenverbrennungen. Die Witwen stiegen auf den Holzstoß zum toten Gatten, ein Jüngling legte Feuer, manchmal sprang die Witwe schreiend zur Erde, *persönlicher:* verstehst Du, Harald, es ist nicht jeder Frau Geschmack für die Seele ihres Mannes zu sühnen, es gibt Frauen, die wollen einfach weiterleben, und wär's auch als Witwe, *sagt wieder auf:* aber die Angehörigen scheuchten die Witwe unter Schmähungen auf den Holzstoß zurück.

LIBERÉ Das haben wir natürlich nicht mehr erlebt, von Trutz. So war es früher. Aber der Tisch, Hille, von wem...

FRAU LIBERÉ Leichenverbrennungen dagegen...

LIBERÉ Das ist bekannt, Hille. Der Tisch...

FRAU LIBERÉ Für Ärzte sehr bequem, Harald. Du kannst praktisch jeden umbringen, der wird so schnell verbrannt, da gibt es keine Schererei.

LIBERÉ Sie sehen, von Trutz, die Patientin meidet das Objekt, um das es ihr geht. Spielen wir lieber eine Partie.

FRAU LIBERÉ Der Benares-Duft, Harald, ein widerwärtig riechender Dampf, am Ufer rußgeschwärzte Männer, mit eisernen Stangen stochern sie in die Scheiterhaufen, rundum Knochen, meterhoch die Asche, und warum das alles? Um die Geister der Verstorbenen zu zähmen. Als müßte jeder Lebende ein schlechtes Gewissen haben, bloß weil er ganzen Sache Ist das so?

LIBERÉ Ja.

FRAU LIBERÉ Harald, ist das so?

DR. V. TRUTZ Auf jeden Fall, Professor, Ihre Frau hat ein lebhaftes Gedächtnis, das ist nicht abzustreiten.

FRAU LIBERÉ Überhaupt kein Gedächtnis hab ich. Ich will auch keins. Ich pfeif auf Gedächtnis. Ich lebe. Bloß der, mein lieber Gatte, der will partout, daß ich mir eins anlege, ein sorgsam gehegtes, von allem Unkraut gereinigt, daß nicht plötzlich schwarze Tulpen blühen, aber dann schon lieber gar keins als so ein Schnittlauchbeet von einem Gedächtnis.

LIBERE Bist Du imstande und sagst, woher wir den Tisch haben, oder willst Du weiterphantasieren?

FRAU LIBERÉ Der Tisch ist... ist aus Benares.

LIBERÉ Gut. Und von wem?

FRAU LIBERÉ Von *gequält buchstabierend:* Mandayan Karumpurath.

LIBERÉ Wer war das?

FRAU LIBERÉ Unser Freund. Direktor von Socony-Oil.

LIBERÉ Im Jahre?

FRAU LIBERÉ 1941.

LIBERÉ Bravo, liebe Hille. Jetzt die Partie, von Trutz.

FRAU LIBERÉ Aber warum hat er uns den Tisch geschenkt?

LIBERÉ Einfach so. Ein Andenken an unsere Freundschaft.

FRAU LIBERÉ Harald, unser Freund Mandayan hatte seine Frau umgebracht.

LIBERÉ Was sagst Du da?

FRAU LIBERÉ Na ja, sie war schwer krank, stell ich mir vor, vielleicht unheilbar, im Kopf, verstehst Du, also erlöst er sie, sowas gibt's ja, nachher wird sie verbrannt, er opfert Reis auf dem Scheiterhaufen, um sich vor den Belästigungen durch die Tote zu schützen, aber es gelingt ihm nicht, sagen wir, er leidet, hält es nicht mehr aus, will sich stellen, der Polizei, der irdischen Gerechtigkeit, da greift mein Mann ein und lehrt Mandayan, wie man das macht, täglich an die Toten denken und doch gut weiterleben, wie man bloß durch Drandenken alles ins reine bringt.

LIBERÉ Hille!

FRAU LIBERÉ Verstehst Du, er lehrt ihn nicht etwa Vergessen, womit dem Armen geholfen gewesen wäre, nein, er lehrt ihn das Vegetieren. Und dafür schenkt uns der den Elefantentisch. Zur Strafe, sozusagen. Daß auch wir ein Leben lang daran denken. Ich, zum Beispiel, die mit der ganzen Sache nichts zu tun hatte. Ist das eine akzeptable Version?

LIBERÉ Ja, wenn Du jetzt noch zugibst, daß an dieser Geschichte kein Wort wahr ist.

FRAU LIBERÉ Das stimmt.

LIBERÉ Und wir spielen endlich unsere Partie.

FRAU LIBERE Auf dem Elefantentisch.
LIBERE Aus Benares.
FRAU LIBERE Viel Vergnügen.

Sie geht, alle schauen ihr nach.
Es wird dunkel.

4

Wäscheplatz. Irm nimmt die Wäsche ab. Rudi kommt, sieht sich vorsichtig um, dann tritt er plötzlich zu Irm.

RUDI Weiß. Schön weiß, Irm, das schafft bei mir bloß noch der Tod. Ja, ich bin heute tief gestimmt. Niederträchtig. Übermütig. Kennen Sie Jo-Jo? *Macht die Bewegung.* Spielt einer mit mir, Jo-Jo. Und dann heißt es: Rudi ist launisch. Verstehen Sie. Rudi ist nicht launisch. Mit Rudi wird Jo-Jo gespielt. Das ist der ganze Witz. *Rudi greift nach der Wäsche.* Leider nicht trocken, Irm.

IRM Trockener wird die Wäsche hier nie, Rudi.

RUDI Ach. Meine Anteilnahme, Irm. Was für ein Leben, nie ganz trockene Wäsche. Als meine Mutter noch ... die Wäsche war spröd vor Trockenheit, und steif. Vor Trockenheit knisterte die, als meine Mutter ... wie würden Sie das sagen?

IRM Als Ihre Mutter ...

RUDI Ja, meine Mutter, als sie noch ...

IRM Lebte.

RUDI Noch Wäsche abnahm. Wir rannten unter der Wäsche hindurch, obwohl die Wäsche fast bis auf den Boden hing. Ein Geschwader tief gehender Fregatten, Irm. Schwere Segel. Schwer und gebläht. Und wir unten durch, das sagte ich schon. Ja, ja, die Muttersprache. Das hat man davon. Überfrachtet, meine Muttersprache, der Ballast rollt, lang macht sie das nicht mehr. Da muß was über Bord, Irm. Immer der Ärger mit der Wäsche. Auf dem Wäscheplatz. Vom Fenster aus sah ich Sie zwischen der Wäsche. Meine Mutter, denk ich, lauf herunter, und treffe Sie.

IRM Dann werd ich Sie eben in Zukunft für meinen Vater halten.

RUDI Und ich werde mich auf dem Kopf kratzen, bis Sie zugeben, daß ich es bin. Das hat Ihr Vater nicht, diese platonische Krätze, gegen die es keinen Schampon gibt. Wenn ich allein bin, Irm, bürst ich mir stundenlang den Kopf, kaum ist er trocken, fängt diese höhere Unreinheit wieder an zu jucken und ich kratze, bis die Arme schmerzen.

IRM Weiß das mein Vater?

RUDI Ach, Sie Lämmchen! Der hat es mir sogar empfohlen. Solang ich nicht bereuen kann, hab ich auch nichts getan. Sagt er. Und er hat recht. Jetzt üb ich also Reue. Sehen Sie, hier sitzt das Gedächtnis. Von hier aus wird die Kopfhaut angegriffen. Das Gedächtnis sendet einfach, was es hat. Das erzeugt die ewige Krätze. Der Vorrat ist unendlich. Dafür ist gesorgt. Ach, Irm, lassen Sie uns Englisch sprechen. Da kommen einem nicht immer solche Wörter in die Quere. Krätze, zum Beispiel! Lassen Sie uns eine Sprache sprechen, in der ich nicht weiß, was Krätze heißt.

IRM Bitte nicht Englisch.

RUDI Nichts ist so lustig wie eine Fremdsprache. Eine Ballonfahrt ist das, eine Fremdsprache. Es geht bloß so dahin. Die Erde wird ungenau und ringsum wird es mit einem Mal warm.

IRM Ich krieg eine Gänsehaut bei Englisch.

RUDI *greift nach einem Leintuch:* Ich helf Ihnen. Das kann ich nämlich.

Sie straffen ein Leintuch, dann falten sie es zusammen.

IRM Jetzt bin ich wieder Ihre Mutter.

RUDI Dann müssen Sie rufen: nun lassen Sie doch endlich die Kinder!

IRM Ich seh keine.

RUDI Da, sehen Sie nicht, ein Bub, ein Mädchen. Nun lassen Sie doch die Kinder!

IRM Nun lassen Sie doch die Kinder!

RUDI Aber nicht zu mir, sondern zu dem Mann. Zu dem schwarzen Mann da.

IRM Was ist das für ein Mann?

RUDI So'n schwarzer Mann. Den gibt's ja wohl in jeder Jugend. Vielleicht sogar in Indien.

IRM Ich weiß nichts mehr von Indien. Papa sagt, ich habe ein schlechtes Gedächtnis.

RUDI Das ist was Gutes, ein schlechtes Gedächtnis. Was hab ich davon, daß ich noch jeden schwarzen Mann weiß, der vorbeikam am Wäscheplatz.

IRM Mit einer Mütze.

RUDI Nehmen Sie doch die Mütze aus dem Mund, sagte meine Mutter zu dem.

IRM Die schwarze Mütze.

RUDI Sie erschrecken mir ja die Kinder! Ich lief dem nach. Meine Mutter rief. Der hatte lange Stiefel.

IRM Einen Dolch?

RUDI Natürlich einen Dolch. Ihm gehörten alle Omnibusse. Wir wurden eingefangen. Das Mädchen und ich. Erst wenn die Omnibusse leer waren, durften wir wieder ins Freie. Es gibt Kranke, die stecken an, verstehen Sie. Sogar die Vorhänge wurden zugezogen. Mit Tischen und Stühlen bauten wir ein Barackenlager. Wenn Verdunkelung war, durften wir alles. Das Mädchen hatte einen langen Zopf, den klemmte ich in die Schublade. Zuerst lachte sie, dann schrie sie. Die Bauernkinder haben die Omnibusse jedesmal gezählt. Mach Dich bloß mausig, sag ich, dann kommst Du in'n Backofen von mei'm Vater. Das war im Krieg, Irm. Da hat er wohl als Bäcker gearbeitet. Mußte ja jeder was anderes tun als er wollte, Krieg ist Krieg. Verstehen Sie. Der Bäcker wird Soldat. Der Doktor wird Bäcker. Der Rauch roch so. Noch beim Frühstück. Die Klappsmühle raucht wieder! Ich hatte immer Streit mit diesen Bauernjungen. Und meine Mutter hatte keinen Appetit. Luftveränderung. Immer hieß es bei uns Luftveränderung. Aber sie kriegte einfach keinen Appetit mehr. Plötzlich ließ sie das Leintuch fallen, riß mich mit, wir rannten ins Haus. Nicht anfassen, rief sie, nicht anfassen. Der Ruß. Sie mochte den Ruß nicht aus dem Kamin. So war das früher. Da rußten die Kamine noch. Wir sind da weggezogen. Ro... Ro... Rosenwang. Ja, ich war einmal in Rosenwang. Richtige Skandale gab es mit diesem Ruß. Die Technik muß noch sehr weit zurück gewesen sein, damals in Rosenwang, sonst hätte meine Mutter nicht soviel ausstehen müssen. Sie würden sich doch auch ärgern, wenn Ruß auf diese weißen Tücher fiele.

IRM Was Sie erzählen, kann ich mir gleich vorstellen.

RUDI Eigener Herd, Goldes Wert. Weißes Leinen. Rote zackige Buchstaben. Das hing in der Küche.

IRM Sie rannten dem Mann nach. Dem schwarzen.

RUDI Ich und Hedi mit dem Zopf. Schwarzer Mann, schwarzer Mann, riefen wir und der dreht sich um und lacht. Was heißt das: SS? haben wir gefragt. Schwarzer Schwan, sagt er und hielt die mit dem schwarzen Zopf an ihrem schwarzen Zopf. Ich hatte ein Messer und als er weg war, war ich der Schwarze Schwan und zog das Messer und nahm den Zopf, den hatte ich doch immer eingeklemmt, wo es ging, in die Schublade, in die Tür, den schnitt ich ab, sie schreit, eine Hand auf mich zu, ich fall, mit dem Messer... das hat ganz schön geblutet *greift sich unwillkürlich an den Hals:* in Rosenwang oder sonstwo... sehen Sie, so ist das, wenn Sie eine Muttersprache haben, ein Wort gibt das andere, und am Ende glaubt man selber daran. Ich glaube, man muß sehr vorsichtig sein mit einer Muttersprache.

IRM Sie haben eine Narbe am Hals, Rudi.

RUDI Kommen Sie, bevor es regnet. Die Wäsche. Hier ist ja immer ein Gewitter bereit.

IRM Wenn Sie reden, hab ich mindestens fünf Ohren. Alles taucht gleich auf. Die Bleiche, die Mütze, der Ruß, Sie sagen etwas und schon seh ich es.

RUDI Ich auch, leider.

IRM Dabei soll ich gerade mit Ihnen nichts reden. Weil Sie doch nicht gesund sind.

RUDI Wer möchte schon gesund sein, Irm. Nach allem. Krank bin ich ja nicht. Nur mein Gedächtnis spukt. Ein wilder Verkehr durch alle Kammern. Wo doch alles hübsch getrennt untergebracht werden sollte. Eine Kammer für die Toten. Eine Kammer für jene Toten. Eine Kammer für den Schulanfang. Und eine für die großen Ferien. Das Leichengift macht mir zu schaffen. Soll ich Ihnen den Korb reintragen?

IRM Nein, das dürfen Sie nicht.

RUDI Ja, richtig, ich bin ansteckend. Aber Sie auch, wissen Sie das.

IRM Es wäre viel lustiger hier, wenn man mit Ihnen reden dürfte.

RUDI Alles Gute, Irm. Der Jo-Jo-Spieler windet mich hinauf. Die Stimmung steigt. Ich könnte Ihnen schreckliche Vorschläge machen. Auf Wiedersehen.

IRM Bleiben Sie doch noch. Ich bleibe doch auch noch. Sogar das Gewitter wartet noch. Extra wegen uns. Meistens sind Sie so traurig, daß man gar nicht reden kann mit Ihnen.

RUDI Wer einen fröhlichen Vater hat, wird leicht ein mieser Kerl.

IRM Ich habe auch sowas erlebt mit einem Frühstück.

RUDI In Indien?

IRM Vielleicht hatten wir da auch so'n Wäscheplatz.

RUDI Wäscheplätze wird es überall geben.

IRM Und Ruß?

RUDI Ruß wahrscheinlich auch.

IRM *laut und rasch:* Rudi, der Ruß!

RUDI *nach einer Schrecksekunde:* Ich sag es ja, wie meine Mutter. Irm, Irm, mit Ihnen kann man spielen. Aber sobald ich die Hand ausstrecke nach Ihnen, merk ich, ich erreiche Sie nicht.

IRM Wann wollen Sie eigentlich heiraten?

RUDI Nie.

IRM Schade. Um Sie.

RUDI Mein Jo-Jo-Spieler läßt das nicht zu. Stellen Sie sich vor, meine Frau streckt die Hand herüber, da fällt es dem ein, er läßt mich fallen, meine Frau greift ins Leere, erschrickt, kriegt graue Haare, ich komm später zurück und bin mit einer Greisin verheiratet.

IRM Sie wären mir lieber als der Doktor.

RUDI Ich muß arbeiten. An mir. Sagt der Professor. An Heiraten ist da gar nicht zu denken. Mein Vater kommt. Der will was sehen. Und er soll was sehen. Helfen Sie mir?

IRM Ja, Rudi, gern.

RUDI Das Zimmer 104 kennen Sie?

IRM Bruno kenn ich, den Gärtner.

RUDI Und Seelschopp und Figilister und Gerold.

IRM Papa sagt, das wird nichts mehr mit denen.

RUDI Sehr nette Leute, Irm. Ich bin ein Laie, aber ich behaupte, mit denen ist was anzufangen. Mich behandeln sie zwar wie ein Flaschenkind. Dann wollen sie mich gleich wieder prügeln. Wir sind schon richtig befreundet.

IRM Und was soll ich dabei?

RUDI Ich muß doch arbeiten an mir, der Professor will es, mein Vater will es. Also werde ich meine Freunde von 104 mobilisieren, und dann führen wir meinem Vater und dem Professor was vor.

IRM Und ich?

RUDI Sie könnten mitmachen. Wenn Sie dabei sind, kommt mir vor, geht alles noch mal so gut.

IRM Rudi, könnte ich nicht auch so einen schwarzen Zopf gehabt haben?

RUDI Die hieß nicht Irm.

IRM Den Du in die Schublade klemmtest. Und in die Tür.

RUDI Den ich abschnitt.

IRM Als Du der Schwarze Schwan warst.

RUDI Ließ ich Hedi nach links gehen. Ich hatte sie... hatte ich sie nicht nach rechts... aber sie ging nach links. Freiwillig.

IRM Davon habe ich auch gehört.

RUDI Ja. Man sprach viel davon. Freiwillig ging die nach links.

IRM Nenn mich Hedi.

RUDI Nein.

IRM Bloß so. Zur Probe.
RUDI Nein.
IRM Es regnet. Die Wäsche.
RUDI Also?
IRM Dankeschön.
RUDI Bei mir bedankt man sich nicht.
IRM Doch. Sie haben mir geholfen die Wäsche zusammenzulegen. Und unterhalten haben Sie mich auch.
Sie nimmt den Korb. Rudi will helfen.
Nein, nicht.
RUDI Bis morgen.
Irm ab.
Tinchen hat schon gewartet.
TINCHEN *von der Seite:* Rudi.
RUDI Ach Tinchen, Du.
TINCHEN Immer redest Du so lang mit Irm.
RUDI Sie begreift so schwer.
TINCHEN Mir hat sie meine Kleiderkarte geklaut.
RUDI Was hat sie?
TINCHEN Und hinten drauf war ein Autogramm von Mölders. Das wollt ich nachher bei der Sonnwendfeier tauschen gegen Prien.
RUDI Gib zu, Dich schickt der Onkel.
TINCHEN Der Onkel darf nichts wissen. Er mag doch Prien nicht.
RUDI Ich auch nicht.
TINCHEN Wen magst Du?
RUDI *schweigt.*
TINCHEN Verstehe, Rudi. Feind hört mit. Aber zur Sonnwendfeier gehst Du mit mir und nicht mit Irm, daß Du's weißt.
RUDI Mensch, Tinchen, Sonnwendfeier, sowas Langweiliges.
TINCHEN Und wenn ich Dir eine Pistole verschaffe?
RUDI Was für eine Pistole?
TINCHEN Onkel hat eine, in der Schublade, eine echte, du könntest ins Feuer schießen.
RUDI Oder in den Himmel.
TINCHEN Oder in die Welt.
RUDI Abgemacht, Fräulein Häuptling, ich erwarte die Pistole.
TINCHEN Abgemacht.
RUDI Tinchen, es regnet.
TINCHEN Bleib. Spiel jetzt mit mir.
Zählt ab:
Itze ditze Silberschnitze

Itze ditze drauß.
Drauß bist du noch lange nicht
Sag mir erst wie alt Du bist.
Rudi reißt sich los, rennt weg.

TINCHEN Rudi!
Es wird dunkel.

5

Liberé bei seinen Drahtarbeiten. Tinchen spielt am Boden.

TINCHEN Onkel?

LIBERÉ Ja, Tinchen?

TINCHEN Darf ich Dich was fragen, Onkel?

LIBERÉ Aber natürlich, mein Kind.

TINCHEN Ich muß doch bei der Sonnwendfeier den Spruch sagen mit der Vorsehung. Was ist das eigentlich, die Vorsehung?

LIBERÉ Das... das ist... so...

GOOTHEIN *rasch:* Mensch, Liberé, das sind aber miese Nachrichten. Sie hängen, hör ich. Das Pulver verschossen, die Festung unversehrt. Herrgott, Liberé, was haben Sie früher für Gehirne ausgeräumt.

LIBERÉ Sie können ihn gerne wieder mitnehmen.

GOOTHEIN Reden wir doch mal Tacheles. Wo sehen Sie die Wurzel? Und quälen Se mich bitte nicht mit Ihrem Dilettantismus da.
Liberé hört auf zu flechten.
Die Wurzel, Liberé.

LIBERÉ Das Schlüsselerlebnis war dieser Brief.
Gibt ihm den Brief.

GOOTHEIN *überfliegt den Brief:* Rosenwang, zweiter März, zweiundvierzig. Betreff Aktion 14 f 13 in den Konzentrationslagern... An die Lagerkommandantur Groß-Rosen. Uns erscheint der 24. März 1942 als Ankunftstag... Konzentrationslagern beliefern werden und für uns arbeitstechnisch ein Zwischenraum notwendig ist... Häftlinge anzuliefern, ... Krankentransportgesellschaft... damit wir dementsprechend weiter disponieren können. Gezeichnet Rudolph Goothein. Ja. Solche Briefe hat man schreiben müssen. Fürchterlich, Liberé. Der arme Junge. Wo er bloß diesen unglückseligen Brief her hat.

LIBERÉ Aus einem Buch.

GOOTHEIN Mein Gott, und ich glaubte, ich hätte alles vernichtet.

LIBERÉ Ein-hundert-sieben. Am 24. März.

GOOTHEIN Sein Geburtstag.

LIBERÉ Sein Geburtstag.

GOOTHEIN Was machen wir, Liberé? Was machen wir bloß?

LIBERÉ Sie müssen zugeben, daß Sie es waren, der diesen Brief schrieb.

GOOTHEIN Das geht nicht. Der Junge hängt an mir.

LIBERÉ Wenn Sie es nicht waren, war er es.

GOOTHEIN Was haben Sie aufgebaut, Ihrem Kind zuliebe! Und von mir verlangen Sie, daß ich meinen Sohn hineinzieh in die schlimmen Geschichten von damals.

LIBERÉ Ihr Sohn ist schon drin.

GOOTHEIN Er hat einen so guten Kern. Sie wissen nicht, wie eng wir sind, er und ich. Er würde es einfach nicht glauben.

LIBERÉ Vielleicht. Aber vielleicht spielt er bloß. Quält sich vor uns. Bis wir es nicht mehr aushalten. Eine zweckvolle Vortäuschung, deren er sich bewußt ist. Er will uns zwingen, alles zuzugeben.

GOOTHEIN Nee, nee, das nicht, Liberé. So ist er nicht. Heimtückisch war er nie. Das ist ne echte ethische Hypertrophie, Liberé. Ne ethische Überkompensation, weil er mit der Verlobung nicht zu Rande gekommen ist. Das nimmt er sich übel. Und so heizt er sich auf. Der Brief ist da bloß der Tropfen, der noch gefehlt hat. Die ganze Skrupulosität is nischt als ne Überkompensation für ne eingebildete Insuffizienz. Da konfabuliert er eben. Also, Liberé, daß ich Ihnen das sagen muß, ist ja wohl'n Witz. Wer is'n nu eigentlich der Neurosen-Spezialist, Sie oder ich.

LIBERÉ Er lähmt mich, Goothein.

GOOTHEIN Wachen Se auf, Liberé, ich bitt Sie.

LIBERÉ Er spielt mir was vor. Jedes Stichwort sitzt. Ich müßte endlich meine wahre Rolle übernehmen. Er spricht auf mich ein. Und ich, ich bleibe stumm. Ich habe, was war, gezähmt. In ein kleines Nagetier verwandelt. Wenn mir mal der Kaffee nicht schmeckt, bin ich schon stolz. Vielleicht gelingt es Ihrem Sohn. *Nimmt den Telephonhörer ab.* Rudi soll jetzt kommen. Und, von Trutz, sagen Sie ihm, sein Vater ist da. Und beiläufig fragen Sie ihn, ob er gleich mit möchte mit seinem Vater. Ja. *Legt den Hörer auf.*

GOOTHEIN Daß er ein Judenhasser sei, wirft er sich nicht mehr vor, sagt der Doktor. Das ist schon was.

LIBERÉ Ja. Er will ein gewöhnlicher Mörder gewesen sein. Unterschiedslos umgebracht zu haben, das wär schon eine Erlösung.

Aufgenommen in eine Legion von Mördern. Kameradschaft aus ein paar tausend Jahren. Motive, Umstände jede Menge. Der Verteidiger redet, am Ende würde man selber begreifen, warum man zustach. Überhaupt zugestochen zu haben, das genügte schon. Aber wir wissen doch gar nicht mehr, wie und warum. Goothein, warum? Wissen Sie das noch?

GOOTHEIN Nu fangen Se nicht schon wieder an, Liberé.

LIBERÉ Und jetzt sollen wir hinstehn und Auskunft geben, daß ein ganzer Gerichtssaal vor Verständnis und Verachtung schauern kann.

GOOTHEIN Ham Se mich deshalb hergebeten, daß Se wieder die ollen Kamellen aufwärmen können, Liberé. Sie sind ja schlimmer als'n Kriegskamerad. Herrgottsakerment, Liberé, wird denn dadurch irgendwas besser? Das ist doch bloß so'n Bedürfnis bei Ihnen und darüber vergessen Se, warum Se mich herbestellt ham.

LIBERÉ Ich hab es nicht geschafft.

GOOTHEIN Was ham Se nicht geschafft?

LIBERÉ Das Geständnis.

GOOTHEIN Das verlangt auch keiner von Ihnen. Dazu ist mein Junge nicht hier, Liberé, daß er sich Geständnisse anhören soll.

LIBERÉ Vielleicht hätte es ihm geholfen.

GOOTHEIN Liberé, allmählich zweifle ich an Ihnen.

LIBERÉ Ich auch, Goothein. Deshalb ließ ich Sie rufen. Ich stell mich nämlich jetzt seinem Hochmut. Ein Mörder! Rudi glaubt, das sei was Besonderes. Die elende Glätte, mit der das vor sich ging. Das waren doch ganz normale Tage. Nur daß man das Gefühl hatte, was Schlechtes gegessen zu haben. Eine besondere Übelkeit. Andauernd. Aber mehr war es doch nicht.

GOOTHEIN Liberé, Liberé, Ihnen fehlen einfach die paar Jahre Zuchthaus. Die Quittung fehlt Ihnen. Aber ich kann se Ihnen doch nicht ausstellen. Ich weiß nicht, was Se immer noch wollen von mir.

LIBERÉ Goothein. Ich will sagen, hätte man e i n e n umgebracht, möglich, daß einem der nachginge, mit einem ganz bestimmten Gesicht, die Augen vielleicht. Wahrscheinlich die Augen.

GOOTHEIN Und bei uns mischt sich's eben. Das stimmt schon. Wenn ich manchmal träum, dann sind's Zahlen. Aber nu allen Ernstes, Liberé, warum bin ich hier.

LIBERE Weil ich Schluß mache. Entweder er oder ich. Ich kann ihn nicht behandeln. Also stell ich mich ihm. Hier wird er eintreten.

Rudi, werde ich sagen, lassen wir das Versteckspielen. Du hast nie was getan, das weißt Du. Aber hast Du Dir einmal überlegt, was Du getan hättest, wenn es an Dir gewesen wäre, damals, wenn Du alt genug gewesen wärst, etwas zu tun? Ja, Du bist fein heraus. Allein Dein Geburtsdatum macht Dich zu einem fabelhaften Kerl. Tausendmal besser als Dein Vater. Als alle Väter zusammen. Und das genießt Du. Trampelst herum auf jedem, der das Pech hat, dreißig Jahre älter zu sein, der mit hineingerissen wurde, der Gelegenheit hatte, seine entsetzlichsten Eigenschaften kennenzulernen. Und Du, der prahlende Gewissensheld, woher weißt Du so sicher, Du hättest Dich damals so makellos bewährt? Man muß Gelegenheit gehabt haben, vorher kennt man sich nicht. Bitte, versuch Dich, versuch Dich an mir. Dann drück ich ihm die Pistole in die Hand. Wie schwer es ist, abzudrücken, kann ihn nur die Pistole lehren.

GOOTHEIN Ist das nicht zu riskant?

LIBERÉ Diese Art Leben hier riskiere ich gern.

GOOTHEIN Entschuldigen Sie, wenn ich dabei an Rudi dachte. Zu riskant um seinetwillen.

Dr. von Trutz eilig von rechts.

DR. V. TRUTZ Er weigert sich, hierherzukommen. Auf Zimmer 104, sagt er, empfängt er Sie.

GOOTHEIN Was soll das heißen, Liberé.

DR. V. TRUTZ Seine Anspielungen, es ist unüberhörbar, ich habe darauf hingewiesen, der Affektdruck steigt, wir sind zu passiv, Rudi hat die Initiative, der Herr Professor, mit Verlaub, scheint zu staunen. Die Politischen von Zimmer 104, das pure Gift für Rudi. Komme ich mit dem Assoziationsprotokoll, mit der Reizworttabelle, der Herr Professor winkt ab. Jedes methodische Vorgehen wird mir unmöglich gemacht. Ich muß das jetzt sagen. Entschuldigen Sie. Möglich, er treibt zu auf eine offensive Entladung.

GOOTHEIN Liberé!

LIBERÉ Kommen Sie.

TINCHEN Onkel.

LIBERÉ Ja, mein Kind!

TINCHEN Rudi ist schon ein toller Hecht, Onkel, findest Du nicht?

LIBERÉ Ja, mein Kind.

TINCHEN Und die Vorsehung, Onkel, Du hast mir versprochen...

LIBERÉ Später, Tinchen, wir müssen zu Rudi.

Beide rasch ab.

TINCHEN *spielt:*

Machet auf das Tor, machet auf das Tor
es kommt ein goldner Wagen.
Was will er denn?
Was will er denn?
Er will die Letzte haben.

Es wird dunkel. Pause

Zweiter Akt

6

Zimmer 104: Anstaltsmöbel für die vier Insassen Gerold, Bruno, Figilister und Seelschopp. Die vier stellen gerade das Mobiliar um. Rudi zeigt ihnen, wie er es haben will. Alle sind in Eile. Offenbar steht etwas bevor. Irm steht dabei, weiß nicht, was sie hier soll.

RUDI Und wer seinen Text vergißt, hört auf, fragt mich, verstanden. Improvisiert einer, fliegt er raus.

BRUNO Jawohl, Herr Adjutant.

RUDI Das gilt vor allem für Dich, Gerold.

GEROLD Ach Rudi, ich bin Dir treuer als das Fell dem Fuchs.

RUDI Bei den Lebensläufen, immer kommt ihr ins Plaudern und Ausschmücken. Wenn ihr euch jetzt nicht beherrscht, habt ihr mich hier zum letzten Mal gesehen.

INSASSEN Rudi. Mensch Rudi. Du bist aber ganz schön nervös. Wenn hier einer durchdreht, bist Du's.

IRM Rudi, könnten Sie nicht wenigstens andeuten, was Sie vorhaben. Mein Vater wird, wenn er mich hier sieht, sofort fragen.

RUDI Vorerst schauen Sie einfach zu. Amüsieren sich. Das genügt. Gerold, der Schaukelstuhl, prima.

GEROLD Ach Rudi, Dir zulieb organisier ich den Herodes ins Kinderheim.

Liberé und Goothein treten rasch ein.

FIGILISTER Achtung.

RUDI Ah, unser verehrtes Publikum. Guten Tag, lieber Vater.

GOOTHEIN Guten Tag, Junge, wie geht es Dir?

RUDI Ach, Papa, es könnte jeden Tag besser gehen. Ich muß richtig aufpassen, daß meine Nachtigall nicht zu groß wird, weil sie doch jemands Eule sein kann. Das weiß man ja leider nie.

GOOTHEIN Rudi, ich habe Dir Bücher mitgebracht.

RUDI Danke. Leider les ich nicht mehr. Meine Hände, Papa, sobald ich lese, fromm verfolge, wie die Welt zwischen zwei Buchdeckeln aussieht, gleich tropft mir Blut ins Buch, ich schau auf und sehe, wie meine rechte Hand die linke blutig kratzt und die linke wehrt sich nicht. Als wollten sie miteinander darstellen, was ich lese.

GOOTHEIN Rudi, ich kenn Dich, du übertreibst. Da schau, Tolstoi, Shakespeare.

RUDI Laß sehen. *Nimmt ein Buch, schüttelt es.* Gut. Ich schenk es Irm! *Nimmt ein zweites, schüttelt es.* Akzeptiert. Für Sie, Irm. Das müssen Sie sich angewöhnen, Irm, jedes Buch zuerst schütteln. Manchmal fallen Zettel raus oder alte Briefe. Die sind in Ordnung. *Gibt Irm die Bücher.* Papa!

GOOTHEIN Ja, Rudi?

RUDI Du wolltest was sagen?

GOOTHEIN Nein. Ja. Natürlich, wie es Dir geht. Du fühlst Dich besser, kommt mir vor.

RUDI Ach Papa, so gut auch wieder nicht. Je mehr ich mich mit mir abgeben muß, desto weniger überzeugt mich der Mensch. Was für eine Arbeit, um sowas intakt zu halten. Trainiere ich die Arme, verkommen die Beine. Und wenn ich die Beine trainier, schrumpf ich oben. Offensichtlich sind wir so gedacht, daß immer mehr verkommt als man erhalten kann. Na ja, wenn man den Fortgang bedenkt. Unsere Bestimmung, Herr Professor, der man sich nicht durch die Flucht in so eine Urne entziehen soll. Schließlich sind wir doch, hoff ich, ein Posten im Haushalt des großen Verwesers. Mit uns wird gerechnet. Wir haben zuviel Urnen verschickt, damals. Da ist zuwenig verwest. Kein Wunder, ist die Balance beim Teufel. Papa!

GOOTHEIN Ja, mein Junge.

RUDI Du wolltest was sagen?

GOOTHEIN Ich. Ach Rudi, ich glaub, ich nehm Dich mit. Wenn Du willst.

RUDI Wie steht der Prozeß?

GOOTHEIN Welcher Prozeß?

RUDI Du hast mich nicht angezeigt?

GOOTHEIN Rudi, Junge, ich Dich anzeigen.

RUDI Affenliebe, Herr Professor, finden Sie nicht auch. Er macht sich zum Komplizen. Na ja. Spielen wir also weiter. Auf Teufel komm raus, sozusagen. Das Stichwort gab der Herr Professor. Kaum war ich hier, sagt er: Du päppelst Dir Erinnyen auf. Das war ein Vorwurf. Weiß ich doch von der Schule, Erinnyen, das ist nicht zum Lachen. Also hab ich mir ernst den Kopf zerbrochen. Zum Glück fand ich Freunde hier. Ärmere Verwandte. Experten, was Erinnyen betrifft. Erinnyen, ausgestopft mit Stroh, wird der Herr Professor sagen. Aber doch mit Stroh aus ihrem eigenen Kopf, das immerhin. Dank der Hilfe dieser meiner Freunde bin ich im Stande, ein positives Spiel zu geben. Du, lieber Papa, wirst sie als Darsteller höher schätzen, wenn Du

weißt, wer sie sind – vielleicht dient uns der Herr Professor mit ein paar Daten – und: wofür sie sich halten. Gerold!
Gerold tritt vor.
Gerold ist der Star in unserem Spiel.

GEROLD Den Schuldigen spiel ich, den Doktor F.,
den spiel ich mit Schminke und mit Klamotten
und spiel ihn von innen, liebe Leut,
denn ich kenn, was ich spiel, aus dem Effeff.
Weil ich doch selbst ein Mörder bin.

Was Bach die Orgel, war mir die Pistole
Fangschuß hier und Fangschuß da,
wo halt ein Fangschuß fällig war.
Zu Befehl: blitzschnell. Zu Befehl: in die Höll.
Zu Befehl, zu Befehl, zu Befehl.

LIBERÉ *zu Goothein:* Funker im Kessel von Tscherkassy. Stirnhirnverletzung.

GEROLD Dazwischenreden verbitt ich mir, verstanden!

LIBERÉ Aber ja, lieber Gerold.

GEROLD Auf den Kopf zu sag ich Ihnen, daß Sie gerade wieder dabei sind, das Gerücht zu verbreiten, ich hätte keinen umgebracht.

LIBERÉ Du hast mich wieder einmal durchschaut, Gerold.

GEROLD Und warum dann der Kopfschuß? Und warum trifft der dann akkurat so, daß mir das Gewissen anfängt zu singen, und singt und singt, und ein Fangschuß nach dem anderen kracht mir im Kopfe aus alten Zeiten.

RUDI Gerold! Stopp! Papa, Du siehst, man muß die Welt schützen vor so einem. Bildet sich ein lächerlich scharfes Gewissen ein, plappert immer bloß von seiner Schuld.

LIBERÉ Die er nicht hat.

GEROLD Wer keinen Kopfschuß hat, kann kein Gewissen haben....

RUDI Gerold! Du kommst ins Plaudern. Du bist jetzt Dokter F. Verstanden!

GEROLD Zu Befehl. Zu Befehl. Zu Befehl.
Dokter F. *tritt zur Seite.*

RUDI Jetzt meine lieben Erinnyen, her mit euch. Zuerst Seelschopp, der üble Seelschopp.

SEELSCHOPP *hastig, kurzatmig:* Ja. Ja. Ja. Haar her, zünd mir Wolfsaugen an, her die Krallen vom Tiger und ein Stimmchen, Rudi, zum Schikanieren.

LIBERÉ *zu Goothein:* Jüdischer Grafiker, stellte Pässe her, kam nach Dachau, dann nach Theresienstadt. Typisches K-Z-Syndrom.

RUDI Unser Seelschopp weiß, wie Erinnyen tun.

SEELSCHOPP Ach ich war ein schlimmer Fälscher
fälschte ich doch Untermenschen
machte richtige Menschen draus.
Aus Josef Grün hab ich Hans Braun gemacht.
Immer nachts, wenn es Nacht war, nachts.
Draußen Stiefel, ich ins Aquarium
Goldfisch, sagen die Stiefel, Goldfisch
Daniel Seelschopp, Goldfischchen
Schau, wir werfen jetzt Sand in deine Kiemen
Schau jetzt werfen wir. Werft doch, schrei ich.
Sie sagen: Goldfischchen gleich. Werft doch
schrei ich, werft doch, endlich, schrei ich, schrei ich.

RUDI Das reicht. Verehrtes Publikum, unsere erste Erinnye. Alekto! Geh, Alekto, geh und üb Dich im Quälen.

SEELSCHOPP Ja. Ja. Ja.

Geht zur Seite.

GOOTHEIN Rudi.

Liberé hält Goothein, der aufstehen will, heftig zurück.

RUDI Pschscht. Bruno!

BRUNO Hier!

LIBERÉ Fünf Jahre als Gärtner auf dem Obersalzberg. Dementia simplex. Mit Versündigungswahn.

BRUNO Melde gehorsamst, die Wege sind gerupft wie die nackteste Gans. Mein Führer kann kommen. Seines Fußes wird ein Unkraut nicht sein.

RUDI Bruno, du bist Megära. Unsere zweite Erinnye.

BRUNO Megära hat verstanden. Aber Bruno bittet noch.

RUDI Was bittet Bruno noch?

BRUNO Meld dem Führer, bitt ich Dich,
daß ich mit dem Schaufelstiel
seine Freya nicht gehaut.
Bin doch ein Tierfreund wie Er selbst.
Haben seine Hunde auch,
die Er strenger halten sollte,
mir die Beete oft versaut,
gehaut hab ich sie nie. Das war
Anton, mein Gehilfe, der bei

Woronesch gebüßt hat. Mit Bauchschuß.
Meld dem Führer, bitt ich Dich,
wenn Er von der Insel kommt,
wo Er Schach spielt mit Figuren,
welche sind aus Halswirbeln
aus dem Hause Habsburg, meld ihm:
frei hab ich die Wege gehalten
daß Er wieder kommen kann.

RUDI Meld ich. Ab jetzt. Megära. Und sei mir schön grausam.

BRUNO Zu Befehl.

RUDI Figilister, dürre Krücke, her mit Dir.

FIGILISTER Ich komm mit Furcht und mit Eile. Da bin ich.

LIBERÉ *zu Goothein:* Debiler Epileptiker. Überlebte die Euthanasie. Seitdem Schuldpsychose.

FIGILISTER Bloß keine Nachsicht mit mir.
Im Dezember einundvierzig
muß es kalt gewesen sein.
Holz und Kohlen waren sämtlich
an der Front. Also braucht man
Volksgenossen, braucht man uns.
Wer gute Knochen hat, soll Wärme
geben für die Volkswohlfahrt,
sagt der Herr Professor in Grafeneck.
Bloß keine Nachsicht mit mir.
Im Dezember einundvierzig
als ich sollte Wärme geben
für die Volkswohlfart, bemerk ich
daß ich so ein feuchtes Wesen
hab und krieg Angst, ich brenne nicht.
Alter Sabberer brennt nicht gern,
sagt der Herr Professor in Grafeneck.

Bloß keine Nachsicht mit mir.
Im Dezember einundvierzig
als vor Kälte den Schutzengeln
glatt die Flügel wegfrieren
drück ich mich vor dem Verbrennen
geb überhaupt keine Wärme für's Volk.
Dafür kriegst Du lebenslänglich
sagt der Herr Professor in Grafeneck.

RUDI Unsere dritte Erinnye: Tisiphone.

GOOTHEIN Rudi, was soll denn das? Komm jetzt. Ich nehm Dich mit nach Hause.

RUDI Ach, Papa, jetzt kommt doch erst das Positive. Gerold, Seelschopp, Figilister und Bruno, auf die Plätze, fertig los.

Während die Insassen als Schauspieler auftreten und den Titel sagen, hält Rudi eine Wolldecke vor Gerold. Der zieht dahinter einen SS-Mantel an und tritt mit seinem Satz hervor.

FIGILISTER Die Domestizierung

BRUNO beziehungsweise Zähmung

SEELSCHOPP der Erinnyen

GEROLD durch Dokter F.

Er zeigt auf sich selber.

FIGILISTER Eine Übung für den Schuldigen.

RUDI Gerold.

GEROLD Zu Diensten.

BRUNO Depp. Jetzt kommt doch das Spiel.

GOOTHEIN Rudi, komm, Du...

RUDI Schscht. Jetzt hat das Spiel begonnen. Gerold!

Rudi schiebt Gerold vom Spielplatz, weil der von selber nicht geht.

RUDI Auf, Alekto, los, Megära, vorwärts, Tisiphone, zeigt eure Krallen und seid mir schön fürchterlich.

ALLE DREI *eher leise, flüsternd:* Teremtemtem. Teremtemtem.

ALEKTO *lauter:* Was wächst bei Dir, Tisiphone.

TISIPHONE Bei mir wächst Kerbholz, Alekto.

ALEKTO Was wächst bei Dir, Megära.

MEGÄRA Prima Kerbholz wächst bei mir.

ALEKTO Bei mir wächst auch kein Gras.

ALLE DREI *wieder leise:* Teremtemtem. Teremtemtem.

ALEKTO *zeigt hinaus:* Achtung. Er kommt.

TISIPHONE Er stolpert, steht rum und zögert, tut als wüßte er den Heimweg nicht, begafft den Schutt der Oper, die Fassade des Gymnasiums.

MEGÄRA Als müsse man sich wundern über soviel Kaputtes.

TISIPHONE Er grämt sich weil der Heimkehrerteppich fehlt. Das Glockenbimbam. Der Kuß der kitzligen Jungfrau. Er hüstelt. Kratzt im Dreck der Straßenbahnschienen.

MEGÄRA Die pappigen Lippen schmiert er mit der trockenen Zunge.

TISIPHONE Wenn er mich erst sieht, wetten, ihm bleibt die Luft weg.

MEGÄRA Daß er heimkommt, scheint es, freut ihn nicht.

TISIPHONE Ich stampf ihm mit einem Füßchen jeden Morgen in seinen Teppich die Mulde von Shitomir.

MEGÄRA Ich laß aus den Augen das Mündungsfeuer springen und mit dem Knöchel markier ich den Knall.

TISIPHONE Was er abwirft, klaub ich auf. Was er loswerden will, bind ich ihm auf Leib und Seele.

ALEKTO Bitte, keine grobe Tour. Ein feiner Mörder braucht feine Pfleg. Verstanden. Mal ne polnische Anekdote. Ein Name wie Treblinka. Schreit nicht vom rauchenden Blut. Bleibt im Bild. Er ist gewöhnt an Bilder. Was Wirkliches erreicht so einen Dokter nicht.

MEGÄRA Ich werd gedenken des blutroten Frühlings bei Lemberg.

TISIPHONE Ich sing ihm das jiddische Liedel.

MEGÄRA Beseufzen werd ich den würgenden Herbst der Ukraine.

ALEKTO Daß er glaubt, er kann heimkehren jetzt, als hätte er Hasen in Ungarn gejagt, zeigt, er braucht uns. Achtung.

Der Dokter F. tritt ein und stellt sich zum Monolog. Gleichzeitig entrollt Rudi vor den Schränken der Insassen eine vom Krieg zerstörte Hausfassade.

DOKTER F. Des Lebens Pulse zucken irr, geschändet Dein Name, Vaterland, die Aura, hin.
Du stinkst. Und stinkend hat die Nacht geendet
in der am Himmel deutsch die Sonne schien.
Die drei nicken und schauen einander erstaunt an.
Geplatzt die Sonnwendfeier, der Zauber futsch.
Schieß noch ein bissel, schlag noch ein bissel,
friß noch ein bissel aus der Schlachterschüssel
schubs noch ein bissel die Todeskutsch.
Daß sich ein solches Werk vollende
Genügte hier ein Geist für tausend Hände.

ALEKTO Der Herr Dokter tut sich leid. Soviel spürt man.

DOKTER F. Ach, ihr Erinnyen. Wo ich den Kopf hindreh, da seid ihr schon. Wenn ich mit dem Fernglas auf den Mond schauen könnte, zuerst säh ich euch. Das ist kein Vorwurf, bitte. Ich mach mir klar, versteht das doch, daß ihr jetzt immer um mich seid. Die Weichsel ist nicht breit genug, die Oder nicht breit genug. Das war ein schlimmer Krieg war das. Der Globus geniert sich, weil wir drauf sind. Wir haben uns ja auch übel, weiß Gott warum, so übel haben wir, so übel uns, daß Ratten jetzt Schneeglöckchen sind gegen uns, so übel, wenn man bloß wüßte, wie's dazu kam, so übel haben wir uns aufgeführt. Und jetzt schaut her, wo ist der Haufen, wo die Tuchfühlung, der Vordermann, weg. Jetzt brings hübsch unter zwischen Schläfe und Schläfe, dahinein pack jetzt Gestank, Geschrei, die blauen Gesichter.

TISIPHONE Wenn er so weitermacht, uns nicht zu Wort kommen läßt...

DOKTER F. Eins ist gleich klar: der Platz des Arztes war in der Baracke. Ich hörte mehr, als ich sah und ich sah viel mehr als ich tat.

Die Drei pfeifen durch die Zähne.

Oh nein, ich red mich nicht raus. Die Baracke in Brandenburg, Litzmannstadt, Shitomir, Lemberg, Linz, Theresienstadt, ich habe sie mitgebracht. Diese aufreibenden Verlegungen! Eine Durchführung des wissenschaftlichen Auftrags war glatt unmöglich. Ja, glaubt denn wer, der Arzt drängt sich danach, daß man ihm weißes Menschenfleisch zuschubst? Wir waren weit im Tierversuch. Die Mykologie ist jung. Der hautpathogene Pilz triumphiert seit Menschengedenken. Aber wir waren weit in vitro und in vivo, und hatten doch keine Polinnen. Hatte Subouraud Polinnen? Nein. Hatte Plaut Polinnen? Nein. Diese armen Polinnen. Hielten den Rosenkranz davor. Mit der Nadel mußte ich durch den Rosenkranz durch. Ich bin doch gegen Gewalt. Schrecklich dann die bakteriellen Begleitinfektionen. Knoten in Kirschgröße. Aber die Aktinomyces israeli sind nicht meine Erfindung, das ist Laiengeschwätz. Diese armen armen Polinnen. Der Arzt will doch helfen, versteht sich. Und draußen um den Lehmplatz die Birkenstämme, am dritten Tag blutig. Ich hab sie abwaschen lassen. Man behauptet, der Arzt sei abgehärtet. Dagegen nicht!

MEGÄRA Der bringt uns um alles.

TISIPHONE Es scheint, er braucht uns nicht.

ALEKTO Mir kommt es schlau vor. Er hofft, wenn er so redet, gehen wir.

DOKTER F. Bitte, bleibt. Darf ich mich setzen.

ALEKTO Vor der Baracke auf dem Lehmplatz...

DOKTER F. *eifrig:* Im Im Winter Schnee, ich weiß, sie standen, barfuß, ohne Stühle, barfuß im Schnee, bis an die Knöchel.

ALEKTO Sobald einer knickte, wegrutschte, umfiel...

DOKTER F. Ein Schuß. Ich hab es gehört. Oh ja, glaub bloß keiner, sowas sei angenehm zu hören.

ALEKTO Du willst Dich also setzen, Dokter.

DOKTER F. Sonst fall ich ohnmächtig um, mir zur Erlösung, versteht ihr, die Ohnmacht, ein Schwamm wischt von Schläfe zu Schläfe die schlimmen Daten aus. Sitzend aber bleib ich wach und krall mich an der Erinnerung kaputt. Versteht ihr, darum muß ich sitzen.

ALEKTO Gebt ihm den Stuhl.

TISIPHONE Saditjes poschalsta.

MEGÄRA Sednjete si.

DOKTER F. Oder ich leg mich gleich ins Bett und ihr zieht mir die Kluft an, da, die Häftlingskluft, das wird mir die Träume salzen, glaubt mir. Solang einer wach ist, wehrt er sich, widerspricht er dem Schrecklichen, er muß ja weiteratmen, schlafend ist er geliefert, ein polnisches Gutnacht genügt und die galizische Wanze, ein unausdenkbares Ungeheuer, kommt so die Wand lang, daß es dem Schlafenden die Herzklappen zerdeppert, er ist das Opfer seiner Opfer und sie können endlich umgehn mit ihm wie die Karpatenkatze, wenn sie satt ist, mit der Feldmaus umgeht, die sie peitscht und beutelt und balgt und sorgfältig zerbeißt, ohne sie zu töten. Bringt mir die Häftlingskluft. Bitte.

ALEKTO *nervös:* Ja-doch, bringt sie ihm.

Tisiphone und Megära bringen den Schlafanzug. Sie helfen dem Dokter aus Jacke und Hemd und ziehen ihm den gestreiften Kittel über. Der Dokter legt sich auf das Bett.

TISIPHONE Daß er den Pyjama anzieht als Häftlingskluft...

ALEKTO Er überrascht mich. Hätte jemand ihn so bußwürdig erwartet?

MEGÄRA Keiner, der ihn kennt.

TISIPHONE Ich meinerseits werde, wenn der Pflegling mir so entgegenkommt, eher müde.

Tisiphone gähnt und schläft ein.

MEGÄRA Alles will er selbst besorgen, das schläfert wirklich ein.

Megära schläft ein.

ALEKTO Tisiphone, Megära, he... singt wenigstens, begleitet seinen Schlaf, stellt seinem Traum die Weichen, hallo, he. Zum ersten Mal erleb ich das, sie verschenken eine Nacht, die beste Zeit, so hat er sie betört. *Zum Dokter:* Schläfst Du?

DOKTER F. Nein. *Springt auf.* Laß uns was tun. Komm, faß an. Schau doch, Alekto. Dein Mißtrauen, obwohl es mich beleidigt, meinen Ernst verhöhnt, ich begreif es ja. Du kannst mir nicht trauen, trau ich mir denn selber? Nein. Ich trau mir nicht. Ich weiß nur, will ich was gutmachen von all dem, was nicht gutzumachen ist, muß ich am Leben bleiben, und gesund. Auf dem Bett liegend fallen mir die Adern zusammen, übermorgen lieg ich und verröchle, also hat sich's, aus. Die Schuld bleibt ungesühnt zurück. Verwaist. Begreifst Du. Sie klagt in einen leeren Himmel. Und ich hab einen leichten eiligen Tod gehabt. Die pure Erlösung. Hilf mir, daß ich mich kräftige. Nur wenn ich kräftig bin, kannst Du mich quälen.

ALEKTO Wenn Du nicht immer alles selber sagen wolltest, was meines Auftrags ist...

DOKTER F. Doch nur, daß Du siehst, wir sind einig. Wenn Du Lust hast, kannst Du mal den Hörer abnehmen, ob wir noch Anschluß haben. Schließlich soll man draußen ruhig erfahren, daß ich wieder da bin, und wer ich bin, verschweig es keinem, eine Sau von einem Wissenschaftler. Ich fühle mich schmutzig, schmutzig durch und durch, ich kann es mit meiner Auffassung nicht mehr vereinbaren vom Arzt, ich werde den weißen Kittel nicht mehr anziehen, anfangen will ich mit nichts als meinen Händen und Gutes tun.

ALEKTO Geht das nicht zu schnell. Du, Gutes tun?

DOKTER F. *hektisch:* Ich Wissenschaftler ich, das Schwein, was ich tun mußte gegen meinen Willen, infizieren armes weißes Menschenfleisch, die Polin hielt immer den Rosenkranz davor, die schrecklichen Erfahrungen, ich zwing sie, Gutes zu tun.
Während Dokter F. spricht, vervollkommnet Rudi die Wiederaufbau-Ausstattung. Er zieht vor der Ruinenfassade eine neue Hochhausfassade hoch. Aus Silberpapier; naiv, selbst gebastelt.
Soll das denn bloß Grausamkeit gewesen sein für nichts und wieder nichts. Die Kenntnis, widerwillig erworben, jetzt soll sie zum Heil gereichen. Alekto, wir produzieren. Mittel. Medikamente. Und Du und die zwei, ihr bleibt bei mir und kontrolliert in jeder Sekunde, ob ich vergesse. Ich vergesse nichts. Mein Absender wird immer Theresienstadt heißen. Und wo ich hinschau: der Lehmplatz vor der Baracke. Die blutigen Birken. Weck die zwei, es ist sowieso allerhand, jetzt schlafen, weck sie, los, auf Tisiphone, an die Arbeit Megära, mit Brüten und Sinnieren wird das Schreckliche bloß faul. Tisiphone ans Telephon. Megära an die Maschine. Alekto, Du entwirfst die Prospekte. Meine Griseofulvine werden aufräumen mit dem Salbenschwindel.
Die drei Erinnyen formieren sich zu einer Arbeitsgruppe. Dokter F. bedient sie mit Befehlen. Sie arbeiten pantomimisch. Dazu eine konkrete Musik. Als Arbeitsplatz wird am besten ein Insassenbett

gewählt. Alekto steht, Megära sitzt auf dem Gestell, Tisiphone sitzt auf der Bettkante.
Megära diktierend: Werde ich also um 11 Uhr 15 in Frankfurt landen... *Zu Tisiphone:* Der Anwalt soll schon vor elf... *Megära diktierend:* Falls Sie sich weiterhin weigern sollten, sehen wir uns gezwungen, andere Maßnahmen... *Alekto über die Schulter:* Lauter, Alekto, ein Prospekt muß schreien, hier die Sporenmanschette ums Haar viel zu harmlos, das Haar wird erwürgt von ihr, das muß herauskommen, grafisch, grafisch, grafisch muß das...
Zu Tisiphone: Alarmieren wir das Kartellamt, daß er endlich weiß, der Tropf... *Zu Megära:* Verlangen wir Fairness, wie wir selber Fairness zu üben nie müde... *Zu Alekto:* Zentralnervensystem rot, die ganze Fläche brandrot und hier unter Mucormykose grün, fett grün ein Strich. *Zu Tisiphone:* Ich bin schon weg, nicht vor Montag... *Zu Megära:*.... freue ich mich, Ihnen, den Experten der Arbeitsmedizin, vortragen zu dürfen, wie sehr die Fußmykose mit ihren tiefgreifenden Hautzerstörungen die Leistungskraft des arbeitenden Menschen beeinträchtigt.
Zu den drei Erinnyen:
Die Konkurrenz, bloß keine Schwäche jetzt, die Konkurrenz ist verwirrt. Sie disponieren schon verkehrt. Jetzt wird aufgekauft. Aber leise, leise, leise. Ich frag mich überhaupt: sind wir nicht zu laut, nach allem? Meine gestrengen Eumeniden, ihr seid großartig, ja das seid ihr, aber solltet ihr nicht manchmal an das denken, was war? Bitte, stöhnt manchmal auf, fletscht mich ruhig an, sträubt das Haar, vergiftet den Blick. Danke.
Die drei arbeiten sanfter weiter. Er treibt sie an.
Zu Tisiphone: Kann er nicht sofort liefern, hat er ausgeliefert.
Zu Megära:... an Lizenzproduktion nicht länger interessiert. *Zu Alekto:*... so nicht, Alekto, zwei Ausrufezeichen, den ganzen Wortsalat weg, weg, weg.
Ach das Parlando der Blätter im Juni. Die Amseln im Abendrot. Liebe Konkurrenz, ich will Sie nicht melancholisch machen. Ich selber bin melancholisch. Hab ich doch 48 Prozent Ihrer Anteile in meine Hand gebracht und weiß nicht, wie Sie das aufnehmen werden? Stimmt es nicht traurig, am Ziel zu sein.
Solch ein Gewimmel, schön zu sehn
wie Eifer sich mit Eifer mißt.
Jetzt steh Gewimmel, schweig Gedröhn.
Klatscht in die Hände. Die drei stehen auf. Er wird feierlich.

Das wär kein Mensch, der das vergißt,
was wir getan unmenschlich, blind.
Laßt uns von Zeit zu Zeit daran denken,
daß wir für immer schuldig sind.
Dann wird ein Gott uns gnädig lenken.

Kurze Schweigeminute. Dann klatscht er wieder in die Hände. Der Betrieb geht weiter.

Zu Megära: ... übernehmen wir ab sofort Ihre Produktionskapazität. *Zu Tisiphone:* Rückflug am selben Tag... *Zu Alekto:* .... einfacher, Alekto, einfacher: Hygiene ist kein Luxus... oder noch besser: ist Hygiene Luxus. Fragezeichen.

Die Musik, eine Mischung aus Arbeitsgeräusch und Rhythmus, wird grell. Einen Augenblick lang geht die Szene als Pantomime weiter, dann ertönt Rudis Gong. Die Insassen hören jäh auf, gehen zu den Schränken.

RUDI Herr Professor, lieber Papa, so wird gespielt. Und siehe: die Schuld schläft ein wie das Kätzchen in der Sonne. *Bittet Irm in den Schaukelstuhl.* Liebe Irm, geben Sie uns im Epilog eine Vorstellung unseres künftigen Befindens. Alles Zeitliche ist uns untertan, wir sind reif für den Schaukelstuhl, die Erinnerung frißt uns aus der Hand. Erfreuen Sie uns bitte mit einer hübschen Begebenheit aus Kinderjahren. Indien, zum Beispiel. Die Palme küßt den Wolkensaum, der Ozean... na Irm, was tut denn der Ozean? *Pause.* Ich war doch nicht in Indien. Bitte, Irm.

IRM *schaut Rudi an, schaut ihren Vater an.*

LIBERÉ Irm, hörst Du? Du bist dran.

IRM *rennt zu ihrem Vater:* Papa, ich weiß nicht, er hat mir nichts gesagt vorher, glaub mir, Papa.

LIBERÉ Tu ihm doch den Gefallen. Erzähl etwas aus Indien.

IRM In Indien dagegen saßen wir abends auf der hölzernen Veranda und hörten, nein, in Indien dagegen, vor allem in Südindien kann man während der Regenzeit, während der Regenzeit gibt es dort... so gut wie keine trockene Wäsche. In Indien dagegen... Nein. Papa. Ich kann nicht. Jetzt nicht.

RUDI Schade, Freunde. Sehr schade. So kommen wir um das Schönste. Wie es sein wird, wenn wir in gebändigter Erinnerung schaukeln, das erfahren wir nicht. Indien versagt uns seinen Zauber. Indien gibt kein Gastspiel in Karwang. Schade, schade, schade.

GOOTHEIN Rudi, Junge, laß diesen Firlefanz. Komm, ich nehm Dich mit. Nachhause. Du gehörst nicht hierher.

RUDI Hört ihr, Freunde, was ich zu hören bekomme. Ich gehöre nicht zu euch, nicht ins Gehege der Schuld. Also muß ich nun doch meine Geschichte erzählen, die sich messen kann mit jeder hier anwesenden Geschichte, lieber Vater. Und sie sträubt sich nicht, wie sich Indien sträubt. Sie gibt sich mit Ort und Datum und östlich von Greenwich. Sagen wir, Rosenzwang zweiter März zweiundvierzig, betreff Aktion 14 f 13 erscheint uns der vierundzwanzigste März als geeigneter Ankunftstag, als der geeignetste. überhaupt, weil ich da Geburtstag habe und wir in der Zwischenzeit von anderen Konzentrationslagern beliefert werden und für uns arbeitstechnisch ein Zwischenraum...

GOOTHEIN Rudi, was soll das?

Die Insassen rücken mit Rudi zusammen langsam vor gegen Liberé und Goothein.

RUDI ... und für uns arbeitstechnisch ein Zwischenraum...

GOOTHEIN Rudi, ich bitte Dich...

RUDI ... arbeitstechnisch ein Zwischenraum notwendig ist.

GOOTHEIN Liberé, ist das das Resultat der Behandlung?

RUDI Sollte es Ihnen möglich sein, die Häftlinge in Omnibussen anzuliefern...

GOOTHEIN Liberé, so tun Sie doch was.

RUDI ... in Omnibussen anzuliefern...

GOOTHEIN Rudi.

RUDI ... so schlagen wir Ihnen die Anlieferung...

GOOTHEIN Rudi, Junge, mein Junge.

RUDI ... schlagen wir Ihnen die Anlieferung in zwei...

GOOTHEIN Liberé, kommen Sie.

Goothein ab. Liberé folgt langsamer.

RUDI ... in zwei Transporten vor...

LIBERÉ *ruft zurück:* Irm, bitte.

Irm folgt zögernd.

RUDI *hinterherrufend:* Falls wir gerade große Wäsche haben, müßten wir die Arbeit leider unterbrechen, weil der Ruß... der Ruß... verstehen Sie doch, der Ruß... Seht Ihr, Freunde, an meiner Geschichte sind sie nicht interessiert. So geht es also nicht. Gerold, hast Du meine Pistole gut verwahrt?

GEROLD *rennt zum Bett:* Die Pistol ist im Schuh. Der Schuh ist im Bett. Das Bett ist hier. Hier ist die Pistole. *Er holt sie und gibt sie Rudi.*

RUDI Mal sehen, ob wir mit sowas die Uhr wieder zum Gehen bringen?

GEROLD Sonst schießt Du ihr einfach die Zeiger kaputt.

RUDI Das ist ein guter Rat, Gerold. Danke.

Es wird dunkel.

7

Wohnzimmer und Terrasse. Frau Liberé und Dr. von Trutz. Frau Liberé hat eine Liste, Dr. von Trutz legt die Gegenstände in verschiedene Kisten.

DR. V. TRUTZ Ein Tranchierbesteck.

FRAU LIBERÉ *macht nach kurzem Suchen einen Haken:* Ein Tranchierbesteck. Mit Horngriff. Von Onkel Hans aus Offenburg.

DR. V. TRUTZ Eine Pfanne.

FRAU LIBERÉ Eine Schnellbratpfanne, von Oma Glitz.

DR. V. TRUTZ Eine Tortenschaufel.

FRAU LIBERÉ Eine versilberte Tortenschaufel von Tante Gudrun.

DR. V. TRUTZ Eine Platte mit Silberaufsatz.

FRAU LIBERÉ Massiv Silber, Harald. Das ist von Tante Mara, also massiv Silber.

DR. V. TRUTZ Ich bitte um Entschuldigung. Was ist denn das für ein Tuch.

FRAU LIBERÉ Badetücher, Harald. Du warst zu lang in Rußland und Karwang. Badetücher, von meiner glücklichen Cousine Elli. Am Freitagabend, Harald, werdet ihr baden. Dann hüllt ihr euch in diese Tücher. Das ist das Leben, Harald, wenn man weiß, Freitagabend wird gebadet. Glaubst Du, hier schaut jemand darauf, wann Du badest? Die Asseln vielleicht, die die rostigen Röhren raufkriechen. Vergiß das nie, Harald, Freitagabend…

DR. V. TRUTZ … wird gebadet. Wird gemacht, Mama! Ein Tauchsieder.

FRAU LIBERÉ Manche baden erst am Samstagabend. Aber ich finde Freitag besser. Viel besser.

DR. V. TRUTZ Ein Tauchsieder, Mama.

FRAU LIBERÉ Tauchsieder, das könnte Onkel Hermann sein, Tauchsieder?

Irm kommt.

Irm, weißt Du noch, von wem der Tauchsieder kam?

IRM Nein.

FRAU LIBERÉ Wie sollst Du auch. Hast ja nie einen Verwandten zu Gesicht bekommen. Wenn ich nicht heimlich Briefe geschrieben hätte, wüßte von der ganzen Verwandtschaft keiner, daß Du heiratest. Leg den Tauchsieder mal weg. Komm, Irmchen, beteilige Dich.

IRM Was soll ich tun?

FRAU LIBERÉ Mein Gott, Du fragst aber auch. Wer heiratet eigentlich, Du oder ich?

DR. V. TRUTZ *hastig:* Ein Besteckkasten.

FRAU LIBERÉ Tafelsilber, zwölfteilig. Von Deiner Patin, Irm.

DR. V. TRUTZ H. I. L. Du hast zwei Vornamen, Irm?

IRM Ich weiß nur einen.

FRAU LIBERÉ Der erste ist nicht so... so... besonders schön. Wir haben ihn damals, ihrer Patin zulieb, nehmen müssen.

DR. V. TRUTZ Helga?

FRAU LIBERÉ Helga wär ja noch nicht schlimm.

DR. V. TRUTZ Hanne?

FRAU LIBERÉ Auch nicht. Ich darf es euch gar nicht sagen. Der Herr Professor muß sich wohl zerstritten haben mit Deiner Patin.

IRM Hedi!

FRAU LIBERÉ Um Gottes willen, Irm. Bitte, vergeßt den Namen sofort wieder. Papa wird rabiat, wenn er diesen Namen hört.

DR. V. TRUTZ Wo hab ich das bloß gehört, Hedi? Erst neulich. Der Professor hat doch recht. Ich hab kein gutes Gedächtnis.

FRAU LIBERÉ *rasch, ablenkend:* Harald, Du weißt sogar noch, daß Dir in Kiew das Kölnisch ausging!

DR. V. TRUTZ Nein, vor Kiew hatte ich den Platten.

FRAU LIBERÉ Aber als der Elbrus auftauchte, hattest Du einen Schnupfen.

DR. V. TRUTZ Das stimmt. Aber das Kölnisch ging mir schon vor Minsk aus.

FRAU LIBERÉ Also hast Du ein gutes Gedächtnis. Laß Dir nichts einreden.

DR. V. TRUTZ Ich weiß nicht, hab ich euch das einmal erzählt von dem Kompaniechef, der vor jedem Angriff sagte...

Der Professor ist eingetreten.

FRAU LIBERÉ Was hat er gesagt?

LIBERÉ Na, von Trutz, was hat er denn gesagt?

DR. V. TRUTZ Ach, so wichtig ist das nicht, Herr Professor.

FRAU LIBERÉ Ich möchte jetzt endlich wissen, was dieser Kompaniechef gesagt hat.

DR. V. TRUTZ Später, Mama, es hält jetzt bloß auf.

LIBERÉ So eilig hat man's.

IRM Papa. *Sie rennt zu ihm.*

LIBERE Irmchen. Ein paar Tage wird man uns schon noch gönnen.

FRAU LIBERE Es ist nicht jedermanns Sache, in Karwang zu verkümmern. Harald hat noch eine Karriere vor sich.

DR. V. TRUTZ Es muß nicht gleich eine Karriere sein. Einfach ein Wechsel, nicht wahr.

LIBERÉ Ja natürlich.

FRAU LIBERÉ Du denkst bloß an Dich. Was aus Irm wird, kümmert Dich nicht.

LIBERÉ Doch, liebe Hille, das kümmert mich. Wenn Irm fort will... aber will sie denn...

FRAU LIBERÉ Sie weiß doch gar nicht, wie es ist. Aber wir wissen, was sie versäumt, wenn sie hier bleibt.

LIBERÉ Was versäumt sie denn hier, Hille?

FRAU LIBERÉ Alles. Das Leben.

LIBERÉ Ja, richtig. Keine Sorge, Irm. Ich rede nicht auf Dich ein. Deine Mutter hat recht. Sie hat wirklich recht.

FRAU LIBERÉ Ich geh mit Irm.

LIBERÉ Ach.

FRAU LIBERÉ Jawohl.

LIBERÉ Mhm. Das ist ja ein großer Aufbruch, plötzlich.

IRM Wir reden doch bloß, Papa. Ohne Dich? Ich kann es mir nicht vorstellen. Als wir zum ersten Mal ins Ried gingen, hast du gesagt: wo es mich trägt, trägt es Dich auch.

FRAU LIBERÉ Und wer hat es soweit kommen lassen? Wer hat uns eingesargt hier, daß wir uns keinen Schritt mehr zutrauen?

LIBERÉ Ich.

FRAU LIBERÉ Du bist womöglich noch stolz darauf?

LIBERÉ Nein, Hille.

FRAU LIBERÉ Ich fahre mit Irm. Mit Harald. Ich bleibe nicht hier.

LIBERÉ Ich habe es gehört.

FRAU LIBERÉ Du glaubst es nicht.

LIBERÉ Doch, ich glaube es.

IRM Mama kommt ja wieder zurück.

FRAU LIBERÉ Das werden wir sehen.

LIBERÉ Ich muß noch hinüber. *Er geht.*

IRM Papa.

LIBERÉ Bis zum Essen, Irm.

Liberé ab.

FRAU LIBERÉ Und ich sage euch, er läßt mich nicht gehen. Aber ich mußte es ihm ins Gesicht sagen. Mir ist schon viel besser jetzt.

Er kann mich doch nicht zum Tod verurteilen, hier, bloß weil er nicht Manns genug ist, zuzugeben, daß er einmal einen... einen Fehler machte. Was haben wir noch, Harald?

DR. V. TRUTZ Eine Garnitur Obstmesser.

IRM Hedi. Das paßt doch.

FRAU LIBERÉ Kinder, die Tortengabel, drei Salzfäßchen, hier noch die Zitronenpresse, daß wir nicht durcheinanderkommen.

IRM Hedi! Harald, Du wirst mich Hedi nennen.

FRAU LIBERÉ Das wird er nicht.

IRM Der Name hat auf mich gewartet, kommt mir vor. Der ist mit mir aufgewachsen. Neben mir. Immer mitgewachsen. Jetzt treff ich ihn endlich. Er paßt. Irm werf ich ab. Irm gibt's nicht mehr. Jetzt üben wir Hedi. Bis wir's laut sagen können, und ungeniert: Hedi.

FRAU LIBERÉ *läuft auf Irm zu:* Irm, Kind. Komm. Irm. Mein Irmchen. Mein armes Kind. *Sie streichelt Irm.*

IRM Mama, Harald, bitte. Da ist Besuch für mich.

Vorne links an der Terrasse erscheint Rudi. Irm hat ihn zuerst gesehen.

FRAU LIBERÉ Ich kann ja gehen. Aber Harald... tja, Harald, das entscheidest Du am besten selbst. *Sie wartet einen Augenblick, dann geht sie.*

DR. V. TRUTZ *nach einer Pause:* Irm, soll ich sagen, es macht mir nichts aus, wenn Du mich wegschickst.

IRM Bitte, Harald.

DR. V. TRUTZ Und wenn ich nachgebe, verachtest Du mich. *Irm schweigt.* Gut, Irm, ich gehe. Aber denk nach, ob wir nicht beide einen Fehler machen. Du, weil Du mir den Grund nicht sagst, und ich, weil ich gehe, ohne zu wissen, warum. *Geht, bleibt noch einmal stehen.* Ich bin sicher, es ist ein Fehler. *Irm nimmt hastig ihr Nähzeug und fängt an zu sticken.*

RUDI Ich hab die Pistole. Gehst du mit. Zur Thuja. Ich möchte die Pistole auf Dich richten. Vielleicht kommt was über mich, ich drück ab, und schon begreif ich meinen Vater.

IRM Und dazu wollen Sie mich... *Sie bricht ab.*

RUDI Das Gericht muß feststellen, daß kein Grund vorhanden war.

IRM Sag Hedi zu mir, zur Probe, Rudi. Bloß einmal.

RUDI Bei der Thuja, nicht hier. Komm.

IRM Gleich, Rudi. Bloß dieses Monogramm noch.

RUDI Du hast jetzt schon Angst. Wahrscheinlich bring ich gar nichts zustande. Ohne den Apparat. Das ging doch immer so:

sieben Englein um Dich stehn. Der Erste sagt: Du siehst aus wie ein Opfer. Der Zweite holt Dich. Der Dritte verlädt Dich. Der Vierte beruhigt Dich. Ich mach den Daumen krumm. Der Sechste hat schon den Ofen geheizt. Und der Siebte sagt: so, jetzt geh rein. Da wurde immer in der Kette gearbeitet. Jeder hat nur ein Wort gerufen. Den Satz, der da entstand, hat keiner gehört. Gott vielleicht. Oder das Ausland. Was ja fast aufs selbe rauskommt. Gehn wir?

IRM Wenn ich bloß wüßte, warum. Ich begreif es nicht, Rudi.

RUDI Irm, da ist nichts zu begreifen. Glaubst Du, die haben es begriffen. Gerade weil es Dir ganz unbegreiflich ist, gerade deshalb eignest Du Dich. Stell Dir vor, Du stehst am Küchentisch, hast den Lauch schon geholt, es ist Dienstag, und Juli, draußen, über Deiner Sonnenblume steht eine Hummel, dann fahr ich vor, der Fahrer öffnet den Schlag, er hat den Zettel, unsere Schritte auf dem Kiesweg, er geht vor mir her, frägt zum Fenster hinein: Goethestraße 17, Professor Liberé? Ja, dann sind wir richtig. Wir wollen bloß die Tochter holen. Mehr weiß der Fahrer nicht. Er ist so einer, der sonst Möbelstücke holt. Deine Mutter wendet sich also an mich. Aber ich bin stumm. Der Fahrer hat nicht einmal den Motor abgestellt. Es ist Dienstagvormittag, Mitte Juli. Wir fahren ab. Passieren ein Tor. Du wirst nach links geschickt. Jetzt sag mir, was es da zu begreifen gibt?

IRM *schweigt.*

RUDI Los! Sag! Begreifst Du das?

IRM Nein.

RUDI Na also.

IRM Sag Hedi.

RUDI Hedi gibt es nicht mehr.

IRM Ich kann es beweisen.

RUDI Dein Vater kann mir sogar beweisen, daß ich anno zweiundvierzig kaum aus den Windeln raus war.

IRM Das sieht man, daß Du nicht älter bist als ich.

RUDI Ja, das sag ich auch. Du bist ein anderer Jahrgang, sag ich. Rudi, sag ich, was geht's Dich an.

IRM Ja, Rudi, ja.

RUDI Dann frag ich aber, warum willst Du jetzt ausgerechnet Hedi heißen?

IRM Ich heiß so. Ich hatte einen schwarzen Zopf.

RUDI Den ich einklemmte.

IRM Und abgeschnitten hast Du ihn.

RUDI Mit dem Dolch.

IRM Du hattest bloß ein Messer. Der andere hatte den Dolch. Der Schwarze Schwan.

RUDI Ihm gehörten die Omnibusse.

IRM Wenn er weg war, warst Du der Schwarze Schwan. Ich ging auf Dich zu.

RUDI Ich ließ Dich nach rechts gehen.

IRM Und ich ging nach links. Wie die, über die man sich wunderte.

RUDI Die freiwillig in den Ofen ging.

IRM Immer wenn sie uns in das Zimmer sperrten, spielten wir das.

RUDI Wenn sie die Fenster verdunkelten.

IRM Wir haben es bloß gespielt, Rudi. Das weißt Du, wir haben es bloß gespielt.

RUDI Und beim Frühstück roch es dann so.

IRM Sag jetzt Hedi zu mir.

RUDI Nein, Irm. Hedi heißt der Ruß auf unserer Kinderwäsche. Hedi ging nach links. Komm, Irm, gehen wir.

IRM Wieso denn jetzt noch die Pistole, Rudi.

RUDI Mein Vater läuft weg. Den Brief überläßt er mir. Mit meinem Namen.

IRM Ich möchte Deine Haare berühren, Rudi.

RUDI Ich bin der Sohn meines Vaters, Irm. Recht hat er, wenn er den Brief nicht annimmt. Was ein Vater tut, das hätte auch der Sohn getan, wenn's an ihm gewesen wäre. Besonders einer, der sich so früh übte wie ich. Komm, Irm, zur Thuja, probieren wir, ob ein Unterschied ist. Ob ich nichts bin als sein Sohn.

IRM Ich möchte gern leben, Rudi.

RUDI Bei so einer Feier am Ehrenmal sah ich einen, kaum hatte der seinen Kranz gelegt, da schaut er auf die Uhr. Das war ein imponierender Mensch, Irm. Ich würde mich immer beherrschen. Und eine Wut kriegen gegen die Toten, weil ich nicht auf die Uhr schauen darf. Irm, wo führt denn das hin?

IRM Ich möchte gern Kinder, Rudi. Und mir ist schon bald egal von wem.

RUDI Leg ihnen nur gleich Pistolen in die Wiege.

IRM Ich hab zwar den Doktor, Rudi, aber manchmal denk ich, wie es wär, wenn, Rudi, wenn dazu noch Liebe käme.

RUDI So hat jeder seine Probleme. Ich möchte gern ein Feuer erfinden ohne Rauch.

IRM Wenn Du da bist, Rudi, möchte ich Regenwasser trinken.

RUDI Und so tun, als wär die Wäsche nie rußig geworden.

IRM Ich bin noch nie Straßenbahn gefahren, Rudi... Jetzt weiß ich warum. Aber ich werde meinen Vater nicht unterbrechen, wenn er von Indien erzählt.

RUDI Gehn wir jetzt zur Thuja, Irm.

IRM Er soll von Indien erzählen, bis er selbst daran glaubt. Mein Vater soll in Indien gewesen sein!

RUDI Meiner soll nicht in Indien gewesen sein.

IRM Wirf die Pistole weg. Es hat doch keinen Sinn mehr, jetzt.

RUDI Wieso soll es jetzt auf einmal einen Sinn haben. Ein Schuß und noch ein Schuß. Du und ich. Das war doch gang und gäbe. Einhundertsieben am vierundzwanzigsten...

IRM Gib mir die Pistole.

RUDI Einhundertsieben am...

IRM Ich bin noch nie Straßenbahn gefahren, Rudi.

RUDI Wir rotten wenigstens die Kinder der Mörder aus.

IRM Ich könnte leben, Rudi. Mit Dir.

RUDI Diese zwei Schüsse hätten sogar einen Sinn, Irm. Es wäre eine in alle Winkel der Welt reichende Beruhigung.

IRM Wenn Du da bist, Rudi, vergeht Papa, wie ein Schneefleck, den die Sonne trocknet.

RUDI Wir nähmen nicht teil an den Grausamkeiten der nächsten Generation, Irm. Bedenk.

IRM Wenn wir zusammen lebten, Rudi...

RUDI Wir würden alles vergessen.

IRM Ja. Rudi. Endlich. Heucheln oder vergessen, Rudi. Teilnehmen geht nicht. Rudi, bitte vergessen wir.

RUDI Zur Thuja jetzt, oder...

IRM Du kannst den Rauch nicht halten. Er vergeht einfach. Du kannst zwar die Hände ringen.

RUDI Am Ehrenmal. So tun als ob.

IRM Nachher mußt Du doch zum Mittagessen.

RUDI Der Magen kennt kein Bedauern. Denn der Magen will seinen Schellfisch haben.

IRM Weil wir leben.

RUDI Es lebe die Luftveränderung.

IRM Du hast doch auch Appetit.

RUDI Darum sag ich, zur Thuja jetzt...

IRM Rudi, ich wär ein Gedächtnis nur für Dich.

RUDI Ich danke.

IRM Noch in fünfzehn Jahren könnte ich Dir sagen, daß Dir heut ein Haar quer in die Stirn hing.

RUDI Ich wüßte nicht, was wichtiger wäre.

IRM Könnte Dir sagen, daß Dein linker Schuh nicht so fest gebunden war wie Dein rechter.

RUDI In einem solchen Gedächtnis will ich keinen Platz.

IRM Von Dir könnt ich mir alles merken.

RUDI Du willst das Gras sein, das darüber wächst.

IRM Ich bin es, Rudi. Und Du bist es. *Pause.* Rudi.

RUDI Wir zwei in einem Schlafzimmer, ich müßte Sie ununterbrochen beleidigen. Gehen Sie. Es war krumm und gemein, Sie aufzufordern, bloß weil wir einmal unter einem Tisch herumkrochen. Entschuldigen Sie. Jedes Wort jetzt, gegen meinen Willen wird es eine Beleidigung, weil ich verlangte, was man verlangen darf, wenn man noch liebt, sonst aber nicht. Entschuldigen Sie.

Irm geht.

Tinchen hat schon gewartet, bis Irm geht.

TINCHEN Quatsch doch nicht immer so lang mit der. Hast Du die Kleiderkarte?

RUDI *schweigt.*

TINCHEN Auf Dich ist auch kein Verlaß. Kommst Du jetzt wenigstens mit? Du hast es versprochen.

RUDI Was?

TINCHEN Daß Du mitkommst zur Sonnwendfeier. Immer bloß mit Irm quatschen, das kannst Du. Rudi, komm doch. Mit der Pistole zur Sonnwendfeier, das wär toll, Rudi. Bitte.

RUDI Wo machst Du Deine Sonnwendfeier.

TINCHEN Bei der Thuja. Ich hab schon Stroh und Holz und Papier.

RUDI Also, gehn wir. Bitte.

TINCHEN Prima und Du schießt in das Feuer.

RUDI Also, los, gehn wir.

TINCHEN Sag: im Gleichschritt Marsch.

RUDI Im Gleichschritt Marsch.

TINCHEN *marschiert voraus und singt:*

Unsre Fahne flattert uns voran.
Unsre Fahne ist die neue Zeit.
Und die Fahne führt uns in die Ewigkeit.
Ja die Fahne ist mehr als der Tod.

Goothein und Frau Liberé von rechts ins Wohnzimmer.

FRAU LIBERÉ Mir schwebt ein Leben vor, Goothein, ein Leben! Nicht so etwas Eingesargtes. Was ist denn das hier; eine Brautschau für die Würmer, in die Länge gezogen. Übrigens, ist das jetzt so in der Welt, daß man einer Dame kein Feuer mehr gibt, wenn sie dasteht und zeigt, daß sie rauchen will?

GOOTHEIN Oh, ich bitte sehr um Verzeihung. Das kommt vom Zuhören. *Er nimmt die Streichhölzer vom Tisch, will Feuer geben, aber die Streichhölzer zünden nicht.*

FRAU LIBERÉ Moder, Goothein. Schimmel und Moder. Ich sag Ihnen, der Teufel nimmt keinen aus Karwang, aus Angst, der löscht ihm die Hölle durch seine bloße feuchte Anwesenheit.

GOOTHEIN Tatsächlich, eins feuchter als das andere. Das ist ja widerlich. Jetzt stehen Sie mit der kalten Zigarette. Ich war Raucher. Ich kann mir vorstellen, wie Ihnen zumute ist.

FRAU LIBERÉ Nur wenn Besuch kommt darf ich.

GOOTHEIN So streng ist er geworden.

FRAU LIBERÉ Mit uns. Als könnten wir was dafür, daß er aufs falsche Pferd gesetzt hat. Wär er tot, Goothein, ich würde trauern, wirklich, ich ging auf sein Grab, weinen würd ich um ihn, aber ich würde weiterleben. Er dagegen verlangt lebenslängliche Leichenwache. Bloß weil er es nicht über sich bringt, zu büßen. Aber uns mit verrecken zu lassen, das schafft er. Da schaut er zu, so mild wie er ist. Sie haben Ihre Sache ins Reine gebracht. Alle Achtung, Goothein. Das nenn ich einen Mann.

GOOTHEIN Er ist eben feiner. Zuchthaus, das ist nicht für jeden. Der würd sich doch schon wegen der Notdurft genieren. Ich kenn ihn.

FRAU LIBERÉ Prost, Herr Goothein! Auf die Lebendigen!

GOOTHEIN Prost, liebe Hille. *Sie trinken.* Is schon ein Jammer, daß Sie hier so dahinleben. Sie müßten mal raus. Luftveränderung. Eine Frau wie Sie, wirklich, das Leben ist nicht lang genug, daß man's so verschenken dürfte. Wie wär denn das: ich lad Sie einfach ein. Einverstanden?

FRAU LIBERÉ Und ob. Ich komm sowieso in die Stadt. Mit Irm. Er weiß es bereits. Und sagt nichts. Das ist seine neueste Schikane. Er erwähnt es überhaupt nicht, daß ich wegfahre. Wahrscheinlich glaubt er, im letzten Augenblick kusch ich noch. Da täuscht er sich aber. Am Samstag bin ich fort! Für immer! Wenn ich daran denk, am Samstag schon in der Stadt. Was tun Sie am Samstag?

GOOTHEIN Am Samstag... Moment... am Samstag, war da nicht was?

FRAU LIBERÉ Sagen Sie's, wenn Sie mich nicht sehen wollen.

GOOTHEIN Nein, nein wunderbar, wenn ich frei bin. Wenn ich frei bin, müssen wir uns sehen. Unbedingt. *Probiert hastig die Streichhölzer.* Das ist aber doch zu ärgerlich mit diesen Streichhölzern.

FRAU LIBERÉ Wenn ich frei bin. Das muß man sagen können, verstehen Sie. Sonst pfeif ich auf alles. Wenn ich frei bin. Ich weiß es. Ich bin frei, am Samstag bin ich frei. Wenn Sie frei sind, rufen Sie an. Wenn nicht, dann geh ich ins Kino. Ich will endlich wieder einmal weinen. *Sie fängt an krampfhaft zu heulen.*

GOOTHEIN Das ist... wenn er jetzt kommt, ich meine, liebe gnädige Frau, die Nerven, jetzt brauchen Sie gute Nerven, wenn Sie's tatsächlich schaffen wollen.

FRAU LIBERÉ Irm mußte ich verheiraten, das Kind drangeben, es war die einzige Möglichkeit, Goothein. Das geht auf sein Konto. Sie wird sich scheiden lassen, wenn wir einmal Boden unter den Füßen haben. Wir werden Freunde finden.

GOOTHEIN Sicher, gnädige Frau.

Dr. Trutz mit Irm.

FRAU LIBERÉ Ach, die Kinder. Habt ihr Papa nicht mitgebracht.

IRM Er zieht sich um.

FRAU LIBERÉ Was? Herr Goothein, das ist Ihr Einfluß.

IRM Er sagt, weil es der letzte Abend ist.

GOOTHEIN Wie geht es Rudi jetzt, Doktor?

DR. V. TRUTZ Das müssen Sie den Chef fragen. Er hat mich sozusagen ausgeschaltet. *Dr. v. Trutz schaut hilflos zu Irm.*

FRAU LIBERE Harald, sei nicht so atemberaubend korrekt.

Der Professor kommt. Zum ersten Mal im dunklen Anzug.

GOOTHEIN Na, Gott sei Dank, Liberé. Wie geht es Rudi jetzt?

LIBERÉ Goothein, Sie entschuldigen, ich kann es nicht sehen, wenn meine Frau auf Feuer wartet. *Er zieht ein Streichholz aus der Schachtel, streicht es an, es brennt sofort.*

GOOTHEIN Taschenkünstler. Das hat er bei sich gehabt.

LIBERÉ Der Umgang mit feuchten Streichhölzern will gelernt sein.

FRAU LIBERÉ Womit wir wieder in Indien sind.

GOOTHEIN Was macht Rudi, Liberé.

Liberé geht zum Tisch, auf dem eine Flasche und die vorbereiteten Gläser stehen.

Diesmal nehm ich ihn mit. Sie haben vollkommen recht, Liberé, ich muß selber sprechen mit ihm.

LIBERÉ Hörst Du, Irm, Rudi geht zurück in die Stadt, also ist ein Abschied mehr zu feiern. Ihre Braut, von Trutz, sieht aus, als könnte sie einen Schluck gebrauchen.

GOOTHEIN Liberé, ich frage nach Rudi.

LIBERÉ Ja, das höre ich, daß Sie nach Rudi fragen. Und ich finde es sehr begreiflich, Goothein, daß Sie nach Rudi fragen.

GOOTHEIN Wo ist er jetzt?

LIBERÉ Nicht auf seinem Zimmer.

GOOTHEIN Ich hoffe, er hat sich beruhigt.

LIBERÉ Goothein. Wie soll er sich beruhigt haben? Ich bin darauf gefaßt, daß er sich nicht beruhigt hat. Wo ist Tinchen?

FRAU, LIBERÉ Ich kann sie ja nicht anbinden.

LIBERÉ Irm?

Irm zuckt mit den Schultern.

LIBERÉ Was ist denn das für Feuer. Bei der Thuja. Die Thuja brennt.

FRAU LIBERÉ Sonnwendfeier. Dein Tinchen. Und sag ich was, rennt sie zu Dir und Du nimmst sie in Schutz.

Ein Schuß. Alle in den Garten außer Liberé und Frau Liberé.

IRM *kommt mit Tinchen:* Papa, Rudi…

TINCHEN *mit Rußflecken:* Nie glaubt sie einem, Onkel. Ich sag den Spruch. Rudi neben mir. Das Feuer brennt prima. Fertig der Spruch. Jetzt, sag ich, schieß ins Feuer. Er schaut mich an. Schießt und trifft sich selber. Ehrenwort, Onkel.

Von Trutz, Frau Liberé, dann Goothein.

DR. V. TRUTZ Suizid.

GOOTHEIN Leibniz. Leibniz.

LIBERÉ *schweigt.*

GOOTHEIN An welcher Krankheit, Leibniz. Bitte, sagen Sie mir die Krankheit.

LIBERÉ *schweigt.*

GOOTHEIN Er war zart. Das haben Sie nicht bemerkt, Leibniz, wie zart er war.

LIBERÉ *schweigt.*

GOOTHEIN Schweigen Sie nicht! Sie Ungeheuer! Sie sind ein Ungeheuer! Kein Arzt! Längst kein Arzt mehr! Gehen wir, Leibniz.

IRM Papa.

Sie rennt zu ihrem Vater.

LIBERÉ Hedi mein Kind. Von Trutz, Hedi… Irm bleibt bei Ihnen. Hedi, ich wollte Dich bewahren… Mama wird Dir sagen… Hille, Du wirst es ihr sagen.

FRAU LIBERÉ Hermann…

LIBERÉ Du wolltest immer, daß ich gehe, jetzt geh ich, Du bist sozusagen frei. Leb wohl.

Er will gehen.

TINCHEN Die Sonnwendfeier, Onkel, komm Du doch mit, bitte.

LIBERÉ Tinchen, jetzt nicht. Ich muß in die Stadt.

IRM Papa, ich will mit.

LIBERÉ Bitte, Hedi, bleib.

Er geht. Dr. von Trutz und Frau Liberé halten Irm zurück. Goothein will mit Liberé gehen.

LIBERÉ Ich würde es vorziehen, allein zu gehen.

Geht.

FRAU LIBERÉ Irm. Irmchen. Ich werde Dir alles erklären.

IRM Zu mir kein Wort.

FRAU LIBERÉ Papa selber will, daß Du alles erfährst.

IRM Es geht mich nichts an. Ich will von Euch nichts hören. Nichts. Von Harald will ich was hören. Harald, bitte, erzähl Du doch, sag, was hat dieser Kompaniechef immer gesagt vor dem Angriff?

Liberé tritt wieder ein.

GOOTHEIN Leibniz.

TINCHEN Onkel, prima, Du kommst mit zur...

LIBERÉ Von Trutz, bringen Sie Tinchen aufs Zimmer.

TINCHEN Dann soll Irm auch. Immer darf Irm länger aufbleiben als ich.

LIBERÉ Tinchen, geh jetzt.

Dr. von Trutz führt Tinchen hinaus.

LIBERÉ Ja, Goothein, ich bleibe. Es war überstürzt, vorher. Ich ging nur Ihretwegen. Sie scheinen es zu verlangen. Rudis Tod wäre, wenn ich mich stellte, schon ein bißchen erträglicher. Das meinen Sie doch? Ein bißchen weniger sinnlos, ja? Ich im Gerichtssaal, ein Urteil, öffentlich, eine schöne Wirkung. Die Zuschauer, ich, die Gerechtigkeit, jeder bekäme seine Portion. Ich hätte endlich meine Quittung. Das Einschlafen kein Problem mehr. Das meinen Sie doch. Fragen Sie meine Frau, wie es ist: einschlafen ohne Quittung. Das Enttäuschende, Goothein, man schläft dann doch ein. Ich lebe noch, Sie sehen's ja, ich lebe, und wie ich lebe, nicht wahr, Hille. Es ist erträglich, ja, ja, es ist und ist erträglich. Ich habe meine Souvenirs. Ich hatte sie. Rudi hat sie mir kaputt gemacht, die Bußattrappen, den Gedächtnisgips. Jetzt, bloß noch ein Ärgernis, soll ich also hingehen, mich auslöschen lassen, daß Rudi ein Opfer ist, mit Wirkung. So wollen Sie's doch. Ich soll seinem Tod den Sinn nachliefern. Mich in den Gerichtssaal stellen. Eine Erleichterung für alle. Die Schuld eine

Blume, wohlgefällig durch den Duft der Reue, ja? Ein Labsal für jeden. Goothein, ich kann das nicht. Ich, ich bin mir nicht verständlicher als Ihnen, glauben Sie mir das, bitte. Ich kann nichts erklären. Ich weiß bloß: ich kann mich nicht anderen zuliebe trennen von mir und sagen: der war's. Ich bin mir selbst ein miserabler Richter. Und einen besseren, fürchte ich, gibt es nicht.

GOOTHEIN *schweigt.*

LIBERÉ Bitte, lassen Sie sich nicht hindern, Herr Goothein.

GOOTHEIN Rudi hat uns getrennt. *Er will gehen.*

FRAU LIBERÉ Herr Goothein, bitte bleiben Sie doch.

LIBERÉ Hille! Entschuldigen Sie, Herr Goothein. Hinausbegleiten muß ich Sie nicht. Sie kennen den Weg.

GOOTHEIN Ja. Ich kenne ihn. *Er geht.*

LIBERÉ Und wir sollten wohl, sobald Harald zurück ist, unsere Abschiedsfeier zu Ende bringen. *Pause.* Hille. Hedi.

IRM Nicht, Papa. Hedi gibt es nicht mehr, sagte er. *Sie memoriert sorgfältig Rudis Satz:* Hedi heißt der Ruß auf unserer Kinderwäsche. Ich heiße Irm.

LIBERÉ Ich heiße Liberé.

Vorhang

Wir werden schon noch handeln

Dialoge über das Theater

Geschrieben 1967. Die Uraufführung unter dem Titel »Der schwarze Flügel« war am 27. Januar 1968 in der Westberliner Akademie der Künste unter der Regie von Gerlach Fiedler.

1. SCHAUSPIELER Es war einmal. Mehrere Schauspieler saßen auf einer Bühne in... (Ort der Aufführung). Es war am... (Tag der Aufführung). Sie saßen auf Stühlen, die auf Podesten standen. Mehrere rauchten. Einige lasen Zeitung. Der Schauspieler, der als 1. Schauspieler eingeteilt war, verließ als erster seinen Platz, bat den 3. Schauspieler so höflich als möglich zu einem Schiedsrichtersitz, ging dann nach vorne, um dem Publikum mitzuteilen, daß mit einer Handlung nicht zu rechnen sei. Er bedaure das. Er wolle alles versuchen, diesen Mangel auszugleichen. Sollte aber jemand im Saal sein, der einen Abend ohne Handlung überhaupt nicht ertragen könne, so müsse er dem raten, jetzt noch zu gehen. Wer Handlung braucht, sagte er, der gehe ins Blow Up nach München, das sich selber bezeichnet als Action Center. Besonders empfohlen wird das, laut Textbuch, einem Herrn namens Bindestrich Ranicki, weil der offenbar ganz unglücklich wird, wenn auf der Bühne nicht für ihn gehandelt wird. Das muß man verstehen, manche Menschen sind nun einmal der Art, daß sie von sich selber abgelenkt werden müssen. Aber wozu gibt es schließlich Schirm Bindestrich Charme Bindestrich Melone!
Der erste Schauspieler fröstelte. Er war es nicht gewöhnt, Anspielungen auf diesem Niveau zu machen. Aber er wußte ja: es würde an diesem Abend noch schlimmer kommen. Er entdeckte, daß er allein auf der Bühne stand; kein Stuhl, den man verrücken könnte; keine Möglichkeit, ein Bein über das andere zu schlagen; keine Atombehörde, der man die Stirne entgegenrunzeln kann; kein Aufstand, dem man Verse aufsagen kann; keine Irrenanstalt, die wilde Zuckungen erlaubt; keine Mülltonne, in der man sich geborgen fühlen könnte, das heißt: er stand da wirklich ohne die normalsten, schlichtesten, alltäglichsten Handlungsmöglichkeiten des Menschen von heute. Das erste, was einem in einer so zugespitzten Situation einfällt: rauchen. *Er zündete sich eine Zigarette an. Zieht einmal und macht sie sofort wieder aus.*
Nein. Ich bin gegen Rauchen. Ich vielleicht weniger. Aber der 1. Schauspieler. Der ist ein Feind des Nikotins. Gott sei Dank. Da zeigt sich wenigstens eine Rolle. Eine Rolle entsteht ja erst, wenn man merkt, das, was man spielen soll, ist man nicht. Wenn ich also zum Beispiel so auftreten dürfte:
»Ich bin Wasserverkäufer hier in der Hauptstadt von Sezuan. Mein Geschäft ist mühselig. Wenn es wenig Wasser gibt, muß

ich weit danach laufen. Und gibt es viel, bin ich ohne Verdienst. Aber in unserer Provinz herrscht überhaupt große Armut...« Das ist natürlich eine Bombenrolle, große Armut etcetera.
Ich glaube, ich werde jetzt ein paar Gänge machen. Selbst Opernsänger – und die bieten ja immerhin Musik – selbst Opernsänger gehen immer wieder einmal von einer Stelle zu einer anderen Stelle. Man folgt ihnen gespannt, obwohl man schon ahnt, daß sie an der anderen Stelle auch wieder singen werden.
Ein Mann im Mantel geht quer über die Bühne. Zielstrebig und rasch. Der 1. Schauspieler sieht ihm voller Neid nach.
Ja, ich, also ewig kann ich hier... Moment. *Er gibt sich einen Ruck und rennt fast ängstlich an das Rednerpult vorne rechts an der Rampe. Aufatmend steht er da. Er fühlt sich sicherer.*
So: Ein Vortragspult. Ein richtiges, herrliches, wunderbares Vortragspult. Meine Damen und Herrn. Meine Damen und Herrn, wir werden schon noch handeln, keine Angst. Wenn jemand Angst hat, dann sind wir es. Jeder, der auf die Bühne kommt, hat Angst. Vor Ihnen. Das wissen Sie. Nein, Sie spüren es. Unsere Angst ist Ihr Genuß. Aus lauter Angst wird auf der Bühne gehandelt. Natürlich soll auch die Welt verändert werden. Aber deswegen müßten wir nicht andauernd hin- und herrennen, zucken, peitschen, Jacken aus- und anziehen, gestikulieren: das tun wir aus Angst. Deshalb handeln wir; deshalb fällen wir gewaltige Entscheidungen. *Ruft nach hinten.*
Der 5. Schauspieler, bitte. *Nach vorne.*
Das ist also der 5. Schauspieler.
Mach zuerst die Zigarette aus.

5. SCHAUSPIELER Wenn du so drängst, schaff ich es überhaupt nicht.

1. SCHAUSPIELER Was entscheiden wir?

5. SCHAUSPIELER Was wir entscheiden können.

1. SCHAUSPIELER Und was können wir entscheiden?

5. SCHAUSPIELER Ob wir uns setzen oder nicht.

1. SCHAUSPIELER Gut. Setzen wir uns.

Jeder holt einen Stuhl von der Seite. Sie stellen die Stühle nebeneinander. Sehen gleich, die Stühle sind zu eng aneinander. Sie rücken sie auseinander. Können die richtige Distanz nicht finden. Drehen die Stühle einander zu. Auch hier gibt es Fragen der Distanz. Sie drehen die Stühle um, stehen mit dem Rücken zueinander. Drehen sich wieder um. Der 5. Schauspieler gibt seinem Stuhl einen Stoß; der rutscht ein Stück. Der 1. Schauspieler macht es genauso. Jeder geht zu seinem Stuhl. Und setzt sich. Während sie zuhören, rauchen beide.

Der 2. und der 4. Schauspieler und die 1. Schauspielerin stehen auf und gehen an ein Mikrophon. Sie lesen; spielen nicht. Man hört sie über Lautsprecher.

2. SCHAUSPIELER Uns hat man gesagt: Liebe Kameraden, für die Umschulung kriegt ihr 90 % von eurem Verdienst...

1. SCHAUSPIELER Der von Doris kriegt 58 Mark in der Schicht.

4. SCHAUSPIELER Und dann hat er 90 % von seine 58 Mark, wa?

2. SCHAUSPIELER Nee, von seinem Tarif, von 33,74 Mark? Deswegen sagt man eben, die kriegen keine 90 %, die kriegen 70 %!

1. SCHAUSPIELER Und dat wird nich nur »Bismarck« sein. Dat wird alle Männer betreffen, die mal umschulen müssen.

4. SCHAUSPIELER Und wenn wir nicht unterschreiben und nicht mitmachen, dann kriegen wir Räumungsklage, dann kriegen wir den Gerichtsvollzieher ins Haus.

Die 2. Schauspielerin ist an ein 2. Mikrophon getreten.

2. SCHAUSPIELERIN Grundgesetz, Artikel 12: *Alle* Deutschen haben das Recht, Beruf, Arbeitsplatz und Ausbildungsstätte *frei* zu wählen.

Hervorhebung vom Autor.

1. SCHAUSPIELER Das ist doch etwas Schönes, wenn man frei ist, einen freien Willen hat, also tun kann, was man will. Also ich finde, das ist etwas Schönes.

5. SCHAUSPIELER Ganz klar. Der Mensch muß einen freien Willen haben, sonst wär er ja nicht selber schuld, wenn er im Ruhrgebiet wohnt. Als Angehöriger einer privilegierten Schicht bin ich dafür, daß die Auffassung vom freien menschlichen Willen staatlich gefördert wird.

4. SCHAUSPIELER Wenn Rheinbaben jetzt zugemacht wird, wir haben doch alle ne Rheinbaben-Wohnung, was meinst du, wie schnell unsere Mieten in die Höhe gehen.

1. SCHAUSPIELERIN Mindestens um 25 %.

2. SCHAUSPIELER »Bismarck« hat man auch stillgelegt und hat den Leuten gesagt, eure Wohnungen sind an die Stadt verkauft. Zwei Monate später hat jeder 'ne Mieterhöhung von 30 Mark gekriegt.

1. SCHAUSPIELERIN Die Stadt ist mit Mieterhöhungen eigentlich noch human...

2. SCHAUSPIELER Dat nutzt doch nix. Das Kapital schlagen die raus. Wenn ich den ganzen alten Schwindel aufkaufen sollte,

dann seh ich doch zu, daß ich das Geld, was ich reingesteckt habe, so schnell wie möglich rauskriege.

4. SCHAUSPIELER Da gibt's Bergschäden und so weiter.

2. SCHAUSPIELER Wer hat denn heutzutage noch Verlust? Der einzige, der Verlust hat, sind wir. Wir haben uns schließlich die Wohnung hier eingerichtet. Ich hab meinen Fußboden gelegt, ich hab meine Spalierwand eingezogen, ich hab die Türgriffe eingebaut – im Grunde stecken hier 3000 Mark drin. Jetzt zieh ich aus: ich kann doch nichts mitnehmen. Folgedessen muß ich sagen: hör mal, Kamerad, gib mir 40 Mark, und dann laß ich alles drin.

1. SCHAUSPIELERIN Wir sind ja sowieso die Dummen.

4. SCHAUSPIELER Wie der junge Mann da in der Versammlung gesagt hat, zweimal is er schon umgezogen, da hat einer von dem Balkon runtergerufen: Sind wir denn Zigeuner?
Die drei setzen sich wieder.

2. SCHAUSPIELER *am Mikro:* Professor Dahrendorf sagt: Bürgerliche Gleichheit, die rationale Regelung von Konflikten, eine liberale Elite und die Vorherrschaft öffentlicher Tugenden begründen die Verfassung der Freiheit. *Sie setzt sich. Der 1. Schauspieler macht seine Zigarette aus.*

5. SCHAUSPIELER Da siehst du es: bürgerliche Gleichheit!

1. SCHAUSPIELER Es müßte eben viel mehr Privilegierte geben, verstehst du.

5. SCHAUSPIELER Genau. Dann wär es auch viel angenehmer, privilegiert zu sein.

1. SCHAUSPIELER Also, was entscheiden wir jetzt?

5. SCHAUSPIELER Müssen wir?

1. SCHAUSPIELER *Groß:* Wir sollten ein Beispiel geben. Daß die Menschen im Ruhrgebiet sehen, jeder kann bei uns frei wählen, wo er hin will.

5. SCHAUSPIELER Und du findest nicht, daß es... na ja... das ist doch ein bißchen geschmacklos, wenn wir denen auf der Bühne Entscheidungen vormachen, findest du nicht?

1. SCHAUSPIELER *Leiser:* Das sehen die ja nicht, verstehst du. Im Theater sitzen meistens Leute, denen es besser geht. Die sehen es gern, wenn der Mensch sich entscheidet und dann handelt. *Laut.* Also los, was entscheiden wir?

5. SCHAUSPIELER Wir könnten aufstehen.
Sie tun es. Jeder schaut den anderen an dabei. Es fällt nicht ganz leicht.

Du könntest aus freier Entscheidung dorthin gehen. *Zeigt nach links.* Ich könnte mich frei entscheiden, dorthin zu gehen. *Zeigt nach rechts.* Einverstanden?

1. SCHAUSPIELER Einverstanden. *Schütteln einander die Hände. Als sie schon gehen wollen.* Du. Moment. Ich müßte aber dahin. *Zeigt aufs Vortragspult.*

5. SCHAUSPIELER Tja. Was machen wir da. Jetzt haben wir uns schon entschieden...

1. SCHAUSPIELER Na ja. Wir sind immerhin freie Menschen.

5. SCHAUSPIELER Du meinst...

1. SCHAUSPIELER Wir könnten uns jetzt gleich noch einmal entscheiden.

5. SCHAUSPIELER Richtig. Das wäre ja sogar eine Entscheidung mehr.

1. SCHAUSPIELER Eben. Auf einer Bühne können gar nicht genug Entscheidungen fallen. Also entscheiden wir uns: du gehst dahin. *Zeigt nach hinten.*
Und ich dahin. *Zeigt nach vorne.* Einverstanden?

5. SCHAUSPIELER Einverstanden.
(Sie schütteln einander die Hände. Dann geht der 5. Schauspieler nach hinten zu den anderen. Der 1. Schauspieler nach vorne zum Pult.)

1. SCHAUSPIELER Dadurch, daß wir Entscheidungen von solcher Tragweite fällen, hoffen wir, Ihnen zu entsprechen. Sie, meine Damen und Herrn, fällen tagsüber ja auch eine Entscheidung nach der anderen. Ob Sie Ihre Haare heller tönen lassen, ob Sie das Steak englisch wollen oder durch, ob Sie Ihre 54 PS von Opel kaufen oder von Ford, ob Sie CDU wählen oder SPD... o ja, das sind ungeheure Entscheidungen Ihres freien Willens. Und wo Entscheidungen fallen, entsteht Handlung. Nun fallen Entscheidungen auf der Bühne doch nicht so leicht wie draußen in der Wirklichkeit. Auf der Bühne soll ja die Welt noch verändert werden. Das erwarten Sie mit gutem Recht. Da draußen seit Jahr und Tag der Stillstand herrscht, wollen Sie wenigstens auf der Bühne sehen, wie man das macht, die Welt verändern. Deshalb werden wir jetzt gleich nach einer Handlung suchen, mit der wir die Welt verändern können. Sobald die Kollegen dahinten aufhören zu rauchen. Die Raucher unter Ihnen wissen ja, wie das ist, wenn man eine Zigarette ausmachen muß. Bitte, verzagen Sie nicht, wir werden schon noch handeln. Die Welt muß endlich mal verändert werden. Das ist wohl klar. *Er schaut jetzt*

immer wieder einmal zurück, ob die andern kommen. Solange noch jeder raucht, ändert sich natürlich nichts, das ist auch klar. Ich habe aufgehört zu rauchen. Aber allein kann ich die Welt nicht ändern.

Er winkt dem 2. Schauspieler. Der kommt nach vorne links. Beide gehen auf einander zu. Geben einander Zeichen zum Einsatz.

1. UND 2. SCHAUSPIELER *gleichzeitig ohne Mikro:* Mensch, du, schön, daß es endlich mal klappt.

Ja, du, find ich auch prima, daß wir mal zusammen auf der Bühne stehen.

1. SCHAUSPIELER Darf ich auch mal.

2. SCHAUSPIELER Du redst ja schon die ganze Zeit.

1. SCHAUSPIELER Jetzt hör sich einer das an. Ist hier verpflichtet als 2. Schauspieler und redt und redt.

2. SCHAUSPIELER Und läuft und läuft und läuft.

1. SCHAUSPIELER Ich wußte gar nicht, daß du Kabarettist geworden bist.

2. SCHAUSPIELER Ich wußte gar nicht, daß du Kritiker geworden bist.

1. SCHAUSPIELER Ich habe das Rauchen aufgegeben.

2. SCHAUSPIELER Ach du Ärmster, das ist sicher genau so schlimm.

1. SCHAUSPIELER Ich fühle mich sehr wohl.

2. SCHAUSPIELER Danke. Ich kann auch nicht klagen. *Zündet sich eine Zigarette an.*

1. SCHAUSPIELER Aber ich fühle mich ausgezeichnet. *Macht einen Luftsprung.* Du kannst dir das überhaupt nicht vorstellen, wie ausgezeichnet ich mich fühle. Das Atmen... das Atemvolumen, hier, weißt du, die Reserve, da kann kommen, was will. Was will! Paß mal auf.

Und schwingt, die Unverdrossene, sich wirklich
Auf Pfaden, die des Wandrers Fußtritt scheut,
Schwingt sich des Gipfels höchstem Rande näher
Um einer Orme Höh'; und da sie jetzt auf einem
Granitblock steht, von nicht mehr Flächenraum,
Als eine Gemse sich zu halten braucht;
Von ragendem Geklüfte rings geschreckt,
Den Schritt nicht vorwärts mehr, nicht rückwärts wagt;
Der Weiber Angstgeschrei durchkreischt die Luft.
Stürzt sie urplötzlich, Roß und Reuterin,
Von los sich lösendem Gestein umprasselt,

Als ob sie in den Orkus führe, schmetternd
Bis an des Felsens tiefsten Fuß zurück.
Und bricht den Hals sich nicht und lernt auch nichts:
Sie rafft sich bloß zu neuem Klimmen auf.

2. SCHAUSPIELER Komm, rauch eine.

Der 1. Schauspieler zögert.

Glaub mir, du warst nicht schlechter als du noch rauchtest, ehrlich.

1. SCHAUSPIELER Nein, du. Ich darf nicht. Jetzt, wo ich mich so wohl fühle ... Gib doch zu, du wärst froh, wenn du's auch schon hinter dir hättest.

2. SCHAUSPIELER Ich freue mich auf jeden Zug.

1. SCHAUSPIELER Lüg doch nicht so. Ich weiß doch selber ...

2. SCHAUSPIELER Du hast gelitten unter jedem Zug.

1. SCHAUSPIELER Das ist nicht wahr.

2. SCHAUSPIELER Warum hast du dann aufgehört?

1. SCHAUSPIELER Das Rauchen bekommt keinem. Auch dir nicht. Das ist nachgewiesen. Wissenschaftlich. Jeder Zug ist ein ... ein Ruin. Koronarthrombose, Koronarspasmen, Myocardschäden Gastritiden, Hypersekretionen, Verstopfungen und Menstruationsanomalien. Ja, grins nur. Im Tierexperiment ergab sich Hodenatrophie. So. Jetzt grinst du nicht mehr, gell. Bitte, los. Sag doch etwas für das Rauchen. Wag es. Bloß weil du zu schwach bist. Weil du es nicht schaffst, soll ich auch wieder! Ich hab es geschafft. Ich bin drüber weg. Ich fühl mich fabelhaft. So gut wie noch nie! Daß du's weißt!

2. SCHAUSPIELER Schrei mich, bitte, nicht so an, ja!

1. SCHAUSPIELER *versöhnlich:* Mensch, ich sag doch bloß meinen Text. Den muß ich doch so bringen. Eindringlich. Verstehst du.

2. SCHAUSPIELER Du identifizierst dich zu sehr, glaub mir. Du hast plötzlich sowas Missionarisches.

1. SCHAUSPIELER Wer will denn den anderen herumbringen? Du doch mich und nicht ich dich. Ich schau dir gern zu, wie du dich kaputtmachst, bloß weil du dich nicht beherrschen kannst. Nicht soviel! Aber bitte. Lungenkrebs. Bitte, ist ja deine Lunge.

2. SCHAUSPIELER Du findest wohl die Welt ganz toll, was! Wohl noch nie etwas von Imperialismus gehört, was! Da wird gemordet mit Bomben und Granaten! Und du willst fein heraus sein. Gesund und munter, rosig und rechthaberisch. Sag doch bitte gleich, daß du für Lübke schwärmst, das ist nämlich der Inbegriff des ... des Nichtrauchers.

1. SCHAUSPIELER Ist das wahr?

2. SCHAUSPIELER *zuckt mit den Schultern.*

1. SCHAUSPIELER Das tut mir richtig weh, wie du mich mißverstehst. Ich wollte dich doch nicht beleidigen. Aber du mich. Du hast angefangen...

2. SCHAUSPIELER Entschuldige, du hast gesagt, ich sei Kabarettist geworden.

1. SCHAUSPIELER Ja, weil du gesagt hast, ich sei Kritiker geworden.

2. SCHAUSPIELER Es gibt immerhin Kritiker, die rauchen noch. Sind solidarisch. Aber du, Mensch, trittst einfach aus. Aggressiver gehts doch gar nicht.
Der 1. Schauspieler reicht dem 2. Schauspieler zur Versöhnung die Hand, der nimmt sie zögernd, schaut sie dann an, wie etwas das ihm zur Prüfung übergeben ist.
Deine Zunge, bitte.
1. Schauspieler zeigt die Zunge.
Schlimm. Sehr schlimm. Was für Zeitungen lesen Sie?

1. SCHAUSPIELER Verstehst du wirklich was davon?

2. SCHAUSPIELER Wir können uns doch nicht ewig übers Rauchen unterhalten.

1. SCHAUSPIELER Sehr einverstanden. Man muß das Rauchen einfach vergessen, verstehst du. Dann hast du's geschafft. Wenn du gar nicht mehr daran denkst.
Der 2. Schauspieler raucht intensiv, der 1. Schauspieler schaut gierig zu.

2. SCHAUSPIELER Du erinnerst mich an eine Tante von mir.

1. SCHAUSPIELER Raucht die auch nicht mehr?

2. SCHAUSPIELER Die redet auch immer über dasselbe.

1. SCHAUSPIELER Wahrscheinlich ist sie noch nicht drüber weg.

2. SCHAUSPIELER Möglich.

1. SCHAUSPIELER Du mußt sie ablenken. Wenn du natürlich dabei selber rauchst, kann dir das nicht gelingen.

2. SCHAUSPIELER Sie raucht doch überhaupt nicht, Idiot.

1. SCHAUSPIELER Dann begreif ich allerdings nicht, warum sie immer über das Rauchen redet.

2. SCHAUSPIELER Das tut sie doch gar nicht.

1. SCHAUSPIELER Hast du aber gesagt.

2. SCHAUSPIELER Ich habe gesagt, sie redet immer über dasselbe. Aber das ist bei ihr nicht das Rauchen.

1. SCHAUSPIELER Sondern?

2. SCHAUSPIELER Ich weiß es nicht. Ich habe diese Tante nie gese-

hen. Sie lebt in Amerika. Aber mein Vater, der sie oft besucht hat, verstehst du, der hat immer darüber geklagt, daß Tante Mary immer über dasselbe redet. Daß man sich also mit ihr praktisch überhaupt nicht unterhalten kann.

1. SCHAUSPIELER Raucht dein Vater?

2. SCHAUSPIELER Nein. Aber...

1. SCHAUSPIELER Siehst du. Wahrscheinlich redet deine Tante immer über das Rauchen. Und das geht deinem Vater auf die Nerven, weil er es nämlich hinter sich hat.

2. SCHAUSPIELER Mein Vater hat nie geraucht!

1. SCHAUSPIELER Das sagt er. Um dich zu beeindrucken. Um sich selber nicht mehr in Versuchung zu bringen. Er hat es verdrängt...

2. SCHAUSPIELER Ich mache dir einen Vorschlag...

1. SCHAUSPIELER Gleich. Nur noch eine Frage. Deine Tante betreffend. Du sagst, du hast sie nie gesehen, trotzdem willst du wissen, daß sie nicht raucht.

2. SCHAUSPIELER Du, es tut mir leid, aber ich muß dir jetzt in aller Öffentlichkeit sagen, ich glaube einfach nicht mehr, daß du die Wiedervereinigung wirklich willst.

1. SCHAUSPIELER *einigermaßen betroffen, um Fassung ringend:* Und... und wie kommst du zu dieser ungeheuren Behauptung?

2. SCHAUSPIELER Du redest zuviel davon.

1. SCHAUSPIELER Die 17 Millionen im anderen Teil Deutschlands erwarten das von uns, daß wir von ihnen reden.

2. SCHAUSPIELER Das erwarten sie... von dir.

1. SCHAUSPIELER Von jedem! Von Rauchern und Nichtrauchern.

2. SCHAUSPIELER Die sogenannten Brüder in der...

1. SCHAUSPIELER Und Schwestern...

2. SCHAUSPIELER ... in der DDR...

1. SCHAUSPIELER ... im anderen Teil Deutschlands.

2. SCHAUSPIELER Du, der Unparteiische redet schon mit den Händen.

3. SCHAUSPIELER Jadoch, um diesen unglückseligen Dialog zu beenden.

2. SCHAUSPIELER So kannst du das einfach nicht sagen.

1. SCHAUSPIELER Wie?

3. SCHAUSPIELER Im anderen Teil Deutschlands! Das ist ein zu billiger Dreh. Das ist nicht Theater, das ist Cabaret.

1. SCHAUSPIELER Das ist Kiesinger.

2. SCHAUSPIELER Jaa-doch. Aber wenn du auf einer Bühne redest

wie der Bundeskanzler, dann ist das Kabarett! Mensch, begreif das doch.

1. SCHAUSPIELER Gut, dann frag ich so: Raucht Kiesinger oder raucht er nicht?

2. SCHAUSPIELER Er wird sich hüten.

1. SCHAUSPIELER Wovor?

2. SCHAUSPIELER Zu rauchen. Oder nicht zu rauchen.

1. SCHAUSPIELER Mao, 294. *Zieht ein rotes Bändchen aus der Tasche:*
»Das ist die Denkweise gewisser Leute.« *Gibt ihm das Bändchen.* Deine Denkweise zum Beispiel. Wir müssen uns aber entscheiden. Wir stehen ja nicht mitten im Leben, sondern auf der Bühne. Also ist er nun Raucher oder ist er nicht? Ich sage: er ist nicht.

2. SCHAUSPIELER Von mir aus.

1. SCHAUSPIELER Du mußt behaupten, er raucht. Begreif doch, dann hätten wir endlich einen wirklichen dramatischen Konflikt. Bitte!

2. SCHAUSPIELER Also gut, um des lieben Friedens willen. *Aggressiv.* Unser Bundeskanzler ist Raucher!

1. SCHAUSPIELER Ich hab ihn noch nie rauchen gesehen.

2. SCHAUSPIELER Er will kein schlechtes Beispiel geben.

1. SCHAUSPIELER Sie geben also zu, daß Rauchen etwas Schlechtes ist.

2. SCHAUSPIELER Nein. Privat nicht. Aber er weiß, öffentlich, auf dem Bildschirm, zum Beispiel, würde es aussehen, als wäre er weich, willensschwach, nervös, wenn er sich eine nach der anderen anzündet, während er dem Volk erklärt, warum man die DDR einfach nicht anerkennen darf. Einem Raucher würde man das nicht...

1. SCHAUSPIELER *kann endlich dazwischen:* Entschuldige. Herr... Herr... *Zum 2. Schauspieler.* Haben wir den Unparteiischen eigentlich getauft.

2. SCHAUSPIELER Nein.

1. SCHAUSPIELER *zum 3. Schauspieler:* Du brauchst einen Namen, wenn du den Kritiker spielst. Meine Damen und Herren, um ganz deutlich zu machen, daß Theater nicht für Sie gespielt wird, sondern für die Zeitung, haben wir den Kritiker hier sichtbar erhöht. Angeleitet auch von den Worten des Vorsitzenden Mao, S. 245: »Ein Mensch kann kein Ding erkennen, wenn er nicht mit ihm in Berührung kommt.« *Er reicht dem Kritiker eine*

Mao-Bibel hinauf; die holt er jedesmal aus der Jackentasche. Wir wollen es Ihnen recht machen, mein Herr. Bitte, suchen Sie sich einen Namen aus, der Ihrer würdig ist. Sie schweigen. Es gibt nur eins, was für uns noch schlimmer ist als Ihr Schweigen, das ist, wenn Sie nicht schweigen.

3. SCHAUSPIELER Schön, mein Guter, mein Bester, nennt mich einfach Bindestrich,
denn Publikum und Bühne binde ich
deutend und bedeutend aneinander
wie das Meer einst Hero an Leander.
Die Schauspieler applaudieren heftig.

2. SCHAUSPIELER *als wolle er vom Bindestrich nicht gehört werden, aber doch genau für Bindestrich bestimmt:* Er übertrifft jeden Autor. Diese Bilder. Dieser Ton.

1. SCHAUSPIELER Diese Schärfe. Diese präzise und poetische Imagination. *Zum Bindestrich.* Also, Herr Bindestrich, ich unterbrach... müssen wir jetzt auch in Versen?

BINDESTRICH Aber nein, aber nein, jeder soll, wie er kann, sein.

1. SCHAUSPIELER Danke. Also ich unterbrach, weil ich finde, mein Kollege und ich können unseren Dialog nicht einfach so fortführen, ohne zu handeln. Was wir brauchen sind Aktionen und keine Deklamationen.

BINDESTRICH Sie haben mich gelesen, ich hör's.

2. SCHAUSPIELER *erschreckt:*
Er meint es nicht ironisch. ich schwör's.

BINDESTRICH Neinein, er hat sauber zitiert.
Der Kritiker zeigt sich darüber gerührt.

1. SCHAUSPIELER Und wir wollen nicht nur zitieren, sondern realisieren. Was schlagen Sie vor? Wie handeln wir am besten während wir reden? Denn reden müssen wir ja.

BINDESTRICH Realität, meine Freunde, Wirklichkeit.
Dort drüben liegen Steine bereit.
Bezieht die Arbeitswelt ein
Schichtet sprechend Stein auf Stein.

1. SCHAUSPIELER Das ist gut, Das ist sehr gut.
Der 2. Schauspieler folgt widerwillig.

1. SCHAUSPIELER Los Kumpel. Wo wa-ma grade gewesen bei unserem Dischput über dat Rauchen. Nu sach'ma. Also wenn du nix sach's dann könn mir gleich wieder aufhören zu arbeiten, weil wir doch arbeiten nur für den Dialog. Also paß mal auf.

Sie arbeiten. Der 1. Schauspieler spricht weiter im chargierten Jargon.

Wat der olle Erhard is, der hat doch auch in eim fort jeschnullert.

2. SCHAUSPIELER *hört auf:* Sag mal, wieso redest du denn jetzt...

1. SCHAUSPIELER Mensch, wir sind doch jetzt Bauarbeiter. Das muß sich doch auswirken.

2. SCHAUSPIELER Ich weiß nicht, Bauarbeiter, nein. Ich hab auch überhaupt keine Lust, n'Bauarbeiter zu machen.

1. SCHAUSPIELER Dann bist du kein Schauspieler. Schau, ein Bauarbeiter, paß auf, ich zeig dir's mal. Du mußt dich hineindenken in den Bauarbeiter. Sein Schritt ist schwer vom nassen Lehm, er blinzelt nach oben, in die Sonne, in den Staub, Sorge prägt sein Gesicht, der Winter droht, er kann entlassen werden. Tarifverhandlungen stehen bevor, er hat Kinder, verstehst du. Seine Frau hat Knoten in der Brust. Der Vorarbeiter ist ein Säufer. Flüchtling. Neigt zur NPD. Es nieselt seit drei Tagen. Und das Vesper, das er gerade gegessen hat, war eingewickelt in eine Zeitung, in der berichtet wurde von einem urologischen Leiden des Papstes. Und vom ehemaligen Genossen Leber steht da ein Satz, in dem das Wort *kontemplativ* vorkommt. Verstehst du. Und er muß jetzt wieder an die Arbeit. Stell dir das doch bitte mal vor. Diese Situation. *Er geht mit schweren Gorillaschritten, schweren Füßen, als klebten die Stiefel bei jedem Schritt, die Arme schwanken, etwas vom Körper entfernt, schwer bei jedem Schritt. Und er macht ein dämliches Gesicht. Dazu hat er sich noch einen Kunststoffhelm aufgesetzt. Trinkt am Ende aus der Bierflasche*

1. SCHAUSPIELER Das ist der Bauarbeiter.

BINDESTRICH Wie er leibt und lebt und geht und steht.
Das ist Theater. Der Mimus. Das Körpergebet.

1. SCHAUSPIELER Herr Bindestrich, ehrlich, ich glaube, Sie sind gar kein Kritiker. Sie sind ein Fachmann.

BINDESTRICH Mein Guter, mein Bester. Lassen Sie das bloß meine Kollegen nicht hören, die schließen mich sonst aus.

1. SCHAUSPIELER *da der 2. Schauspieler entmutigt sitzt und raucht:*
Mein Gott, nun nimm's nicht so tragisch.
Im Weihnachtsmärchen, das war doch auch'n schöner Erfolg für dich.
Vielleicht liegt dir der Bauingenieur besser.

2. SCHAUSPIELER Wieso soll ich überhaupt einen anderen Beruf imitieren. Ich bin doch Schauspieler. Das ist doch auch ein Beruf.

1. SCHAUSPIELER Ja, mein Guter. Aber du brauchst eine Rolle.

Ohne Rolle kannst du nicht auftreten. Und eine Rolle hat nun mal einen Beruf. Leider. Wie wär's mit Chauffeur und Direktor. *Drängt den 2. Schauspieler auf einen Stuhl. Setzt sich auf einen Stuhl davor. Lenkt.* Herr Direktor, ich bin da ganz Ihrer Ansicht. Wenn nämlich ein Bundeskanzler Kettenraucher wäre, könnte er ja genau so gut Trinker sein, und der trinkt und trinkt und plötzlich im Suff erkennt er was an.

Pause.

Nicht wahr. Möchten Sie, Herr Direktor, daß wir das Thema wechseln oder möchten Sie lieber ungestört nachdenken. Dann bin ich natürlich still. Obwohl, es hätte mich schon interessiert, ob Sie den Bundeskanzler für einen Raucher halten. Die englischen Premiers haben immer geraucht. Das gebe ich zu. Aber Pfeife. Und Zigarren. Nur Eden war Zigarettenraucher. Und der hat dann auch prompt falsch reagiert im Suezkonflikt. Ich hoffe, unser Eden ist Nichtraucher, Herr Direktor.

Der 2. Schauspieler springt auf. Der 1. Schauspieler bremst, steigt aus, öffnet die Tür, obwohl der 2. Schauspieler schon nicht mehr mitspielt. Der 2. Schauspieler setzt sich und zündet eine Zigarette an.

2. SCHAUSPIELER Hitler war auch Nichtraucher.

1. SCHAUSPIELER Hitler gilt nicht, der war nicht normal. Aber so hat es keinen Sinn. Ganz ohne Handlung geht es nicht. *Geht hin und nimmt ihm die Zigarette und macht sie aus.* Dieses Stück ist gewidmet der Veränderung der Welt durch die Abschaffung des Rauchens. Solange du mitspielst, mußt du verzichten. Sonst mußt du deine Rolle abgeben.

2. SCHAUSPIELER Was heißt hier: dieses Stück ist gewidmet der Abschaffung des Rauchens, davon steht in meinem Textbuch kein Wort.

1. SCHAUSPIELER Laß mal sehen, was bei dir steht.

2. SCHAUSPIELER Bitte, wortwörtlich steht da: Was heißt hier dieses Stück ist gewidmet der Abschaffung des Rauchens, davon steht in meinem Textbuch kein Wort. Bitte. Und bitte steht auch da. Und das steht auch da. Ich sag kein Wort, das nicht da steht. Also steht sogar das da.

1. SCHAUSPIELER *hält sich die Ohren zu:* Hör auf, bitte. *Er nimmt die Hände erst weg, als der 2. Schauspieler aufgehört hat.* Du sabotierst.

2. SCHAUSPIELER Tut mir leid. Das ist meine Rolle.

1. SCHAUSPIELER Der Text hetzt uns gegeneinander auf.

Aber ich glaube wirklich, daß wir eine Handlung brauchen.

2. SCHAUSPIELER Kannst du boxen.

1. SCHAUSPIELER Ich kann fechten.

2. SCHAUSPIELER Soviel man halt als Hamlet braucht.

1. SCHAUSPIELER Du bist gegen alles.

2. SCHAUSPIELER Nicht gegen Boxen. Aber ich bin jetzt gegen ernsthafte Versuche. Ich bin gegen den seriösen Anspruch. Ich bin dagegen, daß einer länger als 5 Minuten so tut, als ginge es ihm noch um was. Das ist doch nicht mehr drin, Leute. Bei unserer Praxis. Was soll da abends dieser edle Hochsprung-Versuch mit gekauften Muskeln. Wir sind doch längst bloß noch Kulturdeppen und Reizbuben. Der feine Alibiflor der westlichen Welt. Daß die Blutsuppe besser schmeckt. *Zum Kollegen.* Schau, ich stehe hier unterm Vordach einer todschicken Konditorei und strecke meine Hand hinaus in den Regen. *Handrücken nach oben.* Und geniere mich. Ein bißchen. Weil doch anderen Napalm auf'n Kopf fällt. Die verbrennen. Verrecken. Jetzt. Gerade jetzt. Und wir sind feinsinnig verwarnt, Napalm sei ein Klischee. Verstehst du. Hier, bei uns, im geschmackstollen Westen, ist Napalm zur Metapher erhöht, Anlaß für Stiltechtelmechtel, Versschneiderei und ästhetische Maßnahme. Anderswo verreckt man dran. Das soll uns nicht stören. Das kann uns nicht stören. Weil Zeitungsnapalm kein Napalm mehr sei. Verstehst du.

Gut. Wir sind Schauspieler. Erst abends dran. Wenn die Nachricht schon verdaut ist. Wir stehen in luftdichten, wasserdichten, zeitdichten und sehr edlen Stücken herum. *Parodierend:*

Fürwahr, ich weiß nicht, was mich traurig macht.
Ich bin es satt. ihr sagt, das seid ihr auch.
Doch wie ich dran kam, wie mir's angeweht,
von was für Stoff es ist, woraus erzeugt,
das soll ich erst erfahren.

O heiliger William, wenn du jetzt lebtest, dann wüßtest du's. Dich machen wir heute jeden Abend zum Komplizen. Du dienst wie kein anderer zur Ablenkung, denn du bist prima von Wort zu Wort zu Wort zu Wort.

Könige, Regierende sind gern Verbrecher, du zeigst es, aber dein Finger ist vergoldet, er scheint zu schön, er weist nicht auf uns und unsere Herren, die in unserem Namen ihre schicken Zustimmungen zum Mord ausbrüten. Lübke heißt der Mann, der gratuliert zum Mord. Ihm fehlt das Tatbewußtsein, ich weiß.

Aber wem angesichts dieses Tatbestandes das Tatbewußtsein fehlt, dem fehlt überhaupt das Bewußtsein. Und Erhard und Leber und so weiter. Was Rang und Namen hat, das gratuliert, stimmt zu, unterstützt, das dekoriert den Völkermord mit Kosenamen. Das ist zum Kotzen, könnte man sagen. Oder wo schlägt dir das hin? Auf die Blase? Den Darm? Unsere Art Gesellschaft mordet sich missionarisch durch das Jahrhundert von Schauplatz zu Schauplatz und wir machen in der Etappe das laxierende Theater dazu. Luftdicht, wasserdicht, zeitdicht. Immer schön goldig ums Vergangene rum. Kollegen, bitte, steht auf, eine Sekunde lang, zu Ehren des Dichters Erich Fried, der die Zeile dieses Jahrhunderts geschrieben hat: und Vietnam und. So. Und dann laßt uns keinen Shakespeare und keinen Schiller mehr spielen und keinen Brecht mehr, bitte. Da tun wir doch so, als sei es uns ernst. Als meinten wir was. Als wollten wir was. Als käme es uns darauf an. Als wären wir gegen etwas. Und für etwas. Und das Publikum meint das auch. Das geht auch heim und sagt: heute haben wir es aber wieder einmal ernst gemeint mit uns. Heute kam es uns aber wieder mal darauf an. Heute waren wir aber wieder mal wieder für etwas. Und gegen etwas.
Verweigern wir uns das Abführmittel für unser Mitläufer-Bewußtsein. Spielen wir, bitte nur noch Arnold und Bach und Charley's Tante und den Zigeunerbaron und Hanneles Himmelfahrt, auf daß das Theater ganz erkennbar wird als das, was es zu Mordzeiten in gesellschaftlichem Auftrag zu sein hat: eine Ablenkungsbude I. Klasse. Unser sehr gepflegter humanistischer Anspruch ist doch bloß noch zum Piepen. Onanie, fabelhaft. Aber an einem Penis aus geweihtem Elfenbein? Nee, du, ich nicht. So eine Scheiße. Könnten die denn nicht hinstehen in ihrem-unserem Parlament und sagen: wir verurteilen diesen amerikanischen Krieg. Das wäre doch etwas. Ein Lebenszeichen. Solange sie das nicht geben, sind die für mich gestorben. Ich bin nun einmal regierungsfromm. Ich fühle mich vertreten von denen. Darum möcht ich von denen hören dieses Nein zum Mord. Solang die Ja sagen, habe ich Ja gesagt. Entschuldige, ich wollte nur sagen, ich stehe unterm Vordach einer Konditorei. Halte die Hand hinaus. Und geniere mich. Ein bißchen. Und denke, jetzt mach ich bald mal was. Aber damit hat sich's auch. Machen wir weiter im Text. Ich mache mit. Ich will ja nicht besser sein als meine Regierung. Wenn die für Mord sind. Bitte. Bin ich halt auch dafür. Entschuldige. Ich hab dich unterbrochen.

Los, hast du noch was Schickes auf Lager.

Der 1. Schauspieler hörte sitzend und rauchend zu.

1. SCHAUSPIELER Du brauchst noch einmal was von mir zu sagen, von wegen missionarisch und so. Das war schon 'n ziemlicher Savonarola, was du da abgeliefert hast. Verstehst du, das Rauchen, das ist ja immerhin noch was Persönliches, das geht mir selber an die Nieren, da muß ich ja 'n bißchen dicker rein. Aber bei sowas Allgemeinem, das würde ich mehr unterspielen. Ehrlich. Du identifizierst dich zu sehr. Also wirkst du hektisch. Also glaubt man dir nicht.

2. SCHAUSPIELER Du meinst, mehr SPD.

1. SCHAUSPIELER Wie meinst du das?

2. SCHAUSPIELER *er schaut auf die Uhr:* Mach weiter.

1. SCHAUSPIELER *ruft:* Die Demonstration, bitte. *Der 1. Schauspieler geht noch zum Automat und läßt sich eine Packung Zigaretten heraus, dann setzt er sich zum 2. Schauspieler. Der Kritiker richtet sich wieder auf.*

Von links nach rechts ein Zug. Die Schauspieler sind vorher hinausgegangen und haben sich präpariert. Als erste tritt die 2. Schauspielerin auf; als Girl mit so wenig als möglich an. Sie trägt an einer Stange ein vergrößertes button, auf dem steht: Enteignet Springer. Ihr folgen alle außer dem 1. und dem 2. Schauspieler. Sie spielen Hippies. Werfen Blumen. Auch zum Kritiker hinauf. Die 1. Schauspielerin und der 4. Schauspieler tragen Demonstrations-Mikros.

4. SCHAUSPIELER *so tief als möglich:* It's all a woman needs to wear.

1. SCHAUSPIELERIN *zu Bindestrich:* Ei, Vater sieh den Hut dort auf der Stange.

BINDESTRICH Was soll das hier? Wie lange noch will man mich so provozieren.

1. SCHAUSPIELER *beflissen:* Es muß sich um eine Demonstration handeln.

BINDESTRICH Mein Guter, mein Bester, das ist schlimmer als Kabarett. Das heiß ich die Bühne verschandeln.

2. SCHAUSPIELER Beruhigen Sie sich, Herr Bindestrich. Vielleicht ist es aus einem Dokumentarstück.

BINDESTRICH Ein Dokumentarstück greift auf Dokumente, also auf Vergangenheit zurück.

1. SCHAUSPIELER Wenn Sie gestatten, bei Mao 245 heißt es: »Willst du Kenntnisse erwerben, mußt du an der die Wirklich-

keit umwälzenden Praxis teilnehmen.« Unsere Frage ist: soll die Bühne daran teilnehmen oder soll sie lieber nicht.

BINDESTRICH Um Gottes willen, Freunde, sie soll nicht. Nur der Verwandelte darf hier ans Licht.

1. SCHAUSPIELER Also Freunde, ab damit. So geht es, sagt er, nicht. *Zu Bindestrich.* Wir wollten ja nur mal fragen.

Wildes Geschieße setzt ein. Gewehr und Granatfeuer. Deutlich aus einem Lautsprecher. Bindestrich steigt fasziniert vom Schiedsrichterstuhl und geht zum Lautsprecher.

BINDESTRICH *als Musikkritiker; er wirft sich einen Abendmantel um:* Das ist gewiß keine ganz große Musik, aber die Töne haben urbane Eleganz, elementare Kraft, seidig und stählern zugleich, voluminös und transparent, straff und locker, eine bei allem elegischen Schmelz fast stillvergnügte Pièce, mit flirrenden, virtuosen Auszierungen. Mag sein, daß hier manches als trivial, als rhetorisch und forciert empfunden werden kann. Nicht motivische Arbeit ist hier oberstes Gesetz, sondern Dringlichkeit vehementer Selbstdarstellung.

Das Schießen wird plötzlich vom Weinen eines etwa sechsjährigen Kindes abgelöst. Kein Geschrei, sondern Weinen.

BINDESTRICH Die melodischen Schicksale, die das Hauptthema erleidet, vielleicht eine Spur zu unbeteiligt, zu unversonnen. Aber der völlig unfettige Klang, die atemraubende Bravour in allen technischen Hexereien, und doch dieser Schmelz der Kantilene, diese Süße des Tons...

Bindestrich geht kopfnickend zu seinem Sitz zurück. Aus dem Lautsprecher kommen die Tagesnachrichten. Eine Auswahl von Krieg und Stagnation, ein Beispiel für die Art, wie bei uns von unserer eigenen Lage gesprochen wird.

Der 1. und der 2. Schauspieler sitzen auf einer Podestkante, die anderen sind wieder auf den Stühlen. Der 1. und 2. Schauspieler rauchen. Der 1. Schauspieler springt auf.

1. SCHAUSPIELER Kommt mal alle her.
Zu Bindestrich. Nein, du nicht, Mensch, du bist und bleibst der Kritiker Bindestrich. Wie es bei Mao 251 heißt: »Bei einer entsprechenden Temperatur wird ein Ei zu einem Küken, aber keine Wärme kann einen Stein in ein Küken verwandeln.«

BINDESTRICH Gut. Ich geh ja schon. Aber was mir in der Rolle noch fehlt, ist Charakter, verstehst du. Ich sitz da oben und mache Bemerkungen. Es fehlt der persönliche Hintergrund.

1. SCHAUSPIELER Kollegen, was meint ihr? Tritt Bindestrich als

Person auf, hat er eine Tante in England, leidet er unter einem schwulen Neffen in Salem, sieht man seiner Kritik an, daß es je geregnet hat? Oder spürt man gar, daß er selber je naß geworden ist?

2. SCHAUSPIELER Er ist nicht vorstellbar. Bedenk: er irrt nicht. Er ist das Richtige. Er weiß etwas sicher. Ich würde ihn unvergleichlich nennen, wenn es nicht das Einbahnstraßen-Schild gäbe. Das Einbahnstraßenschild irrt so selten wie er! Hat man je ein Einbahnstraßenschild an sich zweifeln gesehen? Es ist, genauer gesagt, ein flacher Pfeil aus Blech, dem man folgen soll, oder man wird bestraft. Sein Niveau ist der Indikativ. Er ist verheiratet mit seinem Niveau. Darunter tut er's nicht. Laß uns also nicht persönlich werden. Da stoßen wir ins Leere. Er ist eine Menge Sätze, die es immer schon gibt. Du siehst hinter seinen Sätzen immer einen Robespierre oder einen Papst turnen. Machst weiß Gott was für einen Sheriff aus ihm. Also Schluß jetzt. Er ist das Alphabet im Zustand der größten Unschuld seit Struwwelpeters Zeiten.

3. SCHAUSPIELER Dann ist er aber nicht leicht zu spielen.

1. SCHAUSPIELER Man kann ihn nicht spielen. Nur zitieren. Aber das genügt auch.

Der 3. Schauspieler klettert auf seinen Sitz.

1. SCHAUSPIELER *sobald Bindestrich droben ist:* Wir hoffen, Herr, bei unserem Tun auf Ihren Segen.

BINDESTRICH Mein Guter, mein Bester, Sie haben ihn, wenn Sie sich nur tapfer recken und regen.

1. SCHAUSPIELER Wir aber fahren fort, liebe Kollegen.
Bei Mao, 263 steht: »Ziehe die Brauen zusammen und du kommst auf eine Idee.«

2. SCHAUSPIELER Paulus, Thessalonicher, 2, 2, 6: »Der Herr wird dir in allen Dingen Verstand geben.«

1. SCHAUSPIELER *schärfer:* Mao, 361: »Wir sind imstande, das zu erlernen, was wir vorerst nicht wissen.«

2. SCHAUSPIELER Paulus, Korinther, 1, 14, 38: »Ist aber jemand unwissend, der sei unwissend.«

1. SCHAUSPIELER Mao, 246: »Die Erkenntnis beginnt mit der Praxis.«

2. SCHAUSPIELER Paulus, Korinther, 2, 5, 7: »Wir wandeln im Glauben, nicht im Schauen.«

1. SCHAUSPIELER Mao, 103: »Kurz gesagt, wir müssen uns vorbereiten. Sind wir vorbereitet, können wir den verschiedenen

komplizierten Situationen auf entsprechende Weise begegnen.«

2. SCHAUSPIELER Paulus, Römer, 14, 23: »Was aber nicht aus dem Glauben geht, das ist Sünde.«

1. SCHAUSPIELER *zustimmend:* Mao, 169: »Keinen richtigen politischen Standpunkt haben, bedeutet, keine Seele haben.«

2. SCHAUSPIELER *herzlich ergänzend:* Paulus, Thessalonicher, 2, 3, 14–15: »So aber jemand nicht gehorsam ist unserem Wort, den zeiget an durch einen Brief... doch haltet ihn nicht als einen Feind, sondern vermahnet ihn als einen Bruder.«

1. SCHAUSPIELER *noch herzlicher:* Mao, 66: »Die eigenen Genossen als Feinde behandeln, heißt: den Standpunkt des Feindes beziehen.«

2. SCHAUSPIELER *noch herzlicher:* Paulus, Thessalonicher, 2, 25: »Mit Sanftmut strafe die Widerspenstigen.«

1. SCHAUSPIELER *umarmend:* Mao, 180: »Mit Gewalt kann man nicht überzeugen.«

2. SCHAUSPIELER *beschließend:* Paulus, Römer, 13, 10: »So ist nun die Liebe des Gesetzes Erfüllung.«

1. SCHAUSPIELER Kollegen, so ist es. Ich stelle jetzt zur Diskussion: wollen wir nicht lieber als etwas anderes die Aufforderung zum Nichtrauchen darstellen?

5. SCHAUSPIELER Mir ist das ziemlich egal, ob einer raucht oder nicht.

4. SCHAUSPIELER Das ist auch'n Standpunkt.

2. SCHAUSPIELERIN *gleichzeitig:* Du hör mal. Das ist ein Toleranzbegriff, der nur zeigt, daß du ein falsches Bewußtsein hast. Du tolerierst die Manipulation der Manipulierten, anstatt daß du deine tendenzielle Aufklärungsfunktion aktualisierst und das Verhalten der Manipulierten analysierst, um ihrem falschen Bewußtsein zu Hilfe zu kommen. Warum raucht einer? Weil er erstens seine Dilemma-Situation nicht durchschaut und weil er zweitens den technisch superioren Manipulationsapparaturen, die ihm das Rauchen ganz unkaschiert als Betäubung suggerieren, nicht zu widerstehen vermag. Das Rauchen also das höchst effektive Mittel, die Konditionierung des unmittelbaren Produzenten zur restlosen Integration in den ausbeuterischen Prozeß der Konsumation perfekt zu machen. Verbrauch des Verbrauchers durch Verbrauch. Also rundum eine Salvation der spätkapitalistischen Unordnung Und das ist keine Handlung, meine Herrn, das ist eine Situation. Der Widerspruch zwischen dem tendenziellen Demokratismus des Grundgesetzes und der

zunehmenden Manipulationsfertigkeit des bürgerlichen Herrschaftsapparates, dieser Widerspruch wird täglich noch raffinierter verschleiert; das Herrschaftsgeschick der Herrschenden hat ihn zur totalen Immobilität zementiert. was sich noch bewegt, das ist der blaue Kringel über dem Grab der Revolution.

1. SCHAUSPIELERIN Könnten Sie das noch einmal sagen.

4. SCHAUSPIELER Muß das sein.

1. SCHAUSPIELERIN Ich möchte doch bloß hören, ob sie das auch so sagen könnte, als wär es ihr selber eingefallen.

2. SCHAUSPIELERIN Der typisch bürgerliche Einwand gegen eine objektive Analyse: sie ist nicht originell. Kein unnachahmlicher Einfall, kein genialer Augenblick...

1. SCHAUSPIELERIN Für einen Augenblick war es auch ein bißchen zu lang.

2. SCHAUSPIELERIN Das, was Sie für Ihre Einfälle halten, ist lediglich die Reproduktion Ihres falschen Bewußtseins. So erfüllen Sie Ihren Affirmations-Vertrag.

2. SCHAUSPIELER Laß mich mal. Erste Frage: sind wir alle dafür, gegen das Rauchen aufzutreten.

4. SCHAUSPIELER *weist auf Bindestrich:* Fragt doch ihn. Wozu haben wir denn ihn. Er ist doch der Fachmann.

BINDESTRICH Meine Guten, meine Besten,
nicht Schlimmes zu verhindern
nur zu richten bin ich da
das Machen von den Kindern
obliegt allein dem Herrn Papa.
Nie darf der Tat das Urteil vorgreifen.
Steht also nicht steril herum
der Künstler schreibt auch auf geraden Zeilen krumm
auf Theorien kann er pfeifen.

Die Schauspieler sehen einander an.

1. SCHAUSPIELER Tja, dann... *Er bricht ab.*

2. SCHAUSPIELER Vielleicht sollten wir... *Bricht ab.*

4. SCHAUSPIELER Wenn ich ihn recht verstehe, meint er: probieren geht über studieren.

BINDESTRICH Beglückend, mein Bester, wie gut Sie mich interpretieren.

1. SCHAUSPIELER Also, los. Probieren wir.

Der 1. u. der 2. Schauspieler am weitesten vorne.

1. SCHAUSPIELER Jetzt mach doch. Es ist schon...

2. SCHAUSPIELER *läßt ihn hängen; fällt nicht ein; schaut in die Luft; fährt mit der Hand weit durch die Luft.*

1. SCHAUSPIELER Es ist schon...

2. SCHAUSPIELER *mit Verspätung:* Du hängst, kommt mir vor.

1. SCHAUSPIELER Dein Stichwort. Es ist schon...

2. SCHAUSPIELER Was müßte ich jetzt sagen?

1. SCHAUSPIELER Ja. Ich komm ja schon.

2. SCHAUSPIELER Ja. Ich komm ja schon. *Geht weg.*

1. SCHAUSPIELER Wir sind doch verabredet, Mensch. Sie steht im Freien.

2. SCHAUSPIELER *schaut zur Bühnendecke:* Na ja. Im Freien würde ich das nicht nennen.

1. SCHAUSPIELER Ich gehe.

2. SCHAUSPIELER *geht vom 1. Schauspieler in die Nähe des Automaten:* Du brauchst genau: 1, 2, 3, 4, 5, 6, 7, 8, 9 Schritte. Da du'n bißchen kurzbeinig bist, vielleicht 12. Also mach mal.

1. SCHAUSPIELER Und du?

2. SCHAUSPIELER Du gehst an deine Straßenecke und ich bleib auf der Bühne, und trotzdem bleiben wir zusammen, das find ich prima.

1. SCHAUSPIELER Also, ich gehe jetzt.

Der 1. Schauspieler geht, der 2. Schauspieler zählt die Schritte laut mit.

1. SCHAUSPIELER Hör auf, da kann ich nicht gehen.

2. SCHAUSPIELERIN *zum 2. Schauspieler:* Es reicht, es reicht, wir wissen jetzt, daß du als der feinere Teil die Rolle nicht mitmachst.

2. SCHAUSPIELER Prima. *Er setzt sich auf den Bühnenboden.*

Der 1. Schauspieler geht rasch zum Automaten; ist froh, daß er dort ist.

1. SCHAUSPIELERIN So ein Automat hat auch was Religiöses.

4. SCHAUSPIELER Vielmehr was Sexuelles.

2. SCHAUSPIELERIN Er ist ein Repressionsinstrument.

1. SCHAUSPIELER Mich interessiert der Automat nur noch so. Er war einmal mein Automat. *Zu einem Passanten.* Entschuldigen Sie, könnten Sie mir einen Zehnmarkschein wechseln? Nein? Vielen Dank mein Herr. Sie haben mir einen großen Dienst erwiesen. Er war so angetan von mir, daß er gleich dachte: nein, dem wechsle ich kein Geld, der vergeudet's doch bloß zu seinen Ungunsten. *Zur 1. Schauspielerin.* Bitte.

Sie kommt.

Ach Fräulein, Sie wollen, darf ich Ihnen behilflich sein, es fehlt Ihnen ein Markstück ... ja? Bitte, nehmen Sie zwei von mir. Sie tun mir wirklich einen Gefallen. Da, 1, 2, 3, 4, 5. Wenn Sie ein Fünfmarkstück hätten. Los, los, her das Fünfmarkstück, blödes Ding, Herrgott, nun machen Sie schon, wenn Sie schreien, stopf ich Ihnen den Mund mit meiner Faust. Ich bin nicht ganz ungefährlich, Fräulein. Ich bin nervös nämlich. Haben Sie Feuer? Auch nicht. Sie haben aber auch wirklich an alles gedacht, Fräulein Helmesdorfer. Oder sind Sie etwa nicht aus Tübingen.

1. SCHAUSPIELERIN Aus Kirchentellinsfurt.

2. SCHAUSPIELER Das liegt bei Tübingen.

1. SCHAUSPIELERIN Beate.

2. SCHAUSPIELER Aber Ihr Bruder arbeitet in Offenburg.

1. SCHAUSPIELERIN Ja.

1. SCHAUSPIELER Als ... Masseur.

1. SCHAUSPIELERIN Ja. Woher wissen Sie ...

2. SCHAUSPIELER Aus dem Manuskript, mein Lämmchen.

1. SCHAUSPIELER Sie wollten Zigaretten holen. Soll ich Ihnen ...

1. SCHAUSPIELERIN Nicht für mich.

1. SCHAUSPIELER Soll ich raten.

1. SCHAUSPIELERIN Nein. Nicht. *Sie schluchzt.*

1. SCHAUSPIELER Pfui Teufel. Ich lasse Ihnen jetzt eine Packung Rothändle heraus und alles ist wieder gut, ja?

4. SCHAUSPIELER Um weiterzukommen, schlage ich vor, er zieht ihr jetzt die Bluse aus. Er braucht eine Belohnung, wenn er nicht mehr raucht.

5. SCHAUSPIELER Das ist spießig.

2. SCHAUSPIELERIN Find ich auch.

4. SCHAUSPIELER Und wie wär es weniger spießig?

5. SCHAUSPIELER Natürlich, wenn sie sich die Bluse selber auszieht.

2. SCHAUSPIELERIN Aber sie muß sich umdrehen dabei. Und nicht nur die Bluse ausziehen. Alles runter. Aber nichts zeigen. Daß klar wird, hier wird nur eine weitere Unterwerfungsstruktur dargestellt: die Ausbeutung der Sehnsucht. Der Reiz wird etabliert, dann folgt sofort das Verbot. Zum Trost bleibt ihm dann der Automat.

1. SCHAUSPIELER Wollen Sie jetzt, bitte, meine Markstücke nehmen.

1. SCHAUSPIELERIN Ich kann doch kein Geld nehmen von Ihnen.

1. SCHAUSPIELER Nur wechseln.

1. SCHAUSPIELERIN Wenn uns jemand beobachtet.

1. SCHAUSPIELER Woran denken Sie.
1. SCHAUSPIELERIN Woran jeder denkt, wenn...
1. SCHAUSPIELER Also gut, denken wir daran.
1. SCHAUSPIELERIN Ich weigere mich.
1. SCHAUSPIELER Aber Sie haben doch selbst gesagt, jeder...
1. SCHAUSPIELERIN Ich bin nicht jeder.
1. SCHAUSPIELER Sie sind aus Kirchentellinsfurt, ich weiß.
1. SCHAUSPIELERIN Und ich habe selber Kleingeld.
1. SCHAUSPIELER Sie ist aus Kirchentellinsfurt und hat selber Kleingeld. *Er überlegt.* Entschuldigen Sie mein... meinen Eifer. Ich wollte nur meine Markstücke loswerden. Das war einmal mein Automat. Ich kam gerade vorbei. Ich rauche nicht mehr. Ich befinde mich auf dem Weg zu einer Verabredung. Begreifen Sie doch. Ich bin sonst nicht so. Das alte Bedürfnis, ich werde, wenn ich hier vorbeikomme sehr... sehr empfindlich... mein vergangenes Leben... ich habe glückliche Stunden hinter mir... mit Zigaretten... und jetzt ist das vorbei... das macht anfällig, sensibel, ich habe das Gefühl, ich könnte in sechs Sprachen sprechen, könnte Ihnen Dinge sagen, die Sie nie mehr vergessen. Verzichten macht stark, wissen Sie das, ich könnte Sie überwältigen oder Politiker werden, ich verlange, daß man mir zuhört, ich werde Ihnen beweisen, daß Sie Ihr Kleingeld fortwerfen müssen, schauen Sie so! *Er wirft seine Münzen weg.* Jeder, der hierher kommt, wird sein Kleingeld fortwerfen. Und die Schlitze dieses Automaten werde ich... die werde ich... *Er versackt.*
1. SCHAUSPIELERIN Was werden Sie mit denen tun?
1. SCHAUSPIELER *aus purer Lust:* Mit wem werde ich was tun?
1. SCHAUSPIELERIN Mit den Schlitzen dieses Automaten.
1. SCHAUSPIELER Was hat dieser Automat?
1. SCHAUSPIELERIN Schlitze.
1. SCHAUSPIELER Sagen Sie das noch einmal.
1. SCHAUSPIELERIN Schlitze.
1. SCHAUSPIELER Süß. Ich werde eine Aktion starten: alle Schlitze werden mit Wachs zugegossen. Jeder, der mit einer Kerze zu einem Automaten geht, um einen Schlitz zuzugießen, erhält eine Belohnung.
1. SCHAUSPIELERIN Meinen Sie wirklich, Wachs genügt für die Schlitze?
1. SCHAUSPIELER Ich liebe Sie.
2. SCHAUSPIELERIN Jetzt sind wir mitten in der Freizeitgestaltung.
4. SCHAUSPIELER Herrgott, stören Sie doch nicht.

2. SCHAUSPIELERIN *zur 1. Schauspielerin:* Laß mich mal. *Sie schiebt die Kollegin weg.*

2. SCHAUSPIELERIN So Onkel, Ihr Kleingeld sind Sie los, ne Verabredung haben Sie auch, was stehen Sie hier noch rum.

1. SCHAUSPIELER Entschuldigen Sie, ich habe mich inzwischen in Sie verliebt.

2. SCHAUSPIELERIN Und haste nicht gesehen, liegen wir im Bett, was!

1. SCHAUSPIELER Aber wo denken Sie hin.

2. SCHAUSPIELERIN Natürlich landen wir im Bett, wenn's nach Ihnen geht.

1. SCHAUSPIELER Sie drücken sich sehr... sehr hart aus.

2. SCHAUSPIELERIN Und was passiert dann?

1. SCHAUSPIELER Aber ich bitte Sie, Beate.

2. SCHAUSPIELERIN Was passiert dann? Los, nicht gekniffen.

1. SCHAUSPIELER Ich bin nicht so...

2. SCHAUSPIELERIN Da ist doch jeder gleich.

1. SCHAUSPIELER Ich nicht.

2. SCHAUSPIELERIN Wenn Sie nicht den Mut haben, sich den Konsequenzen zu stellen, geh ich sofort. Also los, was passiert dann.

1. SCHAUSPIELER Mein Gott, also gut, wenn wir uns lieben... bitte, das ist die Voraussetzung, ohne Liebe, verstehen Sie, also wenn Sie zum Beispiel mich nicht liebten, dann möchte ich es nicht.

2. SCHAUSPIELERIN Ich denke nur an das Bett, Onkel, ja! Was passiert dann?

1. SCHAUSPIELER Ich weiß wirklich nicht... *bricht ab.*

2. SCHAUSPIELERIN Na ja, Mensch, dann rauchen Sie doch wieder. Das muß Ihnen doch klar sein. Das erste, was Sie meiden müssen, ist die Liebe. Eine Zeitlang. Und das schaffen Sie nur, wenn Sie ein anderes Bewußtsein Ihrer Lage entwickeln.

1. SCHAUSPIELER Sie meinen Mao, 201: »Mit Leib und Seele dem Volk dienen und sich auch nicht für einen Augenblick von den Massen lösen.«

2. SCHAUSPIELERIN Jaa!
Sie küßt ihn. Sie bleiben innig umschlungen.

4. SCHAUSPIELER Szenenwechsel.

2. SCHAUSPIELER Wieso, die sind doch längst nicht mehr im Freien. Das war doch das Gespräch, das ihnen den Weg ins Zimmer bereitet hat. Jetzt sind sie glücklich drin.

4. SCHAUSPIELER Eben drum müssen wir doch hier abbrechen.

5. SCHAUSPIELER Wieso.

4. SCHAUSPIELER Was jetzt noch kommt, gehört nicht mehr auf die Bühne.

5. SCHAUSPIELER Aber ich möchte sehen, ob er nachher tatsächlich wieder raucht.

4. SCHAUSPIELER Er ist ein Mensch, also kein starker Charakter.

1. SCHAUSPIELERIN Sie ist schuld. Nur sie. Warnt ihn. Und verführt ihn genau zu dem, vor dem sie ihn gewarnt hat.

5. SCHAUSPIELER Das ist erlaubt.

2. SCHAUSPIELER *steht auf, geht ein paar Schritte:* Mir tut er leid. Entweder gibt es Zimmer auf einer Bühne oder es gibt keine. Und wenn es Zimmer gibt, dann gibt es Betten, und wenn es Betten gibt, dann gibt es, was es in Betten gibt und wenn es das nicht gibt, dann gibt es auch keine Betten, keine Zimmer, keine Häuser… was soll dann der ganze Zauber! Romeo, es war die Nachtigall und nicht das Tonband!

Das Paar hat sich auf den Rand des untersten Podestes gesetzt. Langsam und feierlich nähern sie sich der Liebe. Schuhe werden ausgezogen, Strümpfe, Krawatte, das Hemd geöffnet, alles sehr langsam.

4. SCHAUSPIELER Ich finde, wir müssen die Szene wechseln.

5. SCHAUSPIELER Jetzt laß doch mal.

2. SCHAUSPIELER Wetten, daß das zu nichts führt.

1. SCHAUSPIELERIN Was soll das noch. Wenn ein Dialog diesen Punkt erreicht hat, ist er zu Ende. Der körperliche Vollzug ist doch völlig uninteressant.

5. SCHAUSPIELER Schaust du nie Boxkämpfe an?

1. SCHAUSPIELERIN Nein.

5. SCHAUSPIELER Dann kannst du nicht mitreden.

2. SCHAUSPIELER Ich werde aus lauter Verlegenheit ein wenig in den Garten gehen. *Er öffnet eine imaginäre Türe.* Mhm. Die Blüten lodern, als wollten sie das Firmament versengen. Und wie das duftet, Nase und Augen streiten sich um meine Stimmung… Ich glaub, ich gehe jetzt weiter… bis ich dort bin… *Geht zu einer Kiste.* … hinter diesem Busch will ich mich lagern. *Er nimmt noch von einem Kleiderständer ein Bündel Kleider, man kann noch nicht erkennen, was für Kleider. Er verschwindet hinter der Kiste. Das Paar bewegt sich weiter auf die Liebe zu.*

4. SCHAUSPIELER Das Peinliche ist nur… *bricht ab.*

1. SCHAUSPIELERIN Man sollte endlich einmal… *bricht ab.*

5. SCHAUSPIELER Ich bin trotz allem… *bricht ab.*

4. SCHAUSPIELER So einfach ist das nicht… *bricht ab.*

1. SCHAUSPIELERIN Wir könnten natürlich selber… *bricht ab.*

2. SCHAUSPIELER Macht euch keine Sorgen, ich komme gleich. Und löse das Problem. Spielend.

Er hat sich Babykleidung angezogen. Kriecht hinter der Kiste hervor. Er hat einen Sektkübel, halb gefüllt mit bunten Stopfeiern. Außerdem noch einen Kochlöffel. Er krabbelt nach vorne, vor das Paar, setzt sich, stellt den Kübel vor sich hin, rührt mit dem umgedrehten Kochlöffel darin herum, wirft den Kübel um, krabbelt nach den Eiern, füllt sie zurück in den Kübel. Alles tut er als Einjähriger. Mit großem Ernst. Versunken in seinen Eifer, in seine Aufgabe. Ohne jede komische Absicht. Schaut um, mit einem Arm wirft er den Kübel wieder um, sammelt wieder ein paar Eier ein, aber schon beim Einsammeln wirft er den Kübel wieder mit dem Fuß um, weil er einzelnen Eiern nachkrabbeln muß; sammelt wieder und wirft um, sammelt wieder…

Alle schauen ihm zu, auch das Paar. Kein weiterer Fortschritt in der Liebe. Sie sind ein Elternpaar geworden.

2. SCHAUSPIELERIN Diese Energie. Er schlägt dir nach.

1. SCHAUSPIELER Nein, dir. Dieser Ordnungssinn.

Der 2. Schauspieler steht auf, stellt sich wieder her.

2. SCHAUSPIELER *zu denen auf dem Podest:* Na, was hab ich gesagt. Spielend.

2. SCHAUSPIELERIN Wie schnell die Kinder groß werden.

1. SCHAUSPIELER Nur du bleibst immer gleich. *Er fängt wieder an zu lieben.*

1. SCHAUSPIELERIN Da! Da!

2. SCHAUSPIELER Moment. *Blitzschnell ist er wieder am Boden und spielt Umwerfen und Sammeln. Das Ehepaar schaut wieder zu.*

2. SCHAUSPIELERIN Hast du gesehen, er sucht immer zuerst die roten, dann die grünen, dann erst die blauen und die gelben. Er hat deinen Sinn für das Systematische.

1. SCHAUSPIELER Er hat eine ganz erstaunliche Begabung für Farben.

2. SCHAUSPIELERIN Ja, sowas hab ich noch nie gesehen, bei einem Einjährigen.

Das Paar steht auf. Sie gehen zum Kind, bücken sich.

1. SCHAUSPIELER So, jetzt lernen wir mal 'n bißchen was dazu. Zuerst ein blaues, dann ein rotes, dann wieder 'n blaues, schau mal…

Alle Schauspieler jetzt um das Kind herum. Der 2. Schauspieler gibt zornig-eigensinnige Nein-Laute von sich.

4. SCHAUSPIELER Ist ja auch idiotisch, dem lieben Kerlchen so'n ausgetüftelten Quatsch aufzudrängen. Nichtwahr, mein Jungchen. Nu mach mal schön selber. Ne gelbe, jawohl, und noch ne gelbe, und jetzt einfach ne grüne, zeig's deinem Papa, ja, komm, nimm, nimm die grüne, und dann hauste einfach ne rote dazwischen, verstehste, daß die einfach nicht mehr mitkommen.

2. SCHAUSPIELER Nicht. Nein. *Er bringt alles erregt durcheinander.*

1. SCHAUSPIELERIN Süß.

Alle drunten bei dem Kind. Alle machen mit: eine rote, eine grüne, eine gelbe... Allmählich Harmonie.

1. SCHAUSPIELER Tja... ewig, ich weiß nicht.

2. SCHAUSPIELER Ja, richtig. *Springt auf.* Die Handlung! Mein Gott. Wir tun gerade so, als dürften wir hier spielen.

1. SCHAUSPIELER Also, Kollegen, die Handlung. Wir müssen uns doch fragen, ob wir die Welt verändert haben.

2. SCHAUSPIELER *zeigt ins Publikum:* Laß die doch auch mal.

5. SCHAUSPIELER Immer will er alles selber tun.

2. SCHAUSPIELER Was mich.

2. SCHAUSPIELER Was angeht... ich habe das Gefühl... vor allem, wenn ich daran denke... mir ist das meistens sowieso... wir sind doch alle völlig... und zwar jeder Zeit... wir haben uns doch immer schon... wir sind nicht im entferntesten... und selbst wenn wir wollten... wahrscheinlich sind wir genau so... und das wenigstens sollten wir... aber, bitte, ich will mich jetzt nicht... ich bin überhaupt nicht... ich werde schon noch... und dann werden wir erst recht... ob ihr's glaubt oder nicht. Verstanden. Sagte der Onkel zur Nichte, als er das Licht wieder anmachte. Mein Vater sagte immer, daß unsere Tante Mary...

1. SCHAUSPIELER Immer über dasselbe Thema sprach, das ist bekannt.

2. SCHAUSPIELER ...daß unsere Tante Mary an ihrem 18. Geburtstag eine kleine goldene Glocke geschenkt bekam und sich diese sofort um den Hals hängte.

1. SCHAUSPIELER Ja und?

2. SCHAUSPIELER Na ja, das ist eben noch nicht bekannt.

1. SCHAUSPIELER Jetzt ist es also auch bekannt.

2. SCHAUSPIELER Jetzt erzähl ich's auch nicht mehr.

1. SCHAUSPIELER Dafür sind wir dir sehr dankbar.

2. SCHAUSPIELER *rasch:* Ich könnte höchstens noch hinzufügen,

daß man von diesem Tag an Tante Mary immer schon von weitem hörte.

1. SCHAUSPIELER Das versteht sich. Das hättest du nicht erst sagen müssen. Sowas überläßt man der Vorstellungskraft.

2. SCHAUSPIELER Gut, dann sag ich's nicht mehr.

1. SCHAUSPIELER Schon zu spät. Beherzige es das nächste Mal.

2. SCHAUSPIELER Wann ist das nächste Mal?

1. SCHAUSPIELER Das weiß man nie.

2. SCHAUSPIELER Dann vielleicht das übernächste Mal.

1. SCHAUSPIELER *zu allen:* Also.

Die meisten rauchten wieder. Auch der 1. Schauspieler zündet sich jetzt wieder eine an.

Ich glaube, wir sind uns einig.

4. SCHAUSPIELER Ich glaube auch.

1. SCHAUSPIELERIN Im großen und ganzen, ja.

1. SCHAUSPIELER Es konnte nicht Aufgabe dieser Zusammenkunft sein, jeden zu jedem zu bekehren, eine gewisse Pluralität ist durchaus, ich glaube, ich spreche da ganz in eurem Sinn, wir haben eine Tradition, aber wir haben auch eine Gegenwart, vielleicht sogar eine Zukunft, deshalb würde ich, um zu einem positiven Schluß zu kommen, vorschlagen, daß wir jetzt mit der Handlung beginnen, basierend auf den Erfahrungen... einverstanden?

4. SCHAUSPIELER Tja, dann wollen wir mal... *bricht ab.*

1. SCHAUSPIELERIN Vielleicht sollten wir uns... *bricht ab.*

5. SCHAUSPIELER Ich würde... *bricht ab.*

2. SCHAUSPIELERIN Vor allem müßten wir zuerst einmal... *bricht ab.*

2. SCHAUSPIELER *zeigt auf Bindestrich:* Den haben wir schon gefragt. Wo ist'n eigentlich der Autor?

1. SCHAUSPIELER Richtig, der Autor. Moment.

Er rennt nach links hinaus. Kommt mit einer Dame in Männerkleidung zurück. Der Autor trägt ein button: »Ich liebe mich«. Der Autor läßt sich führen, spuckt aber aus, wenn er am Kritiker vorbeikommt. Der Kritiker antwortet mit huldvoller Geste, notiert sich aber etwas in sein Notizbuch. Der Autor sieht es, schießt mit einer Wasserpistole nach dem Kritiker. Der Kritiker wird naß, lächelt und notiert sich wieder etwas.

BINDESTRICH Ist es erlaubt, daß der Kritiker frägt,
was der Autor für ein Abzeichen trägt?

1. SCHAUSPIELER *schaut hin, dann zum Kritiker:* Da steht drauf: Ich

liebe mich.

AUTOR Daß er sich nicht liebt, kann man begreifen.

1. SCHAUSPIELER Psst. Nicht ihn beleidigen. Wir müssen es dann wieder büßen.

1. SCHAUSPIELERIN Was ist jetzt mit dem Stück?

AUTOR Mit welchem Stück, bitte?

1. SCHAUSPIELERIN Das wir spielen sollen zur Abschaffung des Rauchens, also zur Veränderung der Welt.

2. SCHAUSPIELERIN Wir wollen keine affirmative Idylle zur Freizeitgestaltung der Surplus-Genießer. Wir wollen eine rücksichtslose Analyse.

2. SCHAUSPIELER Wir wollen ein gutes Stück. *Sie drängen mit den folgenden Sätzen dem Autor ihre Textbücher auf.*

1. SCHAUSPIELERIN Rollen wollen wir.

1. SCHAUSPIELER Vor allem eine Handlung.

4. SCHAUSPIELER Aber eine, die sich selbst durchschaut.

1. SCHAUSPIELER Vor allem muß sie fesseln.

2. SCHAUSPIELERIN Nein, befreien muß sie.

5. SCHAUSPIELER Es muß eben was passieren, was den Leuten auf'n Wecker geht. Hart, verstehen Sie, Meister, Blut und Bett.

4. SCHAUSPIELER Und Beat.

2. SCHAUSPIELERIN Und Bewußtsein.

1. SCHAUSPIELERIN Und Unterbewußtsein.

1. SCHAUSPIELER Bewältigung der Gegenwart.

2. SCHAUSPIELER Aber bleiben Sie bitte privat.

2. SCHAUSPIELERIN Werden Sie endlich politisch.

1. SCHAUSPIELER Auf Theorien sollen Sie pfeifen.

1. SCHAUSPIELERIN Dürfen wir hoffen, daß Sie begreifen wie das Stück aussehen muß?

AUTOR Doch. Ich bin einverstanden. Vielen Dank, liebe Freunde. Genau das Stück, das Sie verlangen, habe ich, als hätt ich's geahnt, mitgebracht. Allerdings, es ist außer dem, was Sie verlangen, auch noch ein Dokumentarstück.

ALLE SCHAUSPIELER Fabelhaft, Prima. Her damit.

Er teilt die Textbücher wieder aus. Auch der 3. Schauspieler kriegt eins. Er ist heruntergekommen von seinem Sitz. Dann will der Autor wegrennen. Aber die Schauspieler halten ihn.

ALLE SCHAUSPIELER Neinein, hiergeblieben, kommt ja gar nicht in Frage, das ist ja Fahnenflucht.

AUTOR *zu Herzen gehend:* Bitte.

5. SCHAUSPIELER Der zittert ja.

Die Schauspieler lassen ab vom Autor.

AUTOR Ich würde es vorziehen... *er bricht ab.*

1. SCHAUSPIELER Bitte. *Er macht ihm den Weg frei.*

AUTOR Sehr freundlich. Vielen Dank. Alles Gute. Wir sehen uns nachher im...
(nennt ein Lokal) Also. *Mit Überwindung. Ohne zündende Kraft.* Toi. Toi... *bricht ab.*

1. SCHAUSPIELERIN Toi. *Er verneigt sich ungeschickt und geht.*

4. SCHAUSPIELER Ich hätt ihn nicht gehen lassen.

1. SCHAUSPIELERIN Er kann einem richtig leid tun.

1. SCHAUSPIELER Also, Kollegen. So ist das nun einmal. Fangen wir an.
Alle schlagen die Textbücher auf und jeder folgt der geschriebenen Anweisung. Das heißt: alle gehen nach hinten, setzen sich auf die Stühle. Einige lesen Zeitung. Fast alle rauchen. Der 1. Schauspieler steht auf, bittet höflich den 3. Schauspieler nach vorne zum Hochsitz, dann geht er weiter nach vorne.

1. SCHAUSPIELER Es war einmal. Mehrere Schauspieler saßen auf einer Bühne in... Es war am... Sie saßen auf Stühlen, die auf Podesten standen. Mehrere rauchten. Einige lasen Zeitung. Der Schauspieler, der als erster Schauspieler eingeteilt war, verließ als erster seinen Platz, bat den 3. Schauspieler so höflich als möglich zu einem Schiedsrichtersitz, ging dann nach vorne und sagte: Es war einmal. Mehrere Schauspieler saßen auf einer Bühne in... Es war am...

Vorhang

Ein Kinderspiel

Geschrieben 1969/71. Die Uraufführung war am 22. April 1971 im Württembergischen Staatstheater Stuttgart unter der Regie von Alfred Kirchner.

Personen

Asti, *20 Jahre*
Bille, *seine Schwester, 23 Jahre*
Gerold, *Astis und Billes Vater, 48 Jahre*
Irene, *Gerolds 2. Frau, 29 Jahre*

Zum Bühnenbild

Es werden mehrere Möbelstücke gebraucht. Ein übermäßig hoher Spiegel. Ein Riesensofa (Sitzfläche in etwa 1,20 m Höhe). Eine normale Couch. Ein paar Sessel. Ein winziges Kinderbett. Drei Türen…
Alle diese Stücke können nebeneinander oder im offenen Halbkreis stehen.
Asti Mama spricht süddeutsch aus, also: Mamma; Papa dagegen hochdeutsch: Papa.

Erster Akt

Erste Szene

ASTI In einem Berghäuschen, das der Familie gehörte, daß ich nicht kichere, trafen sich.
In einem einsam gelegenen, am Wasser, daß ich nicht kichere, gelegenen Häuschen, das ihren Eltern gehörte, trafen sich.
Er nervös. Sie... weiß ich nicht.
Ich will mal so sagen.
Ich hatte einen Freund. Milli.
Milli war so gesund, daß er nach Amerika auswandern mußte.
Der war sowas von gesund.
Wenn ich den traf.
Im Café Springeis, ich und den treffen, ich saß da und wartete, das würde dem so passen, ich hock' da einfach, daß das klar ist, ich werde doch auch noch irgendwo – und sei's im Café Springeis! – hocken können und blocken können, ohne gleich auf jemand smarten zu warten, allein, wenn Sie so wollen, der Starke ist am mächtigsten mutterseelenallein, bimbambimbam, Schwesterchen, das Abendgebet für unsere liebe Mama, ich weiß, Milli hat dir nie imponiert.
Ich verspreche: wenn jemand zu mir hält, wenn derjenige nicht gleich wieder abspringt wegen irgendeiner Bagatelle, dann bau ich für den ein Becken.
7 Meter lang und an der tiefsten Stelle 60 Zentimeter tief, das füll ich mit Zitronenöl, Rosenöl, Haaröl. Wenn jemand.
Falls die Sonne scheint, wenn es nicht mehr so brutal regnet, ich will vor allem die junge Generation ansprechen, ich will mich kurz fassen, das Leben ist, es gibt schon zuviele Begriffe, ein Begriff wird nicht naß, nehmen Sie den Begriff der Demokratie, mich dürstet l e t u s d r i n k t o t h e h a r d w o r k i n g p e o p l e, ich habe einen trockenen Humor, aber ich habe noch keinen Beruf.
Obwohl ich nicht schlecht gewachsen bin.
Bis auf die Hüften. Ja-jaa. Die. Hüften. Kein Vater haftet für die Hüften. Keine Mutter haftet für die Hüften. Was ich immer sage: meine Frau Mutter. Wie konnte sie bloß, das mußte sie doch wissen, daß so 'ne Hüften, an ihrer Mutter und an ihrer Großmutter mußte sie das, das hätte denen doch eines Sommers auffallen müssen, Dischiesas, daß sie diese, sagen wir es vorsich-

tig, leicht fetten Hüften nicht los wurden, aber nein, sie. Oh, meine Mutter wußte das, sie hat jedes Mal 14 Monate geweint, wenn sie ein Kind, also hat sie geweint 28 Monat, o ja, sie wußte Bescheid, sie hat mich nicht eine einzige Sekunde unseres gemeinsam verbrachten Lebens fröhlich oder freudig oder in irgend einer Hinsicht zufrieden angesehen, dagegen hat sie mich immer voller Entsetzen, voller Trauer, Mitleid und Angst angesehen und Zeug geredet vom Bahnwärter mit 14 verstümmelten Kindern, vom Mord in der Mühle mit dem Maurerhammer, von Mussolini und vom ewigen Leben, immer abgelenkt, aus Angst, ich könnte was sagen.
Sie wußte, daß ich es bemerkt habe.
Ich hätte es ihr ins Gesicht sagen sollen.
Von Anfang an.
Als ich zwei war, fingen dann die Halsschmerzen an. 17½ Jahre lang Halsnasenohrenschmerzen. Und sie wand sich über mir vor schlechtem Gewissen. Und ich lag herum, da kriegst du dich über, Junge, ich hatte mich allmählich ganz schön dick, und sie schaut runter, sotto voce zitiert sie auswärtige Gehirnhautentzündungen, und wie zu ihrer Zeit Kinder krepierten. Das waren noch Zeiten, da starben die Kinder wenigstens noch, ich hätte ihr das mal ins Gesicht sagen müssen. Da konnte man noch Kinder machen nach Herzenslust. Wenn sie nicht ewig abgelenkt hätte. Wenn sie es nicht so genau gewußt hätte. Trotzdem ist es was anderes, wenn du es ihr ins Gesicht sagen kannst, gesagt hättest, gesagt haben würdest, ich bin immer ein Arschloch gewesen, Gott sei ihr gnädig, Herr erbarme dich deiner unwürdigen Dienerin Anna Theresia, Herr laß sie ruhen in Frieden, ich habe sie im Glauben sterben lassen, mir mache es Spaß, sie hat mich durchschaut, sie hat es bemerkt, daß ich es hiezunieden nicht so wahnsinnig lustig finde, ich hoffe, das hat sie nie-nie-nie, nicht eine Sekunde lang bemerkt, sie hat zwar immer so geschaut.
Nippel-Nippel, die hatte einen Blick.
Wie
wenn du der Kellnerin die Suppe ins Gesicht schüttest, und sie ist doch nicht der Koch. Ich hab' die katholische Meise. Ich muß mal zum Doktor. Besehen Sie mal, bitte, Herr, diese Hüfte. Besehen Sie die mal. Das find' ich schon komisch, daß sowas auch noch wehtut. Daß so 'ne Hüfte die Stirn hat, noch weh zu tun. Mit so' ne Hüften kannst du nur noch Äbtissin werden. Oder

der Ölprinz. Milli, das hagere Oberschwein, ist natürlich gesund. Ich ja auch.
Wenn ich nur noch gesünder wäre.
Am liebsten wär ich der gesündeste von der ganzen Demokratie. Dann würde ich mich ehestens des ordinären Hochdeutschs entledigen und noch vor Morgengrau'n dem Milli ein Weib nach dem anderen wegschnappen, schwupp Zähne ins Genick, whomm ins Bett mit ihr, schon auf dem Vorleger würde ich, was ham die doch wieder für ein Glück, daß ich nicht, Mama mia, das hätte ich dir zum Geburtstag, einmal, an Weihnachten hätte ich dir das sagen sollen: Mama, ich bin gesund und glücklich, ich bin eine Sau, sowas von einer Sau, ein KZ-Heini brächte sowas nicht fertig, ein KZ-Heini läßt seine Mutter nicht sterben, ohne ihr vorher glaubhaft versichert zu haben: Mama, ich bin gesund und glücklich. Ich habe das nicht geschafft. Ich habe ihre Vermutungen nie widerlegt. Ich habe sie verrecken lassen in der Gewißheit, an der Gewißheit, daß ihr... ihr Dingsda, ihr Sohn, daß der keinen Grund sieht, sich hier wohl zu fühlen, dieses Söhnchen machte – darüber hinaus! – bis zu ihrem letzten Schnaufer ein Gesicht, als halte er mühsam den schrecklichsten Vorwurf... *bricht ab.*
Asti notiert sich etwas in sein Notizbuch.
Der Inspizient spielt eine Platte zu.

ASTI Musik.
Bille springt auf. Sie tanzen. Dann gehen sie auseinander.

Zweite Szene

ASTI Hallo Bille, sagte er.
BILLE Hallo Asti, erwiderte sie.
ASTI Sie hatten einander wohl länger nicht gesehen, was! Was tust 'n du die ganze Zeit, ha. Sagte er und machte an seinen Fingernägeln rum. An s e i n e n Fingernägeln, Billchen, sind das etwa meine Fingernägel, was? Du kennst diese Fingernägel, die nach vorne immer breiter werden, und ein Material, daß sie dir abbrechen, wenn du'n Knopf zumachst. Na, wessen Fingernägeln sind'n das, Bille?
BILLE Mamas.
ASTI Richtig. Nu los, Bille, zeig es schon, wie wenig Lust du hast, mit mir zu reden. Erzähl mal, was du versäumst heute abend,

morgen abend. Beklag dich bei Papa. Hättst ja ein Telegramm schicken können. Kommen unmöglich stop schlafe heute nacht mit Professor Ebenholz – Meisterkerl ha-ha-haa stop!

BILLE Bitte, mach doch mal diesen Spiegel sauber.

ASTI Sagte sie und deutete auf den Spiegel. Er stand auch sofort auf und ging auf den Spiegel zu. Offenbar war er es gewohnt, von ihr Befehle zu erhalten.

BILLE Mein Gott, wenn du nicht willst, dann laß es.

ASTI Nein, nein, Billchen, ich tu's ja. Ich kann nur nicht in jedem beliebigen Augenblick losrennen. Immer öfter krieg ich so eine Starrheit. Eine durchdringende Bewegungsfeindlichkeit. An Wahltagen, zum Beispiel, ha-ha-haa.

BILLE Ha-ha-haa. Ich habe meinen grünen Pulli vergessen.

ASTI Ich möchte bloß wissen wo du immer deinen Kopf hast? Bloß gut, daß dein Kopf angewachsen ist, sonst hättest du den längst irgendwo liegen gelassen! Aber der Schaden wäre wirklich nicht groß! Wenn ich denke, was ich in deinem Alter.

BILLE Hast du Mama gesagt, daß wir uns hier mit ihm treffen?

Asti schüttelt den Kopf.

BILLE Er müßte eigentlich schon längst da sein.

Asti antwortet nicht.

Pünktlich war er eigentlich immer.

Asti schweigt.

Vielleicht kommt er gar nicht.

Asti schweigt.

Hast du's Mama gesagt, daß wir uns mit Papa hier treffen?

Asti schüttelt den Kopf.

Feigling.

Asti schweigt.

Wahrscheinlich hast du recht. Sie begreift das ja doch nicht. Sie meint, wir sind nur dazu da, ihr rechtzugeben.

Asti schweigt.

Wie geht es ihr?

ASTI Keine Geschichten, wenn ich bitten darf.

BILLE Tu doch nicht so kompliziert. Ich bin das nicht mehr gewohnt, verstehst du, daß dauernd einer was sagt und ich hab das Gefühl, ich bin zu blöd, ihn zu verstehen, das ist gelaufen, mein Lieber, ja.

ASTI Sagte sie sichtlich erregt und nicht ohne einen drohenden Unterton, der ihn sichtlich beeindruckte. Er antwortete auf jeden Fall nichts darauf, sondern saß und starrte seine Fingernägel an.

Daß sie nun den Spiegel selber abwischte, hielt er für einen Erfolg. *Probiert es noch einmal.* Rechnete er sich als Erfolg an. *Noch einmal.*

Daß sie nun den Spiegel selber abwischte. Säuberte. Putzte. Den Spiegel selber putzte, tat ihm gut. Das befriedigte ihn. Er war nicht sicher, ob er das für einen Erfolg halten durfte. Das würde er büßen müssen.

BILLE *vor dem hohen Spiegel:* Was sagst du zu dieser Kette?

ASTI Zu dieser Kette sag ich: guten Tag, liebe Kette, an wen bindest du mein Schwesterchen.

BILLE Von ihm.

ASTI Ich weise solche Bestechungsversuche zurück.

BILLE Schön blöd. Seit er die Zicke hat, ist er freigiebiger geworden.

ASTI Mir bietet er Autos an!

BILLE Was hast du zu Mama gesagt, wo du hinfährst.

ASTI Zu Fidel Che Guevara.

BILLE *vor dem hohen Spiegel:* Sie kann einem schon leidtun. Dauernd muß man sie anlügen. Findest du, daß mir dieses Gelb steht? Ich glaube, ich zieh den blauen an. Blau steht mir am besten.

ASTI Blau? Sagten Sie wirklich blau.

BILLE Blau steht mir am besten. Hellblau.

ASTI Ich will Ihnen ja nicht dreinreden. Aber wenn Sie mich fragen: gelb.

BILLE Trägt das nicht zu sehr auf?

ASTI Aber ich bitte Sie, wenn jemand, dann können Sie Gelb tragen. Sie müssen sogar Gelb tragen.

BILLE Ich habe immer das Gefühl, bei Gelb, ich verschwimme.

ASTI Es ist Ihre Farbe. Ich will's Ihnen nicht aufreden. Es soll ja Ihnen gefallen. Sie müssen's tragen.

BILLE Sie meinen wirklich...

ASTI Was heißt hier meinen. Ich weiß es. Es ist schließlich mein Beruf, das zu wissen. Sie haben ein etwas hartes Gesicht, das müßten Sie eigentlich wissen, auch Ihre Figur, Ihr Knochenbau ist sehr kantig. Blau macht Sie schon recht massiv, da kriegen Sie garantiert etwas Möbelträgerhaftes, Sie brauchen dringend was Gelbes, also jetzt nehmen Sie schon das Gelb, geschmacklose Gans, Sie, ich kann ja nicht Ihre ganze versäumte Geschmacksbildung nachholen, es ist ja möglich, daß ich heute noch einen Pullover verkaufen kann, verstehen Sie mich!

BILLE Asti, du bist der einzige Mensch, den ich fragen kann, ob ich einen schlechten Geschmack habe oder nicht.

ASTI Du mußt eben immer genau das nehmen, was du nicht ausstehen kannst, das ist genau das, was du brauchst. Ich habe so Bauchweh, Bille. Schau mal, hier so ein scharfes Dreieck, verstehst du. So einen heißen Klumpen. So einen brennenden. Der rotiert. Der rotiert. Der rotiert.

BILLE Du bist noch genau so wie früher. Alles soll sich bloß immer um dich drehen.

ASTI *stöhnt noch heftiger, krümmt sich:* Ich will ja gar nichts von dir. Vielleicht ein Kissen, daß die Kolik, Bille, nur einen heißen Wickel, dann läßt es gleich nach. Kannst du mir, bitte, einen Wickel machen. Au. Au. Mensch, das... strahlt aus... in die Hüften... *stöhnt.*

BILLE Armer Asti. Ich kenn das, Asti. Im Seminar, glaubst du, ich hätte da auch nur ein einziges Mal den Mund aufgemacht. Wenn ich mich zu Wort melden will, sofort steigt das innen im Hals und schlägt und würgt – aus den Achselhöhlen tropft mir der Schweiß auf die Hüften, ich muß froh sein, wenn keiner gesehen hat, daß ich mich melden wollte. Und wenn ich gefragt werde, aus. Dabei glaube ich vorher immer, ich wüßte jetzt auch was. Aber sobald ich es sagen will, sehe ich, daß ich keine Ahnung habe. Ich sitze da, Monat um Monat, und habe keine Ahnung, von was die reden. Und dann immer die Angst, daß die das jetzt einfach mal merken. Ach Asti sei bloß froh, daß du das nicht mitmachen mußt. Du hast es schön.

ASTI Dreimal durchfallen, das ist es. Hättest du ja auch haben können. Streberin.

BILLE Wenn ich durchgefallen wäre, hätte es gleich wieder geheißen, ich bin blöd, bei dir war es immer ein Beweis, daß du ein Genie bist.

ASTI Jeder Mensch ist ein Genie. *Er notiert sich etwas in sein Notizbuch.*

BILLE Ich werde mir die Haare schneiden lassen. Was meinst du? *Der Inspizient spielt eine Platte zu.*

ASTI Musik.
Sie tanzen. Gehen auseinander

Dritte Szene

BILLE Hallo. Asti.

ASTI Hallo Bille.

BILLE How is everybody.

ASTI Wie war die Reise.

BILLE Ich hoffe, Sie sind gut untergekommen.

ASTI Hassu Asti was mitdebracht.

BILLE Ach, Sie haben umgestellt.

ASTI Und sonst. Kommst du vorwärts? Hast du den Leuten klar gemacht, daß es ohne dich einfach nicht mehr geht?

BILLE Ach, Sie, wie war noch Ihr Name, Sybille Schnorr, ach so, Sporr, ach, mit langem o, entschuldigen Sie, bitte, Spohr, ist es so richtig, aha, und Sie wollen also, tja, lassen Sie sich mal anschauen, Ihre Zeugnisse sind ja, wissen Sie, wir haben zur Zeit, ich meine, ich will Sie nicht entmutigen, Sie scheinen ja durchaus gewillt zu sein, wir sind heute ja nicht mehr so kleinlich, mein Gott, als ich anfing, da war das noch, heute ist man ja viel aufgeschlossener, ein Mädchen wird heute praktisch schon fast gleichwertig, ob das ein Vorteil ist, wer möchte das jetzt schon entscheiden, aber bitte, die Jugend hat ja heute sowieso, bitte, verstehen Sie mich nicht falsch, ich zähle mich selbst noch nicht zum ganz alten Eisen, also ich wäre nicht abgeneigt, wenn Sie unbedingt darauf bestehen, wir geben Ihnen eine Chance, hören Sie, eine Chance, aber wehe Ihnen, das kann ich Ihnen sagen, das merken Sie sich, ja! wehe Ihnen, wenn Sie sich dieser Chance nicht würdig erweisen, wehe Ihnen, daß das klar ist! Haben wir uns verstanden! Ob wir uns verstanden haben! Also, dann ab, ab, ab... Glauben Sie, ich habe nichts anderes zu tun! Sie haben offenbar Zeit, was! Ich nicht.

ASTI *reibt sich die Hände:* Gut, Billchen, prima. Das ist auch meine Erfahrung: die Leute sind ehrlich. Fabelhaft.

Er notiert sich was in sein Notizbuch. Bille klettert auf das riesengroße Sofa.

BILLE Gut schaust du aus, Asti. So schön finster. Direkt bedeutend. Wenn ich dich vergleiche mit den Typen. Das glaubst du einfach nicht, was für Typen draußen herumlaufen. Sich bewerben!

Asti ist auch aufs Sofa geklettert. Aber er steht auf dem Sofa.

ASTI Die wollen ja alle nur das eine. Sagte Papa. Und schüttelte sich.

BILLE Und fügte hinzu: Um Gottes Willen, sei vorsichtig, mein Kind. Wenn ein Mädchen sich zu rasch ergibt, verliert er alle Achtung vor ihr. Liebes Kind, das mußt du dir einfach einhämmern. Das ist wissenschaftlich bewiesen: die Eroberungszeit ist proportional der Laufzeit einer Liebe. Ich bin ein Mann, Kind, verstehst du, ich muß dir das sagen. Die Heftigkeit, mit der ein Mann eine Frau begehrt, heißt überhaupt nicht, daß diese Frau gemeint ist. Er braucht eine, irgendeine, er meint aber nicht dich, er meint immer nur sich, sich.

ASTI Junge, Asti, glaub bloß nicht, du seist schon zu weiß Gott was verpflichtet, bloß weil du einer mal zu tief unter'n Rock gekommen bist, Mensch, Junge, glaub mir nichts, nur das eine: ich bitte dich so sehr ich kann, das eine glaube mir: laß dich nicht fangen, mach nicht meinen Fehler, mach was du willst, aber laß dich nicht zu früh anbinden. Trainier das Tag und Nacht, hämmere es dir ins Gehirn, in die Seele: laß dich nicht anbinden, nicht anbinden, bleib frei!

BILLE Du bist also ganz gegen den vorehelichen Geschlechtsverkehr. Papa.

Aber natürlich nicht, Bille-Kind, die Natur fordert ihr Recht, das ist ja klar. Aber laß dir nichts einreden. Verfall nicht der Propaganda, die dir einreden will, daß du das jetzt schon brauchst. Du brauchst es nämlich noch gar nicht, Billchen. Prüfe dich, sei einmal ganz ehrlich zu dir, und du mußt zugeben, daß dein Körper dieses Verlangen noch gar nicht hat. Du willst Zärtlichkeit, Billchen. Gut, laß sie dich berühren, mein Kind, allerdings mußt du auch da deinen Wert kennen, aber bitte, sei nicht prüde, keinesfalls, wir leben doch nicht mehr im 19. Jahrhundert...

ASTI Nicht mehr im zwanzigsten...

BILLE ... nein... im 19. Jahrhundert, Mensch, das weiß ich ganz genau: *zitiert genau:* wir leben doch nicht mehr im neunzehnten...

ASTI Du hast recht, im neunzehnten...

BILLE ... du kannst durchaus, du sollst dich sogar, verstehst du mich, Zärtlichkeit, oh, Zärtlichkeit ist etwas sehr Schönes, zwei junge Körper, die einander erfahren, mein Gott, Kind, da gibt's doch eine Menge zu erfahren, Phantasie, du mußt von diesen Burschen Phantasie verlangen, die haben ja alle keine Phantasie mehr, die wollen alle nur noch das eine, und dann... sind sie enttäuscht und geben dir die Schuld, verstehst du, weil sie keine

Erfahrung haben mit dem Körper einer Frau, es bedarf nämlich Erfahrung.
Dieses hemmungslose Drauflos und Sichdurchsetzen, das läßt in Beiden nur ein schales Gefühl, das kannst du mir glauben, ihr habt dann das Gefühl, ihr habt versagt. Wenn du ihn dagegen auf die unendlichen Möglichkeiten der Zärtlichkeit hinlenkst, und ich meine damit durchaus der körperlichen Zärtlichkeit, ich habe dabei durchaus Vergnügen im Sinne, Sinnlichkeit, wieviele Möglichkeiten gibt es da, Phantasie, Billchen, nicht wahr, mein Billchen hat doch Phantasie, mein Billchen kann mehr als, wenn ich es einmal ganz brutal sagen darf, als sich nur hinlegen und Beine breit machen, ist es nicht so?

ASTI Und wenn sie sich zieren, Junge, prüde tun, dich nicht zum Ziel kommen lassen wollen, Junge, glaube mir, ob sie's wissen oder nicht, es ist alles nur ein Versuch, dich zu fangen und anzubinden. Laß dich nicht fangen. Glaub ihnen kein Wort. Wenn sie dich nämlich herumgekriegt haben, werden sie dir sagen, sie hätten die Pille genommen, du glaubst ihnen, und schon bist du in der Falle. Glaub ihnen nicht, Junge. Ich bitte dich. Tu was du willst. Die Natur fordert ihr Recht, niemand weiß das besser als ich, aber sei vorsichtig, laß dich nicht fangen, hier hast du 10 Mark, geh zum Automaten, Junge, dann kann dir keiner was.

BILLE Und wenn einer behauptet, er will sich das Leben nehmen, wenn du ihn nicht erhörst, dann empfiehl ihm, er soll mal rasch seinen Hormonspiegel senken, dann will er sich nicht mehr umbringen, dann will er nur noch so rasch als möglich ins Café und eine Käsesahnetorte mit einer Doppelportion Schlagrahm.

ASTI Scheiße.

BILLE Das ist nicht Scheiße, Asti. Das funktioniert. Sie dressieren uns. Gegen einander.

ASTI Dann ist es Schwachsinn.

BILLE Oder Verbrechen. Verstehst du, Asti, du mußt immer fragen, wer am meisten profitiert davon, daß etwas so und so ist, dem zuliebe findet es statt, verstehst du, der ist der Schuldige. Du mußt dich durchfragen. Bis du ihn hast.

Asti zieht eine Pistole. Macht Zielübungen, auf die Türe zu.

ASTI Ich hab ihn schon.

Musik. Sie tanzen.

BILLE Was tust du eigentlich zuhause.

ASTI Wie meinst du das?

BILLE Du mußt och auch irgendetwas tun. Am Vormittag und am Nachmittag und am Abend. Am Vormittag oder am Nachmittag oder am Abend. Arbeiten oder so.

ASTI Ach so, das meinst du. Jetzt versteh ich, wie du's meinst.

BILLE Und? Was tust du?

ASTI Oh, ich sitze. Und dann ist es auch meistens schon Abend.

BILLE Du bist'n uriger Typ, Asti. Ehrlich.

ASTI Ja, findst du. Paß auf, ich mach mal was.

Er nimmt ein Messer, stellt sich auf die Couch, springt, federt, läßt sich fallen, ins Messer. Bille schreit.

ASTI Ja, siehste. So geht es, wenn du mich so aufdrehst.

BILLE *abwesend:* Jetzt hab ich meinen grünen Pulli nicht mit. Findst du nicht, daß wir uns'n bißchen anziehen sollten, wenn er kommt.

ASTI Er wird nicht kommen.

BILLE Da kennst du ihn schlecht. Aber wenn er Irene mitbringt, hau ich sofort ab. Ich will mir die paar Tage nicht das Gejammer dieser Zicke anhören.

ASTI *scharf:* Du hast Kontakt mit ihr.

BILLE Jedesmal, wenn sie nach München kommt, rennt sie mir die Bude ein. Und tut, als wäre ich für Papa verantwortlich, verstehst du, macht so richtig in Mängelrüge, als hätte ich ihr geraten, so'n altes Modell zu nehmen. Die geht ja fremd, das glaubst du nicht. Die vögelt sich kreuz und quer durch die Gegend. Und er heult dann zuhause herum. Auf Knien läßt sie ihn, erzählt sie mir, gefesselt an Händen und Füßen, von der Schlafzimmerschwelle bis ans Bett kommen und vom Boden ins Bett muß er auf Knien und ohne die Hände zu benützen und dann muß sie ihn noch zweidreimal hinabstubsen, und zwar ihm zuliebe, sagt sie, ihr macht das überhaupt keinen Spaß, nur ihm zuliebe, sonst klappt's offenbar überhaupt nicht mehr.

ASTI Was ich immer sage: alles was passiert, kann überhaupt nicht mehr überboten werden. Eine prima Welt. Mein Gott, ist das Leben schön. Weißt du, was ne Harke ist. Kämm mich mal, Bille. Bitte. Seit 9½ Jahren hast du mich nicht mehr gekämmt.

BILLE Kämm dich selber.

ASTI Bitte, Bille, Asti kämmen.

BILLE Kämm du doch mich.
ASTI Nachher. Zuerst du mich. Bittebitte.
Sie beginnt.
BILLE Du hast dieselben fettigen Haare wie ich, Mensch. Wann hast du die zum letzten Mal gewaschen.
ASTI Ach. Erst neulich. Vor kurzem.
BILLE Nein, du.
Ekellaut.
Die wasch mal zuerst.
ASTI Wasch du sie mir.
BILLE Und dann kommt Papa, und wir sind gerade am Haarewaschen.
ASTI Ich sag dir doch, daß er nicht kommt.
BILLE Du meinst, er bestellt uns hier rauf, und dann kommt er gar nicht.
ASTI Er kann nicht.
BILLE Wieso soll er nicht können?
ASTI Ich hab ihn umgebracht.
Bille lacht leicht.
BILLE Na ja, dann kann er allerdings nicht kommen. Vatermord ist sowieso was Schickes. Das paßt prima zu dir, Asti. Ich beneide dich ja, mein Gott, wie ich dich beneide, du hast immer die besten Einfälle. Machst kein Abitur, lernst keinen Beruf, bringst deinen Vater um, du bist, glaube ich, wirklich du selbst.
ASTI Es ist märchenhaft, das kannst du dir denken.
BILLE Hast du jetzt eine Freundin?
ASTI Glaubst du, ich bin blöd.
BILLE Bist du impotent?
ASTI *scharf:* Red nicht so albern daher, blöde Gans. Du meinst, bloß weil du's Abitur hast und in der Uni herumhockst.
BILLE Du hast wirklich dieselben Haare wie ich. Dreimal, Asti, dreimal pro Woche müssen wir unsere Haare waschen. Dann haben wir wenigstens dreimal für ein paar Stunden halbwegs erträgliche Haare. Von wem haben wir die eigentlich?
ASTI Von ihm.
BILLE Darum hast du ihn umgebracht. Das find ich völlig gerecht. Solche Haare hätte er uns nicht vererben müssen.
ASTI Und eine solche Haut. Laß mal sehen. *Er untersucht ihren Rücken.* Genau. Genau dasselbe wie bei mir. Ich dachte ja immer, das geht allmählich weg, wenn man Verkehr hat.

BILLE Du, es gibt tatsächlich Männer, die mögen Pickel. Die sind ganz verrückt drauf, dir die Pickel auszudrücken.
ASTI Dir, die Pickel auszudrücken. Mir nicht.
BILLE Mir auch nicht. *Pause.* Bei dir besorgt das ja Mama.
ASTI Nicht mehr.
BILLE Ach.
ASTI Mama ist tot.
BILLE Quatsch nicht.
ASTI Seit 7 Wochen.
BILLE Mach keine Witze.
Asti zieht eine Todesanzeige aus der Tasche, die er aus der Zeitung ausgeschnitten hat und reicht sie ihr.
BILLE Asti! Und warum, ich meine, ein bißchen komisch finde ich das ja schon, daß du mir das, weiß es Papa?
ASTI Ihr habt euch ja nicht mehr interessiert für Mama. Seit dieser Zicke. Und schon vorher. Auch schon vorher
BILLE Und wie kam das so plötzlich, das ist doch, arme Mama, und ich habe sie nicht mehr gesehen, seit... *sie überlegt.*
ASTI Elfeinhalb Monaten.
BILLE Aber wie denn? An was? Sag doch.
Asti schüttelt den Kopf.
BILLE Asti: Bitte.
Asti lehnt ab.
BILLE Asti, du mußt es mir sagen. Ich finde das sowieso allerhand, daß du Papa und mir das verheimlicht hast, das ist so unglaublich, die Beerdigung, die Leute müssen gedacht haben, wir kommen absichtlich nicht, Mensch, Asti, bist du eigentlich wahnsinnig, sag, das tust du Mama an! Ist dir das klar, was du da getan hast? Ob dir das klar ist, du Idiot! Papa und ich nicht bei Mamas Beerdigung. In welches Licht du Mama dadurch bringst, hast du dir das überlegt, was die Leute da gesagt haben! Ob du dir das überlegt hast! Ich will jetzt wissen, an was sie gestorben ist. Sofort sagst du mir das jetzt. Warst du bei ihr? Du! Hörst du schlecht. *Sie beginnt auf ihn einzuschlagen.* Ich habe ein Recht darauf. Sie war auch meine Mutter. Du Kretin. Du heimtückischer, widerlicher Kretin, du. Du hast sie ins Grab gebracht. Deinetwegen ist sie gestorben. Nur deinetwegen. Dich hat sie nicht ausgehalten. Deine Faulheit. Deine Liederlichkeit. Deine unsägliche Lebensschlamperei. Deinen faulen stinkenden Hochmut. Daran ist sie zerbrochen. Die arme Mama. Und ich hab sie nicht mehr gesehen. Sie hat mir nichts mehr sagen kön-

nen. Ich hab nicht mehr ihre Stirn berühren können. Ihre Hand.

Bille heult.

Asti hat begonnen, Möbelstücke so zusammenzuschieben, daß eine kleine Burg entsteht. Jetzt legt er sich hinein, er hat eine Pistole und zielt auf die Tür.

ASTI Jetzt kann er kommen, Bille. Du hast ihn auch verurteilt. Ich hätte ihn längst umgebracht, aber ich wollte es nicht allein entscheiden. Du hast zugestimmt. Du hast gesagt, du findest es völlig gerecht. Jetzt kann er kommen.

BILLE Sag doch, wie ist sie gestorben.

Asti schüttelt den Kopf. War es... *sie bricht ab.*

ASTI Ich bin froh, daß ich bei ihr war die letzten Tage. Daß ich dabei war. Daß das keiner gesehen hat außer mir. Gesehen und...

Leider habe ich sie nicht gefragt, ob sie Kinder wollte. All die Jahre wollte ich sie fragen, ich will ja wissen, ob beide schuld sind, ich habe nicht gefragt, aber ich wage die Behauptung, nach jahrelanger Beobachtung, ich habe ja mit ihr enger gelebt als je ein Mann, 4 Jahre lang praktisch Tag und Nacht, nach Würdigung aller Beweismittel klage ich ihn an. Er ganz allein ist schuld, daß wir zwei zur Welt gekommen sind. Also ist er auch schuld daran, daß wir sterben, mal abgesehen von allem, was man dazwischen auszustehen hat, er ist schuld an zwei Toden und dafür habe ich ihn zum Tode verurteilt. Und jetzt hast du auch noch zugestimmt. Bille! einstimmig! Die Geschworenen sind einstimmig für Tod.

BILLE Schön, Asti, nun reg dich mal nicht so auf. Du hast ganz recht, er hat Mama miserabel behandelt. Daß sie so hysterisch wurde, wie sie ja dann doch war, es hat doch keinen Sinn, sich was vorzumachen, sie war hochgradig hysterisch, also ich hätte es keine zwei Wochen mit ihr ausgehalten, in jeder Handbewegung sah sie eine Herabsetzung, wenn einer lachte, hat er über sie gelacht, die Tür hat man natürlich absichtlich offengelassen und ihre Schmerzen waren Schmerzen wie kein Mensch sie je erduldete, und diese Ehrsucht, diese unersättliche Bettelei um Lob, sie hätte die nächste Sekunde nicht überlebt, wenn du ihr nicht sofort ein weiteres Mal bestätigt hättest, daß sie die beste, die tollste, die innigste, die schmerzensreichste und aufopferungsvollste Mutter der Menschheitsgeschichte ist. Und zwar glaubhaft. O ja. Nicht bloß so dahinsagen. Pensum erfüllt, und jetzt bitte noch etwas Tee. O nein. Das hattest du zu sagen, wie du es ihr, obwohl diese Aufgabe täglich dreimal zu erfüllen war, wie du es ihr noch nie zuvor gesagt hattest. Mein Gott, Asti, sie war wirklich das wehleidigste, heulsusigste, jämmerlichste Wesen, das man sich denken kann.

Asti ohrfeigt sie kalt zwei-dreimal.

Musik.

ASTI Musik.

Sie tanzen wieder.

Fünfte Szene

ASTI Du hast seine Augen. Diese müden, auf den unteren Lidern aufliegenden Augen. Arme Bille. *Asti horcht.*

BILLE Als ob der Wind wehte.

ASTI Wie wenn ein Sturm.

BILLE Als wäre eine Tür zugefallen. Komm näher her.

Er geht vorsichtig zu ihr, als könnte auf jedem Meter zwischen ihr und ihm etwas passieren.

BILLE *ängstlich:* Warum hast du Pollo nicht mitgebracht?

ASTI Er ist tot.

BILLE Pollo, armer Asti, überfahren?

ASTI Erschossen.

BILLE *schaut überrascht.*

ASTI Von mir.

BILLE Asti!!

Asti zieht an einem silbernen Kettchen eine schwarzglänzende Hundepfote aus seinem Hemd herauf und zeigt sie Bille. Bille streichelt die Pfote, streichelt sich mit der Pfote. Asti nimmt ihr die Pfote weg.

ASTI Das ist dir klar. Die einzigen Menschen, die sind wie du und ich, sind du und ich. Wir sind mit keinem verwandt.

BILLE Mir ist kalt.

ASTI Wir sind Komplizen, Bille. Wir brauchen einander nichts vorzumachen. Wenn du das nicht begreifst! Begreifst du das? Alle anderen sind uns total fremd. Die reden, du hörst sie, es ist eine Fremdsprache. Du redest, sie hören dich, du siehst, sie verstehen dich nicht. Ein anderer kann dich gar nicht verstehen. Er müßte ja sofort sein Leben aufgeben, auf sich verzichten, alles tun, was du willst, dein Wille müßte sein Wille sein, das geht nicht, der Unterschied ist zu groß. Es bleibt nur der Kampf. Zwischen uns nicht. Wir sind eins, Bille. Bille, ich habe Pollo erschossen, weil ich nicht wollte, daß er von fremden Menschen Futter annehmen muß, wenn ich nicht mehr da bin.

Sie entzieht sich ihm.

BILLE Ich möchte jetzt etwas Heißes trinken, sagte sie und stieß ihn zurück.

ASTI Ich möchte wissen, woher du immer noch diesen an Frechheit grenzenden Lebensmut nimmst, sagte er. Aber er wußte es ja, sie hatte gar keinen Lebensmut. Sie tat nur so. Nicht wahr, Bille, du weißt auch nicht, wie du es anfangen sollst.

BILLE Ich bin dabei, es zu lernen.

ASTI Und was hast du für einen Kerl momentan?

BILLE Ich rede nicht von Männern, Asti...

ASTI Gib doch zu, du willst Kinder.

BILLE Asti...

ASTI Komm, Bille, Vater und Mutter, damals wolltest du immer, jetzt will ich, los, komm... *er zieht sie zu einem winzigen Kinderbett,* schau, das Kleine, das Kleinchen, ist es nicht süß? Bitte, los, sag doch, gestehe, wie geht es ihm.

BILLE Ich hab ihm einen Umschlag gemacht.

ASTI Du schläfst überhaupt nicht mehr! Mein Gott, siehst du nicht, es hat aufgehört zu atmen! So tu doch was, schnell, es stirbt!

BILLE Was sagt der Berufsberater?

ASTI Er sagt, er kann nur raten, entscheiden müssen wir.

BILLE Ich hätte nicht gedacht, daß es so schwierig wird.

ASTI Das Schwierigste ist nun einmal der Beruf.

BILLE Aber dafür gibt es doch den Berufsberater.

ASTI Stell dir vor, du hast einen Beruf, der dir zuwider ist.

Bille schweigt.

ASTI Und welcher Beruf ist dir nicht zuwider. Wenn du mal drin bist. Wenn es mal los geht. Jeden Morgen. Und sparen für den neuen Mantel. Und wenn du ihn hast, ist es eine Katastrophe.

BILLE Es hat deine Ohren.

ASTI Leider. Anstatt daß es meine Fingernägel hätte. Deine brechen so leicht. Also mit den Fingernägeln wird es schon mal nichts anfangen können. Die Haare hat es von mir.

BILLE Leider. Es wird viel Shampoon brauchen.

ASTI Es wird es nicht leicht haben.

BILLE Es soll es einmal besser haben.

ASTI Was schlägst du vor.

BILLE Der Rektor sagt, wenn er nur in Mathematik ein bißchen besser wäre, dann könnte man die Versetzung noch verantworten. Aber so.

ASTI Das ist mir ohne weiteres verständlich. Es fehlt einfach der Wille. Die Energie. Das hat er von dir.

BILLE Vielleicht Biologie.

ASTI Quatsch nicht. Zur Biologie gehört heute Chemie. Und für Chemie brauchst du Physik. Und für Physik brauchst du Mathematik Egal, was du heute machst, du brauchst Mathematik. Verstanden!

BILLE Entsetzlich.

ASTI Ganz ohne Frage.

BILLE Musik. Zeichnen.

ASTI Turnen vielleicht.

BILLE Der Turnlehrer sagt... *bricht ab.*

ASTI Es fehlt einfach das Interesse. Die Energie. Hockt immer da, hängt die Unterlippe runter und schaut so. Wie du. Genau wie du.

BILLE Früher hast du gesagt, ich sei eine Habsburgerin.

ASTI Was mich martert, ist diese totale Interessenlosigkeit. Daß man seine Jugend so vertun kann. Die fruchtbarste Zeit. Wo das Gehirn noch frisch ist, saftig, eine wilde Merkfähigkeit. Aber nein: er hockt da und glotzt.

BILLE So traurig. Als wüßte es schon alles. *Pause.*

ASTI Es könnte ins Kino gehen. Solange es lebt. Immer ins Kino gehen. Ins Kino. Ins Kino-Kino-Kino-Kino. Und immerzu Filme sehen. Viele, viele, viele Filme. Und immer Schokolade essen.

BILLE Nein! Die Zähne!

ASTI Wenn es immer im Kino bleibt, spielen die Zähne keine Rolle.

BILLE Die Notdurft.

ASTI Ach. Ja. Die Notdurft. Was schlägst du vor.

BILLE Da bin ich überfragt.

ASTI Vielleicht Datenverarbeitung.

BILLE Erstens brauchst du da Mathematik.

ASTI Wir brauchen ja nichts überstürzen.

BILLE *drohend:* ... für ein Schulwesen, das den einzelnen bis zum Höchstmaß seiner Leistungsfähigkeit fördert.

ASTI Schrecklich.

BILLE Die Sozialdemokratische Partei respektiert die Entscheidung der Eltern.

ASTI Wir sind uns dessen bewußt. Wir glauben nicht mehr. Wir glauben vielmehr. Ich möchte unmißverständlich klarstellen. Ich weiß, was ich sage. Mag kommen, was wolle. Was immer kommen mag. Ich sehe keine andere Möglichkeit! Es bleibt gar nichts anderes übrig. Da beißt die Maus keinen Faden ab. Ob wir wollen oder nicht. Ich weigere mich, den Kopf in den Sand zu stecken. Wir dürfen uns nicht damit abfinden. So schwer es uns auch fallen wird. Wer A sagt, muß auch B sagen. Ich habe es immer gesagt. Aber man wollte ja nicht hören auf mich. Man wußte es ja besser. Jetzt können wir sehen, wie wir damit fertig werden. So leid es mir tut. Jetzt haben wir den Salat. Jetzt heißt es, die Zähne zusammenbeißen. Jetzt geht es auf Biegen oder Brechen. Jeder ist sich selbst der Nächste. Vor seinem Tode ist keiner glücklich zu preisen. Ohne Fleiß kein Preis. Glück hat auf die Dauer nur der Tüchtige.

BILLE Entsetzlich.

ASTI Ganz ohne Frage.

BILLE Was schlägst du vor, ich bitte dich, was schlägst du vor.

ASTI Ein kleines Tier. Einen Hamster vielleicht.

BILLE Ganz ausgeschlossen. Es empfindet viel zu stark. Es würde vollkommen abhängig. Streichelt ihn ununterbrochen. Der Hamster entkommt. Kommt in die Waschmaschine. Es könnte die Trennung nicht überleben. Es ist viel zu tierlieb. Um Gottes Willen nichts, woran es hängt und was dann plötzlich nicht mehr da ist.

ASTI Wenn nur die Mathematik nicht wäre.

BILLE Wüßtest du dann was?

ASTI O ja.

BILLE Sag doch.

ASTI Was soll's. Ohne Mathematik hat alles keinen Sinn. Südamerika. Da ist noch was drin.

BILLE United Fruit.

ASTI Pentagon!!

BILLE Ja, Mensch. Ich glaube, jetzt haben wir's. Der Hektar für 10 Mark. Warum haben wir nicht gleich daran gedacht. Natürlich Südamerika. Besser gesagt: Lateinamerika. The American Way of Life. Air Condition: Viel tausend Kinder. Die soll es haben. Und Diener. Treue Indios mit dunklen Augen.

ASTI Und neue Straßen.

BILLE Das Land steigt im Wert.

ASTI Dann wird es halb Hessen verkaufen.

BILLE Und hat immer noch eine Hälfte Hessen.

ASTI Es soll eine Ausbildung erhalten in Massachusetts. Und dann nach Südamerika. Du, ich bin richtig froh. Ich sehe wieder. Das Leben hat wieder. Endlich glaube ich wieder. Die Welt hat wieder. Ich habe das Gefühl, alles wird noch.

BILLE Wenn es bloß nicht erschossen wird.

ASTI Es ist doch nicht kurzsichtig, oder?

BILLE Du warst kein guter Schütze.

ASTI Es wird eben ausgebildet. In Massachusetts.

BILLE Wenn es aber doch kurzsichtig ist.

ASTI Es gibt Brillen, unzerbrechliche.

BILLE Die beschlagen. Lateinamerika ist feucht. In der Hitze. Des Gefechts. Im entscheidenden Augenblick.

ASTI Ich bitte dich, sei still. Sprich nicht weiter. Du zerstörst alles.

BILLE Wir dürfen uns nichts vormachen.

ASTI Dann bleibt nur noch eins.

BILLE Und das wäre.

ASTI Ein Wohnblock.

BILLE Ein Wohnblock. O ja! Da dürfte es kurzsichtig sein. Es kann die Brille putzen, wenn es die Mieten kassiert.

ASTI Die werden überwiesen.

BILLE Das ist ja fabelhaft. Dann muß es nicht kassieren. Es wäre, glaub ich, zu sensibel zum Kassieren.

ASTI Wenn er aber leersteht, wenn zuviel Wohnraum gebaut worden sein wird, was ist dann.

BILLE Entsetzlich.

ASTI Zum Glück hat unsere Unterhaltung eine Richtung genommen.

BILLE Ich habe dir immer gesagt: bloß keine Kinder.

ASTI Es gibt ohnehin schon genug Menschen.

BILLE Einerseits schon. Andererseits.

ASTI Warum gerade wir keins haben sollen.

BILLE Genau.

ASTI Du möchtest eins. Trotz allem. Gib es zu!

BILLE Du doch auch. Gerade du. Du viel mehr als ich.

Asti klettert auf das große Sofa.

ASTI Ich bin klein, mein Herz ist klein, darf niemand hinein als du mein liebes Jesulein.

BILLE So und jetzt ganz ruhig schlafen.

Er quengelt.

Hast du gehört, ruhig schlafen jetzt.

Er wird lauter.
Wenn du jetzt nicht ruhig bist, mußt du hinüber in dein Bett.
Er ist nicht ruhig. Er hat jetzt Angst.
So, ich hab dir's gesagt. Jetzt ist Schluß. Jetzt kommst du hinüber.
Er heult auf vor Angst.
Bitte, ich muß doch auch einmal schlafen, ich bin fix und fertig, versteh doch, Mama muß auch einmal schlafen.
Er heult weiter.
Jetzt reicht's mir aber. Jetzt kommst du hinüber.
Geschrei.
Ich hab dir's gesagt. Du willst es ja nicht anders. Dir kann man sagen, was man will, du zwingst mich ja dazu.
Sie zerrt Asti nach hinten in sein Bett.
So. Und jetzt bist du ruhig, verstanden!
Mehr Geschrei.
Hörst du, du sollst ruhig sein!
Mehr Geschrei.
Wenn du jetzt nicht sofort ruhig bist, mach ich das Licht aus!!
Man hört Asti noch lauter: Nicht Licht aus, nicht Licht aus.
Hörst du auf jetzt!! Sofort hörst du auf jetzt oder ich mache die Tür zu!!
Asti noch lauter: Nicht Tür zu, nicht Tür zu, nicht Tür zu.
Schluß jetzt!! Hörst du! Still!! Still, hab ich gesagt!! Du böses Kind! Meinst du, ich kann die ganze Nacht hier stehen!!! Ich kann doch nicht die ganze Nacht hier stehen!!! Ich muß doch auch schlafen!!! Du böses, böses Kind, du!!! Wann soll ich denn schlafen!!! Wann denn!! Du ganz böses Kind, du!!!!
Asti schreit um so lauter, je lauter sie wird.
So. Jetzt mach ich's Licht aus und mache die Tür zu, daß du es weißt.
Asti brüllt vor Angst: Nicht Licht aus. Nicht Tür zu. Nicht Licht aus, Tür zu, nicht, nicht, nicht, nicht, nicht, nicht.
Was soll ich denn tun, wenn du nicht ruhig bist!!!!!
Asti schreit mit.
Ruhig!!!!!

ASTI Jaa, jaa!!!!!
BILLE *lauter als er:* Ruhig, hab ich gesagt.
ASTI *etwas leiser:* Jaa, jaa.
BILLE Ruhig jetzt!!!
ASTI *noch etwas leiser:* Jaa, jaa.

BILLE Du sollst ruhig sein, hast du mich verstanden.
ASTI *wieder leiser:* Jaa, jaa.
BILLE Also. Sofort ruhig.
ASTI *wieder leiser:* Jaa, jaa.
BILLE Kein Mucks mehr jetzt.
ASTI Jaa, jaa.
BILLE Schlaf jetzt.
ASTI Ja.
BILLE Ganz lieb.
ASTI Ja.
BILLE Bis die Sonne kommt.
ASTI Ja.
BILLE Also.
ASTI Ja.
BILLE Gute Nacht.
ASTI Ja.

Sie hat sein Weinen und Geschrei ausgestampft wie man eine Flamme austritt, die immer wieder auflodern will, bis man sie vollkommen ausgetreten hat. Sie kommt mit Asti zurück. Vor eine große Türe. Sie will hören, was dahinter vor sich geht, aber Asti zieht sie mit nach vorne.

ASTI *unterdrückter Ton:* Ich bitte dich, wir machen uns ja lächerlich.
BILLE Ich geh hinein. Ich laß das nicht zu. Ich werf ihn raus.
ASTI Die halten Händchen, küssen sich, mein Gott.
BILLE So. Dann schau dir mal ihre Schlüpfer an, dann siehst du, was die tun. Ich geh rein. Ich halte das nicht aus.
ASTI *hält sie mit Gewalt zurück:* Nein, nein, nein.
BILLE *dringend, wie bei Gefahr, aber noch nicht laut:* Was sollen wir tun, ich bitte dich, wir müssen etwas tun. Er schläft mit ihr.
ASTI Na ja. Er ist ja'n netter Junge.
BILLE Sag nur, daß dir das nichts ausmacht. Sag, daß dir das völlig gleichgültig ist, daß der da drin am hellichten Tag, das läßt dich völlig kalt.
ASTI Nein, überhaupt nicht. Es ärgert mich schon. Es ist mir nicht recht, wenn du das meinst. Ich finde es zum Kotzen. Ich würde diesen Saukerl am liebsten... aber, ich weiß nicht, wie. Am hellichten Tag, sagst du. Ich finde, das geht zu weit. Wenn ich nur wüßte, wie. Dieser Schweinekerl. Daß der das wagt. Daß der die Stirn hat. Praktisch vor unseren Augen. Das ist die Höhe. Ich rufe jetzt seinen Vater an. Der soll ihn holen.

BILLE Das ist zu spät.

ASTI Der soll's ihm sagen. Dem sag ich, was er für'n Schweinekerl hat. Mein Gott, der soll doch sein Zeug sonstwo verspritzen. Das ist ja zum Verzweifeln. Was machen wir bloß. Sag doch. Bitte!

BILLE Wir machen uns strafbar. Wenn sie schwanger ist, sein Vater ist Rechtsanwalt, die verklagen uns, ich werf ihn raus.

ASTI Psst. Nicht so laut, um Gottes Willen, du blamierst uns ja, begreif doch, heute ist das eben anders, und mit siebzehn ist es eben doch am schönsten. Erinnere dich.

BILLE Du hast mich geheiratet, das ist etwas anderes. So tu doch was. Wir können doch nicht zusehen, wie unser Kind, mein Gott, bist du ein Schlappschwanz, sowas von gefühllos, daß du dich nicht schämst, daß du das aushältst, ich werf ihn raus.

Asti hält sich nur mit äußerster Mühe zurück.

ASTI Wir müssen mit ihr sprechen, das ist ganz klar. Ruf sie heraus. Sag ihr, ich habe dringend mit ihr zu sprechen. Es duldet keinen Aufschub. Sag ihr das.

BILLE Das kannst du ihr sagen. Auf mich hört sie ja nicht. Du hast sie ja so erzogen, daß sie auf mich nicht hört. Herrgott, so tu doch etwas! Bille! Bi-ille!! Bille!!! Siehst du, sie antwortet noch nicht einmal.

ASTI Das ist allerhand. Bille!!!

BILLE Na bitte. Los, geh rein jetzt, schnell.

ASTI Nein, nein, das ist... das wäre völlig falsch. So gewaltsam. Dann glauben sie nur, sie seien im Recht. Verstehst du. Nie Märtyrer schaffen. Ich habs. Du gehst schnell rüber über die Straße und rufst an. Das Telefon hören sie. Und dann sag ich, sein Vater ist am Apparat, dann kommt er und wenn er sich meldet, legst du auf.

BILLE Das ist gut, das ist sehr gut. Ich renne. *Sie horcht noch schnell.* Du... ich glaube, es... es ist zu spät. Armes Kind. Also das nächste Mal, das kann ich dir sagen, das nächste Mal... *Sie bricht ab.* Es ist so beschämend. *Sie schluchzt. Dann beendet sie die Szene.*

ASTI Es ist immer dasselbe. Es ist zum Kotzen.

BILLE Nur, wenn du Kinder hast. Und nur hier.

ASTI Hier und heute, wa!

Musik.

ASTI Musik.

Sie tanzen.

Sechste Szene

Asti mit der Vervollkommnung seines Schießstandes beschäftigt.

BILLE Begreifst du das?

ASTI Vielleicht hat er Lunte gerochen!

BILLE Die Zicke. Wetten, die läßt ihn nicht. Oder sie will mit, und dann ist sie nicht fertig.

ASTI Noch nicht genug Reizwäsche im Koffer, wa! Noch nicht die richtige Reizwäsche. Schlüpfer in Rosé und die eingewebte schwarze Männerhand. Das gibt's.

Bille hat die Pistole genommen.

Laß das. Leg sie hin. Los sofort.

BILLE Die ist geladen! Asti!

ASTI Du glaubst natürlich, ich mach Menkenkes. Es handelt sich hier nicht um'n Abituraufsatz, Bille, sondern um eine konkrete Zeile in der Geschichte der Befreiung.

BILLE Gib mir die Pistole. Oder ich gehe sofort.

ASTI Bille, wenn du nicht dabei sein willst. Du bist ja schon so bescheuert, dich haben sie ja schon drangekriegt mit Abitur undsoweiter. Los hau ab. Noch heute kannst du wieder in deinem kochend heißen München sein, bei Freddy, bei Mike.

Ach, Bille, du! sagt Oberarzt Freddy und lacht hahahaa, verlegen hahahaa, ins Telephon, ha, ha, haaa, Liebling, das nicht, aber da ich nun mal nicht wußte, daß du heute schon, bin ich – natürlich – verabredet heute, meine Frau und ich gehen zu Rolfi, seini neui Sauni mit Dampfi, Schnapsi, Nackideili bissi einweihi. Nein, nein, ich freue mich, Bill, ich komme sofort, hechelt Michael, ich bin schon da, ach Bill, daß du da bist, daß du bloß da bist, du unterschätzt mich einfach, ich bin nicht so lächerlich perfekt wie jedermann, gib mir einen Kuß, nimm meine Hand, los, streichle mich, denk dir was aus, mein Gott, so tu doch was, mach das wieder gut, was du angerichtet hast, los, Verbrecherin, einen Tag fortzubleiben, was fällt dir eigentlich ein, mit wem, glaubst du, hast du es zu tun, kennst du mich? oh, du sollst mich kennenlernen.

Als ich heute nachmittag die Leopoldstraße raufging, alle gingen an mir vorbei, ich kam mir vor wie tot, denen war das völlig egal, daß ich ihnen entgegenkam, zwischen ihnen ging, Hunderten, Tausenden von Menschen war das völlig egal, daß es mich gibt. Die lachten. Waren verabredet. Legten die Arme um einander. Schmiegten sich. Küßten sich. Es war zutiefst widerlich. Ich hörte die Stimmen. Bill, ich verstand kein Wort. Es war ein fremdes Stimmengewirr. Tierstimmen. Ich rannte weg. Läutete bei dir. Vielleicht bist du da. Du warst nicht da. Ich rannte wieder auf die Straße. Schaute genauer hin. Starrte die Leute an. Mädchen. Starrte ihnen mitten ins Gesicht. Die gingen weiter. Marschtritt. Mit Gesang. Gürtel, Taschen, Röcke, Hosen, Farben, eine gewaltige Truppe. Ich war unsichtbar, Bill, ganz klar, ich war unsichtbar. Ohne dich bin ich unsichtbar, Bill, du darfst nie mehr weggehen. Ich halte das nicht aus, verstehst du mich. Noch einmal, wenn du weggehst, ist es Schluß, verstanden. Still jetzt, ich will nichts hören. Entweder du weißt, mit wem du's zu tun hast oder du weißt es nicht. Dann nimm dir den nächstbesten Staatsanwalt, aber mich laß in Ruhe, bitte, ja. Du wirst es noch bereuen, mich so behandelt zu haben, du wirst mir noch nachrutschen und betteln um einen Blick, ja, um einen Blick. Gib's doch zu, daß du keine Ahnung hast von mir. Gib's doch zu, daß dir, was ich sage, nicht deutlicher wird als das Rauschen der Niagara-Falls. Du begreifst nichts. Du sitzt da. Hast einen Pullover an. Ziehst einen Pullover aus. Aus. Aus und Amen. Und ich. Wer ich bin. Wer ich sein werde. Was du versäumst. Wen du mißhandelst in mir. Keine Ahnung. Aus. Ich muß nur deinen Pullover ansehen, und deinen Hintern, diesen deinen Arsch, o ja, dann weiß ich, mit wem ich es zu tun habe. Bitte geh weg. Berühr mich jetzt nicht. Nachher vielleicht. Aber nicht jetzt. Mein Gott, so begreif doch endlich, daß nicht jeder aus deinem Material ist. Ein bißchen Instinkt. Eine Spur von Takt möchte man sogar von dir noch verlangen dürfen. Mein armes Gehör. Sagt Michael und preßt seine feinen Hände so an die Schläfen, daß er die Ohren nicht berührt.

BILLE Asti, der Hellseher.

ASTI Asti, der Historiker. Nippel-Nippel, es hat sich doch einfach nicht genug getan.

BILLE Richtig.

ASTI Ich stelle eine Art allgemeiner Beschissenheit fest.

BILLE Falsch.

ASTI Na bitte, dann sag mir doch, wie's steht.

BILLE *nicht ganz sicher, noch nicht ganz überzeugend:* Prima steht's.

ASTI Aha. Prima.

BILLE Von wegen Freddy und Michael und in's Bett und dann'n Pflaster übern Mund, das ist schon mal vorbei.

ASTI Also ohne Freddy und Michael ins Bett. Was'n Fortschritt.

BILLE Wir sind eben wahnsinnig verkorkst, verstehst du. Erziehung, Schule, bis du das weg hast, das ist eine wahnsinnige Arbeit. Das erste, was du dir abschminken mußt: daß man auf dich gewartet hat, verstehst du. Du bist überhaupt nicht gefragt. Außer bei den Genossen, Asti...

ASTI Oh, Genossen, Bille und Genossen, wie geht'n das zusammen?

BILLE Die sind auch mißtrauisch gegen unsereinen, aber wieder auf ne andere Art. Ist ja klar. Also wenn wir mit Arbeitern reden, zum Beispiel...

ASTI Wie bitte?

BILLE Wenn wir mit Arbeitern...

ASTI Ihr redet mit Arbeitern. Mit richtigen, waschechten, Nippel, Nippel, das find ich ja 'n dolles Stück, Billchen, ihr macht da so richtige pro-le-ta-rische Konversation. Nu erzähl mal, ihr geht da hin und sagt... na, komm, sag doch...

BILLE Flasche.

ASTI Wurde nie bestritten.

BILLE Du kannst mir bloß noch leidtun.

ASTI Das wär doch schon sehr viel.

Schweigen. Musik.

BILLE Musik.

Sie tanzen.

Siebte Szene

ASTI Ich bin die Revolution.

BILLE Du bist süß, Asti.

ASTI Küß mich.

BILLE Du findest mich nicht komisch.

ASTI Nicht komischer als mich. Zieh was aus.

BILLE Und dann?

ASTI Ich liebe dich.

BILLE Du willst auch nur das eine.

ASTI Aber ich bin wenigstens dein Bruder. Und du bist die einzige Frau, vor der ich keine Angst habe.

BILLE Ach Scheiße. Asti. Hör auf. Ich find das nicht lustig. Du bist wie eine junge Fliege. Man könnte dich ohne weiteres zerquetschen.

ASTI Dich auch.

BILLE Man sollte dich zerquetschen.

Sie zieht ihm die Hundepfote aus dem Hemd.

BILLE Das hast du fertiggebracht, Asti.

ASTI Mein Leben wird sich ändern.

BILLE Gib mir die Pistole. Sei lieb. Laß mich doch auch mal. Zeig mir, wie man's macht, dann schieß ich.

ASTI Daneben. Das würde dir so passen. Oder du schießt ihm ein Ohr ab. Nein, Billchen, laß mal. Ich habe trainiert. Es gehört auch eine gewisse Entschlossenheit dazu. Du hast zugestimmt. Mehr kann man im Augenblick nicht von dir verlangen.

BILLE Asti, du phantasierst.

ASTI Ich bin die Revolution.

BILLE Revolution, Asti, das ist eine wahnsinnige Arbeit. Wir ham ein paar Revolutionäre im Seminar, die...

ASTI Genossen! Hört euch das an! Revolutionäre im Seminar! Mensch, Bille, wer das Abitur macht, der ist doch schon geliefert. Bille, das find ich wirklich dick. Ehrlich. Revolutionäre im Seminar. Da... *Er packt einen Sessel* ... der wartet auf meinen Arsch. *Reißt ein Bein ab. Das geht nicht leicht.* Der kriegt meinen Arsch nicht. Verstehst du. Und überall stehen solche Sessel und warten auf den Arsch von Revolutionären im Seminar. *Er hat weitergemacht.* Und dann predigen. Oder 'n Film fabrizieren. Feine Pinkel. Geschmacksriesen, verstehste. Mänitschment. Spitzenklasse, wa. Die neuesten Bosse. So!

Der Sessel ist hin.

BILLE Schad um den Sessel. In so einem Sessel kann man lesen.

ASTI Bisde schwarz bist. Ich werde mit den Köchinnen reden, daß sie wissen, wen sie vergiften müssen. Während ihr Professoren ärgert.

BILLE Und was sagst du zu 'ner Köchin.

ASTI Laß man, das fällt mir dann schon ein.

BILLE Aha. Asti hat Einfälle. In-spi-ra-tion.

ASTI Ich bin die Revolution.

BILLE Einer allein kann sich nicht befreien.

ASTI Einen Kuß, Bille.

BILLE Zwei allein können sich nicht befreien.

ASTI Drei allein können sich nicht befreien. Vier allein können sich nicht... Bille, wenn du so prinzipiell bist, wird dir nie'n Gurkensalat gelingen. Der Gurkensalat verlangt jedes Mal deine ganze Spontaneität. Einen Kuß, Billie bitte!

BILLE Ach Asti, du willst mich überspielen, und wenn ich dann kirre bin...

ASTI Was, bitte?

BILLE Kirre.

ASTI Ach so kirre. Ja, ich erinnere mich: Ekelhaft.

BILLE Dann willst du'n Inzest machen. Stimmt's.

ASTI Überhaupt nicht wahr. Abgesehen davon, daß die Anweisung lautet: werdet ein Fleisch, und wir sind's schon, also eo ipso verheiratet, mein Dichten und Trachten ist schlimmer von Anfang an: ich will doch befreien, unbrauchbar machen für, Bille. Ich bin dein Bolivar. Wenn du bei mir bleibst, Schwesterchen, dann gibt's ne Menge Möglichkeiten, wir schlagen los, und hast du nicht gesehen, bin ich Minister für die Angelegenheiten der Pferde, durch Pferde werden ja heute, gerade heute, eine Menge Fragen, die endlich angeschnitten werden müssen. Formulare müssen geschaffen werden, Einreichungstermine, ein grünes Büro, ein Stab idealer Mitarbeiter, nachtblaue Möbel und mit dem Dienstwagen vierspännig mit dir durch's blühende Land, Bille, sag, wärst du nicht ein bißchen stolz, wenn dein Bruder Minister wäre für die Angelegenheiten der Pferde. In einem friedlichen Land, die Maschinen sind mit Lorbeer bekränzt, die Arbeiter winken, allen gehört alles, Sonntagnachmittag, Parkwege, viele Menschen, kein böses Wort. Hast du nicht genau das immer von mir erwartet, oder habe ich dich immer falsch verstanden? Pferde, ha-ha-haaa. Utopie, wa! Hau ab. Laß dich schinden. Kriech denen in den Arsch für fließend kalt und warm Wasser und fünf und nochmal fünf Pfennig.

BILLE Gib mir die Pistole oder ich gehe, Asti. Sofort.

ASTI Bille! Bille, du hast meine Meerschweinchen angelangt. Du blöde Sau du blöde. Ich weiß es. Lüg es nicht weg. Du hast sie angelangt. Das braune und das schwarzweiße. Jetzt sind sie scheu. Du hast sie scheu gemacht. Du hast sie gequält. Du böser Tierquäler, du, jetzt ham sie Angst, jetzt rennen sie bloß noch weg, jetzt bring ich sie um, daß du's weißt, und dich bring ich auch um. Dich auch. Bille!

Sie steht an der Tür. Er zielt mit der Pistole.

BILLE Wenn du mir die Pistole gibst, bleib ich.

ASTI Wenn du gehst, schieße ich. Um deinetwillen. Ich lasse dich nicht mehr hinaus. Komm her.

Sie kommt langsam näher. Wenn sie nah genug ist, wirft er die Pistole weg und zieht Bille in die Burg und lacht, ringt mit ihr, bis sie unter ihm liegt.

ASTI *zärtlich:* Du hast immer meine Meerschweinchen angelangt. Du hast gewußt, daß ich praktisch gestorben bin daran. Ich habe tagelang geheult. Und wenn ich mich ausgeheult hatte, dann hast du's wieder getan.

BILLE Aus Jux. Es war ein Spiel.

ASTI Für dich. Lang einmal da hin.

Er will ihr die Hand in seine Hose stecken. Sie entzieht ihm die Hand.

BILLE Asti! Blödmann, du.

ASTI Schau wenigstens.

Sie dreht sich weg. Er greift nach ihrer Brust.

Tussu Asti füttern?

Sie schiebt ihn weg. Er greift nach ihrem Schmuck. Er nimmt ihr allen Schmuck ab und legt ihn sich selber an. Gerold und Irene treten auf.

ASTI Stehenbleiben. Billi, bei der geringsten Störung drücke ich ab. Ich würde dem Herrn gerne noch Gelegenheit geben, sich mit seiner Lage vertraut zu machen. Hände hoch. Sie nicht, gnädige Frau. Am besten, Sie gehen mal'n bißchen zur Seite, sonst kriegen Sie noch'n Kratzer in Ihr'n Lack.

IRENE Asti!

GEROLD Laß, Irene, ich verstehe ihn sehr gut.

Asti entsichert.

IRENE Nein, Asti, nicht!

ASTI Für Sie immer noch Sebastian.

Das Licht auf der Bühne geht rasch aus, das Saallicht an. Pause.

Zweiter Akt

Die Szeneneinschnitte werden wieder mit Musik markiert. Die Musik ist nur um eine Spur kommerzieller als im 1. Akt. Asti und Bille tanzen nicht mehr. Sie sitzen und schauen, wie Gerold und Irene jeweils tanzen. Jedesmal geht die Initiative deutlich nur von einem der beiden aus; der andere muß jedes Mal dazu gebracht werden; wenn es Irene ist, die die Initiative hat, dann steht Gerold unter einem Erfüllungszwang; er muß dann den jungen Mann spielen. Wenn er die Initiative hat, läßt sich Irene herbei.

Erste Szene

GEROLD Ich weiß nicht, ob ihr das kennt, du hast das Gefühl: die ersticken dich, die stopfen alle Löcher zu, die rennen, alle Mann rennen und stopfen alle Löcher zu, du rufst: Das sind meine Atemlöcher, das sind meine letzten Atemlöcher, meine Herren. Ich weiß, daß Sie wissen, daß das meine letzten Atemlöcher sind, ich weiß, Sie stopfen diese Löcher zu, weil es meine letzten Atemlöcher sind, trotzdem kann ich es nicht lassen, Ihnen zuzurufen, – mit meinem letzten Atem, sozusagen –: meine Herrn, was Sie da zustopfen, das sind meine letzten Atemlöcher.
Ein blödes Gefühl. Auf die Dauer. Also ehrlich, Asti, meine einzige Sorge, wenn ich dich da stehen seh: kannst du schießen! Du hast ja, soweit ich mich erinnere, nie etwas ernst genommen. Weder Klavierspielen, noch Physik. Stimmt's? Stimmt doch. Nur deshalb mach ich mir Sorgen, verstehst du. Du glaubst natürlich, du kannst Pistolenschießen, ohne es zu lernen. Dann ballerst du los, schießt mich blind oder taub, dann fehlt dir der Mumm weiterzumachen, damit tust du weder mir noch dir einen Gefallen, das kann ich dir sagen.
Du, sag mal, Bille, Irene, bild ich mir das bloß ein, das hab ich doch überhaupt schon irgendwo gesehen, Bruder, Schwester warten, bis der gehaßte Vater mit der jungen Frau kommt und dann Peng.
Asti läßt die Pistole ganz sinken.
Mein Gott, Irene, siehst du, vor lauter Gedankenaustausch vergessen wir noch unsere Mitbringsel anzubieten. Bitte, Irene, sei so gut, ich hoffe der Ring gefällt dir, Bille... Asti, da du ja photographiert hast, bevor du richtig laufen konntest, dachte ich, eine Kamera, Achtmillimeter, das könnte dich reizen... sie soll

sehr gut sein, ich kann das nur nachsagen, Kameras, das ist etwas, wovon nun wieder ich nichts verstehe.

Irene hat sich nicht vom Platz gerührt. Musik.

Zweite Szene

Alle haben Gläser in den Händen.

IRENE Habt ihr den gesehen, da stand der Junge auch so da, Pistole in der Hand, der andere war aber nicht der Vater, sondern der Liebhaber der Schwester des Jungen, 'n ziemlich alter Herr schon, so'n Präsident eben, Sektglas in der Hand, die Schwester auch, der Bruder die Pistole, er hatte die beiden überrascht, er dachte, der Alte hätte seine Schwester mit irgendeinem Mittel kirre gemacht, die Schwester... Beatrice hieß sie... die hätte ja aus dem Alten rausbringen sollen, in welchem Gefängnis die Genossen sind, aber irgendwie hatte ihr der Alte imponiert, jetzt kommt der Bruder rein und sieht die Beiden, sieht sie an, ihn an, sie an, er begreift, verstehst du...

BILLE Wenn der reinkommt, muß es auch schon knallen, verstehst du. Knallen! Das ist nämlich genau das, was nicht geht, daß der hereinkommt, den Alten bei seiner Schwester findet und dann schaut er noch so hin und her, und anstatt daß er dann wenigstens den Alten zusammenschießt, schießt er der Schwester das Glas aus der Hand. Das Sektglas!

IRENE Gerold!

GEROLD Irenekind?

IRENE Sag doch auch etwas! Was soll sie denn tun! Zuerst schießt er ihr den Kelch vom Glas, dann schießt er ihr gleich auch noch den Glasstiel aus der Hand...

BILLE Ich finde, Irene sollte sich den Film einfach noch einmal anschauen. Ich stifte dreifünfzig, ganz vorne, daß ihr nichts entgeht.

ASTI *stampft mit dem Fuß auf:* Sie hat nichts verstanden. Nicht die Bohne.

GEROLD Tja, komisch, ich möchte bloß wissen, wo du hingeschaut hast.

ASTI Mit wem war sie denn drin, wenn man fragen darf.

GEROLD Allein.

IRENE Nicht wahr, mit Monika!

ASTI Ach so, mit Monika. Das lenkt natürlich ab, mit Monika.

GEROLD Irene, begreif doch, es war abgemacht, daß sie vor Mitternacht dem Alten die Augen auszustechen hatte, als nun ihr Bruder eindringt und sieht sie mit dem Alten schmusen, da schießt er ihr das Sektglas aus der Hand, aber auf zwei Raten, nach dem ersten Schuß kommt ja die Großaufnahme ihrer Hand mit dem zerborstenen Glasstiel. Das soll ihr klarmachen: du hast versagt

IRENE Ja, in diesem Augenblick dachte ich auch, jetzt nimmt sie den Glasstiel und sticht, aber da schießt er ja schon wieder.

BILLE *nimmt sich sehr zusammen:* Also, paß mal auf, Irene, sie war ja mit dem Alten allein, nicht wahr?

IRENE Ja.

BILLE Er zieht sich mühsam aus. Sie hat ja sowieso schon nichts mehr an. Das ist übrigens das einzig Gute, daß sie keine besondere Figur hat.

ASTI Also ich finde, sie hat eine klasse Figur.

BILLE Papa!

GEROLD Es ist auszuhalten.

ASTI Dann hat sie keine klasse Figur. *Zu Irene.* Sie müssen nämlich wissen, Papa ist Anatomieprofessor.

BILLE Also, solang sie allein ist, solang er sich auszieht, hätte sie das Sektglas zerschlagen müssen, Irene schau, so. Und mit diesem Stiel, so war es abgemacht, in die Augen. Und genau das hat der Film nicht riskiert.

IRENE Was heißt hier nicht riskiert. Nachher braten sie immerhin die Hoden des Alten.

ASTI Und es brozelt so.

GEROLD Eben nicht. Es brozelt überhaupt nicht.

ASTI Ach. Es brozelt nicht? Ich dachte, es brozelt.

GEROLD Die Szene ist ja ohne Ton. Nur ganz leise eine Lehármelodie. Eine Schnulze. Und dann essen sie. Das ist die Parodie auf was Sakrales. Und ist gleichzeitig die Feier einer siegreichen Revolution. Einer Revolution, die nicht wieder in Pomp und Beethoven erstickt, sondern sich zur Trivialität bekennt, auch bei der Siegesfeier.

ASTI Mit Spiegelei.

GEROLD Ein eminent politischer Film, Asti, das ist dir klar!

BILLE Pseudo.

IRENE Ich glaube, ihr... *sie bricht ab.*

ASTI Bitte?

IRENE Ich glaube...

ASTI Ja, bitte, was glauben Sie?!

IRENE Gerold!
GEROLD Irenekind?
IRENE Ich werde hier verhört.
GEROLD Aber Irene, jetzt laß uns doch ein bißchen diskutieren. Das macht doch Spaß.
BILLE Ich glaube, wir sollten Irene jetzt etwas schonen. Sie ist es einfach nicht gewöhnt. Sie wird sich den Film noch einmal ansehen.
ASTI Und schon ist alles in Butter.
BILLE Nicht wahr, Irene. Sie zwinkert so. Schau mal.
ASTI Ja, komisch. Als ob sie gleich heulen wollte.
IRENE Quatsch. Ich habe eben eine ... einen anderen Rhythmus als ihr.
ASTI Tatsächlich, sie hat eine viel höhere Lidschlagfrequenz als wir.
BILLE Naja, sie hat Angst. Schau doch. Angst um ihre Augen.
ASTI Oder überhaupt.
IRENE Das ist Temperamentssache, mein Gott.
Asti lacht los. Bille und Gerold lachen nachträglich mit; dadurch wird das Lachen als künstliches deutlich.
IRENE Gerold!
Gerold hört auf zu lachen.
GEROLD Bille, Asti!
BILLE UND ASTI Ja, Gerold?!
GEROLD Ihr seid nicht sehr nett.
ASTI Genau meine Meinung, wir sind nicht sehr nett.
GEROLD Prost.
Asti trinkt nicht aus, den Rest schüttet er Gerold ins Gesicht. Er tut das experimentell. Er möchte sehen, was passiert.
GEROLD Wo hast du jetzt das wieder her?
Asti antwortet nicht. Russisches Offizierskasino. Ufa. Lilian Harvey. Stimmt's? Da wischt sich der den Sekt so mit dem Zeigefinger in den Mund. Und grinst.
Gerold tut es, läßt Asti nicht mehr aus den Augen. Mit der linken Hand hat er das Glas weggestellt. Sobald sich Asti bewegt, sieht Gerold in Westernmanier.
IRENE Aus. Asti ist praktisch tot.
Asti klatscht jetzt eine Ladung Spaghetti auf Gerolds Kopf, auf die wenigen Haare.
ASTI Habt ihr den gesehen, wo die dem dann so 'ne Ladung Spaghetti auf die Platte kleben. Fabelhaft sieht er aus, findet ihr

nicht. Gib zu, lieber Papa, mit so 'ner schönen Dornenkrone fühlt man sich gleich wie Christus. Seht nur, wie still er sitzt. Auf daß ihm kein Zacken aus der Krone falle. Gib zu, Papa, du hast den gesehen. Da saß der Alte nämlich genau so. Rührte sich nicht. Ich wußte, du würdest dich genauso wenig rühren. Und warum? Warum läßt der Alte sich so behandeln?

GEROLD Den habe ich nicht gesehen. Habt ihr den gesehen?

Bille reagiert nicht.

IRENE Ich nicht. Ich find das ja ziemlich dick aufgetragen mit Spaghetti auf'n Kopf, ich weiß nicht.

ASTI Also da saß der parfümierte Bock als supertolerantes Schmerzensmännchen. Und ich frage, warum? Warum läßt er sich sowas gefallen?

Bille befreit Gerold von Spaghetti und kämmt ihn.

GEROLD Laß nur, Bille, er tut ja bloß so.

ASTI Wie bitte?

GEROLD Schon gut, Asti. Schön, dieser Pullover, Bille, ich wollte, er wäre von mir.

ASTI Was heißt das, er tut ja bloß so.

GEROLD Reg dich nicht auf, Asti. Du meinst es ernst, das weiß jeder, aber du bist eben noch verhältnismäßig jung, da liegt...

ASTI Und du? Verhältnismäßig alt, wa!

GEROLD Wird nicht bestritten. Aber in deinem Alter...

ASTI Hör jetzt endlich mal von meinem Alter auf, das ist ja langweilig, Mensch.

GEROLD Du hast doch angefangen, mit der Szene, den Jungen, dem Alten, Spaghetti auf die Glatze, du redest daher, wie's dir gerade paßt und wenn ein anderer was darauf sagt, dann liquidierst du das Thema, sehr bequem, aber nicht besonders fair.

ASTI Fair! Fair ist alles, was dir nützt. Ich scheiß auf fair.

GEROLD Also wenn ich so herumschreien würde, kriegte ich garantiert zu hören, daß Lautstärke kein Argument sei...

ASTI Ich scheiß auf Argumente.

GEROLD Du scheißt schlicht auf alles.

ASTI Ja!

GEROLD Also ein Scheißer. Was mich beunruhigt, ich bin ja immerhin dein Vater, verstehst du, das ist deine schlechte Kondition. Deine Nerven, Asti.

ASTI ... in deinem Alter!

GEROLD Ja wirklich.

ASTI Ich onaniere zuviel.

GEROLD Jetzt tust du wieder so, als kämst du dir ganz toll vor, aber in Wirklichkeit bist du unglücklicher als...

ASTI Nicht so feinsinnig! *Hält sich die Ohren zu.*

Das tut weh! Psychologie tut weh. Begreif das doch, Mensch! Was du hier bietest, ist ja schlichter Ehekrach. Das möchste wohl gerne, wa, Aus-ein-an-der-set-zung, wa, da biste Champion drin, nee du, aber nicht mit mir.

BILLE Dabei ist jedes Wort, das du sagst, nichts als Ehekrach.

ASTI Sagte Bille, das Biest, und fiel ihrem armen Brüderlein direkt in'n Rücken. Aber Asti, nicht faul, erwiderte listig: Habt ihr eigentlich den gesehen? Bille, alte Zelluloidwanze und Lieblingstochter! *Von jetzt an tut er alles, was er sagt. Sobald Bille merkt, daß es gegen sie geht, rennt sie hinter ihm her.*

Da ging doch der, seine Lippen waren fest aufeinandergepreßt, ging schnurstracks auf ihre Handtasche zu, er hatte vorher da drin einen Zettel gesehen, den holte er heraus, sie bemerkte es zu spät, rannte hinter ihm her, er hatte den Zettel schon in der Hand, er erkannte die Handschrift seiner Schwester, laut las er vor: »Ich liebe dich. Ich möchte fast sagen, ich bin in dich verliebt, zusammenfassend könnte man sagen, ich hab dich lieb, rate mal, wer? schwer was? dein kleines, elendes, verlassenes, ekelhaftes, aufdringliches, häßliches, dir längst auf die Nerven gehendes Billchen.« *Asti weicht aus, hat den Zettel hoch in der Hand und liest immer wieder einen Satz. Wenn er alles vorgelesen hat, gibt er Bille den Zettel. Bille heult.*

ASTI Bille, interessant, in deinen Augen, schau in den Spiegel, das sind die Augen von jemand, der ganz genau weiß, daß er im Schneetreiben im Straßengraben liegen wird, neben sich das abgefahrene Bein.

BILLE Und du hast die Augen von jemand, der gerade einem das Bein abgefahren hat, jetzt haut er ab, ohne Licht.

ASTI So ist es. Tertium non datur. Zu deutsch: Jeder ist seines Glückes Schmied. *Scharf.* Was willst du denn machen, bitte, das würde mich denn doch interessieren, hast du irgend eine Idee, was du machen willst.

BILLE Ich bin ja gar nicht mehr an der Uni.

ASTI Interessant.

BILLE Ich arbeite.

ASTI Phantastisch. Sie arbeitet. Papa, sie arbeitet.

BILLE Beim Rundfunk. Ich mache Berichte.

ASTI Donnerwetter, Papa, sie macht Berichte.

BILLE Über Mietwucher. Elendswohnungen. Krankenhausskandale. Klassengesellschaft.
Pause.
ASTI Weiter. Weiter. Wir sind doch sehr gespannt.
BILLE Ich trage das Material zusammen. Analysiere.
Pause.
ASTI Fabelhaft. Weiter.
Pause.
Und dann.
BILLE Dann versuche ich, den Bericht unterzubringen.
ASTI Wieviele Berichte hast du bis jetzt verkauft.
BILLE Du bist gut. Verkauft. Mensch, du hast vielleicht eine Ahnung. Was meinst du, wieviele da sind, die was verkaufen wollen. Wieviele da herumstehen und warten, Mensch. Du hast vielleicht eine Ahnung. Probier's doch mal selber.
ASTI Entschuldige, Bille, das solltest du besser unserem lieben Papa sagen, wenn ich mich recht erinnere, hat er dich gemacht! in die Welt gesetzt! inszeniert! Also bitte...
Er hört auf, weil Irene seit längerem Gerold etwas ins Ohr flüstert; ihr ist es offenbar langweilig geworden; sie hat versucht, Gerolds Hand zu nehmen, er hat sie ihr vorsichtig entzogen. Auf ihr Flüstern reagiert er. Muß er reagieren. Beide Kinder schauen zu. Gerold bemerkt endlich, daß Asti nicht mehr weiterspricht, jetzt wehrt er Irene ab, wendet sich Asti zu.
GEROLD Nur zu, Asti. Du sagst mir nichts Neues. Wenn ich gewußt hätte, was ich heute weiß, gäb es euch nicht. Aber bitte, sprich weiter ... vielleicht fällt dir doch noch ein Vorwurf ein, der mir neu ist ... ich höre.
Asti reagiert nicht.
Musik.

Dritte Szene

ASTI *bei Bille:* Billchen, ist das wahr, wenn er hereinkommt, muß es da wirklich sofort knallen? Der Alte kommt, Peng, und dann wird er gegessen?
IRENE Das ist doch jetzt längst gelaufen, Junge.
ASTI Ja, ich hör' es. Ich hab diesen Film leider nicht gesehen.
GEROLD Asti! Du hast... Asti! Das geht entschieden zu weit.
Gleichzeitig:

IRENE Ach. Aber mitdiskutieren, das können Sie!

ASTI Sie sind pedantisch, scheint mir. Das freut mich. Ich mag pedantische Menschen. Mich erregen ja nur solche Sachen wie Pedanterie; eine unglückliche Schwester, die einen Stockschnupfen hat; wollen Sie mal fühlen?

GEROLD Asti!

ASTI Das geht entschieden zu weit. Du gehst entschieden zu weit. Asti. Wo kommst du denn da hin. Du wirst schon sehen, wohin du kommst, wenn du andauernd entschieden zu weit gehst... *Er notiert sich etwas.* Nimm dir ein Beispiel am Jäger aus Kurpfalz, der reitet bloß durch den grünen Wald heidi heida. Ich finde, sogar der Jäger aus Kurpfalz geht entschieden zu weit. Mein Film heißt nämlich... *Er notiert sich etwas.* Los aber schnell jetzt. Billchen. Papa. Frau Irene. Fertig zur letzten Szene. Also die kommen herein. Es knallt nicht. Der Alte wird nicht in die Pfanne gehauen. Also wird er auch nicht gegessen.

Asti allein den anderen gegenüber.

GEROLD Asti, ich glaub, jetzt kapier ich. Irene, verstehst du, Asti macht einen Film. Asti arbeitet. Er arbeitet am Drehbuch. Stimmt's Asti?

ASTI Arbeiten? Sag mal, was sind'n das für Unterstellungen. Wie seh'n ich das, ha!

GEROLD Du sagst doch selber, du machst einen Film. Das hat er doch gesagt.

ASTI Na bitte. Wenn ich das gesagt habe, dann habe ich das gesagt. Was ich gesagt habe, habe ich gesagt. Das möcht ich mir ausgebeten haben.

GEROLD Aber dann sei jetzt auch konsequent, Asti, ich bitte dich. Wenn die da warten, in deinem Film, du sagst, Bruder und Schwester, prima, die Situation ist gut...

ASTI Wenn er sagt, die Situation ist gut, dann ist sie gut, Papa ist nämlich Psychologieprofessor, müssen Sie wissen.

GEROLD Jetzt lenk nicht schon wieder ab. Das ist dein alter Fehler, du läßt dich viel zu leicht ablenken.

ASTI Was nun, lenk ich ab oder laß ich mich ablenken, Himmelherrgottsackerment, auch du kannst nicht alles auf einmal behaupten.

GEROLD Zur Sache, Asti, zur Sache. Also die warten. Die ham was gegen ihren Alten. Generationskonflikt. Gut, Asti, sehr gut. Sagen wir, die reden sich hinein, solange sie warten. Ganz konkret.

Da hängen Kleider. Von ihm. Hüte. Vor allem Hüte, Asti. Der Junge setzt sich diese Hüte auf.

ASTI Sie sind ihm zu groß!

GEROLD Sie können ihm auch zu klein sein, Asti. Um so lächerlicher werden sie. Er könnte den Alten spielen, mit Homburg...

ASTI Und Gamsbart.

GEROLD Ihn so richtig entlarven, daß klar wird, warum er ihn umbringen will.

ASTI Warum will er denn?

GEROLD Na ja, Junge, da mußt du dir eben was einfallen lassen. Ein Motiv. Da mußt du mal arbeiten, Asti. Arbeiten. Von nichts kommt nichts. Siehst du, das ist nun der Nachteil davon, daß du keinen finster reaktionären Vater hast, dir fehlt der Konfliktstoff, der Haß. Ohne Haß wirst du der Welt nie gerecht, Junge. Der Generalhaß ist Haß. Wenn ich so sagen darf. Hattest du nich'n Freund, der ab ist nach Amerika, der junge Michel Haubrich, dessen Vater Chefarzt war, nimm doch dieses Verhältnis, wenn der Michel dageblieben wäre, der hätte doch den alten Haubrich glatt umbringen müssen...

ASTI Haubrich hatte Krebs.

GEROLD Nicht jeder Reaktionär hat Krebs, Asti. Wenn du einen politisch konsequenten Film machen willst...

ASTI Sie verstehen, mein Vater ist nämlich Politiker.

GEROLD Also, wenn ich in deinem Alter wäre, Asti...

ASTI Sie verstehen, mein Vater ist nämlich in meinem Alter.

GEROLD Nun fang nicht schon wieder an, mir das Wort im Mund herumzudrehen. Wenn also der Alte, der durchaus sympathisch sein kann, auch Professor Haubrich war ein liebenswürdiger Mensch, wenn man nichts mit ihm zu schaffen hatte, mein Gott, wie der durch die Gänge ging, bei jedem Schritt durch die glänzenden Gänge gratuliert er der Welt, weil es ihn, Haubrich gibt, aber ganz leger, entspannt, verstehst du, sein zweites Wort war fair, der totale Sportsmann, der einfach jedes match gewinnt, das wär der Typ, Asti, den du brauchst, aber wenn der dann eintritt, Junge, Asti, ich bitte dich, dann muß es einfach knallen. Sonst brauchst du den Film gar nicht erst anzufangen. Verstehst du. Wenn du ihn erst reden läßt, der war sowas von eloquent, zwei Sätze, und er wickelt dich um'n Finger, du kannst nicht mehr abdrücken.

ASTI Wart's ab. Ich glaub, ich laß ihn reden.

GEROLD Glaub ja nicht, daß der dir ne Entlarvung liefert, ich hab ihn nämlich gekannt.

ASTI Du hast unter ihm gearbeitet.

GEROLD Geschuftet.

ASTI Na ja, jetzt bist du selber Chef und kannst aufatmen. Sie müssen wissen, mein Vater ist nämlich Chef.

GEROLD Und ob ich aufatme. Ich atme auf.

Hebt dabei Schultern und Arme an.

ASTI Höher. *Nimmt die Pistole.* Höher, sag ich. Los Hände hoch. Noch höher.

GEROLD Jetzt lenk doch nicht schon wieder ab, Asti.

ASTI Du sollst die Hände hochnehmen. Los, du beschissenes Arschloch, du!

Gerold hebt sofort die Hände hoch.

Siehst du, das ist der Ton, den du verstehst. Also, wie war das in eurem Film, Bille, Frau Irene. Ihr habt da immer'n Sprung gemacht zur Pfanne, aber wer hat ihn nun eigentlich umgebracht?

Schweigen.

Wer den Alten umgebracht hat, will ich wissen? In den Kritiken stand das auch nicht. Die haben alle bloß von der befreienden Wirkung des Spiegeleieressens geschwärmt. Also, los, wer war's? Zwei Schüsse auf das Sektglas, soweit sind wir, und dann?

GEROLD Nun sagt es ihm doch.

Bille und Irene schweigen.

Ihr seid wirklich Spielverderber.

ASTI Dann sag du's doch.

GEROLD Natürlich der Junge, der Bruder, er sagt: Schwesterchen, laß nur, und schoß.

Asti schaut die Pistole an. Entsichert. Irene und Bille halten ihn. Gerold entreißt ihm die Pistole. Ein Schuß geht los. Irgendwohin. Gerold überwindet als erster seinen Schrecken.

GEROLD Nicht schlecht, Asti, nicht schlecht. Jetzt liegt er also da. Kannibalismus kommt für dich nicht in Frage. Ich bin sowieso der Meinung, daß sich sowas sehr rasch verbraucht. Bitte, versteht mich nicht falsch, ich halte es für ein großartiges Motiv, aber da es nur von einer schwer aufklärbaren Schockwirkung lebt, wirkt es beim zweiten oder dritten Mal schon unheimlich konventionell.

Schweigen.

Ich habe übrigens in Istanbul mal Hammelhoden gegessen, die

schmecken ganz fabelhaft, ein geradezu perlmutthaft zarter Geschmack. Schon aus diesem Grund bin ich gegen Kannibalismus. Ist doch viel zu kulinarisch.

Schweigen.

Also, was machst du jetzt mit dem Toten?

Schweigen.

Ich würde das Ganze sowieso nicht in einem Zimmer spielen lassen. Ein Schuttablageplatz mit Ratten, Katzen, Würmern, Käfern, da laß ihn liegen, im Müll und zeige, wie er gefressen wird, ganz konkret, in langen, nicht enden wollenden Einstellungen. Zeige, wie die Käfer in den Ohren, in den Nasenlöchern verschwinden. Wie die Ratten ihm die Augen ausschmatzen. Das ist das, was du brauchst. Verstehst du? Verstehen wir uns da?!

ASTI Aber ja, Papa, das will ich doch hoffen. Ich finde, wir kommen tüchtig voran. Das Projekt nimmt zusehends Formen an, nicht wahr. Vielleicht vorher noch so ne menschliche Szene, zum Mitfühlen. Frau Irene, wenn Sie sich mal auf diese Couch legen möchten. Bitte! Ich kann nicht so gut erklären wie Papa. Papa ist Pädagogikprofessor, müssen Sie wissen, ich muß das zeigen, Billchen, du paßt auf, daß sie schön liegen bleibt.

Er hat Irene auf die Couch genötigt, hat sich etwas entfernt auf die Knie niedergelassen, spielt gefesselte Hände und Füße und bewegt sich jetzt auf den Knien auf die Couch zu, versucht mit Hilfe der Ellbogen auf die Couch zu kommen.

Und jetzt stubsen, Frau Irene, richtig zurückstoßen, los, los, sonst komm ich ja viel zu leicht rauf, mein Gott, so stubsen Sie doch.

Er hat sich hochgearbeitet.

Unbegabt, Frau Irene, Sie sind leider wirklich unbegabt. Wenn Sie nicht stubsen, ist die Szene ohne jeden Reiz, verstehen Sie, ich mampfe mich hoch, Sie stubsen mich runter, ich mampfe, Sie stubsen, mein Gott, das müßten Sie doch begreifen, rein erotisch, ohne Stubsen geht's nun mal nicht, Sie Unmensch, Sie.

BILLE Asti!

IRENE Also jetzt begreif ich überhaupt nichts mehr. Ich habe nichts gesagt, Gerold, wenn du das meinst, von mir hat er das nicht, das schwör ich dir, ich habe zu keinem einzigen Menschen etwas gesagt, außer mal ne Andeutung zu Monika, aber für Monika kann ich die Hand ins Feuer legen, Gerold, ich sehe jetzt einfach Gespenster.

Gerold, glaubst du mir. Bitte, dann laß es eben. Dieser Heimtücker, dieser Kretin, Mensch, wenn du mir gehören würdest, ich würde dich ja sowas von vermöbeln, Bürschchen, also Gerold, bitte, entweder sagst du jetzt etwas oder ... du läßt es sein. Mir ist das nämlich allmählich peinlich.

ASTI Aber Frau Irene, ich bitte Sie. Sie sind einfach zu empfindlich. Für unsere Familie.

Pause.

GEROLD Bitte, wenn du willst, nimm mich als Hauptfigur. Daß ich auch eine Pleite bin, ist mir bekannt. Seit ich Irene liebe, weiß ich, was das ist, Liebe, du bist abhängig von deinem Feind. Na, Irene, sag's ihm doch, was für ne prima Hauptfigur ich wär. Mit allen Details. Dieselbe Scheiße mit meinem Vater hatte ich übrigens auch. Glaubst du nicht, klar, hab ich ja meinem Alten auch nicht geglaubt, als er mir sagte, dieselbe Scheiße hätt er mit seim Alten auch gehabt, klar, du bist natürlich ganz neu, Asti, bitte. Ich glaub nicht an mich, Junge, leider auch nicht an dich, aber am Montagmorgen um 7.30 fang ich wieder an. Du nicht. Recht hast du. Ich beneide dich. Ich rauche 40 Zigaretten am Tag, Asti, du rauchst nicht. Bitte, glaub bloß nicht, ich will mich einschmeicheln bei dir. Es ist auch nicht Haß. Höchstens Neid. Kinder sind einfach eine Strafe. Dabei, so doll war das gar nicht, wofür man da so dauerhaft bestraft wird. Ich fürchte ja, Asti, für einen Film fehlt dir einfach der Mumm. Stimmt's? Also wenn du mich fragst, ich glaube, du machst überhaupt nichts. Nie.

IRENE Machst du wirklich einen Film, Asti?

ASTI *aufgedreht:* Mit dir immer, Mama. *(Mamá)*

Asti fängt an Beatbewegungen zu machen. Er macht das auf Irene zu. Man hört keine Musik. Asti macht das so gut, daß Irene angesteckt wird und allmählich mitmacht. Aus dem Tanz wird eine Verführung. Namen und Wörter und Laute werden knapp hörbar.

IRENE Gerold.

ASTI Aber Mama.

IRENE Na, na, na.

ASTI Schön komm. Nu komm schon Süße. Kleine. Jaa.

IRENE Asti. Duu!

ASTI Aber nein. Gut. Ja. So. Soo. Jawohl. Genau.

IRENE Jetzt schau bloß einer den...

ASTI Psst. So's schön. Jawohl. Und noch einmal. Jaa. Jaaa. Doch. Mhmmmm. Jetzt bist du ganz mein, Mama. Ach bist du eine süßeliebedurchunddurchgehende Supermama. Mein Gott, bist du gut.

Er liegt auf ihr. Sie küssen sich. Es sieht aus, als habe ein Paar sich endlich gefunden.

IRENE Astiastiastimeingottaaaasti.

ASTI Irene-rene-rene-rene-reeeeeeene.

Gerold will tragisch gehen. Asti springt auf, reißt ihn zurück, stößt ihn auf die Couch, auf Irene, drückt ihn auf Irene, federt mit beiden Händen die beiden auf und nieder.

ASTI Oh, die Hauptfigur will gehen. Aber nein. Ohne Hauptfigur?! Das wär doch Sense. Bitte, liebe Hauptfigur, hier, die Hauptbeschäftigung für eine Hauptfigur. Die Hauptsache für eine Hauptfigur!

IRENE Asti! Asti!

Asti läßt ab. Sie greift nach ihm. Er schüttelt sie weg.

ASTI Für Sie immer noch Sebastian. *Asti geht zu Bille, will ihr den Arm um die Schulter legen. Bille entzieht sich. Irene flüstert auf Gerold ein.*

BILLE *leise:* So nicht. *Pause.* Flasche.

ASTI Aha. Das war also nicht gut. Tja. Wahrscheinlich habt ihr recht. Wenn der kommt, dann muß es auch schon knallen.

GEROLD *schöpft schon wieder Hoffnung:* Genau Asti! Schuß. Die Kamera steht. Keine Bewegung mehr. Ringsum raschelt der Müll. Blut. Ratten. Käfer. Verwesung.

ASTI Börse. Waschkraft. Schnuckiputzi. Toleranz.

Musik. Aber diesmal tanzt niemand mehr.

Vierte Szene

Eine spürbare Stagnation. Irene und Gerold sind nervös. Asti völlig apathisch. Bille gelassen. Sie weiß weiter, aber sie läßt zuerst die Verlegenheit reifen.

BILLE Aha. Das Ende. Asti? Geschafft. Papa? Dito. Asti, der Tropfen, der den Stein höhlen sollte, ist gefroren? Asti, nur ein Tropfen auf einen heißen Stein? Oder in der Wüste? Oder: ein Heuschreckenesser? Oder: ein Moralist? Oder: keiner kann aus seiner Haut heraus? Oder: der verlorene Sohn? Oder: ein Sohn ist ein Sohn ist ein Sohn?

Sie holt zwei Manuskripte. Eins gibt sie Asti. Beide spielen aus den Manuskripten.

Da Asti, das ist ein Projekt, damit kannst du Papa wirklich dienen. Papa, wir filmen den Konzern!

Asti schaut rasch die Blätter durch.

ASTI *zu Irene:* Sie müssen nämlich wissen, Papa ist Generaldirektor.

BILLE Einstellung 1: Titel: Bilanzlesen. *Aus der Höhe des Konzernquartiers, in unendlicher Langmut.* Ertrag minus Kosten ist gleich 30,8 Mio ist gleich ausgeschüttete Dividende, ist gleich 5,5 Prozent vom Umsatz. Mein Gott. *Scharf:* Also bitte: 5,5 Prozent, das kriegt ja fast die Witwe Zins vom Scherflein. Also bitte.

ASTI Also: Rückblende. Rückblende zu den profitsenkenden Kosten.

BILLE Aber gern, aber sehr gern. Abschreibungen, Sonderabschreibungen; 44,5 Mio.

ASTI Staatlich legalisierte Profitverschleierung.

BILLE Die Tafel mit den Abschreibungen...

ASTI Schwindel-Abschreibungen.

BILLE ... wird am Fabriktor aufgestellt!

Die Arbeiter gehen vorbei.

ASTI *verzweifelt:* Sie können die Tafel nicht lesen.

BILLE *grinsend:* Die Tafel mit den echten Abschreibungen wird am Fabriktor aufgestellt.

ASTI *wieder hoffnungsvoll, mit erneutem Einsatz:* Statt 44,5 Mio nur 17,1 Mio.

BILLE *höhnisch:* Die Arbeiter gehen an der Tafel vorbei.

ASTI *verzweifelt:* Sie können nicht lesen.

BILLE *mitleidlos:* Sonstige Aufwendungen, 114,0 Mio.

ASTI Auch darin ist Profit versteckt. Zirka 40 Mio Profit sind darin versteckt.

BILLE *ungerührt:* Die Zinsen, 4,7 Mio.

ASTI Das ist der Teil des Profits, den die Arbeiter für andere Kapitalisten zu erwirtschaften hatten: für Banken und Spekulanten! *Schreiend.* Oder haben Sie schon mal Geld arbeiten sehen!

BILLE *grinsend, gleichmütig:* Aufstellung der korrigierten Bilanz am Fabriktor: statt 30,8 Mio Profit, 131,7 Mio Profit.

ASTI *sucht nach einer List gegen diese übermächtige Unerschütterlichkeit; er findet etwas:* Ein Volksschullehrer kommt ins Bild. Mit seiner Schulklasse.
Er zeigt mit dem Zeigestock.
Auf die Zahlen.
Liebe Kinder

der Unterschied
zwischen 131,7 Mio
und 30,8 Mio
beträgt wieviel?

BILLE *grinsend, macht zum Schein mit:* 100,9 Mio.

ASTI Wie nennen wir diesen Unterschied?

Bille schweigt, sie weiß nicht recht.

ASTI Den gestohlenen Mehrwert.
Wie nennen wir die,
die ihn gestohlen haben?
Diebe?
Mehrwert-Diebe.
Asti schöpft Hoffnung.
Die Kinder werden immer lauter.
Die Arbeiter bleiben stehen.
Höhepunkt.

BILLE Die Arbeiter gehen weiter.

ASTI *entmutigt:* Die Diebe reiben sich die Hände.

BILLE Mir tut das in der Seele weh, wenn ich so einen Revolutionär dastehen seh' ohne Basis. Allein steht er in der Welt herum, befreit nur immer sich selbst, weil er keinen findet, der sich von ihm befreien lassen möcht.

ASTI Ich dagegen, ein Kapitalist, also mehr schlecht als recht, ich hab die Basis! die hellste Legalität! ich steh mit beiden Beinen im Parlament! für was ich tu, macht dies Parlament von früh bis spät mir ein Gesetz und noch'n Gesetz! Vom Volk selber gewählt ist dieses Parlament, das find ich besonders fabelhaft und hinreißend!

BILLE Landfriedensbruch. Polizei.

Bille nimmt Asti das etwas ramponierte Manuskript wieder ab, glättet es, versorgt beide Manuskripte wieder.

Gerold steht auf, schürzt die Lippen, wiegt den Kopf, hebt die Schultern, ganz Fachmann.

GEROLD Jaa, doch, schon, durchaus, gern, warum nicht, allerdings, ich meine, der Stoff, die Materie, ich finde sie etwas spröde, ich will jetzt nicht wieder von meinem Müllplatz anfangen, von Ratten, Käfern, Verwesung, aber trotzdem... diese Materie.. ich weiß nicht...

ASTI *leiser zu Bille:* Börse – Waschkraft – Schnuckiputzi – Toleranz.

Irene flüstert jetzt dringlich in Gerolds Ohr.

GEROLD Ja, jaa, ich widersprech dir doch gar nicht, niemand widerspricht dir, das ist eine fixe Idee von dir, Irene, andauernd behauptet sie, man nehme sie nicht ernst, Irene, ich bitte dich, was soll ich tun, irgend jemand muß dich so mißhandelt haben, daß du einfach nicht mehr unterscheiden kannst, ob einer dich liebt oder ob er sich lustig macht über dich...

Er hört auf, weil Irene geht.

IRENE Bitte, laß dich nicht stören, ich kenn ja den Text schon.

Sie geht schnell hinaus. Von jetzt an ist Gerold unter Zeitdruck.

GEROLD Also, Asti, du könntest jederzeit zu mir kommen. Ich will dich natürlich nicht deiner Mutter...

BILLE Mama ist...

ASTI Schluß! Papa hat's eilig.

GEROLD Jaa, Asti, stimmt, ich hab's eilig, andauernd, einfach weil sich alles immer mehr zuspitzt, immer mehr verwirrt, ich brauche immer mehr Zeit, also hab ich immer weniger. Also muß ich andauernd hetzen, das sieht vielleicht sogar aus, als hetze man mich, ich hoffe, das ist nicht der Fall, aber es macht den Eindruck, oder ich mache den Eindruck, ich selber kann mich diesem Eindruck nicht entziehen, einfach weil ich praktisch andauernd renne, deshalb sag ich auch immer als erstes, wenn ich irgendwohin komme, daß ich in Eile bin, das ist das Überflüssigste, was ich sagen kann, denn das sieht nun wirklich jeder, aber soweit bin ich eben durch all diesen Druck und diese Hetze, daß ich zuerst das Überflüssigste sage und dann zu etwas anderem als zum Überflüssigsten auch fast nicht mehr komme. Bedauerlicherweise. Also, Bille, Asti... was soll's. Draufschlagen auf ausgestreckte Hände, das ist die einzige Hilfe, die man einem Kind geben kann, daß es sich an die Welt gewöhnt wie sie ist. Wie sie wirklich ist. Tschau.

Er geht.

ASTI *wenn Gerold längst weg ist, brüllend:* Tschau!! Hast du schon mal ne Ente gesehen, wenn sie bloß noch 'n paar Meter zum Wasser hat... sie weiß, jetzt nur noch zwei Meter watscheln, noch einen, und rein und jetzt schwimmt sie wieder, gleitet bloß so weg und dahin.

Auf Billes Blick.

Du hast nicht hingeschaut, wie Irene zur Tür... strebte. Also wir sind nicht ihr Element, das ist sicher.

BILLE *eher zärtlich:* Flasche.

ASTI Weiß ich.

BILLE *widerruft:* Ist doch gar nicht wahr.

ASTI Dann sag's doch nicht.

BILLE Nie mehr. *Pause.* Also das schafft er, man sieht ihn und gleich fühlt man sich wohler, so positiv, direkt optimistisch sag mal: ich bin optimistisch.

ASTI Zinsen, das ist der Teil des Profits, den die Arbeiter für andere Kapitalisten zu erwirtschaften haben. Für Banken und Spekulanten.

BILLE Oder haben Sie schon mal Geld arbeiten sehen.

ASTI Bille, was sind sonstige Aufwendungen.

BILLE Das erklär ich dir sehr gern, Asti.

ASTI Klasse Schwester, sagte er und sprang hoch in die Luft.

BILLE Klasse Bruder, sagte sie und fing ihn auf.

Ende

Zeittafel

1927 Geboren in Wasserburg/Bodensee, am 24. März
1938–1943 Oberschule in Lindau
1944–1945 Arbeitsdienst, Militär
1946 Abitur
1946–1948 Studium an der Theologisch-Philosophischen Hochschule Regensburg. Studentenbühne
1948–1951 Studium an der Universität Tübingen (Literatur, Geschichte, Philosophie)
1951 Promotion bei Prof. Dr. Friedrich Beissner mit einer Arbeit über Franz Kafka
1949–1957 Mitarbeit beim Süddeutschen Rundfunk (Politik und Zeitgeschehen) und Fernsehen
In dieser Zeit Reisen für Funk und Fernsehen nach Italien, Frankreich, England, ČSSR und Polen
1955 *Ein Flugzeug über dem Haus und andere Geschichten*
Preis der »Gruppe 47« (für die Erzählung *Templones Ende*)
1957 *Ehen in Philippsburg.* Roman
Hermann-Hesse-Preis (für den Roman *Ehen in Philippsburg*)
Umzug von Stuttgart nach Friedrichshafen
1958 Drei Monate USA-Aufenthalt, Harvard International Seminar
1960 *Halbzeit.* Roman
1961 *Beschreibung einer Form* (Druck der Dissertation)
1962 *Eiche und Angora.* Eine deutsche Chronik
Gerhart-Hauptmann-Preis
1964 *Überlebensgroß Herr Krott.* Requiem für einen Unsterblichen
Lügengeschichten
Der Schwarze Schwan (geschrieben 1961/64)
1965 *Erfahrungen und Leseerfahrungen.* Essays
Schiller-Gedächtnis-Förderpreis des Landes Baden-Württemberg
1966 *Das Einhorn.* Roman
1967 *Der Abstecher* (geschrieben 1961)
Die Zimmerschlacht (geschrieben 1962/63 und 1967)
Bodensee-Literatur-Preis der Stadt Überlingen
1968 *Heimatkunde.* Aufsätze und Reden
Umzug nach Nußdorf
1970 *Fiction*
Ein Kinderspiel
1971 *Aus dem Wortschatz unserer Kämpfe.* Szenen

1972 *Die Gallistl'sche Krankheit*. Roman
1973 *Der Sturz*. Roman
Wie und wovon handelt Literatur. Aufsätze und Reden
1975 *Das Sauspiel*. Szenen aus dem 16. Jahrhundert
1976 *Jenseits der Liebe*. Roman

Von Martin Walser
erschienen im Suhrkamp Verlag

Ein Flugzeug über dem Haus und andere Geschichten, 1955
Ehen in Philippsburg, *Roman,* 1957
Halbzeit. *Roman,* 1960
Das Einhorn. *Roman.* 1966
Fiction, 1970
Die Gallistl'sche Krankheit. *Roman,* 1972
Der Sturz. *Roman,* 1973
Das Sauspiel. *Szenen aus dem 16. Jahrhundert. 1975*
Jenseits der Liebe. *Roman.* 1976

edition suhrkamp
Eiche und Angora. Eine deutsche Chronik
edition suhrkamp 16
Ein Flugzeug über dem Haus und andere Geschichten
edition suhrkamp 30
Überlebensgroß Herr Krott. Requiem für einen Unsterblichen
edition suhrkamp 55
Lügengeschichten
edition suhrkamp 81
Der Schwarze Schwan. *Stück*
edition suhrkamp 90
Erfahrungen und Leseerfahrungen
edition suhrkamp 109
Der Abstecher/Die Zimmerschlacht. *Stücke*
edition suhrkamp 205
Heimatkunde. Aufsätze und Reden
edition suhrkamp 269
Ein Kinderspiel. *Stück*
edition suhrkamp 400
Wie und wovon handelt Literatur
edition suhrkamp 642

suhrkamp taschenbuch
Gesammelte Stücke
suhrkamp taschenbuch 6
Halbzeit. *Roman*
suhrkamp taschenbuch 94

Das Einhorn. *Roman*
suhrkamp taschenbuch 159
Der Sturz. *Roman*
suhrkamp taschenbuch 322

Über Martin Walser
Herausgegeben von Thomas Beckermann
edition suhrkamp 407

Der Band enthält Arbeiten von:
Klaus Pezold, Martin Walsers frühe Prosa.
Walter Huber, Sprachtheoretische Voraussetzungen und deren Realisierung im Roman »Ehen in Philippsburg«.
Thomas Beckermann, Epilog auf eine Romanform. Martin Walsers »Halbzeit«.
Wolfgang Werth, Die zweite Anselmiade.
Klaus Pezold, Übergang zum Dialog. Martin Walsers »Der Abstecher«.
Rainer Hagen, Martin Walser oder der Stillstand.
Henning Rischbieter, Veränderung des Unveränderbaren.
Werner Mittenzwei, Der Dramatiker Martin Walser.
Außerdem sind Rezensionen abgedruckt von Hans Egon Holthusen, Paul Noack, Walter Geis, Adriaan Morriën, Rudolf Hartung, Roland H. Wiegenstein, Karl Korn, Friedrich Sieburg, Jost Nolte, Reinhard Baumgart, Wilfried Berghahn, Werner Liersch, Urs Jenny, Rolf Michaelis, Günther Cwojdrak, Rudolf Walter Leonhardt, Katrin Sello, Rémi Laureillard, Joachim Kaiser, Rudolf Goldschmit, Hellmuth Karasek, Christoph Funke, Johannes Jacobi, Ernst Schumacher, Jean Jacques Gautier, Clara Menck, Jörg Wehmeier, Helmut Heißenbüttel, Ingrid Kreuzer, Ernst Wendt, André Müller, François-Régis Bastide und Marcel Reich-Ranicki.
Er wird beschlossen durch eine umfangreiche Bibliographie der Werke Martin Walsers und der Arbeiten über diesen Autor.

suhrkamp taschenbücher

st 327 Gerhard Roth, Der große Horizont. Roman
224 Seiten
Der Entwicklungsroman stellt die amerikanischen Verhältnisse, mit ihrem chaotischen Durcheinander von zerbrochenen Schicksalen und individuellen Rettungsversuchen dar als eine Realität, die nicht herbeizitiert, sondern persönlich erfahren wird.
»Gerade das Unsensationelle, absolut Unprätentiöse von Roths Erzählsprache ist es, was einen in das Buch hineinzieht.« *Jörg Drews*

st 328 Bernard Shaw, Der Aufstand gegen die Ehe
Autorisierte deutsche Übersetzung von Siegfried Trebitsch
154 Seiten
Der »Aufstand gegen die Ehe« ist keine Anklage der Sache selbst, sondern lediglich ihrer Umstände und oft menschenunwürdigen Bedingungen. Der Text ist eine witzige und systematische Aufrechnung aller Vor- und Nachteile der Ehe.

st 329 Eduard Beaucamp, Das Dilemma der Avantgarde. Aufsätze zur bildenden Kunst
Mit Abbildungen
276 Seiten
Zur Debatte steht die moderne Kunst. Sie wird nicht als Geschichte formaler Revolutionen und absoluter Neuanfänge gesehen, sondern auf eine geistesgeschichtliche Tradition und einen ästhetisch-konstruktiven, romantischen Künstlertyp bezogen.

st 330 Politik ohne Gewalt? Beispiele von Gandhi bis Câmara
Mit einem Geleitwort von Gustav W. Heinemann
Herausgegeben von Hans Jürgen Schultz
180 Seiten
Wer behauptet, unblutige Umstürze gäbe es nicht, irrt sich. In diesem Buch werden Gegenbeispiele geschildert. Der Pazifismus der Menschen, von deren Leben und Lehren hier erzählt wird, ist kein Passivismus.

st 334 Adolf Muschg, Albissers Grund. Roman
380 Seiten
Im Spätsommer 1973 schießt Dr. phil. Peter Albisser auf Constantin Zerrut und verletzt ihn schwer. Die Fragen und Nachforschungen der Untersuchungsrichter sind der erzählerische Anlaß: Die Suche nach dem Motiv. *Albissers Grund* ist ein sehr realistisches, weil poetisches Buch. Es vereinigt in sich die Spannung des Kriminalromans, die stoffliche Fülle des Entwicklungsromans und die kritische Humanität in der Darstellung zeitgenössischer Wirklichkeit.
»Muschg stellte sich so dicht neben die beiden Hauptfiguren, daß Wahrnehmung und Analyse nahezu identisch werden, daß sie sich zu einem poetischen Erkenntnisprozeß von so nüchterner, lückenloser Wahrhaftigkeit zusammenschließen, wie man das seit Italo Svevo kaum je erlebt hat.« *Günter Blöcker*

st 335 Deutschland – Wandel und Bestand. Eine Bilanz nach hundert Jahren. Herausgegeben von Edgar Joseph Feuchtwanger
206 Seiten
Die Beiträge von Walter Jens und R. H. Thomas beschäftigen sich mit der Situation des deutschen Intellektuellen. Der Beitrag von W. Abendroth hat das Zweite Kaiserreich und die deutsche Sozialdemokratie vor 1914 zum Thema. F. L. Carsten, K. Sontheimer und M. Broszat wenden sich in ihren Vorträgen den Problemen der Weimarer Zeit und den sozialen wie den psychologischen Hintergründen des Nazismus zu. Schließlich untersuchen drei Beiträge das Deutschland der Zeit nach dem Zweiten Weltkrieg: A. Grosser die Kontinuität und Diskontinuität der Bundesrepublik. P. C. Ludz die Deutsche Demokratische Republik und Th. Sommer die Fragen der Sicherheit Deutschlands im geteilten Europa.

st 336 Hans Erich Nossack, Das kennt man. Erzählung
190 Seiten
»Nossack erreicht und verwirklicht, was er anstrebt, die bohrende Sachlichkeit der Darstellung, die herausfordernde Nüchternheit der Diktion, die geradezu brüskierende Selbstverständlichkeit des Tonfalls, die Intensität

des scheinbar Beiläufigen, der Kleinigkeiten, der heimlichen Untertöne.« *Marcel Reich-Ranicki*

st 337 H. C. Artmann, Unter der Bedeckung eines Hutes. Montagen und Sequenzen
110 Seiten
Die Beschäftigung mit anderen Sprachen, die Anordnungsmuster der frühmittelalterlichen irischen Literatur, die Methode des frühen Surrealismus und wohl auch Reminiszenzen an die wortbesessenen Anfänge der »Wiener Gruppe« standen Pate bei diesen *Montagen und Sequenzen.* H. C. Artmann setzt sie in Szene, um sie dann ihrer eigenen Choreographie und der Einbildungskraft des Lesers zu überlassen.

st 338 Franz Fühmann, Erfahrungen und Widersprüche. Versuche über Literatur
224 Seiten
Die hier versammelten Essays sind Texte der Selbstverständigung, Werkstattberichte im Medium literaturtheoretischer Auseinandersetzung. Sie geben in einer ständigen Praxisnähe, die aber die Anstrengung des Begriffs nicht scheut, über das ästhetische Selbstverständnis eines hervorragenden Schriftstellers der DDR Auskunft und erhellen in Würdigung und Kritik die derzeitige Situation der Literatur.

st 339 Walter Kappacher, Morgen. Roman
128 Seiten
»Kappachers Arbeitsprogramm ist das echte Roman-Arbeitsprogramm: die Prüfung einer Lebensart. Nicht die Darstellung einer Lebensart, sondern die Antwort auf eine Lebensart. Unsere Lebensart hat jetzt einen ernsthaften Feind mehr. Und die Literatur einen ebensolchen Schriftsteller.« *Martin Walser*

st 340 Basis. Jahrbuch für deutsche Gegenwartsliteratur. Band 6
Herausgegeben von Reinhold Grimm und Jost Hermand
244 Seiten
Basis setzt sich in Form von Essays, Interviews und Rezensionen mit der deutschsprachigen Gegenwartsliteratur auseinander. *Aus dem Inhalt:* Geschichte und Drama. Ein Gespräch mit Heiner Müller; R. Grimm,

Enzensberger, Kuba und *La Cubana*; H.-O. Riethus/ G. Voigt, Was darf die Dokumentarsatire?; R. Möhrmann, Der neue Parvenü. Aufsteigermentalität in Martin Walsers *Ehen in Philippsburg*; J. Hermand, Blumiges und Unverblümtes. Zur Problematik des literarischen Bettgesprächs; u. a.

st 341 Materialien zur lateinamerikanischen Literatur
Herausgegeben von Mechtild Strausfeld
400 Seiten
Der Band enthält Aufsätze über Adolfo Bioy Casares, Alejo Carpentier, Juan Rulfo, Augusto Roa Bastos, Juan Carlos Onetti, Julio Cortázar, Carlos Fuentes, Mario Vargas Llosa, Manuel Puig und Manuel Scorza. Bio-bibliographische Angaben zu den Autoren sowie eine Liste der wichtigsten Sekundärliteratur und Porträtfotos vervollständigen den Band.

st 342 Mario Vargas Llosa, Das grüne Haus. Roman
Deutsch von Wolfgang A. Luchting
448 Seiten
Der Autor erzählt, wie hochherzige Nonnen Urwaldmädchen einfangen, um sie zu christianisieren. Am konkreten Schicksal Bonifacias verdeutlicht er deren »neues« Leben: Dienerin bei den Garnisonoffizieren, schließlich Prostituierte. Eine zweite Geschichte berichtet von der Ausbeutung der Indianer bei der Kautschukgewinnung, den Gesetzen des Dschungels, den Repressalien der Regierung bei Auflehnung und Streik. Das dritte Handlungsmotiv ist eine grüngestrichene Hütte, das städtische Bordell, Schnittpunkt der Schicksale, Zeiten und Realitäten, ein Haus von nahezu mythischer Vergangenheit und Bedeutung.

st 343 Carlos Fuentes, Nichts als das Leben. Roman
Deutsch von Christa Wegen
320 Seiten
Thema des Romans ist die Geschichte des korrumpierten Revolutionärs. Artemio Cruz erinnert sich siebzigjährig auf dem Sterbelager an die Stationen seines Lebens. Fazit nach dem Sinn des Gewesenen: »Nichts hat den Wert des Lebens: Das Leben hat keinen Wert!«
»Bei Fuentes gibt es keine Metaphysik der Sprache: es

gibt verbale Erotik, Gewalt und Entzücken, Begegnung und Explosion. Der Brennkolben und die Rakete.«

Octavio Paz

st 344 Manuel Puig, Verraten von Rita Hayworth. Roman
304 Seiten
In den dreißiger und vierziger Jahren bietet die Scheinwelt der amerikanischen Movie-Pictures für die Bewohner der argentinischen Provinz die einzige Ausflucht aus dem tristen Alltag. Puig, der Ironiker, hat sich keiner neuen literarischen Strömung Lateinamerikas verpflichtet, sondern bedient sich der Sprache des von ihm denunzierten Mediums: des Filmdialogs, der Comic Strips, der Fernsehspots.

st 346 Der Cimarrón. Die Lebensgeschichte eines entflohenen Negersklaven aus Cuba, von ihm selbst erzählt. Nach Tonbandaufnahmen herausgegeben von Miguel Barnet
Aus dem Spanischen übersetzt von Hildegard Baumgart
Nachwort von Heinz Rudolf Sonntag und Alfredo Chacón
272 Seiten
»Dieses Buch«, schrieb Lévi-Strauss, »eröffnet eine völlig neue Gattung der ethnologischen Literatur. Ihr Kennzeichen: eine Vertrautheit mit der Wirklichkeit der Eingeborenen, die weit über alles früher Versuchte hinausgeht.«

st 352 Tilmann Moser, Lehrjahre auf der Couch. Bruchstücke meiner Psychoanalyse
Mit einem Nachwort
244 Seiten
Moser schreibt so unzensiert, wie es das Prinzip der Psychoanalyse erfordert. Sein Bericht ist ein Stück psychoanalytischer Forschung: die Untersuchung einer Neurose und der Versuch ihrer Heilung aus der Sicht des Erkrankten.
»Fest steht, dieses Buch wird Furore machen, es wird ungeteilte Bewunderung und heftige Ablehnung erfahren, und wenn sich die Emotionen gelegt haben, wird es auf den Lehrplänen für Analytiker zu finden sein.«

Dieter Baier

Alphabetisches Gesamtverzeichnis der suhrkamp taschenbücher